A E
& I

# Villa Diamante

Autores Españoles e Iberoamericanos

# Boris Izaguirre

# Villa Diamante

*Finalista Premio Planeta*
*2007*

 Planeta

© Boris Izaguirre, 2007
© Editorial Planeta, S. A., 2007
Diagonal, 662-664, 08034 Barcelona (España)
Composición: Foinsa-Edifilm, S. L.
ISBN 13: 978-84-08-07753-4
ISBN 10: 84-08-07753-8

Editorial Planeta Colombiana S. A.
Calle 73 No. 7-60, Bogotá

ISBN 13: 978-958-42-1778-3
ISBN 10: 958-42-1778-X

Primera reimpresión (Colombia): noviembre de 2007
Impresión y encuadernación: Quebecor World Bogotá S. A.
Impreso en Colombia - Printed in Colombia

*Para Eugenia.*
*T. Q. M.*

Plantó después Yavé Dios un jardín en Edén, al oriente, y en él puso al hombre que había formado.

Génesis, 1,4

# PRIMERA PARTE
—

## 1

Todos los 17 de diciembre comenzaba la Navidad en la casa de los Guerra, y todas las Navidades eran un cuento triste para Ana Irene y Ana Elisa, como habían sido bautizadas las dos hermanas. Triste porque significaba siempre, y desde entonces, el final de algo. De un año escolar. El largo de una melena. La estatura. El paso de una aula a otra en el caso de la mayor, a quien todos llamaban Irene, perdiendo o reiniciando, daba igual, los trámites de conocidas o recientes amistades. Nuevas metas para Ana Elisa en su entrenamiento gimnástico. El tiempo pasaba y ya era evidente para ambas hermanas que no sería nunca un compañero de viaje. El tiempo era una constante malévola, que avanzaba antes de que ellas supieran percibirlo y desaparecería antes de que pudieran contárselo a sus amigas. O a esa persona, ese hombre por ahora sin rostro, que ambas esperaban conocer algún día.

Irene y Ana Elisa. La izquierda de la fotografía para la mayor, Irene, seis años recién cumplidos y preciosa. Todo en ella, brillante, tanto que el Ana sobraba. Con un solo nombre era suficiente. La derecha, siempre en la zona donde la luz es más débil, para la menor, Ana Elisa. Vestidas como si fueran gemelas aunque las separaran poco más de diez meses. En la Venezuela de aquellos días los hijos no podían distanciarse entre sí. Todos debían nacer casi al unísono para construir la gran patria que el Benemérito, como se denominaba al presidente no electo, caudillo eterno Juan Vicente Gómez, deseaba dejar tras de sí como «gran legado, insigne responsabilidad».

Allí estaban, en la misma dictadura, aunque las niñas no entendieran la palabra, en la década de los treinta, y aunque tampoco comprendieran qué era una década, otra Navidad sin nieve, las inmensas palmeras del jardín de la casa familiar meciéndose una vez más al suave vaivén del aire tropical de finales de diciembre. Las dos muy juntas y vestidas de la misma manera, sólo que a Irene el vestido infantil a cuadros escoceses, cosido por las monjas de la iglesia de San Francisco y enviado a casa en una caja de lazos grandes de color rosa, le quedaba siempre más entallado, como si a cada minuto estuviera creciendo y variando de medidas. El de Ana Elisa, en cambio, navegaba, flotaba, no le pertenecía, parecía siempre prestado. A medida que el momento de abrir los regalos se aproximaba, Irene se acercaba más y más a su hermana siempre pendiente de otra cosa; mirando hacia la ventana, imaginando que, en vez de palmeras que se mecían, una bola de nieve irrumpiría en medio del verde jardín y aplastaría con su gélido aliento el violeta de las orquídeas que cultivaba su madre.

No era así. Las palmeras jamás dejaban de mecerse, el clima se mantenía cálido todos los años, de brisas suaves, cielos ennoblecidos por un eterno azul. Súbitamente un mango caía y algún jardinero decía: «Se ha adelantado junio.» Nunca hubo trineos nevados, osos blancos y zorros de ojos grises corriendo entre hielos, renos esperando una bendición. En vez de esa fauna de otros diciembres, Irene y Ana Elisa recordarían siempre la algarabía de los loros que saltaban de rama en rama, las guacamayas moviéndose en círculos enormes, quince, tal vez dieciséis, batiendo sus alas de colores vivos, el azul de siempre, el amarillo por conocer, el rojo que no se atrevía a revelar su nombre.

Entonces Josefina y Mariela, las criadas, cerraban las cortinas del salón y su padre se escondía detrás del proyector de películas recién llegado de California. Las niñas no podían quedarse despiertas en las fiestas de sus padres, donde el aparato, rey y centro de comentarios siempre, les cedía sólo por un día una mínima parte de su protagonismo. «¿El cine en casa, qué sentido tiene? Si para algo sirven las películas es para ver a la gente en el teatro», decía un invitado. «En el fondo es lo que estamos haciendo aquí, viéndonos siempre los mismos», respondía Alfredo, el padre, sin perder jamás su tono bondadoso. ¿Qué veían ellos, los mayores?, se preguntaban Ana Elisa e Irene. A veces oían desde sus habitaciones risas, canciones en inglés, ruidos de zapatos golpeando un escenario, la llegada de un tren, un barco alejándose de algún muelle.

Pero el día de Navidad el proyector no mostraba nada. No había película ni cantores de jazz. Su foco encerraba a las dos hermanas en un círculo de luz y ambas, extasiadas, se dejaban envolver por el ruido de la máquina, un ventilador que les recordaba huracanes no vividos, desiertos jamás cruzados, manantiales escondidos en la montaña detrás de la casa.

—Ana Elisa, Irene, ¿dónde están ahora? —preguntaba Alfredo.

—En el Polo Norte, papá. Esperando a Santa Claus —respondía la primera, Irene, que aun siendo la mayor se asustaba un poco de esta teatralidad. Su mano buscaba la de su hermana pequeña a pesar de que las dos sabían, desde mucho tiempo atrás, que ése era su momento, un espectáculo montado sólo para ellas, en exclusiva, y más que acobardarse debían disfrutar de la entrega de sus regalos.

—¿Y por qué están en el Polo Norte, Irene?

—Porque ha llegado Santa Claus, papá —contestaba la voz coloreada, adorable, de Irene.

—Y porque trae nuestros regalos —agregaba murmullando, voz más real, más descriptible, Ana Elisa.

Se abrió la puerta del salón, la luz inundó toda la habitación y la mano de Irene estrechó con más fuerza la de Ana Elisa.

—Alfredo… Acaba de suceder algo.

—No me gusta esa cara, Carlota. Y menos ahora, con las niñas esperando.

—¡Ha muerto Gómez!

Los ruidos que siguieron no pertenecían al proyector, sino a respiraciones, sofocos de gente que venía corriendo en el deseo de compartir la noticia. De pronto ya no eran resuellos, eran gritos. «¡Murió el tirano!» «Ha muerto el bastardo» «Libertad para Venezuela» «Justicia para los criminales» Ana Elisa sintió que su padre la separaba de Irene y Carlota protegió con sus brazos a su hija mayor.

—Vienen hacia aquí, Alfredo. Gómez ha muerto y nosotros somos gomecistas. No nos perdonarán nada —gimió más que habló—. Irene, sube conmigo.

Lo primero que pensó Ana Elisa, entre las voces que se acercaban, los cuerpos que ya parecían estar jadeando alrededor de ellos en esa habitación, era que iban a salvar a su hermana mientras que a ella la dejaban allí. Las dos tuvieron tiempo de mirarse, perplejas al ver cómo las separaban. El proyector todavía encendido y los gritos de la calle cada vez más cerca. Josefina, una de las criadas, la recogió.

—Apártate de las ventanas, niña, ya llegan, están aquí…

Y como si fuera el telón de un teatro que se desploma para descubrir una selva sin nombre que aparece sin razón, el cristal del ventanal, la inmensa pared de vidrio, estalló.

Josefina cubrió los ojos de Ana Elisa. Seis, ocho hombres, y su clamor contra el dictador se hacía real en su propia casa, sus ropas marrones, sus ojos cargados de furia. Sus alientos cortándoles el camino.

—¡Muerte a los cómplices del dictador! —exclamaban.

Ana Elisa se fijó en uno de ellos. Josefina estaba tan asustada que fue incapaz de gritar. La presencia de la niña contuvo a los asaltantes.

—Tu padre, queremos a tu padre —exigió uno de ellos.

Ana Elisa no respondió y Josefina se arrodilló, llorando, suplicando que no las tocaran.

—Da igual —dijo uno de los hombres—. Todo lo que hay en esta casa lo han comprado matando a nuestra gente, metiéndolos presos, torturándolos.

La voz de su padre tronó de repente.

—Aquí estoy, no toquéis a las mujeres. Josefina, levántate y llévatela a su habitación.

—No quiero irme, papá.

—Ana Elisa, ¡sube!

Josefina se incorporó, rápida, y tomó a la niña. Uno de los hombres, sudoroso, de dientes blanquísimos y fuertes, el pelo negro casi ocultándole la cara, una mandíbula sobresaliente, un lobo erguido, se acercó a su padre.

—Usted y los que son como usted han permitido que la dictadura viviera años y más años mientras mis padres y mis hermanos se pudrían en la cárcel.

El padre de Ana Elisa bajó los ojos y, en ese instante, el hombre escupió sobre él. Toda acción se detuvo, todos pensaron que cualquier otro gesto desataría aún más violencia.

—Llévate a la niña fuera de aquí, Josefina. ¡Ahora!

Ana Elisa sólo alcanzó a ver a su padre bajo el marco de la puerta mientras las cortinas se desplomaban sobre la alfombra y los hombres las rompían con los dientes y las pateaban. Una última imagen grabada para siempre, la del ventanal roto que se volvía nada mientras las patas de las butacas del salón se quebraban y saltaban ante sus ojos como insectos que en un instante aprendían a volar y el proyector sin película iluminaba las sombras de esos seres que rodeaban a su padre, un ballet sin música, un destello sin pausa, hasta que uno de ellos cogió el aparato y lo estampó contra el suelo. «Cómplices, corruptos, protegidos del tirano. ¡Ha llegado vuestro final!» Y como si el escupitajo no fuera suficiente, ese mismo hombre golpeó a Alfredo hasta hacerlo caer y, con él por fin en el suelo, aplastó su pie contra el pecho e introdujo en la boca jadeante, humillada, del padre de Ana Elisa su pistola. «Dime que no has trabajado para Gómez, ¡atrévete a decírmelo!», exclamó, escupiéndole otra vez, Alfredo sintiendo en el paladar el sabor del revólver, como si el negro de su hierro quisiera disolverse en su lengua y sus ojos no pudieran ver más.

No fue así. Hubo un día siguiente, y de nuevo las dos hermanas, protegidas por el abrazo de la madre y los ojos sollozantes de Josefina y la otra criada, Mariela, contemplaban el despojo del salón. Al fondo, el jardín también era un campo de batalla, la piscina vacía, los setos estropeados y las sillas arrojadas en direcciones absurdas, sin sentido. Sólo las palmeras mantenían su quietud. Y de entre todas ellas, la más alta, envanecida y firme con su cabeza coronada de ramas muy por encima de las demás, de todo en realidad, representaba un orgullo que nadie más podía defender en la casa. Ana Elisa se quedó mirándola y deseó que a partir de entonces esa palmera tuviera un nombre. Pero no el de alguno de ellos, sus dueños, los señores de la casa ahora vencidos, sino otro, de algo que siempre consiguiera sobrevivir. «Diamante, palmera Diamante», murmuró, como si lo mineral y lo vegetal pudieran mezclarse en su universo de niña.

Como un cuervo penitente, el padre Basilio hacía caso omiso de la palmera recién bautizada y avanzaba por el jardín hacia el salón para, atravesando la ventana destrozada, llegar junto a ellas.

—Hay que dar gracias a Dios de que no hayan tocado a las niñas. Ni a ustedes —añadió.

El padre de Ana Elisa, un pañuelo siempre cerca de la boca, los labios enrojecidos, los ojos amoratados, guardó silencio.

—En casa de los Uzcátegui también entraron y robaron la comida, y me han dicho que en otra de las casas viola...

—Basta, Carlota. Las niñas están presentes.

La madre empezó a llorar. Irene fue hacia ella y apretó su mano.

Ana Elisa se mantuvo sola, como la habían dejado ante los invasores.

—¿Y Dios, padre Basilio, tiene alguna explicación para esto? —increpó Alfredo.

El cura le miró tomado por la sorpresa.

—Algunas veces los hombres somos totalmente responsables de nuestros actos. Dios no tiene nada que ver con ellos.

—Ya, claro, ese mismo Dios en cuyo nombre se agradecieron al dictador sus logros para el Estado y para nosotros.

—Alfredo, te recuerdo que también entraron en la iglesia. Desnudaron al capellán, forzaron la sacristía, se llevaron dinero y objetos, destrozaron las imágenes...

Ana Elisa vio cómo su madre se inclinaba a recoger algo de entre los escombros esparcidos por el suelo. Era una ala de colores vivos, rojo brillante, un algo de dorado. De inmediato, reconoció un fragmento del gallo de porcelana sin voz ni movimiento que reinaba sobre el mueble de servicio del comedor. Carlota, los ojos inundados de lágrimas, buscaba en ese suelo salpicado de maderas rotas, cristales, telas rasgadas, otra ala, una pata, la cresta del gallo desmembrado. Cuando no pudo encontrar más, rompió a llorar. Irene se arrodilló junto a ella y la madre la apartó, miró a su marido, se irguió y salió de la habitación.

—Irene, Ana Elisa, suban a su cuarto.

—No, papá. Quiero quedarme aquí, contigo —se rebeló Ana Elisa.

Irene asintió con un gesto y se colocó junto a su hermana.

El padre Basilio musitó una oración:

—Ruego a Dios que respete este hogar, que devuelva...

Alfredo le interrumpió.

—Dios no me devolverá nada, padre. Lo haré yo solo. Vendrá un presidente y confiaremos todos en él. Aunque ayer nos llamaron ladrones y destruyeron todo lo que teníamos, queda mucho por hacer en este país. Arreglaremos el jardín y entonces, padre Basilio, daremos gracias a Dios por dejarnos atisbar el infierno y saber que al día siguiente nuestras palmeras seguirán ahí, en su sitio. Como nosotros.


Y otro día más vino, sí. Y el olvido de esa noche también. Sólo que una mano sin forma va siempre tejiendo un dibujo igualmente sin forma por encima de nuestras vidas. Aquel escupitajo, ese que arrojó el hombre-fiera presa del rencor y la opresión, jamás consiguió borrarse del rostro del padre de Irene y Ana Elisa. Fue el escupitajo, no la pistola en la boca ni los golpes en la cara y el cuerpo indefenso; fue el escupitajo el que jamás consiguió disolverse. Ni de su rostro, ni de sus recuerdos, ni de sus días. Estuvo allí resbalando sin fin, goteando rabia año tras año.

Sus nuevos vecinos, los Uzcátegui, que apenas llevaban

un año residiendo allí, reconstruyeron su casa. El general que el dictador fallecido dejó en su lugar convocó elecciones, y éstas las ganó un militar retirado, de nombre Isaías Medina Angarita, con el que la nación pareció al fin entrar en el siglo XX. Mientras, una guerra de exterminio desbordaba sobre Europa todo tipo de sombras, y Ana Elisa e Irene escuchaban acaloradas discusiones de su madre por teléfono o en el salón de casa sobre familiares, antepasados, primos que no hablaban su idioma y que deseaban escapar de ese horror para aproximarse a esa Caracas donde ellas crecían y dejaban, por fin, de vestir idénticos atuendos.

Entretanto, cada día algo más, la madre adquiría poco a poco mayor presencia. Decidía lo que se compraría a la mañana, corregía los deberes de sus dos hijas, atendía las llamadas que el padre, semana tras semana, no oía encerrado en la biblioteca, donde no leía, donde simplemente no podía dejar de mirar las palmeras del jardín, que crecían altivas, impávidas, como si ellas, en su abstracto natural, sí hubieran logrado olvidar el escupitajo, la noche y las sombras rotas del proyector.

—Papá no está bien, no hagan ruido. Le molestan… —empezó a decir Carlota, y de un segundo a otro sus palabras se entrecortaron por las lágrimas.

Irene, que se cepillaba la rubia melena, dejó de hacerlo bruscamente y comenzó a peinarse el cabello con hosquedad e impaciencia. Ana Elisa le quitó el cepillo. Se miraron otra vez como si en vez de ser dos personas fueran una y corrieron a abrazar a su madre. Carlota las apartó.

—¡Todo es por culpa de esa maldita noche y de esta maldita ciudad! Si a él le pasa algo… yo no sabré criarlas sola. Apenas tengo treinta y seis años y no puedo recordar más que mala suerte en todo. En mi elección, en esta casa, en la gente en quien confié. ¡Solamente mala suerte!

Fue únicamente un instante, pero Ana Elisa se dio

cuenta de que las cortinas de la habitación no estaban echadas y de que el sol se movía entre el suelo y las paredes como si quisiera incinerarlas. Enfrentada a esa luz brillante, cegadora, cruzó el dormitorio, su madre llorando en la cama, Irene aferrada otra vez al cepillo en la silla frente al espejo, y cerró las cortinas. Y se quedó allí, sintiendo el calor del sol detrás, las palmeras mecerse por esa brisa y pensando que, si alguna vez cumplía treinta y seis años, no estaría llorando contra la mala suerte tirada en alguna cama.

\* \* \*

Algunas veces, si apuntas hacia el sol y lo cubres, lo cubres para siempre. Y esa oscuridad, como si nunca dejara de llover, se abalanzó sobre toda la casa. Alfredo se apagaba, no hablaba, jamás abandonó su habitación, y Carlota se empeñó en que Irene y Ana Elisa le visitaran todas las tardes. Al principio, aterrorizadas, las dos hermanas se enlazaban delante del padre inerte y mudo. Luego lloraban, cada una en su cama. Irene, asustada de que el sueño la secuestrara en pesadillas, Ana Elisa escuchando la brisa, imaginando colores.

—¿Estás despierta? —preguntaba Irene.

Las ventanas abiertas, el perfume de los malabares del jardín delataba que el amanecer se acercaba. En cualquier minuto el gallo desconocido, ese que nunca se sabe cuán cerca está, despertaría a todos los vecinos y la intensa luz de cada día descubriría el diamante dibujado en el medio de la cabecera de la cama de Irene y la «A» envuelta por dos laureles en la de Ana Elisa.

—Sí. También he tenido una pesadilla —contestó Ana Elisa.

—¿Y cómo sabes que yo también?

20

—Porque has dicho cosas. Gritabas: «No tengas miedo, papá, yo tampoco tengo miedo.»

—Pero no era verdad. Estaba... soñando otra vez con ese día. El del saqueo.

—¿No lo vas a olvidar nunca?

—No. Siempre recordaré que te dejé sola.

—No fuiste tú. Fue mamá.

—Si te hubieran hecho daño... Ese miedo no va a abandonarme jamás. Me hace sentir mal, como si nunca pudiera devolverte algo. Como si nunca pudieras creerte que te quiero.

Ana Elisa sacó su mano de las sábanas y la extendió en la oscuridad. Volvió a recordarse en el salón con el ventanal destrozado, los gritos de los hombres, el olor de su sudor y el pánico en los ojos y la piel de Josefina, y la sensación de que en su familia a Irene siempre se la salvaría primero y a ella después. Entonces sintió las manos de su hermana sujetando su brazo desnudo y supo que eran manos más suaves que las suyas y que ese abrazo sabía de verdad, tenía mucha más calidad que la que ella podía ofrecer.

—Te lo puedo decir de muchas maneras... —prosiguió su hermana—, pero como tú siempre tienes la palabra exacta, yo creo que sólo sé decirte... gracias. Y... te quiero.

—No hay de qué. Yo también.

—Si papá se va... Sé que tú y yo no vamos a estar solas. Vamos a seguir juntas, Ana Elisa. Tú... piensas igual, ¿no?

—Sí.

—Siempre estoy observándote —continuó Irene—, porque me intrigas. Me gustan las cosas que te llaman la atención. Miras los platos de comer como si fueran libros, como si fueran a enseñarte algo. Y lo mismo te pasa con los árboles, las palmeras del jardín, la montaña. Te quedas mirándola como si fueras a conseguir que se abriese en el medio y te hicieran entrar a un sitio especial reservado sólo para ti. Y las sillas, los muebles, todos te llaman la atención. Los estudias, parece que te los aprendes de memoria mientras que para mí y los demás no son más que eso: muebles, árboles, platos, montañas.

—Para mí no —y de pronto quiso ser como Irene y hablar un poco, subrayar lo innecesario, pero finalmente prefirió callarse, como si ese amanecer también hubiera descubierto que cada palabra cuenta.

Vuelta a cerrar los ojos, a esperar que el tiempo en esa misma noche se convirtiera en decenios y que, al volver a abrirlos, Irene estuviera en otro sitio. Casada en Europa con algún alemán escapado de esa guerra, rodeada de bosques verdes y perros muy marrones. Y que ella, Ana Elisa, permaneciera aún allí, en esa misma habitación pintada de otro color, las ventanas abiertas y Diamante, su palmera sobreviviente, su símbolo en esa casa, el lugar de su entorno en el que ella había depositado su esencia con una sola mirada, al fin estuviera centrada, simétrica, perfecta detrás de la ventana. Sí, que de nuevo, siempre, existiera esa ventana, completa, idéntica.

En esa habitación no habría espejos, no habría necesidad de verse. ¿Para qué necesitaba una cara de aquí a veinte años si todo el mundo seguiría fijándose en la de su hermana? Ella no necesitaría una cara, solamente los ojos para continuar viendo todas esas cosas: su palmera, aquellos platos y piedras, valles y montañas de los que adoraba rodearse a través del ventanal.

Pero tuvo que abrir los ojos y ver que el día avanzaba sobre el césped del jardín como una fiera de luz que perseguía la sombra de su presa por la hierba. Y de nuevo, como todas las mañanas, oyó los pesados ruidos en la habitación de sus padres. Cómo Carlota levantaba el cuerpo siempre dormido, cada vez menos colaborador de Alfredo, y lo arrastraba hasta el baño, abría la ducha y se oía ese leve quejido, cada día también más apagado, de la humillación. Carlota dejaba a su marido como un saco de huesos debajo del agua fría mientras repetía el solemne recitado de la misma letanía mañanera: «No ayudas en nada, Alfredo. No duermes, no despiertas. No quieres hacer nada. Ya han pasado tres años desde esa noche, olvídala de una maldita vez. Por mí, por tus hijas. ¡Por ti mismo, idiota! ¿No me ves viva, no me oyes, no me sientes cuando miras sin abrir la boca el techo de la habitación noche tras noche? Yo estoy viva, tus hijas están vivas, y tu casa. Solamente tú, hijo de puta, solamente tú te empeñas en callar y volverme loca. Y no quiero, te lo juro por lo que más aprecias, si aún llegas a valorar algo. Yo no quiero volverme loca, ¡yo no quiero terminar así!» El agua de la ducha al caer, una vez más, respondía por Alfredo.

Ana Elisa volvió a cerrar los ojos otra noche, esta vez se cernía sobre ellos una tormenta. Su madre había comentado algo en la cena. «Cúbranse bien, con las dos mantas, porque la manera en que se mueven los animales y cómo se están cerrando las hojas de las flores en el jardín me dicen que esta noche va a llover más de lo normal.» Con Alfredo totalmente ausente aunque sentado a la mesa del comedor, ni Irene ni Ana Elisa quisieron añadir nada. Subieron al dormitorio sabiendo que su madre se quedaba delante del marido ausente y que empezaba a llorar. Se cambiaron en silencio, Irene peinó su pelo rubio y se enfundó los pies en calcetines porque era consciente de que su mal sueño la dejaría destapada bien pronto. Ana Elisa se acercó para besarla y las dos sonrieron al mirarse. Irene quedó dormida y sin manta en quince minutos. Ana Elisa esperó a que la casa se quedara en silencio después del rezo nocturno de su madre. «Ya no te pido nada porque no tengo lágrimas.» Y esperó.

—Ana Elisa —oyó de pronto, suave, como si viniera de otra parte.

Y vio a su padre delante de ella, sus ojos negros brillando. Y al mismo tiempo sintió el agua resbalándole por las mejillas. La ventana estaba abierta y al fondo, parpadeando, cubierta de plata y luz, su palmera, Diamante, al fin estaba centrada delante de la ventana.

—No salgas, Ana Elisa, no vengas —dijo su padre.

Y Ana Elisa permaneció quieta y sólo se movió cuando observó que Irene estaba completamente mojada. Llovía. Fue entonces cuando se dio cuenta. Con una fuerza que jamás había visto, trozos de césped se despeinaban y parecían aletas de peces intentando nadar en tierra firme. Entendió por primera vez la magnitud del sonido del agua al caer y el ruido del viento meciéndolo todo. Y de golpe, como si algo se encendiera en su cabeza, comprendió también que las luces plateadas eran rayos, muchos, y que venían más, empecinados todos ellos en girar alrededor de la palmera, y que ésta sólo podía hacer de sus ramas brazos pidiendo ayuda o rindiéndose al miedo más atroz.

—Ana Elisa, cierra la ventana —gritó Irene, despierta de repente, y ella la miró, sus rostros cortados por el destello de los rayos. Y en un segundo un crac inmenso, una grieta atravesando el cielo, desencajó aún más sus caras. Diamante, la palmera bautizada, acababa de quebrarse y una parte de ella sepultaba para siempre el cuerpo desnudo y mojado de Alfredo.

## 2

En medio del salón de los Uzcátegui colgaba como si fuera una ventana el cuadro de Reverón *Palmeras blancas*. Ana Elisa nunca supo si había llegado allí por casualidad o si la misma pintura había conseguido atraerla. Delante de él creía observar más cosas de lo que cualquiera podría. Detrás, al fondo del salón, se oían murmullos, frases rotas: «Lo siento mucho, Carlota. ¿Qué harás ahora con las niñas?» Su madre apretando los labios, incapaz de expulsar una lágrima, estrujando entre sus manos un pañuelo negro que se había descolorido y dejaba sus dedos entintados. «Creo que los Uzcátegui comprarán el terreno de la casa, Alfredo no tenía dinero. Por eso se mató», comentaba otra. Y la última palabra se alargaba en un eco fino, como de agua que se escurre sobre la piel, ese recuerdo final de su padre avanzando hacia la inmensa palmera que se desgañita sobre él. También había agua escurriéndose sobre la piel cuando Alfredo llevaba a sus hijas a jugar en la playa e Irene se quedaba mirando cómo su hermana menor se atrevía con las olas y poco a poco aprendía a nadar sola mientras, despreocupada, sin darse cuenta, los iba dejando atrás.

—¿Qué miras tanto en ese cuadro, Ana Elisa?

Era Graciela, la esposa del señor Uzcátegui. Vestida de negro, el pelo oscuro, tan fuerte que Ana Elisa imaginó que una sola hebra podría atar a un caballo desbocado. Lo llevaba recogido muy tenso en un moño que perfilaba todas sus facciones, achinaba aún más sus ojos y, al estrecharse éstos, las pestañas se disparaban, encerrando los iris pardos en una cáscara de piel. Los labios eran brillantes de por sí, y todavía más rojos por el perfecto carmín que nunca perdía su color. Ana Elisa recordó las quejas de su madre por la inexistencia de un maquillaje labial duradero, que permaneciera un día entero. El cuello no parecía terminar nunca y los huesos que iban hacia los hombros sobresalían cada vez que respiraba dentro de ese traje negro, sus mangas muy finas y largas, que atrapaba el cuerpo delgado como si únicamente se hubiera envuelto en la tela antes de salir de su vestidor. Ana Elisa, que a veces hablaba de ropa con su hermana Irene, de inmediato sintió que Graciela Uzcátegui era una mujer que disfrutaba arreglándose. Aunque en ese momento se concentraba en entender todo lo que significaba un funeral como el de su propio padre, no pudo dejar de percibir que llevaba demasiadas joyas para un evento como ése. Pendientes pequeños, eso sí, collar, broche y pulseras, todos de oro. Fue el efecto del metal contra el fondo negro, y más atrás el blanco cegador de las palmeras de Reverón, lo que la hizo apartarse, no para mostrar rechazo a Graciela, sino para disfrutar ubicándola como un objeto más.

—Me han gustado desde siempre las palmeras, señora Uzcátegui.

—No tienes por qué llamarme «señora», Ana Elisa. Vas a vivir aquí, con nosotros, a partir de ahora. Te he estado observando y has pasado más de media hora mirando el Reverón. Si no fueras tan pequeña tendría que alabarte el gusto, muchacha.

—Aquí abajo dice *Palmeras blancas,* ¿por qué lo llama «Reverón»?

—Es el pintor... —y rió sin dejar de mirarla con esos

ojos expertos, por ese momento cómplices—. Todos los cuadros tienen un pintor —y se rió todavía más ante la obviedad de su propio comentario, y Ana Elisa se encontró también riendo, al principio sin entender muy bien el motivo, pero en un segundo respirando no ya de alivio ante el dolor, sino por una simpatía, al mismo tiempo agradecida y también fuerte que, como un puño de hierro, la entrelazaba a Graciela Uzcátegui.

* * *

Un ruido enorme, como de leones y monos corriendo a través de un terremoto y elefantes persiguiéndolos, despertó a Irene y a Ana Elisa en el pequeño dormitorio de servicio detrás de la cocina donde las habían instalado. Su madre también dormía en la casa principal, en el cuarto que inicialmente había sido destinado para el hijo de los Uzcátegui, Mariano, que ahora residía en París, donde estudiaba Bellas Artes, y a quien no habían llegado a conocer. Irene y Ana Elisa abrieron la puerta y se encontraron en medio del jardín con los perros *Beppo* y *Humberto* mirándolas con sus bocas abiertas, esperando un gesto suyo para empezar a ladrar ante el estruendo. Ana Elisa fue hacia ellos y los aquietó con el simple gesto de tocarles el hocico. Mientras, Irene siguió avanzando y reparó en el tractor, o algo parecido, muy rojo y con ruedas inmensas, del que bajaban hombres sin camisa armados con picos y palas para derruir el muro que separaba la propiedad de los Uzcátegui de la que había sido hasta entonces la suya.

—Nos van a dejar sin nada, Ana Elisa —dijo—. No tenemos dinero y nos han recogido. Estamos aquí de prestado. Van a quedarse con nuestra casa, venderán los muebles para pagarnos el colegio y las medicinas de mamá.

Ana Elisa cerró los ojos para no ver, a través del muro

que caía demolido, su palmera, doliente y descuidada, todavía allí, convertida en un tronco poblado por caracoles y lombrices de mil pies con un hueco al descubierto a la espera de que alguien lo rellenara y con varias de sus ramas quebradas o partidas sobre el suelo, medio cubiertas de tierra. Mientras los hombres avanzaban hacia el otro lado de la casa, Irene saltó el muro e instó a su hermana a seguirla. Caminaron hacia el cadáver de la palmera y cuando estuvieron allí, frente al tocón cercenado, casi un muñón de madera aferrado a la tierra con terquedad, Irene cogió la mano de su hermana. Y Ana Elisa recordó aquella vez en que se sostuvieron mutuamente de igual modo, en el comedor de la casa, cuando entraron los saqueadores, ambas cogidas de la mano sujetándose una a la otra en la habitación evaporada.

—¿No sientes nada?, ¿no lloras? —preguntó Irene—. Es tu palmera, ¿no la reconoces?

—Lo que queda de ella —respondió Ana Elisa.

—No. Se ha aferrado a la tierra para no separarse de nosotras, ¿no te das cuenta? No podemos seguir así, sin llorar, sin… explotar, mientras van sucediendo cosas a nuestro alrededor.

—Yo no quiero llorar —exclamó Ana Elisa—. Llora tú por ti y por mí. Pero yo no.

—¿No te haces las mismas preguntas que yo todas las noches, al despertar? ¿Qué están haciendo con nosotros? ¿Por qué nos cuidan si todo lo que teníamos ha desaparecido?

—Tú eres la mayor, tienes diez años. Te das más cuenta de las cosas.

—Ana Elisa, soy tu hermana, no me mientas. Mira el tronco de la palmera, tu palmera. Sigue ahí. Está esperando que hagas algo, que pidas algo, que la desentierren y la planten en otro sitio. Que la hagas crecer otra vez…

—La partió un rayo, Irene. Y mató a nuestro padre.

—Estaba muerto hace mucho tiempo. Al final le hizo un favor.

La crudeza de sus palabras asustó a Ana Elisa, pero aún se resistió a llorar o a hacer algo. Entendió en su hermana una dureza nueva, un temple que su belleza física ocultaba magistralmente. Si ningún espejo lograba reflejar un parecido entre ellas, aquel que hubiera escuchado su diálogo habría encontrado el lazo indeleble que las unía.

Ana Elisa quería hacer algo en ese momento, pero esa fuerza interior, ese puño que siempre la sujetaba, empezaba a cerrar, a inmovilizar su cuerpo. Si tenía que hacer un gesto, una señal, dejar una huella de sí misma y lo que había vivido, debía moverse ahora, ya, antes de que el puño se cerrara por completo, cubriendo en su hueco oscuro sus dudas.

Irene le acercó una navaja.

—Es de esos hombres. La he cogido del camión con el que están destruyendo la casa.

Ana Elisa jamás había tomado un cuchillo entre sus manos, pero en cuanto lo sostuvo supo qué hacer, y lo clavó en el centro mismo de ese tronco aferrado a la tierra. Y grabó, con esfuerzo y bajo la mirada impasible de su hermana, dos letras. Una «A», por ella, que para siempre respondería al nombre completo de Ana Elisa, y una segunda «A».

—No, yo soy Irene —corrigió su hermana.

Ana Elisa le devolvió el cuchillo.

—Nuestros padres nos pusieron Ana a las dos. Ana Elisa y Ana Irene. La vida nos hará Elisa a mí y a ti Irene, pero para esta palmera siempre seremos Anas.

—Los Uzcátegui nos lo están quitando todo y nos tienen escondidas detrás de la cocina porque somos recogidas. Voy a ir a la casa y a entrar en nuestro dormitorio y recoger todo lo que pueda…

—No, los Uzcátegui son buenos, Irene. Nos cuidan. Nuestros trajes están aquí y ya ni nos sirven. ¿No te has visto que estás más alta, más grande? —le dijo, señalándole lo que crecía delante de su pecho.

—No te dejes engañar —fue lo único que le respondió su hermana.

Irene, pese a todo, avanzó hacia su antigua casa. En cuanto los hombres la vieron empezaron a silbar y a señalar con sus manos advertencias que Irene desafió. Les plantó cara, quizá los atravesó con el azul de sus ojos, no ya de niña sino, de mujer autoritaria, y siguió su camino. Ana Elisa fue detrás, con menos atención de éstos pero igual de ágil y decidida que su hermana.

No encontraron su habitación, no encontraron nada. Todo lo que vieron fueron paredes empeñadas en no caerse, algunas con las sombras de los cuadros que un tiempo atrás sostuvieron. Sillas rotas y el recuerdo, como si se incorporara y fuera un fantasma, de Carlota inclinándose a recoger un trozo abandonado de un gallo de porcelana. Irene asumió un paso fuerte, para recuperar el tiempo mismo y con su galope levantar otra vez esas paredes, colgar de nuevo sus cuadros, encender la lámpara de cristal y abrir los regalos de Navidad. Ana Elisa no quiso detenerla. Permaneció inmóvil, una vez más, dándose cuenta de que en donde se encontraba había existido ese comedor en el que ahora unos hombres, no muy diferentes de aquellos otros, escupieron sobre su padre. Ahora, delante y detrás de ella, los escombros le recordaban una foto que alguna tarde vio entre las revistas de su padre. Era una foto de personas que vagaban y se movían sin rumbo ni destino en una ciudad de Europa. «¿Adónde van, papá?», le preguntó. Y aunque siempre sumido en la tristeza, el padre le sonrió con los ojos. «Con nosotros, Ana Elisa. Huyen de Europa porque está en guerra y vienen hacia aquí, los elegidos, porque ésta es una tierra prometida.» Irene regresó, la ropa que llevaba en las manos estaba rota, sucia. A lo lejos oyeron la voz de Graciela: «Salgan de ahí, niñas. Ésa ya no es su casa.»

\* \* \*

Los Uzcátegui cumplieron su promesa. Las dos hermanas continuaron acudiendo al colegio Claret, donde puntualmente se celebró una misa en memoria de su padre, y ambas oyeron en cada pasillo, antes de muchas clases, murmullos a sus pasos. «Fue una palmera que le cayó encima, porque estaba loco.» Juntas, otra vez sin hablarlo, pasaban delante de esos ojos curiosos y seguían de largo.

Todos los jueves, antes de cenar y como si fuera un rezo diferente, Graciela Uzcátegui leía en voz alta la carta semanal que Mariano, el hijo que había marchado a París a estudiar justo antes de que estallara la contienda, enviaba a sus padres.

*Aun dominada por un terror que nadie reconoce, París sigue siendo bella, aunque no feliz. Deambulo por sus bulevares, recuerdo comprar más frascos de tu perfume, mamá, porque dicen que lo racionarán e incluso que dejarán de producirlo. Cierran tiendas y de pronto familias enteras de personas rubias, de ojos azules y hablando exquisito lenguaje salen a las calles a pedir comida. Y mientras ves camiones de ejércitos extranjeros que entonan himnos de bellas melodías pero idiomas duros, cargan en su interior con los muebles, las lámparas, los cuadros...*

—Mariano siempre agrega mucha literatura. ¿Cómo van a estar saqueando en París igual que hicieron aquí esos desalmados antigómez? —interrumpió el señor Uzcátegui, su voz grave, sus dedos enormes asiendo el cuchillito con el que untaba mantequilla en el pan recién horneado y sus fauces enormes de dientes amenazadores devorando el bocado antes de clavar el tenedor en el trozo más grande de carne.

—¿Por qué saquean también en París, señora Uzcátegui? —preguntó Irene.

—Porque pronto van a saber lo que es bueno gracias a los alemanes que no se andan con minucias —le respondió el señor Uzcátegui, mirándola con esos ojos también inmensos, negros como el teléfono o las superficies de la mayoría de los muebles de esa casa—. De todas maneras, eres muy pequeña para preocuparte por esa guerra. Deja a los europeos que se maten entre sí. Para nosotros mejor: necesitarán nuestro petróleo, y cada vez hay más —terminó de cortar otro pedazo gigante de carne y dejó escapar una risotada reverberante.

—Lo has conseguido. Me has arruinado la lectura de la carta —anunció Graciela.

—Vamos a ver, tu hijo Mariano no hará más que decir cosas bonitas de lo que vea en esa ciudad. Todavía no le han cerrado la academia de mujeres desnudas y afeminados sin gracia que las pintan, y en el fondo le encanta esta situación extrema: tiene un motivo para sentirse escritor y enviarnos esas cartas absurdas, dramáticas, con ideas absurdas en cuartillas de colores absurdos. A él la guerra le da igual, lo único que le interesa es vivir una experiencia para volver aquí y asombrar a sus amigos del club literario con sus conclusiones ridículas, como que Hitler perderá la contienda. Ana Elisa, por favor, sírveme otro plato de carne.

Ana Elisa se levantó en silencio y pasó por detrás de Graciela, que dejó la carta a un lado. Debajo del papel escrito había otro con un dibujo. Apenas tuvo tiempo de observarlo: una plaza, no, un parque, con árboles muy altos de ramas frondosas enfilados a los márgenes y, al fondo, una torre de metal con una bandera en el tope. Graciela, disponiendo la servilleta sobre su regazo, puso la hoja escrita sobre el dibujo y dobló ambas para colocarlas aparte e iniciar su cena. Ana Elisa se acercó al aparador, puso más carne en el plato del señor Uzcátegui, se lo entregó y retomó su puesto, sin dejar en ningún momento de verse dentro de ese dibujo, sonriendo y hablando y preguntando cosas de la mano de Mariano Uzcátegui, aunque éste avanzara en medio de la luz, con hombros anchos y un traje impecable, pero sin rostro.

En la cocina, colocando cada plato y cada bandeja en los espacios marcados del armario, Ana Elisa le confesó a su hermana aquella visión suya, irreal, fugaz, de un Mariano sin cara que le sonreía y la guiaba.

—Qué absurdo. Pero si hay fotos de Mariano en el tocador de Graciela —dijo por toda respuesta Irene, cargada de una lógica práctica, aplastante, casi cruel—. Eres tonta. Un día, cuando tenga que ayudarla a peinarse, te dejo entrar y lo ves.

—Sabes que no nos dejan subir, sólo a ti, para que la ayudes a vestirse…

—Y a peinarse, y a cortarle el pelo cuando quiere, y a arreglarle las uñas y preparar sus vestidos. Todo eso tengo que hacer. Y cuando estoy sola, me los pongo y me pruebo sus zapatos…

Ana Elisa rompió a reír.

—No es cierto que hagas eso…

—Y mucho más. Miro dentro de sus cajones y, a veces, acabo lo que el señor Uzcátegui no le dejó leer en la mesa de las cartas de su hijo.

—No me gusta que fisgonees en los cajones.

—Busco pruebas. Eso justifica lo que hago.

—¿Pruebas de qué, Irene?

—Compran cosas nuevas a cada rato, y muchos días Graciela sale a un lugar al final de Chacao y va a una casa muy rara, pequeñita, y compra sus cachivaches, como ella los llama…

—En realidad se llaman antigüedades.

—¿Y tú cómo sabes todo eso?

—Me lo dice Nelson.

—Ana Elisa, nosotras no podemos hablar con el chófer ni con el jardinero.

Ana Elisa guardaba silencio y sonreía mientras terminaba de colocar los platos y sacaba su cuaderno de francés de uno de los cajones. Ahora, lista la cocina, podían por fin empezar con sus deberes.

—Yo creo que Graciela sabe lo que quiere cuando va a esos sitios. Puede que a ti no te guste… —empezó Ana Elisa.

—Es que no parece una casa. Es como una tienda. Van agregando cosas, floreros, muebles de recibidor, estanterías, más floreros y más sillas. Y siempre tengo esa sensación de que, en alguna parte, guardan cosas que nos han quitado.

Ana Elisa levantó los ojos y vio a Graciela en la puerta de la cocina. Las dos niñas se incorporaron de inmediato. Se había cambiado de traje, otra vez esa combinación de negro y dorado, el pelo completamente estirado hacia atrás y su rostro de pantera en calma acentuado por las pestañas gruesas y los labios rojos.

—Carlota quiere que suban a verla —anunció.

Y Ana Elisa e Irene recogieron sus cuadernos y los guardaron en el cajón de la cocina donde les habían indicado que conservaran sus lápices y sus libros del colegio. Graciela las cogió por los hombros y supo que Irene rechazaba su proximidad mientras que Ana Elisa sabía tolerarla.

—Carlota no ha estado bien desde el primer día que entró en esta casa. Está más... delgada. Muy nerviosa. Pero quiere verlas, y creo que es buena idea.

Irene aceptó la mano de Graciela y, aferrada a la otra, Ana Elisa se sintió cómoda mientras se dirigían al pasillo que discurría por detrás del salón para subir a las habitaciones por la escalera de servicio. Oficialmente, casi nunca subían, pero más de una noche las dos hermanas abandonaban el dormitorio tras la cocina y hacían este mismo recorrido para intentar ver a su madre. Cuando llegaban al piso superior, Ana Elisa se quedaba fascinada ante la espesa moqueta de color marfil, el techo abovedado y el hueco de la escalera principal sobre el cual colgaba la lámpara de cristal que, vista así, de cerca, era todavía más grande, espectacular y luminosa. Siempre que estaban allí oían las risas de Graciela al regreso de una fiesta y las palabras entrecortadas, acompañadas de carcajadas y golpes secos del señor Uzcátegui. Entonces esperaban y, cuando todo se hacía silencio, avanzaban cuidadosas por entre la espesa moqueta e iban hacia la habitación donde descansaba su madre, siempre cerrada. Cuando regresaban cogidas de la mano a su propia habitación, Ana Elisa volvía a admirar cómo los cristales de la lámpara se alimentaban del brillo de la noche y, a veces, si se fijaba lo suficiente, lograba verse a sí misma y a su hermana atrapadas en sus lágrimas.

Ahora, con Graciela, el mismo camino era totalmente diferente. La moqueta se había vuelto más mullida y su color más vivo. Además, la puerta del cuarto de Graciela estaba abierta y dejaba entrever su interior malva, las paredes, los muebles que alcanzó a contemplar, las cortinas echadas, el marco de las puertas y el papel pintado del baño que se vislumbraba al fondo. En otra habitación, también abierta y dominada por una biblioteca de pared a pared, el señor Uzcátegui discutía algo al teléfono, su auricular le cubría toda la cara y un cable que Ana Elisa consideró siniestro, como la antena extrañamente larga y ondulada de una cucaracha. Gustavo ni las miró. Sigilosas, siempre sujetas por Graciela, entraron en la habitación de su madre, que era gris, las mismas cortinas del dormitorio de Graciela, butacas parecidas, un pequeño sofá delante de una mesita de patas doradas y el sobre de mármol, una cama inmensa con dosel y un cuadro de la Virgen adorando a su Hijo, Jesús. Todo silencio, Carlota de pie, sólo rodeada por el coro de grillos fuera, al otro lado de la ventana.

Irene se soltó de aquel puño férreo y corrió hacia su madre para de repente detenerse, como temerosa de asustarla. Carlota miró a Graciela y, cuando ésta le hizo un gesto, abrazó a su hija mayor. Ana Elisa esperó, todavía colgada de la mano de la señora de la casa.

—Has crecido, hija mía. Qué pelo más bonito tienes, Irene. Y tus ojos, tan azules. Es como si hubieran pasado diez años, pero han sido sólo meses. ¿Y los míos? ¿Han cambiado mucho después de tanto llorar?

—No, mamá. Están igual que ayer y que siempre.

Carlota se abrazó a su hija y desde el abrazo observó a Ana Elisa.

—Ven tú también, os quiero a las dos, no tenemos mucho tiempo —y tomando aire, como dispuesta a recitar un monólogo recién aprendido, continuó—: Graciela y Gustavo se han portado como unos verdaderos padres para vosotras. No me encuentro bien… de salud. Me afecta la humedad de la ciudad, siempre llueve desde que…

—Carlota, no es necesario atiborrarlas con los detalles —la interrumpió Graciela.

—Sí, tienes razón. Siempre tienen todos razón a mi alrededor… Irene, Ana Elisa, es mejor que vaya a casa de mis padres, en Mérida. Es un viaje largo… Nelson me llevará hasta la mitad de trayecto y mi padre, el abuelo Manuel, me recogerá. Ustedes dos se quedarán aquí.

—¿Por qué no vamos contigo, mamá? —exclamó Irene.

—Por el colegio, mi amor. Y porque esta ciudad —dijo, mirándolas fijamente, sus dos ojos moviéndose de una a otra hija y al final clavándose en Graciela, que escuchaba arreglándose el tensísimo cabello—, algún día, será vuestra.

—¿Y para qué la queremos si tú nos dejas? —gritó dramáticamente Irene, alejándose de su madre—. No entiendo por qué tienes que irte, no entiendo por qué nadie nos dice la verdad. Por qué papá se mató. Por qué hemos estado casi un año sin verte. Por qué tenemos que vivir detrás de la cocina. Por qué construyen otra casa en la que fue nuestra casa, por qué nos hablan como si fuéramos raras y la gente nos mira con pena, bajando la voz...

—Irene, tu madre está muy enferma y nosotros, como buenos amigos que fuimos de tu padre, hemos decidido ocuparnos de vosotras, que vayáis al colegio y tengáis un hogar —interrumpió desde el dintel de la puerta, sin jamás entrar en la habitación, Gustavo Uzcátegui.

—No hagas más preguntas, no es necesario —habló entonces, con inusitado y repentino poder, su madre—. No imaginé nunca que las harías tú, pensé que sería Ana Elisa. Tú no. No hay respuestas, no hay nada, no queda nada ni de mí ni de lo que fuimos...

Irene, desconcertada, se volvió hacia su hermana, y Ana Elisa sintió que hacía lo que tenía que hacer: coger a su hermana y salir de la habitación, los sollozos de su madre ahogándose a medida que Graciela Uzcátegui cerraba la puerta de esa habitación gris.

\* \* \*

Ana Elisa desarrolló una extraordinaria habilidad para ayudar en la cocina. Más rápida que su hermana en la resolución de las tareas escolares, quedaba dispuesta a las cuatro y media para ayudar a Soraya, la nueva cocinera, a preparar la cena. Trabajaban en silencio, porque Soraya era de Trinidad y en esa isla no hablaban bien español, sólo aquel lenguaje criollo que mezclaba inglés y francés con un poco, únicamente algunas palabras sueltas, de castellano. La niña creía que, a pesar de todo, entendía algo, y así se dirigía a ella diciendo «cuchillo», «cebolla», «plátanos», «harina», a punto de carcajada. A veces no la comprendía y ella, con el francés que aprendía en el colegio y un poco de inglés, relegado por las monjas a un segundo plano por considerarla una lengua «menos elegante», decía entonces *knife, onion, tomato,* ante la mirada asombrada de la cocinera. En otras ocasiones, no le quedaba más remedio que ir a por los ingredientes a la fresquera, debajo de la ventana desde la cual podía ver la habitación donde Irene dibujaba personas en vez de atender sus deberes, y regresaba a la mesa de la cocina a cortar las verduras.

—Algunas veces, Soraya, *sometimes,* la piel del tomate es igual que su pulpa.

—*What do you mean* (1), señorita? —preguntaba ésta.

—Que todos los objetos tienen un color que protege su verdadero color. Si te dicen que el color del tomate es el de su piel, no es verdad, es el de su pulpa, el interior es el auténtico.

—*Crazy* (2), señorita Ana Elisa.

Y ella reía. Cuando descubría algo así, hubiera querido anotarlo en un cuaderno, pero era Irene quien llevaba un diario y no pretendía imitarla, ni en eso ni en nada. Cada vez estaban más unidas en distanciarse una de la otra. Vio los tomates que acababa de pelar juntos en el cuenco de

(1)   ¿Qué quiere decir?
(2)   Está loca.

porcelana blanca y se maravilló. El jugo de los vegetales dejaba al fondo del recipiente un círculo rojo que era exactamente como si otro rojo surgiera del verdadero rojo.

—Señorita —le dijo Soraya sacándola de su concentración—. La señora Graciela nos ha pedido a Nelson y a mí que la ayudáramos a colocar unas cajas en la despensa del garaje... ¿Usted ha ido allí alguna vez?

Ana Elisa quiso decirle a Soraya que no existía espacio en esa casa donde no hubiera estado, aunque fueran territorios prohibidos como en efecto era la despensa al fondo del garaje.

—Si usted va sola, yo no haré nada —reveló Soraya—. Nelson ha dicho que hay cosas que le interesan a usted.

—¿Y a mi hermana?

—De eso no dijo nada, señorita.


Ana Elisa se detuvo delante de la colección de coches de Gustavo Uzcátegui, como siempre hacía cada vez que entraba en el garaje, a medio camino entre el rechazo, el estupor y la acumulación de poder que representaban esos coches, todos americanos, todos brillantes. Más largos, más cortos, espectaculares. En sus puertas, Ana Elisa podía reflejarse y reconocerse extraña, ojos demasiado juntos, no separados y azules como los de su hermana, y un gesto que bajaba desde la frente por la nariz, cruzaba sus labios pequeños y descendía por el cuello, de permanente curiosidad. «Ana Elisa es la inteligente; Irene, la belleza», se le había escapado a Graciela una vez mientras tomaba el té en una merienda de señoras en su casa.

En esos automóviles brillantes leía nombres, Dodge Imperial, Packard, Chevrolet Wild Blue, Ford Silver Mountain, Cadillac One, que le recordaban elefantes en prisión. O urnas dos veces más grandes que la de su padre. Sus interiores a juego acompañaban o contrastaban el exterior del vehículo. El Ford plateado era gris por dentro, y Graciela lo utilizaba para ella. El Chevrolet azul también era azul, pero más claro por dentro y reconoció Ana Elisa que la combinación le gustaba igual que los secretos rojos de sus tomates. El Cadillac, en cambio, era negro por fuera y sangre por dentro. Pero en realidad no se sentía atraída, algo en algún rincón secreto de su mente le decía que esa fascinación podía esperar. Era más importante llegar hasta el almacén, más allá, detrás de todos esos automóviles.

Encendió la luz y, como siempre, se asombró de que la pared del fondo de esa habitación fuera un inmenso espejo. Los coches se reflejaban como si fueran insectos enormes, ojos acechantes sus faros esperando una señal para encenderse y atropellar a quien osara entrar en ese espacio. Ana Elisa se sorprendió de no sentir miedo y sí una evidente fascinación por la belleza de la imagen. Dejaban de ser objetos y asemejaban una guardia que la protegía mientras ella sucumbía al descubrir un secreto.

Fue entonces cuando vio el proyector de su padre. Y la lámpara del techo del comedor de su casa. Y el propio comedor: la mesa, las sillas, el aparador de cerezo. Y las dos camas de su dormitorio, la de Irene con su rombo en el medio de la pulida madera y la de ella con la «A» de Ana Elisa atrapada entre dos hojas de laurel. No tenían colchones, ni siquiera los somieres, sólo el esqueleto y, unido a los muebles, un trozo de cartulina que colgaba de una pata, allí, sobre las camas, en la mesa, debajo de la lámpara, en el proyector: «Venta Uzcátegui. Lote 2.»

## 3

Ana Elisa aprendió todo tipo de platos junto a Soraya. Al principio los ingredientes le fascinaron por su colorido, pero poco a poco lo que de verdad la atrapó fue la mezcla de ingredientes y la siempre milagrosa aparición del sabor. Soraya, en su idioma cortado, también iba aprendiendo a decir vainilla, albahaca, canela, nuez moscada, y las dos reían al saberse cómplices de un idioma lleno de palabras complicadas cuyos significados eran sabores fútiles destinados a desaparecer. Sonreía mientras Ana Elisa anotaba en su libro de tareas todos los ingredientes que utilizaba para sus pasteles y galletas, y más adelante para platos más complicados que satisfacían las necesidades de los Uzcátegui: pastel de pollo, polenta con ternera, pollo en pepitoria, guiso de tripa, los hervidos de res o pescado que Graciela exigía todos los jueves y el escabeche de carite, un pescado tan fibroso que parecía estar vivo antes de ser rebanado, y que la señora Uzcátegui favorecía por encima de todos los platos. «El carite te mantiene joven y firme», solía decir. El mismo sentido tenían las gelatinas, que consumía por la mañana y antes de la cena. «Para las uñas, el pelo y la cara no hay nada mejor.» Ana Elisa también las probaba, y adoraba agregar a sus gelatinas otros elementos: un poco del carite desmenuzado y, cuando iban al puesto del gallego Melchor en el mercado de Quinta Crespo, los arenques de

Noruega que Soraya y ella misma limpiaban y limpiaban bajo el agua hasta que asomaba el gris perlado de su carne y los enrollaba con palitos de madera antes de sumergirlos en el caldo de la gelatina e introducirlos en la última adquisición de los Uzcátegui: el refrigerador General Electric. «Más caro que un Reverón —como había dicho el señor Uzcátegui— y, desde luego, mucho más importante.»

Si la cocina se convirtió en el auténtico refugio de Ana Elisa en una casa que las acogía, Irene encontró el suyo en la habitación de Graciela. Para ser una de las mujeres más envidiadas y admiradas de Caracas, la señora Uzcátegui creía en un régimen estricto de dieta, cuidados y una devoción absoluta al maquillaje y al peinado. En cualquier otra situación económica, habría sido una mujer demasiado marcada por sus rasgos indígenas. A su alrededor se tejían toda serie de mitos: que había nacido en la selva, hija del último príncipe guajiro, y que huyendo del poblado llegó a la capital en un camión de mercancías. Desde entonces, se había labrado un presente donde todo rastro de sus padres quedaba completamente borrado. Otras versiones decían que Gustavo se había enamorado de ella en el poblado guajiro mientras intentaba arrebatarles terrenos a los indios y que tras una cruenta lucha con el padre y los tíos de Graciela, ambos lograron escapar hacia la capital, donde le cambió el nombre aborigen a su esposa. Cualquiera que fuera la verdad, era bella por su exotismo, el indefinible tono de su piel, la amplitud de sus ojos y el poder de su mirada. Y la extraordinaria calidad de su cabello, de un negro infinito, poseedor de múltiples tonos del mismo color, que ella sólo dejaba fuera del apretado moño que la había hecho única cada mañana, para que Irene subiera a su habitación, tomara los dos pesados cepillos de pelo de caballo brasileño y con sus manos de preadolescente lo cepillara hasta cien veces.

Durante el proceso, Irene guardaba silencio y Graciela miraba fijamente la ejecución a través del espejo. En cada cepilladura milimétricamente contada, una, dos, tres, cincuenta y nueve, cien, Graciela pensaba que su poder sobre la sociedad caraqueña se basaba en esa situación: a la india que era ella, la peinaba una niña rubia de cristalinos ojos azules, una piel perfectamente blanca cuya educación corría por su cuenta.

—Hoy lo has hecho muy bien, Irene.

Irene bajaba los ojos y dejaba los dos cepillos bocabajo en el tocador. En la plata del envés de cada uno se leían dos «G».

—Creo que hoy ha llegado el día en que te encargues tú del moño —agregó.

Irene se estremeció. Había visto a diario cómo Graciela elaboraba la parte más importante de su aspecto personal, lo que ella llamaba su firma, y sabía que el proceso no era fácil y debía quedar perfecto a la primera. Un miedo recorrió su cuerpo, no necesariamente por no poder conseguir esa perfección inmediata, sino porque el hacerlo terminaría convirtiéndose en un nuevo lazo de esclavitud, de pertenencia a Graciela.

—Lo primero que hay que hacer es coger el pelo de raíz, apretarlo y, con un suave golpe, colocarlo todo encima, a la altura del cráneo. Mírate a ti misma en el espejo mientras lo haces, respira hondo y verás cómo lo consigues de un solo… golpe.

Graciela sonrió e Irene vio en sus ojos una suerte de hechizo, ese efecto de inmediata tranquilidad a la vez que una no disimulada dominación con la cual se reconocía una procedencia aristocrática, de ancestral poder. Los reyes guajiros habían dominado inmensas extensiones de tierra antes del Descubrimiento, al menos eso es lo que había leído en sus libros de historia. Pero ninguna de las ilustraciones de esos libros mostraba a una mujer como Graciela. ¿Y ese nombre?, ¿de dónde había salido? Para sus rasgos, los ojos alargándose a lo ancho del rostro como si fueran pequeñas lagunas, no correspondían a denominativo tan... europeo. Mientras la peinaba y masajeaba las finas manos con una crema de nombre francés, Irene imaginaba apelativos más reales para ella: Xolpica, Yuma, Idane... Apretó el pelo y, cerrando sus ojos, lo llevó hasta el cráneo.

—Muy bien, Irene. Aprendes rápido. La próxima vez lo harás sin miedo.

El ritual de belleza continuaba con las manos, uno de sus emblemas. Alargadas, uñas afiladas siempre, esmaltadas de un rojo que parecía brotar desde dentro. «¡Graciela Uzcátegui no es Graciela Uzcátegui sin las uñas rojas!» era una de las frases que la propia Irene repetía para sí misma en el dormitorio de servicio tras de la cocina que compartía con su hermana. El color provenía de un frasquito que Graciela vigilaba todas las mañanas como si fuera un oráculo. «Un día crearán un color de uñas que se llame como yo, Irene. Y será el más duradero del mercado», bromeaba. Cuando el frasquito había bajado su contenido hasta poco menos de una yema, Graciela ordenaba a Soraya que acompañara a Nelson a recorrer la ciudad hacia el desconocido este, y al cabo de dos horas regresaba siempre con dos frascos más. «Nunca tres, porque se secan y el color no tiene vida», explicaba Graciela. Antes de aplicar el barniz, Irene tenía que hidratar las manos de esa crema con color como de lecho de río; después del masaje, debía tomar un poco, apenas una almendra pequeña, de otra loción rosada guardada con celo al fondo del «cajón de las uñas», como lo llamaba Graciela, en el tocador. Este compuesto, de un rosado soez, imposible, servía para alimentar todavía más las uñas, como si en efecto fueran piedras preciosas talladas en la punta de sus dedos. Untadas con él, las uñas debían reposar y esperar esos necesarios cinco, a veces diez minutos, para que penetrara en ellas, cumpliendo su misión. En ocasiones, en ese tiempo, tarareaba una canción de moda: «Soy ángel de la guarda, enamorado de tu mirada, errante vagabundo…», o preguntaba a Irene sobre el colegio o, siempre uno de sus temas favoritos, el carácter de Ana Elisa.

—Se queda mirando las verduras como si fueran a hablarle. Dicen en vuestro colegio que las dos sois excelentes, pero que Ana Elisa habla poco con las demás niñas. Es tan distinta de ti. Y tampoco se parece a tu padre… que descanse en paz, ni mucho menos a Carlota, que es más como tú. Divertida, curiosa. Lástima que…

Irene no separó su mirada de las uñas, que absorbían la crema como gusanos recorriendo un cuerpo que en el fondo devoraban. Graciela deseó que los cinco, diez minutos, pasaran volando, pero no lo hacían.

—¿Mamá está bien, allí donde está?

—No, Irene, no puedo mentirte. Pero tú y Ana Elisa tenéis que entender que es mejor que os quedéis aquí, con nosotros. Para Gustavo y para mí es… maravilloso teneros aquí, mientras Mariano está en Europa. Hay espacio para todos aquí.

—Le he escrito cartas y no las responde —confesó Irene.

—A lo mejor… no es bueno para ella. Aunque creas que haya pasado tiempo desde que tu padre… murió, algunas veces no todos reaccionamos igual, y tu madre… necesita más tiempo para reponerse.

—La crema ya está dentro, las uñas la han absorbido y brillan otra vez.

Graciela tomó la mano de la niña y la colocó sobre sus mejillas, mirándola.

—A ti nunca te sucederá nada, Irene, porque eres demasiado bella y en cualquier lugar habrá alguien para protegerte.

Retiró la mano de sus mejillas y la volvió a colocar sobre su regazo. Extrajo el frasquito del cajón de las uñas y aplicó la primera capa de color, siempre un único movimiento sobre cada una. Cuando el proceso terminaba, Graciela era como una alteza oriental, el pelo recogido en un moño sólido, la cara limpia, la piel del cuerpo brillando como si fuera bronce, y sus uñas rojas como diez ojos de mirada feroz que atrapaban, al andar su ama, todos los miedos y amores que su presencia pudiera despertar.


La vida de las dos hermanas transcurría tensa, cargada de preguntas que encontraban respuestas cargadas a su vez de puntos suspensivos. Los jueves por la tarde, los Uzcátegui recibían más o menos el mismo grupo de personas siempre, y Ana Elisa e Irene reconocían a algunos como invitados de su casa desaparecida. Pero ninguno les impactaba más que Azucena Nieves, la célebre cantante que acudía junto a su marido, Óscar Reyes, el pianista. Generalmente, tras un poco de tira y afloja con los presentes, iban hacia el piano del salón y cantaban los éxitos que se escuchaban en la radio: «Como alondra que llora su tristeza, mi destino es cantar mi desencanto, soy alondra prisionera en las redes del amor, soy la eterna cancionera, soy la novia del dolor», y aunque en el salón de los Uzcátegui no pudieran sonar los violines del bolero, Graciela y Gustavo iniciaban un baile de movimientos finos, acompasados, exquisitos. Los invitados intentaban seguirlos, siempre remedando cada giro, cada gesto de ella. «Es mi pena, negra bruma, que envuelve a mi corazón, y mi alma es como una melancólica canción.» Cada pliegue de su vestido aleteaba suavemente, se alzaba en el aire y volvía a caer sobre su cuerpo mientras repetía la letra de la canción y Azucena Nieves cerraba los ojos para que sus palabras flotaran envueltas de las notas del piano por toda la estancia.

Ana Elisa e Irene miraban y escuchaban desde la puerta de la cocina, y Soraya, discretamente, tarareando detrás de ellas. Cuando la canción finalizaba, aplaudían, Soraya con timidez, Ana Elisa encantada e Irene deseando tener las manos finas y recién barnizadas de Graciela. Entonces, Azucena se acercaba a las niñas, que de pronto se volvían objeto de todas las miradas, y les cantaba una nana, divertida, con un poquito de sentimiento de fiesta, casi música de carnaval: «A dormir, muchachas, que mañana hay oración, y lección: un, dos, tres.» Una rima incongruente que sin embargo despertaba las palmadas de los otros adultos y devolvía a las hermanas a sus camas con la sensación de estar viviendo dentro de un sueño.


—Hitler no perderá esta guerra —afirmaba Gustavo Uzcátegui, rodeado de sus trofeos de bádminton y petanca, deportes que en realidad no jugaba—. Lo que pasa es que aquí la gente es muy inculta, si estaban en taparrabos anteayer y no se dan cuenta de nada. Alemania jamás tuvo un imperio. Francia, Gran Bretaña, y qué decir de España y Roma, ellos sí tuvieron todo tipo de imperios. Por eso ésta es la última ocasión que tienen los alemanes de construirse uno. Y lo van a hacer, mira qué bien han empezado, primero han ido hacia el este, es decir, hacia Polonia, que les queda más cerca, y luego de conquistar Francia ya lo demás es pan comido.

—Será como digas, Gustavo. Tú siempre estás al corriente de todo y lees esas revistas extranjeras —apuntaba Óscar Reyes, bajando la voz al terminar la frase.

Gustavo, alentado, arremetía de nuevo.

47

—Fíjate cómo le están dejando el camino libre: España ya ha tenido su guerra y ahora Franco, que es un hombre inteligente aunque te dé risa con ese tamañito y esa voz —y se generaba una risotada entre los oyentes—, poco a poco irá recuperando para Alemania esos territorios que tuvieron juntos...

—¿Juntos? ¿Cuándo estuvieron juntos España y Alemania? —preguntaba Azucena Nieves.

—Se llamaba Sacro Imperio Romano Germánico, y España poseía una parte importantísima de él. Vamos, si Madrid era la capital de ese imperio. Y Hitler va a reunir todo eso otra vez y lo hará a través de los reyes. Sí, del monarca de cada uno de esos países. Con Mussolini tiene perfectamente controlados a los Saboya y en Inglaterra tú verás cómo consigue colocar de nuevo al esposo de la Simpson.

—Pero si ha abdicado por amor, Gustavo. Se casó con una divorciada —intervenía Graciela.

—Y además, bien fea. —De nuevo estruendosa risotada, incluidas las damas que secretamente admiraban a Wallis Simpson, la mujer sobre la que discutían eternamente su manera de vestir y peinarse—. Me han dicho que en Londres mucha gente piensa que es un hombre.

—Por favor, Gustavo, no digas tonterías —agregaba Graciela.

—Es lo que pasa con los reyes, que son todos unos desviados. Si se casan entre sí, ¿cómo no van a terminar enamorados de hombres disfrazados de mujer? —Nueva y atronadora carcajada colectiva—. Por eso Hitler los va a utilizar a todos como títeres. Pondrá un rey en España, a ése se le sumará el de Italia y, claro, también pondrá uno en Francia...

—Eso es imposible, Gustavo —objetó Óscar Reyes—. En Francia jamás volverá a reinar monarca alguno.

—Porque tú lo digas, Óscar. Los franceses están como locos por tener un rey.

—¿Y será Maurice Chevalier? —bromeó Azucena Nieves. Todos rieron menos Gustavo.

—Como seguro es maricón, le ayudará a conseguirlo. Rey sin desviación, ya os lo digo, no es rey ni en Europa ni en ninguna parte.

Graciela se levantó para abrir las ventanas del salón. Fumaban demasiado, y cuando Gustavo empezaba a decir groserías era como si las palabras se quedaran flotando entre el humo y el aliento de los presentes tiñera de color whisky la estancia. Temía que sus muebles pudieran mancharse. Con el fresco del exterior entró también en la sala esa brisa húmeda, envolvente, de la noche en Caracas, como una procesión de ánimas en pena que, de pronto, de deambular entre el ruido de los sapitos y grillos del jardín, avanzaran ahora serenas entre los vivos mareados por el alcohol. «Frío de que no va a llover», pensó, y sonrió, porque gustaba de adivinar el clima. Oyó un ruido, como si un gato se resbalara en las baldosas del porche, y vio a Ana Elisa intentando escapar.

—¿Qué has estado escuchando?

Gustavo se acercó a su esposa y sonrió, sus dientes blancos iluminando el rostro asustado de la niña.

—Déjala, seguro que lo hace todas las noches. Igual que su padre, siempre detrás de la puerta espiando, incapaz de abrirla y plantar cara.

—Basta, Gustavo. Has bebido demasiado por hoy. Ana Elisa, ve a tu cuarto. Mañana hablaremos tú y yo. No me gusta que fisgonees, y mucho menos que te enfríes.

Ana Elisa obedeció aunque, en realidad, no estuvo escuchando toda la noche. Había salido para acercarse al tronco roto de su palmera, y ante él se mantuvo un buen rato para observar cómo avanzaban en la construcción. En lo que antes fue su casa, en la parte trasera que daba a su jardín, ahora había un hueco. Allí estaba la piscina, donde su padre pasaba media hora larga todos los días de una esquina a otra estirando los brazos como si quisiera cubrir la distancia en dos brazadas. Luego se tiraba al borde y tomaba el sol diez minutos más antes de ducharse y aparecer vestido con traje y corbata para llevarlas al colegio. Esa noche, y en realidad todas las otras que se quedaba allí afuera, creía verlo, más delgado, transparente, pero con los ojos fijos en la piscina, incapaz de mirarla. Y entraba en la piscina vacía y empezaba a nadar como si estuviera llena y el agua rebosara.

La casa que estaban construyendo tampoco parecía una casa, era como un inmenso salón rodeado de grandes vigas donde creía que colocarían iguales ventanales. Supuso que Gustavo estaría contándoles a sus invitados los planes para esa casa, que él llamaba pomposamente pabellón, y por eso se había acercado a la ventana. Lo que pudo oír, entre las risotadas y el humo que empañaba el cristal, eran esas referencias a Hitler y a la guerra, y no llegaba a comprender cómo se mostraban tan despreocupados cuando veía en el periódico que dejaban en la cocina todas las mañanas las fotos de personas huyendo hacia puertos en España, Portugal y Francia y que podrían estar deseando venir a Caracas o a Buenos Aires, incluso al lejano Uruguay. Toda esa gente sin hogar, igual que ella e Irene, esperando que alguien como Graciela y Gustavo los recogiera, como a ellas, sin saber si volverían a ver a sus padres, a sus perros, acostumbrándose a nuevos platos, a gente que habla diferente. A Ana Elisa le abrumaba la angustia de esas personas y le venían ganas de llorar, y a veces sus lágrimas salpicaban la harina de las galletas que estuviera preparando con Soraya y ésta la confortaba creyendo que lloraba por su madre o su padre muerto. Pero no, lloraba por esa palabra escrita en el periódico de todas las mañanas, «GUERRA», que a Gustavo Uzcátegui le importaba tan poco. Sin poder contarlo, ya de regreso a su habitación, Irene profundamente dormida, Ana Elisa comprendió que para él la guerra era una excusa para emborracharse y hablar sin fin de sus ideas. Otra vez Irene se había dejado abierta la ventana y fue a cerrarla mientras en la casa se apagaban las luces del salón, se encendían los coches que marchaban y la fiesta terminaba. La lámpara en la habitación de Graciela se encendería también y la vería a ella, de un lado a otro, con menos ropa, el salto de cama, el pelo suelto después recogido en una red antes de apagar la luz. Quince minutos, veinte minutos y Ana Elisa seguía despierta, contemplando en la oscuridad cómo las sombras de las ramas de los árboles dibujaban en el techo palabras incomprensibles, anuncios que no podía descifrar. Y entonces sentiría los pasos, como si treparan por las paredes, y oiría el grito ahogado de Soraya.

—Señor, por favor…

—Déjame un poquito, Soraya. Un whiskito nada más.

Y luego un silencio. Y un rato después, no sabía cuánto, un aire, como si la rueda de un coche se pinchara. La puerta abriéndose, las pisadas alejándose de las paredes y Soraya mascullando algo en su francés mezclado con inglés y un llanto sofocado. No podía consolarla, Ana Elisa entendía que en ese momento todos asumían que estaba dormida. Incluso Irene, aunque en realidad ella estuviera igualmente despierta.

\* \* \*

Aparecer de improviso en los jardines del colegio Claret, una mañana de junio de 1941, bajo el sol canicular y en medio de la algarabía de las niñas en su hora de recreo, no era habitual en Graciela Uzcátegui. Ana Elisa, con la camisa de su uniforme abierta un botón de más y un trozo de tela cogido de la clase de sastrería cubriéndole la frente bañada en sudor tras correr detrás de sus amigas Sofía y Amelia, fue la primera en verla. Y cómo no iba a hacerlo si Graciela era una aparición. Erguida, su paso decidido pese a llevar unos zapatos de tacón alto, grueso pero sin embargo incapaz de generar el sonido desagradable de los de Azucena Nieves, por ejemplo. Pensaba todo esto pero sabía que no podía perder detalle de lo que sucedía a cada paso de Graciela: las niñas o bien dejaban de gritar o directamente detenían toda acción y se dedicaban a la contemplación del milagro, el andar de un ser humano inaudito. Los zapatos eran grises, como también lo era el bolso, largo como si fuera un sobre y apretado contra uno de sus costados por un brazo firmemente colocado. Y gris era también el traje chaqueta, la falda con dos pliegues delante y entubada hacia las rodillas, pero no tanto como para entorpecer su paso. Bajo la chaqueta, una blusa de manga larga con cuello alto, también gris pero exactamente un grado, incluso medio grado de color menos que el traje. Y en la solapa una flor de plata, como una de las gladiolas que ella gustaba llamar, a la caraqueña, malabar. Sus pendientes a juego y una ristra de perlas grises eran todas las joyas que llevaba. El largo cuello sobresalía de entre las puntas de la blusa y parecía retener cada perla que lo tocara en su inmaculado lugar. Una de las niñas, Ana Elisa no podía recordar cuál, sólo atinó a decir: «No suda.» Y, en ese momento, Graciela se hizo más grande, más seguro su taconeo, más largo su cuello y más indígenas y poderosos todos los rasgos de su rostro, las manos, hasta el empeine de sus pies moviéndose entre el césped hacia la puerta de la dirección.

Las monjas Carmela y Berta, que las niñas llamaban Manzana y Pera por la forma de sus cuerpos, se movían titubeantes, incómodas, asombradas de una presencia femenina de ese porte, autoridad y contundencia. «Ahora les sonreirá —se oyó a sí misma decir Ana Elisa— y, cambiando el bolso de brazo y de mano, les tenderá la que queda libre antes de llamarlas por sus nombres.» En efecto, Graciela Uzcátegui realizó cada uno de esos gestos y consiguió su efecto favorito: que los demás se sintieran cómodos en su presencia pero sin olvidar su autoridad.

Ana Elisa buscó con la mirada a Irene y ésta dejó a sus amigas en el otro lado del patio para unirse a Graciela. Ana Elisa llegó por la izquierda, su hermana por la derecha, y Graciela, como si las descubriera, se excusó ante las hermanas, sujetó con la mano libre la parte de atrás de su falda y se agachó hasta quedar a la altura de sus…

—Mis niñas —las llamó, una de sus mejillas para cada hermana—. ¿Todavía están en el recreo, hermana Carmela?

—No, señora Uzcátegui, justo ahora íbamos a reunirlas para la misa de las doce.

—Siento haberme retrasado cinco minutos. He querido responder a su llamada de inmediato. —Graciela notó cómo Ana Elisa se cerraba el botón de su camisa y escurría el trozo de tela entre sus manos. A Irene la miró más detenidamente: sus ojos azules parecían inyectados de miedo—. No ha ocurrido nada grave con las niñas, ¿no?


—Disculpe que las niñas, todas, no dejaran de mirarla, señora Uzcátegui —dijo la hermana Carmela, ya en su despacho, sentada junto a la hermana Berta y frente a Graciela, imperturbable, acomodada como una marquesa en la silla en la que habitualmente se sentaban las niñas malas, acongojadas, a la espera de recibir su castigo—. Francamente, ninguna madre es tan… elegante como usted.

—Vamos al grano, hermana Carmela. Entiendo que Irene y Ana Elisa a veces den problemas. Como sabe, no han tenido exactamente una infancia fácil. Desde que su madre nos las dejó, mi marido y yo hemos hecho todo a nuestro alcance…

—Ambas son dos niñas muy dulces, educadas y de inmensa bondad —interrumpió la hermana Berta, que en verdad tenía forma de pera, un cuerpo ancho con una cabecita ridículamente pequeña—. Ellas procuran estar juntas mucho rato. Eso no creemos que sea tan bueno, porque se llevan casi un año de diferencia y porque… La razón por la cual la hemos llamado es que… Irene es claramente muy diferente de su hermana.

Graciela abrió su bolso para buscar el espejo de su polvera y lo volvió a cerrar al recordar que estaba frente a dos novias del Señor, en una oficina de muebles marrones, como si se hallara en un despacho de algún comisario en una película de vaqueros. El maquillaje podía esperar.

—Irene cada vez despierta más admiración por su belleza, señora Uzcátegui —prosiguió la hermana Carmela con sus mofletes rojos y redondos a punto de estallar, consciente de que la hermana Pera no era capaz de continuar con el discurso preparado sin trabarse—. Las niñas lo comentan, aunque tan sólo tenga poco más de diez años y medio y, la verdad sea dicha, nuestro uniforme sea…

—Como el camisero de una virgen —rió la hermana Berta, aliviada ahora de no llevar el peso de la conversación y mordiendo una de las galletas que le habían ofrecido a Graciela con una sonoridad tal que casi movió un pelo del perfecto moño de la dama.

—No puedo creer que me hayan llamado para decirme esto. Si Irene está aquí con ustedes, hermanas, es precisamente para que sepa que en la vida ser bella no puede ser todo. Que si no atesora belleza dentro, la de fuera de muy poco le valdrá.

—Para nosotras empieza a ser un caso especial. Creemos que es nuestro deber avisarle de que Irene está a punto de desarrollarse como mujer y de que cuando lo haga necesitaremos del señor Uzcátegui y de usted misma mucha más vigilancia sobre ella que con cualquier otra niña normal —aseveró la hermana Manzana.

—Pero ¿y qué tiene Irene de anormal?

—Hemos visto ya a varios de los niños de colegios vecinos esperar afuera a que ella salga —la informó, de nuevo mordiendo bruscamente su galleta, la hermana Pera.

De pronto le incomodaron vivamente las rancias monjitas que la despedían con falsos ojitos de bondad. ¿Acaso creían que ella no se había dado cuenta de lo que sucedía con Irene? ¿No veía cómo todas las noches, mientras cenaban, intentaba detener la respiración para que no se le notara que el pecho iba creciéndole y cómo dentro de ella, la señora indomable y segura de sí misma, se agrandaba a cada nuevo día la necesidad de vigilar cada vez más los gestos de Gustavo cerca de Irene?

Como si estuviera esperándola, se encontraba a mitad del pasillo, esta vez vestida con su uniforme de educación física, una especie de incómoda casaca de extraño algodón que la cubría de la cabeza a los pies.

—Irene, ¿eres tú la que practica gimnasia rítmica o es Ana Elisa?

—Las dos. ¿Te quedarás para vernos? Tenemos un ensayo de la demostración de la semana que viene en la Hermandad Gallega. Ana Elisa cada vez hace sus ejercicios mejor.

—No sabía nada de esta demostración.

—Nosotras se lo comentamos a Gustavo. Ana Elisa se lo dijo, como hacemos siempre que el colegio nos envía lejos.

—¿Ésta no es la primera demostración?

—No. Y Gustavo ha venido a dos de ellas. Ana Elisa siempre se lo dice. Si no tenemos permiso del… representante, no podemos ir. Y para Ana Elisa es muy importante, todos en el colegio consideramos que es la que más destaca.

Graciela buscó su espejo, ahora sí podía maquillarse. La verdad es que buscar algo era uno de sus gestos característicos cuando tenía que controlar los nervios. ¿Qué hacía Gustavo asistiendo a esas demostraciones de gimnasia femenina que no fuera lo peor que pudiera pensar?

El hall que servía como gimnasio no olía mal, curiosamente fue el único momento de toda su visita en que Graciela sintió que estaba en un lugar agradable. En una de las paredes colgaba el retrato de Simón Bolívar en su caballo blanco, enarbolando la bandera venezolana al lado de una inmensa cruz con Jesucristo, sin otra bandera que su crucifixión y su taparrabos. Graciela pensó que en realidad estaba más cerca de Jesús, por su piel morena, ese magnífico pelo sacrificado y el taparrabos, que del Libertador de todos los venezolanos, pero así como tuvo la idea la alejó de su pensamiento porque ya empezaba el ensayo de la demostración de las niñas.

Alineadas delante de la hermana Margot, muy delgada pese a la uniformidad del hábito y con unas manos finas y delicadas —aunque mucho más descuidadas que las de Graciela—, las chicas se veían todas iguales, más o menos mustias, siempre incómodas de estar juntas, de que el cuerpo no les respondiera al cerebro o de que la fertilidad del Caribe las hiciera mujeres antes de tiempo todos los años, todas las vidas. Graciela las recorrió con la mirada, malos dientes, ojos bizcos, rodillas demasiado juntas, hombros caídos y, de repente, la hermana Margot golpeaba el suelo con su barra de entrenar y todas se estiraban, las piernas se separaban, los ojos enfocaban mejor, sus cabelleras relucían, e Irene, tal como lo esperaba, no sólo relucía, ofrecía sin conciencia alguna un cuerpo lleno de salud, hombros finos y brazos largos, el cuello blanco y fuerte, sus labios rojos, el brillo de sus ojos azules mirando con innata madurez y propia curiosidad, las piernas al saltar mostrando músculos que Graciela jamás había visto, y durante todo el ejercicio, los pechos, mínimos pero presentes, cambiando de peso y gravedad en cada golpe de bastón. Lo que estaba viendo era una advertencia. Irene no sólo era demasiado bella; llevaba escrito en la frente «Protégeme». Aunque en realidad Graciela sabía que lo que llevaba escrito era sólo «Problema».

Ana Elisa, tercera en demostrar su solo de rítmica, no tenía pecho aún, no tenía cabellera, no tenía los ojos azules de brillo enloquecedor. Tampoco el cuerpo de ninfa atlética. Era sólo atlética y su ejecución exacta, concentrada, no fue brillante esa tarde, como le recriminaría después la hermana Margot, porque seguro que se estaba reservando para el día de la auténtica demostración. Ana Elisa escuchó el reproche sin moverse de su sitio en la alineación una vez acabado el ensayo. Ella sabía por qué no había estado brillante: cualquiera que hubiera sido su esfuerzo, nadie, ni siquiera Graciela, estaría mirándola.

La cena ese jueves no resulto fácil. Ni siquiera la carta semanal de Mariano desde París recibió la atención habitual. Ana Elisa se percató de esto con la secreta intención de apoderarse de la carta tan olvidada encima de la mesa como ella en medio de la sala de gimnasia del colegio.

—A veces no entiendo cómo personas de la talla de Humberto Díaz se ponen a escribir esos artículos sobre la guerra —rompió el silencio Gustavo Uzcátegui—. ¿Es que no se dan cuenta de que para este país lo mejor que puede pasarnos es que la guerra continúe?

—Mueren miles de personas en Europa, Gustavo. Gente blanca, de ojos azules como… Irene. Y hablan de atrocidades que puedan estar pasando sin que las sepamos.

—Por favor, Graciela. Vas demasiado al cine y escuchas demasiado la radio. Matan a los enemigos y a los mal formados, con toda razón. ¿Cómo va a tener Europa gente coja o manca? ¡Y que los bancos estén en manos de una gente que no cree en Dios, como los judíos!

Graciela se movió incómoda en su asiento y empezó a desplazar los cubiertos como si estuvieran siempre mal colocados, otro de sus gestos refugio para no evidenciar su malestar.

—Los Guerrero Lobo son judíos y muy buenas personas. Tú mismo dices que él es el alma de las fiestas cuando tú no estás, claro.

—¡Qué van a ser judíos los Guerrero! Será ella con ese apellido, Lobo, que en realidad viene de los… ¿cómo se dice?… *convexos,* eso, que tuvieron que comerse las hostias obligados porque si no los echaban de España. Aquí lo que pasa es que no quieres entender mi punto de vista. En este país, bajo este sol, con nuestras palmeras, la guerra es como una bendición. Mientras más aviones estén en el aire y más tanques en la tierra, más van a necesitar esa maravilla que Dios nos ha regalado a borbotones…

—Petróleo —añadió tímidamente Irene.

—¡Cómo aprendes de rápido con esas monjas Manzana y Pera, querida Irene! Exactamente, el petróleo es lo único que tiene que interesarnos en este país. Si otros lo utilizan para matarse, es asunto de ellos, pero que lo compren aquí. Siempre aquí…

Gustavo Uzcátegui alzó su copa para un brindis en el que nadie le acompañó. Graciela mantuvo su mirada en los cubiertos, que nunca encontraban su milimetraje perfecto.

—He estado visitando a las monjas cara de fruta esta tarde —dijo, más que nada por cambiar de tema—. No me habías dicho nada de esos desfiles de gimnasia de las niñas, Gustavo.

—Demostraciones —corrigió Ana Elisa. Irene se incorporó en su sitio como si algo empezara a subir por su espinazo.

—¿Y por qué me lo comentas así, con ese tono? Tengo entendido que las niñas lo hacen muy bien. En especial, Ana Elisa —respondió Gustavo sin mirar a la aludida, un rápido destello, oculto por sus pestañas, surcando el espacio donde seguía, erguida y tensa, Irene.

Graciela se levantó de su silla y todos los presentes sintieron como si un fantasma o monstruo, algún bicho escapado de árboles cargados de animales exóticos, hubiera entrado en el comedor. Mientras ella abandonaba la habitación, un aire turbio acompañó esas presencias invisibles como si, al marcharse, Graciela dejara tras de sí el aliento de las fieras sin domar.

Gustavo subió tras ella hacia su habitación con el paso pesado. Lo que iba a suceder no le gustaba nada. Cada escalón que pisaba le recordaba esa extraña comezón que desde que se inició el conflicto internacional le hacía soñar imágenes más incomprensibles, voces más temibles. «Te estás equivocando en todo, Gustavo. Ganarán los Aliados en cuanto Estados Unidos entre en la guerra», y él respondía a esas voces de sus sueños con su arrogante carcajada: «Hitler tiene a los japoneses y convencerá a los chinos, y con los reyes restituidos en sus respectivos países, el resto será un camino de rosas.» «Te equivocas otra vez, la historia no va a aceptar un mundo dirigido por japoneses con los ojos siempre cerrados ni por italianos gordos junto a alemanes que matan niñas judías en Holanda.» ¿Niñas? ¿Por qué niñas? ¿Por qué siempre esa palabra al final de las voces y a continuación el rostro de Irene, esos ojos como platos de porcelana francesa abriéndose y cerrándose al mismo tiempo que sus labios? Y cada vez más en sueños recientes, sus brazos blancos estirándose como si la llamaran y, a medida que él iba hacia ellos, la piel suave, brillante en la bruma del sueño, que al principio le cegaba la vista y después le permitía ver con una luz diferente a Irene al pie de la montaña, detrás de la casa, completamente desnuda y con aquel ombligo suyo que era como una lombriz que se movía siempre en la misma dirección y el vientre plano que se inflaba y desinflaba mientras ella respiraba, y de pronto las manos de Gustavo no tenían ese vello sobre sus dedos, sino que eran lisas, limpias pero muy grandes sobre aquel cuerpo pequeño y blanco que se estremecía mientras él lo acariciaba.

—¡Quiero que esto termine antes de empezar, Gustavo! —bramó Graciela Uzcátegui delante del espejo de su tocador, las venas de su cuello inflamadas y toda su piel morena devenida en roja—. Las monjas me han abierto los ojos, las muy crueles. Irene ya no es una niña…

—Por favor, Graciela, son religiosas, no hacen más que ver al Demonio en todas las esquinas.

Graciela se aproximó hacia él no ya como una mujer, ni siquiera esposa, sino como un espíritu malsano, una amenaza, sus uñas brillando más que sus ojos.

—Puedes hacer lo que quieras con cualquier otra mujer, Gustavo, pero a esa niña no la puedes tocar. No es para ti. Es para tu hijo. Su cuerpo virgen aguarda por Mariano.


Irene y Ana Elisa oían sobre sus cabezas las pisadas en el dormitorio de Graciela Uzcátegui. Irene se mordía una uña, la primera vez en su vida que hacía algo así. En su frente, blanca como la mayonesa que Soraya acababa de enseñar a batir a Ana Elisa, se formaba un ligero hoyo que fue lo primero que tocó cuando se acercó a ella. Irene apretó la mano de su hermana y, aunque nadie estuviera allí para percibirlo o subrayarlo, las dos reconocieron en ese gesto una repetición, como si la vida siempre las encerrara en las mismas señales y decorados. Otra vez se cogían de la mano en un comedor y rodeadas de esas pisadas fuertes, decisivas, brutas, que iban marcando en sus ruidos los caminos del destino.

—No voy a hacer la demostración, Irene.

—No. Tú no tienes culpa de nada, no tienes por qué dejar de hacer algo que te gusta.

—Es que no me gusta. Nadie me ve aunque lo haga mejor que las otras. Nadie me ve.

—Ana Elisa, ellos no están discutiendo si lo haces bien o mal. Están discutiendo algo que las monjas le han dicho a Graciela sobre mí. No me hagas sentir más culpable dejando la gimnasia. No me castigues, tú menos que nadie.

Ana Elisa volvió a quedarse sola en el comedor. Con la carta de Mariano, tan abandonada como ella.

## 4

«El porqué de las pequeñas cosas», empezaba la carta.

*... aparece en tu vida cuando menos lo esperas. En horas de soledad, cuando sientes que tus brazos crecen de más y tu propio estómago se encoge y las costillas parecen no contenerte, piensas en cosas pequeñas para intentar controlar todo eso que crece demasiado. Pienso en las olas de Naiguatá rompiendo de derecha a izquierda y dejando en la arena una ala rota. Pienso en los pelícanos levantando el vuelo con una presa entre los dientes. Y aquí, en París, siempre hace frío, siempre camino con la cabeza gacha, y en una esquina sus magníficos edificios se hacen más grises y en la siguiente están coronados de oro y bañados en una luz caraqueña que mis ojos entristecidos han traído hasta aquí. Tengo veinte años y todavía estoy llorando sin explicación. Quizá por esta belleza que me refugia día a día mientras a nuestro alrededor todo se derrumba. Las elegantes mujeres parisinas luchan por sostener su mítica elegancia con zapatos cubiertos con trozos de cajas de cartón y atados a lo que, una vez, fueron exquisitas hormas de pieles sofisticadas con cordones que empiezan a deshilacharse mientras sigue lloviendo y más y más uniformes grises con águilas dibujadas en el pecho se pasean por la ciudad y forman filas, detienen a mujeres de cabellos rubios y ojos asustados y a algunas las suben a autobuses que aparecen de la nada sin que medie entre ellos ningún grito, ningún gesto de ayuda. Cuesta creerlo, pero es esa resignación la pequeña cosa, la enorme lección. ¿Qué estamos haciendo con nuestro mundo?*

Ana Elisa no pudo evitar que su lágrima cayera sobre la carta y que casi creara un pequeño desastre borrando la tinta azul en la que estaba escrita. Con su dedo evitó el curso de la gota sobre las palabras y sintió que atrapaba en sus yemas, en lo más profundo de su identidad, la esencia de Mariano Uzcátegui. «Las pequeñas cosas», repitió en voz alta Ana Elisa, solitaria en el comedor de los muebles modernos, la brisa entrando por las puertas, el césped del jardín erizándose suavemente a su paso, el rumor lejano de la radio en la habitación de Graciela deshojando las melodías de un nuevo bolero en la voz de Azucena Nieves. «Deja el manto de la noche a mis pies, no vuelvas para recogerlo…»

Cada carta de Mariano venía acompañada de un dibujo, siempre de lugares públicos vacíos, con una figura masculina perdida en ellos, también siempre sin rostro. Pero esta vez, dando paso al universo de las pequeñas cosas, había dibujado un rostro. Ana Elisa volvió la cuartilla para no verlo. Sólo ella sabía cuántas noches y sus días había dejado que su imaginación contorneara ese perfil. A veces era rubio, otras tenía el pelo negro. Nunca se parecía ni a Graciela ni a Gustavo. Ni tampoco a ella. Por más que lo intentara, Mariano Uzcátegui siempre se parecía, en su imaginación, a su hermana Irene.

Si se hubiera atrevido a contemplarlo, el dibujo le habría devuelto a un hombre joven de aspecto adulto. Una mandíbula poderosa, pómulos altos y nariz de caballo de pura raza. Aunque él se dibujara a sí mismo sobre un papel blanco, el conjunto de esos rasgos hacía presumir que su piel era sólo algo más clara que la de su madre, Graciela, y debido a la tinta azul de la estilográfica, sus ojos sí recordaban a los de Irene. Allí, entonces, Ana Elisa se convenció de que si algún día llegara a conocerlo y sus ojos no fueran como los de su hermana, ella siempre los vería azules. De haberlo visto, y convocada por las órdenes del propio Mariano a seguir las instrucciones de descubrir las pequeñas cosas a nuestro alrededor, Ana Elisa hubiera dejado que sus yemas manchadas de tinta se deslizaran por los rizos, de un azul oscurecido, que revoloteaban en esa cabeza.

Las pequeñas cosas siempre habían estado cerca de Ana Elisa. En la fascinación por los ingredientes de la cocina: la piel del tomate, el corte matemático de cada capa de cebolla, el universo de puntos negros encerrados en un plátano o en la pléyade de semillas, soldados diminutos en el interior de la papaya. Sabía que en el mundo de las pequeñas cosas existían surcos envolventes y que cada uno de ellos servía de refugio. Por eso permitió que Soraya la dejara entrar y pasear a su gusto por los salones de los sabores, por eso también se decidió a convencer a Graciela y a Gustavo de que no retiraran el tronco yermo de su palmera mientras a su alrededor construían una nueva casa.

—Soraya me ha dicho que están creciendo orquídeas pegadas al tocón —anunció Ana Elisa, sin ocultar delante de los Uzcátegui un temblor en su voz que no era más que el reflejo del temor que sentía porque ellos la privaran de su ilusión, de su sueño de colores, de esa vida vegetal en que creía reflejada la suya propia.

—¿Orquídeas? ¿Violetas o blancas? —preguntó Graciela, dejando de lado el plano de la construcción sobre la mesa del comedor.

—Hay más de un color en muchas de ellas —respondió.

Cuando fueron a verlas, a medida que cruzaban el jardín y se acercaban a su santuario, Ana Elisa adquirió seguridad en su paso. Los hombres que levantaban los cimientos se volvieron, como hacían cada vez que ella se dirigía hacia allí, esperando que en su lugar fuera Irene, y cuando alertaron a la señora Uzcátegui disimularon su informalidad con órdenes de trabajo. Graciela supo al instante que Ana Elisa visitaba ese tronco varias veces al día y constató que, desde luego, la niña era siempre una caja de sorpresas. Seguramente la dejaba demasiado tiempo fuera de su vigilancia y había aprendido a crearse un mundo propio.

Ana Elisa sabía de las orquídeas y su historia por algunas cosas que le había contado su madre y que ella recordaba a fragmentos, como retazos de cuentos de hadas. Sabía que podía haber orquídeas tan pequeñas como diminutos botones y otras tan grandes como pájaros que despliegan sus alas o, incluso, como árboles; sabía que existían tantas variedades que pueden encontrarse orquídeas tanto en lo alto de la montaña como en lo más profundo de una selva, porque pueden crecer en los más diversos lugares: sobre rocas, en tiestos o, incluso, colgadas de las ramas de los árboles o rodeando sus troncos, como las que envolvían el tocón de su palmera, con las raíces expuestas igual que los cabellos de una sirena varada en la arena, mecidos por el aire y alimentándose de él. Sí, porque aunque muchos creen que las orquídeas son plantas parásitas, eso es mentira, lo buscó en un libro de la biblioteca siempre intacta de Gustavo: no dependen de ningún otro ser para celebrar su belleza. No necesitan a nadie, se sustentan de la brisa, de la humedad y del vapor de agua que ésta deposita en sus hojas. ¿Cómo pueden llamar parásitos a flores tan exquisitas, que ofrecen su hermosura cual si se tratara de un milagro, el de su colorido, su espectacularidad?

Por no necesitar, no precisan siquiera de otro ser para reproducirse. Ana Elisa lo investigó también en los libros de jardinería de las monjas del colegio y descubrió que eran hermafroditas, extraña palabra, misteriosa, cargada de oscuros ecos, para designar que cada orquídea posee una parte femenina y otra masculina unidas en el centro, en el origen de la flor, que hacen que se reproduzca por sí sola. Qué felicidad, pensó Ana Elisa, no necesitar a nadie para existir. Vivir sola, sin depender ni de alimento ni de hombres como Gustavo, brutales, siempre ordenando para hacer perdurar su estirpe.

Pero las orquídeas, como todo ser libre e independiente, también sufrieron una violenta persecución destinada a aniquilarlas. Durante el siglo XVI, los colonizadores europeos hallaron en las selvas americanas ejemplares mucho más hermosos que los de sus tierras. En cuanto esta noticia se extendió entre los cultivadores europeos, éstos enviaron al Nuevo Mundo batallones completos de recolectores de orquídeas con la misión no sólo de conseguir esquejes y semillas de estas especies, sino de destruir las sobrantes a fin de poseer en exclusiva las más bellas flores del mundo. Exterminaron bosques, talaron miles de árboles que refugiaban a aquellas orquídeas no destinadas a cruzar el Atlántico para pervivir al otro lado de la Tierra. Las quemaron, las arrasaron sólo por ser únicas, por ser bellas.

La lectura de estas crónicas vegetales la desoló y le hizo comprender que, en el fondo, aunque su belleza no fuera ni mucho menos tan evidente como la de los asombrosos seres que abrazaban a su palmera muerta, ella misma era una orquídea. Sí, ambas lo eran, Irene y ella, las hermanas Guerra: una se consideraba exterminada, Ana Elisa, al margen de la sociedad, privada de la luz, de todo brillo, recluida en su mundo de plantas, recetas y cacerolas. La otra, Irene, era como la flor hermosa transplantada a la mansión de los Uzcátegui, que la cuidaban y mantenían para lucirla en sus salones, poseedores sólo ellos del ejemplar más bello de la ciudad.

Ana Elisa, la orquídea pisoteada, había descubierto su verdadera esencia, sabía lo que era y lo poco que necesitaba: sólo aire para seguir viviendo, con las raíces de su pasado expuestas a las corrientes, con su mundo interior siempre preparado para alimentarla de recuerdos e imágenes que sólo ella apreciaba. Y, tal vez, Mariano. Por eso, sin abandonar sus excelentes resultados en la cocina, se dedicó también a cultivar con inusitado ahínco, que aunaba esfuerzo físico y estudio concienzudo, ese otro refugio florido justo en el lugar donde había perdido la vida su padre. Los escasos libros que encontró sobre flores le ofrecieron una sola conclusión: con la orquídea jamás se sabe cuánto es suficiente. Ni de riego, ni de luz, ni de sombra.

Antes de que amaneciera, justo ese instante que siempre le recordaba aquel diálogo con su hermana en la casa ahora derribada, donde las dos cogidas de la mano revisaban sus posiciones en el ataque de los saqueadores, donde Irene fue rescatada por su madre y Ana Elisa dejada a su suerte en medio de los gritos y humillaciones de los intrusos en el comedor, a esa hora, Ana Elisa iba hacia el jardín cubierto de rocío, a veces tan espeso que se volvía niebla, sus gotas empapaban su rostro y el frío tropical —así decidió llamarlo— rellenaba de vida su piel y la de sus orquídeas. Con su cuerpo, colocándose como si fuera un escudo protector, nuevo reloj azteca delante de las flores, protegía a las orquídeas del primer y abrasivo sol de la mañana, estableciendo con éste un juego que a veces se convertía en combate. Muchas veces su cuerpo de doce años resultaba insuficiente para proteger el extenso abrazo de los rayos cegadores. Entonces, Ana Elisa se arremolinaba sobre sus flores y, entre risas por su propia situación, les hablaba: «Las pequeñas cosas están detrás de nosotros para recordarnos nuestros verdaderos sentimientos. Pueden ser recuerdos, olores, cuando el chantillí sale perfecto.» Y si algunas veces estas frases le sonaban pomposas, demasiado cargadas, Ana Elisa le recordaba a cada orquídea los nombres que había creado para ellas: Chantillí Canario. Nuez Moscada Violeta. Negro en Camisa. Buenas Noches de Día.

—Esa niña se está volviendo loca —declaró Gustavo Uzcátegui, que observaba el ritual matutino de Ana Elisa desde la ventana de su habitación.

—Déjala, Gustavo. Ha renunciado a la gimnasia y ahora es Irene la líder del equipo —respondía Graciela, haciendo su propio ritual diurno: preparar la ropa de su marido para sostener la idea de que ambos representaban el ideal del matrimonio más elegante de la capital. Luego pasaría por el baño para refrescarse el rostro, observar si alguna cana hubiera florecido durante la noche, aplicarse hielo en la cara y especialmente en los párpados, lavarse los dientes después de las gárgaras con un jarabe lleno de palos de canela y flores cuyo sabor prefería no recordar y de nuevo vuelta a la cama para esperar el desayuno y revisar si el nombre de ambos aparecía en la sección de el Hombre Feliz, pseudónimo del columnista social de *Las Mañanas de Caracas.*

—Parece que les hable a esas orquídeas —seguía comentando Gustavo mientras se ajustaba la corbata—. El paso siguiente es que se nos convierta en una Juana de Arco.

Graciela rió el comentario, pero sobre todo pensó en la absurda cotidianidad de su matrimonio. En la columna social habían mencionado su presencia en el acto de inauguración de una fábrica de refrescos en el este de la ciudad. ¡Vaya que se había ganado esa mención! Nunca le había resultado más fatigoso llegar hasta esa zona que todos se empeñaban en ver como el futuro. ¿Qué le veían al este si viviendo en el oeste el día empezaba antes, la tarde era una sinfonía de colores sobre su jardín y esas orquídeas que Ana Elisa cuidaba con tanta rareza parecían agitarse dentro de sus propios matices y arrojaban sobre el césped fugaces sombras tornasoladas?

Gustavo Uzcátegui se inclinó a besarla. Graciela acarició su nuca, todavía había pelo allí, siempre le gustó de su marido esa melena como de caballo, parecida a la de ella.

—Vamos a ganar un dinerito, belleza —dijo Gustavo antes de cerrar la puerta de la habitación, como todos los días.

Graciela fue hacia la ventana para ver a Ana Elisa entregada a las flores mientras su hermana Irene iba a recogerla para ir al colegio. Mientras las veía, Graciela pensó que su imagen de familia perfecta se había cumplido. Y es que sólo ella sabía que Gustavo en realidad hacía su dinerito cobrando comisiones por todo tipo de negocios que la «democracia» del general Eleazar López Contreras, el nuevo presidente, necesitaba para garantizar que Venezuela cumpliera su rol como «defensora de la libertad en los hombros de América», como decía en cada discurso. Que esas orquídeas crecieran así de bellas no sólo sería por los cuidados de la niña, sino porque, seguramente, se alimentaban de la sangre de su padre. O porque su espíritu, errante desde entonces, acudía todas las noches a inyectarlas de milagrosa vida para que ella, Graciela, desde la ventana, no olvidara lo que habían hecho.

\* \* \*

*No han dejado de sucederme cosas raras esta última semana. De entrada, ha vuelto a nevar, aunque estemos ya en la segunda mitad de abril. Y si durante el invierno y la Navidad, el frío fue atroz, la nieve no ha dejado de llamar mi atención. Cuando lo co-*

mento aquí todos me miran extrañados; para ellos es un símbolo de más agobio, días furiosamente cortos, menos luz. Y frío, claro, que hiela la sangre, nubla el pensamiento y subraya todavía más que, aunque colaboracionistas, seguimos en guerra. Aquí tampoco quieren que les escriba «colaboracionista», muchas personas se ofenden si oyen la palabra salir de mis labios con acento sudamericano. Y también es cierto que aquí cada vez me siento más como una anomalía. Un ser extraño, un bicho colgando de un puente en una parte oscura de la ciudad.

Pero les decía que vuelve a nevar y que siempre que ocurre no me importa el frío, se me olvida, sólo tengo ojos y deseos de ver caer más copos, cómo crean ese manto que cubre todo y nivela, iguala a todo el mundo que deambula sobre su blanco. El blanco de la nieve no tiene explicación. Primero enceguece, luego acostumbra los ojos a su luz o, mejor dicho, los doblega. Y en un mundo que habla continuamente de territorios conquistados, de triunfos sobre el enemigo o ataques viles del mismo, la nieve es lógicamente un refugio. Unifica, iguala como las dictaduras de las que todos hablan si los nazis siguen conquistando espacio. Pero al mismo tiempo su infinita blancura, sí, infinita, da una sensación de espacio y limpieza…

—Basta ya —clamó Gustavo, que se servía una segunda generosa porción del chantillí de Ana Elisa. Esta vez había conseguido colocar la pulpa del mango dentro de la crema y realmente creía haber encontrado una receta más que apuntar en el cuaderno de Soraya: chantillí de mango—. Basta ya, repito. No sabe ni lo que escribe. Es que tampoco sabe qué diantre quiere ser en la vida. Se supone que está allí para obtener una licenciatura y no hace más que escribir esas sandeces y dibujar el mismo retrato de sí mismo sin cara ni nada.

—¡Lo que dice en esta carta es importante! —insistió Graciela.

—Tiene que regresar. Corre peligro estando en Europa ahora mismo.

—Me sorprende en ti, Gustavo. No haces más que decir que París se alzará como la única ciudad que no se deje tentar por las ofertas de los Aliados.

Gustavo dio un puñetazo a la mesa.

—Aquí el único que opina sobre el Führer o los Aliados soy yo, punto.

—Si leyeras bien el periódico te darías cuenta de que Hitler perderá la guerra ahora que Estados Unidos ha entrado en ella.

—Pues con los americanos o sin ellos, Mariano se vuelve de París ahora mismo, o si no regresará como un absurdo héroe de nada, porque nuestro país no está en guerra con nadie, sino al servicio de lo que tiene que estar, que son las compañías petroleras.

*Escribía antes de las cosas extrañas que me han sucedido. He descubierto un pan de harina negra, con una corteza fuerte pero la masa negra como los teléfonos de Caracas y al mismo tiempo suave. Lo fabrican una pareja de polacos con los que he empezado a familiarizar. Huyeron de su país unos meses antes de la invasión y atravesaron Alemania, Alsacia, y han llegado a París hace menos de un año. Él se llama Benjamin y ella Judith, y no pueden ocultar que son judíos. Pero no tienen miedo, como otros que he visto en el barrio y luego desaparecen. Benjamin es alto, rubio y muy corpulento, y su esposa también parece sacada de una postal bucólica, mejillas rosadas y un... pecho rebosante, sí, inevitable de observar. Creo que está embarazada, pero no lo sé con certeza porque los dos hablan poco, seguramente no dominan el francés, aun así, me preguntan mucho por nuestro país y yo les hablo de los mangos que caen desde las matas en junio o las calles cubiertas de las hojas fucsias del ruibarbo en mayo. Y de nuestras aves, les explico que van desde una muy pequeña como el colibrí hasta otra inmensa,*

71

*leonada, imperial como el rey buitre. Creo que tampoco entienden lo que les narro, pero sus ojos me miran atentos aunque yo perciba en ellos una tristeza muy honda. A cambio, ellos me regalan dos o tres rodajas de ese pan milagroso que con un bocado te hace sentir fuerte para el resto del día.*

—¿Quieres parar, Graciela? No tiene nada de interesante para las niñas que Mariano se dedique ahora a contar historias de pájaros por un trozo de pan.

Irene miró fijamente a su hermana, y Ana Elisa supo que se avecinaba una tormenta.

—Están pasando hambre en Europa y es lógico que hablen de comida. Lo irreal somos nosotros, comiendo tres veces al día como si estuviera a punto de venir el presidente —acusó Irene.

Gustavo lanzó su servilleta al centro mismo de la mesa.

—A mí no me habla nadie de esa manera.

—Irene, Ana Elisa, vayan a su habitación —indicó Graciela.

—No —rechazó Irene—, quiero terminar de oír la carta.

—Es ridículo, Graciela, todo lo que estás haciendo… —recriminó Gustavo.

—Se van a su habitación y que sea la última vez, Irene, que me desobedeces —amenazó Graciela.

Gustavo Uzcátegui saltó de su silla.

—Todo esto, la lectura de esas cartas como si fueran parte de la Declaración de Independencia. ¡Estoy harto! Nunca me gustó la idea de que Mariano se marchara a esa ciudad. ¿De qué va a servirle si están en guerra y él se empeña en estudiar Artes Plásticas? ¿Cómo les vas a explicar tú a los policías del gobierno que tenemos un hijo que juega a ser pintor y quiere ayudar a polacos panaderos? Ni un solo céntimo, nada, del dinero que le enviamos irá a parar a esa gentuza. Y, Graciela, no se te ocurra contravenirme en esto.

72

Graciela salió detrás de su marido, que abandonó el comedor presa del estallido de su ira, y las dos hermanas quedaron solas, separadas por la carta abandonada en medio de la mesa.

Ana Elisa la cogió.

—No la leas —dijo Irene.

Pero Ana Elisa no le hizo caso.

*Me gustaría ayudarlos, no sé cómo. Se me ocurre pensar que quizá podríamos traerlos a Caracas. En la embajada se forman filas impresionantes y nuestro gobierno todavía no se atreve a formular ninguna política de inmigración. Esta gente no tiene continente que los reciba y están dispuestos a ir a cualquier parte. Imagino que papá podría hablar con el canciller y que...*

—¿Y qué? —preguntó Irene, ahora ansiosa.

—Puntos suspensivos —respondió Ana Elisa.

Ya en la habitación, Ana Elisa fue hacia su cama, pero Irene la detuvo.

—¿Te diste cuenta de que esa historia de los polacos es... como nosotras?

—Tengo sueño, Irene, no sé de qué me estás hablando.

—No, por favor, dame un segundo. Esos polacos de los que escribe, con su hijo por venir, no tienen casa, no tienen nada, sólo a Mariano, que es otro Uzcátegui, otro Gustavo y Graciela, para que los salve.

—Y los va a salvar. Estoy segura de que va a conseguirlo. Gustavo hablará con sus contactos del gobierno y les darán el visado y vendrán aquí.

—Ana Elisa, a lo mejor no existen, ni tampoco existe Mariano en París. ¿No te das cuenta? Su vida es como un reflejo de la nuestra, tú y yo estamos aquí, recogidas por Gustavo y Graciela, y nunca más hemos vuelto a saber de nuestra madre...

—Irene, es muy tarde. No quiero pensar en cosas que no me dejen dormir.

—Pues tendrías que hacerlo, al menos una vez. Esas cartas no son verdaderas. Las escribe Graciela en la mañana y nos las lee todos los jueves para hacernos creer en algo y tenernos todavía más atadas a ella.

—No es verdad.

—Al menos puedes creer que no lo son. Se llama cuestionar. No hay por qué aceptarlo todo como te lo dan. Parece mentira que sea yo quien te lo diga, con lo observadora que eres.

—Yo observo para creer, no para hacerme preguntas —respondió Ana Elisa, su voz temblando, como si la conversación con su hermana le arrancara más verdades de las que estaba dispuesta a confesar.

Irene la miró un largo rato, asombrada, desnuda, cansada. Abrió su cama y entró molesta y refunfuñona. De inmediato se quedó dormida.

Ana Elisa no. Tal y como temía estuvo allí quieta, sola, rodeada de un ruido de olas que estallaban sobre el césped, de caballos que trotaban sobre la casa y de rostros de Mariano que se dibujaban y desdibujaban en el techo del dormitorio. Si seguía mirando cómo sus ojos dejaban de ser azules y su nariz se fundía en el escayolado del dormitorio, dejaba de oír las olas y sólo venían nombres a su cabeza, los de sus nuevas amigas, las orquídeas que crecían en el tocón de su palmera como una afirmación orgullosa de la vida, de la suya y la de su estirpe que, tozuda, no dejaba de perpetuarse: Refugio Gris, Ausencia de Mal, Bolero. El sueño rehusaba alcanzarla, pero pensar en él le ofrecía una paz que también borraba lo peor del discurso de su hermana. Su madre. No podía, no quería, no debía pensar en ella. Ya no estaba, hacía muchos días que sinceramente había dejado de ser una pregunta. No tenía padres y ya está.

No se llamaba Uzcátegui, pero entendía que algo en la vida, quizá su padre desde ese otro sitio donde ahora estaba, las había dejado a su cuidado. Y además, y sobre todo, Graciela y Gustavo eran Mariano. Poder escuchar esas cartas y, por encima de todo ello, poder imaginárselo, allí, silente e insomne, el techo convertido en un espejo de imágenes inconclusas y ese rostro, haciéndose, deshaciéndose, mientras ella esperaba que dijera algo. Que la llamara. Ana Elisa, todo está bien. Los polacos. La guerra que terminará. Y tú y yo, que algún día estaremos juntos.

De pronto oyó un ruido seco, como si una palangana de la cocina hubiera caído al suelo desprendida de su sitio por un golpe de aire fuerte. Salió de su cama, abrió sigilosamente la puerta y vio una sombra en la cocina y un sollozo detrás de otra puerta. La luz de la noche permitía vislumbrar un cuerpo de hombre desnudo cubriéndose con una toalla. Era Gustavo, un gesto horrible, de angustia y prepotencia en la mitad de su rostro iluminado por la luna. Arrodillada, luego incorporándose con dificultad, Soraya, siempre sollozando, avanzando hacia la oscuridad. Gustavo miró alrededor como si sintiera a Ana Elisa, que se escondió detrás de la puerta como pudo. Se hizo la oscuridad en la cocina y la niña avanzó hacia donde permanecía Soraya.

—¡Vete! —dijo entre lágrimas, cubriéndose como podía el cuerpo desnudo.

—¿Estás bien? —preguntó Ana Elisa.

Soraya ahogó un grito, de vergüenza, de final. Y salió corriendo de la cocina.

Sola, Ana Elisa recogió la cacerola de peltre donde ambas batían los huevos para preparar el chantillí. Tenía sangre en uno de sus bordes y Ana Elisa se vio los dedos manchados con ella. Tomó un poco del papel secante que Graciela compraba en cantidades industriales porque era la mejor forma de eliminar el polvo de cualquier superficie y frotó la cacerola con él. La sangre se absorbió como si necesitara inyectar de vida el trozo de papel. «¿Dónde lo tiraré?», se preguntó Ana Elisa. Ni en el baño, que empleaban las hermanas, ni en la cocina. La puerta se entreabrió sola, por la brisa de la noche o porque alguien, su padre o Mariano desde cualquier sitio así lo habían deseado, y alcanzó a ver sus orquídeas. Entonces supo qué hacer, y hasta allí se dirigió con la firme convicción, no sustentada por razón alguna, sino por un presentimiento, de que esa sangre absorbida en el papel le pedía a gritos que la enterrara junto a sus flores. Volvió la vista hacia las habitaciones de los Uzcátegui en lo alto, oscuras como la suya, donde dormía plácidamente su hermana, y las del resto de la casa. Con sus manos desenterró un retazo de tierra junto a la orquídea madre, la llamada Canaria, y fue distribuyendo en la dirección de las agujas del reloj trocitos de ese papel, haciendo un círculo alrededor de esa flor con la intención de alimentar también a las otras. La luna, en el ir y venir de la larga noche, siguió sus gestos y tuvo un detalle de luz para cada una de las flores, aún más blancas, lilas y amarillas, bajo ese manto caprichoso. «Mañana al mediodía —pensó Ana Elisa— estarán llenas de vida. Mañana también hablaré con Soraya.»

Pero a la siguiente mañana, muy temprano y contra toda costumbre en la casa, encontró a Graciela Uzcátegui en la cocina, el moño perfectamente instalado, el gesto serio y un algo de su piel descolorido. En vez de tener esa complexión de chocolate con leche, ese amanecer se veía verdoso, como agua estancada. En un rincón, aferrada a una maleta, Soraya no dejaba de llorar.

—Soraya se marcha de casa —anunció a las dos hermanas—. Tiene que volver a su tierra a ver a su familia, que está muy enferma. Me ha pedido permiso para despedirse de vosotras, y por eso os hemos esperado aquí.

Irene cambió su gesto, como si algo la devorara por dentro, y miró a Graciela de una forma brusca, cruel incluso. La señora, tal vez espantada por los ojos fríos y acusadores de la niña, salió de la cocina. Pero no fue muy lejos, sólo hasta la puerta que daba al jardín, y allí permaneció, mirando hacia el horizonte pero con un oído en la despedida de Soraya.

—Sé que no es verdad que te vas por tu familia —reveló Irene.

—No, señorita, es la verdad. Me... —rompió a llorar quedamente, evitando de alguna manera sobrehumana que Graciela escuchara su dolor—. No puedo seguir aquí. Tengo que volver a mi tierra, con mis padres.

—Llévame contigo —pidió Irene.

—No me pida eso, señorita Irene, eso no puede ser.

—Yo sé todo lo que ha pasado —dijo Irene, muy cerca del oído de Soraya, y ésta estalló en sollozos incontenibles que pretendió silenciar cubriéndose la boca con la mano y arqueando toda la espalda.

Ana Elisa, quieta y callada hasta ese momento, acarició la cabeza de su compañera y maestra, sintiendo la suavidad de su cabello rizado.

—No olvide ninguna de nuestras recetas, señorita Elisa. Con lo poco que me enseñó a escribir las he anotado en este cuaderno. Todas las noches, antes de irme a dormir y cuando... podía —volvió a llorar y sus lágrimas convulsionaron ese cuerpo moreno, liso, fuerte, y sólo pudo dejar de hacerlo al levantarse y coger sus maletas. Se volvió un instante para verlas, unidas otra vez por la misma mano, arrinconadas contra el mueble de las cacerolas, Ana Elisa apretando el cuaderno de recetas contra su pecho sabiendo que Soraya pasaría a ser ahora uno de esos rostros en el techo.

Graciela regresó al cabo de un rato, se dirigió a la cocina y bebió un largo vaso de agua, sin respirar y sin que ninguna gota cayera de su borde al terminar de beber. El agua le devolvió color a su piel y sus ojos se hicieron más líquidos, notó Ana Elisa.

—¿Están listas para ir al colegio? Hoy las acompañaré yo a esperar el autobús.

* * *

Para el nuevo curso de 1943, el colegio Claret inauguró su primer servicio de recogida escolar. Eran dos impresionantes autobuses de color amarillo. La costumbre hizo que Graciela acompañara siempre a las dos hermanas hasta la esquina, doscientos metros más abajo de la casa, rodeada de las plantas de cayenas que brotaban del muro de los Uzcátegui. El autobús aparecía puntual a las siete y treinta todas las mañanas, resplandeciendo el amarillo entre todo el verde que lo rodeaba. Dentro, la hermana Hortensia las esperaba con sus buenos días cantarín y extendiendo su mano enfundada en el hábito señalaba a las dos hermanas su asiento en la tercera fila de la derecha. Ana Elisa se sentaba junto a Sofía Núñez e Irene al lado de María Eugenia López, y a partir de ese momento, mientras el autobús subía y bajaba la colina, cientos de pájaros parecían seguirlos como si fueran a un oasis mientras los jardineros de las casas se dedicaban a podar y regar los jardines. Poco a poco, a medida que el autobús avanzaba, esas casas se convertían en edificios más significativos: el Banco del Desarrollo; la casa presidencial donde había vivido Cipriano Castro, el primer presidente en entender los beneficios del petróleo y que casi pierde la vida lanzándose con un paraguas del último piso de su mansión durante un terremoto acaecido en su mandato; un poco después, dos manzanas más allá, el campanario de piedra oscura anunciaba que llegaban a su destino, el colegio Claret. Justo antes estaban construyendo la avenida Nueva Granada, que sería una de las grandes vías de comunicación de la ciudad. Ana Elisa siempre hacía tiempo para ver cómo vaciaban el hormigón en unas colosales máquinas sostenidas por personas y grandes palos de madera con nombres escritos en inglés en los lados. En el foso donde se construiría la avenida, Ana Elisa podía determinar en cada paseo a gente que parecía vivir allí dentro. En un principio no lo creía, pero en cada viaje veía cómo iban acumulándose objetos, colchones viejos, pequeños techos de hojalata bajo los que siempre había una mujer, gorda, negra, cocinando algo. Niños desnudos corriendo detrás de un perro, también desnudo, que mostraba su costillar. Entonces la monja se ponía a cantar las canciones infantiles que ya ni Irene ni ella toleraban: «Tío Conejo se fue a pasear y se encontró con don Simón…», haciendo ímprobos esfuerzos para evitar que las niñas desviaran su atención del interior del autobús y se pusieran a mirar por las ventanas.

—Son pobres —le dijo Sofía a Ana Elisa—. No tienen casa y viven ahí hasta que construyan la avenida, y entonces se irán a otra parte.

—Son una familia —musitó Ana Elisa, pensando a su vez en el adiós de Soraya y en los polacos de las cartas de Mariano. Si de verdad conseguía traerlos hasta Caracas, ¿cómo haría para que no terminaran como esas personas, viviendo en el foso de una avenida en construcción?

Irene, sentada junto a María Eugenia y, al parecer, ya olvidada del drama de Soraya o empeñada tal vez en silenciarlo, en seguir adelante pese a todo, se preocupaba de otras cosas. Las camisas de su uniforme no cerraban.

—¿Y cómo no se han dado cuenta en tu casa? —preguntó María Eugenia.

79

—Porque me coloco el abrigo y disimulo. Pero hoy... han crecido demasiado, justo después del desayuno.

—Esta mañana tenemos educación física primero que nada. Cuando lleguemos, en el baño, te voy a prestar una cosa —prometió ocultando la risa María Eugenia.

—¿Y qué es?

—Mi mamá lo llama sostén, pero mi abuela lo llama justillo, como si fuera una persona —ambas rieron mirando de reojo que nadie las oyera en el autobús.

—¿Y si no me sirve? —preguntó Irene, sabiendo que su contorno era poco más grande que el de María Eugenia y que el de cualquier otra chica de su clase.

—Pues te dejas el abrigo y vas a la enfermería diciendo que tienes gripe para que te devuelvan a casa. Todas lo hemos hecho —rió María Eugenia, demostrando la practicidad por la cual había sido promovida de grado.


Graciela se quedó atónita al observar a Irene sin ropa en su habitación. Tras la visita a la enfermería y el anuncio de gripe la devolvieron a casa, donde notó que la niña no demostraba ningún síntoma de catarro.

—Siempre sabes que vas a llegar tarde a este momento —balbuceó Graciela—. Aparte de que ahora tengas busto, ¿ha pasado algo más?

—Me desperté manchada... y Ana Elisa me ayudó a limpiarme. ¿Esto va a pasarme siempre?

—Todos los meses de tu vida, Irene. A partir de ahora tienes que cuidarte de la luna —Graciela rió, para disimular su desconcierto y también para darse ánimos—. A mí me pasó lo mismo con mi madre. Le decía que me apretaban las camisas, que me dolía la espalda, y no me hacía caso. Y... aunque no fuera al colegio como tú, me daba cuenta de que todos me miraban diferente y no quería, por nada del mundo, que la camisa, o lo que fuera, se me rompiera en público.

—Pues a mí sí me pasó. Suerte que ya estaba camino a casa.

—Bueno, es un mundo fascinante. El del sostén, quiero decir, querida Irene. No se te ocurra llamarlo nunca sujetador ni bustier ni ninguna tontería. Sostén, que sostiene y que realza, y nada más —manifestó, siempre vigilando la estética, hasta en el lenguaje, Graciela—. Con la presencia del sostén en nuestra vida puedes darte cuenta de que, a pesar de todo, existe esperanza en este mundo y hay futuro pese a la guerra y los militares. Cuando vas a Madame Arthur y descubres sus maravillas…

—¿Madame Arthur? —preguntó Irene.

—Mucho más que una tienda, niña mía. Un templo. Y un centro de información. Aunque aquí, en esta ciudad y bajo este calor, estemos muy lejos de la guerra, Madame Arthur es nuestro arsenal. Sé que en Europa y en Estados Unidos la seda y algo maravilloso que llaman nailon son muy necesarios para hacer paracaídas, y que también guardan el algodón para los uniformes, pero Madame Arthur, nadie sabe cómo, mantiene viva esa… llama, esa esperanza en el mundo de que nosotras estaremos siempre bien atendidas. Al menos, mientras vivamos en esta ciudad.

—¿Los sostenes con qué se hacen, Graciela?

—Con algodón, y para las princesas como tú y como yo con encajes, barbas de ballena…

—¿Barbas de ballena? —intervino sorpresivamente Ana Elisa, pues ya casi se habían olvidado de que estaba allí.

—Los gusanos ponen la seda —explicó Graciela—; el mar: perlas y nácar; el cielo: el rocío para ablandar las espinas del algodón; las ballenas sus barbas, los hombres sus manos y… —Sin agregar lo que quería agregar, el deseo que prefirió dejar para más tarde, se rió de oírse a sí misma contar la única fábula que había fabricado para esas niñas que no eran sus hijas pero, en cierto modo, serían las únicas herederas de sus trucos de belleza—. Toda la naturaleza trabaja en una fábrica sin fin para protegernos.

Al final, llegado el día, la visita a Madame Arthur fue mucho más que entrar a un templo: oír el ruido incesante de las máquinas en el taller, percibir tanques sin soldados como piezas esenciales de un batallón. Fue un nuevo relámpago en el cielo despejado, inmenso sobre ellas.

Ana Elisa tuvo una sensación de recogimiento y asombro al entrar en Madame Arthur. Irene, al contrario, sintió que ingresaba en un espacio que llevaba mucho tiempo esperándola.

No había rótulo alguno en la puerta. Es más, ni siquiera había puerta. Al final de la calle Principal se levantaba una casa de arquitectura colonial, un techo triangular sobre una cuadrícula, dos columnas que sujetaban la pirámide del techo y dos altas puertas de madera color cerezo permanentemente abiertas que dejaban ver en el medio del recibidor, bañada por un chorro de luz que venía desde el lucernario y por cada esquina del espacio abierto, una mesa de caoba muy grande, muy redonda, similar a un trozo de luna caído sobre el suelo oscuro pero brillante. Sobre la mesa, una colección de jarrones de cristal llenos de flores blancas. Para Ana Elisa ésa fue la primera revelación: si volvía a esa casa, a ese templo, cambiaría esas flores por sus orquídeas y la querrían a ella casi tanto como la fascinación que presentía que sentirían por su hermana.

Madame Arthur tardó en aparecer, antes lo hicieron dos de sus empleadas, vestidas con mandilones blancos sobre sus ropas, como si fueran responsables de un proyecto científico. Menudas pero algo fofas, de rasgos indígenas y andares rápidos, sonrisas discretas, ojos achinados y tez morena, parecían mini Gracielas trabajando en una granja de animales desconocidos. Todas reverenciaban a la señora Uzcátegui, que dejó su abrigo gris perla de rígido piqué almidonado sobre una de las sillas de la entrada, junto a sus guantes del mismo color, y ahora se miraba el peinado indestructible en los espejos enmarcados por maderas coloreadas y alguna que otra cornamenta de quién sabe qué cacería fuera de las fronteras del país. Al fondo se oía una melodía de cuerdas y piano, el cautivador ruido de la aguja del gramófono (de un modelo mucho más anterior que el de la casa de los Uzcátegui, por supuesto) sobre el acetato del disco y ese crecer inesperado y repentino de los violines animando a cada una de ellas, Irene, Graciela, las doncellas, a moverse como si formaran parte de una coreografía de brazos que buscasen algo, almas que se elevan impulsadas por un anhelo y vuelven a caer descansando su mirada en el paso del sol sobre los pétalos de las flores blancas.

Apareció entonces madame Arthur, igual de pequeña que sus doncellas pero más corpulenta, tenía el andar calculado de una ave de corral que ha aprendido a esconder su verdadero peso y origen debajo de prendas holgadas, aunque cuidadosa y engañosamente ceñidas a algunas partes de su cuerpo para producir el efecto de una liviandad de la que, en el fondo, carecía. No había nada en su rostro digno de resaltar. Era blanca, de una palidez lechosa que resultaba enfermiza, mórbida, los ojos jamás se veían completos porque movía y cerraba sus párpados muy rápidamente, como si algo la molestara, tal vez la belleza de quienes acudían a su templo. Las manos, de dedos muy pequeños, gordezuelas y empeñadas en pasar desapercibidas, no lucían nada del esmalte de uñas rojo de Graciela, y una boca muy pequeña, que no sonreía abiertamente, casi sin labios. Era todo como un cuento triste, una anécdota que va perdiendo interés a medida que se cuenta. Madame Arthur dejaba muy claro que su absoluta falta de belleza propia le había permitido estar allí, delante de su pequeño ejército, rodeada de sus importantes armas, para dedicarse a enaltecer en otros lo que la naturaleza había preferido obviarle.

Hasta su pelo era escaso, lo mismo que su moño, en nada comparable al formidable de madame Uzcátegui, como de inmediato llamó a Graciela antes de dirigirse a ella, tomar su mano derecha y besarla en ambas mejillas, tras lo que recibió una respuesta más bien fría y cortés.

—Lo olvido siempre, querida Graciela, no le gusta que la besen —reconoció, humilde. Después observó a Ana Elisa sin ocultar su sorpresa por lo que consideraba una niña todavía no en edad de merecer una visita a su local, y su mirada siguió hasta Irene sin poder evitar, por vez única, que sus párpados dejaran de agitarse como muestra de deleitada admiración—. Graciela, qué mal ha descrito usted a esta muchachita. ¡Es sencillamente lo más bello que haya pasado alguna vez por esta casa!

Irene se cohibió ante el halago. Ana Elisa retrocedió unos pasos que la separaron del grupo y medio se ocultó, sola, junto a la mesa de las flores blancas.

—¿Es cierto que nuestras queridas amigas «las lechonas» han hecho su aparición en pleno transporte escolar? —preguntó entonces madame Arthur, entrecortada por risas.

—Creo que Irene aún no sabe a qué llama usted «las lechonas», querida madame.

—Mi preciosa… —buscaba recordar el nombre mientras agitaba sus dedos regordetes.

—Irene Guerra, señora… madame Arthur —se presentó, altiva, la joven.

—Ah —prosiguió aproximándose más a ella, sus dedos a punto de recorrer la figura de la niña ligeramente atemorizada—. Cuánto recuerdo a vuestra madre, niñas Guerra. Un apellido maravilloso. Qué suerte habéis tenido con madame y monsieur Uzcátegui.

—Agilicemos, madame Arthur —solicitó Graciela, temerosa de que los recuerdos de sus padres empañaran la primera visita de las niñas a ese templo, una visita destinada a maravillarlas, especialmente a Irene, de lo bello y grato que podía resultar ser mujer.

—«Las lechonas», querida hija mía, son esto que hoy ha decidido aparecer por sorpresa en tu vida —afirmó entonces madame Arthur, colocando los dedos sobre los nuevos pechos de Irene.

La niña no pudo hacer nada por detener la inspección de la señora. No podría decirse que la horrorizara, pero tampoco fue cómodo. Se sintió observada por todas las mujeres presentes, como si fuera un animal que esperan vender esa misma tarde al mejor postor. Sus ojos azules se hicieron más grandes y madame Arthur más gorda y vieja, y sus pupilas, el alcance de su mirada, demasiado expertas y avaras.

—Un maravilloso perímetro entre setenta y cinco y... ochenta centímetros, camino a unos noventa aún más maravillosos, querida Graciela. Qué futuro grandioso se abre hoy para esta bella niña —sentenció la dama haciendo un ligero gesto, un chasqueo sin ruido a sus doncellas, que rápidamente desaparecieron dentro de las habitaciones aledañas al patio central. Ana Elisa sintió que dejaban de ser humanas y se volvían cucarachas que podían levantarse sobre sus patas y desplazarse entre ruiditos.

Madame Arthur cerró firmemente su mano sobre el pecho izquierdo de Irene mientras Graciela sujetaba la nuca de la niña y recogía en su mano el sudor copioso de la examinada. La música de violines daba paso ahora a una especie de marcha más rítmica, casi bailable, queda, como el aliento de un animal corriendo en alguna llanura. Las doncellas regresaron con bandejas de una madera oscura, más bien como si un fruto del cacao se convirtiera en superficie, y asas de plata brillante. En ellas, alineadas como si fueran una colección de soldados de plomo o joyas de un valor incalculable, unas prendas que poseían dos colinas que hicieron reír a Ana Elisa, tan estruendosamente que toda la magia del momento se partió como un espejo.

—Quiero irme —dijo Irene.

—No. Esto lo tenemos que pasar todas, querida Irene —contestó madame Arthur tranquilamente, sin separar su mano de su pecho—. Tu hermana, como es menor, se ríe porque no lo entiende.

—Sí lo entiendo —intervino Ana Elisa—. Me ha hecho reír que esos trapos tengan esa forma porque, cuando hago mis chantillís, tengo que invertir dos platos de sopa sobre la crema merengada.

Se hizo un silencio y de pronto Graciela inició una carcajada que todas las mujeres presentes imitaron.

Madame Arthur acarició el rostro de Irene como si quisiera atraparlo en el cuenco de su sabia mano toda la vida. Después, se dirigió hacia las doncellas que sostenían las bandejas sin dejar de mover sus dedos regordetes por encima de las prendas y musitar unas palabras, como si estuviera ejerciendo un conjuro sobre ellas.

Al final tomó una prenda y la extendió hacia la luz del sol. Graciela dejó escapar un sonido profundo que parecía venir desde muy hondo.

—Madame Arthur, esta vez ha conseguido el sostén más bello. ¿De dónde viene?

—Mi única verdad es que no puedo nunca decirle toda la verdad, señora Uzcátegui. Sólo advertirle que, estando en guerra, Europa a veces envía a países como el nuestro estas joyas, que cambian de dueños para salvar sus vidas.

—¿Son prestadas? —preguntó de inmediato Irene, y en la pregunta renunció a todo lo que la martirizaba, a todas las veces que pensó en casa de los Uzcátegui que no era suyo lo que comían, lo que aprendían.

Madame Arthur se acercó con esa boca sin labios, esos ojos que se movían como los de un insecto demasiado nervioso. Los dientes que se veían apenas entre los labios sin forma eran pequeñitos, como si se comieran entre ellos mismos al hablar.

—Algunas joyas, querida niña Irene, cambian de dueños para seguir brillando, y en la piel de aquellos escogidos recuperan vida y otorgan belleza.

Las cucarachas esta vez convirtieron sus patas en dedos muy delicados y despojaron a Irene de su uniforme para ponerle la nueva prenda. Irene sintió un abrazo, como si de verdad esa persona que había vestido aquel sostén estuviera allí también protegiéndola, y esa protección asimismo levantaba ese peso que antes le había provocado angustia, sorpresa, desconocimiento. Sus manos, como dirigidas por alguien, rozaron la tela y le gustó el calor mucho más suave y cómodo que el de las sábanas de su cama, su camiseta interior infantil o la propia camisa de su uniforme. Fue hacia el espejo, pero madame Arthur la detuvo.

—Disfruta, querida Irene. Ésta será la primera vez en que te veas con tu nuevo aliado —y no pudo evitar un chiste—, este francés, aunque debería ser americano y Dios no quiera que jamás británico. Graciela rió e Irene no supo bien si entendía la referencia al conflicto internacional en la pequeña boca de madame Arthur.

Irene se enfrentó a sí misma delante del espejo y se asustó, porque se veía distinta, era ella, era su cara, y sus ojos, y el color de los mismos combinaba con el suave marfil de la prenda. Lo que la asustó fue sentirse unida a algo, a esa prenda, un objeto al fin y al cabo, mucho más que a la mano de su hermana en todas esas noches de desasosiego, mucho más incluso que al eterno sueño de volver a encontrar a su madre. La postura le había cambiado, el sostén reajustaba su cuerpo y tiraba de su espalda hacia atrás, irguiéndola, los hombros por fin a la altura del horizonte, siguiendo su línea. Estaba colocada como de una pieza, había dejado en un solo segundo todo desmadejamiento atrás.

Madame Arthur, con su voz que siempre luchaba por abrirse paso entre los dientes y la boca inexistente, rompió el embrujo del silencio.

—Madame Uzcátegui, se ve que la bella Irene cumplirá los quince años pronto, ¿o me hago mayor y empiezo a equivocarme? —bromeó.

—En poco más de dos años, madame Arthur —respondió la propia Irene, pronunciando el nombre de la experta como si al hacerlo estableciera con ella un pacto de por vida.

—Pues haremos un traje para ti, bella Irene. Y no será blanco, aburrido como el de las otras, tu traje de quince años será azul, para que sea único, distinto, y nadie deje de mirar tus hermosos ojos.


Ana Elisa, entretanto, también observaba a su hermana alejarse, ya mientras la desnudaban, y bajo el sol su cuerpo parecía un jarrón más bello, transparente, con curvas donde deslizar los dedos y entregarse a un sueño que te podía dejar en un lugar mejor que ése, mejor que cualquiera que hubiera conocido.

Y se quedaba allí, escondida tras las flores, queriendo sin éxito ser una de ellas. La flor era su hermana. Ella no tenía «lechonas», jamás las tendría. Madame Arthur no le prometería un traje azul. Sobraba, ése no era su lugar. No tenía el pasaporte, el carnet de baile, la cédula para que la admitieran. Ella pertenecía a otro sitio, otra oscuridad, a las cosas que no tenían respuesta, como la desaparición de Soraya, la luna repartiendo vida a sus orquídeas nocturnas y hambrientas de sangre humana. Eso era lo que ella sabía hacer, dejar a Soraya herida para alimentar sus orquídeas. Por eso era fea. E invisible.

Oyó la voz de Mariano, tan clara, tan precisa, tan cercana.

*Las pequeñas cosas te hacen descubrir un mundo del que de inmediato quieres huir, pero que también rápidamente comprendes que jamás conseguirás escapar. El castigo de las pequeñas cosas es que su recuerdo te revela demasiado sobre ti mismo de un solo golpe.*

Y todo dio vueltas. Ana Elisa vio a los polacos gritando, pidiendo auxilio en un paisaje lleno de humo y gente sin brazos ni piernas, arrastrándose como podían. Vio a Gustavo Uzcátegui jadeando encima de Soraya en una habitación vacía. Vio a Graciela llevando a Irene a través de un salón decorado por sus orquídeas con un traje de un azul tan intenso como los ojos de su hermana. Y no se vio a ella nunca, en ningún otro sitio que no fuera ése, bajo el sol, sin cara, aferrada a una mesa repleta de flores muertas.

—Ayúdame, Mariano —alcanzó a decir antes de entrar en la oscuridad—. Sálvame.

## 5

Como un gato avanzando sobre un césped arisco y demasiado alto. Como gotas de lluvia que se niegan a abandonar un
peldaño. Como un beso que nunca llega, sonidos que nunca creaban palabras, puertas que se abrían para al fin dar
paso a la luz, Ana Elisa sentía que volvía a despertarse, no ya
de un largo sueño, sino de una ausencia. Otra vez, como un
canto que no termina de ser música, una caricia sin manos
ni dedos, un aliento que no deja huella ni olor, Ana Elisa oía
pequeños trozos de conversación, frases hechas sobre el clima o más bien ese sol perenne de Caracas que jamás abandona a sus habitantes e insiste en doblegarlos bajo su calor.
Abría los ojos pero no terminaba de sentirse despierta. Había vivido meses, tal vez años, en un letargo de existencia
monótona, igual, tranquila pero insuficiente en la que echó
de menos la mano de su hermana mayor y tuvo que buscar-
se otro sustento. El sabor de sus postres. El color enardecido
de sus orquídeas. Sólo podía distinguir la palmera aquella,
Diamante, la que se quebró en medio de una tormenta para
romper el cuerpo mojado de su padre. La vio, de pronto,
tan claramente, erguida, más fuerte y elevada que las demás,
a veces consintiéndole al sol un ligero posarse en sus hojas
pero permanentemente alta, más que un árbol un faro, una
guía en medio de la oscuridad que decidía devolverla a la
luz de pronto, sin más, sacarla a la superficie como si hasta

entonces, desde aquel desmayo en casa de madame Arthur, hubiera estado viviendo dormida o sumergida en otro mundo, como cuando más pequeña se metía en la piscina con su padre y aguantaba la respiración bajo el agua y oía a Carlota llamarlos desde la superficie con voz atenuada y un tanto preocupada. Entonces, Ana Elisa decidía que debía salir a respirar y emergía, y la luz y la vida, como ahora, le parecían al volver de las profundidades mucho más nítidas, mucho más intensas, mucho más desafiantes.

Fue entonces cuando los vecinos empezaron a sospechar que aquella señora amiga, siempre dicharachera, contenta de compartir la cesta de la compra con otras mujeres en el mercado, en realidad no se había ausentado para cuidar de su padre en el campo, como afirmaba su marido. Y la sospecha se extendió por todo el vecindario y, gracias a ese maravilloso medio que es la radio, lograron contactar con la familia en el alejado pueblo rural para recibir como respuesta que los padres de aquélla no vivían desde hace quince años, momento en que la mujer había tomado la decisión de trasladarse a la capital y casarse con ese marido que ahora insistía en mentir sobre su auténtico paradero…

—Por favor, Graciela, apaga eso, es el peor programa de la maldita radio —pidió Gustavo, que acababa de entrar anudándose la corbata, moviéndose de prisa en la habitación de su esposa con decoración recién estrenada. Todo lo que había sido de madera colonial ahora era blanco y con formas redondas, como si en vez de muebles fueran conchas marinas, incluso nacaradas bajo la claridad de una luz tropical en el centro de la cual Graciela descansaba como una perla acomodada sobre la carne abullonada de la ostra y él mismo se movía como un lenguado ansioso, respirando por branquias furiosas.

—Es mi programa favorito, Gustavo.

—De crímenes, por Dios. Qué obsesión tienen las mujeres con la sangre. Nunca pueden dejar de ver la vida como algo siempre amenazado de muerte.

—¿Hablarás con el embajador francés esta mañana? —preguntó su esposa, ya erguida sobre sus almohadones, dispuesta a asumir las órdenes del día.

—Sí, Graciela, sí. No te preocupes más ni me lo repitas otra vez. A ese embajador le encanta que le untemos con nuestros dólares todos los meses.

—Sólo quiero que Mariano regrese sin ningún problema —admitió ella—. Quién sabe lo que puede pasar ahora que todo el mundo dice que la guerra terminará inminentemente.

—Mal es como va a terminar. La guerra y todos nosotros, aunque hayamos estado aquí, protegidos por este sol y nuestro petróleo y todos esos embajadores dispuestos a no perder ni un minuto ni una gota de su afortunado exilio. Mal va a terminar esa guerra llena de traidores, estúpidos países que no supieron entender a Hitler.

—Gustavo, no puedes seguir hablando así. Al menos no en público, te lo exijo.

—Hablaré así donde me dé la gana mientras me dé la gana. El error de Hitler fue aliarse con esa marioneta de Mussolini y creer que los japoneses conseguirían hablar otra cosa que no fuera su idioma de garabatos y sonidos como de animales o deficientes. Se me hace tarde, siempre llego tarde a todas partes, pero si este mediodía se acabara la guerra, recuerda esto que voy a decirte: en lugar de quedar a las órdenes de los alemanes, que tienen su ópera y sus montañas mágicas, en unos años todos estaremos embobados creyendo en lo que pongan en los cines esos norteamericanos.

Graciela bajó los ojos y respiró hondo para no evidenciar el hartazgo que le provocaban las arbitrariedades de

Gustavo en las mañanas, pero a continuación levantó la vista para añadir:

—Recuerda al embajador que estaré encantada de invitarle a almorzar cualquier sábado de éstos en casa.

Su marido la contempló, su nudo perfectamente atado, la raya de sus pantalones disparándose hacia el suelo como una flecha de hierro persiguiendo un imán.

—Sí, Graciela, todos sabemos que no existe aún un hombre europeo y blanco que se resista al encanto misterioso de la princesa guajira.

La princesa guajira esperó que el galán de la corbata saliera. Volvió a subir el volumen de su radio y, mientras escuchaba historias de crímenes, pensó en su hijo, pronto de regreso. Europa en ruinas, ella rodeada de riquezas.

* * *

Ana Elisa necesitaba recordar. Sentía, sabía, intuía que había estado viva, andando, pero como si todo eso lo hubiera estado haciendo alguien por ella durante los dos años transcurridos en aquella casa, en aquella vida monótona y gris en que se había sumergido desde su desmayo en la casa de madame Arthur. Vio el jardín de los Uzcátegui como un mundo nuevo que, a pesar de serlo, le ofrecía memorias y presencias, como si lo hubieran construido sus propias manos aunque sin poder recordarlo. El pabellón, edificado en lo que había sido su casa, era un edificio de ventanas altas, cortinas enormes y una piscina interior. Al fondo se levantaban dos habitaciones amuebladas por fin con sendos sofás blancos y mesas de mármol de baja altura y varias columnas que sujetaban bustos de guerreros romanos que jamás imaginaron que terminarían allí, delante de una agua clorada y azul marino en una ciudad del Caribe. Alrededor de la piscina, esparcidas como si fueran hojas caídas de un árbol ansioso de otoño, un par de mesas de hierro oscuro, con la superficie de mármol veteado en múltiples tonos de verde. Más allá, rodeadas por enredaderas y flores múltiples que avanzaban desordenadas y peligrosas entre sus ramas, diez o doce jaulas de bella forja que albergaban papagayos, colibríes, periquitos y turpiales que, cobijados a la sombra de tamarindos, pomarrosas y cotoperices, al sentir el avance de alguien extraño se quedaban quietos, como un aliento contenido, y ante el más inesperado movimiento del extraño rompían a agitar sus alas, picos y patas al unísono, creando el espectáculo sonoro y colorista más alucinante, y en cierto modo temible, que Ana Elisa hubiera visto jamás.

Bajo esa cascada de verdor, ante ella y atrapada por todos aquellos matices y sonidos, Ana Elisa no se percató de otro animal que, majestuoso, se movía sumergido en las aguas de la piscina. Mitad delfín y la otra mitad piernas largas y fibrosas, brazos igual de eternos y suavemente musculados, flexionándose los cuatro contra los surcos del agua. Adelante, un cabello negro, casi salvaje, totalmente libre, cubría un rostro que adivinaba limpio, una nariz altiva, la frente amplia, cuadrada, unos pómulos también altos y que parecían comprimirse, pegarse a sus huesos cuando respiraba entre brazada y brazada. Y la boca, tan roja y carnosa que dejaba ver por momentos unos dientes blanquísimos, como los de Graciela, y que por un instante parecieron envolver a Ana Elisa en el aliento que expulsaban. Lo vio, casi sonriendo bajo el agua, terminando el ejercicio, echándose el pelo hacia atrás mientras las aves del fondo, terribles cómplices de ese aliento que invadía todo y la sujetaba, al pie de la piscina, se negaban a agitar sus alas para celebrar el encuentro que acababa de suceder. Aún no había abierto los ojos. El recuerdo la golpeó: cualquiera que fuera su color real, los ojos de Mariano tenían que ser azules.

—Tú debes de ser Ana Elisa —afirmó el tritón con una sonrisa y sus pómulos encerrando su rostro en un marco de fotografía, el blanco de los dientes recordándole a una de sus orquídeas y la profundidad de la voz devolviéndola al abrazo de su padre, y de repente esa última imagen, mojado, enloquecido, avanzando hacia la palmera que se derrumbaría sobre él—. Soy Mariano —y ante el silencio inmóvil de la muchacha, se alejó algo del borde permitiendo que su cuerpo, mojado, relajándose tras el esfuerzo, fuera aún más visible, diferente, hechizante para ella—. Acabo de regresar y estoy encantado de conocerte. Mi madre me ha hablado mucho de tus postres. Y de tus orquídeas.

Ana Elisa deseó en su silencio poder tener la capacidad de contemplarse desde lejos, como si fuera otra, como si estuviera frente al proyector de su padre viéndose en la pantalla junto a ese ser que por fin tenía un rostro y un cuerpo en verdad completamente distintos de aquellos con los que fantaseaba en los dibujos que enviaba en sus cartas y su imaginación completaba hace ya tanto tiempo. Las aves, espectadoras impávidas de cada respiración, de cada gesto entre los dos humanos presentes, volvían a quedarse quietas, su silencio presionándole las sienes, mientras observaba la sonrisa, los labios, el eco de la profunda voz del hombre que movía suavemente sus manos bajo el agua, ante ella.

Tras un nuevo instante de vacilación, Ana Elisa finalmente se acercó parsimoniosamente al borde y se inclinó estirando su delgado brazo, deseando que su mano no temblara y fuera recogida por la de Mariano, aunque la mojara y ese líquido se adentrara en sus poros para al fin llevarla a otra parte, otra casa, otro destino. Cuando él la asió y colocó su otra mano cubriendo la suya, Ana Elisa recordó su plegaria, que él, ahora que estaba allí, a sus pies, cuando había perdido ya esa esperanza, viniera a salvarla.

En ese silencio, las aves recogidas, el tiempo de nuevo detenido en su presencia, Ana Elisa recordó. Desde su desmayo en el templo de madame Arthur, la vida había seguido, pero sin que ella pudiera manifestar nada, oponerse, participar, intervenir. Oía voces, recordaba frases. A Graciela recriminando a Gustavo que bebía demasiado en las cenas de los jueves, a veces recordándole delante de ellas lo que había sucedido con Soraya («Me da igual que me oigan las niñas, porque así sabrán de lo que eres capaz»), e Irene retirándose a la habitación pidiéndole a su hermana que esperara a que todo estuviera completamente tranquilo para irse a dormir las dos. Rememoró otras peleas, también en las cenas de los jueves, por las cartas de Mariano y la odisea de los polacos.

*Hoy se los han llevado en un camión gris, con otras personas, todos gritando en idiomas que no sabía que fueran europeos. La niña, apenas un bebé, mirándome con sus ojos claros clavados para siempre en mí. Dicen que los devuelven a sus países y algunos de los vecinos que también salieron, como yo, a la calle, se persignan mientras el camión se aleja. Hago lo mismo y me siento mal, con ganas de vomitar el poco desayuno que hemos comido en la mañana. En ese gesto, cruzando nuestros dedos sobre nuestros pechos, hay una condena, un saber que jamás regresarán, y yo mismo me doy cuenta de que no tengo país, no pertenezco a nada de esto, y tampoco puedo hacer nada para salvar a los que me piden ayuda.*

Y, tras la lectura de esa carta, Ana Elisa seguía recordando, en el segundo fugaz detenido en esa piscina rodeada de mármoles y pájaros silentes, cómo Gustavo había propinado otro sonoro golpe a la mesa que sobresaltó a Irene y la hizo acorralarse en una de sus esquinas.

—Volverá y toda esta aventura europea se habrá terminado para él.

—La guerra está perdida para los que tú apoyas, Gustavo, desde tu cómoda fortuna en este país de arrogantes necios recolectores de petróleo —vociferó Graciela.

—Yo le pago a mi hijo sus caprichos de héroe latinoamericano, esposa mía. Y así como le pago, decido que regrese aquí. Te recuerdo que París sigue tomado, pero si la guerra se acaba cualquier día de éstos y el mundo equivocadamente les da el triunfo a los norteamericanos, nosotros, estos ignorantes e incultos esclavos del petróleo, seremos los obreros que construirán su nuevo imperio, y la obligación de mi hijo es emplear en este país, el suyo, lo que hemos invertido en él.

—Él quiere ser escritor, un artista —reveló Graciela levantándose de su asiento—. Quiere que todo eso que ha visto, esa verdadera guerra que ni tú ni yo ni nadie conocemos bajo este sol, dentro de esta comodidad sin fin en la que hemos vivido, se convierta en un libro.

—¿Un libro? —bromeó soltando una carcajada gruesa—. ¿Y crees que es el único en todo el mundo que ha tenido esa idea? Querida, ser madre te ciega tanto… No estás conforme con serlo de ese Mariano para el que guardas la aspiración de que sea presidente de este absurdo país, sino que también has criado a estas dos niñas como si estuvieran destinadas a ser princesas.

—Gustavo…

—Déjame continuar, tú eres la que has empezado todo esto: pedí que no se leyeran más esas cartas en esta mesa y no me has hecho el más mínimo caso. Para ti Mariano es un Cristóbal Colón, alguien que hará posible que esta ciudad te recuerde como algo más que mi esposa o la india que todas las mañanas eres antes de convertirte en Graciela Uzcátegui.

—Gustavo, Graciela, por favor… —empezó a suplicar Irene desde la esquina en que había decidido refugiarse.

—¿Y hablas tú? —se revolvió Gustavo, mirando a Irene de arriba abajo, convirtiéndose en un mamífero hirsuto, esperando un solo gesto de debilidad de su presa para engullirla—, ¿tú, que te han ido cincelando como si fueras una estatua, un tronco de madera que apareció en la arena de la playa y a quien Graciela decidió convertir en la más valiosa obra de arte que pudiera mostrar en su salón?

Graciela se abalanzó sobre él pero, antes de que pudiera abofetearle, Gustavo sujetó con fuerza la muñeca de su esposa y la doblegó hasta arrojarla a una silla. Ana Elisa estaba ahí y, ahora que recordaba, sabía que su silencio, como el de las aves detrás de ella en la piscina, era un grito apagado dentro de un agujero. Estaba allí, pero al fondo, muy al fondo, de ese hoyo negro y profundo.

—No me hagan nada —exclamó Irene en aquel momento, de pronto entre los dos adultos enfrentados, presa del terror que sus propias palabras habían desencadenado—. No me toquen.

—Nadie va a tocarte —se regodeó Gustavo, sus palabras desplazándose lentamente en la saliva de su lengua retorcida—, porque eres un trofeo que lleva escrito el nombre de mi hijo. Me lo han repetido una y otra vez durante demasiadas noches, Irene: «No la toques, ella es para tu hijo» —en el comedor, el cuerpo vencido de Graciela intentando recuperarse a tiempo para detener las palabras de su marido, esas palabras que se oían mientras la pesada saliva de Gustavo, bañada en su ansia, se agitaba entre sus labios crueles y carnosos y sus ojos devoraban a Irene en una mezcla de desprecio y atracción—. Ahora podrás ser disfrutada por él. Lo tendrás aquí, en este mismo comedor, saboreando los postres de tu hermana. Haya terminado la guerra o no, Mariano estará de vuelta con nosotros —sentenció, dejando tras de sí a tres mujeres convertidas en efigies de un distinto dolor.

Graciela tenía su programa de radio. En ellos Europa se volvía herida apartada de cualquier cicatriz. Irene pensaba en un traje azul. Y Ana Elisa nadaba en océanos sin fondo. Emergía aquí, su mano sujetada por el que nunca terminó de dibujar.

Los pájaros al fin decidieron reaccionar y sus ruidos la apartaron de sus pensamientos.

—¿Ha terminado la guerra? —preguntó de repente.

—He dado tantas vueltas… Ciudades con miedo en toda Europa, en Francia, en España… Pero ahora al fin estoy en casa, sin gritos ni sirenas, ni hambre en los ojos de la posguerra ni idiomas extraños —confesó.

Ana Elisa sentía cómo su estómago se llenaba de esos gritos, esas sirenas. Era bello. Más bello que Irene, más bello que nada que hubiera visto.

—Entonces se acabó, no hay más guerra —se oyó decir.

—Sí. Pero no vi a los americanos entrar en París, y la ciudad ha vuelto a ser alegre sin que yo pueda verlo —respondió Mariano—. Siempre estoy donde hay tristeza —agregó—, y además no tengo respuesta a tu pregunta, para mí las guerras nunca terminan.

\* \* \*

—¿Eres siempre así de callada?

La voz la sorprendió otra vez, ahora en la claridad de la cocina repleta de ingredientes por encontrar su sitio. Ana Elisa deseó una superficie donde verse reflejada y analizar si estaba apropiada para ese encuentro inesperado. Mariano, vestido con una camisa blanca de lino, mangas cortas, pantalones con pinzas implacablemente planchadas y alpargatas blancas con las puntas y el talón forrados en algodón negro. Sobre la cabeza un sombrero que repetía la misma combinación, níveo, como una orquídea recién despierta, y con un lazo negro alrededor.

—Ni siquiera respondes a una pregunta —insistió Mariano, repasando con la mirada todos los alimentos desordenados sobre la mesa de la cocina: plátanos muy verdes, mangos muy amarillos, papayas esperando a ser liberadas de las negrísimas semillas de su interior, una cesta de tomates grandes arracimados como si fueran inmensas cabezas de ajos.

—Yo... creía que estaba sola en la casa. Graciela y mi hermana han salido a ver unas cosas en Madame Arthur...

—Ah, ese lugar. Deberían cambiarle el Arthur y ponerle «Madame Graciela», sólo que a mi madre no le gustaría ni un poco. Como todavía sigues sin responder a mi pregunta, aprovecho y te hago otra: ¿para ti sólo existen tu hermana y mis padres en esta casa?

Ana Elisa sonrió ampliamente olvidando aquella necesidad suya de un espejo donde reflejarse.

—Todavía tengo que acostumbrarme a que estás aquí y no eres... una carta todos lo jueves.

—¿Las leías?

—No. Graciela, después de cenar, nos leía en alto sólo algunos párrafos.

Mariano alargó su mano y cogió uno de los mangos, quiso buscar un cuchillo con el que rebanarlo, pero prefirió hincar el diente en la punta para romperlo un poco. Un hilillo del dulce amarillo de la pulpa se deslizó hacia su mentón. Ana Elisa entrecerró sus ojos y sintió cada rastro de ese jugo surcando su piel. Comenzó a pelar el fruto con sus dedos largos, fuertes, de yemas redondas.

—Los... polacos... ¿Nunca más volviste a saber de ellos? —preguntó entonces Ana Elisa, desesperada por no tartamudear.

Mariano buscó un paño donde limpiarse las manos

manchadas de mango. Abrió el grifo y vio un cuaderno demasiado cerca del agua, lo apartó sin poder evitar manchar sus tapas de amarillo. Se lavó, se secó y miró detenidamente a aquella niña que esperaba, igual que él, una respuesta a una pregunta diferente. Así, expectante, ella le recordó una parte de sí mismo: lleno de interrogantes y dudas, siempre a la espera de que una tercera persona las resolviera todas para seguir adelante, pero sin saber necesariamente hacia adónde.

—Los vi irse en un camión y no pude hacer nada más. Pensé que desde aquí, con la ayuda de mis padres, podría mover algunas influencias. Pero… este país ahora está pendiente de otras cosas.

—¿Cuáles? —inquirió Ana Elisa.

—Imagino que poder seguir vendiéndoles petróleo tanto a los vencedores como a los vencidos.

—Y a ti el petróleo, ¿te parece tan interesante como a los demás?

Mariano soltó una carcajada sorprendida y profunda.

—Nunca me han hecho una pregunta como ésta. Y, además, tú todavía no has respondido a la mía.

—¿La de por qué estoy tan callada? —Ana Elisa se sintió nueva, diferente de como cuando le ganaba una partida de damas chinas o ajedrez a Sofía o cuando sabía que una orquídea había respondido a sus plegarias y le había regalado un tono de morado más intenso que otras veces. Distinta de las ocasiones en que un pastel de limón le salía exactamente ácido y dulce al mismo tiempo. O como cuando su bienmesabe de guanábana quedaba tan suave que se deshacía al ponerse en contacto con el paladar. Distinta, segura y al mismo tiempo misteriosa, como si supiera aproximar el caballo y la torre para hacer jaque mate.

—No, te equivocas —dijo también sonriente y con la misma seguridad Mariano—, te pregunté si eras siempre igual de callada. No es lo mismo estar que ser. Entender esa diferencia es lo que hace a una persona sentir placer por escribir y, a otras, sólo escuchar y, si quieren, responder.

Ana Elisa sopesó la respuesta y no pudo ocultar la felicidad en su rostro por compartir un reto con Mariano. En ese momento todo lo que estaba pasando le gustaba. Creyó que podía decirle que allí, entre mangos, tomates y plátanos, ella era y estaba. O él estaba y ella era. Que los dos...

—Vamos a dar una vuelta —sugirió él—, Gustavo me ha dejado las llaves del Lincoln nuevo y me han dicho que tú eres una guía experta para llegar a la parte este de la ciudad. Cuando volvamos, te prometo que tus ingredientes seguirán esperándote tal cual, iguales, sin haberse movido.

Ana Elisa sonrió mucho y calló, porque iba a decirle que seguramente seguirían, pero no estarían iguales al regresar.


—¿Ves como eres muda? —insistía Mariano mientras la casa de los Uzcátegui quedaba atrás, en la colina, y el coche azul marino, con el interior de un tono más claro, emprendía la curva antes de incorporarse a la avenida principal.

Ana Elisa no quería mirar más que al frente, la ventana cerrada y el tono azulado del cristal a punto de ofrecerle ese reflejo que antes imploró en la cocina. Los altos muros de la casa de los Uzcátegui iban acoplándose a la curva, la calzada estaba recién asfaltada y generaba aún más calor, y su color negro era como el fondo de una de las sartenes que Soraya dejó atrás. Rápidamente fue enumerando peligros: si Graciela e Irene regresaban a casa y no la encontraban se preocuparían mucho. Algún animal, el rabipelado de las noches o las guacharacas de las mañanas, se comería los frutos abiertos al sol sobre la mesa de la cocina. Quizá uno de esos conductores locos, como los llamaba Gustavo, iguales que el que mató en la esquina de la Pastora al venerado José Gregorio Hernández, el santo no canonizado de la ciudad, podría aparecer en cualquier esquina y embestirlos a ellos dos por salir sin pedir permiso. Peor aún, por estar juntos, por ser una extraña pareja. Mariano tan alto y elegante, distinto de cualquier otro hombre de la ciudad con su sombrero bicolor, sus alpargatas de caraqueño viajado a París, pisando el acelerador del nuevo Lincoln. Y ella, una camisa blanca del colegio y la falda azul marino, casi similar a la pátina del coche, mirando hacia adelante, dispuesta sólo a decir «a la izquierda, ahora a la derecha, hasta que veamos el cartel que dice: dirección "Los Chorros"».

—Seguro que tienes dentro de ti una novela y por eso te callas tantas cosas.

—No. Pienso mucho. Es todo. Me gusta ver algo y ponerme a pensar.

—¿Es verdad que les hablas a tus orquídeas y que por eso crecen de forma tan espectacular?

—Las orquídeas y mis postres son mi secreto. Mi... mundo.

—¿Y por qué te interesa esconder tanto ese mundo de nosotros?

Ana Elisa miraba fijamente la nueva avenida completamente construida, al contrario que cuando la recorría en el autobús escolar. A un lado, como si fuera la pata de un elefante verde, la falda de la montaña iba avanzando con la misma velocidad que la luz del sol reflejada en sus laderas, sus vaguadas de verde cambiante, a veces casi amarillo como los mangos, otras de un verde a medio camino del trigo y el espárrago. Los techos rojos de las casas diseminadas después de las uñas de esa inmensa pata de elefante parecían como faros que marcaban la distancia que recorrían. Ana Elisa se sabía los nombres de cada una de esas casas, que eran en realidad las haciendas cafetaleras de los doce amos del valle, todos relacionados entre sí, todos llamándose unos a otros «vecino» y todos con sus tierras repletas de hombres negros que cortaban las ramas de las matas de café, separando las buenas para ponerlas en los inmensos patios de secado en el interior de aquellas casas de techos rojos a lo largo de la avenida que ahora recorrían.

—Que no se te vaya a pasar la señal de «Los Chorros», Ana Elisa —pidió Mariano—. Ya que no hablas nada, espero que al menos estés concentrada en eso.

—Tendría muchas cosas que decir, pero nunca encuentro a nadie que quiera escucharme como yo quiero que me escuchen.

Mariano frenó y aparcó en un borde de la carretera, al fondo ya podía verse el famoso cartel, «Los Chorros», y detrás de él otra pata del elefante, esta vez surcada por delgadas cataratas, susurrantes y sobrevoladas por pájaros hartos de colores.

—Ahora me tienes a mí —respondió Mariano, quitando la llave y guardándola en el bolsillo de su pantalón. Su brazo, tan suave como el murmullo del agua distante, cruzó el estómago de Ana Elisa, que apenas pudo contener la respiración, para abrir su puerta. Cuando ella puso por fin un pie fuera, él ya estaba a su lado, sonriendo—. Todo lo que me digas sabré guardarlo como un secreto.

—¿No lo escribirás?

—Todavía no sé si voy a ser un escritor. Creo que por eso me gusta escucharte, porque me parece que tú sí sabes lo que deseas.

Ana Elisa se bajó y miró el frondoso paisaje: cayenas amarillas y rojas, trinitarias explosivas, orquídeas moradas. Y, delante, esa montaña bordeada por pájaros que cantaban y callaban de golpe. Ruido, silencio, ruido otra vez.

Ana Elisa le habló a Mariano de la muerte de su padre y de cómo Gustavo y Graciela las acogieron a ella y a Irene junto a su madre, que luego fue enviada a un lugar más tranquilo, lejos, y de la cual ellas ya nunca más supieron nada. «Irene es la que hace las preguntas, tiene mucho más carácter que yo y se plantea más cosas. Yo no quiero molestar.» Mariano le preguntó sobre Gustavo y Graciela, si les gustaban, si se habían portado bien con ellas. «Creemos que, como tú no estabas, Irene y yo vinimos a rellenar el vacío que habías dejado. Y estamos agradecidas.» Mariano la miraba continuamente, como si deseara reafirmarle que de verdad cumpliría su promesa de escucharla sólo para él. Y Ana Elisa también estaba dispuesta a seguir adelante con su parte de la promesa, sólo que no podía decirle que Irene era la favorita de Graciela y prácticamente de todos los demás. Al fin y al cabo, eso lo descubriría él mismo en cualquier momento y en cambio éste, este único momento, era solamente para ella. Por la misma razón, no quiso hablarle de Soraya y de cómo abandonó la casa entre lágrimas y con Graciela muy seria, decisiva, esperando que desertara para siempre de su cocina. Y mucho menos podía hablarle de la revelación que tuvo en la *boutique* de madame Arthur, de que todo lo interesante de su vida giraba en realidad en torno a su hermana y de que, antes de que la oscuridad se apoderara de ella, había pedido que él, ahora a su lado, mirándola, su camisa blanca ligeramente abierta para permitirle ver cómo su respiración hacía moverse los músculos de su pecho, apareciera y consiguiera salvarla.

—Y es allí cuando empezaste a dedicarte a las orquídeas y a los postres.

—No es difícil para mí que me salgan bien.

—Es un talento. En París, lo más importante en la vida, es tener un talento. Hay miles de personas esperando encontrar uno y convertirlo en su medio de vida.

—¿Y tú de cuál de esos tipos de persona eres? —preguntó Ana Elisa.

Mariano sonrió y quiso aprehender todo el espacio, como había visto que Ana Elisa hacía con sus silencios y delicadas miradas. Cuando fue a responder, un estruendo, una furia, se plantó frente a ellos.

—¿Qué estáis haciendo? —bramó Graciela, luchando porque el tacón de su zapato gris no se enterrara en la tierra de la colina—. ¿Quién te ha dejado las llaves del Lincoln, Mariano?

—¿Y tú por qué estás aquí? —preguntó éste, sorprendido y un tanto abochornado.

—Regresaba de Madame Arthur y de pronto vi el coche mal estacionado en el borde de la carretera. ¿Y tú no tendrías que estar haciendo los postres para la cena, Ana Elisa? ¿Desde cuándo hacéis lo que os da la gana en mi casa?

—Mamá…

—Ni una palabra más. Ana Elisa, sube con tu hermana a mi coche. Mariano y yo hablaremos cuando regresemos.

Ana Elisa sintió el calor del asfalto ligeramente húmedo por el agua que traía la brisa de las montañas. Al principio, quiso reírse de la situación, de la ridícula dureza del tono de Graciela, como si los hubiera descubierto robándole algo. Cuando vio a su hermana, aferrada a una gran caja de lazo rosado, su pelo rubio cayéndole sobre los hombros como lo hacían las cascadas sobre las rocas arcillosas de la montaña, se atemorizó. Había sido ella la que había hablado de más, la que se había dejado llevar por el misterio de ser y estar, quien en verdad había estado robándole a su hermosa hermana ese instante, ese momento en que el brazo de Mariano había pasado cerquísima de su piel para estremecerla.

\* \* \*

—Quiero dejar las cosas muy claras, Mariano. Las dos niñas son muy impresionables y, desde luego, no lo han tenido fácil, pero con mucha paciencia y mucho gasto he conseguido que cada una tenga su sitio en esta casa.

—¿A mí también me consideras un gasto, mamá? —preguntó Mariano mientras abotonaba su camisa para bajar a cenar con sus padres.

—No te burles de mí. Sabíamos que regresarías más rebelde que de costumbre, por eso te enviamos a París y aceptamos que estuvieras allí y después en España, viendo cosas, creyéndote un héroe mientras duraba la guerra.

—Yo no soy un héroe. No conseguí siquiera salvar a esos polacos.

—Por favor, Mariano, ¿qué puede hacer un varón tan joven como tú en un conflicto así? Dios te protegió todo ese tiempo y pudiste regresar sano y salvo a tu casa y a tu país.

—Mamá, todo ese tiempo, todas esas noches, sabía que no era Dios quien me protegía, sino el dinero de papá y sus apaños con estos gobiernos vendedores de petróleo.

—No quiero entrar en discusiones contigo, Mariano.

—Sí, ya lo sé. Nos moriremos los dos y nunca nos diremos la verdad de lo que pensamos, ni el uno del otro ni ninguno de papá.

—Tú te salvaste porque eres un valiente y porque necesitabas esa experiencia para venir aquí y hacernos a todos un favor.

—¿Qué favor?

—Convertirnos en país, hijo mío. En personas cultas, pensantes, capaces de hacernos preguntas y responderlas.

—¿Y cómo voy a ser capaz de eso si no puedo ni reconocer que desprecio a mi padre, que desprecio todo lo que hace y en lo que cree? Y si no puedo decirlo es porque ha sido el dinero que cosecha con sus oscuros hábitos y sucias formas lo que ha pagado esta educación que según tú me hace diferente de los demás en esta ciudad. ¿Cómo crees que una persona como yo puede sobrevivir a esa contradicción?

—Tú lo has dicho. Sobreviviendo. Ya hay una línea dibujada en tu papel, en ese papel blanco que nos dan a todos para convertirlo en el mapa de nuestra vida. Tú ya tienes una línea dibujada porque eres un privilegiado. Y en esa línea, tienes que hacerme caso, existe alguien. Y es Irene. Nadie más.

\* \* \*

Pasaron los días y las noticias dejaron de hablar de MacArthur y Eisenhower y se centraron mucho más en el caso del ladrón de aguacates de la parte norte del valle que había aterrorizado a los vecinos colándose en sus patios y amenazando a las niñas. Se tomaron drásticas medidas con Irene, sobre todo, que tenía muchas amigas en esa zona de la ciudad. Aquella necesidad extra de protección no hizo más que subrayar su protagonismo en la vida de los habitantes de la hacienda Uzcátegui. En cualquier rincón se oía «Irene va a casa de los Bustamante», «Irene regresará a las siete de la villa de los Tovar», «Esperan a Irene a la tarde en la mansión de los Boulton», como otra cascada, esta vez de voces, vocales y consonantes ansiosas que cada vez sonaban más amenazantes: Irene, Irene, Irene.

Hasta que llegó el día de su cumpleaños.

—El número quince, Dios mío, cómo pasa el tiempo. Seis años, Gustavo, desde aquella noche de lluvia, y mira la maravillosa criatura en que se ha convertido. ¡No es que debamos hacerle la fiesta por obligación, es que sinceramente se la merece! —afirmó Graciela mientras su marido doblaba su servilleta y pensaba una vez más que el bienmesabe de Ana Elisa superaba a cualquiera que se preparara en la ciudad. Irene no estaba en el comedor, venía en camino de alguna de las fiestas a las que era invitada. Mariano saboreaba el postre y esperaba a que su madre terminara su peculiar oda.

—Corres un cierto peligro si quieres celebrar aquí los quince años de tu princesa, Graciela —advirtió Gustavo con tono malévolo—. Hasta ahora, nuestro hijo sólo ha visto a algunas de esas delicadas criaturas en la ciudad. Pero ahora, con casi veinticinco años y todas estas mariposas revoloteándole alrededor, en nuestra propia casa, seguramente puede extraviársele la mirada que hasta ahora has controlado tan bien.

—No me gusta tu tono, papá.

—Seguro, ya sabemos todos que no te gusta nada de mí. Llevas mi apellido como una losa, hijo mío, seguro que en cuando empieces a sonar en esta ciudad por tu cuenta te recordarán que simpaticé con Hitler. Me da igual. Un día la historia me dará la razón. No digas nada, amada esposa, ya me retiro. Fumaré un cigarro en el jardín mientras admiro el perfume de las orquídeas de la pobre Ana Elisa y os contemplaré desde fuera, unidos como pájaros de presa alrededor del hermoso dulce en que habéis convertido a Irene.

—Eres un cínico —gritó Mariano, y Gustavo le sonrió desde la puerta que se abría al jardín.

—Tú serás otro —preconizó, antes de dejarlos solos.


La casa se vio invadida de actividades dirigidas todas al cumpleaños de Irene. Dos nuevas empleadas fueron contratadas exclusivamente para limpiar los ventanales de la piscina, que se llenaban de vaho si se nadaba en ella por la noche, cuando el viento frío de la montaña chocaba con el aire caliente que llegaba de la ciudad. Luego, en el amanecer, el rocío que pasaba por encima de la casa como la cola de un traje de fiesta volvía a dejar manchas de humedad en los cristales. Graciela estuvo tentada de contratar dos nuevos cocineros, pero Ana Elisa era mucho mejor que cualquiera de ellos. La mantendría ocupada. Se sentiría importante.

Gustavo pasaba más tiempo fuera de casa, en ese despacho del que no se sabía dirección ni verdadera ocupación. «Es mejor que esté allí, lejos de nosotros, haciendo dinero como sea sin que tengamos que verlo», confesaba Graciela mientras vigilaba cada movimiento de Ana Elisa, también en torno a sus orquídeas.

—Has dicho que vas a hacer que sean todas azules, ¿cómo lo vas a lograr? —preguntaba Graciela.

Ana Elisa miraba fijamente las hojas abiertas alrededor de una rara maraña de raíces que buscaban enlazarse unas con otras como si fueran sobrevivientes apretándose las manos en un naufragio.

—Porque se lo he pedido. Orquídeas azules, como los ojos de mi hermana.


Las visitas a madame Arthur también se incrementaron. Las sirvientas negras envueltas en blanco iban depositando sobre las bandejas más y más sedas distintas, colores que no dejaban de variar: rosas, lilas, sutiles cremas, un negro con el tono del cielo cuando espera la aparición de sus estrellas.

—No, madame Arthur, hay que mantenerse en la idea original: azul, será todo azul. Las flores, las cortinas en la zona del baile, los uniformes de la orquesta, los manteles. Y, por supuesto, su traje…

—Pero, madame Graciela, resulta tan… violento. ¡Irene será la única muchacha de la ciudad que reciba sus quince años con un traje que no será blanco como el de todas!

—Pero si ha sido su idea desde un principio, madame Arthur…

—Me arrepiento. No quiero que ocurra como en esa película de Bette Davis, *Jezabel*, que se empeña en ponerse un vestido rojo y todo se convierte en desgracia…

—Basta ya —advirtió Graciela, dispuesta a transformar su voz en un trueno para mantener su idea—. Azul es un color que sólo trae paz. No hay nada violento en ello. Mi casa será como un océano, las flores serán como su reflejo e Irene como alguien que viene a traernos un mensaje. Una diosa, sí, que habla en gestos y se cubre con el mismo color que su mirada.

Ana Elisa echaba en falta una sola cosa durante esas semanas de preparativos. Graciela se encerraba en su habitación cargada con dos cuadernos donde anotaba desde nombres de invitados hasta cualquier nueva ocurrencia con respecto a la fiesta, «servilletas de tela más barata para las niñas invitadas, mesas de ocho para los padres, pétalos esparcidos para la mesa de las niñas, las mejores orquídeas en la mesa de los Herrera y los Bustamante». Solamente se dirigían a ella cuando Graciela quería saber si la torta de plátano combinaría bien con el pastel de polvorosa o si sería preferible servir el pastel acompañado de unos langostinos apenas bañados por un poco de mantequilla y cilantro y luego, en vez del pastel de plátano, el bienmesabe que igual le gustaba a Gustavo como al resto de los padres de las niñas invitadas. Ana Elisa asentía y preparaba pequeñas porciones de todo lo que exigía Graciela y lo disponía en pequeños platos de postre, siempre esperando el dictamen final de Graciela, que jamás sucedía porque entre prueba y prueba surgían nuevas dudas. «¿Y si en vez de algo tan pesado como la polvorosa ponemos una ensalada de gallina, con gallinas tiernas que compremos en Los Teques, y lo acompañamos con un pernil cocido a fuego lento desde la mañana?» Llegaban las gallinas y Ana Elisa tenía que cuidarse de los cocineros y el jardinero, que las perseguían por toda la casa, para evitar que se escondieran en el sacrosanto espacio de sus orquídeas. Una vez atrapadas, las manos callosas de los jardineros las degollaban y se oía por toda la casa el crac de los cuellos rotos. Después las desplumaban y el viento se divertía esparciendo ese poco de vida por los confines de la casa mientras los cuerpos pelados, rosados, terminaban de a tres en el fondo de una inmensa cacerola, cociéndose todo el día y esparciendo ese olor desinfectante, como de pasillo de hospital, como de muerte asumida con normalidad. Y luego la cocinera, con la tijera de agujeros cubiertos por caucho, terminaría de maltratar esos cuerpos calientes, ahora olorosos a césped y sal, troceándolos en pedazos limpios y dejándolos blancos mientras la mayonesa recién batida, su punto de limón y sal conseguido en la vuelta final de la espátula, se funde en las grietas de la carne y un baño de zanahorias picaditas, patatas convertidas en mil cubos y verdes guisantes, convertían la masacre en nueva demostración del talento de Ana Elisa.

—Definitivamente, será ensalada de gallina. Y dos buenos perniles bañados con ese ligero sirope de miel y el jugo de su cocción —avanzó Graciela.

—Es un poco lo mismo que en Navidad, Graciela —advirtió Ana Elisa.

—Es la suerte que ha tenido tu hermana al nacer tan cerca de la Inmaculada Concepción —respondió Graciela, alejándose de la cocina, de Ana Elisa y de cualquier otro obstáculo en su, ciertamente, inmaculada concepción de los quince años de Irene.

Y otra vez, como si volviera a sentir a ese gato vacilante

sobre el césped más arisco que sus pezuñas, Ana Elisa recordó sus días olvidados, esa sensación de que después de Irene no existía nada más en su universo. Ella misma estaba atrapada trabajando para la celebración de su hermana, para su primer día más importante de una larga lista de días más importantes: su boda, el nacimiento de su primer hijo, el primer diente de ese primer hijo, el primer aniversario de su boda, de ese hijo, su primer traje largo si era varón, sus primeros quince años si era mujer, la primera visita a Madame Arthur... Toda esa rueda de celebraciones sucediéndose sin parar y ella sin poder hacer otra cosa que no fuera pedirles a sus orquídeas brotar en el tono exacto que favoreciera la celebración siempre de otros. Preparando las comidas que engullirían sin apenas agradecer.

No, no podía permitir que la sucesión de esas imágenes volviera a desmayarla como aquella vez en Madame Arthur. Mariano estaba ahora más cerca, rehecho, apenas al lado de la cocina aunque encerrado a cal y canto estudiando leyes de Venezuela que había olvidado revisar mientras estuvo en París, cuidando polacos y creyéndose parte de la guerra, y después en Madrid, convertido en intelectual.

Ésa era la angustia mayor, el sacrificio máximo: Graciela había conseguido aislar totalmente a Mariano del alcance de Ana Elisa. Al principio, ella había encontrado fuerzas para escribirle notas desde su habitación a oscuras en trozos de papel que robaba de los cuadernos del colegio. En una gaveta, un cajón de la cocina, debajo de los libros de jardinería que él le había regalado con la última dedicatoria: «Porque en realidad no te hacen falta. Sabes tú más que ellos», estaban esas cartas nunca enviadas. «Permíteme empezar por decirte que sé que harás mucho por este país cuando llegue el momento en que puedas irte de esta casa y volver a construir París aquí cerca, entre nosotros, pero más libre que dentro de esta familia...» Ahora, en la soledad, al olor de las ensaladas de gallina listas para guardarse en el frigorífico General Electric hasta la llegada de los invitados de los quince años de Irene, era el momento de destruirlas.

Acercó la cerilla encendida y vio cómo la llama se aproximaba a las hojas con el ansia que luego tendrían los invitados sobre las fuentes de comida o la misma que le ofrecían las orquídeas cuando se cortaba un poquito la piel de la falange y esparcía dos o tres gotas de su sangre sobre ellas. La devoraban y, una vez consumida su esencia, parecían mirarla a los ojos y hacerle guiños de agradecimiento. Entonces apagó la cerilla y guardó las cartas en el bolsillo de su falda. Subió a su habitación y las puso a recaudo en su lugar más secreto: la guarda de uno de sus libros que escondía, por un curioso pliegue del papel, un hueco donde atesoraba objetos: la primera orquídea ahora seca, una foto de su madre sosteniéndola en sus brazos, un rizo de su padre y su primer diente.

Cuando cerró el libro vio el traje azul, sin tirantes, la pechera que se apretaría contra el busto ya formado de Irene, cubierta de una pedrería tan azul como el cielo a medianoche y la larga falda cayendo sobre el suelo como si fuera el ala de uno de esos papagayos que sobrevuelan entre las cascadas de monte Ávila.

Estaban allí, solos, ella y el traje que transformaría la juventud de su hermana en una nueva joya, una orquídea aún más poderosa que las que ella cultivaba. Tan cerca, tan solitarios, los dos siempre al servicio de otro. Fue hacia él, se quitó su blusa y la falda, se quedó desnuda y recorrió con sus manos la seda del vestido. No se deslizaban, parecía como si la tela quisiera enredarla en ella y sostenerla allí, que alguien entrara y la encontrara así, sin ropa, atrapada por el azul del traje como si fuera una hiedra venenosa con voluntad propia. Escuchó los pasos, delicados, disciplinados, de su hermana, y logró zafarse del hechizo, de aquella tela con manos invisibles, y se metió en su cama.

—¿Lo has visto? —dijo Irene, exaltada—. ¿No es una absoluta preciosidad?

—Es igual a ti, Irene. Es tan bello como tú.

\* \* \*

La orquesta dejaba que el sonido de su percusión se moviera entre los presentes como un gato despertándose a un largo día. Y los pasos de cada uno de los invitados seguían un ritmo perezoso y feliz. Ana Elisa se acarició el pelo y dejó que esa caricia fuera tan sutil como la música, y cuando la última hebra de cabello hubo quedado suspendida en sus notas, dejó que sus dedos siguieran también el acompasamiento de las trompetas que iban creciendo y creciendo en ese suave ondular en el que ahora se movían todos los asistentes. Fue así como vio el desfile de todas las debutantes compañeras de su hermana. Amanda Bustamante en un traje blanco roto, con mangas tan anchas que parecían alas de una mariposa incapaz de volar. Ofelia Tovar y Rivas, también de blanco, con una cola tan larga que ella misma debía recoger toda la parte delantera para evitar que la pisaran, si bien a pesar de lo complicado del gesto, su elegancia parecía innata, haciendo que lo imposible pareciera simple. María Angélica Gómez López, intentando que el blanco de su traje fuera lo más azulado posible, para competir con el de la anfitriona, bailaba y sonreía siguiendo una mecánica que la volvía marioneta, triste y cómica a un tiempo, en medio de aquel ritmo sofisticado, melódico de todos los presentes, participando de una coreografía sin otra dirección que no fuera la de seguir la música de la cada vez más grande orquesta, que iba aunando instrumentos y sonidos a la voz del elegante Rafa Galindo, que entonaba en un inglés cargado de acento latino una triste canción de jazz: «Dime, hermano, ¿puedes compartir un centavo? Una vez que hube construido la vía del tren, lo hice competir contra el mismísimo tiempo. Una vez hecha una torre hacia el sol, ahora que la he hecho, hermano, ¿puedes compartir esos diez centavos?», y la orquesta se llenaba de vientos, el piano encerrando todos los sonidos en sus teclas y los palillos del tambor golpeando dulcemente, casi imitando el roce, el frufrú de las telas de los vestidos, los blancos, los azules, los amarillos o el gris oscuro con incrustaciones de coral de Graciela Uzcátegui, que bailaba junto a su marido enfundado en un esmoquin azul noche, arrastrándose ambos sobre el piso de mármol negro. Ese sonido, ras, ras, ras, como arañazos de un gato errante entre todos los presentes.

Ana Elisa se sentía ese gato, casi invisible, con un simple vestido negro y una ristra de perlas, muy sencilla, apenas doce alrededor de su cuello, como si ése fuera a ser para siempre su uniforme más que su traje de fiesta. A su alrededor todo era alegría, exageración, un bumbúm gigante que se repetía igual que las trompetas de la orquesta subiendo más y más, cada vez más altas en medio de los bailarines, envolviéndose en sus círculos, sus pasos precisos y hermosos. Ella avanzaba entre los danzantes sin que nadie la detuviera ni para invitarla a formar parte de la danza ni para comentarle nada de lo que había hecho para la fiesta de su hermana. Y, sin embargo, todos repetían de los platos de comida, las seis o siete ensaladas de gallina, los mismos cochinos cubiertos con su especial mezcla de mostaza y miel, asados muy lentamente, unos encima de otros en el horno de la casa (que llegó incluso a plantearle a Graciela que en el futuro deberían pensar en habilitar otra cocina allí mismo, en el bungalow de la piscina, donde se celebraba el evento, por si se repetían ese tipo de fiestas). Se movía entre los que bailaban sin cesar, ahora al ritmo de un danzón que le recordaba los movimientos que su crema de merengue hacía sobre el pastel de limón, como si una mano invisible los elevara gradualmente hacia el cielo. Y aunque Ana Elisa siguiera, levemente, los pasos de toda esa gente bailarina, seguían sin verla, mientras ella se dedicaba a contar las orquídeas, todas azules con el centro blanco y amarillo, que se habían colocado en cada una de las mesas, veinticinco, situadas a un lado del inmenso salón. Iluminadas por la luz de las velas protegidas por viseras de cristal, sus hojas azules parecían también moverse al ritmo de la orquesta.

—¿Eres feliz, hermana?, ¿tan feliz como yo en esta noche mágica? —preguntó Irene, resplandeciente, tocada por todas las magias que formaban su fiesta de quince años.

El agua, el sonido de la orquesta disparando vientos, el clin, clin del piano, hacían que los cristales engarzados en la pechera de su traje multiplicaran sobre su rostro, los dientes perfectamente alineados en su franca sonrisa llena de dicha; el pelo rubio convertido en una onda suave que resbalaba sobre un lado de su rostro, y sus manos cálidas enlazándose con las de ella, más frías, ausentes… No pudo responderle, no quería decirle algo obvio y que sus palabras salieran desganadas. No podía, tampoco, condensar en ellas todas las sensaciones que tenía dentro. Miedo de no volver a vivir nunca una noche igual, angustia por sentirse menos que su hermana, vergüenza de ocultar que deseaba, por encima de todo, que Mariano volviera a su lado y le hablara del talento, o de la magia que rodeaba esa noche, cualquier cosa, pero que estuviera a su lado.

—»Sé que estás feliz —terminó por responderse la propia Irene—. Y estoy tratando de convencer a Graciela para que me deje bailar contigo cuando empiecen los boleros de Azucena Nieves. Son nuestros favoritos.

—No le hagas eso. Ya sabes que ha organizado hasta el último detalle —atinó a decir Ana Elisa.

—¡Es todo tan precioso! Pero sobre todo tus flores. Nunca, nunca, volverán a ser tan bellas como esta noche —continuó Irene abrazando a su hermana. Al unirse, nunca fueron más distintas. Irene, como una estrella de cine, toda simpatía y encanto, y Ana Elisa, como una secretaria de alto rango, eficiente, discreta, el collar de perlas de una sola vuelta para siempre atando su destino.

—Irene —dijo la voz masculina acompañada de unas manos que suavemente se posaron sobre el antebrazo de la agasajada—. Me ha dicho mi madre que éste es nuestro baile.

Y así Mariano, que ni siquiera pareció reconocer a Ana Elisa, recogió con una mano el brazo de Irene y con la otra se aferró, siempre suavemente, a su cintura. Y la orquesta cambió el ritmo a un elegante foxtrot: «Mi nena no se preocupa por cosas tontas, sólo se ocupa de mí. Ni siquiera la sonrisa de Elizabeth Taylor es su estilo, y me pregunto una vez más por qué, por qué se empeña tanto en cuidar de mí.» Y en cada requiebro de las trompetas junto al rasgueo de las guitarras, Mariano levantaba a Irene de la pista, sosteniéndola entre sus manos y siempre sonriéndole, a la vez que ella le devolvía la ristra de su perfecta dentadura, y cuando volvían al suelo se separaban el espacio suficiente para mover las caderas de izquierda a derecha mientras agitaban los brazos y manos como si estuvieran imitando panteras delante de alguna presa apetecible. El salón, que se había detenido para observarlos, prorrumpió en aplausos, y Mariano e Irene sonrieron todavía más y obligaron con sus cuerpos danzantes a que la orquesta repitiera los compases y surgiera de repente un nuevo baile que había que seguir en la ciudad.

Ana Elisa salió al jardín y avanzó hacia el tronco roto de su palmera. Allí, como temía, volvieron a formarse de nuevo ante sus ojos todas las imágenes que habían ido alimentando parte de su historia. Los hombres enardecidos entrando en casa la Navidad de 1937. La tormenta que quebró el tronco de la palmera y lo derribó sobre el cuerpo mojado de su padre. Su madre abandonando entre lágrimas esa casa que ahora la acogía. Soraya dejándole su cuaderno de recetas apuntadas con una pésima caligrafía sólo comprensible para ellas dos. Su hermana pidiéndole explicaciones a Graciela para luego olvidarlas. Las primeras orquídeas nacidas a la vera de ese tocón, a plena luz del día. Y Mariano, nadando siempre con movimientos largos, como si tuviera detrás, tocando sólo para él, la misma orquesta que ahora celebraba sus pasos de baile. Y ella, siempre pequeña, siempre detrás, observándolo todo, escuchando, asimilándolo sin jamás poder probarlo antes que su hermana.

—¡Déjame, monstruo, sátiro! Es el cumpleaños de tu…

—No es nada mío, cariño. Igualito que tú. Deja de gritar, te va a gustar lo que podemos hacer juntos —era la voz de Gustavo, ya pastosa por el whisky consumido. El traje de esa mujer se movía sobre el césped como si fuera papel de lija, y Ana Elisa pudo apreciar su perfume, cargado de magnolias, mezclado con el aliento alcohólico de Gustavo.

—¡La próxima vez que vuelvas a tocarme, Gustavo, haré todo lo posible para que Graciela lo sepa! Eres asqueroso —finalizó ella, separándose y devolviéndose al bungalow repleto de gente y algarabía, donde la música la envolvió e hizo desaparecer.

Gustavo se quedó mirando el jardín. Ana Elisa retrocedió amparándose en el tronco roto y así se alejó de la luz, su traje negro confundiéndose con la noche, sus perlas blancas apagando solidarias cualquiera de sus brillos.

—Estás bebiendo demasiado, Gustavo —dijo Graciela aparecida de pronto, salida no se sabe de dónde, un tono de desprecio descendiendo desde su mirada hasta el último aliento de su voz.

—¿Has conseguido ya tu sueño? ¿Qué harás a partir de ahora? Allí tienes a tu hijo bailando con la niña que le has destinado. Y yo no he hecho nada, lo sabes. He obedecido tus instrucciones. No la he tocado, ni siquiera me he acercado a ella en toda la noche para decirle lo bien que le queda el traje que le has escogido, lo mucho que me gusta el olor de su perfume y cuántas veces me imagino a diario cómo sería estrujar en mis brazos esa piel joven, blanca, más que suave, inmaculada como su aniversario. Y tan diferente de la tuya, Graciela querida...

En la bofetada, Graciela querida olvidó que llevaba las dos pesadas pulseras de diamantes que se colocaba en las ocasiones especiales y que, gracias a la fuerza con que la propinó, se convirtieron en pequeñas dagas punzantes que dejaron una herida en el rostro de Gustavo, como si le hubieran atizado con una cadena terminada en pinchos. Él trato de reponerse y atacarla, pero el alcohol le jugó una mala pasada, no podía verla correctamente. Entre las nieblas que la cubrían, le pareció que ella se reía de él mientras éste buscaba encontrar el equilibrio perdido. Dejándolo atrás, Graciela regresó a la fiesta y la orquesta pareció acompasarse con la humedad del exterior interpretando los primeros boleros de la velada: «Aquí vuelve, la reina de la noche, cuando hay un tiempo para olvidar todas las penas, recuperar besos perdidos, encontrar el traje que alguien dijo era el mejor de tu vida...»

\* \* \*

Cuando la fiesta hubo terminado, Ana Elisa concluyó que no podía dormir. Irene, sin embargo, la estrella de la celebración, la princesa coronada, lo hacía plácidamente. En la silla entre sus dos camas reposaba el traje azul, símbolo y triunfo de la jornada. Y de nuevo esa luna que cambiaba de tamaño en las vigilias sin sueño de Ana Elisa iluminaba la tela, las piedras azules de la pechera, y ese brillo significó una señal irrevocable. Debía seguirla, como lo había hecho siempre que los objetos se empeñaban en hablarle u orientarla.

Por eso se levantó y se quitó su camisón. Desnuda se sintió diferente, como si algo estuviera creciendo dentro de ella, e instintivamente se llevó las manos al vientre y vio que era más firme que nunca, pero que sus caderas parecían ensancharse. Subió las manos hacia sus pechos y eran más grandes, redondos, más lechonas que antes. ¡La ensalada de gallina, su ensalada, tenía poderes! Le habían crecido los pechos, no tanto como los de su hermana, pero al final de esa noche de cumpleaños habían cambiado. Era, por fin, una mujer.

Bajó al pabellón, ya vacío, con el traje azul puesto, le quedaba un poco ceñido, pero era el momento de vestirlo, como casi lo había hecho la primera vez que lo vio sobre la cama de su hermana. No había orquesta ni músicos y algunas de las orquídeas habían sido retiradas por ella misma para que los invitados no se las llevaran avariciosamente. En una mesa todavía quedaba una de las velas encendidas dentro de su pantalla de cristal, y el humo que desprendía se suspendía sobre el mantel como si esperara que la orquesta volviera a tocar, y aunque no había ningún sonido, ella se dejó llevar, imaginándose que tenía el pelo igual que su hermana, que las trompetas volvían a marcar los pasos de los invitados, que la mano siempre suave pero firme de Mariano la alzaba en el aire y la devolvía al suelo mientras cerraba los ojos y dejaba que sus piernas unidas a las de él comenzaran a dar vueltas sin marearse jamás.

—Ven a mi cosita, rubia, que quieres sentir lo que nadie te ha regalado esta noche —dijo de repente la voz apestosa, como si estuviera llena de caramelos viejos, los dientes manchados de carne de cochino, pequeños trozos de la zanahoria de la ensalada que no habían pasado de los colmillos.

—¿Quién eres? —preguntó Ana Elisa sorprendida, asustada, los brazos del hombre aparecido por sorpresa apretándola de pronto más y más como tenazas que la sometían, que casi no le dejaban respirar—. Me duele. Eres Gustavo, no me escuchas, ¡soy yo, soy yo...!

Y antes de que pudiera pronunciar su propio nombre, como si al hacerlo fuera a invocar un conjuro que lograra que esos brazos ávidos se separaran de su piel, las manos apretaron sus pechos y el aliento de alcohol dispersó un vaho encima de ella que le hizo cerrar los ojos y querer apartarse sin conseguirlo mientras la fuerza de esa bestia la hacía caer sobre el suelo brillante, sus piernas como arietes separaban sus rodillas al descubierto ahora porque, sin saber cómo, se había rasgado la tela del vestido de su hermana, y un taladro avasallador y hostil entraba en su cuerpo rompiéndola por dentro y haciéndola gritar, pero no, no podía siquiera hacerlo, porque aquella mano llena de sudor y durezas le cubría el rostro, ahogaba su grito, sus lágrimas, y una y otra vez la palmera del jardín volvía a derrumbarse en medio de la lluvia, y aunque pareciera que la orquesta del cumpleaños de su hermana volvía a reanimarse y tocaba un ritmo frenético, atroz, ella sólo podía oír esa voz maloliente a whisky y cochino, mayonesa y vómito, que repetía y repetía: «Tu regalo, toma tu regalo, el que nadie se ha atrevido a darte, Irene, puta, putita, rubia...»


Otra vez se abría ante ella la oscuridad. Pero entonces la iluminó un disparo y su sonido le hizo abrir los ojos para ver las pupilas inyectadas en sangre de ese hombre que la miraba asustado de descubrir en el último instante que ella no era Irene. El cuerpo cayó encima aplastándola y devolviéndole ese terror feroz que la había inmovilizado, el humo de la pistola como una aura, saliendo de su espalda, y un cañón oscuro detrás, mirándola también con su ojo negro desorbitado, sin párpado ni pasión. No quería que la descubrieran allí, vestida con el traje de su hermana, arruinando para siempre el recuerdo de una noche mágica con la sangre que resbalaba entre sus piernas, pero podía oír muy cerca la voz de Mariano y los gritos desgarrados de su hermana farfullando frases estúpidas e inconexas.

—Sabía que esto terminaría así —reconoció impasible Graciela, la única con suficiente sangre fría para expresarse con claridad, su rostro pétreo—... Y que tú serías la culpable, Ana Elisa.

# SEGUNDA PARTE
—

## 6

Al principio todo lo que vio fue blanco. Las paredes, el uniforme de la enfermera que la atendía, las sábanas, su camisón, todo blanco. Recordó, de aquellas visitas en las que oía a madame Arthur nombrar los colores en su templo, que el blanco podía tener múltiples bautizos pese a ser siempre un color sin color, sin sexo, sin mácula. Todo lo contrario de ella, que permanecía allí dolorida, incapaz de emitir gemido alguno y, al mismo tiempo, sintiendo que la memoria, siempre difusa, más que nada confusa de aquella noche, era arrastrada fuera de su pensamiento como si tirara de ella una fuerza sin nombre que, sin embargo, sabía enlazar con Graciela y sus ojos, los gritos de Irene y Mariano, y el humo de aquella pistola apuntándola en ese último minuto de la fiesta de quince años de su propia hermana. Porque, pese a todo, Ana Elisa y nadie más era quien decidía qué cosas guardar, atesorar en su cerebro, y cuáles era preferible olvidar, desechar, arrojar fuera, muy lejos de sí misma, sus heridas y sus gemidos.

—Niña, me debes una explicación. Soy yo, la hermana Caridad, estoy aquí para escucharte.

La hermana Caridad se había presentado en su blanca habitación, aquella monja rechoncha, siempre extrañamente sonriente del colegio. La misma que le comentó que era preferible abandonar la gimnasia porque esos gestos elásticos le afearían el cuerpo, pero dejó que tomara aquella decisión como si fuera sólo cosa suya. La misma que, sin darse cuenta, dejaba escapar un suspiro de admiración, secreta ansiedad de ser considerada amiga, parte de un círculo íntimo, cada vez que su hermana Irene se colocaba entre ellas. La misma que le había dicho a Graciela que ella, Ana Elisa, sacaba mejores notas pero no contaba con el «talento social» de su hermana Irene. Estaba allí, al pie de su lecho, mientras en el resto de su entorno todo eran extrañas cuerdas que la sujetaban a la misma cama y cables, creciéndole de los brazos hasta los pies, alrededor de las piernas como si fueran enredaderas.

—¿Dónde estoy? —preguntó con absoluta lógica.

—A mi lado, y con eso bastará. Es todo lo que los médicos me han permitido decirte.

—¿Médicos?

—Bueno, digamos que especialistas. Tu caso está considerado de… interés nacional para la ciencia.

Intentó incorporarse y vio que aún era de día, bueno, mediodía en realidad. Desde siempre supo ver las sombras del sol sobre cualquier superficie aunque estuviera nublado. Como muchas otras cosas, nadie se lo había enseñado, pero ella lo sabía, como si fuera una lección aprendida en otra vida, otro momento, otra ciudad.

—Tengo hambre —dijo al fin.

—Buena señal, todos la estábamos esperando. Voy a pedir que alguien venga con la bandeja…

—¿Buena señal para quién? ¿Quiénes son los que han estado esperando?

\* \* \*

*Todo lo que he visto en ese lugar son sus muros. Altos, blancos, inhóspitos. Es un viejo edificio que dicen fue una leprosería en las afueras de la ciudad. La humedad del mar, pese a que la montaña está allí en su punto más elevado, ha conseguido penetrar en las piedras del muro, y así como las pieles de sus internos se caían,*

*cada una de las paredes del sitio va descascarillándose como si si-*
*guieran un movimiento propio dentro de una sinfonía. Sé que es*
*imposible verla, más aún desde que tú misma has dado órdenes de*
*que la mantengan alejada de toda visita. No sé lo que habrás pa-*
*gado, madre, pero algún día esta acción terminará por cobrarte a*
*ti un precio mucho más alto...*

Mariano escribía febrilmente. Desde que Ana Elisa no estaba en la casa, las flores no crecían igual. Irene no tomaba ninguna decisión. Desayunaba, comía y cenaba en su habitación sin emitir palabra. El traje azul, causante aparente de todo el horror, no había sido retirado de la tintorería donde se envió la mañana siguiente al crimen. Mariano sólo imaginaba como solución escribirle a Ana Elisa, pese a que los médicos le habían informado de que las cartas no le serían entregadas sino hasta que la ley hubiera decidido cuál era su participación en el terrible crimen sucedido en su casa.

Graciela, en cambio, había tenido una especie de relajación en la organización del funeral por Gustavo y se había dado cuenta tarde de que era imperante, más que importante, que todas las personas a quienes su marido hubiera ayudado en favores estuvieran presentes.

—Cuánto lo siento, Graciela, y lo sabes de corazón, más aún después de una fiesta tan auténticamente «soñada». Jamás en Caracas hubo una noche igual, pero quién iba a imaginar que terminaría así. Nos encantaría acompañarte, pero mi marido ya había decidido mostrarle el lado sur de la ciudad a los americanos de las petroleras y mañana, como sabes, vienen esos belgas que quieren explotar nuevas haciendas de cacao.

Una tras otra se sucedían las excusas. Nunca hubo más extranjeros interesados en explotar los beneficios del país que la semana del entierro de Gustavo Uzcátegui.

—Inspector Suárez, soy la señora de Uzcátegui… quiero decir, su viuda —alertó Graciela, su luto riguroso acompañado siempre por un detalle gris perla: perlas en los zarcillos, perla almidonado en un pañuelo entre sus manos, perla en los puños del que sería su traje favorito de luto: piqué negro en una falda hasta más abajo de las rodillas, mangas largas la chaqueta—. Sé que ha abierto una investigación sobre la muerte de mi marido. Estoy dispuesta a responder a todas sus preguntas.

—Mis hijas podrían considerarse esas dos muchachas. Quise criarlas como si fueran dos milagros entregados a mi marido y a mí. Perdóneme si me mojo los labios con algo de agua, a veces no sé si realmente puedo retroceder en el tiempo y explicarle paso a paso lo que verdaderamente sucedió.

—¿Tienen ustedes la sensación de que alguien más participó en la muerte de su marido, señora Uzcátegui? —preguntó, voz grave, ojos muy negros, el inspector Suárez.

Mariano no se había acostumbrado aún a su nueva casa. Es verdad que agradecía la fantástica piscina interior. Después de todo, en ese París en guerra que había conocido, después en esa España rancia para casi todos, ducharse era una odisea diaria, más aún nadar. Alguna vez, durante los veranos de metralla y pólvora, se había aventurado a saltar mediante piruetas en las orillas apartadas del centro del Sena y había conocido allí a jóvenes del interior de la república que le hablaban en un francés más dulce que el capitalino y le sonreían todas sus carantoñas. Más de una le guió entre los del río que parecía perder su nombre para descubrirle nuevos recovecos en su propio cuerpo y en el de ellas. Pero ahora, en Caracas, pese a la piscina para él solo, a su disposición, se sentía mal, pesado, como si nunca pudiera recuperarse de la resaca de aquella noche. De lo que le pareció oír, de lo que en verdad oyó y de lo que prefirió no ver mientras ante sus ojos se sucedían imágenes terribles, aullidos y ese disparo, luz cegadora que sólo le permitía ver a su padre rodeado de humo abandonando esta vida, desplomándose sobre otro cuerpo que intentaba zafarse de él mientras Irene y su madre, gesticulando sin sonido, movían los labios lentamente como si en vez de una frase estuvieran ejecutando un conjuro.

«Despierta», decía la voz, y Ana Elisa sentía vueltas en su cabeza, no sabía si le hablaba madame Arthur, intentando hacerla volver en sí aquella mañana en que se quedó aferrada a la mesa redonda de caoba de su tienda, o si era Irene deseando enseñarle el vestido azul de sus quince años, o Graciela acusándola de nuevo, repitiendo sin cesar sus palabras. «Siempre supe que tú serías la culpable.»

Quiso levantarse de la cama pero volvió a plancharla el dolor que sentía en su vientre. Venía de dentro y también se dejaba caer sobre sus piernas. Gustavo Uzcátegui había resquebrajado su interior, y al derrumbarse abatido por el disparo, el peso de su cuerpo, además, había quebrado la pierna derecha de Ana Elisa. En el mareo de palabras entrecortadas y quejidos que se volvían aullidos, creyó recordar a alguien preguntándose si volvería alguna vez a caminar.

Abrió bien los ojos y no había nadie en la habitación. La ventana estaba abierta y le pareció sentir como la espuma de las olas disgregándose en la arena. La rama de un árbol recién florecido aparecía a un lado de la ventana. Eran rosadas las flores, de tres hojas, como tréboles sin suerte, y no eran orquídeas aferradas a otra vida, sino un apamate, lo supo en seguida y eso la hizo sonreír. En alguna parte, quizá gracias a monjas como la hermana Caridad, había aprendido mucho de flora y fauna, recordó que se trataba de un árbol que suele crecer en zonas montañosas, como el propio valle de Caracas, y por eso era considerado el árbol típico de la zona. Seguía en su ciudad, no estaba en casa de los Uzcátegui, pero tampoco la habían llevado muy lejos. El cielo era completamente azul, limpio, con lo cual seguiría siendo el mismo diciembre de 1946, el mes de los cielos más nítidos del año en esa ciudad tropical, el año en que su vida cambió por siempre.

—Ana Elisa, he venido a despedirme —advirtió, entrecerrando la puerta, la hermana Caridad.

—¿Y adónde va a irse, hermana? —preguntó Ana Elisa.

—Al colegio —dijo con un tono de tristeza. En realidad no esperaba encontrarla despierta, y delante de ella no pudo evitar angustiarse por toda la despiadada realidad que estaba a punto de arrojar sobre aquella niña incapaz de incorporarse frente a ella.

—Y yo, ¿podré regresar al colegio con usted?

—No, Ana Elisa. Deberás quedarte aquí…

—¿Qué es aquí? ¿Qué es este sitio, hermana Caridad?

—Es un lugar… donde tendrás que estar un tiempo, hasta que todo quede arreglado.

—¿Qué es lo que va a quedar arreglado?, ¿cuánto tiempo hace falta?

—Bastante —sus ojos se iban llenando de lágrimas—. Ana Elisa, sé que es normal que te hagas estas preguntas, pero todo lo que puedo decirte es que Dios no abandona a los que necesitan su fuerza, que todo esto no es más que una prueba dura, hacia ti. Pero sólo una prueba…

—¿Y entonces por qué no se queda usted conmigo? ¿Por qué no está aquí mi hermana Irene o… Graciela?

—Porque todos están intentando aclarar... aclarar la verdad —titubeó la monja y maldijo, aunque no debiera, su cobardía y haber pronunciado la palabra: verdad.

—La verdad no necesita ser aclarada, hermana. La verdad es.

La religiosa se sintió despojada, como si alguien le quitara el hábito y la dejara allí arrugada, toda su vida entregada a una fe arañada por una mano poderosa que lanzaba su atuendo por la ventana abierta. Levantó su mano y vio sus dedos sucios, manchados de un hollín que se movía como si tuviera gusanos revolcándose en su mugre. Y temblándole tendones y venas, se santiguó delante de la niña que la miraba medio postrada en su lecho blanco.

Ana Elisa sostuvo su mirada mientras la mujer retrocedía sin fuerza, envuelta en llanto, y dejaba la puerta en esa absurda mitad, ni abierta ni cerrada. Y sintió fuerza, por la claridad de sus palabras, por la manera en que había sentido tan cerca su poder para despojar a sus enemigos de la poca energía que les hacía enfrentarse a ella. Sí, la hermana era un enemigo, estaba allí para dejarla a merced de algo mucho más oscuro, infinito, que la bondad de ese Dios al que servía. ¿Y creía la pobre mujer que podía irse así, sin recibir el látigo acusador de su mirada, que la encontraría dormida y a lo más se santiguaría antes de que sus dolores, toda esa maldición en la que se hallaba encerrada, terminaran de devorarla?

Sus piernas, una vez sola, reaccionaron, ese dolor agudo, como de insectos moviéndose sin control dentro de sus huesos, acabó, y rápidamente pudo sacar una pierna de la cama y comprobar que el borde de la misma estaba a bastante altura del suelo. Pese a que el dolor de las extremidades había remitido, el que sentía dentro, bajo su estómago, en algún pasadizo de su interior hacia el exterior, se afianzó, y aunque la hiciera gritar consiguió colocarse frente a la ventana. No podía ver, aquellas punzadas la hacían cerrar los ojos y sentir que todas las proporciones de la habitación eran desaforadas. La cama inmensa, la ventana aún más larga e inalcanzable, el techo siempre moviéndose, el espacio en sí volviéndose un círculo arremolinado en torno a ella. ¿Cómo era posible que incluso en esas circunstancias de dolor y lucha fuera capaz de pensar en las dimensiones de una habitación? La pregunta le dio más fuerzas, constató que nunca podrían doblegar su capacidad de observar, y consiguió tocar con los dedos del pie el suelo frío, pulido, lleno de vetas húmedas, como si un césped viviera sepultado arañando la superficie, pidiendo ayuda.

Afincó el otro pie, las piernas fueron látigos, luego llamas. Estiró sus brazos, los ojos rebosando lágrimas mientras se dejaba llevar hacia la ventana como si fuera un imán. No quería saltar, sólo llegar hasta ella, ver mejor esa rama de apamate y sus flores que se hacían cada vez más rosadas.

Alcanzó el antepecho y se desplomó sobre él intentando manipular la manija de la ventana. Cerró los ojos dejando escapar una sonrisa porque había vencido al dolor. Estaba allí, erguida, sujeta a un objeto que había venido en su auxilio.

Entonces abrió los ojos y vio que no había apamate, ni flores rosadas, ni olas quebrando en ninguna orilla. Sólo una pared, un muro también blanco, sin fisuras ni enredaderas recorriéndolo en desorden. Un muro circular que, de nuevo, la envolvía.

\* \* \*

El Cementerio General del Sur descansa entre dos colinas en el extremo oeste de la ciudad. Todo es verde menos las lápidas y los monumentos funerarios, de un mármol blanco que el sol convierte en hielo deslumbrante. El panteón de los Uzcátegui es como una casa con cuatro columnas dóricas que fueron compradas a la familia Ruiz-López, seis en total, cuando éstos perdieron su fortuna. Cuenta con un hall de entrada amueblado con sillas de hierro negro más una mesa del mismo mármol del suelo y paredes para oficiar responsos. Una escalera desciende a la gruta, donde hay espacio para siete nichos, siguiendo un criterio supersticioso de Gustavo que creía, como sus admirados nazis, en las bondades cabalísticas de este número tanto para la vida mortal como para la siguiente. Su cuerpo, maquillado para disimular la herida de bala que atravesó su cráneo, dejándole un rictus imposible de cambiar de pánico y cólera, sería el primero en inaugurar el panteón.

A paso lento, miembros del ejército, funcionarios del Departamento de Importaciones del Ministerio de Economía, donde Gustavo mantuvo una oficina que frecuentaba poco, un puñado de plañideras que Graciela había contratado, el inspector Suárez, omnipresente en sus vidas desde el día del accidente, Mariano, delgado y pálido en el traje negro que parecía quedarle corto, las hojas de un discurso moviéndose entre sus delgados dedos y Graciela, los ojos bajos, la piel más suave que nunca, el negro sentándole de maravilla, ofreciendo una protección susurrante.

—Antes de que despidamos para siempre a mi padre —empezó Mariano con la voz perfectamente modulada, sin ofrecer idea alguna de dolor por la pérdida de su padre, sino más bien como si estuviera a punto de leer sus últimos poemas en una reunión de la revista universitaria—, me gustaría compartir con ustedes mis pensamientos sobre sus ideas, lo que quiso hacer por nosotros en este mundo antes de que ese desgraciado accidente nos lo arrebatara para siempre.

Graciela entreabrió sus labios apenas maquillados, o

mejor, hábilmente maquillados para parecer que no lo estaban, y miró a su hijo saboreando el que los presentes estuvieran pendientes de sus gestos. Fue allí cuando lamentó que nadie importante los acompañara en esa despedida. No era su culpa, sino la del propio Gustavo Uzcátegui. Por más que Graciela pusiera un fuerte empeño en conseguir tantas cosas, su marido no había conseguido nunca convencer a sus amistades importantes de que él en verdad lo fuera. Qué más daba hacerse esas reflexiones. Ahora era viuda y su hijo estaba a punto de empezar al menos una carrera segura: la de lector de elegías en funerales con anhelos de grandeza. El inspector Suárez estaría apuntándolo todo para continuar, mañana por la tarde, los interrogatorios sobre el «accidente» no esclarecido, como acababa de bautizarlo oficialmente Mariano.

Irene entró la última al panteón. Mariano, a punto de colocar la primera hoja de su discurso delante de sus ojos, tuvo un gesto para ella, señalándole su asiento, exactamente detrás del hombro izquierdo de Graciela, para que ésta no pudiera vigilarla y sin embargo poder contemplar sin distracciones su lectura.

—Mi padre —empezó con voz segura— fue un idealista que posiblemente pudo equivocarse en muchas de las apuestas que hizo en su vida. Apostó por una mujer diferente de todas las otras y, llenándola de amor, construyó una familia que hoy me comprometo a hacer la más orgullosa de este país. Me permitió seguir mis inclinaciones hacia un lugar donde la palabra es la ley y la verdad su luz. En este duro mundo de guerras y pobrezas, siempre apostó por el futuro. Y ese futuro lleva el nombre de este país, que precisamente ha asistido a la deflagración internacional con la sabia distancia de los que deben contemplar el sacrificio de otros para mantener viva la llama de la humanidad. Eso es lo que me decía muchas noches: «Mariano, nosotros no somos ni de un lado ni del otro de esta guerra. Somos su esperanza. Y cuando la guerra termine, estaremos sanos y en pie para recoger las cenizas, apartar la metralla y hacer que nuestros verdes campos florezcan con júbilo.»

Las plañideras dejaron de llorar, arrobadas ante el joven moreno, alto, de voz recia y dicción impecable. Habían entendido todas y cada una de sus palabras sin saber exactamente cómo interpretarlas. Fue la palabra *júbilo*, como había planificado Mariano, lo que empujó el triste funeral a una ronda de aplausos impropia pero que, a fin de cuentas, sólo oían ellos, su madre, Irene y él mismo, rodeados de anónimos mediocres.

El inspector Suárez apuntó en su agenda: «Mariano Uzcátegui.»


Después, ya en casa, Graciela, despojándose de sus guantes negros en la antesala, observó cómo su hijo iba hacia la biblioteca a guardar su discurso en el escritorio.

—Has hecho un buen trabajo —reconoció.

—Mejor lo has hecho tú, mamá, consiguiendo que al menos acudieran seis personas a escucharlo.

—¿Cómo haces para decir cosas en las que no crees?

—Aprendiendo de ti.

—No quiero que seas un hijo de mamá, lo sabes perfectamente.

—Va a ser difícil —advirtió Mariano—. Hasta ahora todos estamos siguiendo tus instrucciones. Ana Elisa está encerrada en ese sitio, mi padre murió en un «accidente» que el inspector Suárez hará todavía más creíble al finalizar sus interrogatorios, y si todo sale bien...

—Tú harás lo que yo diga.

—Irene se hace preguntas sobre su hermana, y yo también. Sólo es culpable de haberse vestido con su traje y que papá la confundiera.

—A tu padre le disparé porque creí que era un intruso en la fiesta que molestaba a Ana Elisa, estúpidamente vestida con una prenda que no era para ella.

—Ésa es la versión que repites delante del inspector, mamá, pero Irene, tú y yo sabemos que no es cierta. Los tres estábamos presentes, además de la pobre Ana Elisa, rota debajo de su cuerpo.

—Pero es mi versión, la única que hemos ofrecido hasta ahora. Y el discurso que leíste para despedir a Gustavo también será recordado como eso, la última verdad que pudiste escribir para despedirlo como el ser humano que jamás fue.

Mariano guardó silencio.

—No pienses en lo que de verdad pasó. Tú y yo somos iguales —prosiguió Graciela intentando convencerlo, llevarlo a su terreno—, y estamos juntos en la misma aventura. Ayúdame a alcanzar la orilla y yo te llevaré hasta la siguiente.

Dicho esto, la frase colgando en el aire como una promesa o, tal vez, una amenaza, Graciela se dirigió a la escalera para subir a su habitación. En la imperiosidad de sus movimientos no se fijó en Irene, que justo detrás de una de las columnas, otrora propiedad, también, como las del panteón familiar, de los desafortunados Ruiz-López, había escuchado toda la conversación.

* * *

Ana Elisa vio que una enfermera, morena como las empleadas de madame Arthur y también con bata blanca, entraba en su habitación con una silla de ruedas.

—¿Para quién es?

—Para usted, señorita. No se asuste, es temporal. Los médicos han dicho que sólo la necesitaría para ir al patio, tomar el sol, descansar un poco…

—No hago más que descansar en esta cama y en esta habitación.

—Va a pasar mucho tiempo aquí, señorita. Es preferible que, desde el principio, se haga a sí misma las cosas más fáciles.

—¿Usted cómo se llama? —preguntó Ana Elisa, sintiendo que las piernas seguían fatigándola desde dentro, pero quizá algo menos.

—Enfermera Guevara.

—¿No tiene nombre?

—No, aquí nadie lo tiene. Ni los médicos ni los enfermeros, ni siquiera los pacientes.

Ana Elisa sonrió, acomodándose en la silla y pensando que, frente al dolor que muchos otros sentirían al perder su nombre, su identidad, para ella era un alivio perder momentáneamente el suyo, dejar de ser la niña Guerra cuyo padre murió abatido por un rayo, la Ana Elisa acogida por los Uzcátegui, desplazada de su mundo, violada finalmente por Gustavo. A veces, era mejor no ser nadie. Más adelante tendría que enfrentarse a su nombre para hacer de él su santo y seña del que ya jamás se desprendería.


Estuvo horas sin minutos contemplando ese muro circular que la separaba de la vida. Vio el cambio de las reclusas o pacientes, siempre mujeres que desfilaban a veces conducidas por sus respectivas enfermeras, otras acompañadas por pacientes o reclusas que podían ofrecerles conversación. Tenían distintas edades, pero ninguna era niña como ella. Sintió un dolor aún más profundo que el de los latigazos de sus piernas cuando le pareció verse envejecer junto a ellas, dando vueltas alrededor de ese muro circular, luchando por no pedir ayuda, no gritar su verdad: «Yo no le maté. Me puse el traje de mi hermana, y era a ella a quien él creyó violar.» Recordó con asco la voz entrecortada de Gustavo: «Puta, putita, rubia...» Nadie iba a escucharla. Sabía que esas mujeres, las negras, las blancas, las serias, las que reían nerviosamente, las que se abrazaban a otras y escondían sus llantos en hombros prestados, todas habían deseado expulsar sus verdades y prefirieron el silencio para soportar el muro que las rodeaba. De repente, todas miraban hacia el cielo cuando un pájaro lo cruzaba. A veces un halcón, otras, zopilotes de alas tan negras que parecían azuladas. Y, de pronto, una voz diciendo su nombre.

—¿Ana Elisa, eres tú? ¿Has venido a verme? Soy yo, mamá.

## 7

—La dirección ha dado instrucciones de que a partir de ahora me mantenga al menos a cincuenta metros de vosotras. Consideran que he cometido un error imperdonable al reuniros a tu madre y a ti —anunció la enfermera Guevara, detrás de la silla de ruedas donde se sentaba Carlota. Pero Ana Elisa sabía que nunca dejaría de ser su ángel guardián en aquel lugar. De hecho, había sido ella la que consiguió a través de su intermediación que le dejaran cambiar aquel horrible camisón informe y llevar un vestido blanco que ella alisaba para que quedara perfectamente planchado delante de su madre. Pensó rápidamente, mientras le informaba de que las condiciones con las que los responsables del Centro Clínico Adames habían transigido en que estuviera junto a su propia madre, en que ese tipo de trajes, camiseros, como luego los llamarían, no sólo le resultaban cómodos, sino que permitían a su cuerpo olvidarse de sí mismo. Estaba cubierta, no se veía mal, siempre y cuando no la traicionara el planchado, y tampoco pasaba calor.

—Gracias. ¿Cuánto tiempo tenemos para hablar?

—Veinte minutos, muchacha. Pero no esperes mucho de ello. Tiene… brotes, es decir, desde que llegó aquí ha estado más tiempo callada que hablando. Para todos fue una sorpresa que se dirigiera a ti aquel día junto al muro.

Antes, a lo sumo, decía un nombre, lo repetía durante un día completo y después volvía a quedar en silencio.

Ana Elisa miró a su madre en la silla de ruedas. Parecía una ancianita agobiada por el intenso calor, como si sintiera moscas a sus espaldas permanentemente, como si la humedad que salpicaba desde las hojas de los árboles estuviera ahogándola, encharcándole los pulmones, dejándola sin aire y obligándola a mover la lengua sin rumbo en busca de aliento.

—¿Cuál era el nombre que repetía? —preguntó.

—Irene. Todo el tiempo, Irene… Irene…

\* \* \*

—No me gusta que te quedes tan callada, Irene —advirtió Mariano.

Los dos estaban a solas en la biblioteca de los Uzcátegui. Desde que él se instaló de nuevo en la casa de sus padres, redistribuir los libros en las estanterías se había convertido en una obsesión. Sabía que muchos de aquellos volúmenes los había comprado su padre a un vendedor de Madrid que se los envió por barco durante dos años seguidos y que algunos jamás fueron retirados de los envoltorios en fino papel cebolla color sepia en que llegaban. Mariano quería exhibir una colección que su padre había amasado sin jamás leer.

—Es lo más fácil para mí. Callarme para no hacer preguntas que incomoden a nadie.

—Pero no está bien. Hay muchas cosas que yo debo aclararte. Lo que pasa es que no puedo decir nada si tú no preguntas antes.

—¿Cuánto tiempo más tendrán a mi hermana encerrada?

—Para empezar, no está encerrada. Se encuentra en un

centro psiquiátrico del mejor nivel. La psiquiatría es una ciencia que lleva lo que va de siglo y es magnífico, me atrevería a decir, que aquí en Venezuela ya estemos a la cabeza de las mejores instituciones europeas. Por ejemplo, uno de los máximos responsables ha sido el jefe interino del más importante psiquiátrico de Viena...

—Mariano, basta. Me has dicho que te pregunte, que hable, no necesito escuchar un discurso político.

—Quería darte seguridad sobre el sitio donde están tu madre y tu hermana.

—¿Mi madre también?

Mariano pasó suavemente su dedo índice sobre las páginas del libro recién abierto, un ejemplar editado en Buenos Aires y enviada vía Madrid a Caracas de varios cuentos cortos y artículos diversos de Balzac. Letra mediana, papel prístino, blanco, un olor excelente. ¿Quién le había dicho en París, una de esas noches de vino y acalorada discusión, que un libro debía catarse lo mismo que un buen caldo? Aspirarlo, sentirlo, olerlo una y dos veces. Entonces leerlo.

—Dime —incriminó Irene, fuerte, no histérica, sin levantar la voz pero con la fuerza suficiente para que no siguiera ignorándola.

—Han sido arreglos de mamá. Hace muchos años, cuando las señoras que cuidaban en Mérida de tu madre Carlota dijeron que era incontrolable, investigó acerca de este centro, y una vez comprobado que sería lo mejor para ella, la envió allí.

—¿Por qué no nos dijo nada? ¿Por qué nos prohibió a Ana Elisa y a mí que siguiéramos haciendo preguntas, que indagásemos, y nos obligó a estar en esta casa como zombis, asistiendo al colegio y vuelta otra vez a aquí, a nuestras cenas, al ritual de todos los jueves de escuchar la lectura de tu carta...?

—¿Leíais mis cartas todos los jueves? —preguntó Mariano, al tiempo que pensaba en los inesperados cursos que puede tomar un diálogo.

Había aceptado la visita de Irene en la biblioteca para lucirse mostrándole cómo pensaba colocar los tomos que desembalaba. Luego disfrutaba con su mirada a través de esos inmensos, siempre hermosos ojos azules. Después pensó que una vez colocados los libros, no todos, pero al menos sí seis o siete, pasearan por el jardín y en un momento dado la acercaría hacia él y terminaría por besarla. Pero ahora estaban de nuevo en el medio de ese remolino familiar que no terminaba por ahogarlos, que siempre parecía llevarlos hacia otro remolino y otro, repetir afirmaciones que ya sabía por Ana Elisa, asumir hasta la saciedad que su madre había obligado también a aquellas niñas a sentir su presencia como si nunca se hubiera ido de aquella casa, a absorber sus cartas y su recuerdo.

—Era imprescindible que Irene te escuchara desde el otro lado del océano —profirió Graciela, abriéndose espacio en su andar hacia la pareja.

Percibió que la biblioteca estaba casi a oscuras, ¿cómo iba a saber Mariano qué libro estaba desembalando? Abrió las pesadas cortinas con un solo golpe de mano y se colocó frente al chorro de luz que devolvía Caracas. Seguía vestida de gris oscuro, como si fuera toda ella, delgada, el moño en su sitio, sosteniéndola por encima del suelo, una estalactita de pizarra.

—Quiero ver a mi hermana. Ya, ahora. Y a mi madre también —sentenció Irene.

—Es demasiado pronto —respondió Graciela—. Siempre serás un enigma para mí. Más de una vez creo que entiendes todo lo que hago por ti, y más de una vez también me pregunto si en el fondo no querrás destruirlo algún día.

—No somos títeres, Graciela.

—Pero estáis bajo mi control. Por ahora. Un día me lo agradecerás, Irene. Todo esto, cada detalle, cada movimiento que hago para ti.

—¿Y crees que lo has hecho bien? En ningún momento me has permitido decirte lo que pienso.

—Había que esperar a que llegara. Acabas de cumplir tus quince años, ahora puedes hacer todo tipo de preguntas.

—No fueron quince años ideales, Graciela. Se cometió un crimen, violaron a mi hermana. Y lo hizo tu marido, y la escogió a ella porque estaba vestida como yo.

Graciela no apartó su mirada de la niña en ningún momento. Pensó, sin embargo, en lo increíblemente bella que era. Todas sus facciones eran perfectas, dulces, femeninas. Podía recordar en ellas a la Carlota que conoció, apenas se mudaron a la casa que ahora era su piscina techada. Y otro poco a su padre, esa pequeña tristeza en el fondo de los ojos. Pero en realidad Irene le recordaba a sí misma, sólo que en rubio. Sí, el tono del pelo suavizaba todo lo que en Graciela era equino, más animal que urbano. No, concluyó sin apartar la vista de la niña cargada de sensatez que la hacía enfrentarse a su verdad, nada podía destruir el trazado ideal que había dibujado para ese ser humano.

—La justicia, y antes que ella, el mismo tiempo, ese dios sin rostro que nos rodea y a veces nos arroja a precipicios, se ocuparon de que los acontecimientos sucedieran de un modo afortunado para tu hermana.

—No te inventes ahora un final feliz, Graciela —exclamó Irene—. Yo también estaba allí y sé lo que pasó, no pretendas cambiar el modo en que sucedieron las cosas ante mis ojos.

—Mamá, por favor —dijo Mariano, para no quedarse completamente fuera del diálogo que se desarrollaba cada vez más sin necesidad de su voz.

—No quiero que nadie pronuncie en alto cómo sucedió todo en realidad, así no tendremos que repetir ni recordar la verdad, ni ante nosotros, ni ante nadie —zanjó, sosteniendo su pañuelo gris, Graciela.

\* \* \*

Ana Elisa recibió el sol en su cara y miró hacia el muro blanco. Recordó aquel Reverón en el salón de los Uzcátegui. Curiosamente, con los años vividos junto a él, lo había asumido como algo más, colgado de la misma pared, algo que podía ver al pasar o ignorar completamente. Delante del muro, el blanco cegador le devolvió la visión del cuadro, más grande, como si al proyectarse estuviera abriendo un hueco que le permitiera escapar. Vio por fin el paisaje que se ocultaba entre los blancos de la pintura: un trazo de mar, la esquina ligeramente inclinada de una mañana, un despertar sobre la arena. Reverón, a quien alguna vez Gustavo citó como «lo único importante y que realmente debería salvarse de un país como éste», caracterizaba sus cada vez más famosos y prestigiosos óleos por blanquear absolutamente cualquier superficie, cualquier realidad. Su mar no era azul, sino completamente plateado. Sus arenas parecían hechas de guijarros molidos y vueltos al sol igual que granos de arroz, de sal. Había gente, también, en el cuadro, vestidos con camisas de un lino que se desdoblaba hasta casi volverse mortaja. Y coronándolo todo, al fondo, casi a punto de volar como si fuera la escoba de una bruja confundida entre tanto blanco, la palmera. El verde de sus hojas convertido en plata, el tronco casi de porcelana bajo la inclemencia del sol esparciendo una neblina de cal.

—¿En qué piensas, hija mía? —preguntó Carlota.

Ana Elisa sujetó su mano, había aprendido tras varios

días ya junto a ella que cuando su madre la llamaba así era porque salía de sus propios sueños y tenía un rato, jamás calculable, de sobriedad en sus delirios y tristezas.

—En un cuadro, un Reverón que había en casa de los Uzcátegui.

—Ah, Reverón —dijo su madre—. El pintor de lo blanco. Ningún tomate era rojo para él, ni el calabacín verde, ni las personas color carne. Todo blanco, porque esta luz nos impide ser de otra manera. Sólo de ésta, blancos como fantasmas que jamás conocerán oscuridad porque sólo tienen sol.

Ana Elisa apretó aún más fuerte la mano de su madre. Y de pronto se sintió feliz. ¿Qué más daba que no estuviera en la casa de los Uzcátegui, cerca de Mariano, con su hermana, cruzando un tramo de ciudad para ir al colegio? Estaba allí, junto a su madre, disfrutando pequeños momentos como ése.

—¿Estás bien aquí conmigo, hija mía?

—Sí, mamá.

—Pero éste no es un lugar sano, ¿lo sabes?

—Es sano cuando estamos así como ahora, mamá.

—Yo me he resignado, pero tú no debes, nunca. Cuando me despierto y veo esta luz tan limpia y sé que puedo hablar, que puedo levantarme de esta silla e ir hacia el muro, comprendo que deben de haber pasado muchos días entre mi oscuridad y esta repentina claridad.

—Mamá, aprovecha la luz, no empieces a recordar.

—¿Pero cómo te explico lo que pasó? Por qué terminé aquí. Por qué os dejé a cargo de Gustavo y… y… y ella.

—No necesito que me lo expliques ahora, mamá. Piensa en la luz, no retrocedas hacia la oscuridad, y piensa en la luz de ese cuadro. Ese espacio blanco, como si la bomba, eso, como si la bomba de Hiroshima en vez de estallar allá tan lejos lo hubiera hecho aquí, casi a nuestro lado, y sólo nos hubiera dejado este lugar, esta playa, a ti y a mí, como únicas supervivientes.

—Pero a nosotros no nos destrozó una bomba, hija mía. Fue la mala suerte. Y tener a los Uzcátegui de vecinos. Quiero que me prometas algo, Ana Elisa, porque sé que eres tú y no me da miedo llamarte. Irene no vendrá jamás a verme, y tú estás aquí, sea cual sea el motivo que nos ha unido en este lugar. ¡Quiero que me prometas algo! —reiteró.

—Lo que sea, mamá, pero cálmate, por favor.

—Las orquídeas, hija. ¿Es verdad que sabes cultivarlas?

—Sí. —Carlota tuvo un destello de orgullo.

—Eso lo aprendiste de mí.

Se miraron, y Ana Elisa pensó en la importancia que las miradas tendrían en su vida, y descubrió que los ojos y sus colores le hablarían más que las palabras, serían más honestos que las propias personas, y su recuerdo perduraría por más tiempo en su memoria.


—¿No me dejarás sola cuando esta luz se haya evaporado y vuelvan a llevarme al… cuarto?

—¿Tu habitación?

—No, Ana Elisa, mi habitación no, el cuarto, el cuarto. Ese lugar donde me amarran y me colocan la cabeza cerca de ese aparato y me llenan de cables en los brazos, las venas, alrededor del pelo, aquí… aquí puedes verme las heridas, sí, y las costras de mis propios golpes —y se separó el pelo y Ana Elisa pudo ver, en efecto, señales en el cuero cabelludo de su madre—. Cuando me lleven de nuevo allí quiero que estés conmigo, para verlo, para impedirlo, para contarlo luego…

—Mamá.

—Y para que no tengas miedo, Ana Elisa —le dijo, mirándola fijamente, ofreciéndole en el brillo de su mirada la dimensión completa de su locura y cómo ésta, la demencia, parecía pasearse bajo sus iris y saludarla, como una niña encerrada en una habitación diminuta esperando que alguien, cualquiera, incluso un perfecto desconocido, pasase por delante y abriera la puerta para dejarla escapar—. No quiero que tengas miedo nunca, hija mía —repitió Carlota, con el aire distorsionando la fuerza de sus palabras y haciéndole mover la boca como si en cualquier momento fuera a perder su control sobre ella—. Que en ningún momento, ni en el sol ni en la oscuridad, tengas miedo. ¿Me entiendes, me oyes, no me fallan las fuerzas, sigo aquí delante de ti, sujetándote la mano, sigo aquí? —inquiría atropellando palabras y preguntas—. ¿Sigo aquí?

—Sí, mamá, estamos juntas y me pides que no tenga miedo.

—Nunca, nunca —empezó a repetir Carlota, acariciándose con más fuerza las costras debajo de su cabello y moviendo de un ojo a otro a la niña que esperaba ser liberada—. Nunca sientas miedo, esquiva la palabra con otra. Conjúrala. Cuando empiece a crecer dentro de ti, invéntate un nombre. Un nombre, ahora, dilo…

—Tú, mamá. Carlota, Carlota —gritó Ana Elisa, siguiendo el tono febril con el que se regía su madre. De pronto se dio cuenta de que estaba acorralada contra el muro y que ya no veía en ninguna de sus manchas, grietas o curvas el cuadro de Reverón como ventana.

—Repite el nombre, no dejes que el miedo te venza, se planta a veces junto a ti y espera que te descuides para cogerte. Di, di la palabra —imploraba, ordenaba su madre, enfilando la silla de ruedas para cercarla completamente contra él.

—Carlota, diré Carlota. Carlota…

—Tú no eres Irene, tú eres mejor, tú tienes que salvarte, huir de aquí, no ser destruida ni como yo ni como tu padre.

Y en la silla frente a su hija, ante los ojos ansiosos de Ana Elisa, se convirtió en un gigante, o en una sombra descomunal, una ave poderosa que de un solo golpe la levantaría de ese césped y la sacaría volando por encima del muro. Y Carlota vio en la mirada de su hija, que seguía repitiendo su nombre, que sus ojos la escrutaban buscando algo que se movía en los suyos propios. Y se lanzó hacia ella con ganas de morderla, de arrancarla de ese sitio, de separarle el cuerpo de su cabeza, de quedarse con esos ojos asustados bailando en la palma de su mano.

—Carlota, Carlota —seguía gritando Ana Elisa, notando en sus brazos esas uñas cortas, mordidas hasta más allá de la piel, que la atacaban, la golpeaban como si fueran garras de un buitre blanco agazapado entre las palmeras del Reverón.

—¡Huye!, no te quedes aquí, no esperes más tiempo, huye de mí y de todos los recuerdos, empieza de cero, ¡vete! —continuaba Carlota, cada vez mascullando más las palabras, cerrando y abriendo los ojos mientras continuaba golpeándola contra el muro.

—No te muevas, Ana Elisa, no te derrumbes, espera a que controlemos a tu madre —ordenó la voz de la enfermera Guevara, surgida de entre una de las aristas del muro o descendiendo desde la copa de una palmera blanca.

Ella sintió como si su barriga la obligara a caer sobre el césped, pero se sujetó como pudo contra el muro y vio sobre él sin reconocerlas sus propias manos manchadas de sangre y que unas gotas de ésta resbalaban por su cuello hacia sus senos.

—Llévenla a recuperación —ordenó la enfermera.

—Huye —quería decir la madre, las enfermeras alejándola por un pasillo, sus ojos, los de Carlota, negándose a cerrarse, separándose de Ana Elisa.

—Quiero ir con ella —suplicó Ana Elisa—. ¡Quiero ver lo que vais a hacerle!

* * *

*Querida Ana Elisa, me temo que he empezado esta carta demasiado tarde...*

Mariano escribía en su habitación. Había colocado aquellos libros de la biblioteca que no tuvo tiempo de ordenar alrededor del escritorio, como si fueran un muro de protección, una barricada de palabras. Siempre Balzac, Rubén Darío, Freud, que había descubierto en París y en una edición bilingüe, francés y alemán, que mantuvo escondida bajo de su cama en el albergue donde vivía, en el fondo anhelando que algún agente de la Gestapo entrara y la requisara para poder blandir al menos una anécdota valiente de sus días en plena guerra europea. Sus relatos de Jane Austen, *Drácula* de Bram Stoker y *Frankenstein* de Mary Shelley, las páginas de ambos libros gastadas, llenas de sus huellas.

*Sé que donde te encuentras te persiguen muchas sombras, pero quiero reafirmarte que estás mucho más segura allí que en nuestra casa. Aquí la vida se ha vuelto irrespirable, es como si todos nos sintiéramos culpables de algo que no podemos definir. Sabemos lo que te pasó pero, sinceramente, no sabemos cómo. No podemos excusar a mi padre, lo único que podemos decirte es que pagó con su vida su conducta. Pero también nos preguntamos, ¿por qué llevabas el vestido de tu hermana esa noche? ¿Qué impulso pasó por tu cabeza para que te vistieras como ella? ¿Qué sientes realmente hacia tu hermana, que es la única persona que de verdad puede quererte porque lleváis la misma sangre? ¿O es que acaso los que com-*

*parten una misma sangre tienen por eso más derecho a rebelarse el uno contra el otro?*

Mariano dejó un momento de escribir la carta para leerla de nuevo. No le gustaban los textos que empezaban a llenarse de preguntas, pero quería que fuera una carta sincera, que planteara esas dudas suyas que luchaban por despejar todas las sombras.

*Algunas veces me pregunto si sientes celos o envidia de tu hermana, y si esos celos vienen directamente del hecho de que Irene es quizá la criatura más hermosa que ha existido en Caracas y en cualquier otra parte del mundo. Pero ¿la belleza puede ser causante de cosas malas, como el recelo, la envidia, el odio?, ¿no existe acaso la belleza en el mundo para ofrecer exactamente belleza, paz? Además, todos tenemos un nivel de belleza en nosotros. Tú misma, con tu cariñosa sonrisa, la curiosidad de tu mirada, haces que los objetos se iluminen y adquieran para ti y para nosotros significados relevantes. Mira lo que has hecho con las orquídeas de esta casa. O con tus postres. Mi madre me ha contado que muchas veces te quedabas alrededor de ese túmulo que una vez fue una palmera y parecías sacar de la misma tierra conclusiones que te has guardado para ti. Quiero escribirte esta carta para que algún día las compartas conmigo. Desde aquella vez que nos conocimos mientras yo nadaba, detecté que en ti había una intelectualidad natural. No sabes cuántas veces oí en París a gente discutir lo raro que resulta en la vida encontrarla. Intelectualidad natural, un don, querida Ana Elisa, porque si existe de verdad un Dios, estoy seguro de que éste decidió rodearte de ella.*

Revisó otra vez lo escrito. ¿Era eso lo que de verdad quería decirle? Subrayar la intelectualidad, natural o no de Ana Elisa, ¿no era una manera de suavizar su falta de belleza? Y aunque detestara la irrupción de las preguntas en sus textos y en su propia mente, ¿no estaría esperando Ana Elisa otras palabras de su parte?

*Me gustaría escribirte amor en esta carta, Ana Elisa, pero sería un error hacerlo. Cuando supe que llevabas el traje de Irene la noche del accidente, pensé que te habías vestido como tu hermana para encontrarte conmigo, y ese pensamiento, egoísta, vanidoso, me atormenta noche tras noche. Porque si hubiera estado en el salón en vez de mi padre...*

No podía terminar de escribir, incluso sentía deseos de romper la cuartilla.

*He empezado esta carta demasiado tarde, Ana Elisa. Quiero aclararte tantas cosas que voy descubriendo demasiadas preguntas en mi interior. Y no me gustan las preguntas, considero que cuando las planteas es porque algo falla muy dentro de uno mismo. Sólo deseo que vuelvas a esta casa. Y que de alguna manera me perdones.*

Miró su reflejo en la ventana cuando la noche se abalanzó sobre el jardín. Qué distinto era el atardecer del trópico al de París, pensó, y se angustió de una conclusión tan banal. Pero en ese momento, rodeado de los libros que admiraba y al mismo tiempo odiaba porque nunca podría escribirlos, necesitaba sentir esa diferencia que la naturaleza le revelaba. En el trópico, donde había nacido, del que siempre había sentido la necesidad de huir y al que siempre regresaba, la noche se imponía sin treguas. Sucedía como un aire que te quita la respiración y la lleva a otra garganta sin nombre ni posibilidad de recuperarlo. Y en Europa, ese París manchado de sangre y gris que conoció en la guerra, la noche caía lentamente, como sangre de una herida pequeña pero incisiva, acentuando las tristezas, redondeando las sonrisas, eternizando los besos. Bajó a la cochera. Rápido, no se dejó amedrentar por los vehículos que la vigilaban con sus chasis sonrientes. Entró en el despacho del fondo. Allí seguía el viejo sofá. Giró uno de sus cojines e introdujo la carta.

*Perdóname, Ana Elisa, es lo único que deseo decirte, me reitero, me condeno a decírmelo una y otra vez. Perdóname, perdónanos.*

\* \* \*

Ana Elisa oyó una voz que parecía venir de muy lejos. Se preguntó si no era la quinta, la sexta vez que la visitaba aquella voz. Sintió que, igual que en ocasiones anteriores, abría los ojos y la seguía oyendo, aunque se desvaneciera como la nota de una melodía sobre un piano, esta vez las manos sobre ese piano se movían más rápido que nunca, golpeando con más y más dureza teclas que se volvían todas negras e iban confundiéndose entre sí.

—Ana Elisa, no puedes quedarte aquí. No hace falta que mires más.

Era la enfermera. Sintió el agua que resbalaba por sus mejillas y paladeó su sal. ¿Cuánto tiempo llevaba allí, contemplando lo que la hacía llorar? Olía a quemado, como si alguien estuviera lanzando cerillas sobre papeles calcinados, rotos, elevándose encima de ella recuerdos, retazos de canciones que no lograba enlazar. «Eres una mujer sola en el marco de la puerta, cuando la cerrabas para dejarme, romperme y echarme a llorar», recordaba, en la voz de Azucena Nieves, aquella cantante en las fiestas de los Uzcátegui. Pero no estaba en el salón de Graciela y Gustavo. Estaba en la habitación, ese espacio blanco con las camillas negras pegadas a unos aparatos tan negros y grandes como cuervos.

—¡Mi hija, mi hija ha venido a salvarme, no la separen de mí, malditos! ¡No me lleven lejos de ella!

Era Carlota, atada a la camilla, los pies cubriéndose de un azul que hizo encogerse de miedo a Ana Elisa. Le acercaron a su frente una especie de diadema —¿o era una corona de espinas?—, mientras otra enfermera hacía girar un botón en la base de una de las máquinas.

—Basta, Ana Elisa, no podemos seguir aquí —clamaba la enfermera Guevara mientras el cuerpo de Carlota saltaba y caía como un gato harto de arriesgar sus siete vidas. El pelo, aquel bello pelo rubio y recio que alguna mañana contemplaba deslumbrada mientras se lo cepillaba, iba cubriéndose de blanco, o más bien de una ceniza que parecía crecer como si fuera una hiedra quemada.

De la misma manera surgió el grito que aterrorizó a los presentes menos a Carlota, cuyos ojos demostraban que ya se había vencido al tratamiento. La enfermera trató de sujetar a Ana Elisa, pero el mismo grito parecía cubrirla de una fuerza extraordinaria y la arrojó prácticamente hasta la puerta del pasillo. Mientras la enfermara exigía ayuda y ya se oían los pasos de los celadores aproximándose, mordió a la sanitaria que hacía girar el disco del aparato, quitó la diadema a su madre y se la aplicó a sí misma y, antes de que la tercera enfermera pudiera sujetarla, consiguió apretar el otro botón, que le recordó al gatillo del revólver que acabó con la vida de Gustavo antes de que terminara de desgarrarla, y lo hizo girar mientras miraba la cara de terror, desconcierto y miedo de todos los presentes de la habitación.

Pero en vez de sentir que su cuerpo se estremecía entre el dolor y el aire, como había hecho el de su madre, Ana Elisa sintió que empezaba a flotar.

## 8

—¿Su nombre?, por favor.

—Pedro Suárez. Inspector Suárez.

La secretaria de la recepción del Centro Clínico Adames no pudo evitar pasar revista al aspecto del hombre que le hablaba. Llevaba un sombrero de color marrón suave, no podría llamarse beige, una palabra que iba cobrando impulso en el hablar de los caraqueños desde que empezaron a llegar esas nuevas medias de nailon. Tampoco podría decirse que fuera crema. Era más bien de un marrón parecido al del lomo de algún animal.

—Topo, se lo llama marrón topo —dijo claramente Pedro Suárez, el inspector Suárez.

La secretaria dejó caer su bolígrafo, prácticamente aterrorizada.

—No se asuste, muchacha. Puedo leer la mente —reveló con parsimonia, y terminó la frase con su deslumbrante sonrisa. El brillo de sus dientes conseguía resaltar el de su mirada, penetrantes ojos negros rodeados de abundantes pestañas y cejas bien delineadas. El puente de la nariz, recio y recto, y las fosas completamente visibles. La muchacha sintió el deseo de persignarse, sin saber si lo hacía por miedo de estar frente a un monstruo o por repeler el deseo que empezaba a erotizarla—. Mi intención es hablar con la enfermera Guevara —reveló finalmente el inspector.

—El siguiente pasillo a la derecha. Está esperándole —anunció, trémula, la secretaria.

Al alejarse, Pedro Suárez, el inspector Suárez, detectó un espejo entre la puerta de entrada y el pasillo hacia el que se dirigía. Por su reflejo podía divisar lo que sucedía en la entrada: enfermeras paseando a sus pacientes en sillas de ruedas delante de un inmenso muro circular. Cuando su imagen estaba a punto de quedar detrás de él, se volvió para verse en el espejo. Sí, era topo, el color. Y qué bien quedaba con ese nuevo traje gris claro que Graciela había escogido para él. En el otro ángulo vio a la secretaria y cómo ésta apartaba su mirada al saberse descubierta mientras él seguía leyendo sus pensamientos. «Bello, pero no sé por qué me da miedo.»


El inspector Suárez entró en la habitación y sorprendió a una llorosa enfermera. Ana Elisa parecía arrojada, más que descansada, de espaldas a la puerta, sus ojos abiertos fijos en la pared.

—He venido de parte de Graciela Uzcátegui —empezó a decir.

Ana Elisa se incorporó repentinamente, la enfermera se levantó también.

—Mi hermana, ¿tiene usted alguna noticia suya? —preguntó con una voz distinta de la que jamás había empleado. Ella misma lo notó, y le pareció como si hubiera estado de nuevo dormida más de un día, y supo también que a partir de ahora empezarían a contarle cosas que preferiría no saber. Como si alguien se empeñara en rellenar los espacios en blanco que había decidido dejar así.

—Es mi obligación quedarme, señor —dijo la enfermera—. Imagino que se lo habrán explicado en la puerta. ¿Esa nota que trae es para mí?

El inspector Suárez miró sus manos. Llevaba en efecto la nota en la izquierda. Estudió la habitación. Le recordó a los calabozos de Carabobo, cerca de los arrozales que despedían humedad y calor todas las mañanas, sus paredes garabateadas por nombres de hombres desesperados, aquellas frases: «Muera Gómez», «Crees que me has matado, dictador». Aquí no había nada, ni el calor, ni la humedad, sólo esas dos mujeres mirándole con miedo y ansiedad. Entregó la nota.

Ana Elisa miró al inspector y éste vio que en sus ojos parecían reflejarse orquídeas (hacía tanto tiempo que no pensaba en ellas), las conversaciones con su hermana antes del amanecer en casa de los Uzcátegui y, de repente, como si se equivocara de pensamiento, la respiración agitada de Gustavo.

—Me gustaría hablar contigo sobre lo que pasó aquella noche. Sé que eres muy joven y has vivido un infierno, pero se te internó aquí preventivamente sin que hayas pasado el interrogatorio policial, que es obligatorio. Por eso he venido. Yo me encargo de la investigación del caso.

—Señor, ella está muy débil… Su madre… —intervino la enfermera.

—Ya sé, señorita, que la niña asistió a su muerte al tiempo que se aplicaba una descarga eléctrica.

—¿Qué quiere que le cuente? —habló Ana Elisa como si no lo hiciera ella, como si continuara poseída por esa voz extraña.

—Lo que recuerdes de esa noche —dijo el inspector Suárez.

—Me puse el vestido de mi hermana porque toda la noche estuve admirándola. Estaba más que bella, luminosa, todos decían que el azul del traje combinaba con sus ojos, pero yo sentía que la hacía más rubia y, al mismo tiempo, más… más elegante, sí, como si fuera diferente de los demás. Y, sobre todo, diferente de mí. Todas las flores de la casa las había cultivado yo, eran mis orquídeas, mimadas al máximo para esa noche. En la pista sobre la piscina, desde una esquina, había visto a mi hermana bailar..., bailar con... él.

—Mariano —intervino el inspector Suárez.

La enfermera Guevara se sobrecogió, sabía por experiencia que cualquier detalle podía hacer explotar aquella mezcla de ira con tristeza de sus pacientes. Ana Elisa miró detenidamente al inspector y volvió a ver en sus ojos las orquídeas que había olvidado, y poco a poco reconstruyó en su mirada el salón de la piscina cubierta, el gran ventanal, la oscuridad matizada por destellos blancos de la luna, la orquesta invisible.

—Sigue —le pidió el inspector Suárez—. Yo también estoy allí, contigo.

Ana Elisa recordó su propia figura adentrándose en la oscuridad, vestida con el traje azul de su hermana, deseando imitar sus giros cuando bailaba con él, sí, él. No quería decir su nombre, no podía, en realidad; si lo hacía volvería a sus sueños, a esa oscuridad de pájaros volando al ras de una espuma que no tenía mar. Vio ese otro rostro que se acercó a ella, aquella respiración entrecortada que parecía obstaculizarle el camino, enredarla entre brumas. Y el peso de ese cuerpo aplastando el traje de su hermana, rasgándolo, cortándole la respiración.

—Se desvanece, por Dios, sujétela —gritó la enfermera.

Ana Elisa la oía perfectamente, no se estaba alejando como otras veces, pero sentía que el cuerpo se le agitaba por dentro, como si le dieran golpes desde su interior, como si el estómago, seguramente vacío, decidiera achicarse y lanzar hacia la garganta un barro que luchaba contra el barro de su propia voz y no conseguía escapar...

—Señora, esta niña está embarazada —afirmó el inspector Suárez.

\* \* \*

Mariano esperaba en la biblioteca delante de la primera estantería, cuyos volúmenes de literatura francesa había organizado con máxima aplicación. Las fábulas de Perrault, en una edición francesa de 1800, iniciaban lo que para él era un recorrido perfecto donde encontraban hogar todas las obras de Molière y Pascal, en ediciones perfectamente encuadernadas en París o Lyon, hasta desembocar en su adorado Balzac, Verne y, para satisfacer su inclinación a la provocación, las poesías de Verlaine y Marat con un guiño a lo popular que incluía las novelas románticas y de aventuras de Dumas, padre e hijo. Lo que le gustaba de su selección era ese humor, no lejos de la realidad, acerca de una literatura que, al tiempo que conllevaba un intenso legado cultural, no había perdido jamás su contacto con lo comercial. «Sin un concepto industrial de la cultura, estimado Mariano, ningún país y ninguna civilización puede llegar lejos», le advertía en cada clase monsieur Berger en la Sorbonne. Esa estantería, con sus bellos volúmenes encuadernados cargados de palabras, rimas y metáforas, venía a darle la razón. El pensamiento ilustrado de la gran Francia se mantenía vivo porque las editoriales conseguían editar y reeditar a aquellos excelsos autores. Los grandes y los pequeños o, mejor dicho, los tocados para escribir como nadie y que sabían producir obras que cautivaban a sus lectores y cumplían su función de mantener activa la maquinaria.

—Mariano, te estoy hablando —recriminó su madre vestida de azul marino. Los puños de su chaqueta ya no eran grises, sino blancos, e igualmente, las tapas de los bolsillos estaban perfiladas por un vivo también blanco. Los zapatos, también azul marino, lucían una línea blanca que los rodeaba por sus bordes y el tacón. Era Deauville en Caracas. Mariano admiró esa innata y tan francesa elegancia en su madre, aún poseedora de un rostro marcadamente racial.

—Has abandonado el luto —constató.

—Sí —respiró hondo—. Hoy es el primer día. Han pasado ya seis meses del… accidente. Consideré que era tiempo suficiente.

—Y en esos seis meses, ¿desde hace cuánto te ves con el inspector Suárez? —preguntó Mariano.

Graciela desvió su mirada hacia la estantería recién organizada por su hijo. Siempre hacía eso cuando algo le incomodaba, se refugiaba en la decoración. Siempre había algo nuevo o algo viejo que era adecuado observar y recomponer o recolocar de nuevo. No entendía mucho a quiénes pertenecían esos libros ni por qué Gustavo se había empeñado en comprarlos cuando Europa no estaba en guerra. Nunca le vio leerlos, estaban allí en sus cajas, guardados en el almacén del garaje. Sin embargo, era más que lógico que Mariano, que hablaba un perfecto francés y había estudiado esas clases absurdas en la universidad, los colocara en orden.

—No necesito darle explicaciones a nadie —declaró finalmente.

—No te las estoy pidiendo. Pero quiero hacerte notar que tu estado civil actual no deja de tener sus beneficios.

—¿Beneficios? ¿Estás seguro de lo que dices, Mariano?

—Todo el mundo respeta a una viuda, más aún si es una viuda como tú, elegante, con un hijo crecido como yo, con una casa impecablemente mantenida como ésta. Quiero decirte que, hagas lo que hagas, no olvides nunca que eres la viuda de Gustavo Uzcátegui.

—¿Y qué es eso que puedo hacer? —preguntó sin dejar de reparar en los objetos que decoraban la biblioteca. Esas tortugas de nácar que compraron en el viaje a México, al calor de esas ciudades, con la gente mirándola como si fuera una princesa maya.

—Tu relación con el inspector, mamá.

—¿Cuál es esa relación? —Graciela Uzcátegui levantó la ceja y un poquitín la voz.

—Sé que duerme en esta casa. Le he visto salir por la cocina y olvidarse de cerrarla. Os he oído nadar y reír en la piscina del invernadero.

—No es un invernadero, es un pabellón. Lo llamamos piscina interior, Mariano. Detesto que con este sol se emplee la palabra invernadero —aclaró Graciela.

—Me pides cosas con las que yo cumplo y sin embargo tú… Me he olvidado de mis cartas, ésas que ibas interceptando…

—Sólo a ti se te ocurre escribirle a una niña que está loca.

—Porque quiero, porque necesito que me perdone. Y sé que las has ido quemando, porque no quieres que nada se salte tu plan. Da igual, un día volverá aquí y…

—Mariano, ¿por qué siempre hablamos de lo mismo? ¿No puedo siquiera felicitarte por lo bien que has organizado esta biblioteca?

—Yo no te pido cuentas. Acepto lo que has decidido para mí porque, en mi interior, o no soy lo suficientemente valiente para decirte que no o prefiero ser un cobarde al que le va bien en la vida.

—No eres un cobarde, tienes un gran futuro.

—Y el futuro es casarme con Irene.

Ambos, madre e hijo, se volvieron para ver si la nombrada estaba en la habitación. Lo hicieron mecánicamente, al unísono, y verse así originó una carcajada en Graciela que suprimió de inmediato al no encontrar reflejo en su hijo.

—Te casarás con ella, sólo que más adelante. Cuando de verdad… —Graciela sopesó bien sus palabras, tuvo la sensación que repetían una conversación— la hayas convencido de tu amor.

—Nunca será igual —murmuró él.

—Escúchame, Mariano. No te inventes que amas a la loca. No es verdad, no tuviste tiempo suficiente de conocerla, de dejarte maravillar por ella. Ambos sabemos que lo que sientes por Ana Elisa es pena, se vistió de su hermana creyendo que tú estarías allí en la piscina interior y bla, bla, bla. A veces no entiendo cómo alguien puede negarse el futuro teniéndolo delante. Eso es lo que pasa con Venezuela. Tenemos todas las riquezas y no hacemos más que dejar que se pudran.

—No quiero que te veas más en esta casa con el inspector —exigió, rotundo, mirando primero al suelo y luego a su madre, que volvía a pasear su mirada por los objetos de la habitación.

—A menos que me case con él —suspiró Graciela.

—No serás capaz —titubeó el hijo—. ¿Sabes con quién se reúne? Dicen que sabe todo de todos, que lee la mente, que se junta con los hombres de Chalbaud y Pérez Jiménez para derrocar al presidente que salga de las elecciones…

—Tontos esos que hablan de unas elecciones para un presidente que todos quieren derrocar. ¿Hacia adónde vamos en este país?

—Mamá, por favor, aléjate de ese hombre.

No hubo tiempo para más palabras. Eso que antes habían temido, que los oyeran, que su presencia, toda bucles rubios, ojos de azul infinito, la piel que resplandecía, estuviera ahora ahí, en la puerta de la biblioteca, conteniendo sus pasos, sorprendiéndolos en su cónclave de medias verdades.

—Irene —constató Mariano.

Graciela se levantó del asiento sintiendo que sucedía algo que sería incapaz de dominar.

—Han llamado de ese sitio, ¡mi hermana se ha puesto de parto!

\* \* \*

Ahora no iba a dejarse llevar por los pájaros que sobrevolaban la espuma. Ahora estaba allí, rodeada de personas más nerviosas que ella misma. La enfermera Guevara conteniendo lágrimas y dejando escapar suspiros, frases cortas, asustadas. «Es tan sólo una niña, Señor, una niña.» El doctor José Vinicio, de pie, intentando abrir sus piernas, separarlas con fuerza, exigiendo que cualquiera que fuera o estuviera dentro de ella saliera de una vez. «Sácalo, por Dios, sácalo.» Y todo el tiempo su cuerpo deseando responderle mientras que su mente luchaba por no agregar más imágenes, más recuerdos. ¿Qué venían a hacer sus orquídeas apareciendo en un momento como ése?, ¿por qué tenía que recordar las recetas de sus postres? Soraya. No dejaba de oír en su cabeza el nombre de aquella mujer que en casa de los Uzcátegui le había enseñado a sustituir el dolor por el placer de crear dulces maravillosos. «Maravillosos», ¿cómo podía surgir una palabra así en un momento que no tenía nada de milagroso, ni de bello? Era su habitación, sólo que esta vez tenía olores de todo tipo. Descompuestos, cargados, de orines y heces y sangre. Y la mirada de ese nuevo personaje, alto, su traje de corte impecable inmune a toda la suciedad que iba acumulándose.

—Déjenla respirar… ¿No se da cuenta de que ni siquiera puede soportar las contracciones?

—Váyase de aquí —respondió el doctor Vinicio—. ¿Quién le ha dejado pasar?

—Yo misma, doctor —Graciela Uzcátegui hablaba desde la puerta de la habitación.

Las piernas de Ana Elisa se convulsionaban, el doctor seguía separándolas, la frente de ambos desprendiendo gotas de sudor. Y el grito que sobrevino, agudo, desesperado. La enfermera salió espantada de la habitación, y el inspector Suárez se llevó primero las manos a los oídos y después a los ojos, tan cruel le resultaba ver ese cuerpo de niña volverse una masa incontrolable, aquellas dos piernas luchando por cerrarse mientras que los brazos del doctor insistían en separarlas casi hasta quebrarlas de nuevo. La niña, Ana Elisa, sintió como si un gato grande se moviera en su interior y avanzara con el peso de cada una de sus patas pisándola por dentro y, cuando estaba a punto de alcanzar la salida decidiera girar y regresar al fondo. «No —se oyó decir a sí misma—, no regreses. Sal, vete de mí.»

—Es un niño —anunció, la voz desmayada, el doctor Vinicio.

—Y usted queda detenido, doctor —comunicó a su vez el inspector Suárez—. Por carecer esta clínica de las mínimas condiciones sanitarias, por las prácticas irregulares que realiza con sus pacientes y por la falta de atención evidente hacia éstos. ¿Cómo es posible que ignorara que una niña bajo su custodia estaba embarazada? ¿Cómo se puede ser tan negligente, tan irresponsable? No sólo está cobrando elevadas cantidades de dinero por un servicio que no realiza, ya que es notorio que no le preocupa en absoluto la salud de sus enfermos, lo cual le hace culpable de un delito de fraude, sino que además está incumpliendo todas las premisas de su juramento hipocrático y la obligación del deber de socorro propia de su cargo, lo que constituye un delito penal que atenta contra la salud pública. La gestión que ha realizado de este lugar es escandalosa y nefasta, y lo peor es que, al ser sus pacientes en muchos casos incapacitados mentalmente, sabía que nunca podrían denunciarle.

Ana Elisa oyó de nuevo el canto de los pájaros que en la tarde se arremolinaban al otro lado del muro del centro Adames. Entonces debían de ser las seis. Había dado a luz a un hijo a las seis de la tarde, a tan sólo dos meses de cumplir quince años. ¿Cuántas cosas más podían pasarle? ¿Cómo fue que en esos meses no hubiera sentido nada, nadie se hubiera fijado en que sucedían cosas en su cuerpo? ¿Por qué nadie le había preguntado? ¿Por qué nadie había querido saber que la regla le había venido una sola vez, en casa de los Uzcátegui, que no tenía padres, que vio a su madre morir atada a una cama rodeada de cables, su cuerpo saltando y cayendo, enfriándose de la misma manera que lo hace el pétalo de una flor cuando anochece?


—Hermana, estoy aquí, ¿puedes sentirme?

Ana Elisa no podía abrir los ojos, si lo hacía, empezaría a llorar y terminaría gritando, como si deseara ser un animal herido, como si de verdad estuviera loca, y entonces jamás la dejarían salir de esos jardines dentro del muro.

Entonces sintió otros dedos entre los suyos y recordó esas noches sin sueños en el dormitorio con su hermana Irene llenas de preguntas. Estaba junto a ella, era su voz, quería decir su nombre pero no podía hablar, ya estaban allí otra vez esos pájaros de alas anchas, sobrevolando la espuma, llevándola hacia el sueño.

—No te vayas, Irene, no te vayas ahora…


Entró una corriente de aire fresco que hizo que todos miraran hacia la ventana. La enfermera dejó de llorar, el inspector Suárez ordenó a dos policías la detención del doctor José Vinicio, que no ofreció resistencia a ser esposado. Graciela Uzcátegui no se movió, e Irene, mientras las lágrimas resbalaban por su hermoso rostro, sostenía la mano de su hermana.

—El niño ha muerto —anunció el médico mientras los agentes lo sacaban de la habitación—. Que alguien se apiade de él y le dé un nombre antes de sepultarlo.

—Mariano —dijo Ana Elisa, primero un murmullo, luego más fuerte sin separar sus dedos de los de su hermana—. Lo llamaremos Mariano —repitió.

## 9

Todos guardaban silencio en la casa de los Uzcátegui. Graciela se quedó sola en la biblioteca, con deseos de volver a ver los libros organizados por su hijo, dándose cuenta de que tenía toda una vida, o al menos un día siguiente, para dedicarse a tales menesteres. La palabra la intoxicó: menesteres. Siempre menesteres, siempre algo pequeño, de fácil solución, que sin embargo tardaba un largo tiempo en ser aclarado. Como lo que acababa de suceder. Se hablaba de tragedia, de enorme tristeza, de equivocación, y en realidad no era más que un cúmulo de pequeños errores.

El inspector Suárez entró en la habitación, su paso denotaba ganas de salir de allí lo antes posible. La respiración, el humo del tabaco de Graciela suspendido en el ambiente, denotaba otro interés.

—Te has equivocado en todo —empezó Graciela.

—Has bebido más de la cuenta, lo noto en tu mirada. Será mejor que lo hablemos mañana.

—Sólo dos whiskies más, ¿quién no lo hace en esta aburrida ciudad? No les sucede nada a los demás, todo parece ocurrirnos a nosotros. Te has equivocado, reconócemelo. En todo. ¿Quién coño te pidió que fueras a ver a esa niña?

—Es una investigación policial. Y además me da pena, se aplicó ella misma la electricidad...

—¡Está loca, Pedro, en un lugar de locos! ¿Es que acaso

no puedes verlo claro? No está allí porque haya ganado un premio en la escuela con las monjitas. Está allí porque ha sufrido.

—Un *accidente* —respondió raudo y cínico el inspector Suárez—. A ti más que a nadie te gusta llamarlo «accidente». Fue una violación, una muerte, como la de ese hijo que no pudo sobrevivir. Y todo eso le ha ocurrido a una niña de menos de quince años, Graciela. He visto cosas horribles en mi carrera como policía, pero ninguna tan dura, tan triste como ésta.

Graciela espiró el humo de su cigarrillo.

—Por culpa tuya, no mía. Siempre viene alguien de fuera y sacrifica todo el orden que desde hace años llevo creando en mi interior, entre estas paredes, en este salón, bajo mi presencia. Años, años de organización echados a la mierda porque tú decides ser el policía bueno, encarcelas al matasanos y cierras la clínica Adames, y de repente esa niña, una vez más, vuelve a aparecer ante mis ojos.

\* \* \*

La cancela del pequeño patio estaba ladeada, como si un golpe de viento la hubiera desencajado de la verja a la que pertenecía. El verde pintado se evaporaba. Ana Elisa sintió una corriente fría, como si el terreno tras esa puerta tuviera su propio clima, sus propias reglas. Irene aguardó a su lado.

—Lo que te ha hecho infeliz tampoco me hará feliz. Eso es lo primero que debemos decirnos. He visto cosas que a otros les habrían destrozado y a mí, sin embargo, sin que nadie pudiera explicármelo, me han dado la fuerza. No lo he deseado, no podría describírtelo. Si miras alrededor quizá logres entenderlo y sea también válido para ti, para las dos. Nunca te he olvidado, y siempre que escuchaba a nuestra madre sabía, creía, deseaba que la escucharas tú también.

Irene escuchaba a Ana Elisa sintiendo en lo más profundo de su interior que podría ser ella misma la que estuviera hablando. Las tumbas de ese pequeño camposanto no estaban acompañadas de grandes monumentos, ángeles de alas sin fin, vírgenes meciendo hijos, enamorados escribiendo un nombre amado en un papel. Eran losas con palabras apenas esbozadas, apelativos en algunos casos, casi garabateados en ángulos sin simetría de la piedra nunca blanca, siempre marfil, rodeada del moho de perennes lluvias bajo el sol inclemente.

—Aquí descansan en paz los que no pudieron soportar el círculo del muro blanco —explicó Ana Elisa.

—Como mamá. Como tu hijo.

—Te agradezco que hayas permitido bautizarlo.

Irene se recordó llamando a la hermana Caridad. El capellán de la clínica recitó en murmullos, pero consiguió decir claramente: «Mariano, descansa en paz.»

—Hermana —empezó Irene, y de pronto sintió un peso que le impedía continuar, y a continuación esa pregunta tan dentro, tan honda en su interior: ¿siempre sería así, las dos unidas por un cementerio, un remanso de paz en medio de batallas sin humo ni nombre, y ella, Irene, incapaz de decirle todo lo que deseaba?

—No hace falta que nos esforcemos —dijo Ana Elisa como si le leyera el pensamiento—. Somos la misma y distintas. Es la historia de nuestra vida no escrita por nosotras. No sé en qué me convertiré. Seguiré, no buscando, sino creando una persona diferente. No me queda nada más por vivir aquí, quiero avanzar, moverme. He visto demasiadas cosas. No las puedo compartir, la única manera de dejarlas atrás es olvidarlas.

—¿Qué quieres de mí, qué quieres que haga yo? —casi

suplicó Irene, la brisa aclarándole los ojos azules, apartando el cabello rubio, dejando que una racha de aire llegado de alguna parte le quebrara los labios.

—Olvidarme, también. Que mi nombre no te detenga. Mi recuerdo tampoco. Ni el de mi hijo que nunca vi. Todo se quedará aquí, junto a nuestra madre.


Regresó sola a su habitación. Su madre le había dicho que debía sacar fuerzas de los objetos. En esa habitación había tenido pocos, apenas una cama y la silla de ruedas en la que la transportaban, pero entendió que el propio vacío es también un objeto y por ello una fuerza. Siempre le gustó el silencio y la ventana, ni en el centro ni completamente al fondo, sino apartada, arrastrada, hacia la derecha de la pared sin alcanzar del todo la esquina. Y desde ese amplio cuadrado podía verse el inmenso muro blanco calcinándose al sol. Blanco contra blanco, pensó Ana Elisa. El círculo del muro acogido por el cuadrado. La ausencia saturada de recuerdos. Casi pudo ver a su madre levantándose de la silla, una sombra avanzando en la inmensa claridad de la habitación que venía hacia ella para decirle otra vez sus palabras de ánimo, desearle que jamás flaqueara en sus ímpetus. Que, como le había dicho a su hermana, aprendiera a olvidar para seguir adelante.

—Vas a ser la última en irte, Ana Elisa —era la voz de la enfermera Guevara. Se había cambiado de traje y sin el uniforme azul raído era una mujer distinta, el pelo más limpio, los ojos llenos de ternura, las extremidades más rectas.

—Quería despedirme de esta habitación.

—Nadie lo hace nunca, pero imaginaba que tú sí. El doctor José Vinicio ha sido encarcelado, en buena medida por lo que sucedió en tu parto y por la muerte de Carlota durante las sesiones de electroshock —Ana Elisa cerró sus ojos y dio la espalda a la enfermera para mirar de nuevo la ventana y, al abrirlos, ver sólo el muro absorbiendo el sol. Aunque no podía agradecerlo, comprendía que la enfermera deseaba explicarle lo que había pasado—. Esta clínica se cerrará completamente. La derribarán. Los archivos de los pacientes han empezado a ser incinerados. No es una práctica usual, pero muchas familias, algunas ricas y poderosas, prefieren que no se sepa qué pasaba aquí con sus familiares. Por eso me he apresurado en ir al archivo y rescatar esto para ti.

Ana Elisa se volvió y vio el sobre de papel manila que le tendía.

—Es el historial de tu madre mientras estuvo con nosotros. Algunas veces al doctor Vinicio le gustaba fotografiar cómo llegaban los pacientes. Y cómo salían. Aquí sólo verás la primera imagen. No tuvimos tiempo de nada más cuando falleció.

Ana Elisa tomó el sobre y de inmediato lo abrió, satisfecha de no haber perdido un segundo en su decisión. Vio esa foto, su madre apoyada en los brazos del doctor, él bastante más joven que cuando la atendió en su funesto parto. Alto, seguro de sí mismo, un bigote perfectamente cortado, la bata blanca probablemente más ceñida al cuerpo de lo acostumbrado. Y su madre, despeinada, desorientada. Un pequeño papel se desprendió del legajo y cayó al suelo. Mientras Ana Elisa se inclinaba a recogerlo, la enfermera prosiguió hablando.

—Sé que has visto muchas, demasiadas cosas aquí. Despedirnos así es ridículo. Estoy segura de que nunca más volveremos a vernos, ¿qué vas a querer recordar de mí, qué recuerdos podría traerte mi nombre? Pero te he cogido más que cariño. Admiración. Respeto.

—Gracias —dijo Ana Elisa.

La enfermera se quedó allí, dudando por un breve instante.

—Ese… pequeño cementerio al final del jardín… No estará en ese lugar toda la vida. Quiero decir, si derriban este edificio, que es lo que harán, ese cementerio también quedará olvidado, perdido. Quiero decírtelo porque yo también enterré un hijo en él hace muchos años, y en el fondo me alegro de que sus huesos, su pequeña cara y sus ojos que jamás se abrieron desaparezcan totalmente.

Ana Elisa fue hacia ella y la abrazó. Las lágrimas y el hondo quejido de la enfermera se quedaron colgados un momento del aire de la habitación, se pasearon por el cuarto y saltaron por la ventana dispuestos a traspasar el muro encendido por el sol de la mañana.

La enfermera se apartó y contempló de arriba abajo a Ana Elisa. En la medida de esa mirada, percibió que ya no le parecía una niña. La veía como si fuera una mujer.

—No nos juzgues mal. Ni a mí ni al doctor. Tampoco a esta habitación —pidió la enfermera.

Ana Elisa abrió el papel que había recogido del suelo. Era una dirección, escrita con la letra ya conocida:

Soraya Altares
Fairview Road, 4
Trinidad

\* \* \*

El orden de eventos y apariciones en las cenas de los Uzcátegui obedecía a un código secreto destinado más bien a disimular posibles rencillas antes que a favorecer el curso de las comidas y conversaciones. Graciela Uzcátegui, vestida de negro para la noche, una orquídea de tela o una gardenia, amén de sus varios broches de plata, zafiros o esmeraldas para infundir una nota de brillo o color en su atuendo, esperaba en la biblioteca siempre junto a la estantería dedicada a la literatura francesa que su hijo Mariano acababa de organizar. Entre ella y la estantería, la inmensa mesa de madera cargada de botellas, los vasos altos de Baccarat para el whisky, los bajos para los granizados con una chispa de ron que consideraba apropiados antes de cenar, al menos para las damas. Irene sería la siguiente en llegar, cada vez más elegante, su hermoso pelo rubio recogido en un moño bajo. Graciela coincidía con ella en que era preferible exhibir la hermosa melena en acontecimientos públicos, de los cuales su agenda estaba cada vez más repleta. Todos los festivales de la ciudad solicitaban su presencia. Ya desde las primeras comuniones de sus compañeras de colegio, su asistencia subrayaba el carácter de la fiesta. Y ahora, a falta de unos pocos meses para sus dieciséis, cualquiera que fuera el acto festivo la requerían. Y sin embargo, en casa su vestuario era casi un uniforme de una sobriedad hasta cierto punto espartana: la falda, a veces larga hasta el suelo, otras ligeramente por encima de los tobillos (un estilo que Graciela no terminaba de entender) para mostrar esos zapatos, con la ridícula pulsera atrapando el tobillo. «Mamá Graciela —como la llamaba con toda naturalidad Irene—, ¿no dices que te encanta la Crawford?, pues ella los lleva así. Te hacen más alta y, con respecto a la pulsera, te prometo que no pasa desapercibida.»

Risas, sí, y esa complicidad al comentar el vestuario que parecía unirlas. Pero esa noche todo parecía distinto, desde los grillos y sapos del jardín extrañamente tranquilos a Irene entrando al salón como si siguiera un rito. Se acercó a Graciela y la besó en la mejilla evitando cruzar miradas. De forma reposada, casi etérea, continuó hacia su lugar acostumbrado en la biblioteca, cerca de la ventana que separaba ese trozo de civilización del exuberante jardín. Poco después llegó Mariano.

Vestía de blanco, color que había adoptado para la noche desde que culminó la organización de esa estantería. La chaqueta de su traje no tenía solapas, sino un cuello alto que se cerraba, como la pulsera de los zapatos de Irene sobre el tobillo, alrededor de su nuez. De entre la tela sobresalían dos puntas cubiertas de oro, como pequeñas flechas que mantenían aún más rígido el algodón del traje. Se llamaba liquilique, que pasó de ser un uniforme de trabajo en las llanuras del país a traje típico del varón venezolano una vez que el primer presidente, José Antonio Páez, lo impuso a mediados del siglo XIX. En Mariano Uzcátegui era toda una declaración de principios, subrayaba su vinculación histórica con una figura como Páez, que quiso instaurar la idea de una república en medio de la selva tropical pese a ser prácticamente analfabeto y que, cuando todos sus intentos por conseguirlo hubieron fracasado, decidió exiliarse en la ciudad más moderna del momento, Nueva York. Graciela no simpatizaba con ese espíritu de Páez entrecosido al liquilique de su hijo, pero no podía evitar reconocer que en él lucía exquisito. Lo había vestido por primera vez en una fiesta de la embajada belga para saludar al rey Leopoldo III y éste le había preguntado qué tipo de atuendo era aquél. Mariano respondió al monarca que se trataba del traje típico de Venezuela, a lo que éste respondió: «*Très chic votre pays, monsieur.*» La anécdota siempre era rememorada por Graciela. Bien entre ellos, hartos (sin aparentarlo jamás) de oírla en esos cócteles previos a la cena, o entre los invitados, lo que convertía el ritual de escuchar una historia ya repetida y sabida por todos en un espectáculo más pausado y pomposo.

El último en llegar era siempre Pedro, el inspector Suárez. Desde que Graciela había conseguido su aceptación en su reducido núcleo familiar, él procuraba aparecer siempre quince minutos después de la entrada de Mariano para que la anécdota del rey Leopoldo pudiera contarse sin prisas o, tal vez, porque esos quince minutos significaban una tregua alcanzada entre la madre y su hijo, que había claudicado con respecto a su antagonismo hacia el inspector.

Cuando Suárez entraba, ese cuarto de hora más tarde que Mariano, inevitablemente todos se volvían para mirarlo. Cada vez más alto, los músculos de su cara adheridos a la piel como si alguien los hubiera cincelado durante la noche, los ojos mirando al suelo y poco a poco abriéndose camino a través de las espesas pestañas, dominando todo el espacio. Densos, procurando evitar intensidad en la mirada o volverse demasiado brillantes. La boca roja y carnosa, las manos de dedos largos y gruesos y las uñas, de tan rosadas, casi tan blancas como las de Irene. Y entonces venía el resto, los trajes de doble abotonadura y solapas anchas cortados a la perfección sobre el cuerpo delgado y fuerte, los pantalones con la raya impecablemente marcada, como si fuera un mapa cortado en dos y dibujado verticalmente. El doble ruedo en los bajos del pantalón de rectitud cartesiana, los zapatos siempre bicolor, marrón y beige o negro y blanco, negros estrictamente para las noches de gala, y la corbata sujetando el alto cuello de la camisa, también bicolor, blanca y marrón, blanca y negra, azul y roja para los trajes grises, negra en el luto que hasta ahora no le habían visto vestir y de pajarita para el esmoquin, como algunas veces habían podido apreciar Irene y Mariano cuando aparecía, siempre treinta minutos más tarde que Graciela, a recogerla para una cena de gala.

En realidad, y eso también lo sabían Irene y Mariano, jamás salía de la casa, y todas aquellas apariciones retardadas para no coincidir con sus habitantes e interpretadas para hacer ver que vivía fuera no engañaban a nadie, aunque tampoco nadie se atrevía a hacérselo notar. Por otra parte, su cada vez más extenso vestuario iba ocupando poco a poco más y más armarios de las tres habitaciones en que se había transformado la suite matrimonial de los Uzcátegui tras la muerte de Gustavo. Entre el dormitorio, baño y vestuario de Graciela se había construido una especie de despacho, con escritorio y un amplio espacio para acoger dos sofás, una larga mesa de centro y, al fondo, un cuarto repleto de armarios de techo a suelo que desembocaba en un baño de mármol verde del que más de una tarde emergía completamente desnudo el atlético inspector Suárez.

Vivía con ellos, pero sin ser visto. Era el acuerdo, cada vez más ridículo, evidente, entre Mariano, su madre y su amante.

Suárez, como por cierto había decidido llamarle Graciela para evitar el Pedro tan vulgar o que su hijo le ridiculizara con lo de inspector, tenía su propio código de conducta y respuesta a la imposición de Mariano. Aunque a veces, muy raramente, una rebeldía descontrolada le llevaba a saltarse todo el sistema de llegadas para aparecer antes que Irene y recibir a Mariano demasiado cerca de su madre. O, como esa noche, vestir deliberadamente accesorios que en su día pertenecieron a Gustavo Uzcátegui: gemelos, alfileres de corbatas, incluso algún reloj.

Mariano se fijó detenidamente en la pulsera de plata y oro con la que acababa de aparecer. Tanto en su padre como en Suárez le resultaban indignas, más propias de un cacique que de un hombre moderno. Pero lo que de verdad le dolía era no poder quitársela allí mismo, arrancarla de su muñeca, montar una escena, implorar un respeto hacia su padre precisamente porque su muerte, ese asqueroso «accidente» del que nunca hablaban, había arrebatado a Gustavo no sólo la vida, sino la dignidad.

Estaban todos, una noche más, siguiendo con normalidad la rigidez de su dirección escénica. Irene mirando hacia la ventana el jardín sin grillos ni sapitos, ni siquiera aire. Graciela deseando que en la pequeña conversación con su hijo no aludiera en ningún momento al especial ambiente político de la ciudad. Suárez cerca del teléfono negro, cada vez más grande, con más botones, más guías igualmente negras a su alrededor, erguido y elegante, sorbiendo lentamente su cóctel, fuera de servicio. Y Mariano al lado de su madre, en el sofá, las piernas abiertas, su liquilique ajeno a cualquier arruga, ojeando nuevos ejemplares de libros ingleses que pronto serían colocados en otra estantería enfrente de la de literatura francesa.

Fue así como los encontró Ana Elisa.


—No se levanten, por favor. No estaré mucho tiempo. He venido hace un rato, pero he preferido esperar a que estuvieran todos reunidos. Han desalojado del sanatorio a los allí recluidos.

De una pieza, incapaces de reaccionar, Suárez, Graciela y Mariano, también Irene, observaban a Ana Elisa, detenida en el marco que dividía la biblioteca del resto de la casa. Graciela quiso levantarse de su silla, pero el impacto era superior a ella. Acertaba a percibir en Ana Elisa el cambio evidente de su cuerpo, que la envolvía ahora en nuevas formas que la hacían más alta y curvilínea, más mujer, y la tenue pero asombrosa transformación de su voz, ronca y envolvente. Era esa voz diferente lo que la cubría de tal asombro que no podía reaccionar de la forma que deseaba frente a la muchacha.

—Antes que nada —prosiguió Ana Elisa—, quiero agradecerle al inspector Suárez todo lo que ha hecho por mí. No puedo entender cuáles han sido sus motivos, únicamente me atengo a que, siendo un policía, al verme en esa terrible situación, pariendo en unas condiciones deplorables, decidiese actuar para que al menos yo no perdiera la vida. Mi bebé, en cambio, apenas pudo respirar en este mundo. —Paseó su mirada sobre sus cuatro espectadores y notó en ellos la paralizante impresión que les provocaba. Constatarlo no sólo le infirió más fuerza, sino que le permitió acentuar el grado de honestidad que en realidad la había depositado allí, ante las personas que habían convertido su vida en un pequeño infierno y que, en ese instante en que los reconocía como sus verdugos, comprendía que formaban también la única familia a la que pertenecía—. Mi hijo no nació muerto, como ha quedado escrito en los archivos del centro Adames, apenas sobrevivió algo más de diez minutos, el tiempo suficiente para que mi hermana le diera como nombre el tuyo, Mariano.

Las palabras de Ana Elisa pasearon, más que flotar, sobre los rostros, manos y ojos de esos cuatro testigos. Suárez bajó la mirada. Irene empezó a luchar con sus lágrimas y con la promesa que había hecho a su hermana de no detenerla en su alocución. Mariano, sencillamente, se derrumbó llevándose las manos al rostro y manteniéndolo así, cubierto, estremecido, culpabilizado, hasta que Ana Elisa terminó de hablar. Graciela, atrapada en su sillón, no podía hacer nada más que intentar mantener fija su mirada de fuego frente a ella, hasta que las llamas de sus ojos parecieron empezar a quemarla y su rostro comenzó a convertirse en un juego macabro de tics incontrolables.

Ana Elisa retomó su discurso:

—Nuestra madre murió unas horas antes a causa de un error en la fuerza de las descargas de los electroshocks que el doctor Vinicio aplicaba a todos sus pacientes, personas sin nombre a quienes sus familiares abandonaban a su suerte en la Adames, probablemente más deseosos de que el doctor les informase de su fallecimiento que de su cura... Pero todo eso es historia. Ahora, a falta apenas de dos meses para cumplir quince años, no sé si podré volver a tener hijos, mucho menos si conseguiré conocer a alguien que despierte en mí ese deseo. No quiero convertirme en una carga para ninguno de vosotros. Mi hermana lo sabe. Al final parece que hemos heredado de ti, Graciela, una fuerza de carácter que, aunque nunca será como la tuya, se le parecerá bastante.

Al oírse nombrada, Graciela se levantó por fin de su asiento, como si el peso que la unía contra su voluntad se quedara de pronto sin efecto liberando un resorte que irguió automáticamente su cuerpo. Ya en pie, recobró la compostura. Sus ojos dejaron de quemarla y su rostro recuperó la belleza étnica que brillaba más que nunca cuando necesitaba ejercitar su poder. Pero ni ante esa demostración de fuerza Ana Elisa calló:

—Quiero marcharme a Trinidad, hay alguien allí que me espera en esa isla. Necesito, Graciela, que me des el dinero necesario para el viaje y para mis primeros meses en la isla. Creo que es justo, porque aún continúo bajo tu tutela. Fue tu decisión enviarme a ese centro clínico y, aunque hubieras deseado que no saliese viva de allí, como mi madre, ahora puedes poner fin a tu responsabilidad sobre mí alejándome definitivamente.

—Es un chantaje —se atrevió a pronunciar Graciela Uzcátegui, la lengua casi cercenada contra la parte de atrás de sus dientes.

—No. Es la cancelación de un contrato. Tú has planeado, ejecutado y decidido todo, menos el final. Acabaste con nuestros padres y con nuestra casa. Escogiste entre mi hermana y yo e hiciste de ella tu creación y a mí me convertiste en una pesadilla, el error. Eso también te salió bien, solamente nosotros cinco sabemos que mi hijo sería en realidad un hermano para el tuyo.

Ser de nuevo nombrada por esa voz profunda, pavorosamente tranquila, estable, que salía de la garganta de aquella nueva mujer que había superado a la niña hizo explotar a Graciela. Un rayo de luz encendió su cólera y todos los presentes se aferraron al sitio donde se encontraban. Todos menos Suárez, que consiguió detenerla a escasos centímetros de Ana Elisa.

—Suéltame, imbécil. ¡Suéltame! No tiene ningún derecho a hablarme así.

—Lo tengo —se reafirmó de inmediato Ana Elisa—. No soy tu hija, tampoco tu elegida. Pero soy tu creación. Tú me has cambiado el cuerpo, el alma. Tú me has quitado a la niña que nunca pude ser. Tú, tu manera de verme, de tratarme como si fuera invisible, fue lo que me tentó, lo que me hizo ponerme el traje de mi hermana y, después, encontrarme atrapada bajo el cuerpo de Gustavo. Tú me encerraste junto a mi madre y tú sabías que ella, a pesar de su locura, iba a enseñarme lo necesario para que yo regresara aquí esta noche y pudiera asumirlo ante tu presencia, reconocértelo. He venido a decirte que lo que soy, todo en lo que me he convertido, es gracias a ti.

Suárez podía sentir la sangre bullendo en las venas de los brazos de Graciela. Irene, sus ojos abrumados por las lágrimas, también podía ver cómo el cuello de la india se llenaba de venas y su moño, que jamás se movía, empezaba a destrenzarse.

—Dale el dinero que te ha pedido —ordenó Mariano, su voz clara, sus manos sobre sus piernas, los ojos cerrados—, dáselo inmediatamente, mamá.

El pelo cayó de repente sobre su cara, cubriéndola. Ana

Elisa dejó de ver a la exquisita, la elegante dama de rasgos nativos impecablemente vestida, ausente toda arruga en su ropa y en su piel, para encontrarse con alguien sin rostro, un ser cualquiera, una mujer vulgar. Graciela consiguió desembarazarse de Suárez y llevó sus manos hacia su pelo buscando desesperada recuperar su peinado. Fue un gesto del que nunca dejaría de arrepentirse a lo largo de toda su vida. Suárez aprovechó su cobardía y se dirigió hacia el escritorio situado en el otro lado de la habitación, extrajo de su primer cajón un cofre y lo abrió haciendo evidente a todos los presentes que controlaba los puntos más importantes de la casa. Sacó un fajo de billetes totalmente nuevos y se los entregó a Ana Elisa.

—Son quinientos dólares. El barco a Trinidad sale esta noche del puerto de La Guaira. Nelson te conducirá hasta allí.

Ana Elisa observó el dinero, lo guardó en el bolso negro y cuadrado que había tomado de las pertenencias de su madre y lo llevó hasta un poco más de la mitad de su antebrazo. Volvió a observar a Graciela y decidió que así quería que la recordara. Con el bolso lleno y colocado en su brazo tal y como ella lo hacía.

—Estáis creando un monstruo —sentenció Graciela, su sangre adquiriendo la misma frialdad de sus palabras.

Ana Elisa sintió que le servían en bandeja la oportunidad de entrar en la historia privada de aquella casa y sus ocupantes.

—No, Graciela: el monstruo ya lo has creado tú.


Sin embargo, no tuvo tiempo de disfrutar de su triunfo. El chófer la esperaba y necesitaba dirigirse a la cochera de los Uzcátegui, no porque el auto la aguardase allí, sino para recuperar algo que todo el tiempo que estuvo delante de esas cuatro personas la había hecho mantenerse firme. Retrocedió dos pasos y se encontró en el pasillo que enlazaba el salón y la escalera que subía a las habitaciones. Hacía tanto tiempo que no se movía en un espacio grande que notó cómo su tobillo izquierdo comenzaba a no responderle. Su cojera. Otra vez, olvidada en la clínica Adames quizá por todas las emociones que allí encontró, y seguramente por la falta de espacio, porque casi todo el tiempo estuvo sentada o contemplando ese muro sobre el que intentaba dibujar una ventana. El Reverón, se volvió y allí lo encontró, como siempre, en el lado derecho del salón. Igual de blanco pero mucho más hermoso, o eso le pareció, que como se lo había imaginado en su reclusión. No podía perder más tiempo, tenía que llegar a la cochera evitando que ellos, esas cuatro personas a las que acababa de arrojarles toda su verdad, se percataran de su debilidad, esa cojera que podía dominar durante veintisiete pasos hasta llegar a su objetivo.

Entró en ese espacio, siempre tan impresionante, diseñado para que el poderío automovilístico de los Uzcátegui subrayara cualquier límite. El Ford gris descapotable de Graciela, perfectamente aparcado ante ellos como si fuera la punta de una pirámide caprichosa, y el nuevo Mercedes del inspector Suárez, también negro, también inmenso, cerca de la puerta. Al pasar junto a él, Ana Elisa sintió un escalofrío, parecía que el coche arrojara un gas paralizante, como el que alguna vez leyó que despedían los espíritus cuando paseaban entre los vivos.

Vio la puerta del almacén anexo a la cochera donde un día descubrió los muebles de la casa de sus padres. Entró. No quedaba ninguno, con excepción de aquel viejo diván cubierto de mantas. Extendió sus manos debajo de esas mantas, bajo de los cojines que conformaban el asiento del diván, y encontró lo que buscaba. El dibujo sin finalizar del rostro de Mariano.

Y como si él fuera uno de esos espíritus inquietos, su mano, su semblante, sus ojos casi asustados, estaban allí.


—¿Por qué nunca respondiste a mi carta? —preguntó detrás de ella, creía que la estaba leyendo.

—¿Qué carta? —no quiso moverse. Mantenerse inmóvil delante de ellos le había dado fuerza, recordó.

—Entonces no sabes lo que siento por ti, Ana Elisa. Te vas a marchar sin saber nada de mí.

—Si era tan importante, ¿por qué no fuiste a decírmelo a ese lugar? Yo estaba allí. Tú sabías que estaba allí... —y sus palabras rompieron el hechizo: sus ojos dejaron de ser azules, y cualquiera que fuera su auténtico color, ya no tenía importancia.

—No lo entiendes. No leíste la carta... —y entonces se dio cuenta de que no había visto siquiera el sobre dentro del cojín—, no la leíste nunca, y por eso nada de lo que en ella escribí será jamás realidad.

Sonó el claxon del coche que la esperaba. Ana Elisa dobló el dibujo sin terminar, iba a guardarlo en su bolso negro pero, de repente, desistió. Vio a Mariano, abrumado por sí mismo, abrió sus manos y dejó en ellas su propio retrato. No quiso mirarlo mientras salía, iba contando mentalmente una y otra vez aquellos veintisiete pasos, veintiuno, veintidós, veintitrés, veinticuatro... Cuando terminaba la cuenta volvía a empezar, qué grande, demasiado, era la cochera de los Uzcátegui. Paró de pronto con esa cantinela, aunque hubiera repetido siete veces ya esa cuenta, porque comprendió que Mariano tampoco habría reparado en su cojera. Sus lágrimas lo impedían y, sin darse cuenta, iban borrando el dibujo de la niña enamorada que ahora marchaba para siempre.

Ana Elisa, contando otra vez sus pasos, siguió avanzando, delante de los coches y sus silencios, la cabeza erguida, el bolso sujeto a la fuerza que desprendía su piel, todo su cuerpo delgado moviéndose como si ahora ella fuese parte de un ejército mejor y más potente que el que representaban esos autos. Ni siquiera el intenso sol del atardecer le hizo perder la cuenta. Era rojo y le pareció que detrás se oía una orquesta como la que interpretaba jazz en la fiesta de quince años de su hermana. Entró en el coche que la aguardaba, cerró la puerta y colocó el bolso a su lado. Sin necesidad de órdenes, el chófer pisó el acelerador y Ana Elisa inició el primer viaje que había decidido emprender por sí misma en su vida.

Atrás dejaba el ventanal de la biblioteca resquebrajándose, sus fragmentos sostenidos en el aire como una red. Graciela había arrojado contra él uno de los libros de Mariano y ahora, en el centro de esa red, de esa tela, era la araña que la tejía, todos sus cabellos resbalándole como anguilas que el mar arroja a la orilla. Irene, aterrada, intentaba separarse del huracán en que había devenido. A pesar de la catástrofe, el bello bucle de su cabello rubio continuaba allí, como un halo de luz en medio de la habitación destrozada. Mariano, de regreso de la cochera, alcanzaba a abrazarla mientras sus libros volaban por el aire y el viento de las primeras horas de la noche por fin se presentaba, tal vez el único invitado feliz por la situación.

Suárez entró en el comedor y se sentó en su lugar acostumbrado. Vio en el centro de la mesa que las flores eran distintas de otras ocasiones. En vez de ser las pequeñas rosas amarillas que Graciela favorecía en las cenas, eran orquídeas de un azul intenso.

—Sírvame —pidió a la cocinera—. Todas estas cosas abren mi apetito.

## 10

«Daisy Kenyon», fue lo primero que leyó al llegar al puerto de Trinidad. Y al lado, apretando los ojos ante el intenso sol que se desplazaba por los edificios blanquísimos del puerto, vio una cara tan grande como las letras. Una mujer con el pelo muy negro, los ojos casi amenazantes, la boca rojísima y la piel de una blancura sobrenatural. *«Joan Crawford at its very best»* (1), leyó al final del cartel.

Iba a iniciar su ya habitual cuenta de veintisiete pasos cuando necesitó sujetarse a la barandilla de la rampa de abordaje. No había dormido, recordó de repente, durante la larguísima noche y la mitad del día durante los cuales el barco había atravesado, más que una tormenta, la compañía impenitente de una misma ola que parecía arrojar aire caliente desde su interior y repetirse de manera indefinida. Los marineros se amarraban en la popa, las sirenas no dejaban de sonar junto a la campana de la pequeña capilla del barco mientras el cura de a bordo y dos beatas arrugadísimas repetían plegarias. Antes de ser evacuada hacia su camarote, y avanzando siempre con su enumeración de veintisiete pisadas, ni una más ni una menos, y una señora gorda y lloriqueante aferrada a ella, Ana Elisa miró más allá de las barandas de la cubierta y le pareció ver ballenas

(1)   Joan Crawford en su mejor momento.

de fauces enormes esperando que alguno de los pasajeros cayera. Nadaban muy cerca del barco, sus pieles lisas atrapando el brillo que las envolvía. No alucinaba, pensó, simplemente viajaba, volvía a estar en tránsito, permitiéndole de nuevo al destino que avanzara como quisiese.

Cuando al fin tocó tierra firme percibió que todo olía a limón verde y, quizá, a un poco de helado de vainilla, que hacía un aire fresco que correteaba sobre su piel, que revolvía y mezclaba esos olores como si alguien estuviera preparando permanentemente crema de chantillí. Se llevó la mano al pecho porque, como una revelación, sintió que ese olor era una señal maravillosa. Lo había arriesgado todo yendo allí a buscar a Soraya, y nada más llegar la isla entera despedía ese olor fuerte pero agradable del postre que las había unido.

Quiso seguir pensando en la importancia de los olores. Caracas, por ejemplo, que había quedado atrás, muy detrás de la ola que la había acompañado en toda la travesía por el Caribe, ¿qué olor tenía? Tantos y ninguno al mismo tiempo. Los malabares cerca de la ventana de Graciela Uzcátegui o sus propias orquídeas alimentándose de la noche. El vaho de humedad de la montaña, como si fuera el ronquido de un animal dormido. La gasolina volviéndose remolinos en la cochera de los Uzcátegui. Tantos olores y ninguno tan claro como éste que ahora la envolvía: limón, mantecado y ese algo de verde ligándolo todo.

Entró en el edificio de aduanas y se dispuso a aguardar en la larga fila de personas, como ella, recién llegadas. Revisó su pasaporte y, de su interior, extrajo la hoja firmada por Alfonso Díaz, responsable de menores en la Oficina de Inmigración Nacional de Venezuela, que la autorizaba a viajar a Trinidad con alojamiento en las dependencias de la Oficina de Desarrollo Económico de Venezuela y Trinidad. Adjunta a la nota, y por ser menor de edad, una carta firmada por Graciela Uzcátegui facultaba a su representada a viajar sin compañía. Entregó toda la documentación a una mujer muy negra y gorda, cubierta la cabeza por un turbante de vibrantes colores.

—*You like my turban, lady?* (1) —preguntó con una voz que a Ana Elisa le sonó a cantante de jazz.

—*Yes, of course* (2) —respondió con una sonrisa. Y era cierto, su turbante, envuelto como un gato perezoso sobre su cabeza, le parecía maravilloso, exótico, con un toque de extravagancia del todo punto impensable en la Caracas de la que venía.

—*We ladies can wear it overhere. Keeps the hair fresh from the awful heat*—y con un ademán elocuente y gracioso, como si las palabras no bastasen, la mujer señaló hacia afuera, donde el calor derretía no sólo el asfalto, sino los peinados de las mujeres, que sólo podían recurrir, como le había explicado, a trucos como usar turbante para proteger sus cabellos del bochorno—. *Caracas, eh? You are too young to travel all by yourself* (3).

—*I have been living by myself for a very long time, madame* (4) —respondió Ana Elisa, orgullosa del inglés que aprendió con Soraya y, por qué no, de su arrogante juventud, la misma que había hecho que su interlocutora se extrañase al verla viajar sola. Cómo explicarle cuál había sido el precio que pagó por esa libertad.

La mujer miró la documentación revisando las líneas cargadas de datos con unas uñas largas pintadas de un rojo intenso y una especie de marco dorado. Ana Elisa pensó si Graciela adoptaría esa moda. La mujer volvió a mirarla y le plantó allí mismo una sonrisa del tamaño de

(1)  «¿Le gusta mi turbante, señora?»
(2)  «Sí, claro.»
(3)  «Caracas, ¿eh? Es usted muy joven para viajar sola.»
(4)  «He vivido sola durante mucho tiempo, señora.»

una carretera, cada diente tan blanco como la porcelana reservada para las ocasiones especiales en casa de los Uzcátegui.

—Bien venida a Trinidad —dijo sin abandonar la inmensa sonrisa.

Ana Elisa no llevaba más equipaje que la maleta que sujetaba. No poseía muchas cosas en el Centro Clínico Adames y tampoco quedaba nada de ella en casa de Graciela, salvo aquel dibujo que había abandonado en manos de Mariano y las orquídeas que, pese a que nadie las cuidara igual que ella, continuaban creciendo cerca del muñón de la palmera. Pero no había que pensar en nada de eso, ahora estaba allí, en medio de un conjunto de edificios de madera pintados de blanco levantados al menos dos metros por encima del suelo. Sí, como si estuvieran suspendidos. Todos tenían una baranda que los rodeaba y escaleras de al menos doce peldaños también recién pintados de blanco, al igual que la balaustrada y las paredes. Reparó en un joven de cuerpo muy fibroso que aplicaba pintura a uno de ellos y pensó que, tal vez, necesitaran repintarse a diario. El olor a limón y vainilla continuaba allí, revoloteando a su alrededor y también, frente a ella, el rostro enorme de Joan Crawford y aquellas palabras, «Daisy Kenyon».


El cine estaba en medio de los edificios del puerto y, a diferencia de éstos, totalmente blancos, la base elevada del suelo era blanca, pero el paso de la arena, el salitre, la había raspado, como si alguna fiera la hubiera cubierto de arañazos y las paredes estuvieran pintadas en dos tonos, uno más claro que el verde agua, imitando el color del poderoso mar que rodeaba todo el campo de visión, y el otro, para la parte superior, de un azul casi parecido al cielo, que a Ana Elisa lógicamente le recordó el color de los ojos de su hermana.

Sin embargo, de todas esas cosas que iba observando de una manera casi glotona, era esa cara, esa piel tan pálida y aquellos labios que el blanco y negro de la fotografía no podía evitar que relucieran rojos y carnosos, lo que la atraía.

¿Cómo iba a entrar en un cine apenas recién llegada a una isla desconocida, a una vida que se suponía completamente nueva? Se hizo la pregunta mientras pagaba el precio de la entrada con su primer billete de libras y recogía el cambio. ¿No debería ir primero a buscar la casa de Soraya? A lo mejor esa dirección que su madre atesoró entre sus cosas ya no era su domicilio y, en el caso de que no se hubiera mudado, quizá un huracán podría haberlo arrasado. ¿Había huracanes en Trinidad, o su situación al este del mar Caribe la distanciaba de forma natural de las tormentas que se originaban al norte? De pronto se rió, de buena gana, divertida con su propio ensimismamiento. ¿Sabría el suficiente inglés para ver una película entera? La última vez que fue al cine lo hizo junto a su hermana, más Sofía y Amelia, las amigas respectivas de cada una. Habían visto aquella oscura, rara película con Robert Mitchum en el cine Losada, en pleno centro de Caracas. Hacía calor, querían comer algodón de azúcar y tenían cambio suficiente entre las cuatro para hacer algo fuera de lo normal. Sofía dijo que ese actor se le aparecía en sueños y le susurraba cosas al oído y, entre risas, entraron. Al principio les costó leer los subtítulos porque la letra era muy pequeña y, para seguir el diálogo, tuvieron que reconocer que ni Mitchum ni ninguno de los actores hablaban tan despacio como lo hacía la profesora Millicent en la clase de inglés. Ana Elisa, envuelta en sus recuerdos mientras se adentraba en la sala de ese cine en Trinidad, sonrió al pensar que lo único que había guardado en su memoria de aquella película era una de las casas de la protagonista, toda decorada en blanco y llena de persianas entreabiertas que dibujaban en los rostros de los actores líneas que parecían cicatrices. Cuando se sentó, concluyó que aquellas imágenes escondían un significado, un consejo: en cualquier instante de nuestras vidas, un simple gesto, tal vez sólo la luz de una linterna, deja marcas que acompañarán a nuestra piel el resto de nuestros días.

Sentada, notó que su pierna coja le dolía más de la cuenta. Vio cómo por las paredes del recinto parecían correr débiles hilos de agua. Un enorme ventilador daba vueltas de una manera perezosa. Las sillas eran de madera también pintada de blanco y con un cojín verde en la espalda y en el asiento. Una mujer rotunda, cubierta por un vestido sin color, el sudor empapándole la frente y bañándole el pecho, agitaba los cojines de otros asientos. Dos señoras mayores, vestidas de negro y con zapatos bajos de color claro, se sentaron a la izquierda y empezaron a hablar con risas ese idioma mezclado, mitad francés, mitad inglés y algo de español, que Ana Elisa asociaba a los murmullos, farfulleos de Soraya mientras cocinaban juntas en casa de los Uzcátegui. Un marinero entró acompañado de una hembra ruidosa, todo risotadas y besos efusivos al caballero, más menudo y tímido que ella. Se hizo un breve silencio y creyó oír ruidos extraños, como si por debajo del suelo se golpearan insectos con alas y cayeran desplomados a la arena, volvieran a intentar el vuelo y de nuevo batieran contra el suelo y así sucesivamente. El ventilador empezó a agitarse más, creando encima de los espectadores un zumbido permanente, adictivo. Una cortina de luz se proyectó en el medio de la sala y empezaron a leerse letras en la pantalla y por fin una última persona, alta, muy delgada, con un impermeable ceñido por un amplio cinturón, avanzó por el pasillo hacia la tercera fila. Apareció en la pantalla Joan Crawford, en letras gigantescas, y la persona del impermeable se volvió hacia la pantalla y Ana Elisa comprobó que, aparte de esta prenda, llevaba un sombrero de ala ancha, ahora silueteado en negro por la luz del proyector. Después apareció el título de la película, *Daisy Kenyon,* y la persona se despojó del sombrero y del impermeable y se hundió en su asiento. La música de la película era clásica, aunque a Ana Elisa le pareció como si estuviera siendo interpretada allí mismo, delante de la playa, aquietando a todo ser viviente, incluso a aquellos insectos alados que dejaban poco a poco de sacudirse.

Como había pensado antes de entrar, su inglés no bastaba para entender todos los diálogos, pero el rostro de Crawford se hacía entender en cualquier idioma, incluso en los inventados. Sus ojos demostraban amor, desazón, esperanza. Podían exigir órdenes y también reconocer errores. Fascinada como estaba por la actriz, Ana Elisa sentía que estaba asistiendo a una lección de algo inasible pero que debía aprender. Fijarse en cómo se vestía, cómo se movía, siempre con un algo de rigidez y altivez que le recordaban a Graciela pero que tenían un matiz diferente, más poderoso dentro de la actriz que en su madrastra. Su pelo aparecía, escena tras escena, recogido en una serie de peinados complicados que a veces la convertían en una especie de virgen mortal. Y el argumento de la película, según iba entendiendo, era curioso: en *Daisy Kenyon,* la protagonista es una mujer que trabaja, como si fuera un hombre, dirigiendo una empresa de publicidad. Es activa, es independiente, viste muy bien, se maneja por los pasillos de su empresa con una soltura felina al tiempo que cariñosa. Su verdadero amor es, lamentablemente, un abogado casado interpretado por un Dana Andrews frío, remoto. Para olvidar este bache en su vida, Daisy se enamora y se casa con otro caballero, Henry Fonda, que verdaderamente la ama aunque no será completamente correspondido. Poco después, Dana Andrews se separa de su mujer porque cree que así podrá conseguir a Daisy, pero ella de pronto se da cuenta del cariño, de la cotidianidad que vive con su marido, y esto la hace dudar entre el verdadero amor o el respeto.

Era una película complicada para una joven como Ana Elisa en ese cine del puerto en Trinidad. Pero el rostro de la actriz, a veces pétreo y al final devorado por la duda, la fascinó y creó en ella una pregunta a la que recurriría muchas veces: ¿cuál es el verdadero amor? ¿El que nace de la nada y termina aniquilando el espacio que invade o el que va creciendo, como sus plantas, como sus postres, como el mismo perdón, y conquista territorios vedados, rincones arañados y reacios a cicatrizar? Nunca encontraba respuesta porque siempre aparecían tres personas para evitársela: Gustavo Uzcátegui, Irene y, eterno al lado de la palmera que le quitó la vida, su padre. Mientras Joan Crawford luchaba por convencer a Dana Andrews de que era el amor de su vida pero que por la misma razón no podía amarle, Ana Elisa cerraba sus ojos y pensaba que la vida le había arrebatado la posibilidad de descubrir el verdadero amor. Y de inmediato volvía a cuestionarse: ¿existía ese amor? Si no llegara a ocurrir, ¿no vendría la vida misma, el destino, el azar, a ofrecerte posibles sustitutos? Pero cuánta tristeza sería, aparte de la ya sufrida, que jamás llegara a conocerlo o, al menos, a plantearse un momento como el que vivía Crawford en su película. Uno de decisión entre un sentimiento de respeto, de deber, y otro apasionado, entregado, azaroso.

Las dos señoras de negro sacaron pañuelos para recoger sus sollozos al término de la película. El marinero y la mujer que le acompañaba salieron besándose y dando resoplidos. El ventilador atenuó su marcha y el ruido bajo el suelo volvió a incrementarse. Con las puertas abiertas se oía el mar, que devolvía sereno espuma a la arena, el sol parecía estar en lo más alto. Ana Elisa consultó la hora en su reloj, marcaba las dos de la tarde y un poco de hambre empezaba a abrirse camino en su estómago.

Se levantó y sintió sus piernas dormidas, tuvo que sujetarse al respaldo de la silla de enfrente. Recuperó su equilibrio y la fuerza, al menos en la pierna buena, cuando reparó en que la mujer del impermeable acababa de incorporarse también de su asiento y se componía, ajustando fuertemente el cinturón. Sin lluvia y con ese calor, ¿cómo podía ir vestida así? Fijándose más detenidamente, observó que sin el sombrero su pelo era voluminoso, cardado y trenzado en un peinado tan elaborado como los que llevaba Crawford en la película. Idéntico, en realidad. Recogió el sombrero, tan aparatoso como los de la actriz, amplio, y cubrió con él ese pelo sujetándolo con los mismos gestos, las mismas manos y uñas largas, rojísimas de la misma Crawford. Lentamente, empezó a avanzar hacia la salida, sorteando a las dos señoras de negro que permanecían tan paralizadas ante sus movimientos como Ana Elisa y, consciente de la atención que suscitaba, levantó la cabeza para que pudieran admirar sus labios rojos, como las uñas y como Crawford. Su cara, sin embargo, era menos pálida que la de la actriz, pero de una piel igual de perfecta salvo por unas incómodas sombras en la barbilla. Ana Elisa sospechó que se maquillaba demasiado, pero no podía sostener ese pensamiento porque quería establecer algún contacto con esa persona que ahora mismo pasaba cerca de ella y, en un gesto muy leve, la miró por un instante. Ana Elisa se sintió pequeña, niña otra vez y, de alguna manera, escogida por ella.

—*Beautiful film* (1) —le dijo la mujer, alargando las últimas letras de cada palabra y luego sonriéndole antes de seguir su camino.

(1)   «Una película preciosa.»

194

Ana Elisa se quedó muda, asombrada, maravillada, deseando responderle y al mismo tiempo sin poder moverse. Entonces percibió, casi sin reparar en ello, una fragancia de flores muy fuerte, nocturna, que pertenecía al perfume de quien acababa de hablarle.

Fue en aquel instante cuando las dos señoras de negro pasaron también cerca de ella. Hablaban quedo, pero Ana Elisa pudo oírlas.

—*It's not a woman. It's a man* (1).

Afuera, el puerto seguía en su lugar, los barcos descargaban gente y cajas, la arena volviéndose pavimento, los coches balanceándose en las irregularidades de la carretera. Mujeres con turbantes de colores como la negra de la aduana, hombres con camisas estampadas y pantalones del mismo tono que la arena, el mar rumiando un idioma repetitivo, las frutas de algunos árboles cayendo al suelo vencidas por el calor que las había madurado en las dos horas que duró la película. Y caminando siempre recta ante ella, atrapada en su abrigo y su sombrero, esa extraña mujer que llegaba hasta una esquina y desaparecía.

Ana Elisa subió a un taxi y sonrió al conductor, un hombre negro muy delgado, serio, su rostro como si fuera un pájaro alerta. Él la miró por el retrovisor y, como imaginaba, el verla sonreír con esa seguridad disipó cualquier pregunta sobre su edad y por qué estaba allí.

—*Please, take me to Fairview Road, number four, sir* (2).

El hombre dibujó una sonrisa también, y arrancó.


Ana Elisa recordó el trayecto de su autobús escolar de oeste a este de Caracas, cuando observaba todas aquellas

(1)   «No es una mujer, es un hombre.»
(2)   «Por favor, lléveme a Fairview Road, al número cuatro.»

autopistas en construcción, la ciudad creciendo más allá del barrio de sus padres, la montaña cada vez más alta, cambiando de verdes sus colinas y marcando un camino dentro de lo desconocido. Aquí, en Trinidad, era el mar el que cambiaba de azules, a veces volviéndose más verdoso, otras confundiéndose con el cielo y, al rato, virando a un tono profundo, marino, igual que los ojos de Irene. Las casas se hacían más grandes o más pequeñas, siempre levantadas varios metros por encima del suelo, algunas veces completamente blancas, otras coloreadas con tonos maravillosos: rosa y turquesa, naranja y canela, amarillos y marrones como piel de los plátanos. En algunas ventanas trepaban flores moradas que soltaban sus pétalos al paso del viento. En otras convivían enredaderas de flores blancas con esas grandes cascadas de hojas.

El coche se detuvo al principio de un camino sin asfalto, sólo arena blanca, el mar tan cerca que parecía desear devorar las casas con una ola cualquiera.

—*Fairview Road. You have to walk to number four, lady* (1) —dijo el conductor, mirándola por el retrovisor e indicándole con los dedos el número de la casa.

Ana Elisa abrió su pequeña cartera y ofreció las monedas que llevaban el rostro del rey Jorge de Inglaterra.

—*You are too young to travel alone* (2) —le dijo el conductor cuando la vio de pie, junto a su única maleta, delante del camino.

—*I am not alone* (3) —respondió, siempre sonriente, Ana Elisa, y se sorprendió porque, pese a todo, no le importaba en absoluto que todos en aquel país se empeñaran

---

(1) «Fairview Road. Tendrá que llegar caminando hasta el número cuatro, señora.»

(2) «Es usted muy joven para viajar sola.»

(3) «No estoy sola.»

en señalarle lo joven que era para viajar sola. Y así, con este pensamiento, echó a andar por la arena.

No fue fácil llegar hasta el número cuatro. El camino estaba flanqueado por cocoteros que se agitaban más de la cuenta y desplomaban sus frutos inopinadamente como si fueran balas caídas del cielo. El mismo viento levantaba remolinos de arena y caminar sobre ella con una cojera resultaba incómodo. Los números de las casas de una sola planta, pese a estar elevadas sobre el suelo, estaban pintados en uno de los pasamanos de la escalera que llevaba hasta sus puertas principales, pero no estaban alineados, como cabría suponer. El número uno se divisaba cerca de la playa, el dos, sin embargo, mucho más adelante y alejado de la línea de espuma. El tres, por el contrario, fue imposible de localizar y, cuando ya creía que perdía todas sus fuerzas, vio el número cuatro desdibujado, borrado por el salitre, en la baranda de una casa pintada de un tono escarlata veteado de innumerables grietas blancas. Subió los escalones y antes de llegar a la puerta observó por entre las maderas mal colocadas cangrejos rojísimos que movían sus tenazas hacia ella y un trozo de arena que empezaba a moverse sola, asustándola, hasta que pudo ver la concha de una tortuga casi tan grande como una de las mesas del salón de Daisy Kenyon. Se llevó la mano a la boca para contener un nuevo grito y vio al animal salir de debajo de la casa para avanzar, imperturbable, en dirección a la playa. Encaminó la cuenta de sus pasos hacia la puerta, cuidadosa de no quedar atrapada entre los tablones del suelo, y antes de tocar volvió la vista a la casa número dos para divisar a una mujer negra que iba y volvía con una escoba, barriendo la arena.

Ana Elisa llamó a la puerta. Oyó unos pasos rápidos, como los de alguien que debe dejar algo muy importante para atender lo inesperado. Se movieron algunas cerraduras y desde el otro lado de la puerta escapó un aroma a chocolate y a una fruta nueva, una mezcla de pera y manzana, que envolvió el rostro de Soraya con una enorme sonrisa que se acercaba más y más hacia ella.

—*Oh, God, you've heard me!* ¡Dios me ha escuchado y ha terminado la espera! Ana Elisa… ¡Estás aquí!

## 11

«Abre los ojos y piensa en lo nuevo.» No podía identificar de dónde venía aquella voz que la animaba a vivir el momento. Era igual que un sonido como el del mar arrastrando la espuma, el de los pájaros sin alas ni nombre ni figura que cacareaban cada amanecer. Ni siquiera la callaba el ruido de la lluvia, tan extraño y novedoso según los aldeanos que se reunían en los zaguanes de las casas que Soraya le iba mostrando, aparte de la suya. Se agrupaban muy pegados, como si quisieran fundirse en una sola piel ante la aparición de la gota cayendo sobre sus tejados, dejando surcos en la arena, asustando a los cangrejos que crecían bajo el polvo blanco, coralino, que llamaban arena.

Miedo a la lluvia, o respeto. «Cuando viene la lluvia es porque algo nuevo, muy diferente, va a empezar», le explicaban los hermanos de Soraya y la propia Soraya, que había conseguido en un breve pispás convertir a Ana Elisa en una más de la familia.

—Cuidado con las langostas —le advirtió uno de los tantos hermanos, nunca negro, siempre café con leche, los ojos tan grandes como pastillas del chocolate que empleaban día sí, día no para conseguir la crema de cacao que cada vez las hacía más famosas e imprescindibles en la cocina local. «Todo lo nuevo trae consigo un poco de amargura del pasado. No existe nada nuevo que no provenga de otro sitio, de otra historia, otra pena», le repetía Alphonse, el hermano mayor de Soraya.

Y Ana Elisa escuchaba y callaba. Ésa había sido siempre su fórmula para aprender: ver, entender y callar. En el compartir podían perderse muchas cosas.

La lluvia continuaba su ruido placentero pero persistente, como las olas del mar compitiendo sin protocolos con ella en la noche. ¿Y si la lluvia llegaba a hacer crecer tanto el mar que pronto los sepultaba en una colosal caja de agua? No, no pasaría. ¿Cómo iba a suceder algo tan tremendo, tan definitivo, si ella y Soraya acababan de celebrar el volver a encontrarse?

Encontrarse no era exactamente la palabra. Habían estado esperando cada una por la aparición de la otra. Ana Elisa tenía que cubrir un historial de amargura, o más bien experiencias, para regresar a una maestra tan certera y cariñosa como Soraya. Así retomaron el tiempo perdido, acostumbrándose a las comodidades que ésta le ofrecía, una buena cocina y mucho trabajo que hacer en ella, tanto para las dos como para la cada vez más creciente cantidad de personas que requerían sus magníficos postres.


La casa no era exactamente un palacio. La cocina era un modelo viejo que Ana Elisa pensó que Soraya había transportado desde Caracas, como si fuera un cachivache regalado por Graciela. Delante estaba la larga mesa de madera, que era como un tronco volcado sobre sí mismo y sostenido por unas patas muy gruesas que Soraya a veces acariciaba con mimo mientras sonreía. «Fue el único bien que me dejó el hombre que creí que iba a ser para siempre. Se llamaba Efraín y nunca supe si era español o más de aquí cerca. Hablaba demasiado suave para ser español, pero me daba igual. Tenía esa palabrería, las estrellas, la luna, el mar, y yo me dejaba besar. Me quiso lo suficiente como para talar este árbol, pulirlo y dejármelo como mesa. Yo después fabriqué esas sillas.»

Ana Elisa las adoró inmediatamente, verlas le hacía olvidar cualquier penuria que le ofreciera el resto de la casa, choza, casi favela donde habitaban. Eran toscas, sencillas: cuatro patas, un espaldar alto, todo barnizado en negro, pintura barata, como de plástico. Sólo que Soraya había cubierto las patas, el espaldar y el asiento con periódicos viejos. De Trinidad, de Caracas, incluso algún *New York Times* que el mar devolvió o que encontró en el puerto. Se podían leer noticias que, vistas así, adquirían una gracia inesperada: «El general Eisenhower habla desde Manila», «Ava Gardner se divorcia del músico Artie Shaw», «Subirá el precio del café venezolano en bolsas internacionales», «No dejen que el petróleo se convierta en Dios», y más y más crónicas en letras pequeñas, restos de titulares descuartizados al juntar el papel alrededor de las patas. Todo estaba sellado por un celo que Soraya había logrado convertir en marcos, no pegado salvajemente, sino estableciendo una especie de hilo superficial que unía los recortes y hacía una especie de malla geométrica.

—Así aprendí a leer un poquito más, esforzándome con los periódicos que me dejaban en el puerto. Nunca los compro, las noticias buenas se saben igual de pronto que las malas. Vienen a ti. Como tú.

Fue allí cuando Ana Elisa se dio cuenta de que ya no le interesaba saber, asimilar nada más de la repostería. Era como si le contaran una fábula de la que conocía el final, un hecho que perdía así todo interés. Recordó las frases de su madre, la seguridad que iba a encontrar siempre en los objetos, que de alguna manera parecían manejar lenguajes secretos para ella o al menos para su ojo, para su mundo secreto. Los objetos tenían la bondad de hablarle como no lo harían a nadie más, eran su código secreto, su auténtico universo, uno donde todas las reglas las compartían ella, su silencio y la inmovilidad de unos seres que no eran tales pero sin embargo parecían obedecer a sus más profundas ideas.

—Sillas, Soraya, empezaremos a fabricar sillas —anunció a su compañera de ojos asombrados.


Ana Elisa tuvo que aprender de prisa, en el fondo le gustaba esa velocidad en medio de un paisaje donde todo discurría lento. Las nubes se paseaban, el aire volvía a mecerse, las olas se prolongaban, incluso los frutos, las generosas papayas, las guayabas rojísimas por dentro de tanto madurar, los mamones, esas frutas tropicales que son como semillas envueltas en una piel que se absorbe, asalmonadas con un sabor intenso, amargo, fuegos artificiales en la lengua, todas caían de los árboles lentamente, como si una mano invisible las suspendiera y jugara con ellas al yoyó.

Esa combinación de velocidad en su interior y calma en el exterior le dio fuerzas. Preguntó a Alphonse y al resto de los hermanos de Soraya dónde podían conseguir madera barata para las patas y los espaldares de las sillas. En Sant Ambrose, una maderera vieja, más bien abandonada, que había en el extremo sur de la isla. Cuando empezaron a construir esas sillas de madera, Ana Elisa observó que parecían viejas, antiguas, con una impronta añeja y pesada. Dándole vueltas y vueltas con el mar siempre acariciándole el oído, concluyó que lo mejor sería hacerlas todas envueltas, atrapadas en esa paja amarilla en la canícula, color miel al atardecer. Como las sillas de las esposas de los pescadores, que se aplastaban contra el suelo por el peso de los culos y que ellas colocaban a la puerta al amanecer, cuando salían los maridos, y a media mañana, cuando regresaban.

Lo importante era cubrirlas con el papel de los periódicos de ayer. Y, por qué no, con retales de telas, esos estampados que servían para crear los turbantes de todas las mujeres que caminaban Fairview Road para arriba, Fairview Road para abajo.

Llevados por el ardor de aquella inspiración, toda la casa se convirtió en una nave frenética. Los hermanos traían maderas, telas, pajas, extraños aparatos de fabricación inglesa para cortar y pegar los materiales, y poco a poco las sillas fueron amontonándose entre las dos camas de Ana Elisa y Soraya como si fueran un ejército. Sí, una línea de elegantes soldados. Sólo que, al verlos en fila, Ana Elisa se percató de que ninguna era igual que las demás, no tenían el mismo tamaño ni la misma estructura. Parecían un ejército, cierto, pero de cojos, como ella.

Y no gustaron, cuando las llevaron al mercadillo de la parte inglesa, las señoras blancas, con sus sombreros anchos y cargados de cintas de colores, se mofaron de ellas. «Eres una niña, parece como si las hicieras para tu choza de muñecas.» Soraya quiso pegarles, pero Ana Elisa consiguió contenerla y aceptar la idea de Alphonse de que las llevaran al mercadillo de los hindúes sin dejar entrever que, para ella, tal opción era como acercar al purgatorio a un condenado que se niega a aceptar su culpabilidad. Pero en ese limbo de los comerciantes, las sillas volvieron de nuevo a defraudar.

Ana Elisa sintió por primera vez el impacto de la decepción, y regresó a la casa a ver todos esos retales en el suelo, el aroma de la madera recién cortada, el serrín adherido al mosquitero, el olor del pegamento escapándose de botes mal cerrados. Se abrumó ante ese caos que se asemeja al desorden que deja como huella el fracaso. Soraya intentó animarla: «Volveremos a los postres, a lo mejor es que la gente sólo te quiere por una cosa, no por dos al tiempo.»

Y, por primera vez, Ana Elisa no encontró confort en sus palabras.

Siempre sonaban buenas, esperanzadoras, pero en esta ocasión, de todas las veces que habían pasado cerca de ella, la hirieron muy dentro. Había tenido una idea, una especie de sueño que hacer realidad, consiguió los medios y el mundo le dio la espalda.

Trinidad se volvió más lenta. Espesa como la falta de aire cuando apretaba el calor, mecánica como sus movimientos cuando vertía el chocolate sobre las tartas o introducía las dosis exactas de fruta en los bizcochos blandos que todas esas señoras blancas que desdeñaron sus sillas comían hasta inflarse. «No como tú, que no te alimentas y sin embargo te vas volviendo una mujer», le decía Soraya, empeñada en mantener el buen tipo mientras Ana Elisa buscaba la forma de lamerse las heridas.

Volverse mujer, se dijo, ¿acaso no lo era ya? O, mejor dicho, se corrigió, ¿no la habían vuelto mujer los embates, los accidentes de su vida? A decir verdad, se sentía cada mañana más fuerte y más... rellena en algunas partes de su cuerpo, como si una mano desconocida la fuera moldeando mientras dormía y sus pechos crecieran poquito a poquito pero permanentemente bajo las estrellas y su vientre, aunque plano, fuera cambiando como el espaldar de esas sillas que la seguían persiguiendo en sueños: en forma de arpa, en forma de corazón. Su cintura se achicaba, su espalda se hacía más ancha y era toda ella, sí, como una silla. Cuando convenció a Soraya de comprar un inmenso espejo en el mercadillo de los hindúes, del que tras el fracaso se había vuelto devota, decidió instalarlo al fondo de la casa.

Ah, los hindúes, hablaba de ellos como si los conociera de toda la vida. Trinidad también era Tobago, no dos islas pero sí dos culturas. Los trinitarios eran negros, africanos; Tobago era hindi, otro mundo, otros dioses, mejor comida. Alphonse se lo explicó mientras Soraya concluía: «Ellos están en su lado, y nosotros en el nuestro. Aunque gustamos más de su sazón, no nos casamos con ellos. Eso no.»

De nuevo al espejo, en él se reflejaba todo el interior, las dos camas a ambos extremos: la de Soraya, la más ancha, y la de Ana Elisa con un mosquitero de color azafrán que había encontrado, también, en el mercadillo. Ese loco toque de escarlata mezclada con naranja en medio de esa casa le encantaba y, una vez más, le devolvía vida, ese mágico ingrediente, esa deferencia que los objetos tenían hacia ella.

Delante de ese espejo quería mirarse y constatar lo que le decía mientras rellenaban de cabellos de ángel o de pulpa de guanábana las tartas que vendían en su puerta: «Te has convertido en sirena. Pero coja, porque perdiste la cola al quedarte en tierra.» Sirena era mucho, sirena sería Irene observándose allí junto a ella en el mismo espejo. Recordarla la inundó de esa tristeza, inmensa y hueca, que sobrevenía al mencionar a su hermana. Apartó del espejo el nombre y la sombra y continuó revisándose. Era delgada, no tenía nada de grasa en ninguna parte de su cuerpo, incluso las piernas, pese a la cojera, o quizá gracias al régimen de los veintisiete pasos, eran fuertes. El pelo, ni muy largo ni muy corto, exactamente por encima de los hombros, de un castaño claro debido a los baños de camomila que Soraya le hacía a la orilla del mar al atardecer, «porque así el sol se despide entre tu pelo y lo aclara mejor». Las manos finas pero no huesudas, como la marca de los pómulos sobre su rostro, que la hacían verse como un gato largo de ojos pardos. «No hay que buscar la belleza, eso te hace estúpida. Hay que ser interesante. Parecerse a un animal, un animal raro, sin nombre, todavía por descubrir», se decía a sí misma, creyendo que las palabras las había aprendido de su madre. O, quizá, venían de una voz sin rostro que escondía el propio espejo: «Toda belleza lleva escrito en letras sin luz su propia condena.»


Tenía mucho más por descubrir, de eso trataba precisamente su existencia en esa isla. La molestia, la rabia por el incidente de las sillas, se alejaba de ella. Había tenido un golpe de suerte con las orquídeas y otro con los postres, pero ahora debía desarrollar un auténtico talento. Una persona, aunque busque parecerse a un animal de especie desconocida, no es completamente alguien hasta que no encuentra un método, una carrera, podría llamarse así: un don.

Detenida frente a ese espejo, Ana Elisa sopesó sus habilidades y se registró en lo más profundo, aterrorizada de no encontrar nada. Le habían sucedido cosas, muchas de ellas terribles, pero seguía sin encontrar una auténtica razón. No, no podía ser, desperdiciar de ese modo una vida. Su hermana parecía tenerla toda arreglada gracias a su belleza, daba la impresión de que las cosas que le sucedían estaban más bien orquestadas. Graciela, luego Mariano, algún día vería en una hoja de periódico que el mar depositaría allí, en la puerta de la casa de Soraya, la noticia de la boda de Irene y Mariano. A eso se refería cuando pensaba en que la vida se divide en dos tipos de personas: la de los que siguen una organización ajena y la de los que se crean la propia. Ella, siempre mirándose en ese espejo que la devolvía alta, delgada aunque marcada por un defecto físico y espiritual como la cojera producto de un fatal «accidente», se creía del segundo tipo. Del otro lado de la imagen venía esa voz, ronca, como de hombre y mujer al mismo tiempo. «Sí, la vida tiene dos destinos: el de los que se acostumbran y el de los que se reinventan. La belleza no es una sola, es muchas a la vez.» Y ella, siguiendo el dibujo del mar agitándose a su espalda en el espejo como si fuera un ser rebelde, insensato, ajeno a toda penuria, deseaba preguntarle: «¿Cuál es mi don?, ¿tendré alguna vez una razón, un talento que conduzca mi vida?» Y el espejo callaba durante días, semanas enteras, hasta que al término de la desesperación volvía a hablar: «Invéntate, invéntate una persona, conviértete siempre en algo diferente.»

¿Pero qué don, qué talento, qué única característica podía singularizarla?

La inquietud la empujó a una compleja red de disciplinas. Estaban, primero en la lista, el hábito de contar repetidamente veintisiete pasos para disimular su cojera. Era muy importante que no se la oyera enumerando, la cuenta se hacía en silencio, a veces sosteniendo conversaciones con Soraya sobre las hojas de ruda que los trinitarios aplicaban a todo, día y noche. Decían que era una hoja fragrante, un perfume espeso, mezcla de noches y campo, limón y la piel de algún animal peludo que, además de sus poderes curativos, podía alejar a los malos espíritus gracias a su fuerte bálsamo. En ésa y en otras conversaciones, la cuenta se repetía pero jamás conseguía erradicar el recuerdo de lo que produjo esa cojera, ese ruido incluso más embriagador que el olor de la ruda, del crac del hueso cuando el cuerpo sin vida de Gustavo Uzcátegui se desplomó sobre ella para dejar aún más huella, más castigo.

Fue entonces cuando decidió rebelarse contra la cuenta, no llevaba a ningún sitio. La cojera no iba a desaparecer porque la repitiera, estaba comprobado. Soraya llegó a alarmarse y ofreció palabras de remanso: «Una mujer marcada, querida, como tú y yo, no debe ocultar sus cicatrices.»

Con todo ese mar delante, nunca ahogándola, tendiéndose frente a ella como una alfombra gozosa dispuesta a enroscarse en sus pies, Ana Elisa decidió aprender a nadar. Los principios no fueron agradables, trompadas de sal en aquella agua que una vez dominada parecía inclinarse a la rebeldía. Peces voraces que la mordían en los tobillos, algún tirón atemorizante, especialmente en la pierna marcada, algas que ocultaban enfurecidas medusas que la devolvían a la orilla gritando de dolor, a veces tanto que la regla se le adelantaba y vertiéndose sobre sus piernas eliminaba el dolor y la infección de la picadura. Y al saberse tan profundamente sana, volvía a entrar en el agua hasta que sus brazos lograban estirarse sobre la espuma, sus ojos vencían el escozor de la sal y sus piernas, la buena y la mala, imitaban el paso, la fuerza de los peces que parecían guiarla hacia el centro mismo del azul.

Nadar fue así una especie de salvación. Todas las mañanas, al romper el alba, enfilaba hacia el mar desnuda, sintiendo en sus brazadas que el océano era para ella un amante ilimitado, muchos hombres dentro de uno, que la acariciaban empujándola, impulsándola, volviéndola a tomar. Muchas veces, en lo alto de una ola o adentrándose en otra, llegó a sentir una mezcla de poder y dominio sobre su cuerpo que la obligaba a dejarse llevar por la corriente, deseando que algún tiburón se volviera humano y la poseyera. No tenía vergüenza de esos pensamientos, de esa entrega a la corriente. Al contrario, se sentía fuerte, hermosa simplemente porque conectaba con la naturaleza y se dejaba dominar por ella.

Más de una vez, al volver a la casa, encontró la mirada de los pescadores que regresaban también del mismo mar, la misma sal. Y volvieron a ella los bramidos de Gustavo sobre su cuerpo, y quiso repetir la cuenta de los veintisiete pasos abandonados para erradicar esos ruidos, esas sombras, y no lo consiguió. Las miradas de esos hombres la asustaban, pero también la endurecían. La observaban como a una criatura rara, por descubrir, expulsada del agua que resbalaba por su tersa piel, sus delgadas y fuertes extremidades, una de ellas ligeramente desacompasada.

Cerca del mercadillo de los hindúes, en alguna esquina, una mujer envuelta en saris rosados y naranjas que movía los brazos como si fuera una cobra embrujada por el sonido de una flauta invisible, Ana Elisa encontró el camino hacia la estación militar estadounidense de Chaguaramas. Aunque nunca se conoció su utilidad en la segunda guerra mundial, la estación continuaba allí, recibiendo sol y alojando a casi trescientos soldados de pelo muy, muy corto, nunca tan atractivos como los galanes de su cine, esos Henry Fonda enamorados de la Crawford. Ese Van Heflin que la volvía medio loca en *Possessed*. Ana Elisa sabía que había llegado allí por algo, como cuando de niña fue hasta la habitación al fondo de la cochera de los Uzcátegui, pero que ese algo no se le explicaría hasta más adelante. De momento, estaban celebrando allí otro mercadillo. Era, al parecer, el único divertimento de la cultura local, pero éste, lógicamente, era de productos norteamericanos. Tomó varios frascos de mantequilla de cacahuete, sirope de arce, otras jarras..., de la mezcla precocida para panqueca de maíz no podían llevarse más de cinco por persona, rezaba un cartel. Ana Elisa fue a buscar a Soraya, a Alphonse y a otro más de los hermanos, y así se hicieron con veinte.

Soraya fue la primera en ver aquel puesto. Ponía «Miss Inés» y se trataba de un pequeño tenderete con una cortina de atrevida geometría muy colorista al fondo. Miss Inés era una negra pequeñita y muy delgada que agitaba mucho las manos mientras hablaba: «Ropa de baño, la más actual, los bañadores Catalina que cambiarán para siempre la figura de la mujer. Aquí dentro, dos pares por dos dólares americanos. Sólo dólares americanos.» Ana Elisa llevaba al menos unos diez, que en la isla y en ese año podían permitirle siropes y varias funciones de cine. Y, desde luego, dos de esos bañadores.

Ah, cuánta diferencia con la casa de madame Arthur, donde Graciela se proveía de exquisiteces, Irene era instruida en el privilegiado mundo de la dama de alcurnia y ella, Ana Elisa, sólo podía recordar mareos. Su verdadera entrada en ese universo estaba allí, protegida por esa cortina de triángulos y cuadrados vibrantes. Soraya decidió regresar con el botín para los pasteles e Inés, señalando a Ana Elisa, le mostró una cesta cubierta de trozos de tela huidiza como lagartijas. Descubrió unos colores voraces como las medusas o los peces sin nombre que a veces la acompañaban dentro del mar, y se vio tomando no una, sino tres y cuatro prendas, decidida a que ése fuera su atuendo en la isla. Avanzó, sonriendo para sí y dejando claro en su mirada lo feliz que estaba dentro de ese probador. Tan sonriente, tan feliz, que no se percató de las advertencias de Inés para que esperara. Empujó la cortina a un lado, como si una vez más abriera el telón de una función que siempre empezaba bien, y vio un cuerpo moverse, un par de piernas abrirse y cerrarse como si fueran tijeras, algo que se ocultaba entre ellas y un rostro asustado, luego enfurecido, finalmente descubierto.

—¿No sabes llamar antes de entrar? —preguntó en español, la voz ronca esforzándose en recuperar una suavidad.

Ana Elisa supo quién era.

—Te vi en el cine, en la película de Joan Crawford.

—¿No te da miedo lo desconocido, verdad? —volvió a preguntar, colocando un brazo en su cintura y de inmediato dándole una aura de elegancia, más bien misterio, al traje de baño azul marino que llevaba puesto—. No tener miedo puede ser más peligroso que tenerlo, cariño.

Y entonces se dio cuenta, primero, de que no podía llamar en una cortina, no se había equivocado al correrla con esa vehemencia. Y, segundo, de que la voz era la que le hablaba desde el otro lado del espejo.

—Te llamas Ana Elisa, ¿me equivoco? —siguió preguntando, el brazo en la cintura, los ojos abriéndose curiosos y titilantes como lo hacía Crawford en sus primeros planos—. Yo también tengo dos nombres… —y lanzó una carcajada seca, corta, llena de creciente complicidad—. Uno para la noche y otro para el día.

—¿Y cómo debo llamarte ahora? —preguntó Ana Elisa.

—Joan, no Jo-Ann, sino todo junto, como un suspiro que se pierde. Joan, Joan, Joan…

\* \* \*

Soraya la veía llegar desde el principio de Fairview Road, pantalones blancos, muy ceñidos en la cintura, apretándola y luego todo vuelo, movimiento resbalando por las piernas como si fuera un abanico de plumas. Parecía que anduviese descalza, ajena a las miradas de las esposas de los pescadores o de éstos cuando no iban a faenar. Pero no iba descalza, llevaba unas zapatillas de la misma tela del pantalón que cubrían lo que evidentemente no era un pie femenino por más cuidados que tuviera. Arriba, el pelo llevaba un ritmo propio, y Soraya imaginó que Joan sabía más cosas acerca de la camomila que ella. Consciente de que era mirada, escudriñada y señalada en todo momento, Joan jamás borraba de su rostro esa sonrisa, calcada a la de la verdadera Crawford, al mismo tiempo invitante y desdeñosa, por encima de los demás. Las manos, igual que los pies, delataban que todo lo que avanzaba en dirección a su casa, ese pelo, esa sonrisa, esas piernas, sus pantalones y sus zapatillas, era una ficción construida con esmero.

Soraya sintió vergüenza de sus sentimientos. Despreciaba a esa persona, pero no porque estuviera quebrando los límites de su normalidad, sino porque entendía que su misión en la vida era quitarle a Ana Elisa.

¿Pero cómo iba a evitarlo? Si había llegado a ella por el azar, de la misma manera podía volver a alejarse. A punto de entregarse a las lágrimas, percibía que ya había hecho lo que tenía que hacer por Ana Elisa. Su poca cultura le hacía intuir, pese a su gigantesco cariño, que ya le había enseñado todo sobre postres, que pronto la isla se le haría pequeña y que Ana Elisa, algún día, habría cumplido diecisiete, veinte años como mucho, y partiría a otro sitio. Ese azar, más poderoso que Dios, llegó a pensar, introdujo a Joan en sus vidas, aunque Ana Elisa le confesara que la había advertido antes que ella, en esa sala de cine del puerto, y que allí oyó por primera vez las palabras que perseguían a Joan: «No es una mujer, es un hombre.» Y ella, siguió preguntándose Soraya, que había salido de la isla dispuesta a verlo todo, pasar por todo para ganar un dinero, para ver algo más que esos mercadillos de olor a ruda y mar, ¿qué podía criticarle a esa persona que avanzaba hacia su hogar para quitarle un pedazo de su vida? No, no podía criticarle nada si prefería ser mujer y no había nacido así, ella quiso ser libre y lo fue hasta que un hombre, siempre un hombre, la maltrató y la obligó a volver a la isla.

Pero siempre albergó la confianza de que Ana Elisa volvería a ella. Y ahora, ¿tenía que aceptar, de verdad, que se la quitaran tan malamente?

—Buenos días, Soraya. Qué rico olor tiene siempre tu casa —dijo Joan, agitándose el pelo como si viniera de nadar de una piscina en una de las películas de su estrella.

—No es sólo mía, Joan —le recordó Soraya.

No necesitaba más palabras, porque Ana Elisa ya salía de cualquier parte de la casa, su cojera de pronto eliminada no por enumerar veintisiete pasos, sino porque ver a Joan la llenaba de alegría.

Y así nadaban, Ana Elisa observando que Joan acariciaba el agua como si hubiera nacido en ella, ningún miedo, era como la quilla de un barco que abría en dos la sal y la espuma. A su vez, Joan observaba a Ana Elisa, veía la fuerza de sus piernas, una rezagada, pero ambas pataleando, y también creyó distinguir esa ausencia de miedo.

Las cosas, como siempre, cambiaban en tierra. Ana Elisa se tiraba sobre la arena, desplomándose, tan delgada que apenas levantaba unos granos y parecía absorber cada rayo de sol. Joan, en cambio, procuraba esconder sus pies en la arena y creía echarse en ella como lo había visto hacer a su ídolo cinematográfico, las piernas una encima de la otra, ligeramente ladeada, un brazo sujetando la nuca, el pelo mojado a un lado. Si el brazo llegaba a entumecerse por la dificultad de la postura, prefería dejarse caer antes que perder una postura tan estudiada. Ana Elisa la veía, con su precioso bañador negro, el pelo esperando a secarse para ser introducido en un gorro de flores blancas, y le maravillaba el resultado. La miraba y seguía oyendo las palabras de los curiosos, «es un hombre, un hombre», y lo creía injusto, hasta que la luz del día le permitía fijarse, ver mejor. Las cejas, expurgadas a través del dolor y la disciplina, dejaban una sombra, como si fueran superpuestas. El puente de la nariz no era como el suyo, estrecho, sino más bien grueso. La propia piel tenía una evidente sequedad. Los dientes eran también más grandes, una sonrisa que infería siniestralidad. Y luego las piernas, que aunque colocadas de esa forma tan delicada tenían más músculos, más líneas que las suyas. No parecían blandas, tampoco trabajadas, sino completamente fuertes. Todo se cortaba en la arena, donde estaban enterrados los pies.

Cuando hablaba, la voz era ronca y su risa también, pero la forma en que escogía las palabras y las volvía oraciones era curiosa, como de una sabiduría nueva. Quería saberlo todo acerca de ella. O de él, le daba igual. Entendió que tenía que adorarle, incluso creerle ciegamente, porque los dos, y hasta cierto punto Soraya, tenían algo en común: estaban allí a causa de un secreto. Un evento en sus vidas que no podían contar al primero que pase.

Descansando a su lado después de nadar, Ana Elisa comprendió que en la amistad con esta persona, con Joan, fuera hombre o mujer, podría encontrar al fin algo que ser en la vida. Una amiga.


Joan le contó su vida. Había nacido Luis, Luis Francisco en realidad, en un pueblo cerca de Alicante, en España. Siempre le gustó el mar, fue buen nadador, y aunque su padre, que era herrero, no podía pagarle clases especiales, tuvo el mar como escuela, igual que Ana Elisa. Por eso lo vieron un día cerca del club náutico y lo invitaron a formar parte de sus salvavidas, para los veranos. No pagaban mal y él iba ahorrando para hacer algún día lo que su cuerpo le pedía: salir, no sólo de Alicante, sino de esa cárcel de piel. No era un hombre, detestaba todas las cosas que le recordaban que se encontraba atrapado en una forma humana que no era auténtica. Sabía que era mujer, deseaba el pelo largo, las manos finas, los pies pequeños, moverse sin miedo a las miradas en el paseo marítimo, cantar con una voz aguda, pintarse las uñas y reírse de los chismes de la peluquería. Ver cómo el cuello se le estiraba y debajo había pechos que tocar y poder algún día sentir las manos de un hombre acariciándolos.

—Nunca, nunca imaginarás la necesidad de ser tocada que he tenido, Ana Elisa. —Ella le había contado su historia, rápidamente, una sucesión de eventos similar a la cuenta numérica para evitar la cojera—. Aunque hayas pasado por lo que has pasado, me comprenderás cuando te diga que me encerraba en mi habitación con corpiños que había robado de la corsetería donde iba mi madre. Y los apretaba y apretaba creyendo que mis propias tetas saldrían debajo de la piel. Entonces conocí a gente que viajaba a París, a Berlín, y me hablaban de sitios donde había personas como yo que conseguían unas inyecciones que podían hacer crecer todo lo que la naturaleza te había negado. Como tenía conocimientos de natación, el club me instó a formar parte de una selección nacional para la marina. Y así estuve en barcos el resto de mi vida, zarpando hacia mares en guerra, escapando de países desangrados.

—Y entre todos esos hombres… ¿Cómo hacías para ser la mujer que escondes? —le preguntó Ana Elisa, sin miedo a decir algo que pudiera ofender o, peor, despertar fantasmas sumergidos.

Joan desenterró de la arena una de sus manos, Ana Elisa pudo ver lo gruesos que eran sus dedos y lo absurda que resultaba la pintura de uñas en ellos, y empezó a dibujar círculos que la arena se tragaba.

—Aprendí todo lo horrendo que se puede aprender de los hombres —la miró con ese titileo robado—. Y fui con ellos todo lo cruel que podrían haber sido conmigo si les hubiera dejado saber que era mujer.

Esas palabras resonaron en Ana Elisa día y noche. La peligrosa contradicción de su nuevo amigo que deseaba ser mujer pero tenía que actuar como hombre y todo ese periplo a través de la guerra, así como ella lo había vivido en la relativa, ficticia paz de una Caracas que observaba desde lejos todos los conflictos; él, ella, Joan, había cruzado el mundo surcando sus mares para conseguir unas medicinas que su cuerpo requería para convertirse en otra... Pero esa parte de la historia Ana Elisa no había terminado de escucharla, porque se quedó turbada al imaginar lo que pudo sucederle a Joan, a Luis, cruzando los mares en medio de aquellos hombres. Le turbaron las imágenes de encuentros físicos que se agolpaban ante ella; ese ruido surgido de la garganta de Gustavo Uzcátegui, que regresaba sin avisar en noches imprevistas, era el aliento de un animal con las patas recortadas, hiena que volvía a caer sobre ella desgarrándola entre las piernas, y el llanto que jamás existió de su hijo empezaba a oírse antes de que pudiera levantarse de la cama sudorosa, aterrada, apretando una mano contra sus labios para no dejar escapar un grito.

Se calmaba, tras asegurarse de que Soraya continuaba durmiendo, y avanzaba hacia el mar anochecido. Y allí pensaba, al principio con cariño, en Joan, absurda, masculina, disfrazada de una *movie star* en esa misma playa, intentando disimular lo obvio, esa piel dura, con barba apuradísima pero siempre presente, los hombros fuertes aunque delgados y la ausencia de pechos. Ana Elisa no podía dejar de pensar que, aunque le explicara mil veces que estaba atrapado en el cuerpo de un hombre, le era muy difícil verle como la mujer que deseaba liberar. Pero le intrigaba conocerle más, encontrarle algún día, igual de próximos en la playa, pero sin los pies y las manos enterrados en la arena, su rostro aligerado de la crispación que significaba fingir ser Joan Crawford sin maquillaje bajo el sol de Trinidad. Y acercarse a él, besarlo, sentir las fuerzas de sus piernas uniéndose...

—No me gusta que te veas con ese bicho raro —advirtió Soraya a la mañana siguiente—. Te cuenta cosas —continuó cuando, en realidad, lo que quería decirle era que la alejaba cada vez más de ella—. Y te engaña, como nos engaña a todos, como se engaña a sí mismo.

Ana Elisa medía sus palabras, no quería mantener esa conversación.

—Vive dividido entre dos mundos. ¿Y quién de nosotros no lo está? A veces, viviendo aquí, quiero volver a Caracas. Y sé que no puedo hacerlo porque tendría que regresar a todo lo que me ha hecho daño. A él le pasa lo mismo, está aquí, escapando de una pesadilla, esperando conseguir su libertad, poder ser al fin lo que anhela. Igual que nosotras, Soraya.

—No es verdad, Ana Elisa. No te inventes verdades, no hagas como él. Es un pervertido, un fenómeno. Debería estar en un circo. No quiero que vuelva nunca más a esta casa, deseo que te alejes de él. Podría traernos problemas con la policía. En este país lo que él es, lo que él hace, conlleva pena de muerte. De muerte. Y no es ninguna tontería, Ana Elisa.

Oyeron un ruido y en la puerta, flanqueado por el brillo del día, Joan estaba de pie, la cara compungida, sus manos apretando fuertemente la enorme pamela rosa contra su traje naranja, el pelo recogido en uno de esos imposibles moños, las lágrimas resbalando por el rostro emblanquecido por las cremas y los labios rojos, mordiéndose entre sí, por la pena, el dolor de haber oído las palabras de Soraya y sentirse tan cruelmente desnudo, ridiculizado, delante de su nueva amiga.


Ana Elisa salió corriendo detrás de Joan, que luchaba por no caerse cuando sus tacones se enterraban en la arena. Parecía un pájaro herido delante de las mujeres de los pescadores, inertes en sus sillas, mientras Joan perdía no sólo el paso, sino también su sombrero, la perfección de su peinado, el color de su maquillaje. El sudor, el terror y el ridículo iban desnudando a Luis debajo de Joan, y Ana Elisa pudo al fin alcanzarle y apretarle entre sus brazos.

—No voy a decepcionarte, Joan. No voy a abandonarte. Me jugaré la vida por ti.

# 12

Jugársela, se la jugaron. Ana Elisa sintió que su vida resbalaba hacia lo incontrolable, aunque dentro de ella prevaleciera un deseo, la ayuda que su sacrificio significaba para Joan. ¿Por qué no tuvo ese gesto con Soraya, que le había ofrecido casa, cobijo, su cocina y hasta el apoyo de sus hermanos para llevar adelante su idea de las sillas? Porque en esas últimas y crueles palabras contra su nueva amiga Soraya le resultó monstruosa, incapaz de reconocer en Joan esas cualidades que Ana Elisa insistía en que las unían.

Sin embargo, era cierto que las leyes de la isla subrayaban la pena de cárcel a las conductas sexuales antinaturales, y que esas leyes, que incluso prohibían la entrada de homosexuales en Trinidad, venían prefijadas por el Imperio británico, al que la isla pertenecía. Cualquiera que fuera el sexo de Joan, su aspecto no era natural. Su búsqueda, su lucha, tampoco.

Encontraron hogar encima del cine del puerto, en una amplia estancia, antes refugio de gaviotas y palomas, cuyo olor consiguieron erradicar tras mucha limpieza, litros de lejía y la aplicación de una pintura espesa que tiñó la habitación de un rojo intenso. El sol entraba por la ventana que daba, cómo no, al mar. Prácticamente la otra pared estaba cubierta en el exterior por el cartel promocional del cine.

Ésa fue la única felicidad de Joan y Ana Elisa cuando llegaron a aquel lugar desangelado.

—Estaremos protegidas por mamá Joan —clamaba la otra Joan.

—Y por mamá Rita y mamá Ava —continuaba Ana Elisa.

En realidad, por lo que estaban protegidas era por el sentido común de esta última, que consiguió hacer entender a Joan que una de las dos debía tener un empleo legal y fijo. Ana Elisa convenció al dueño del cine, un negro gordo, flácido y de edad indefinida, de dejarla trabajar como taquillera y también ofreciendo refrescos y sus pasteles a un precio concertado a mayor beneficio del obeso pero que, al menos, garantizaba una buena relación, una rebaja satisfactoria en el alquiler de su apartamento y un poco de dinero que ahorrar. Como los pasteles obtuvieron el acostumbrado éxito y la cercanía de diciembre bajó las temperaturas, el cine se convirtió en un espacio codiciado por más y más espectadores. Las películas variaban: musicales, cine negro, *Daisy Kenyon* repetida hasta la saciedad, y el público se hacía más o menos fiel. Las dos señoras que Ana Elisa había visto la primera vez que se sentó en la sala volvieron con más amigas. También empezaron a aparecer hombres vestidos de traje, parejas jóvenes para contemplar sobre todo cine negro con sus besos robados, sus intrigas complicadas, la lacia melena de Veronica Lake, el bambolear de caderas de Barbara Stanwyck, que excitaba a los muchachos negros como a los pocos blancos, inusualmente algunos oficiales americanos con una novia trigueña.

Una vez asentada su posición en el cine, Ana Elisa tuvo otra idea: contratar a Joan. De acomodador.

—¿Acomodador? ¿Con mis sombreros, mi impermeable, mi traje largo de volantes y lentejuelas?

—No, lo harás como hombre —respondió Ana Elisa.

Joan la miró con una mueca de terror que era una mezcla de Crawford en peligro con algo de la Stanwyck en plan seductora.

—¡De hombre! ¿Me pides que vaya de hombre y dices ser mi amiga? —exclamó.

—Soy tu amiga, y por eso te lo pido. No quiero que sigas aquí encerrada, imaginando cómo robar telas de los mercadillos, como sé que lo haces, y repitiendo gestos de las películas que ves sin pagar entrada, como sé que también haces. Esto no es vida, y puedes terminar perdiendo la cabeza atrapada en tus fantasías.

—Atrapada, te encanta esa palabra —dijo Joan abriendo mucho los ojos y recreándose en ese gesto con la pomposidad de un pavo real.

—Porque lo estás, ambas lo estamos, y sé que algún día encontraremos una puerta para salir y ser lo que de verdad queremos. Pero por ahora debes hacerme caso. Vestirás como hombre y serás un hombre durante las horas de trabajo. En la noche te permito liberarte de la forma que prefieras.


Joan consintió y se presentó en la puerta del cine con un mono de obrero tan perfectamente planchado que Ana Elisa no pudo menos que dejar escapar una risilla que sorprendió al obeso pero habitualmente imperturbable patrón.

—Su amigo no tiene referencias, señorita Elisa —constató en su pastoso acento criollo.

—A mí tampoco me las pidió, señor Guerard.

—Un hombre siempre es diferente —masculló él, estudiando de arriba abajo a Joan, que se mantenía allí erguida, las manos apretadas detrás de su espalda para no dejarlas escapar en una sucesión de gestos abanicados. Con los ojos bajados, Ana Elisa se percató de que Joan no había podido resistir el aplicarse una buena capa de máscara de pestañas e, incluso, resaltar el párpado inferior con un pelín, delicada línea, de *eyeliner*—. Está bien. El joven cobrará dos libras menos que usted, Elisa. Y puede empezar a trabajar en la siguiente sesión de hoy mismo, a las once.

Ana Elisa se emocionó, le gustaba que sus planes funcionaran y que en la casa que compartía con Joan entraran exactamente catorce libras semanales. Quería besar a su amiga, pero ésta le hizo un gesto con la mano para evitarlo y prefirió guiñarle un ojo con la mala suerte de que, al correrse ligeramente tanto la máscara como el delineador, le fue imposible volver a abrirlo. Ana Elisa dejó escapar un «*Oh, my God!*» (1) ante la pequeña tragedia y quiso acercarse para ayudarla a limpiarse, pero Joan se apartó: estrujarle el ojo haría estropear y extender completamente el maquillaje, y no podían arriesgarse. Empezaron a reírse de encontrarse así, atrapadas, como les gustaba pensar de cada una, entre ser descubiertas y volver a mirar el mundo que las obligaba a aceptar esas pequeñas penurias como anécdotas de una creciente complicidad.


Y fue creciendo cada vez más. La doble vida de Joan como Luis en el cine, acercando espectadores a sus asientos, sugiriéndoles en su especial criollo, en inglés y hasta en francés, que probaran las exquisitas tartas de Ana Elisa antes de empezar la película, a veces controlando el contonear de su cintura cuando bajaba y subía por el pasillo central de la sala para luego regresar a casa, darse un baño y erradicar todo trazo de ese hombre y emerger transformada, toalla en la cabeza como un gran turbante y otra ciñendo su cuerpo del cuello para abajo, deseando maquillarse completamente, peinarse otra vez, enfundarse sus trajes de la auténtica, prestada Joan.

(1)   «¡Dios mío!»

Pero ¿adónde iba a ir así vestida? Debían acostarse temprano, levantarse a las seis horas, salir juntas a nadar desde la pequeña cala a doscientos metros del cine, donde nadie las miraba, regresar a casa, Ana Elisa dispuesta a preparar sus pasteles, Joan a ocuparse de mantener la casa en el impecable orden en que a las dos les gustaba vivir. Entraban al cine a las diez y media, media hora antes de que se iniciaran las funciones, y en él seguían hasta las nueve de la noche, todos los días, luchando con el señor Guerard por obtener una libra más para Ana Elisa y la mitad para Luis los domingos.

—Tengo otra idea —empezó Ana Elisa—. ¿Por qué no me vistes con esos trajes?

—Pero si son míos, los hago para mí, para vestirlos el día en que se me permita —explicó Joan.

—Pues entonces será como un ensayo.


Fue, más que un ensayo, una duplicidad. Joan probaba en Ana Elisa no sólo los trajes, sino también los peinados, los maquillajes y sus complementos. Y a medida que iba colocando accesorios y detalles, extrayendo otros, estableciendo ese difícil equilibrio de pose, ingenio y saber estar, descubría que su verdadera creación no era ser Joan, sino convertir a Ana Elisa en una mujer.

—No te sientan bien los escotes pronunciados, te ves como si quisieras esconderte detrás de un armario antes que mostrarte. En cambio, te quedan divinas las faldas de cintura estrecha por debajo de la rodilla. Sí, la falda tubo es la que mejor te va. Pero, claro, el tacón… el tacón…

—¿Qué pasa con el tacón? —preguntó Ana Elisa, que se dejaba poner y quitar porque nunca pudo jugar a nada parecido con Irene.

—No puedes llevar tacón y cojear —advirtió claramente Joan. Y se quedó mirándola pensativa—. ¿O sí? ¿Quién ha dicho que está todo escrito en la sensualidad? A lo mejor ver a una joven delgada, atlética, cojear un poco…

—La gente pensaría que no sé llevar tacones —razonó Ana Elisa.

—No se diga más. No hay peor señal de inseguridad en una mujer que la fragilidad dentro del tacón. No, definitivamente están erradicados, querida Ana Elisa. —Joan se quedó aún más pensativa—. Tiene que ser otro giro. Eso, una vuelta, una vuelta de tuerca…

—¿A qué te refieres? —preguntó Ana Elisa.

Pero entonces su amiga lo tuvo claro:

—Chaquetas. Pantalones. Te cubrirán el zapato, cinturones muy estrechos, las hombreras un poco menos marcadas que las de Joan. Blusas con lazos, no muy grandes, más bien como un pequeño *écharpe* que podrás sacar por fuera de la chaqueta y dejar descansar en el hombro… Oh, lo veo tan nítidamente, Hepburn y Crawford al fin juntas, no en una película, sino en una mujer, en ti misma, *petite* Ana Elisa… En la gran, la única Ana Elisa.


Y ella supo agregar su propio toque. Descubrió los beneficios del traje camisero, una pieza recta de tela cubriéndola hasta las rodillas, de hilo, la mayoría sin mangas, con un cuello amplio o, a veces, cuando Joan insistía mucho, imitando el de las camisas de los hombres. Llegó incluso a hacerse algunos con puños para ponerles gemelos (que también fabricaba utilizando pequeñas caracolas recogidas en la arena: las dejaba limpiándose en agua con un poco de limón, una pizca de sal, y al día siguiente relucían, las pulía con dos limas y las unía con dos palitos enroscados que entraban en el ojal de los puños). Otros días tomaba uno de los pañuelos de colores que vendían los hindúes del mercadillo y lo ataba en la cintura para marcar aún más su atlética figura.

Joan insistía en que se vistiera a medio camino entre la Dietrich de esmoquin y sombrero de copa y esa Hepburn siempre deportiva, diferente, que revelaban las imágenes de sus películas. Y entre traje y traje, Joan se mostraba inquieta, revolucionada con esa vida apacible y doble a la que las obligaba el trabajo en el cine.

—No quiero ser Luis de día y Joan de noche. Siempre fue un chiste. Imaginarme que algo así pudiera sucederme era un juego de palabras, una exclamación. No llegué a pensar nunca que se convertiría en una realidad —se quejaba a Ana Elisa.

—Nos da para vivir.

—Pero es que yo quiero más que vivir. Quiero hacerme unas tetas, cambiarme la nariz, quitarme la nuez de la garganta y la otra que tengo entre las piernas —lanzó Joan, y Ana Elisa se quedó inmóvil, jamás la había oído hablar así—. Para hacer todo eso no sólo necesito dinero: necesito ganármelo, sin mancharme, sin prostituirme cerca del puerto, donde hay hombres que podrían irse con alguien... como yo —comenzó a llorar, también era la primera vez que se abría de esa manera.

—Tengo miedo —se decidió a confesar Ana Elisa— de que te suceda algo... No puedo olvidar las palabras de Soraya diciéndonos que es un delito ser como eres en este país.

—Y en cualquier otro, Ana Elisa. Somos personas distintas, y las personas distintas estamos siempre entre la luz y la sombra, entre la ley de la realidad y la del universo que nos construimos. Ahora es tarde, olvidemos lo que hemos hablado. Mañana volveremos a nadar, volveré a enterrar mis pies y manos en la arena, a vestir el mono que el señor Guerard me obliga a llevar. Pospondré un día más mis sueños de salir de aquí y aparecer en algún nuevo sitio convertido en mi auténtico yo, en Joan.

Sin embargo, Ana Elisa no logró conciliar el sueño tan fácilmente. Le apasionaba su relación con Joan. Le llenaba de orgullo la solidaridad que demostraba hacia su nueva amiga. Aunque no estuviera bien reconocerlo, le gustaba tener la capacidad de aceptar a alguien por lo que le inspiraba. Así había aceptado a Soraya, y así, de alguna manera, había llegado a perdonar a Graciela Uzcátegui. La mantuvo despierta saberse capaz de ese don de tolerancia, de aceptar a las personas en sus bondades y miserias. La mantuvo todavía más despierta pensar en Joan y su conflicto, su deseo de hacerse mujer, de transformar su cuerpo costara lo que costara. No podía encerrarla más tiempo en ese cine, en ese uniforme, en esa absurda cotidianidad. Insomne, continuó pensando en esa monotonía de sus días que no dejaba de ser mágica, viviendo detrás de una pared que era en realidad el gigantesco cartel del único cine de Trinidad. Estaban allí protegidas por los dioses de un Olimpo que Joan adoraba y que poco a poco ella también iba adoptando como propio. Santa Joan, santa Lana, santa Bette, santa Norma Jean, quizá un poco cursi, al igual que la santa Jeanette MacDonald, santa Katharine, santa Marlene… Todas ellas acudían de una en una a protegerlas con sus rostros maquillados, sus cuerpos dibujados, y les legaban el argumento de sus películas como biblias abiertas en las que buscar explicaciones a sus vidas.

Ana Elisa sopesó sus poderes. Era capaz de crear sabores y golpes de belleza con sus postres y con sus orquídeas, pero ninguna de esas creaciones eran duraderas, se desvanecían en el paladar o languidecían bajo la luz del sol. La única vez que deseó construir algo sólido, como las sillas, el éxito no la acompañó. Dentro de ella seguramente había una deuda entre la suerte y la meta: cuando construía algo que iba a desaparecer, intangible, etéreo, le salía bien, pero cuando creaba un objeto duradero el resultado era mediocre, sin la perfección de aquello que elaboraba para desaparecer inmediatamente, como el sabor de sus postres o la belleza de sus orquídeas.

La idea terminó de convertirle la noche en un espejo tan ancho como el mar en calma. Se repetía la misma pregunta: ¿quién, o qué, podría aparecer y cambiar ese esquema de vida? ¿Un hombre? ¿Un auténtico amor?

Cuando el amanecer empezó a colarse por el cielo como un dedo que levanta muy despacio una página para abrir un nuevo capítulo, llegó a la conclusión, mientras cubría con crema de pepino y patata las ojeras que el sol empezaba a acariciar, de que hablaría con el señor Guerard.


—Pero ¿cómo una actuación, señorita Elisa? —le preguntó el patrón.

Ana Elisa tragó profundo el último sorbo de café.

—Luis… es un gran artista, y desde hace días ensaya en nuestra casa un número que podría interesarle.

El señor Guerard la miró estudiándola con cuidado.

—Ya ha pasado la etapa en que hacíamos números musicales entre película y película, mi querida niña —advirtió.

—No es para este cine. Sé perfectamente que usted es también el dueño del casino en la parte alta de la ciudad. Me corrijo, sé de igual modo que no le gusta que lo llamen casino, sino club. Y, por último, sé con rotundidad que lo que Jo… Luis ha estado ensayando le dejará asombrado.

\* \* \*

El club Browns era una casa rodeada de plantas al final de una colina en la zona alta de la isla. Si alguien tuviera el tiempo para fijarse en las plantas, notaría que estaban dispuestas como si fueran un abanico de plumas de las revistas de music-hall, desplegadas como si escondieran un secreto. Al menos así lo pensó Ana Elisa cuando se vio, en compañía de Joan, delante de ese follaje brillante a la luz de la mañana.

Guerard les abrió. Era una construcción, la única, la primera en tanto tiempo, que no necesitaba separarse del suelo, como todas las que Ana Elisa veía a su alrededor. El piso era de granito italiano, saturado de vetas de colores: verde, rojo, un negro que el uso o la exposición al sol había vuelto azulado.

El olor a tabaco era tan asfixiante que Guerard se apresuró a abrir las ventanas, y Ana Elisa se quedó impresionada al ver entrar de pronto en la sala a las seis o siete mujeres vestidas con trajes de doncella como ni siquiera nunca las tuvo Graciela Uzcátegui. Vestido negro, delantal superalmidonado, zapatos blanquísimos con suelas de goma, cofia perfectamente colocada sobre la cabeza retirándoles el pelo hacia atrás y, en cada mano, escobas, recogedores para el suelo y, también, para vaciar los ceniceros. Los manteles de las mesas volaban en el aire, se retiraban a unos cestos que llevaban inscritas las «B» del local mientras ellos tres, Joan, Guerard y la propia Ana Elisa, se concentraban en lo que los había llevado hasta allí.

—Muy bien, Joan. Veamos lo tuyo —ordenó Guerard en medio de esa actividad.

Joan bajó los ojos y Ana Elisa se alegró de que no existiera rastro alguno de nervios en su actitud. Ella, en cambio, no hacía más que mirarse en cualquiera de los espejos que rodeaban las mesas del Browns, eran casi de pared a techo y enmarcados por medusas de madera pintada de blanco. El escenario estaba vacío, el telón subido y amarrado en las alturas. El piano, enorme, también era blanco, y la silla del pianista, transparente, con dos gigantescos candelabros, igualmente transparentes, encima. Al fondo, un pequeño escenario dentro del escenario, con escalones que en el medio mostraban una franja igualmente translúcida y en la que Ana Elisa pudo adivinar unos focos. Los instrumentos permanecían mudos, objetos dispuestos a una nueva aventura. Trompetas de dorado intenso y boquillas negras, violines de caoba enrojecida, tambores y platillos de cobre.

—¿Estás lista, Joan? —interrumpió la voz de Guerard.

Joan asintió con la cabeza y, situada delante de la orquesta deshabitada, miró hacia el frente.

De pronto sus manos se colocaron ante ella como si fueran faros de un coche en mitad de la nada. Su cuerpo se contorsionó igual que el de un ciervo asustado o una sacerdotisa atemorizada en un templo egipcio. Dando palmadas para crear un ritmo mitad africano mitad película de misterio, inició su peculiar danza abriendo los ojos con gestos de alarma, miedo y deseo. Era como si Joan Crawford hubiera aceptado el rol de Mata-Hari, pensó Ana Elisa, y contuvo su asombro, o risa, para no hacer perder la concentración a su amiga.

Joan empezó entonces a desplazarse, casi deslizarse, desde la izquierda a la derecha del escenario y, a medida que lo hacía, un trozo de su ropa caía. Primero las mangas del impermeable negro, sí, aquel que llevaba cuando se vieron por primera vez. Luego el cinturón que ceñía su talle hasta lo indecible. Sujetando un extremo del abrigo y llevándolo hacia sus hombros, como si estuviera construyendo un sari protector, arrancó la parte de abajo del impermeable y también la dejó caer al suelo. Sólo quedaba en ella la parte de arriba, como si fuera una chaqueta corta. Su delgado cuerpo, afeitado al infinito, mostraba una cintura tan fina que producía un ligero respingo en el espinar.

Joan cubría sus intimidades con una pequeña, diminuta prenda interior del mismo material que la chaqueta. Mirando al frente y ya avanzando hacia el proscenio como una pantera urbanizada hasta la delgadez, se desprendió de la parte del impermeable que cubría su torso y permaneció así, semidesnuda, quizá demasiado seria, repasando cada una de las miradas de las doncellas del Browns, que habían detenido toda acción. Guerard también la miraba, aunque al percatarse de la inactividad estuvo a punto de dar una palmada. Pero Joan, prosiguiendo su danza, comenzó a deambular por el escenario recogiendo con destreza felina los pedazos de su impermeable en el suelo. Primero la parte inferior, que giró diestra como si fuera el capote de un torero, batiéndola en el aire y volviendo del revés la prenda hacia el exterior. Y, como por arte de magia, lo que había sido la parte inferior de un impermeable se convirtió en una falda de vuelo de color rojo. Ante el asombro de los presentes, Joan agitó sus propias manos y las llevó hacia el cielo en un gesto grandilocuente que atrapaba en el aire el asombro de su público y lo volvía música. Poco a poco fue recogiendo más trozos. Atrapó las mangas del impermeable y las separó en dos pedazos. En sus ojos, Ana Elisa pudo adivinar un ligero pánico. Se había equivocado pero, aun así, Joan prosiguió. Con uno de éstos, y como si detrás de ella la música fuera entrando en un trance repetitivo, fue deslizando la tela por sus manos y brazos hasta convertir cada manga en un par de guantes largos que, una vez colocados, despertaron un «¡Guau!» de admiración entre las mucamas. Guerard las fulminó, cortante, y cercenó cualquier posibilidad de aplauso. Joan continuó, ahora con los otros dos trozos de lo que habían sido las mangas, y los situó por detrás de su cuello, de manera que cayeran exactamente sobre su pecho. Sosteniéndolos allí por algún hechizo, recogió el resto de la chaqueta, lo colocó sobre sus costillas y consiguió anudarlo a los trozos que colgaban del cuello. Y de pronto Guerard ya no pudo contener el aplauso de las sirvientas: Joan había pasado de ser una persona absurda en un impermeable absurdo para devenir en Joan Crawford vestida de gala, dispuesta a cantar en el escenario del Browns.

Guerard dejó que el aplauso terminara. Joan le miraba fijamente y Ana Elisa recordaba con los ojos cerrados: había pasado muchas noches creyendo que era ella la que no dormía cuando era Joan quien en realidad estaba cambiando su propia vida al coser aquel traje mágico.

Guerard se separó un poco más del escenario, como si quisiera ver a Joan convertida en estatua.

—Te has equivocado. Los guantes son lo último que una dama se pone, jamás lo primero. Si estuvieras delante de público, habrías muerto de miedo por los nervios a raíz de ese fallo. Recuerda: debes dejarlos para el final. Los volverá locos. Tampoco me gusta que te quedes semidesnuda. Debes encontrarle un truco, un golpe de efecto más a esa parte. Y quiero que lo hagas a tiempo para cerrar el espectáculo de esta noche. Pediré a la orquesta que te prepare una música con muchos violines y tambores. Deberéis estar ambas aquí a las siete y media. Servimos cena con los músicos. A las ocho y cuarto todo el mundo tendrá que estar maquillándose. Saldrás hacia las nueve y media. Y tú, Elisa, la ayudarás a prepararse.


Excitadas, Joan y Ana Elisa bajaban por la avenida abrazándose, gritando, saltando.

—¿Cuándo se te ocurrió hacerte ese traje?

—En la marina debíamos hacer que toda nuestra ropa fuera reversible. Sé perfectamente cómo coser otra tela en cualquier superficie, delgada, gruesa, de un color y de otro. Y mientras te veía vestirte con ese estilo Hepburn, Crawford y Dietrich mezclado, se me ocurrió la idea. Una persona normal, más hombre que mujer, que empieza a desnudarse y, cuando vuelve a vestirse, es una diosa.

—Me gusta Guerard, tiene razón en lo de los guantes. Aunque vivamos en el calor, es lo último que se pone una dama.

—No es verdad. Lo último que se pone una dama es la mirada con la que seducirá a su presa.

—¿Qué haremos con la parte de abajo, Joan?

—Cortarla, cariño, para eso triunfaremos en el Browns, para que pueda ir a Dinamarca y quitármela de una vez.

Ana Elisa se detuvo un instante y vio a Joan como alguien decidido, un rastro pequeño, a punto de evaporarse, de un niño intrépido recorriéndole los rasgos.

—No, no, me refería a tu cuerpo, sino a lo que te dijo Guerard de la ropa interior —y calló de pronto al contemplar en la pared de una de las casas que bordeaban el camino una cascada de buganvillas lilas, rosadas, salpicadas de verde—. Ya sé, orquídeas, Joan... Te cubriré de orquídeas...


Regresaron al Browns, las criadas vestidas con sus cofias impecables abrieron la puerta de atrás. Olía a arroz recién preparado, curry, lima y el cilantro que aparecía en los platos de la sopa de coco, mariscos o pollo. Ana Elisa se sintió en casa y se alegró de haberse vestido con uno de sus trajes camiseros blancos y un pañuelo en la cintura de motivos geométricos, naranjas, rojos y un poco de negro. Guerard la detuvo por un hombro.

—No me equivoco afirmando que aún no has cumplido dieciocho años, ¿verdad?

Ana Elisa le miró. En la noche, el dueño del club peinaba su espeso pelo negro con una gomina inalterable. Sus párpados se volvían espesas cortinas, llevaba un puro que fumaba perezosamente, como si sólo lo tuviera para sostener una cortina de humo delante de su cara de sapo amable.

—No tengo edad, señor. Una mujer jamás la tiene —respondió, y contuvo una risita ante su audacia.

Guerard la sopesó. Aspiró su tabaco lo suficiente para crear no una cortina, sino una densidad tan impenetrable como su gomina.

—No quiero verte jamás por la sala. Si vienes, te quedas aquí dentro. Al menos hasta que puedas responderle a un agente de policía.


El universo detrás del escenario fue para Ana Elisa un agujero en el telón que la separaba del público, de la realidad, de la vida del club que Guerard espiaba a través de esa mirilla al menos unos buenos quince minutos antes de que se iniciara el espectáculo. Movía su puro entre las manos mientras que sus gruesos dedos abrían espacio todas las noches a nuevos anillos dorados. Ana Elisa, perenne en una esquina, velando los trajes de Joan, cuidando que ningún hilo de la parte reversible perdiera su trazo, esperaba a que Guerard atendiera otros menesteres del Browns y se acercaba a ese agujero rodeada de músicos que iban y venían, el olor del curry y el plátano frito bañado en caña de azúcar, las bailarinas del show de abanicos y los dos payasos que hablaban un *patois* afrancesado y lleno de gestos moviéndose detrás, mientras ella se entregaba a espiar el mejor espectáculo del Browns: la gente.

Lo que ella observaba era sofisticación pura. Más que gente, eran maniquíes, prototipos de una sociedad aún por bautizar. Se llamarían «jet» porque ese avión, ese tipo de transporte, los trasladaría de esta Trinidad a Nueva York sin ningún tipo de traumas. Las mujeres vestían trajes que se adherían al cuerpo como los guantes que tanto trabajo le costaba a Joan conseguir, y se desplazaban entre mesa y mesa, acompañadas por hombres con pajarita y esmoquin, y saludándose siempre por el primer nombre: Nora, Rina, Marina, Nielo, Segres, Düssel, que a veces correspondían a sus lugares de origen y muchas otras se transformaban en sus nombres de pila, como si fueran embajadores de un planeta nuevo poblado de capitales y ríos, mares y marismas.

Ella los veía desde su agujero y eran siempre bellos, pieles impecables, peinados recién terminados, andares flotantes. Todos se estrechaban o besaban las manos y bebían, esperaban a que Guerard saliera a escena y los conminara a un cierto decoro: *«Take your seats, s'il vous plaît, please, sit down»* (1), y con sus bebidas extrañas, mezclas de limas, gaseosas y licores importados, iban acomodándose hasta que el escenario se volvía negro y la música empezaba a oírse como la sirena del barco que al final se apiadaría de todos ellos y los sacaría de ese cuartel de invierno. Y entonces el telón se replegaba.


—Pasas demasiado tiempo esperando por tu amiga —le advirtió Guerard a Ana Elisa—. Tienes que instruirte en otras cosas. En el mundo de la revista la gente no es para toda la vida.

—Pero usted los trata como si así fuera.

—Nunca tuve familia, es por eso. Los considero mis hijos. Me han dicho que eres de Venezuela. Extraño país, siempre parece que va a suceder algo y siempre quedan las cosas igual. Recibo su prensa todos los días —dijo arrojan-

(1) «Por favor, tomen asiento.»

do un saco de periódicos perfectamente atados y ordenados de la última semana.

Ana Elisa no quiso tocarlos, pero sin embargo estaban allí. Se inclinó y lo primero que vio fue, cómo no, una foto de su hermana Irene bajo el titular:

BELLO MATRIMONIO DE LA NO MENOS BELLA IRENE UZCÁTEGUI

Abrió los ojos buscando una mirada amiga. No la había. Sólo esos nombres, esas letras. Uzcátegui. Irene. Bella.

La ceremonia ha tenido lugar en la metrópolis del futuro, Nueva York, donde los contrayentes han decidido fijar su residencia. En Caracas, la madre del novio, la muy querida Graciela Uzcátegui, ha ordenado una misa en ausencia al monseñor Fárrega en la que se espera la presencia de lo más granado de la sociedad caraqueña...

Ana Elisa volvió a observar la fotografía de su hermana. Estaba más rubia, el pelo con menos bucles. Igual que los labios rojos de Crawford en el cartel del cine, el blanco y negro del periódico no conseguía oscurecer el azul de los ojos de su hermana.

«¡A escena!», oyó gritar a Guerard al tiempo que golpeaba las palmas de sus manos repletas de anillos. Joan pasó delante de ella, completamente envuelta en una bola de tela.

—Dios mío, niña, ¿has visto un fantasma? —preguntó.

—No. Joan, estoy tan sólo maravillada.

—No me desees nada, ni siquiera mala suerte, cariño.

Joan besó el aire entre las dos y se partió de risa, enfiló sus pasos hacia el escenario y la música terminó por envolverla. El globo de tela que la cubría cayó al suelo para mostrarla ataviada con un traje vaquero, flecos en la chaqueta y en todo. La música adquirió un ritmo de película de cowboys y sacó dos pistolas de su cinto mientras iba desprendiéndose de la ropa para, poco a poco, magia a magia, pasar a convertirse de vaquero a dueña del salón más divertido del planeta.

Noche tras noche, Joan iba transformándose en la atracción estelar del Browns. Subida a una luna de lentejuelas, cubierta de una larga capa azul, se desprendía de ella y por encima de la luna llovían flores que iban adhiriéndose a su piel hasta dejarla vestida con un maravilloso traje de pétalos. En otras, aparecía rodeada de humo como un monje leyendo libros misteriosos, los arrojaba a la pila de fuego y una explosión de chispas volvía a cubrirla para, al disiparse, mostrar a una monja que se quitaba la toca para quedar convertida en una sor Bernadette glamurosa. En el show de la semana siguiente aparecía sobre un caballo, lady Godiva de Trinidad, tapada con una gigantesca peluca rubia que, en un juego de manos, ella convertía finalmente en largo abrigo de pieles.

En cada actuación, en cada extravagancia, Joan terminaba agradeciendo a su público con el mismo gesto: sus manos cubriendo su pecho y sus partes íntimas como si quisiera guardar en ellos el cariño de su aplauso y, segundos antes de que las luces se apagaran, las dejaba caer mientras volvía a quedarse desnuda sólo con su sexo escondido, protegido, por una bella orquídea.

—Guerard me ha dicho que debería consultar a un endocrino amigo suyo.

—¿Tienes algún problema de salud? —preguntó alarmada Ana Elisa. Joan estaba, como siempre, cosiendo uno de sus trajes espectáculo.

—Ana Elisa, por Dios, qué pregunta. Soy un hombre a los ojos del mundo, y para convertirme en la mujer que deseo tengo que hormonarme. Nunca tendré pechos ni el cuerpo que quiero si no lo hago.

—Pero… no quiero que te hagas daño.

—Guerard me protegerá. Cómo no lo va a hacer si soy su atracción principal. Me ha dicho que ese endocrino me administrará unas hormonas que traen desde Suiza. Ca-rí-si-mas —dijo, separando y gritando cada sílaba con amplios movimientos de ojos y manos—. Pero dentro de menos de un año empezaré a notar los cambios. Y dentro de dos podré ir hasta Dinamarca y… convertirme en mujer.

Ana Elisa no pudo evitar derramar una lágrima ante el miedo, la confusión, el asombro que le provocaba esa conversación.

—No llores, Ana Elisa, vida mía. Sé muy bien dónde me meto.

—Esas hormonas… no son legales. ¿Cómo las consigue ese endocrino? —inquirió, el llanto brotando, desparramándose.

—Pero ¿por qué te asustas tanto? ¿Qué importa de dónde vengan mientras entren en este cuerpo y lo hagan desaparecer?


Paralelo a ese cambio en Joan, Ana Elisa sintió que la isla parecía absorberla hacia un centro ignífugo. Nadaba todos los días, volvía al apartamento situado sobre el local que albergaba el cine a preparar la comida de ambas y revisar que todas las prendas del espectáculo de la noche estuvieran listas. Regaba, mimaba, la orquídea que Joan llevaría entre las piernas. Sinceramente, no crecían igual que en Caracas, faltaba esa humedad que desprendía la montaña, pero Ana Elisa había encontrado un pequeño espacio de tierra detrás del cine, entre la madera del edificio y la arena, donde lograba hacerlas crecer protegidas del sol. Los lunes y martes se quedaba en el cine, sirviendo sus pasteles y contemplando alguno de los estrenos. Pronto vendría *Harriet Craig*, la nueva película de la Crawford. Su Joan se levantaba siempre a la una y devoraba el almuerzo que Ana Elisa preparaba, con huevos, papaya, pan recién horneado y una pechuga de pollo. Volvían a revisar la coreografía y los trucos del número de Joan y a las cuatro tomaban el coche que Guerard enviaba. En esos recorridos del puerto a la parte alta de la isla, Ana Elisa recordaba su trayecto en el autobús escolar junto a su hermana y su amiga Sofía, la ciudad desnudándose como Joan en el espectáculo, mostrándole sus secretos, sus ansias de futuro, las huellas del progreso reflejadas en los ojos de los pobres que construían sus chabolas y las grúas de los edificios que proyectaban su sombra entre ellos. En Trinidad no había construcciones ni obras, pero la vegetación iba cambiando de la aridez de las dunas de la playa hasta la exuberancia de las uñas de danta, enormes hojas dentadas que parecían brotar del sueño y crecer como si fueran guardianes de algún templo chino. A medida que se aproximaban al Browns, las buganvillas regalaban todos los días sus colores y la brisa devolvía el aroma del jazmín mezclado con ese ácido, casi picante de la ruda y la vainilla.

Una vez dentro del Browns, y mucho antes de prepararse para la actuación, Joan se sometía a las inyecciones de hormonas enviadas por el endocrino. Se sentaba en un pequeño sofá instalado al fondo de la cocina del local, se desnudaba sin el glamour de sus actuaciones y apretaba los puños sujetos a las patas de una mesa mientras la aguja penetraba su cuerpo y lo que entraba en ella la hacía retorcerse y gritar como si estuvieran apaleándola. Ana Elisa se refugiaba en la oficina de Guerard, contigua a ese escenario de dolor y comida. Durante quince, veinte minutos, Joan gritaba e iba entrando lentamente en un sopor que la mantenía inerte otros veinte minutos más, mientras la enfermera que administraba el veneno curaba el pinchazo de la inyección, esterilizaba de nuevo la jeringuilla y lo dejaba todo preparado para la dosis del siguiente.

En ese tiempo en que Joan quedaba fuera de combate, Ana Elisa husmeaba en el despacho de Guerard. Estaban siempre los periódicos de Venezuela, del mismo día y, con una semana de retraso, también otros diarios internacionales como el *New York Times* o *Le Monde*. En los de Caracas, Graciela y su segundo esposo, como llamaba la crónica social a Pedro Suárez, eran siempre noticia. Y también la inestabilidad política, el descontento con el presidente Gallegos, ex novelista que según la prensa no tenía idea de cómo ser un estadista de peso. «¡Elecciones generales ya!», clamaban los titulares mientras en las cada vez mayores fotos de sociedad Pedro Suárez y Graciela aparecían en torno a toreros famosos, estrellas de cine mexicano presentes en Caracas, luminarias de la vida social y un hombre pequeño, regordete, ataviado con uniforme blanco de almirante, llamado Marcos Pérez Jiménez.

Pero el verdadero interés de Ana Elisa en el despacho de Guerard no eran esos periódicos. Todos los meses llegaba puntualmente un sobre largo, color manila, con las bellas estampillas de la República Italiana, que siempre mostraban aviones o automóviles. Al dorso, las cinco letras que cada vez apasionaban más a Ana Elisa: «DOMUS.» Y dentro, el ejemplar mensual de la revista de idéntico nombre, *Domus,* que poco a poco se había convertido en mucho más que una revista para ella. Era un todo, una máxima, una biblia.

Guerard consentía a Ana Elisa el tiempo que quisiera en su despacho para leerla, tanto fue así que terminó por concederle tres horas remuneradas para que organizara su correspondencia, pusiera en orden las facturas del local, atendiera llamadas telefónicas de última hora y, entre ellas, reservar cuarenta y cinco minutos para «estudiar» la revista.

*Domus* no era un ejemplar de cotilleos ni un fanzine de adoradores del séptimo arte. Lo que ofrecía era una visión periodística y experta del «arte que encierra en su interior el resto de las expresiones artísticas producidas por el hombre: la arquitectura», como terminaba siempre el editorial del máximo responsable de la publicación, el arquitecto italiano Gio Ponti.

Ante los ojos de Ana Elisa el descubrimiento de esa colección, el de las revistas de arquitectura *Domus,* removió sus más profundos miedos: la vida tiene un sentido si viene acompañada de un talento, un don innato que se entrega a la vida misma para conseguir inmortalidad. Un ciclo que necesita repetirse para sostener la civilización, la cultura de los pueblos, la propia existencia incluso.

Ella no tenía ese talento. Cierto era que podía hacer crecer bellas orquídeas incluso en la orilla del mar Caribe. Cierto que podía mezclar la vainilla y el limón y cocinar maravillosos pasteles que hasta los más sofisticados clientes del Browns devoraban entre gestos de admiración. Cierto igualmente que podía adelantarse al propio tiempo y comprender a personas como Joan, hasta acompañarla en el angustioso dolor de su transformación. Cierto era también que poseía el valor para enfrentarse a Graciela o a aquel espectro lleno de amor y palabras de verdad que fue su madre en la habitación del manicomio.

Joan, por ejemplo, sabía convertirse en un ser centelleante, poderoso en el escenario, que atravesaba las cortinas de pétalos de tela que Ana Elisa vertía sobre ella desde una viga en el techo del escenario del Browns. Cuando la reencontraba en el camerino, los aplausos y silbidos atrapados en los ojos de aquella mujer —sí, porque en esos momentos lo era— exultante, Ana Elisa comprendía que ésa era la recompensa del talento. Un sentimiento efímero, pero que dejaba una huella que necesitaba repetirse al día siguiente, en la actuación siguiente, en la obra siguiente.

Cuando ella fabricó sus sillas tuvo ese mismo gesto de emoción en sus ojos. Pero no fueron tan aceptadas por público alguno como Joan y sus actuaciones lo eran. Se consolaba pensando que no siempre se acierta. Que posiblemente existe un sentimiento, una emoción para cada persona, y que el verdadero éxito recae precisamente en unificar esa emoción, ese nervio sobrenatural.

En *Domus,* Gio Ponti mantenía informado de lo más actual en el mundo de la arquitectura a sus lectores. Ana Elisa empezó a programar su tiempo para disfrutar no ya de cuarenta y cinco minutos, sino de una hora para leer, releer, dejarse llevar por las fotografías, los planos y dibujos de cada uno de los ejemplares que Guerard atesoraba en su despacho. Cada día descubría un arquitecto nuevo y, antes de entrar en la retahíla de nombres que la revista le hizo familiar, Ana Elisa descubrió por sí sola una verdad: todo en la vida tiene un diseño. La naturaleza, para empezar, no es más que una sucesión de dibujos realizados por la mano invisible de Dios, como le habrían dicho las monjas de su colegio en Caracas, o de un cúmulo de coincidencias que permitían, sin ir más lejos, que dentro de los pétalos de una orquídea se formen líneas de un color distinto del de la hoja. En *Domus* comprendió que alguien puede inspirarse en esa flor y crear un jarrón para ella, el fondo de un plato, el asiento de una silla o la propia silla, el sofá también. Y hasta la forma de una casa.

La casa, la casa… La palabra comenzó a perseguirla.


—¿No crees que pasas demasiado tiempo leyendo esa revista? —inició la conversación Guerard, saboreando un último trozo del pastel de queso y maní que Ana Elisa preparaba sólo para él—. No tengo nada en contra de lo que hagas en mi despacho y de que te guste, pero quizá sea mi deber advertirte de que esa revista se publica, se piensa, se lee en Europa, y que pasarán muchos años hasta que todas las ideas que ves reflejadas en ella se realicen en estas latitudes.

Ana Elisa sonrió. Le gustaba la voz de Guerard, era gruesa pero no inspiraba miedo, le venía perfecta a toda su figura: ampulosa, gorda, siempre comiendo, siempre en activo, pendiente de algo pero jamás con urgencia, el sobrepeso le hacía ver todo desde una perspectiva, una calma que para ella era como el mismo mar que los rodeaba.

—Me interesa la información que me ofrece —respondió Ana Elisa.

—Siempre hablas de forma breve, y me dices que absorbes información. ¿Para qué tener tanta si luego no vas a saber cómo compartirla?

Ana Elisa se quedó sorprendida.

—No me gusta aburrir. Y mucho menos parecer sabihonda.

Guerard la miró con la boca llena de tarta. Ana Elisa lo vio como un sapo glotón, salvo por sus ojos, que la inyectaban de un cariño nuevo, nada parecido al de su padre cuando regresaba de sus propias sombras ni el de Soraya cuando se alegró de verla en la puerta de su casa. Era un cariño que parecía irse rellenando de una sustancia dulce, que subía por dentro de los ojos y volvía el blanco del globo ocular en una especie de ola suspendida. Se sonrió y se tapó la boca evitando que Guerard sospechara que se reía de él.

—¿Te hago reír? —le preguntó.

—Es que estaba pensando, cuando me miras así, que los ojos se te iban llenando de mantequilla de maní —empezó a reír muchísimo y Guerard contuvo su risa para al final unírsele. Ana Elisa pensó que nunca en su vida, jamás, se había reído con esa naturalidad.

—Sí, probablemente se me suba la mantequilla de maní al verte. Pero es que me… caes bien. Lo haces todo bien y siempre pareces desinteresada. Me preocupa sin embargo que seas tan… libre. Sí, estás aquí, en esta isla, este cuartel de invierno para desadaptados de todo el planeta, sin ningún tipo de asidero. Vives a la deriva, te sostienes del primer tronco que te traigan las olas. Primero Soraya, luego Joan. Y ahora parece ser mi turno. No voy a permitir que sigas leyendo esa revista sin saber algo más, sin beber de las fuentes. Los clásicos, por ejemplo. Tienes que aprender que si hoy esa revista dice que la rampa es lo más importante en la casa contemporánea, la columna fue una expresión de amor, de entrega, de sabiduría para los griegos y los romanos.

Ana Elisa se quedó maravillada. De pronto observó a Guerard más viejo, más cansado, pero al mismo tiempo su voz, el cariño de su mirada, fueron otorgándole una fuerza distinta, sus gestos seguían siendo lentos y agotados, pero alcanzaban los libros que deseaba mostrarle, sus dedos gordos acariciaban suavemente cada hoja hasta dar con el dibujo, la descripción que quería hacerle. Y así pasaron horas, días, semanas entregados a la tarea de que Guerard permitiera a Ana Elisa comprender que toda educación requiere también de una base, un buen cimiento tal y como hacía ella para cultivar sus orquídeas en la arena: buscaba el sitio, que siempre lo había, donde la tierra absorbiera más agua, protegía ese sitio del sol, procuraba regarlo y darle ligeros golpecitos para que el líquido quedara sellado y se quedaba un rato allí, deseando fuertemente que la flor saliera con el color que imaginaba, hasta que al cabo de unos días se hacía realidad. Con Guerard y su aprendizaje ella entendió que toda creación artística es deudora de otra, que en efecto las columnas griegas inspiraron a la civilización romana y crearon Roma y su maravilloso Panteón, donde la bóveda conjuraba a través de cuadrados en sus paredes un círculo que parecía el ojo solar descargando su poderosa luz sobre el mármol verde y gris de sus suelos.

—Tienes una gran suerte, Elisa, porque prefiero llamarte así, como si fueras una mujer, lo de Ana Elisa es como una muñeca. Y esa suerte es tu habilidad para estar a disposición de los otros…

—Los otros, ¿qué otros? —interrumpió ella, a quien le gustó que Guerard la hiciera mujer al llamarla Elisa.

—A ver si me explico bien, no es fácil: eres un producto del azar, y ese azar te ha sabido sonreír al tiempo que te ha hecho sufrir. Pero hay un momento en la vida en que uno tiene que controlar esa fuerza. Ese momento ha llegado conmigo. Yo podría hacer de ti algo más importante, más auténtico que este local.

—¿Y eso tiene un precio? —preguntó Elisa.

—Claro que lo tiene. Forma parte de un mito clásico: enamorarse de la propia obra y que la obra no quiera enamorarse de mí.


Elisa volvió a descubrir el placer de leer, en inglés, diversas obras, sonetos de Shakespeare y luego *Antonio y Cleopatra*, que fue siempre fascinante porque Guerard le advirtió que el mayor secreto de leer teatro era imaginar cómo

sería la escenografía, qué rostro tendría la actriz que ena-
morara al actor, y le hizo leer en voz alta el monólogo donde Antonio describe la primera vez que ve a Cleopatra y Elisa pudo reproducirlo en un bello tono de voz y un suave
acento deslizándose en su inglés.

—La única verdad en la cultura, en todo lo que puedas
observar en sus vastos confines, es disfrutar con la belleza
que provoca. Parece efímera, es generalmente capciosa y
se alimenta de sentimientos, pero la belleza es la máxima
expresión de las artes, es su destino. No olvides eso nunca.

Pero Elisa detectaba en Guerard una aflicción. Lo veía
sumergido en sus libros editados en Italia y en Londres, llenos de reproducciones de cuadros maravillosos del Renaci-
miento, sus vírgenes envueltas en aquellas capas azules con
el interior verde, una combinación que para siempre le fas-
cinaría, también admirando los grandes retratos ingleses
del siglo XVIII que tanto le gustaban por sus trajes, las bellí-
simas pieles blancas de sus damas, hasta llegar a los catálogos de galerías de París y Berlín mostrando Picassos, Grises, Mirós y Chiricos, todos esos mundos sin forma, o con
múltiples formas, atiborrando la pupila de colores y líneas.
Estaba triste rodeado de toda esa belleza, todos esos nombres por aprender y comprender, y seguía triste. Pasaba la
noche mirando hacia la suave calma del mar bajo la luna, y
llegaba el día, los primeros pájaros volando en perfecta línea a ras del mar, y subía el sol a desplegar más calor y brillo sobre las calles y las pieles, y empezaba a esconderse
siempre por el mismo lado hasta que la noche volvía, y con
ella, los coches delante del Browns, las exquisitas mujeres
emergiendo de ellos envueltas en telas, sandalias de tacón
muy alto atadas por una pulsera al tobillo. La música empezaba a moverse por el local, primero como el humo del tabaco, luego como la serpiente que espera la orden de Cleopatra para atacar, y al final como un ejército que pisotea el

césped del campo de batalla. Joan aparecía entre gritos y aplausos y repetía sus magias de humo, pétalos y orquídeas, y Elisa alcanzaba a verse entre los reflejos del local, vestida de blanco, traje largo, zapatos cerrados, una orquídea en la cintura o apretando firmemente el moño, jamás a un lado de la cara, eso sería para Joan. Y se contemplaba rápidamente en el gran espejo al fondo del bar donde podía verse todo Browns. Seguía teniendo una nariz larga, el puente tan pronunciado, la boca demasiado pequeña, los ojos demasiado separados, pero había algo, algo que Guerard había construido y que todavía no había conseguido definir.

—La razón de mi tristeza eres tú. Así como te miras ahora, ves una mujer que sabe adónde se dirige —le confesó él.

—No, no es verdad, no lo sé. No quiero saberlo en realidad porque, como tú has dicho, me he acostumbrado a dejarme llevar.

—No. Ahora sabes cosas, idiomas, nombres de grandes personas y lo que han hecho. Eso te ha quitado pasividad. Si te dejas llevar es porque intuyes que esa corriente te depositará antes en el lugar a donde quieres ir.

»Cuando hablamos la primera vez éramos dos personas que jamás serían aceptadas en club alguno, tendríamos que construirnos uno, como yo hice con Browns. No pertenecemos a los suyos porque no somos bellos, Elisa. A los hermosos, a los agraciados, les abren los puertas, los invitan, los escuchan. Tú y yo tenemos que hacernos oír.

—Ser diferentes, pero no estrafalarios —dijo ella. Guerard la contempló como si fueran a separarse.

—Has cambiado, ya no eres fea. Eres casi como ellos.

Elisa lo miró, aunque no fuera la primera vez que lo hacía, le impresionó, mucho, comprobar esa tristeza delante, detrás, a través de los ojos de Guerard.

—Tenemos tantas cosas, Guerard. No existirá jamás un

lugar como Browns. No volverás a reunir nunca a toda esta gente.

—Hijos de la guerra, criaturas de la noche enamoradas de un trozo de libertad. Sí, es mi creación. Más que un paraíso, éste es mi cuadro, mi ópera. Y luego quedaras tú. Sí, Browns pasará, alguien inventará un sitio mejor, con menos luz, sin orquesta, sin trajes largos, todos bailando en el medio de la pista. Eso pasará y nadie me recordará. Pero tú serás diferente.

—Guerard… Han pasado seis meses desde que me dijiste que me enseñarías. Yo creo que debo hacer algo para recompensarte.

—No, no lo hagas. No existe peor arma que el deber, el sentir que me debes algo. Sabía dónde entraba cuando te dije que al ayudar a forjarte perdería algo.

—Pero no es verdad.

—Nunca me has dicho que me quieres.

—Porque no me gusta mentir.

El espejo los obligó a mirarse. Aunque muchas veces se crea que el reflejo no es cierto, que es la expresión de la invención, Elisa vio a Guerard tal como era en ese espejo. Y éste confirmó sus mayores tristezas al observar a Elisa. Ella, la reacción, la mujer, el amor, era demasiado para él. Porque estaba viejo, apagado, y su fealdad marcaba todo su rostro, una llama deforme, grande, que se negaba a extinguirse.

De pronto, como si el propio espejo necesitara crear la dramaturgia de ese momento, una verdadera luz apareció entre ellos. La puerta de la entrada acababa de abrirse y varias mujeres, las colas de sus trajes moviéndose en el suelo y en el espejo, dejando un ruido como de hoja alborotándose en el viento, se volvieron hacia esa puerta. Y allí estuvo ese segundo que lo transforma todo, él, vestido también de blanco, una rosa blanca en el ojal de la chaqueta, el sombrero entre las manos y apagando un cigarrillo en el cenicero de la entrada. Guerard apartó su mirada del reflejo y se dirigió hacia aquel hombre mientras Elisa continuaba contemplando el cuadro viviente en el espejo. Algunas personas empezaban a saludar al recién llegado al tiempo que Guerard llegaba para tomarlo del brazo y conducirlo hacia la barra. Elisa creyó recordar algo, pero ese recuerdo desapareció, como cuando una ardilla corre por el tronco del árbol y se confunde con las ramas. Sintió un nudo que se formaba en su estómago y vio a Guerard acercarse con el caballero. Sus ojos, los de ese hombre, eran como otro espejo donde ella empezó a verse mirándose y siendo mirada. Eran verdes, muy grandes, sí. Más que hipnotizarla, esos ojos iban devolviéndole trozos de su vida, sí, a ella misma, asombrada ante las primeras orquídeas, a ella despidiéndose de Caracas a bordo del barco que la trajo a Trinidad. Y ahora a ella bien vestida, segura, tranquila pese a que el nudo en el estómago se abría y cerraba. El rostro del caballero estaba muy cerca del suyo en el espejo, y sintió el brazo de Guerard. Y antes de volverse miró por última vez ese espejo y descubrió en el fondo de esos ojos, los del hombre que empezaba a sonreír y a extenderle su mano, la palmera que el viento quebró en la casa de sus padres.

—Quiero presentarte a Hugo Hernández. Es venezolano, como tú.

Elisa vio la sonrisa y echó su cuerpo ligeramente hacia atrás. Todo brillaba en el espacio entre los dos, partículas, más que polvo, como diminutos insectos bailando frente a ella. Y detrás de esa cortinilla estaba su sonrisa. En torno a él, un olor de naranja, de madera, quizá el aire del mar antes de cerrar la puerta. Era tanta la armonía y la sensación de masculinidad que ofrecía el caballero que Elisa tenía totalmente clara la sensación de que podía pasarse la vida entera admirando la nueva belleza que acababa de llegar, una vez más, a ella.

## 13

Trinidad era otra bajo la lluvia. La arena se volvía lodo y el fango adquiría vida propia, se levantaba sobre dos piernas que volvían a deshacerse y de nuevo a levantarse, como si el monstruo tuviera voluntad de erguirse y echar a andar. Elisa lo miraba protegida desde el salón vacío del Browns, a salvo entre las paredes de cemento del local mientras contra los cristales chocaban el viento, las hojas y ramas de los árboles que caían vencidos. Entre el lodo, las ramas y los rayos, Elisa miraba a gente casi sin ropa, descalza, aterrada, que intentaba acercarse al porche del club. A algunos, que reconocía y que Guerard permitía auxiliar, les abría la puerta. Uno de ellos era Alphonse, el hermano de Soraya.

En un principio, una vez dentro, mientras Elisa preparaba una taza de té de menta, Alphonse no podía reconocerla.

—Usted es una mujer, a quien conocí fue a una niña —le dijo.

—¿Una mujer? Te agradezco el cumplido, pero apenas acabo de cumplir diecisiete años. Para muchos sigo siendo una niña.

Elisa vertió el té con delicadeza y precisión. Había agregado unas ramas de canela y espesado un poco la leche para que se convirtiera en remedio perfecto para las gripes que la lluvia dejaba en todos los isleños. El olor los invadió y ofreció todavía más cobijo.

—Soraya murió hace dos meses —empezó Alphonse, y Elisa no pudo ocultar, más que sorpresa, una inmensa sensación de abandono—. No se eche a llorar, señorita Elisa. Enfermó sin que pudiéramos darnos cuenta. Un día apareció con algo muy gordo en el cuello que empezó a crecer y crecer y a asustarla. Unos amigos de la fábrica de cemento donde trabajé nos indicaron un médico que podía diagnosticarla. Nos dijeron que era cáncer. Y no había mucho que hacer. Administrarle morfina hasta que un día Dios quisiera al fin llevársela.

Elisa observó el agua quieta del té en su taza.

—Como no... supe nada...

—A veces en la vida creemos que las cosas se acaban, y en realidad se suspenden en el tiempo hasta que una lluvia como la de hoy me devuelve a usted, señorita Elisa. Ella la nombraba mucho, en medio del dolor, o cuando se quedaba ida en las brumas de la morfina. Recordaba recetas, palabras suyas. Y un nombre —Alphonse la miró—: Gustavo Uzcátegui.

Elisa sintió el escalofrío traspasar sus manos y crear una grieta sobre el líquido en la taza. Como cuando alguien dibuja sobre una página en blanco una línea divisoria y destruye la pureza del papel.

—¿Dónde la han enterrado? —preguntó—. Me gustaría dejar unas flores en su tumba —agregó Elisa.

—No hay tumba, señorita Elisa. No teníamos dinero. Mis hermanos y yo la llevamos dentro del mar y... la dejamos allí. Le agradezco el té, ha dejado de llover y debemos aprovechar para llegar hasta nuestra casa y ver si sigue en su lugar —dijo Alphonse.

Elisa lo vio de pie y constató que había perdido esa vitalidad que desprendía cuando vivía junto a su hermana en

Fairview Road. Le acompañó hasta la puerta y decidió abrazarlo.

—Por su visita, Alphonse, entiendo que Soraya ha querido decirme que siempre me querrá. Y yo también a ella.

Lo vio alejarse por entre la arena convertida en montañas que se deshacían al paso del sol que luchaba por abrirse un hueco entre los nubarrones. Las olas descendían en tamaño y los árboles parecían respirar aliviados. El olor era extraño, de tierra batida, de cangrejos desorientados, almejas abiertas y expulsadas de la profundidad del mar, un caballo que salía de una choza destrozada y echaba a andar en medio de ese paisaje quebrado, paja encima de los árboles, troncos envarados en paredes desencajadas. Alphonse se perdió entre gente que, como él, intentaba regresar a sus hogares con la preocupación de si continuaban en pie. Y Elisa comprendió que Trinidad se le llenaba de muertos, de peligros, de deseos de terminar y moverse.

Entonces oyó la voz, suave y fuerte, como si su padre hubiera regresado también de esa tormenta que le segó la vida. Y vio entre los árboles rotos la figura delgada y fibrosa, el pelo alborotado, las manos grandes aplacándolo y los dientes reluciendo sin llegar a convertirse en una sonrisa, sino un gesto que le devolvía seguridad. Sintió ese nudo en el estómago, abriéndose y cerrándose.

Fue la primera vez que ella dijo «Hugo» y dejó caer los párpados para imaginar un beso. Cuando los abrió, él estaba allí, mirándola. Y sin necesidad de más palabras, cumplió su deseo y la besó.


Hugo Hernández, Hugo Hernández, Hugo Hernández. «Nadie sabe nada de él salvo que esconde millones, tiene pocos amigos, no se le conoce ningún amor a excepción de su barco y su gusto por dejarse ver en el Browns, con todas las mujeres esperando que sus ojos queden atrapados en sus miradas…»

¿La había escogido a ella? ¿O era la naturaleza, el embate de la lluvia, la soledad de su paso, el lodo retornando a su normalidad de arena, las hojas devolviendo al suelo las gotas de la tormenta, lo que había creado ese fenómeno, amor, beso, un nombre en sus labios? Hugo. El beso continuaba y Elisa imaginaba palabras con las cuales prolongar ese extraño acercamiento. Pero no podía decirlas, sólo pensar «¿Por qué a mí? ¿Por qué está aquí, después de la lluvia, besándome el hombre más apuesto que he visto en el Browns y en mis sueños? ¿Seguirá siendo guapo después de besarme?», se preguntaba también, y quería abandonar el beso y mirarle, pero le daba miedo de que al hacerlo todo se desvaneciera.

«¿Por qué a mí?, ¿qué ve en mí?», continuaban las preguntas apretándole en el cerebro, como una puerta que no termina ni de cerrarse ni de abrirse. Una duda que no se atreve a confirmarse.


—Te llamas Elisa, ¿verdad? —dijo al fin, cada palabra, cuatro en realidad, como chocolate derritiéndose sobre el pastel.

—No. Pero es como prefiero que me llamen —respondió—. ¿Cómo lo sabes?, ¿quién te lo ha dicho? —agregó de inmediato.

—Conozco a Guerard. Me ha ayudado mucho —hizo una pausa para mirarla y Elisa se mordió un labio, no pudo evitarlo, todo era demasiado rápido. Ahora lo miraba y seguía siendo bello, y sus ojos le devolvían la misma curiosidad, el mismo deseo de pararlo todo y echarse a nadar después de la tormenta. Y salir, juntos, más allá del infinito del océano y seguir juntos, sin necesidad de preguntas ni de promesas—. Te decía que Guerard me ha ayudado mucho. Soy… una alma errante. Voy y vengo por este mar desde hace casi cuatro años. No estoy huyendo de nada que no sea mi destino… Pero habrá tiempo para explicarte todo eso.

Le sonrió con esa magnífica dentadura, esa embriagadora seguridad, esa nueva palabra golpeando las paredes de su cerebro: amor, amor, amor. Pero Elisa sintió que no, que necesitaba más explicaciones y, también, averiguar qué podía saber él de ella. Guerard le había dicho que Hugo era venezolano y éste acababa de confesarle que llevaba cuatro años vagando por el mundo. La fiesta de quince años de Irene había sucedido hacía ya casi tres, y ahora para Elisa era vital descubrir si el deslumbrante galán que acababa de besarla tan hondo, tan intenso como en un mismísimo filme de Joan Crawford, había oído hablar de la muerte de Gustavo Uzcátegui, de la puesta de largo de Irene Guerra o de lo que en ella sucedió. Y también quería saber muchas cosas más.

—¿Por qué has aparecido justo ahora? —preguntó, apresurada, mordiéndose los labios, presintiendo que su cojera volvería con la misma rapidez que todo lo que le estaba sucediendo y la haría perder el equilibrio delante de Hugo.

—Porque éste era mi momento, el que he estado esperando. Siempre estás rodeada de gente. En el Browns, con tu amiga Joan —y la miró con un gesto malicioso que en un principio molestó a Elisa, no le gustaba que se burlaran de Joan… Pero, curiosamente, optó por ignorarlo en Hugo—. Y cuando no estás con ella estás protegida, vedada a todos por Guerard.

—Me ha enseñado a tener fuerza para un encuentro como el que acabamos de vivir —atizó Elisa.

—Te decía precisamente que es él quien me ha hecho… interesarme por ti. Me ha hablado de tu afición a la lectura, de tu amor por la arquitectura. Me ha dejado ver que eres diferente, distinta de las demás.

—¿Y quiénes son las demás?

Él la escrutó en silencio. Elisa temió, siempre en silencio y procurando que ninguna sombra en su mirada la delatara, que la magia que la lluvia dejaba al escampar se esfumara por su curiosidad o esa necia necesidad de saber algo más de lo que la propia naturaleza consiente en regalarte. El hombre más bello del Browns, el príncipe que muchas mujeres analizaban y cortejaban acababa de besarla y estaba allí diciéndole que ella, sí, ella, era distinta de las demás.

Hugo se separó un poco y respiró hondo.

—Yo no necesito hacerte preguntas —declaró, y la sonrisa de dientes grandes afloró—. Y ya te he dicho quién soy. No creo que haya que explicar los besos. Sólo los negocios deben aclararse al principio para que no perdamos fama de caballeros. Y sé que no tengo tiempo para conocerte más. No lo necesito. Ya te conozco y sé también que éste es sólo el primer día de nuestra vida.


Hugo Hernández, como bien había dicho, había llegado a Trinidad escapando de sí mismo. O buscando la fuerza suficiente para volver a ese sitio que le había expulsado. O traicionado. Todos a quienes Elisa podía preguntar tenían una versión distinta, pero como bien le había advertido Joan, «todo el mundo estará de acuerdo en una cosa: si vas a enamorarte por primera vez, no lo hagas de él. Es demasiado atractivo, demasiado caballero y demasiado misterioso». «Tonta —se dijo—, ¿para qué preguntas si ya estás enamorada?»

Sólo pedía hablar un poco más, pero entendió que conversar era innecesario cuando el amor cubría las paredes, se extendía al mar, salpicaba sus pasteles, se colaba en sus lecturas en el despacho de Guerard, que con sus manos juguteando con sus mil anillos la sonsacó mientras ella disimulaba anotando apuntes sobre un libro de Van Gogh.

—Estás enamorada de él. Vas haciendo preguntas —empezó Guerard—, pero evitas hablarlo conmigo.

—Lo evito porque creo que tú lo has diseñado todo. Le has hablado a él de mí y me has dejado entrar al salón del Browns pese a que soy una menor.

—No eres una menor. Sólo legalmente, y hace años que la ley me cansa. Eres una mujer interesante y no sé si debo subrayártelo, porque ya te lo habrá dicho, ésa es tu diferencia. Y en el universo, el raro y el convencional, el que tiene algo distinto, es el que triunfa.

Elisa dejó el libro a un lado.

—Es como si tú me acercaras a él.

—Porque tu aprendizaje culminó, Elisa. Hace tiempo supe que no podía pedirte que me aceptaras como algo más que un bienhechor. Déjame, al menos, ofrecerte ese poco de riesgo y acercarte al único amor verdadero, el que no hace preguntas, sólo avanza, a veces hasta sin mirar atrás.

\* \* \*

Estaba de nuevo allí, detenida frente al espejo del Browns donde él apareció como una estrella de cine en medio de una buena película, la de su vida. Mientras Guerard se apartaba para cederle protagonismo y ella podía verse convertida en Elisa, vestida de blanco, serena, alta, los rasgos de su cara transformados en la seña que la acompañaría siempre. Así se miraba ahora, esperando que el tiempo pasara y volviera la noche y la puerta del Browns se abriera de nuevo para verlo entrar, hoy de azul marino, ayer de blanco, mañana de negro. Acercándose hasta ella a recogerla de ese rincón a la izquierda del espejo y llevarla hacia la baranda del paseo, de nuevo delante del mar, la música de la orquesta perdiéndose entre los helechos que colgaban. Hablaban de los cuadros que ella admiraba y había descubierto gracias a Guerard. Él la escuchaba describirlos, a veces sonriéndole, otras sin apartar los ojos verdes. Y ella continuaba hablándole de lo leído en el *Domus* recién llegado, los nombres que aprendía de los arquitectos del siglo, como los bautizaba la revista: Mallet-Stevens, Le Corbusier, Eileen Gray y sus pantallas lacadas, y un hombre maravilloso: Mies Van der Rohe. Y le confesaba que jamás olvidaría esas noches, esas conversaciones, porque al fin podía hablar con alguien de cosas que le significaban pasión.

—Porque yo te escucho con pasión, Elisa.

Aferrada a esa frase, ella prosiguió:

—Pero me asusta pensar que todas esas cosas… hayan aparecido aquí, en esta isla que a nadie parece importarle salvo a nosotros. Y que al existir sean como anclas, manos que nos retienen delante de este mar y que jamás podamos salir de este lugar.

—¿Crees que ha llegado el momento de irse? —preguntó Hugo.

—¿Cómo lo puedo saber, si no supe tampoco por qué vine aquí?

—Venías a buscar a Soraya. Y la encontraste. Y a Joan. A Guerard. Y, al final, a mí.

—¿Tú no piensas volver nunca?

—Contigo, si aceptas casarte conmigo sin preguntarme por qué ni adónde iremos.

\* \* \*

—Entonces no hay nada que preguntar, amiga mía —Joan hablaba terminando de aplicarse la capa de maquillaje blanco para su show.

Elisa terminó de colocar una horquilla en el peinado, imitación de uno de Joan Crawford, que parecía sujetar en un solo punto todas las hebras de esa monumental cabellera y pensó, haciéndolo, que seguramente en la cabeza del peluquero de Crawford yacían las mismas herramientas. ¿Qué puede ser más virgen, más reina, más mártir que una protagonista persiguiendo el amor y la felicidad en kilómetros de celuloide? A lo mejor así era ella también, peinando a Joan por última vez, esperando que la puerta se abriera y ese hombre, ese único amor en la vida, la tomara por el brazo y llevara carretera arriba.

—Lo que te está sucediendo es lo que todos soñamos, Elisa —continuaba, Joan—. Que aparezca alguien en el momento más inesperado y tú misma lo veas venir y sientas que el cuerpo te pide: quédate, no te muevas, no preguntes, no quieras saber nada más que esto que te está pasando.

—Avanzar… así sin más, sin dudas, sin preguntas —repitió Elisa como si en realidad hablara en voz alta.

Joan fue hacia ella y la abrazó igual que una gran mamá. El perfume de miles de gardenias apretadas en su pecho, como una cruz que concentrara toda la fe del mundo, pareció encerrarla en una caja. Con sus dedos fuertes terminados en uñas de rubí, Joan acarició el pelo de Elisa. Juntas eran como dos hermanas que se abrazan antes de emprender viajes separados.

—Trinidad terminará pronto, Elisa. En tu vida y en la mía. Ya nos ha dado todo lo que nos podía dar. Tú marcharás mujer y casada. Yo, a medio hacer, dispuesta a atravesar el océano para conseguir mi sueño. No hay nada más que discutir. Tenemos la suerte, la inmensa suerte, de ser criaturas del camino, como tantas veces nos ha dicho Guerard. Y, como tales, seguimos adelante creyendo, hija mía, que el día que miremos atrás será para reencontrarnos, al fin convertidas en todo lo que soñamos cuando estuvimos juntas.

* * *

Elisa avanzó en el salón del Browns y vio que la decoración había cambiado. Un gigantesco árbol de Navidad, totalmente decorado en blanco, dominaba el centro. Todo donde el ojo depositara su mirada era blanco: manteles, sillas, columnas, el marco de los espejos, la orquesta (los trajes, los músicos seguían siendo negros), los vestidos de fiesta de las damas y las chaquetas de los caballeros del Browns, las serpentinas y los antifaces, los matasuegras que celebrarían la entrada en un nuevo año, un 1950 cargado de amor y una nueva vida para ella. Las sortijas en las manos de Guerard. El esmoquin de Hugo. Y sus maravillosos dientes. Solamente ella era disonante. Su traje de esa noche era rojo. Curiosamente, jamás había vestido ese color, lo encontraba tan diferente, demasiado estrafalario, pero cuando Joan lo señaló se rió, y la risa le inspiró confianza, todo iba tan de prisa alrededor de ella que vestirse de rojo para el día de su boda parecía justamente lo menos importante. Hugo la rodeó con sus brazos justo cuando sonaban las campanas que anunciaban las doce y por encima de ellos empezaron a volar globos blancos que subían hasta el techo del Browns, o escapaban por las ventanas, o quedaban sujetos por las manos de los presentes. Elisa continuó riendo junto a él, por primera vez en su vida se sentía niña, asombrada ante un truco de circo, maravillada ante la gravedad desafiada, enamorada de verle sonreír y besarla. La orquesta empezó a sonar, primero un vals y luego los típicos corchetes agudos e invitantes del calipso. Las parejas dejaron escapar sus globos y sujetaron sus cinturas, dejándose llevar por la música como ella se dejaba llevar por los besos de Hugo. Y entonces Joan apareció en escena, totalmente vestida de blanco, un cinturón de falsos diamantes apretando su mínimo talle y brazaletes y pendientes de las mismas piedras haciéndola brillar mientras sus labios rojos seguían línea a línea la canción de amor que interpretaba otra voz pero a la que ella otorgaba su indiscutible poderío en el escenario.

Cuando hubo terminado, todas las luces se apagaron y un foco reptó por el suelo hasta ir cubriendo con su potencia a Elisa y a Hugo, abrazados, sonrientes, encandilados y expectantes. Guerard se colocó entre ellos y dejó espacio para una cuarta persona, a quien presentó como el letrado Smith, notario de la ciudad, quien leyó rápidamente a Hugo y a Elisa sus derechos y citó un breve poema donde se hablaba de las puertas de un templo que están sostenidas por dos columnas que velan por ella y jamás se doblan ante adversidad alguna. Elisa sólo veía los dientes, la sonrisa de Hugo, y Hugo sólo veía los ojos de Elisa, cuando los dos dijeron al unísono «*I do*» a la pregunta en inglés del notario Smith de si aceptaban casarse el uno con el otro.

El aplauso que siguió volvió a generar más globos blancos volando por encima de los novios, la orquesta regresó al calipso y Joan consiguió llegar hasta Elisa para abrazarla y susurrarle al oído algo que ella no pudo entender. Guerard llevaba a los novios hacia la puerta del local mientras dos fornidos negros, moviendo sus labios para decir «*congratulations*», iban abriendo lentamente las puertas, que Elisa imaginó como las de ese templo en el cual acababa de convertirse y al que también abandonaba para siempre. Y delante de ellos, los árboles mecidos por el viento de la playa, el olor de la ruda y la vainilla por última vez, la sombra de Soraya guiando su mirada hacia el mar, Hugo besó a Elisa y detrás de ellos estallaron cientos de fuegos artificiales que escribieron sobre el cielo sus nombres y luego iban convirtiéndose en orquídeas moradas, azules, amarillas, que desaparecían entre las estrellas.

Avanzaron por un improvisado muelle de maderas blancas, los músicos siguiéndolos con el calipso diciendo en sus canciones que el amor era una oportunidad, un viaje sin preguntas, un tiempo suspendido entre el agua y las estrellas. Y sin poder pensar nada más, Elisa se vio abrazada a Hugo, su esposo, en la proa del barco, delante de Guerard, Joan, los músicos, las damas y caballeros, el mismo Browns alejándose de ella, los árboles que lo rodeaban cerrándose a su alrededor para protegerlo, conservarlo así para siempre en su memoria.

# TERCERA PARTE

# 14

¿Qué es la memoria? Preguntárselo así, mientras el mar iba convirtiéndose en infinito, era igual que abrir la escotilla, plantarse en medio de la proa, arrimarse a la borda, mirar hacia toda esa líquida inmensidad y cuestionarse igualmente ¿qué es el amor? Pero allí, donde estaba, ambas preguntas sabían de antemano que no obtendrían respuesta.

Con respecto a la memoria, tenía ya demasiados recuerdos acumulados en sus escasos diecisiete años de vida. Y no hacía más que enumerar los que le resultaban importantes, vitales para darse cuenta de que los que decidía detenerse a saborear eran los más fútiles, los que sucedieron más rápido. Como cuando descubrió a gente pobre debajo del puente por donde pasaba su autobús escolar. O la primera vez que vio a Joan al terminar el pase de *Daisy Kenyon* y las dos señoras de las butacas traseras murmuraron «Es un hombre». ¿De qué se componía realmente la memoria, de recuerdos o de personas?

Entonces sí se preocupó. En los últimos cinco años no había dejado de acumular a su alrededor personas, sus rostros, sus frases, a veces incluso sus cariños o sus odios. También desde que había llegado a Trinidad. La pobre Soraya, que le abrió su casa y la acogió para que ella, al final, se lo pagara marchándose hacia el universo mágico, irrepetible, del Browns. La misma Joan, que al principio fue todo emoción, garra, un desafío permanente y terminó siendo un número más, bello y sofisticado, pero al igual que los fuegos artificiales de su boda, un elemento, quizá el que más brillaba, del decorado que fue Browns. ¿Volverían a encontrarse otra vez? Y Joan, ¿sería al fin completamente Joan, estrella rutilante de algún cabaret francés y no una atracción de circo moviéndose entre Trinidad, los lupanares de Santo Domingo y los burdeles y casinos de La Habana? Y ella misma, Elisa, ¿quién sería cuando volviera a encontrarse con esa maravillosa Joan? ¿Una dama, una señora vulgar, una coja atrapada en sus memorias?

Oyó al otro costado del barco una música familiar. Una canción lenta, suave, la aguja del tocadiscos portátil intentando superar el vaivén de las olas. Sonrió, invadida de una felicidad que bautizó como cotidiana. La vida con Hugo era exactamente un equilibrio similar al de aquella aguja sobre ese acetato atravesando todo ese mar, pero empeñada en seguir haciendo sonar su melodía.

La letra que acompañaba a aquellas notas era también una vieja conocida. Cantada en castellano, hablaba de un amor imposible, pero fue la voz la que despertó esa nostalgia acompañada de la certeza de que ya la había oído antes. Y de repente, siempre un flash, siempre la visión de algún animal extraordinario volando a ras del agua o emergiendo rápida y sostenidamente, recordó esa voz. Era la amiga cantante de sus padres, la esposa de aquel pianista que iba a sus cenas y luego a las primeras fiestas de Graciela Uzcátegui. Y no recordaba su nombre.

—Azucena Nieves —dijo Hugo, extendiendo sus brazos hacia Elisa, todavía inestable moviéndose a través de la proa.

—Era amiga de mis padres. Tenía poco más de cinco años, mi hermana uno más, y venían a cenar a mi casa y siempre terminaban cantando esas canciones.

—Se llaman boleros, mi vida. Y es mejor escucharlos

enamorado, porque no hacen más que hablar del desamor
—explicó con esa sonrisa suya, dueño del mundo, irónico,
amigo y peligro, todo al mismo tiempo.

—Incluso se pueden bailar —respondió ella, de pronto
experta en el juego favorito de Hugo, sustituir una frase
por una acción siempre más interesante.

Empezaron a bailar, Elisa sintiendo el cuerpo fuerte,
compacto, de su marido contra el suyo, mucho más delicado
y a veces temeroso, el olor del vello en su pecho. Sus labios
repetían la letra de la canción, «estas palabras de amor que
nunca son suficiente, ni perdón, ni sueño, sólo palabras para
ti, amor mío, lágrimas en la arena…», y rozaban los suyos
mientras sentía que los ojos se cerraban y abrían sin ningún
concierto y, cuando esto último lo efectuaban, siempre estaban los del él al acecho, mirándola, tan verdes, cargados de
emociones, de eterna seguridad frente a los de ella, que le
miraban superada, o simplemente siendo, estando, yendo.

Para qué hacer más preguntas. ¿Que ya no era coja?
¿Que volvería la cojera? ¿Que se acercaban a Caracas, esa
ciudad de la que ambos habían escapado? ¿Y por qué huyó
Hugo de esa ciudad? ¿De dónde había salido todo ese dinero que le rodeaba? Ese barco, los tesoros que albergaba, su
inmaculado aspecto… ¿De dónde procedían? De alguna
parte, parecía responder la propia canción. Ya llegará el
momento de hacer las preguntas y obtener las respuestas.
Por ahora, como le había dicho Joan, como le había enseñado Guerard, como le sugería la intérprete en la canción
que escuchaba a través del agua, el vaivén del mar, el lento
caer de la tarde, «siempre déjate llevar, por la marea o la
neblina, los pasos, las lágrimas en la arena…».


Iban, pasaban lentos los días acompañados de sus silencios, sus observaciones y todos aquellos animales maravillo-

sos que se les mostraban a lo largo de las horas como si fueran actores, magos, payasos contratados por Guerard para animarles el viaje. Primero las medusas ahítas de calor al despertar el día, al principio transparentes y viscosas, y al cabo de unos minutos anaranjadas, rojas, igual que el sol que empezaba a colocarse encima de todos. Mientras que nadie las tocara, eran sólo peligrosas en lo que se sabía de ellas, nunca en apariencia, como hojas acuosas que cambiaban de color dentro del azul oscuro y penetrante —como los ojos de Irene— del mar, en la primera hora de la mañana. A las nueve hacían su aparición los delfines, locos de risa, animados, invitando al baño, el gris de sus pieles también azulándose con el vigor de su nado. Iban en grupo, se separaban, hacían coreografías que Guerard adoraría, volvían a separarse, desaparecían y reaparecían unas millas más allá, muertos de risa, jamás cansados. A las once era el turno de las ballenas, completamente señoriales, primero una, la guía, inadvertida bajo la superficie del mar hasta que se oía el grito de alguien de la tripulación: «Una ballena, señor. Al fondo», y Elisa y Hugo se acercaban a la baranda y la miraban, levantando primero la cabeza y avanzando así, quién sabe si hasta dos millas de un solo coletazo para luego sorprenderlos exhibiéndose en una asombrosa secuencia de emersión hasta que la descomunal cola irrumpía sobre el mar como un misterio, un abanico, una palmera de piel, sal y fuerza. Dos, tres, hasta seis u ocho venían de ese horizonte sin esquinas y nadaban en una misma dirección hasta la una de la tarde, en que desaparecían y el mar se quedaba en quietud.

—La hora de los piratas —decía Hugo entonces con una media sonrisa.

A plena luz del día se sentía miedo en todo ese silencio. En el barco se servía el almuerzo, siempre frugal, pescado, preferiblemente el muy rojo pargo que luego verían junto a los tiburones pequeños hacia las cinco de la tarde. Ensalada de lechugas, que el propio Guerard envolvió en el periódico de Trinidad y colocó junto a unas hojas que absorbían frío, tomates conservados en el mismo procedimiento y aguacate, que Hugo adoraba y Elisa aprendió a comprender. La vajilla era exquisita, y ella había visto una similar en casa de los Uzcátegui. Porcelana muy fina, una débil línea azul bordeando toda la orilla del plato y la doble «H», las iniciales de su marido, en el medio. Igual que en la cubertería. Y él frente a ella otra vez, la sonrisa, el silencio de los piratas.

Pero no les daba tiempo a pensarlo, porque pronto empezaba el atardecer y extraños pájaros, capaces de volar sobre el mar horas y horas, planeaban por encima del agua.

—Eso significa que hay barcos cerca. Huelen la comida, la carroña, nuestros muertos, como las hienas. Luego descansan en alguna roca que conozcan, a veces un islote que los acoge en un silencio cargado de complicidad.

Elisa lo escuchaba, esa voz profunda, las palabras formándose lentamente para agonizar también lentamente entre los dos. Estaban en el salón contiguo al camarote principal, las persianas medio echadas y la luz del final del día colándose entre las rendijas, proyectando líneas en sus rostros que no eran completamente horizontales, que se agitaban, como una pequeña proyección de la marea. Se besaban, se acariciaban, los ojos, las pestañas, la nariz, el fuerte dibujo del mentón en Hugo, más delicado pero igualmente firme en Elisa. Su cuello, de nuevo dejando escapar ese olor que parecía un bramido apagado y el de su esposa, blanco, terso, largo también, de nuevo dejándose llevar. Él la desnudaba y ella sentía su pecho estremecerse bajo su vello, él continuaba quitándole la falda y ella arqueaba su espalda y sentía el calor encima de su piel, la última llama de la tarde avanzando en la madera del suelo, rápidamente un rastro de sal suspendido sobre ambos, y abría los ojos para ver en las paredes del recinto cabezas de águilas, cebras, toros, venados que podrían asustarla, pero la mano de Hugo, la izquierda, le cerraba los párpados y la otra la acariciaba cerca del ombligo y bajaba entre sus piernas, y poco a poco iba riendo, luego sacudiéndose, arqueándose lenta, agitada, lenta otra vez, y volvía a abrirlos para verlo encima de ella, sus pupilas clavándose en las suyas al igual que su lengua en su boca, y su miembro, directo, como la misma quilla del barco cortando el agua allí fuera mientras la tarde acababa de terminar y la noche era tiburones y animales azules que se confundían.

Cenaban en cubierta, los dos camareros disponiendo de nuevo los manjares para la noche. Ostras para él, cangrejo para ella. Así, día tras día hasta que Elisa comprendió que no existía mal en el peligro, que si alguna vez una ostra se le indigestaba era cuestión de suerte y que el amor quizá era como esas ostras, a la espera de una buena o una mala oportunidad.

Y hablaban. Sin saber dónde terminarían.

—Sólo te pido una cosa, que no me cuentes nada de ti y no me pidas que te cuente nada de mí.

—Pero ¿y si alguna vez necesito hacerlo para que entiendas algo de lo que haga ahora? —preguntó Elisa.

—Todo lo nuestro es ahora. Y sus explicaciones son nuestros actos.

—¿Y si necesitara compararte? —siguió preguntando.

—Es que no me amas de verdad, pero Elisa, yo no necesito que me expliques tu amor ni que me lo demuestres. Te concedo este poco, sólo este poco de mi pasado. Nunca me ha preocupado el dinero. Es la única cosa que he tenido clara desde el principio. Mi padre lo tuvo por sus tierras.

Mi madre, por el petróleo. Y yo, su primer y último hijo, porque jamás me equivoco en un negocio. Y aunque digan que amor y dinero son distintos e iguales, creo que sé dónde está la línea que los diferencia.

—¿Dónde? —insistió en preguntar, rápida y dejando mostrar su orgullo ante su audacia por hacerlo.

—En nosotros. En este matrimonio —respondió él con su sonrisa, acariciando los cabellos de su esposa con aquellas manos gruesas y sabias—. Y todo el tiempo que dure será la extensión, maravillosa o triste, de esa diferencia.


En el último día de su travesía, a tan sólo uno para llegar a Venezuela, Elisa volvía a estar allí en esos tres escenarios, la proa, el salón rodeado de animales disecados en una taxidermia que desafiaba el salitre, y la terraza frente al camarote, donde podía ver el desfile diario de criaturas marinas bajo el sol. Y en su camarote, con las sábanas también bordadas con la doble «H» en el lecho junto al armario de marfil empotrado de Hugo con sus trajes de capitán, el blazer azul marino y el de lino, el gris para los negocios, un esmoquin negro y también el blanco, con el que se casó en el Browns. Las manillas de las puertas eran también una «H».

Del otro lado de la cama, su propio armario, también empotrado, también marfileño. Dentro, la ropa que preparó para ella antes de la noche de bodas: dos camiseros de falda larga y con cinturones a juego, uno beige, otro color hueso. Dos vestidos largos, uno violeta, con un cinturón de mariposas de plata y un poco de lentejuelas, otro idéntico en un malva clarísimo, sólo que las mariposas eran dos grandes flores, más rosas que orquídeas, de brillantes. Su traje de novia, ya envuelto en el papel de seda en el que permanecería para siempre. Y dos conjuntos de chaqueta y falda, uno con aire marinero, de falda de rayas blancas y azules, y otro color arena, para estar en la proa durante las primeras horas de la tarde o desembarcar en La Guaira si llegaban a primera hora del día o hacia las doce. Debajo, la colección de zapatos. Sin tacón y de color azul pálido para la falda a rayas, prácticamente del mismo tono arena para el otro conjunto. Sandalias negras de atarse al tobillo para los dos vestidos largos, cerrados y en la misma tela del traje de novia los últimos. Y, novedad de novedades, zapatos altos con cuña de esparto, cubiertos de una loneta resistente al agua y que podía llevar durante el día con los camiseros. Además, tres sombreros reposaban en el tablón superior. Uno marrón claro, que parecía de cazador, para el día; otro oscuro, de loneta resistente e impermeable por si arreciaba una tormenta mientras caminaban por la proa, y uno más elaborado, una pamela del mismo tono del mar con una flor de tela celeste en el frente, por si deseaba agregar un toque más Joan a su estilo.

Así pasó la última jornada del viaje, rodeada del lujo diseñado por Hugo, exquisitamente devorada por sus besos al amanecer y por la experiencia de sus manos, cabellos y el suave ondular de su miembro en la tarde, la música de aquella cantante de su infancia envolviéndolos, los animales cambiando a lo largo de las horas y la memoria, esa memoria que al principio la atormentaba, convirtiéndose en una costumbre que le hacía asumir todos esos lujos y bienes como si estuvieran de vuelta en su vida tras un periplo prolongado y desorientado. En ese límite del deber y el amor, Elisa comprendía que esas costumbres, esa disciplinada división del día en partes, deberes, monstruos y compañías, sería el principio de una vida perfectamente diseñada para ella. Allí estaban, cómo no, los tres tomos de la revista *Domus* que Guerard le había encuadernado en Trinidad como exuberante y adorado regalo de bodas. Y allí estaba también Hugo, su marido, hablándole de cambiar la doble «H» de todo su universo por las ahora más adecuadas «E» y «H», y decidido a contratar un dibujante, el mejor que pudiera haber en Caracas, para encargarle su nuevo símbolo y luego ponerlo en sus platos, en las puertas, al fondo de la piscina, en el costado de sus coches, sobre el techo de sus habitaciones.

—Quiero hacerte una casa, Elisa. Una casa como nunca antes hubo. Una casa donde tú y yo conozcamos todos los secretos de la belleza. Y el amor.


A la mañana siguiente, una cortina de niebla, ¿o era humo?, o quizá los géiseres de las ballenas despidiéndose, les impidió ver el puerto hacia el que avanzaban. Pudieron oler una mezcla de frituras, plátanos y pescado mezclado con coco, algo picante, un débil toque de aquellos pasteles, las bombas de limón que Elisa y Soraya preparaban para Gustavo Uzcátegui. Empezó a abrirse esa cortina y cerró los ojos sabiendo que el recuerdo de ese hombre ya no le fastidiaba ni le cerraba el estómago mientras delante de ella, como si estuvieran cantándole muy cerca un coro de voces enamoradas de sí mismas, comenzaba a vislumbrarse el paisaje y lo primero que se mostró fue la colosal montaña, una cordillera altísima y verde, verde como las alas de un periquito gigante, como el césped de una llanura que nacía del mar y quería alcanzar el cielo y desde su inmensidad empezaban a despertarse al día miles de flores, los pétalos aplaudiendo el himno de esas voces enamoradas, quedándose en silencio mientras el barco entraba en el puerto y Hugo la cogía de la mano y entonces, desde ese valle que era ahora una mujer, una madre o un gran padre en medio de la nada, el ruido de las personas bullendo en la ciudad la hacía sonreír y el calor, aquel calor que fue humedad y lágrimas en Madame Arthur, se volvía ahora como un avanzar de violines, de esas voces enamoradas y de todas las flores que desde los profundos pliegues de la verde montaña se despertaban y gritaban su nombre.

## 15

El ascenso a Caracas. La montaña se abría en forma de serpentina, igual que si el dedo de un niño hubiera creado caminos en un cuadrado de arena. A un lado de la carretera, las rocas desprendían agua, como si a determinada hora de la mañana necesitaran respirar y su transpiración las recorriera chorreando ladera abajo. Por su parte, y caprichosamente, una curva sí, otra no, el mar Caribe se colaba también en el paisaje. Elisa tuvo la sensación de que regresaba a un mundo nuevo mientras Hugo, sentado a su lado en la parte de atrás de la limusina Cadillac que había ido a recogerlos al puerto, sujetaba su mano. Los dos se miraban y sonreían, seguramente pensando lo mismo. Habían vuelto a la misma ciudad que una vez pareció expulsarlos pero que, de similar manera, había decidido llamarlos de nuevo. Y regresaban juntos, las mínimas preguntas respondidas entre ellos, dispuestos a enfrentarse a la aventura pero también conocedores de esta nueva, curiosa condición. Volvían, una palabra, un hecho que siempre suena a fracaso, a paso atrás, a necesidad de recuperar lo perdido, pero que ahora sonaba diferente con los elementos del paisaje recuperando en su memoria, a medida que se presentaban ante sus ojos, los nombres con que los conocieron. El imponente cerro El Ávila, con sus múltiples caídas de agua rodeándolos como si cruzaran una fuente de eterna juventud, el Caribe despidiéndose juguetón y divertido a medida que lo dejaban atrás entre curvas y el olor del verde, el aleteo de los pájaros y la propia altura que poco a poco ascendían les aseguraban que ese regreso no era tal. Volvían, sí, pero no retornaban, sólo empezaban, como dijo Hugo, el resto de sus vidas.

La mansión familiar de los Hernández se había erigido en el monte de la Vega, el primer asentamiento de los españoles en el valle de Caracas. Los descubridores habrían llegado hasta allí exhaustos tras ascender El Ávila y sus poco más de dos mil metros de altura, el mismo paisaje que Elisa y Hugo atravesaban ahora, sólo que cuatrocientos años atrás. Cuando por fin encontraron una planicie, fundaron la ciudad, Santiago de León de Caracas, en homenaje a los nativos que allí encontraron que repetían el vocablo *caracas, caracas, caracas* continuamente. Años más tarde, el investigador alemán Humboldt los calificaría de «gente perezosa y desconfiada», que seguramente por ambas razones dejaron al puñado de colonizadores construir e instalarse a sus anchas bajo ese clima estable de pocos grados, buena sombra y una predisponibilidad de la tierra a desarrollar cualquier semilla en impresionantes árboles, magníficos frutos, una belleza elocuente siempre conseguida con el mínimo esfuerzo.

Los Hernández compraron su casa en 1920, una mansión que colindaba con la otra más imponente de la ciudad, propiedad de la familia Herrera, con quienes jamás consiguieron establecer relación. El dinero del patriarca Hernández nunca tuvo un origen definido, el de su madre sí: a medida que las exploraciones americanas en busca de petróleo se extendieron sobre el país en esos años veinte, los terrenos de su familia parecían estar siempre en medio de la inmensa extensión petrolífera de la nación. El padre de Hugo unió a las riquezas de su esposa sus bienes y conocimientos en ganado y un innegable instinto de sabueso para elaborar organizaciones donde distribuir dinero y otras cosas hasta amasar una de las fortunas más sólidas de Venezuela pese a no contar con la aprobación del resto de las seis familias que vigilaban seriamente el crecimiento social, más que el económico, de la nación.

Hugo, el hijo, por su innegable atractivo físico, tuvo acceso a esas casas donde su padre jamás conseguiría ser invitado. Marcado por este desdén hacia su progenitor, su presencia en las misas del gallo de Navidad, las comuniones de sus compañeros de colegio, la celebración de sus quince años, muy semejante a la fiesta de la propia Irene —a la que no acudió, como más tarde podría comprobar aliviada Elisa, porque ya estaba fuera de la ciudad—, y las primeras bodas de sus compañeros de universidad estaba siempre rodeada de misterio, como si le envolviera una nube que, si pudiera ser disipada por alguien, dejaría paso a su irresistible sonrisa, la fuerza de su mirada. Pero para quien no lograra vencer, traspasar esa nube, Hugo era un ser rodeado también de susurros, elucubraciones, miedos varios que percibía y que mantenía junto a él, adheridos a su piel, hasta que se hartaba, tomaba su coche y recorría la ciudad por la noche hacia las zonas bajas, camino al Suavecito, una especie de Browns sin lujo donde Patricia y sus amigas le cantaban boleros o bailaban tangos antes de llevárselo a la cama y dejarle sentirse dueño de sus cuerpos una noche más.

Cuando se descubrió harto de ese trayecto invariable, Hugo decidió abandonar Caracas y recorrer el Caribe las veces necesarias en el barco que su padre mandó armar para él, tras comprobar con orgullo que el joven había demostrado dotes para esa práctica en destacadas regatas tan-

275

to en Venezuela como en Cuba y Florida. Una vez en tierra, sus compañeros de tripulación le introducían en sus dos deportes favoritos: buscar un lugar donde les sirvieran bebidas y diversión y, por las mañanas, la cacería. Para Hugo, los animales eran un misterio con dos facetas bien diferenciadas: la admiración ante su belleza y, por otra parte, la curiosidad por averiguar cuánta destreza iban a mostrarle como enemigos antes de transformarlos en víctimas. Por eso conservaba, debidamente disecadas, casi todas las piezas que se había cobrado. Más que trofeos, eran recordatorios de ese misterio que le fascinaba y que convertía en secreto: el de que existen seres que sólo pueden hacer alarde de su superioridad ejerciendo la muerte.

Tras el fallecimiento de sus padres en un accidente de aviación cerca de la frontera colombiana en 1946 —un año antes de que Elisa llegara a Trinidad, como también comprobaría—, y tal vez porque sus cuerpos jamás fueron recuperados, Hugo empezó a soñar con un tigre que devoraba los brazos de su madre. Por eso decidió embarcarse de nuevo dispuesto a cruzar ese archipiélago de islas, paraísos de todo tipo, piratas y demás mitos que subyacen en la inmensidad del Caribe. Y así le conoció Elisa, observándole, después de que los presentaron, a través del agujero en el telón del escenario del Browns, como un elegante señorito convertido en marino audaz o, tal vez y realmente, un viajero eterno, un aventurero devenido en heredero a su pesar.


Las rejas de la quinta Hernández eran altas, altísimas y negras, con una enorme doble «H» en el medio y dos empleados vestidos con liquiliques blancos que las abrieron ante ellos de par en par.

El camino ascendía a lo largo de una colina. Una larga hilera de cayenas lo bordeaban y Elisa, siempre atenta a los colores de las flores, descifró especies brasileñas, guayanesas, algunas otras traídas de lo más profundo del Amazonas venezolano, que jamás había visto pero que había podido contemplar en las reproducciones de los libros de Guerard sobre botánica que también estudió. Eran flores rojas, lilas, amarillas, naranjas, incluso alguna que otra —quizá por el contacto entre ellas, suerte de incesto permitido por el polen y el aire— poseía todos esos colores a la vez distribuidos al azar por sus pétalos desparramados. Cuando terminaban las cayenas, empezaban los lirios. También eran morados y blancos. Y a continuación las calas, moviéndose al paso del coche como si pertenecieran a una raza de humanos liliputienses tocados con capirotes, todas blancas, protegiéndose con sus grandes hojas de la invasión del sol. Y entonces, sobre el césped intachable, de un verde brillante, empezó a divisar los primeros animales, moviéndose como si siguieran una coreografía. Ciervos de un pelo tan limpio y pegado a la piel como los delfines, a los que unos empleados, con liliques de diseño similar a los que les abrieron la verja, los seguían prudentemente, acercándoles comida de unas cestas también blancas. Antes de que Elisa pudiera reponerse de su asombro, una bandada de papagayos pasó inesperadamente delante del coche, obligando a Hugo a detenerse. Éste, siempre apretando la mano de su esposa, sonrió al ver aquel despliegue de colores, de nuevo tan vistosos, de nuevo tan rojos y naranjas y amarillos y azules, escondidos, vivos entre las plumas de sus alas. Pero cuando realmente sí se admiró Elisa, hasta el punto de no poder contener su risa, fue cuando vio al oso hormiguero moviéndose por la hierba y entre las matas de flores con lentitud exasperante, colocando una pata y luego, mucho, muuuucho después, la siguiente.

Las calas que poblaban el verde césped se espaciaron a medida que ellos seguían ascendiendo y dejaron lugar a los árboles, apamates con hojas rosadas que empezaban a caer y creaban una cortina que ya hubiera deseado Joan para sus actos de transformismo. Más allá de los apamates crecían los araguaneyes, casi del mismo tamaño y con ramaje muy similar, sólo que en su caso la flor era amarilla. Debajo de ellos, Elisa pudo distinguir a camaleones que cambiaban de color, tres de un golpe, como si desearan poseer todos los matices y tonalidades que los rodeaban y, en una de las ramas, el perezoso, desperezándose lentamente con la misma lentitud, o incluso más, que la del hormiguero. La casa empezaba a divisarse en lo alto de la colina, de piedra negra y con un aspecto de torre francesa, como las que había visto en los libros de Guerard que versaban sobre palacios normandos. Hugo detuvo una vez más el coche, la cogió por el mentón y la besó. Luego, contemplando la casa desde la distancia, le explicó su origen:

—Mi padre importó cada piedra de una cantera francesa que había quedado arruinada después de la primera guerra. La casa tiene hoy unos treinta años. Ya verás dentro, hice algunas reformas cuando ellos murieron. Ahora tendrás que arreglarla tú. Incluso pronto, muy pronto, ofrecer una gran fiesta.

Elisa empezó a reír, toda nervios, toda ilusión, toda asombro. Las puertas de los balcones del piso superior y los postigos de sus ventanas se abrieron al mismo tiempo, por fuera eran negras y por dentro impecablemente blancas. Las del piso intermedio lo hicieron inmediatamente después y, siempre prolongando esa sensación de coreografía, de magnífico espectáculo, un poco más tarde lo hicieron las de la planta inferior. El movimiento de puertas y contraventanas parecía un estallido de fuegos artificiales en el punto álgido de una fiesta que recién empezaba. O jamás acababa.

Al bajarse del auto, dos camareras se inclinaron del lado de Elisa y ella, en un gesto que Hugo observó, les preguntó sus nombres. Sin mirarla, las camareras respondieron al unísono:

—Herminia y Enriqueta.

—Son hermanas —explicó Hugo mientras a continuación extendía su mano a un impecable caballero, el único de liquilique color marfil, de cabello muy arreglado y con acusadas entradas, un tono de piel café con leche, más pequeño de tamaño que Hugo, también más delgado—. Querido, extrañado Filiberto... —Él le recibió y estrechó su mano, obsequioso pero con un punto de..., Elisa no podía en tan breve tiempo determinarlo bien, quizá se tratara de ironía. Sí, ironía sobre sí mismo y su devenir en el espectáculo que estaban viviendo.

—Bien venido a casa, maestro Hugo —agregó Filiberto—. Señora Hernández, Dios ha escuchado nuestras plegarias y la ha traído con nosotros.

Elisa esbozó una sonrisa. Filiberto le recordaba a Joan, pero también un poco a Graciela.

Oyeron de pronto un ruido seco, como si un abanico muy grande se abriera de golpe, y luego un graznido punzante similar al sonido de una sierra que cortara un tronco.

—*Malaya* y *Camboya,* bellas criaturas, ¡vuestro padre ha vuelto! —exclamó Hugo avanzando hacia el par de pavos reales perfectamente colocados a ambos lados de la puerta principal.

Uno era insólitamente blanco, la única ausencia de color de todo el florido, vibrante, espectáculo. Con la cabeza cada vez más alta se acercaba a Hugo como un niño de un año dispuesto a enseñarle a su padre que había aprendido a caminar en su ausencia. El otro le imitaba, al principio con respeto, más competitivo a medida que llegaban a Hugo. Era de verdad impresionante, los colores de su plumaje no tenían fin. Todo el dibujo, pensó Elisa, haría las delicias de un fabricante de papeles pintados. Se trataba de una trama aún más complicada que la de las rejas negras de la mansión, espigas que iban volviéndose trenzas, pluma por pluma, intrincadas, unidas por unas varillas finísimas que ningún ser humano sería capaz de crear. Sin embargo, el animal las mostraba y jugaba con ellas, abriendo y cerrando su impactante abanico cola con una coquetería que Elisa sólo pudo comparar al parpadear de Hugo cuando la seducía. Luego, al final de esas espigas, surgían puntos de color azul en el exterior, violetas en el borde, amarillos y verdes en su centro que, cuando el pájaro al fin se quedaba quieto, parecían como dos mil ojos de gato, como mil Joans devenidas en miles de Sandokanes que protegían la entrada al templo.

—Son asombrosos —se admiró Elisa—, y juntos forman un espectáculo impresionante.

—*Camboya* es el blanco, *Malaya* es el misterioso y colorido —explicó Hugo acariciando los lomos de ambos animales.

Elisa se mantuvo separada. Al moverse para avanzar hacia la casa, *Malaya* se volvió para ofrecerle, o más bien para espantarla con un fuerte golpe, la violenta exhibición de todos sus encantos, todos sus ojos. Un cierto miedo recorrió a los presentes.

—*Malaya* lleva muchos años acostumbrado a ser la única belleza de tu casa, Hugo —advirtió Elisa.

Herminia y Enriqueta se miraron entre sí, cómplices. Filiberto se adelantó y con un gesto ordenó a los caballeros de liquilique blanco que apartaran a las aves, que recogieron su abanico y sus andares y se colocaron a un lado resoplando ese extraño graznido suyo seco y agudo. Hugo tomó del brazo a su esposa y entraron en la mansión.

\* \* \*

Negro. Lo vio todo negro al descorrer las cortinas. El jarrón donde el día anterior había hecho poner rosas blancas, negro. Su vestido de fiesta, arrojado sobre un brazo del sofá delante de su cama, también negro. Sus brazos, intentando sujetarse a algo, negros igualmente. El reflejo en el espejo del espacioso baño, negro. Había bebido demasiado, una noche más. Cuántas veces se excusó a lo largo de la velada para ir sola hacia el baño, abrir su bolso y buscar la cajita, por supuesto negra, extraer el pequeño, delicado tubito, y espaciar en dos líneas lo único blanco en sus anocheceres y a veces en sus amaneceres, el polvo del estuche. Se reía, no iba a revelar quién se lo ofreció la primera vez. No, sólo le explicó: «En Europa llevan años disfrutándolo, en Hollywood hace que las películas mejoren, ¿Y nosotros lo tenemos bajo nuestras propias narices y sin probarlo?» Rió. Rió y aspiró. Aspirar, ¿o existía alguna otra palabra que definiera lo que hacía con su nariz? Sentir esa ola suave y de inmediato agitada que empezaba a subir y bajar dentro de su pecho y se estrellaba violenta contra las paredes de su corazón. Se miraba en el espejo y buscaba señales que tenían la amabilidad de disimularse rápidamente. Y volvía a la cena, al baile, al bautizo, a la primera comunión, a la boda, a la puesta de largo, a la recepción, a la obra de teatro, a la fiesta de inauguración de una vivienda, a la celebración por la adquisición del nuevo Reverón en casa de los González, los Díaz-Rohmer, los Hermann, los...

Negra la bañera. Cuando renovó el cuarto de baño le pareció que el mármol negro con ribetes verdes le daba un aspecto de misterio que entonces le gustaba. Esta ya larga mañana de cualquier mes, cualquier día, le parecía en cambio un reflejo de lo que había convertido su vida. Una tumba exquisita en la cual debía sumergirse para renacer. El agua, al menos transparente, discurría por su cuerpo y podía sentir que las piernas, los brazos, el largo cuello, seguían duros. Y tersos. Le dolían siempre los pies, por los tacones cada vez más exagerados que empleaba en esas fiestas sin fin. Le dolían los ojos. Los dientes. El agua no tenía la suficiente fuerza como para eliminar a su paso esos achaques. Qué maravilla de invento el grifo con temperatura regulable, pensó mientras giraba la llave hasta alcanzar la posición más fría. Se estremeció, como siempre, levantó los brazos alrededor de todo ese mármol negro, contó diecinueve segundos de agua helada sobre su cuerpo y tuvo ante sí el flash de alguien gritando mientras lo sometían con una manguera a la misma tortura, arrojarle agua helada para cicatrizar sus heridas. Espantó el pensamiento, contó otras diecinueve veces y cerró el grifo. El negro empezaba a clarear, ese verde espeso de los ribetes del mármol orientándola hacia el espejo, a buscar la toalla esponjosa, a secar el pelo y lentamente empezar a recogerlo en el moño que la había hecho famosa. Primero una trenza, luego otra, al final sobreponerlas y poco a poco ir apretando, vaya, otra forma de tortura, cayó en la cuenta, y sonrió con deseos de encender un cigarrillo, tomarse un martini reparador o abrir de nuevo ese estuchito. Pero era demasiado temprano para todo eso, aún no había desayunado (¿o era más bien hora de comer?). Se apretaba, volvía al peinado y se enterraba esa horquilla final, la que no era capaz de distinguir ni el ojo más agudo, luego se levantaba e iba hacia el vestidor donde, afortunadamente, la nueva criada había aprendido a dejar listo el vestuario de ese día sin horas pero con nuevas casas, bautizos, comuniones por recorrer. Se contempló en el espejo de cuerpo entero y se vio con su mismo tono nativo, princesa india, reina de la nada, Graciela Uzcátegui antes, ahora Suárez, pero siempre Graciela.

En la biblioteca, Pedro Suárez encendió un puro con su mechero de oro, sus iniciales grabadas en ónix. Negro y dorado, le recordaban esas columnas de los Campos Elíseos de los que Graciela le hablaba largamente mientras Mariano e Irene no emitían palabra alguna. El pesado de Mariano, masculló Pedro, con su obsesión por cambiar el país sin darse cuenta de que el país, esa Venezuela en la que podía fumarse ese puro, divertirse seduciendo a las amigas de Graciela, ya había cambiado. Sólo él, con sus aires de intelectual y sus «avanzadas» ideas políticas, escudado en su observatorio privilegiado de la dirección del periódico «más leído de toda la nación», no se había dado cuenta del cambio. La revolución.

—El general nos espera en el Círculo Militar; al parecer le van a mostrar los planes del nuevo edificio y quiere nuestra opinión —dijo, observando a Graciela moverse lentamente entre los aros de humo de su cigarro.

—Otra vez el general —susurró Graciela.

—Te tiene en alta consideración, como casi todas las personas que te conocemos, Graciela. Por esa consideración muchas veces me abstengo de decirles que te veo todas las mañanas a esta hora, pasado el almuerzo, tambaleándote para servirte otro martini.

—No bebo martinis por la mañana. Es más, los detesto. ¿Quién fue la idiota que impuso esa moda en nuestra ciudad? Hace demasiado calor y humedad y fastidio para tomar algo tan seco. Deberíamos hacer como los ingleses en la India y ponerle agua tónica a todo. A la ginebra, al café, al aburrimiento...

—Has elegido un vestido demasiado de noche para ir al club. ¿No me oíste cuando te dije ayer que al general le gusta cuando vas de gris perla?

—Era mi color favorito cuando vivía Gustavo... —Graciela dejó caer las palabras al suelo, como cuentas de un collar roto.

—Pues ahora le gusta al general —advirtió cortante, enérgico, Suárez.

Graciela lo miró, vestido con su traje de seis botones y rayas diplomáticas anchas y verticalísimas. El pelo tan engominado y negro que parecía el oscuro ojo de la cerradura de una puerta de alguna sala de juntas tétrica y siniestra. Brillantes, y negros, sus zapatos con pespuntes y cordones igual de negros y brillantes. La suela también estaba impecable. Todas las mañanas oía a Nelson y a las criadas venir a buscarlos para limpiarlos pulcramente. Era todas las mañanas, ¿o era que regresaba a casa a esa hora y los veía en su habitación retirándolos?

—No tengo nada nuevo que decirle al general, Pedro —empezó a hablar.

La bofetada le hizo pensar que le había roto los dientes y se convirtió en un eco veloz e insoportable que le subía por la nariz hasta sacudirle la cabeza. La taza de café salió disparada de sus manos e imaginó el líquido esparciéndose sobre su traje, hacia la alfombra, por encima de los muebles. Con una mano protegió su mejilla golpeada y con la otra se cercioró de que el peinado hubiera resistido el inesperado embate. El moño estaba allí. Y Pedro también, sujetando la taza de café, su mano roja y manchada.

—Tienes que hacer lo que te diga, Graciela. No estamos en ningún juego. Nuestra nación vive inmersa en el cambio, y los cambios soplan a nuestro favor. Si todo sale como tiene que salir, el general me necesitará, seré imprescindible para él y para lo que se propone hacer con todo esto: Venezuela, nosotros, la ciudad. El petróleo y todo lo que el petróleo pueda comprar. Y tú tienes que acompañarme, porque eres mi esposa, porque sabes mucho de lo que yo sé, de lo que hago, de lo que espero de la vida. Y porque en cualquier momento puedo levantar ese velo que te protege y hacer que todos te vean como en lo que de verdad te has convertido.

—No soy uno de tus presos, Pedro —se defendió Graciela, mirándole fijamente, el eco de la bofetada, las espirales de humo del tabaco y las que se creaban en su cerebro debido al licor de la noche anterior, que aún ahora le hacía perder momentáneamente el equilibrio.

—Eres mucho peor que eso.

—Pero no soy ninguno de tus presos, hombres que traes aquí por la noche y encierras en el cuarto del fondo del garaje, a los que golpeas tú mismo como quieres hacer ahora conmigo.

—Necesito información —alegó él, dejando escapar, a su vez, demasiada.

—Necesitas destruir. Es lo único que te gusta, y es también la razón por la que le gustas al general. Gozas matando, y lo que él no se atreve a llevar a cabo lo puedes hacer tú.

Pedro fue hacia ella, un toro que sólo ve rojo. Graciela tomó su primer trago de ginebra pura en ese día de vida, clubes, moños, golpes.

—Pégame de nuevo si quieres, el moño no va a moverse —le retó, dejando escapar una risa—. Antes de que el general descubriera en ti ese instinto, yo te escogí para que me hicieras el amor y me dejaras vestirte, desnudarte, volver a vestirte y convertirte, muñequito, en esto que eres ahora —Pedro cerró sus puños en el interior de sus bolsillos—. Subiré a cambiarme —anunció ella, triunfante por esta vez, mientras avanzaba hacia la escalera. Se volvió para verlo allí, las manos escondidas, el mentón lleno de coraje—. Me vestiré, cómo no, para agradar al general.

* * *

Llegaron a un rellano, la escalera, mientras Hugo tapaba sus ojos con sus manos, le pareció eterna a Elisa. Los dos conservaban todavía ese olor, mezcla de la lima, la buganvilla y el mar de Trinidad.

—Ahora, ábrelos.

Y Elisa vio una ciudad. Sólo había estado fuera dos años, a lo sumo tres, y lo que tenía delante, en el balcón de su dormitorio matrimonial, era construcción, grúas, trozos de autopistas aún por terminar que volaban sobre el río, el ruido de los coches, miles, miles de ellos, en todos los colores posibles, el cielo siempre tan azul y todo el tiempo esa banda sonora, orquesta invisible que mezclaba percusiones, movía las piezas de ese rompecabezas agitado, vivo, sucediendo, creándose. Cuando parecía que podía hacerse el silencio, Elisa sentía terror. Sabía demasiado de la ciudad como para quedarse tan sólo con esa imagen de grandeza, superioridad, crecimiento.

—Mira, ha empezado a desarrollarse hacia el este —advirtió Hugo—. Allí, en esa colina al fondo, te prometo hoy que un día tendrás la casa que reinará para siempre sobre esta ciudad.

# 16

Primero, *first,* como habría dicho Guerard delante de su escuadra de empleados, artistas, escenógrafos y camareros, hay que cambiarlo todo. Y todo, para Elisa, detenida en lo alto de la escalera de su nuevo dominio, era todo. Esas pesadas cortinas de terciopelo rojo devoradas por el sol que aborreció nada más verlas. Esa misma escalera pomposa, absurda, de castillo escocés en medio de un trópico todos los días pujaba, bailaba cómo el merengue que se oía a través de las ventanas entreabiertas. Esos muebles de irreconocible barroco, algunas piezas buenas que un experto debía tasar y que Hugo no encontraba entre sus amistades caraqueñas. Esas alfombras de aspecto persa, Elisa y Soraya las habían visto mejores, más vivas al menos, coloristas, en los mercadillos del sur de Trinidad. Las lámparas, que habían intentado ser una idea de colección por parte de la madre de Hugo, la recordada señora Perla, aunque la colección carecía, como todo en la casa, de rigor y de cariño, dos elementos que Elisa había descubierto esenciales para cualquier cosa. Rigor igual a orden y a una idea concreta que se lleva a cabo en una línea más o menos recta, esquivando obstáculos y vacilaciones. Cariño, porque siempre, siempre, los objetos, lo inanimado y también lo inesperado, le habían ofrecido precisamente ese extra de amor que los seres humanos no pudieron proporcionarle.

Y amor, ahora que ella disponía de tanto, dentro y alrededor. Dentro, cada vez que Hugo la miraba al regresar de sus reuniones en el centro de Caracas. Alrededor, en esa casa que era ahora su casa. Cada objeto, cada cosa, debía, tenía que respirar amor.

Lo único que le agradaba de la mansión era el suelo. Un damero inabarcable, de mármol blanco y negro colocado en diagonal. Podía jugar sobre él como si ella fuera una buena Reina de Corazones de *Alicia en el país de las maravillas*.

Oyó el graznido de *Malaya* que, como si fuera un perro avizor, anunciaba la llegada de Hugo y un nuevo visitante.

—Belleza —decía Hugo al traspasar la puerta y encaminarse hacia el abrazo de Elisa, ambos cubiertos por el chorro de luz que daba de lleno en el salón—. Me he topado con Rómulo a la salida del encuentro de empresarios y le he invitado a comer. Es muy importante que escuches todo lo que tiene que decirnos. Señor Betancourt, mi esposa: Elisa Hernández.

Claro que sabía quién era. De niña, y también durante los años que vivió en casa de los Uzcátegui, su nombre iba delante de las palabras «presidente de Venezuela». Había llegado al poder por un golpe de Estado, sólo que no era militar. Decían de él que hablaba a la gente en su idioma, con sus palabras comunes. A veces aparecía junto al actual presidente. Otras, con los generales. En ambas compañías se le notaba incómodo.


Betancourt admiraba la comida servida en su plato. Se había despojado del sombrero azul ribeteado por un trozo de tela de un azul más claro. Elisa había supuesto que sería de espiga, como los de su esposo, más propicio para el clima de la ciudad, pero el de Betancourt, lo vio cuando lo sostuvo en su mano antes de dárselo a Filiberto, era de una lana reseca por el uso, más propia para un invierno en Nueva York. Elisa sonrió ante su propio pensamiento y Betancourt apartó su mirada del plato.

—Se ríe de algo que acaba de pensar, Elisa —afirmó.

—Sí, pensaba en que... francamente, su sombrero es muy grueso para el clima de Caracas.

Betancourt rió de buena gana.

—Seguramente me hará famoso en climas más fríos que el nuestro. Como a Bolívar su sombrero. ¿No lo sabían? Antes de convertirse en nuestro Libertador, Bolívar era un hombre de mundo, casi casi como nuestro querido Hugo. Y en París era muy solicitado: delgado, buena planta y mejor bailarín. A todas las fiestas llegaba con este extraño sombrero, un tanto femenino me atrevería a decir. Y las damas enloquecían. Incluso le pusieron nombre al artefacto y lo llamaron, obviamente, sombrero Bolívar.

Elisa apuntó la manera de hablar del caballero, rápida, a punto de comerse las palabras pero siempre dejando un último aire para que se le comprendiera perfectamente. Era un hombre rudo, sus dientes, sus dedos, sus manos, su escaso tamaño y su complexión fuerte, tosca. Así como ya se había familiarizado con las figuras robustas pero inmensas del realismo socialista, Betancourt era como una de esas estatuas pero aplastada, comprimida. Exactamente como le sucede a un sombrero sobre el cual involuntariamente uno se sienta.

—Pero, querido Rómulo, no tendrá ninguna intención de dejarnos y llevarse ese sombrero suyo a un lugar frío... —intervino Hugo.

—Ahora no —prosiguió Betancourt todavía admirando su plato de exquisito pargo, ese pescado blanco que Hugo veneraba, rodeado de finas rodajas de patata y una guarnición de hortalizas verdes que no se atrevía a preguntar qué eran—. Ahora no pienso marcharme de un país en el que todo está empezando. Pero, espero que lo hayan notado, así como vemos el progreso, los edificios y autopistas que se están construyendo, también debemos reparar en el desencanto de cientos, miles mañana, de personas que se quedan sin hogar por las obras.

—Pero el gobierno es de su partido, Rómulo.

—El presidente ahora lo es. Mañana no sé lo que pueda decirle.

Elisa le observó mientras contemplaba admirado las alcachofas.

—Son alcachofas, señor Betancourt. En algunas partes las llaman alcauciles. Hugo y yo nos hicimos muy adeptos a ellas en Trinidad. Son maravillosas de sabor y equilibran la digestión.

—Nunca imaginé que una comida tuviera que pensar en su propia digestión —respondió Betancourt con agudeza.

Elisa sonrió.

—Es como lo que pasa con su partido y su presidente, lo tienen pero no saben cómo puede influenciar en su sueño el día de mañana.

Betancourt la miró, Hugo también, Elisa refugió su mirada en su plato.

—Me interesa su punto de vista, señora Hernández. ¿Puede explicarme qué tiene que ver un gobierno de Venezuela con estas…?

—Alcachofas —atajó Elisa—. En primer lugar, la alcachofa es como una cebolla que se abre de arriba abajo. De sus hojas sólo sé puede chupar la punta y luego llegar hasta el corazón, que se traga entero, como pretendía la malvada reina con el de Blancanieves tras pedirle al cazador que se lo trajera.

—Elisa… —interrumpió Hugo.

—No, puedo seguir. Desde que llegamos contemplamos desde la ventana de nuestro dormitorio esas obras de las que habla, señor Betancourt. Pero también oímos los disparos en la noche, los autos quemando sus frenos en las curvas y algunas veces gritos ahogados, de mujeres que ven a sus maridos desaparecer en la oscuridad.

—¿Y las alcachofas? —insistió Betancourt.

—Se deshacen, empiezan bien y, a medida que se van abriendo, se descubre que existe un corazón que debemos tener mucha paciencia para alcanzar y que no debe comerse de un bocado, sino lentamente, como el mismo proceso que nos hizo llegar hasta él.

Betancourt dirigió sus ojos a Hugo y después a sus corazones de alcachofa ya pelados, liberados de toda hoja por las manos de los cocineros que Elisa dirigía y supervisaba.

—Pero si acabamos de empezar esto que llamamos democracia no hace menos de tres años, ¿cómo vamos a llegar al centro de la alcachofa ahora mismo?

—Porque hay otras fuerzas que quieren conseguir el mejor trozo del pastel cuanto antes —continuó Elisa.

—Su esposa, Hugo, tiene mucha imaginación. No hace siquiera tres semanas que han vuelto de Trinidad y ya parece saberlo todo de la ciudad.

—Voy al mercado a comprar esas alcachofas. Oigo cosas.

—¿Y cuáles son las cosas que oye? —quiso saber Betancourt.

—Que la gente entiende al presidente y lo que desea hacer por el país pero sabe que, de alguna manera, no le dejarán hacerlo.

—¿No le dejarán? ¿Quiénes? —preguntó Betancourt.

Hugo sintió un deseo de proteger a Elisa, quizá estaba hablando de más.

—Los que desean que cuanto antes los militares den un

golpe —concluyó ella—. Oigo continuamente a personas que dicen: «Cachucha, necesitamos una cachucha, urgentemente.» Afirman que tenemos demasiado dinero y que no podemos seguir dándoselo a los americanos.

—Dinero igual a petróleo, imagino.

—Sí.

Hugo interrumpió su diálogo:

—Nunca me gustó la palabra *cachucha,* ¿por qué no pueden decir gorra? El gorro no siempre se llama así, y cada militar tiene el suyo. Quiero decir, no todos ellos son iguales.

—¿Y si llegara un militar tocado con esa cachucha, como dicen en su mercado y, para qué negárselo, también en el mío, ustedes qué harían? ¿Permanecer? ¿Invitarlos aquí a estas exquisitas alcachofas? —preguntó con firmeza Betancourt.

—Nos quedaríamos, por supuesto, señor Betancourt —afirmó, contundente, Elisa—. Hemos vuelto a esta ciudad después de viajes insólitos. Los dos. Pero sí me daría miedo que a su presidente no le dejaran cumplir todo lo que votaron sus electores.

Betancourt respiró hondo. Realmente no le gustaban esas alcachofas, eran verdes, insípidas, como comida de hospital.

—Pero puede suceder. Es lo malo. Es un hombre débil, nuestro presidente. Tiene mejores ideas para un libro que para un Estado. No es de extrañar; debemos de ser la única nación rica en petróleo y en ganadería que tiene a un escritor por presidente. Mi miedo es, en efecto, que los militares encuentren una persona perfecta y den el golpe.

—Y esos ruidos que oímos por las noches… ¿Son de verdad personas que desaparecen? —preguntó Hugo.

—Me temo que sí, querido amigo Hugo. Estamos hablando demasiado, pero muy cerca de nosotros un general y su mano derecha van organizando poco a poco una oscura telaraña de poder que en cualquier momento puede convertirnos a todos en moscas.

Fue importante para Elisa reconocer que durante todo el intercambio, si es que así podía definirse ese diálogo repleto de información, Hugo había subrayado más de una vez su adhesión total hacia ella. La había defendido en las partes más cruciales de esa explicación de la alcachofa como metáfora de un país. Al fin y al cabo, Betancourt le había caído bien. Había llegado a su casa, como muchas otras cosas, de manera sorpresiva, y se había definido como una certeza, al menos una clave más para entender a esa Venezuela nueva, siempre nueva, que crecía delante de sus ojos y la llenaba de preguntas.

Las preguntas se volvían respuestas en sus visitas al mercado. Salía siempre que podía, no quería volverse prisionera de su propia casa. Caracas era nueva, sucedía. Ni Joan ni Guerard le habrían perdonado perderse su acción. Le gustaba desplazarse, siempre con el mayordomo, nunca con el chófer, a hacer la compra para la comida de la semana al mercado de Quinta Crespo, en pleno centro de la ciudad. Se ofrecían allí todo tipo de animales, desde gallinas hasta topos, incluso perezosos para los niños más atrevidos, que podían colgarlos de la rama de un árbol, o los polluelos amarillos que luego en la guardería serían objeto de pruebas biológicas. Sapos, ranas, camaleones, avestruces mirando de un lado a otro mientras a sus pies pasaban los ciudadanos con absoluta normalidad, lagartos como dinosaurios con la cabellera pintada y la piel reseca… Todo era posible en Quinta Crespo.

Todo, como toparse con una amiga de la infancia, Sofía Núñez.

—¡Ana Elisa! —clamó su voz desde el puesto de frutos secos y confitados, miles de pequeñas cosas de rojo intenso, ese verde esmeralda de completa mentira, el amarillo robado a los canarios pululantes—. ¿No me reconoces o es que he cambiado tanto? —le preguntó de sopetón mientras pagaba el importe de su compra, el cabello rubio, los dientes oscurecidos de haber fumado mucho y, de pronto, la sonrisa igual de pícara que en el autobús escolar, los ojos vivaces.

Todo en ella le recordó de golpe a las mujeres que había conocido desde entonces: Soraya, la enfermera de su madre, Joan, ella misma compartiendo su vida con todas aquellas amistades, las mujeres sin nombre en el barco de ida a Trinidad, de nuevo ella sola y asombrada ante la cordillera que atesoraba Caracas a su llegada del centro mismo del Caribe. Y, cómo no, su hermana.

—¿Cómo no la has llamado? Hace exactamente una semana que Irene, Mariano y su niña han regresado de Estados Unidos, es más, todo el mundo espera que acudan a la inauguración del nuevo Círculo Militar esta misma noche.

—¿Círculo Militar? ¿Por qué todo tiene que estar relacionado con militares en esta ciudad?

—Porque la controlan, cariño. Y todos los que de alguna manera queremos ver cómo es el poder por dentro les frecuentamos —reconoció.

Elisa la abrazó. Durante ese tiempo había estado tan inmersa en Hugo que había perdido su natural proximidad a las mujeres. Le encantó la mezcla de olores del cuerpo de Sofía, a su perfume, a tabaco, y hasta a libros. Pero repentinamente un hombre saltó de uno de los mostradores derramando calabacines, tomates y ajíes dulces. Era joven, moreno y fuerte, ágil al menos, esquivaba personas, cajas de verduras que caían a su paso, y hasta una res entera abierta en canal. Llevaba una bandera venezolana en los brazos y detrás a unos seis hombres, vestidos de negro, aferrados a sus sombreros para que no cayeran en la carrera. Uno, Elisa lo pudo distinguir claramente, desenfundó un revólver. El fugitivo se volvió para verlo y, aterrado, la muerte respirándole tan cerca, gritó: «¡No queremos un Trujillo para nuestro país...!» El disparo, que retumbó en todos los presentes y alteró la pasmosa tranquilidad de sus extraños animales, llegó a impulsarlo en el aire y arrojarlo, como un saco de patatas, casi a la puerta del mercado. Elisa sujetó fuertemente a Sofía mientras los policías entraban y dejaban salir sin mayores explicaciones a los seis matones ensombrerados. Nadie chillaba, nadie se quejaba, nadie parecía entender qué había dicho ese hombre antes de morir.

—¡Normalidad!... Señoras y señores, no pierdan la normalidad —exclamaba el agente mientras una rápida ambulancia retiraba el cadáver y los avestruces dejaban de moverse en sus jaulas y el perezoso volvía a estirarse lentamente, muy lentamente, en la rama del árbol central del mercado.

El fiel mayordomo se acercó a las dos amigas.

—No conviene que sigamos aquí, señora Elisa.

—Siempre habrá tiros —vaticinó Sofía—, mientras la gente no esté contenta con lo que observa a su alrededor.

\* \* \*

Mariano Uzcátegui colocó la foto de su hija al lado de su exquisita colección de pisapapeles de Murano, nácar mexicano y mármol italiano de los siglos XVII y XVIII. Su hija sonreía desde el elaborado retrato de Humes, tomado en el mismísimo Madrid hace tan sólo dos meses, en el primer viaje europeo de lo que él llamaba «mi mejor regalo». Allí estaba, mirando sin pena ninguna a la cámara, subida a una silla de espaldar muy alto, negra, cubierta a un lado por un precioso mantón de Manila y ella misma, con su trajecito de faralaes, negro y rojo. El rojo se veía como si formara círculos plateados, casi como si la luna se multiplicara y vistiera a ese sueño, ese sol, esa dulzura que era su hija.

—Señor director —dijo la voz seca y corta de Fernanda, la secretaria de Mariano—. Acaban de matar a otro hombre, aquí cerca, en Quinta Crespo.

Mariano desvió con gesto cansado la mirada de su hija hacia Fernanda.

—¿Tiene nombre? —preguntó.

—Otra vez la policía dice que no puede facilitar ninguna información. Además, iba sin documentos.

—Lo de siempre —masculló Mariano—. Pídale a Fuentes que suba a verme con la crónica escrita.

Fernanda salió y Mariano no quiso mirar de nuevo a su hija. Sentía como si las cosas con las que tenía que lidiar pudieran mancharla, fastidiarla, hacerle recordar que vivían aquí, en ese país sin nubes pero con manchas de sangre brotando de las calles como aguas revueltas que no encuentran su cauce.

Fuentes apareció de inmediato, unos folios en la mano y entre ellos el papel carbón para hacer las copias.

Mariano le indicó dónde sentarse.

—El hombre tendría unos diecinueve años, moreno, fuerte, probablemente se trate de Ramiro Ovalles, de una de las células más rebeldes del partido comunista en la ilegalidad.

—¿No era un delincuente?

—No. Hacen que lo parezca, incluso han hecho circular entre la gente del mercado que se trataba de un ladrón al que venían persiguiendo.

Mariano revisaba la crónica de Fuentes mientras éste hablaba.

—Salpica la crónica con la palabra «especulación», no tenemos certeza de que haya sido un crimen político,

Fuentes. Tienes que conseguir que el lector entienda que lo es sin afirmarlo específicamente.

—Comprendido, jefe.

—Lo pondremos en primera plana. Necesitas un titular, algo que atraiga a la gente y asuste a los pocos militares que nos leen. —Volvió a mirar el texto mecanografiado—. Delincuentes…, mercado…, policías de paisano… «12 horas: muerte en el mercado.» Seis palabras, no está mal. ¿Qué más trae la primera página, Fernanda?

—La inauguración del nuevo Círculo Militar. Pondremos una foto del general Pérez Jiménez en las obras.

Mariano no pudo evitar un gesto de repulsa al oír ese nombre.

—Colocaremos este artículo al lado de esa foto, en la columna derecha. El nombre en negritas, Fernanda, recuérdeselo a los de tipografía. Seguiremos esta investigación unos cuantos días, Fuentes, hasta que sepamos con certeza quién era ese hombre. —Fuentes asintió—. Una última cosa, Fernanda: ¿puede traerme la foto del general para la primera página?

Fernanda ya la tenía consigo.

Mariano volvió a repetir el gesto de repulsa. Como imaginaba, el general, siempre rechoncho, siempre embutido en sus uniformes hechos a medida, no estaba solo en la foto. A su lado, esbelto, su traje de seda gris brillando bajo el sol, sombrero del mismo color y material, zapatos negros ultralustrosos, la inconfundible figura de Pedro Suárez.

\* \* \*

Irene besó a Graciela en la puerta del salón y notó cómo la mano y las uñas recién pintadas de su suegra se posaban en su hombro izquierdo. Era el saludo más elegante que existía en Caracas, Graciela envolvía con su abrazo, hacía sentir cada trozo de su piel en contacto con la persona escogida. Te permitía aspirar su fuerte perfume de malabares, la dureza de su moño te ofrecía seguridad y sus ojos negros brillaban de alegría sincera al verte. Cualquiera que fuera su verdadero estado de ánimo, se esfumaba en ese instante de beso y obsequio.

—Mariano acaba de llamar para excusarse por no haber asistido a la inauguración del Círculo. No puedo decirte que me alegrara no veros allí —empezó Graciela.

—Aún no nos habíamos recuperado del viaje —se excusó Irene.

—Mariano se ha crecido desde que dirige ese periódico. Deberías tener más cuidado, hay días en que parece que ése es su auténtico amor —dijo Graciela mientras avanzaba hacia la biblioteca.

Un nuevo sofá blanco acababa de ser instalado en el fondo de la estancia, mirando hacia el jardín y a la nueva piscina, totalmente azul y con un tobogán enroscado como una serpiente para la nieta. El árbol de campanillas estaba en flor y sus capullos blancos parecían rozar el césped. Graciela se sirvió un martini con absoluta naturalidad. Irene tomó un vaso de agua.

—Para Mariano es importante levantar ese periódico. Cada vez hay más lectores y más personas que comentan sus noticias —explicó Irene.

—Sí, sí, ya me lo ha subrayado el general —dejó caer su suegra, recorriendo el borde de su copa con sus impecables uñas—. No siempre está de acuerdo con lo que se escribe allí.

—El general tiene que aceptar las críticas. Ya tiene suficiente poder y presencia. No hay día en que no salga una foto suya inaugurando algo.

Graciela la miró, por enésima vez en su larga relación. Irene, aquella niña asustada la noche en que su padre avanzó hacia la palmera a punto de resquebrajarse por un maldito rayo. Maldito o afortunado, porque a raíz de aquella noche acogió a esa preciosa niña toda bucles rubios, una Shirley Temple perfecta, deliciosa, esos ojos azules como el fondo de la piscina que tanto costó conseguir, y ella ya los tenía desde que nació. Desde aquella primera noche Graciela supo que sería la escogida.

—¿La niña duerme? —preguntó de repente.

—Es igual que su padre, no perdona su siesta.

La criada, que nunca tenía nombre porque duraban muy poco tiempo, entró en la biblioteca con una bandeja y una invitación en ella. Graciela la recogió y sopesó la calidad del papel, algo que le indicaba la importancia del evento. Mal papel, mala fiesta o compromiso político de Pedro, hombres fumando y tomando ese asqueroso whisky con agua de coco que el general había puesto de moda. Sobre grande y ligero, gente que estaba escalando y quería que la elegante pareja Suárez encumbrara su evento. Sobre grande, color vainilla, pesado, tarjetón en el interior, evento importante. Además, los incluía a todos, decía «Familia Uzcátegui». En el anverso solamente el nombre de la casa: «Monte Alto.»

—Los señores Hernández desearían contar con ustedes el viernes veintitrés para cenar y celebrar su reciente boda —leyó en alto.

Irene miró la invitación.

—Es la letra de mi hermana —dijo.

* * *

Los ojos de Sofía desconocían el agotamiento. Se mantenía alerta, sorbiendo cortos tragos de agua con una rodaja de limón y mucho hielo que Elisa administraba desde el bar estilo inglés de la casa que juntas pretendían adaptar, «modernizar», había dicho Sofía, antes de la fiesta.

En un momento de descanso, Elisa vio las sombras del pasado, del presente y del futuro confundirse con las siluetas de *Malaya* y *Camboya* y del fiel mayordomo, que cortaba rosas en el jardín para la cena de esa noche. Vio a Gustavo Uzcátegui abalanzarse sobre ella. Y no gritó. Sintió el ruido de su pierna partiéndose para siempre. Y tampoco gritó. Vio a su hermana y a sí misma enterrando a ese hijo que sólo alcanzó a tener un nombre, Mariano, en el cementerio desordenado, sin lápidas, sólo césped, del manicomio donde también murió su madre. Y no gritó. Vio esa escena de *Daisy Kenyon* en la que la mujer interpretada por Joan Crawford ve al amor de su vida marcharse y no puede hacer nada. No gritó. Estaba en la casa de la familia del amor de su vida, el hombre que la escogió porque era diferente de las demás. Y era diferente porque nunca sería normal. Ni bella como su hermana ni maravillosa, espectacular, como esa sociedad que en dos semanas desfilaría delante de ella para verla como un monstruo, una recién llegada, una alga perdida que trajo flotando el mar desde Trinidad.

Sofía colocaba un cuadro y se alejaba para verlo en su totalidad, Elisa volvía a cortar otra rodaja de limón. Y haciéndolo, siempre ese mínimo gesto que despierta una centuria de compasiones y preguntas, se vio de nuevo en la cocina de Graciela, en los dominios de Soraya en aquel tiempo, siempre creando cosas fútiles, que desaparecían o bien en un paladar o bien en medio de una habitación. Sus postres fuera, decidió de pronto, casi sin pensar. Nunca más volvería a cocinar, ya sabía lo suficiente para explicárselo al mayordomo por la mañana, el señor Hugo almorzaría pescado y cenaría una tortilla francesa y unos pocos espárragos, así tuviera que levantarse a medianoche a miccionar. Fea palabra, pero a los dos les divertía. Cursi, como la colección de Corots y Manets de los padres de Hugo que, sin embargo, se exhibirían propiamente el día de la cena de gala. Y también el Reverón adquirido por Hugo antes de marchar a Trinidad.

Todo eso funcionaba en su cabeza. Pero ese fantasma, esa sombra, la de su futilidad misma, no la abandonaba por mucho que llenara su cabeza de pensamientos destinados a entretenerla e impedirle, precisamente, pensar. ¿Quién era ella? Una mujer joven, agraciada por la vida pero no por la belleza. Y, pese a ello, era capaz de distinguirla en los objetos y las obras. Pero no de crear una. Moldear una escultura, dibujar un rostro, escribir algo hermoso, componer una canción para la excelsa estrella de los boleros, una vez más, Azucena Nieves, que en la fiesta volvería a cantar las canciones favoritas de su padre.

Nada de eso sabía hacer Elisa. Y, aun así, la gente la escuchaba, la trataban con respeto.

—Señora Hernández, un caballero desea verla. Es urgente, dice —informó el mayordomo.

Elisa dejó de pensar, como si fuera una persiana eléctrica que se cerrara de golpe en el salón. Él acababa de entrar, el hombre que leía los pensamientos, el que la ayudó a escapar a Trinidad. Pedro Suárez.


Se movía con agilidad en el salón, entrando en él, avanzando, extendiendo los brazos y arrojando su sombrero hacia una de las poltronas del vestíbulo, un gato siguiendo una música invisible. Sofía se mordió un dedo, Elisa aspiraba su perfume, de vetiver y naranja, que se esparcía también por la casa como otro invitado más. A Hugo no le gustaban los perfumes, recordó.

—Has crecido, Ana Elisa —calibró mientras la estrechaba, el perfume convertido en otro par de brazos a su alrededor—. Graciela y, por supuesto, Irene y Mariano están encantados con vuestra invitación. Pero, por Dios, ¡si Trinidad es capaz de hacer esto habrá que agrandar su embajada en Caracas para todos los que querrán nacionalizarse! —y tras admirarla dejó escapar su risa, simpática, cómplice, abierta a más diversión. No perdía tiempo, mientras abrazaba y hablaba cálidamente observaba la habitación, a Sofía, e incluso al mayordomo. Su traje era azul celeste, de algodón. No se arrugaba, como si tuviera un poco de lana fría incorporado, como si fuera un textil nuevo, aún por bautizar. La camisa era un tono por debajo del azul del traje, y la corbata, una mezcla perfecta de ambos. El tono de piel moreno, como si alguien le hubiera untado con miel. Los dientes blanquísimos, las uñas ligeramente brillantes, como si una experta manicurista le aplicara un barniz también por bautizar—. Señorita Núñez, qué suerte que esté aquí. Ya sé por Irene que son amigas del colegio. La felicito por su trabajo en la galería de los estudiantes. ¡Interesantes exposiciones en ese lugar! —afirmó, siempre con la sonrisa perfecta.

—No… no recuerdo haberle visto en ninguna de ellas —titubeó Sofía.

—A veces me vuelvo invisible, señorita Núñez —corrigió, siempre sonriente, Pedro Suárez—. No deseo molestarlas mucho, muchachas, están inmersas en los preparativos de lo que ya llaman «la fiesta del año» —siguió sonriendo, recogiendo de la bandeja que le acercaba el mayordomo un vaso de agua helada. Sus manos no resbalaron por el cristal, cogió la servilleta de hilo y la enrolló en el tallo del vaso para nunca más deshacerse de ella en lo que duró su visita—. Me gustaría —prosiguió— molestarlas con una simple pregunta. ¿Es cierto que estaban las dos en el mercado cuando un delincuente fue abatido?

—A las doce en punto —respondió Elisa, después de una pausa en la que Sofía no dejaba de mirar hacia el cuadro que estudiaban colgar.

—Hora pésima para morir —sentenció Suárez—. Y también para comprar algo decente en el mercado, Ana Elisa, ¿no estás de acuerdo?

—Me llamo Elisa desde que me casé con Hugo —respondió—. Quería un poco de ruibarbo para unas mermeladas y mi mayordomo sugirió que sólo lo encontraríamos en el mercado. Y una vez allí…

—Te topaste con la señorita Núñez —interrumpió Suárez—. Curioso, ¿no?, porque su trabajo en la galería de estudiantes no le deja tiempo para este tipo de… ¿excursiones?

—La galería está también en el centro. A veces salgo un rato para despejarme.

Sofía no pudo evitar jugar nerviosamente con sus manos.

—No se alarmen por mi presencia, amigas —las tranquilizó Suárez—. Creí, por el cariño que siento hacia Elisa, que era mi deber prevenirlas de que no todos los sitios son ya seguros en Caracas. En particular, el mercado. Si tuviéramos un gobierno más… estable, con toda probabilidad desde la policía podríamos controlar más esos focos de rebeldía…

—¿Focos de rebeldía? —repitió Elisa.

—Elisa, esta ciudad ha cambiado mucho desde que te marchaste. Es mi deber advertirte de que, sin saberlo, podrías involucrarte en situaciones desagradables, confusas. Digamos que Caracas es ahora un lugar lleno de fantasmas que mueven las cosas, perturban a la luz del día. Así como Hugo es un consumado cazador, mi trabajo es apresar a todos esos fantasmas escurridizos. Y no me gustaría encontrarme con damas como vosotras cerca de esos arrestos.

Elisa no pudo articular palabra. Pero desde ese mismo momento sintió por Pedro Suárez una extraña mezcla de repulsión y afecto, más marcado por el agradecimiento que otra cosa, aunque latiendo bajo su piel al mismo ritmo. Sofía miró al suelo y estuvo a punto de llorar, sin saber muy bien por qué. Sólo le interesaba controlar sus lágrimas. Que no se notaran, que Pedro Suárez no la viera disminuida.

El atildado varón retomó su sombrero y devolvió el vaso de agua a la bandeja del mayordomo.

—Veo la casa en perfecto estado. Estoy seguro de que conseguirás todos los cambios que te propones, Elisa. Y nos encantará a Graciela, Mariano, Irene y a mí acudir como si fuéramos… un partido de familia —bromeó y rió él solo, poco le importaba que las damas no le siguieran—. Imagino que habrás conocido a la nietisísima, como la llama en broma Graciela. Los primeros días no le hacía ninguna gracia ser abuela a los cuarenta y cinco años.

—¿Abuela? —se sorprendió Elisa.

—Mariano Uzcátegui no sólo dirige el periódico que según él leen los que quieren saber la verdad. Hace todo lo posible por resultar el mejor ciudadano de este país. Marido ejemplar, padre entregado… En fin, en breve estaremos todos juntos. Pero no revueltos… —carcajeó y se marchó, al igual que había entrado, seguido de una orquesta invisible y sus andares de gato negro.


—¡Es intolerable que haya estado aquí! —bramó Hugo Hernández, Elisa temía verlo así. Sólo una vez, una noche en el Browns, pudo observar ese tono marrón subiendo por su cuello y apretándole los ojos como si quisiera taladrar el mármol del suelo con la fuerza de su mirada. El mayordomo mantenía la cabeza gacha—. Ese hombre no tiene ningún derecho a presentarse en mi casa, solo y sin avisar. No le perdonaré jamás —señaló a Filiberto con el dedo temblando de rabia— que no me haya avisado de que estaba aquí… Los teléfonos se inventaron para algo.

—Le conozco desde que soy una niña, Hugo —intervino Elisa—. Gracias a él... pude viajar a Trinidad. Ver a mi madre... por última vez. Y enterrar... a mi hijo.

El color marrón abandonó de golpe el semblante de Hugo. Las lágrimas de Elisa resbalaron en silencio y el mayordomo encontró un ritmo para sus pies que le permitió marcharse, cabizbajo y al fin invisible.

Hugo tomó las manos de su esposa.

—Cualquier cosa que haya hecho por ti, mi amor, no le permite acercarse aquí sin más. No puedo permitirlo, Elisa, en primer lugar porque todas tus desgracias terminaron el día que nos conocimos. Al igual que las mías.

—Lo sé, Hugo. Cuando dijo que no debíamos volver al mercado sentí asco por tenerlo cerca. Y miedo de que tenga tanto que ver conmigo. Es como si, frente a él, jamás pudiera ser libre. Siempre tendría que agradecerle sus salvoconductos.

—Elisa, ese hombre y su amigo el general quieren gobernar Venezuela como sea. No son políticos o gente con una ideología, una lucha, una revolución. Únicamente quieren el dinero sobre el que se asienta este país. Y son capaces de cualquier cosa para lograrlo. Desestabilizar, agudizar cualquier crisis por pequeña que sea. Robar, sobornar. Y matar.

—¡No puedo retirarles la invitación! —exclamó de pronto Elisa, y se sintió ridícula encerrando en esa sola frase todo el conflicto que giraba en torno a ellos. Pero era su máxima verdad, al menos en ese momento, la fiesta que se cernía sobre ella y esa casa, en la que trozos despedazados del espejo de su vida conseguirían pegarse juntos a la vez.

—Y pensar que vendrá aquí sólo por haberse casado con Graciela. Miedo de mujer, no me extraña que lo hayan hecho.

—Pedro Suárez llegó a esa casa para investigar la muer-

te de Gustavo Uzcátegui, una noche de diciembre, justo
después del cumpleaños de mi hermana mayor, Hugo —en
la voz de Elisa empezaban a congregarse recuerdos y dolores hasta entonces convenientemente dormidos. Las palabras le salían fluidas pero espaciadas, como si su discurso
fuera un ensayo, la prueba de instrumentos de una orquesta antes de iniciar la función. Hugo mantuvo el silencio y
fue hipnotizándose ante la dureza que adquirían los huecos en el rostro de su esposa. Afuera, en el jardín, *Malaya* y
*Camboya* se acercaban a la ventana, como esperando un
temblor—. Toda esa casa giraba en torno a la belleza de mi
hermana —continuó Elisa, las manos extendidas en su regazo, los ojos clavados en su esposo—. Mientras yo me dedicaba a cultivar orquídeas de colores maravillosos y preparar junto a Soraya pasteles rellenos de frutas sin nombre,
Gustavo Uzcátegui deseaba a mi hermana. Y fui yo, vestida
como ella, con el traje que madame Arthur diseñó para
combinar con sus hermosos ojos azules, la que recibió el
embate, la violencia de ese deseo prohibido. Cuando ya estaba consumado, un tiro lo convirtió en cadáver y todo el
peso de su cuerpo sin vida destrozó una parte de mi pierna
derecha, la que evito que cojee mucho contando siempre
veintisiete pasos. Pedro Suárez apareció al día siguiente,
decidido a investigar quién había matado a Gustavo. Consiguió que me enviaran a un sanatorio. Allí encontré a mi
madre, allí la acompañé a morir y allí nació mi hijo, que no
quiso vivir. Era también hijo de ese hombre, y por tanto,
habría sido hermano del marido de mi hermana. A nadie
le importó nunca hacer ese tipo de análisis de parentesco.
Lo que ellos llamaron «el accidente» era demasiado horrible. Cerraron esa clínica, era ilegal y su responsable un asesino. Pedro Suárez consiguió sacarme del país y facilitar
que yo llegara a Trinidad. Y allí fui otra, y esperé, hasta que
una mañana de lluvia viniste tú.

Hugo la abrazó con todas sus fuerzas. Era más que un esposo, un noviazgo y un amor. Era un salvador. Auténtico, palpable, hondo, a diferencia de a quien hasta entonces creyó también paladín pero que había vuelto a su vida, Pedro Suárez acompañado de todas esas personas que, como los fantasmas a la luz del día, decidían congregarse otra vez para asustarla.

\* \* \*

—Mi hermana ha escrito una carta… extraña —comenzó Irene mientras entraba en la cama y se acomodaba al lado de Mariano, siempre sumergido en la lectura de un libro—. Se excusa por no verme antes de la fiesta. Dice que le encantará conocer a su sobrina y que no quiere que le cuente nada de ella hasta que la vea.

—No es extraña, es clara. Te cuenta todo lo que le pasa por la cabeza. Es un valor cada vez más extinto, Irene, la honestidad en las personas —sentenció Mariano.

—Ya lo sé. Ana Elisa siempre ha sido así, directa. Pocas palabras, dirección exacta. Entiendo que no quiera venir aquí. En esta casa, no sólo nosotros, sino los objetos son… feroces, terribles recuerdos para ella.

—Y ahora me preguntarás por qué nosotros no nos hemos mudado nunca de aquí —murmuró Mariano.

—Ya no hace falta. He aprendido a comprender que te gusta dormir bajo el mismo techo que tu enemigo.

Mariano puso un dedo sobre sus labios.

—Todavía vivimos oficialmente en una democracia, rica en petróleo y con esperanzas de futuro. No hay enemigos aún, Irene. Solamente amigos, familiares y lectores.

—Algo puede pasar, Mariano, si continúas emperrado en demostrar que ese hombre que mataron en el mercado era un activista político.

—Es mi deber. Soy el director de un periódico. Y necesito ayudar, sentir que por una vez he conseguido hacer algo bueno.

—Como aquellos polacos en París —recordó, y de inmediato se arrepintió de haberlo hecho.

Mariano cerró el libro de un golpe, sin mirarla dijo buenas noches y apagó su lámpara. Irene pestañeó para evitar que las lágrimas empezaran a formarse en sus ojos, y también apagó la luz, para permanecer en la oscuridad escuchando los pequeños ruidos que la noche convertiría paulatinamente en orquesta.

* * *

«Bien… biiiiien, biiiiien dentro, puta asquerosa, zorra, cochina… siéntela así, bien dentro de ti.» —Graciela no podía ver claro, los martinis en el Círculo Militar no eran como los de su casa. De nuevo había pasado demasiado tiempo en el baño, se recordaba a sí misma, hablando pasmosamente con la estúpida, cada vez más estúpida esposa del general. Y volvía a sentir ese dolor dentro de ella, ahora, mientras Pedro resoplaba y repetía sus idiotas insultos sobre ella y golpeaba, con el miembro enorme que la recorría como un tren desbocado dentro de un túnel a través de una montaña. Se rió, nunca hubo trenes así en Venezuela, nunca vio algo así, ni siquiera en las películas. O probablemente sí. Y volvía a oír a Pedro llamándola bicha, bicha negra, puta y mil veces puta, y aguantaba ese dolor y sentía cómo le sangraban las encías de tanto apretar los dientes y la voz monocorde, con ese acento andino, provinciano, de la esposa del general: «A él le gusta el arroz graneadito, yo le pongo las tajadas a un lado y él mezcla las caraotas con el arroz, así, como una montañita.» Y el sabor del martini volvía a mezclarse con aquel otro amargo de la droga, como si picaran aspirina con ese nuevo producto para tranquilizar al estómago, efervescente, ¿cómo se llamaba?..., Alka... Alka algo. Otra vez el tren explotando dentro del túnel en la montaña. Y otra vez un nombre que quedaba sin pronunciarse. Seltzer, eso, Alka-Seltzer. Y allí estaba inundándola todo lo que Pedro Suárez llevaba dentro, sus manos aplastándole los senos, retorciéndole el pescuezo, tratándola como si fuera una gallina decapitada en la mesa de la cocina. Alka-Seltzer, necesitaba uno ya, tendría que esperar a que el toro, la bestia, se desinflara y ella pudiera escapar de su torniquete. «Y ahora tú —casi se oyó decir en voz alta—, ahora tú, Gustavo Uzcátegui, vas a volver a pasearte por esta habitación, con tu olor a azufre y mierda, mirándome con los ojos comidos, la única calavera de la eternidad sin sonrisa.»

* * *

Desde la época del Browns en Trinidad, mientras Joan se preparaba, Elisa conservó la costumbre de observar la magia del escenario poblándose de todos sus personajes a través de aquel agujero, aquella mirilla en el telón del local y, hoy, a través de una rendija en las balaustradas de la escalera en el piso superior. Sonrió, todavía a medio vestir, sólo sobre su cuerpo la combinación, el elegante traje de noche de un violeta intenso esperando encima de su cama en el dormitorio a su izquierda. Allí situada podía observar todo el piso de abajo. La puerta de entrada aún cerrada, el salón de la derecha atrapando los últimos brillos del atardecer y el de enfrente, a la izquierda, prácticamente proyectando el azul de la noche. Por el pasillo del vestíbulo, el blanco y negro del suelo de mármol especialmente brillante, y aquella oscuridad gótica que la recibió evaporada totalmente al despojar de cortinajes los grandes ventanales. Desde cualquier punto se podían ver los árboles del jardín y, cuando anocheciera, pequeñas luces diseminadas entre sus troncos convertirían ese espacio en un jardín encantado, eléctrico y titilante. En los dos salones siguientes, el comedor y la amplia biblioteca, se habían colocado las veinte mesas para la cena, cada una adornada por una orquídea diferente. Se emocionó al recordarse de niña cuidando de ellas, más adulta bajo la casa elevada de Soraya mezclando la arena con los restos de la comida y su propio pis para crear un abono especial. Esas orquídeas que fascinaron a Graciela como a Joan, dos mujeres tan diferentes unidas sólo por su vida, la suya, la de la superviviente Elisa.

De igual modo, entre el comedor y la biblioteca Sofía había distribuido las pinturas que mezclaban las dos vidas de Hugo. Los Corots y Manets y el Reverón en el comedor en homenaje a sus padres muertos, que los habían atesorado como gran demostración de su deseo de crear una familia, un apellido culto y adinerado en aquella sociedad tropical. En la biblioteca, el Léger, que Sofía acababa de encontrar vía París por sus contactos con galeristas franceses. Había sido una larga historia conseguirlo: pasara lo que pasara con el gobierno actual, el proyecto de la Universidad Central de Venezuela estaba ya en marcha a cargo de un arquitecto genial, Carlos Raúl Villanueva, responsable en el anterior gobierno de la transformación y renovación radical del barrio más céntrico de la ciudad, El Silencio, que pasó de ser un lugar de lenocinio, prostitución y oscuridad a convertirse en el emblema de la modernidad. Para la universidad, Villanueva anhelaba contar con esculturas y obras de los grandes artistas contemporáneos y Sofía, que dirigía esta galería, aún sin sede pero con espíritu y una revista literaria, *Mil hojas,* que reunía cada vez que se publicaba a los nuevos escritores, pintores y escultores de la capital, fue la designada, por sus numerosos contactos, para conseguirlos, y gracias a ellos pudo también hacerse con el Léger anhelado por Elisa, que convenció a Hugo de cambiar la distribución de la mítica biblioteca Hernández para albergarlo. En el cuerpo central, en la pared del fondo, se abriría un cuadrángulo, iluminado por los bordes que enmarcaría la pintura. Era un universo de formas rojas, azules y blancas, como de cabezas de serpientes riendo entre sí y avanzando en forma de remolino hacia quien se colocara delante. También podía verse como si fuera una ciudad de casas movedizas, o de gladiadores romanos cubiertos por sus capas y escudos avanzando hacia el enemigo. En aquella habitación, recubierta de madera y libros, quedaba como un destello de luz y significados, y resaltaba aún más al compararse con los impresionistas de la habitación de enfrente. En la biblioteca, las diez mesas estaban colocadas como si fueran bailarinas que esperaban el sonido de la bandada de cisnes para comenzar su actuación. El efecto de las orquídeas siguiendo los colores del cuadro asombraba, y los ventanales parecían abanicados por las hojas de los árboles.

De nuevo en el amplio vestíbulo, Elisa ordenaría al final de la cena abrir las puertas que daban al jardín. Antes de acceder hacia la piscina, el porche de la casa estaría decorado con sofás y mesas donde descansar, tomar el café, empezar la primera copa o relajarse después de bailar en la pista montada en el jardín, con la orquesta de Don Fernández interpretando sus éxitos: *Morenita, Disfraz de carnaval, Un besito, por favor, Perfume de alelí...* El césped estaba recién cortado y despedía ese olor nuevo y seco, limpio y cariñoso del campo en la ciudad.

Volvió a su habitación y se perfumó mientras que de su baño emergía Hugo, ya vestido con su esmoquin, apretando con un simple y rápido gesto los gemelos en los puños de la camisa de seda blanca, las imperfecciones del material, como pequeñas espigas rebeldes en aquel césped inmaculado, mostrándose en las costuras de la espalda y su olor a vetiver, confianza y amor siempre precediéndole. Elisa entró en su traje suavemente y se besó con su marido al tiempo que las primeras voces, el ruido de las telas rozándose y las risas de los invitados llenaban el vestíbulo.

*Malaya* y *Camboya* no se cansaban de agitar su plumaje delante de la larga fila de invitados que aparcaban sus coches en el camino que ascendía a la mansión rodeado de jardines y se acercaban a la puerta de la quinta Hernández. La fila de esos coches era siempre un espectáculo en esa ciudad donde la gasolina jamás tuvo precio. Grandes Mercedes, gigantescos Cadillacs, el Rolls Royce de los Bustamante, del cual emergía, siempre sola, la hija de la familia, Amanda. También los utilitarios, desproporcionados, ligeramente sucios de los escritores del grupo *Mil hojas,* ya ruidosos, ajustándose corbatas que no combinaban con sus trajes antes de entrar en la casa. Al final, siempre llegando el último y dispuesto para la gran entrada, el Mercedes-Benz gris perla de Graciela y Pedro Suárez, con Irene y Mariano sentados atrás. Y, precedido de la molesta sirena de un coche policial, el único Cadillac negro como la muerte, del cual descendió, pequeño, la cachucha con la cinta y el escudo que acreditaban su condición de general bailándole ligeramente en la cabeza diminuta, el hombre que anhelaba gobernar el país, y junto a él, su esposa, siempre asustada delante de toda esa exquisitez envuelta en el perfume de las gladiolas y damas de noche que los esperaban a la puerta de «Monte Alto».

El mayordomo organizaba la circulación de sus camareros con mucha más habilidad y estrategia militar que ese general, flanqueado por Pedro Suárez y tres hombres que imitaban la elegancia del inspector que sabía leer la mente humana. Una vez más, Pedro Suárez era el más alto, al que mejor le sentaba el esmoquin negro y la pajarita ancha de la misma seda que el traje. Los botones en la pechera de su camisa, de ónix brillantísimo. Su reloj de oro, la cadena una fina malla que resbalaba como una mujer alrededor de su fuerte y ancha muñeca, en su dedo anular la alianza también de oro macizo que Graciela le obsequió al desposarla. Sus ojos parecían leer jeroglíficos ocultos en las paredes. Brillaba entre los hombres, fascinaba a todas las damas, incluso más todavía que por sí mismo, por su contraste, por su diferencia con el rechoncho y absurdo general y su esposa de aspecto ido.

Graciela, esa noche demasiado erguida, sus manos jugando con sus anillos demasiadas veces, no se movía del lado de Irene Uzcátegui, asombrosamente bella y blanca y rubia al lado de su suegra indígena. Todos los que le saludaban querían comentarlo, y si no lo hacían era por el miedo intrínseco que despertaba Graciela en cualquiera de sus apariciones sociales, pero verlas juntas era una elocuente verdad sobre la sociedad que todos representaban: una mezcla, no muy cultivada, siempre azarosa, siempre rodeada del ruido de las telas de los vestidos de ambas y sus conversaciones, el olor de los perfumes de aquellas dos mujeres unidas nada más que por una belleza rara, exótica, imposible de hallar en otra latitud.

Fue Pedro Suárez, eternamente alerta, quien inició el aplauso. Lentamente, las manos cogidas con firmeza, Hugo Hernández y su esposa descendían hacia ese mar de sedas y dientes blancos, los veían como pequeños cocodrilos esperándolos para cenar, y la idea los hizo reír a los dos, lo que engrandeció el nivel del aplauso. Eran recibidos como Antonio y Cleopatra, pensó Elisa, y sonrió más. Apretó su mano, se detuvieron en un peldaño y se besaron para regocijo de los caimanes que aplaudían. Hugo se fijó en el mayordomo, detrás de los invitados, junto a la puerta, sonriendo orgulloso. Y Elisa vio a Irene, sus manos momentáneamente tapando su boca, asombrada de la transformación de su hermana. A su lado, Graciela era una sombra gris en la que apenas quiso reparar, porque quería cuanto antes terminar de bajar esa escalera, para abrazarse a Irene.

Cuando lo hizo, el aplauso creció en una última oleada y las dos sintieron de nuevo la fuerza de sus manos, más que uniéndose, como si se atraparan en una cerradura de la que sólo ellas poseían llave. Todo el mundo, todo el ruido, todos los olores desaparecieron en ese instante.

—Ana Elisa —empezó Irene.

—Ahora sólo me llamo Elisa —la rectificó.

—Elisa Hernández. Me encanta que hayas prescindido del Ana. Ese nombre es sólo para las niñas —continuó Irene, abrazándose, dejando caer una de sus lágrimas en la mejilla de su hermana—. Quería tanto que tu sobrina hubiera venido con nosotros, pero ni Mariano ni nadie más me dejaron hacerlo.

—¿Cómo se llama? —preguntó Elisa.

—Dios mío, es cierto, estamos tan acostumbrados a hablar de ella que se nos olvida… —Se miraron y empezaron a oír otra vez el ruido de las conversaciones y las telas y los perfumes y los cristales alrededor.

Elisa, antes de que continuara hablando, apretó aún más la mano de Irene, qué fascinantes eran sus ojos azules, el rubio de su cabello, lo delicado de sus facciones. Volvía a ser cierto que no poseía la belleza de su hermana. Ella parecía una hada, mientras que Elisa sólo podía compararse a una jefa, una de esas mujeres independientes, dueñas de una cadena de restaurantes como Mildred Pierce en la piel de Joan Crawford.

Pero estaban juntas, otra vez, no habían perdido el placer de estar juntas, de encerrar sus manos y conseguir que el tiempo se detuviera un poquito. Por eso Elisa quiso atrapar un poco más del silencio que construían a su alrededor como un escudo.

—El nombre, ¿por qué no me dices su nombre? —imploró, y sonrió.

—Porque se llama Ana Elisa, como tú —le respondió Irene.

La orquesta Melodías del Caribe interpretaba *medleys* de éxitos de los años anteriores, la razón de su omnipresencia en las fiestas caraqueñas; claro que se podía dejar encendida la radio y éstos sonarían mucho más fidedignos, pero era impensable que en una velada elegante se oyeran también los absurdos anuncios de detergentes, polvos para perros, apertura de nuevos concesionarios para surtir de automóviles americanos la ciudad donde la gasolina no tenía precio, si bien era cierto, por lo demás, que la mayoría de esos negocios estaban controlados por Hugo Hernández y pagaban cada uno de los platos y exquisiteces de la cena que estaba a punto de empezar. El mayordomo y los camareros contratados para la ocasión se ocupaban de dirigir a los invitados hacia sus puestos en una coreografía sutil, discreta, que, sin embargo, habían empleado semanas de elaboración.

En su preparación, Elisa asentó las bases de su amistad con Filiberto. Porque, sin llevarse mal, tampoco se llevaban bien hasta entonces, hasta que Elisa entendió, ayudada por su infalible intuición, que el mayordomo conocía mejor que ella a sus invitados. Todas las mañanas quedaban, carpeta en mano, libreta de hojas amarillas y lápices con borrador en la punta —la última moda ese año 1950—, para establecer quiénes estarían en el comedor con Hugo y quiénes se sentarían con ella en la biblioteca, debajo del nuevo Léger. Así se decidió que una parte de los intelectuales favorecidos por Sofía se repartirían en ambos salones y Sofía se quedaría en el comedor. Amanda Bustamante, por ejemplo, estaría donde Elisa. Cuando se hizo imposible no invitar al general y después de que tuvo que emplearse a fondo para convencer a Hugo, llegaron a la conclusión de que invitarían también a Betancourt, que se sentaría a la mesa de Elisa, y la esposa del general con los Pelayo, a la mesa de Hugo. Pedro Suárez en la biblioteca, al lado de los Guerrera Sotelo, que sólo hablaban de lo maravilloso que era vivir en París y viajar por el Caribe venezolano. Graciela estaría al lado de Hugo, porque al anfitrión le interesaba ver más de cerca a esa mujer que nunca dejaba de ser guapa, altiva, misteriosa. Irene también estaría en el lado de Hugo. Y Mariano, después de tanto tiempo, en el de Elisa.

Durante la cena, los camareros repartieron el volován de camarones y champiñones con una bechamel bastante diluida. Elisa ya no cocinaba pero, también junto al mayordomo, luchaba diariamente porque el afrancesamiento de la cocina habitual de Caracas perdiera precisamente esa idiosincrasia y se hiciera más ligera, más lógico con el clima húmedo, cambiable, presagioso en el que vivían. Entre el primer plato de marisco y setas y la chuleta de res horneada, roja por dentro, como las líneas del Léger, marrón y casi crujiente por fuera, como el fondo del lienzo, Elisa se empeñó en servir una crema de caraotas, negra como el damero en el suelo de la casa, adornada con tiritas de ajíes dulces, rojos y verdes. Filiberto lo consideraba una locura, pero Elisa tenía razón, entre el volován con marisco y la carne, el sabor agridulce de la crema restablecía el apetito y agitaba las conversaciones. Además, los frijoles negros o caraotas siempre se empleaban como guarnición tanto para los ricos como para los pobres de Venezuela, convertirlos por una noche en delicada crema establecería para siempre la leyenda de Elisa Hernández como excelsa anfitriona y maravillosa cocinera. A continuación, las chuletas irían acompañadas por papas horneadas, medianas, prácticamente buscando que el tamaño de todas fuera exactamente igual, rellenas por una mezcla de crema agria y *ciboulette* picadita y perfectamente ubicadas a un lado de los trozos de carne en cada plato, de manera que al aparecer portadas por los veinte camareros, diez para cada salón, un plato en cada mano, fuera un espectáculo humeante, colorista, bailado, digno de merecer el aplauso de Guerard allá en el Browns. De postre, cómo iba a ser de otra manera, Elisa recuperó su célebre chantillí de la infancia. Cada lámina de gelatina, cada clara de huevo, cada corteza entera de limón, cada media cucharadita de esencia de vainilla recordándoles a Mariano, a Graciela y a Irene los trozos perdidos de su infancia y adolescencia, que ahora se reunían, como había adivinado, en torno a todos ellos en esos salones.


Antes de incorporarse al baile y tras dejar al general al lado de su esposa, Elisa recibió el aplauso de su marido.

—La maravilla de los colores en los platos, la genial idea de la crema, los ajíes y el sabor del chantillí me han hecho olvidar que esos crápulas han conseguido venir a esta fiesta que no se merecen.

—A fin de cuentas es sólo una fiesta, Hugo. Hermosa, confieso que me ha emocionado por momentos y todavía me pellizco para saber que algunas de las cosas que suceden en ella son verdad, pero… efímera, como todo lo bello que parezco alcanzar a conocer.

—Tú y yo no somos efímeros. Y esta fiesta será la primera de muchas. Acaba de empezar y no podemos permitirnos no disfrutar de un mínimo segundo de ella.

Se besaron, la orquesta empezó a tocar compases bailables desde la piscina, y Elisa y Hugo se encontraron separados por un mar de halagos, frases maravillosas que a su vez intentaban describir y multiplicar el hechizo en que vivían. Entre besos, abrazos, y sedas y perfumes y ruidos, Elisa llegó hasta el baño. Delante del espejo, maquillándose quizá muy vehementemente la nariz, estaba Graciela.

No se veían desde aquella mañana en la biblioteca. Graciela guardó su polvera con manos nerviosas. De inmediato se las llevó hacia su moño, siempre mirando a Elisa a través del espejo. Respiró, como si fuera un pez fuera del agua, y se volvió hacia ella.

—Me ha encantado que estuvieras… —Elisa no titubeó, sino que ganó fuerza al saberse iniciando la conversación— sentada al lado de Hugo durante la cena.

—Hacéis una pareja fantástica, debo reconocerlo —atajó Graciela.

—Al igual que Pedro y tú —devolvió Elisa.

—Voy a corregirte y decirte que errabas al afirmar en mi casa que yo te había hecho lo que eres. No tenías razón entonces ni ahora. Jamás hubiera conseguido convertirte en la dueña de esta mansión, en la esposa de un hombre como Hugo Hernández, el único príncipe de esta ciudad. Mucho más que mi hijo Mariano.

Respetaron el silencio entre ellas, estaban solas en el cuarto de baño, las toallas ya no llevaban la doble «H» de Hugo Hernández, sino una «E» y una «H». Graciela las estaba revisando con la mirada.

—Has conseguido cambiar ese ridículo monograma. Perfecto. Como tu menú, como tus flores. No entiendo ese cuadro que has puesto en la biblioteca y tampoco lo voy a discutir —admitió, sus uñas en el mismo tono que su vestido, curiosamente un rosa palo que la hacía más morena y más extraña—. Detesto la expresión «arte moderno», aunque no sé decirte por qué. Sólo me parece redundante, como si tuviera que ser explicado. Y no me gustan las explicaciones. Mírate a ti, por ejemplo, habría que escribir un libro para comprender cómo conseguiste llegar a esto.

—Por amor —respondió rápidamente Elisa.

—Hace falta más que amor para sobrevivir en esta ciudad y en cualquier otra, Elisa —avanzó hacia ella y extendió sus huesudos, largos dedos, el rosa en las uñas los hacía todavía más amenazantes. Elisa tomó su mano. En los espejos del baño cada una ocupaba un vértice, sus infinitos reflejos, los únicos testigos del encuentro, la tregua—. Debo agradecerte también que invitaras al general —continuó Graciela—. Sé lo que debe de parecerte su esposa. En eso comparto tus ideas. Cuando vio la crema de caraotas estuvo a punto de persignarse, la idiota. Después de oír los comentarios favorables, ella y su esposo harán lo mismo que con esa bebida de whisky y agua de coco, ponerlo de moda. No temas, me ocuparé personalmente de que todos recuerden que la probaron por primera vez en tu cena.

Entonces separó su brazo de la mano de Elisa y la pulsera que llevaba cayó al suelo. Elisa, quizá por ser más joven, intentó evitar la caída y se agachó a recogerla antes que Graciela. Era de oro, maciza, repleta de esas monedas que los años cincuenta imponían como moda y que habían llevado al mismo general a comentar que el gobierno debería hacer una colección ecuménica conmemorando los caciques indígenas que lucharon contra los españoles en la conquista de la nación. Además de esas monedas, llamadas morocotas, la pulsera de Graciela tenía diminutos elefantes, también de oro, con la trompa erguida, pequeños barcos de vela alta, estrellas marinas y dos o tres caballitos de mar que seguían esas estrellas.

Elisa fue a devolvérsela cuando la joya, sola, se giró en sus manos y pudo leer la inscripción: «Serás mi reina. Gustavo.»

Graciela se tensó en estado de alerta, no movió un músculo para recuperarla. Elisa oyó de pronto todas las conversaciones de la fiesta y, a lo lejos, aquella polca letal, la música que sonaba en el baile de quince años de Irene. Si separaba la mirada de esa inscripción, se encontraría vestida con el traje azul robado, avanzando en la oscuridad de la sala de fiestas de los Uzcátegui y, en vez de estar allí con Graciela, se enfrentaría de nuevo a él, que la miraba con los ojos desorbitados, el aliento calentándole la nuca…

—Yo no lo recuerdo, nunca, jamás —dijo al fin—. En cambio, tú sí. Necesitas llevarlo contigo, su nombre cerca de tu piel. Incluso en una fiesta como ésta, incluso aquí solas las dos, necesitas invocar su fantasma. ¿Para qué? ¿Para sentirte fuerte? ¿No tienes suficiente con lo que has construido, con lo que piensas obtener una vez que se cumplan todos tus planes?

Graciela detestó que el último martini empezara a subirle más allá de las mejillas y que lo que acababa de consumir en el lavabo comenzara a desplazarse entre sus encías, jugueteando con sus dientes hasta decidir entrar en el foso de su garganta. Tenía que escoger las palabras perfectas, exactas, que encerraran todo su odio, sí, odio, desdén hacia esta niña absurda que le pedía explicaciones sin pedírselas, atrapándola en su sobriedad mientras ella iba deslizándose hacia ese estado mitad dormido mitad despierto donde podía observar la imbecilidad de los demás…

—Ha sido… una… casualidad —explicó.

—No existen, Graciela, las casualidades entre nosotras. Ni siquiera este encuentro. Ni ningún otro que tengamos a partir de ahora.

Graciela intentó colocarse la pulsera otra vez. Así la

dejó Elisa, luchando con el peso de sus alhajas sobre una muñeca temblorosa.

Cuando oyó la puerta del baño cerrarse, Graciela se miró en el espejo y contempló a todas las Gracielas que ahora la rodeaban. Si lograba reunirlas en una, en el próximo encuentro sería Elisa la que se quedaría rodeada de reflejos.


En el jardín, Hugo bailaba con Amanda Bustamante mientras la corte de fotógrafos y cronistas que siempre la seguían inmortalizaban el instante. «Amanda Bustamante, centro de atención en la maravillosa fiesta de los maravillosos esposos Hernández», leerían en la edición dominical de los periódicos. La orquesta tocaba ahora su serie de boleros bailables, el perfume de las gardenias invitaba a acercar los cuerpos, Graciela se distraía hablando con los Pelayo e Irene con los Guerrera Sotelo, el resto bailaba susurrándose cosas, repitiendo la letra de la canción «déjame llevarte al fondo de ese bosque, laberinto de pasión, plataneros sin sabor, robados los vientos en torno a tu amor».

Elisa se detuvo en la biblioteca al volver del baño, estaban recogiendo las mesas, flotaba en el aire la mezcla de los sabores, el olor del tabaco de los caballeros, esos perfumes siempre densos de las caraqueñas. Ordenó con un gesto al mayordomo abrir las ventanas. Fue hasta él y le felicitó por la velada.

—He oído muchos comentarios de la crema de caraotas, señora. Al igual que de las papas y el chantillí, por supuesto.

—Y hemos sentado muy bien a todos nuestros invitados. Podemos darnos un abrazo, usted y yo somos los auténticos artífices de este éxito.

El mayordomo recibió el abrazo de una forma fría, más por reserva y estricto cumplimiento de su trabajo que por indiferencia. Elisa lo entendió y supo entonces que ya no estaba con Soraya ni con Joan ni con Guerard. Que ahora ella sola reunía todas las indicaciones que esas amistades significaban.

El mayordomo se alejó, Elisa se quedó al lado de la ventana. Vio a *Malaya* y *Camboya* alejarse hacia sus jaulas o madrigueras con las plumas recogidas. Debía de ser medianoche. La luna, bastante llena, se reflejaba azulada sobre el césped recién cortado y, con ella, las sombras de dos caballeros apostados detrás de un árbol. El porte de Pedro Suárez era inconfundible, y por eso Elisa se refugió amparándose en la cortina recogida al lado de la ventana. Podía seguir viendo aquellas sombras desde allí. El otro hombre era más bajo, al menos su sombra lo era, rígido, mal hecho, de pronto se llevó las manos a la cabeza y volvió a bajarlas, y Elisa pudo ver en el dibujo de su sombra una corona, una escafandra, una cachucha encima de su cabeza. El general.

—No podemos correr ningún riesgo. Ese Yanis no es un amateur, pero me han dicho que ya lo llevaron a República Dominicana y no pudo matar al Chivo.

—Esta vez será diferente, general. El objetivo de aquí no es tan listo como Trujillo —era la voz de Pedro, más susurrante que nunca, pero Elisa la percibía perfectamente. Quiso poner su mente en blanco. Suárez podía captarla fuese lo que fuese lo que pensase. Por eso sentía ese miedo irracional y luchaba con todas sus fuerzas contra él y contra el fluir de su mente—. Es magnicidio sólo técnicamente. En realidad, es tan sólo un presidente por encargo —continuó en murmullos.

—Pero es teniente coronel. Nada puede salir mal —declaró el general—. Si lo matamos, convocaremos elecciones. Y aunque las perdamos, las ganaremos —sentenció.

La orquesta pareció subir de intensidad y las carcajadas avanzaron a través del césped hasta sepultar o hacer desaparecer las sombras. Ya no estaban ni Suárez ni el general. Elisa se volvió, sobrecogida, para encaminarse hacia la biblioteca, para ganar tiempo, para prepararse por si los poderes de Suárez los hubieran transportado hasta ella y ya estuvieran listos para esposarla e interrogarla sobre lo que había oído. Entonces sintió una mano que salía también de detrás de las cortinas.

Era Mariano.

## 17

Nadie sabe muy bien cuándo empezó la crónica social en Caracas. Seguramente porque a nadie en esa ciudad le interesaba conocer el origen de muchas cosas. Las fortunas de algunas familias, por ejemplo. O si era falso o verdadero cualquier dato concerniente a sus ancestros, de dónde llegaron, de qué hambruna europea venían escapando, si eran corsos o belgas, españoles o árabes, católicos o luteranos. En determinados lugares, hacer muchas preguntas podía conducir a un pantano de arenas movedizas o a un río con los pies encadenados a un tronco de madera.

Sin embargo, pensaba Mariano en su despacho de director de periódico, la crónica social formaba parte esencial de los hábitos de los venezolanos. Al menos, se apresuró a reconocer, de los venezolanos que él trataba y que continuamente le repetían lo mucho que les gustaban sus columnas de opinión (sí, Mariano escribía y firmaba las columnas de opinión de su propio periódico) y lo que ellos llamaban la «excelente cobertura social de nuestra amada Caracas».

Mariano tenía la edición del día frente a él. El cronista de sociedad era un hombre muy delgado, fumador impenitente que llevaba consigo su propio cenicero plegable, de piel negra, que abría al sentarse en las casas e iba llenando, cigarrillo tras cigarrillo, hasta colmarlo de cenizas tan grises como sus sienes plateadas. Cogía el artilugio y lo vaciaba en los ceniceros dispuestos en la casa que visitaba, y volvía a encender otro cigarrillo para volver a llenar el suyo. Todos sabían que se marchaba cuando apuraba con leves golpecitos las últimas cenizas, plegaba su artefacto y lo guardaba en el bolsillo izquierdo de su americana.

Mariano detestaba a este caballero y su cenicero plegable. Cuando se dignaba subir a su oficina respondía al nombre de Feliciano Rivas, aunque gustaba de firmar sus crónicas como *El Hombre Feliz,* en homenaje a su serie cinematográfica preferida, *El hombre delgado.* Sin embargo, cuando Mariano lo veía sentado al lado de la obsequiosa anfitriona de turno no lo encontraba precisamente feliz; tenía un gesto triste, de payaso camino a la jubilación. La americana se le veía desgastada en los bolsillos, donde guardaba alternamente su cenicero plegable, y sus zapatos negros, anchos, eran de camarero. Una vez oyó decir que Graciela, su madre, organizó una colecta entre sus amigas para regalarle una cocina. Sí, ¡una cocina! ¿Cuándo la iba a utilizar si su vida entera era desayunar, comer, cenar en casas de otros?

La secretaria de Mariano interrumpió sus pensamientos apareciendo cargada de libros. Los depositó en la mesa, pequeños papeles de colores marcaban las páginas que serían del interés del director. Mariano, siempre aficionado a las bibliotecas, había comprado material de diversas familias deseosas de vender libros acerca de la historia de Venezuela que sólo acumulaban polvo. Estaba decidido, después del clamor, del triunfo excelso de la fiesta de los Hernández, a desempolvar todo lo que pudiera sobre la fascinación por las fiestas en el devenir de su país. Podría parecer una empresa baladí, pero en Mariano las cosas más absurdas adquirirían intereses monumentales. Su única definición del saber era la curiosidad. Si algo despertaba su atención tenía que llegar al origen de ese interés y, fuera lo que fuera el resultado, tendría, como decía él, «una piedra más de sabiduría en mi mochila».

La montaña de libros que consultó indicaba que la primera aparición de una crónica social en los diarios caraqueños correspondía, cómo no, al bautismo, un viernes, 16 de enero de 1883, de la hija del general Rojas, figura fiel y clave en el penúltimo período presidencial de Guzmán Blanco y, por supuesto, buena parte de la crónica estaba protagonizada por la asistencia del presidente, a quien todos llamaban *el americano ilustrado* porque su formación en Francia y su fascinación por el París haussmanniano había terminado por cambiar el aspecto provinciano de aquella Caracas.

Mariano, que también tuvo un París en su biografía aunque dañado, herido y humillado por los nazis, guardaba siempre respeto hacia Antonio Guzmán Blanco. En el fondo era cierto el soniquete de americano ilustrado: era un hombre refinado, lector, aspirante a poeta, que de pronto tuvo que gobernar un país devastado por infinidad de guerras civiles, analfabeto, y cuyas riquezas dominaban sólo un puñado de elegidos, la mayoría de ellos dispuestos a venderlas al mejor postor norteamericano o europeo. Sonrió, Mariano, al percatarse de que las cosas no eran muy diferentes ahora que leía la documentación sobre los inicios de la crónica social en su ciudad o, mejor dicho, en su país.

—¿Me ha mandado llamar? —le interrumpió la voz cansada, pastosa, nicotínica de Feliciano Rivas.

Mariano cerró el libro de un golpe, Feliciano alcanzó a ver que leía la mítica columna social de Gutiérrez Díaz, aquel pobre lameculos del régimen de Guzmán Blanco cuyas memorias siempre hubiera deseado escribir, ganarse algún premio literario y así abandonar ese periódico y sus eternos vaivenes con el poder. Mariano le observaba con ese gesto suyo vacilante. A Feliciano le daba igual que no existiera aprobación en esa mirada. Para él, Mariano Uzcátegui era un cero a la izquierda de inmensa fortuna.

—Usted no estuvo en la fiesta de los Hernández el pasado viernes, ¿verdad, Feliciano?

—Nunca se ha sabido muy bien de dónde proviene todo el dinero que ha heredado ese muchacho. Su madre nunca hablaba, mientras que el padre iba de un lado para otro vendiendo lo que fuera: casas, piedras, leones, barcos, cocinas y claro, un día, bum, petróleo.

—Eso no responde a si ha estado invitado o no a la fiesta.

—Sólo hago amistades con personas de buen pasado —respondió con esa voz carrascosa.

—Es una pena, porque sinceramente creo que es la primera fiesta de una etapa diferente en nuestro país. ¿Qué ha oído acerca de ella?

—Exageraciones, supongo. —Empezó a recorrer su bolsillo izquierdo y Mariano vio cómo aparecía ante sus ojos el cenicero plegable de piel negra—. ¿Le molesta si me siento, director? —Mariano asintió dándole permiso. Esperaba que Feliciano preguntara también si podía fumar en su presencia, pero al parecer esa cuestión estaba implícita en el «puedo sentarme». Feliciano colocó el cenicero en su mano izquierda y con la otra encendió el primer pitillo—. Hablan de un Léger en la nueva biblioteca que la señora Hernández ha ordenado construir especialmente. De un jardín impresionante que parece meterse dentro de ese cruel y absurdo palacio gótico que los padres de Hugo se mandaron hacer importando las piedras de Normandía. Dicen que la música no dejó de sonar en toda la velada. Que Amanda Bustamante llevó un Dior original, al parecer traído hasta Caracas en un avión. De las joyas impresionantes de su madre, señor Uzcátegui, y de las de la señora Guevara. También que la cena incluyó una nueva moda: crema de caraotas, entre los volovanes y la carne. Por favor. Terminaremos por comer yuca frita cualquier día de éstos.

—Por lo que veo, se informa bien aunque no haya estado allí, Feliciano. —Éste aspiró largamente el final del primer pitillo, lo aplastó una, dos, tres veces contra el fondo del cenicero plegable y encendió otro de inmediato. Fumándolo, guardó silencio—. Me gustaría dedicarle una página a esa fiesta, Feliciano.

—Los Hernández no invitan a periodistas. Mucho menos a fotógrafos. No puedo escribir una crónica sin imágenes, es uno de sus dictums, señor director.

Mariano se levantó y le dio la espalda. Era asqueroso verlo con ese trozo de cigarrillo colgándole de un labio y las manos caídas sobre sus rodillas, como si esperara que lo desangraran.

—Quiero que entienda, Feliciano, que en esa fiesta... estaba formándose un nuevo país. Un nuevo sistema, una nueva clase social. Elisa —la voz le cambió radicalmente, un timbre de admiración y melancolía estuvo a punto de hacerle volverse y enfrentarse a la gallina fumadora que tenía detrás—, Elisa... y Hugo invitaron a personas de todo tipo. Su familia, sus amigos, intelectuales, artistas...

—A Pedro Suárez y a su madre, al general y su esposa... Y al señor Betancourt. Sí, es cierto, eso también lo han comentado.

Mariano no pudo evitar volverse.

—Es increíble. ¿O es que usted no lo ve? Muchas de las personas que estábamos allí no podemos vernos sin como mínimo levantar... polémicas, comentarios, rumores. Esta ciudad, al menos en este momento, está hecha de rumores. Y los protagonistas de esos rumores estaban todos juntos el viernes por la noche en casa de los Hernández. A mi modo de ver, eso es una noticia. Mucho más que eso, una realidad. Una nueva realidad. Como bien sabe, su página es de las más leídas del diario.

—Muchas gracias —respondió aspirando un nuevo cigarrillo—. Seguramente es así porque sólo digo cosas buenas sobre personas que no lo son tanto.

—Feliciano, hay que escribir esa columna.

—El problema es, señor director, que aunque no me inviten tengo amistades, anónimas, por supuesto, a quienes les gusta hacerme el favor de fotografiar sin que nadie se dé cuenta. Podemos conseguir alguna imagen, siempre y cuando las paguemos por separado. De mi artículo, quiero decir.

Mariano se asombró de la parsimonia empleada por ese hombre de humo, su rostro tapado por los efluvios del tabaco y la voz proviniendo de un infierno desconocido.

—¿Qué fotos tiene?

—Creo recordar… a ver, sí, su esposa Irene en un adorable Balmain, besando con gran ternura y complicidad a su hermana al pie de la gran escalera de los Hernández. Por supuesto, el general con su suegro, el señor Suárez. A su madre con los Guevara y los Pelayo. A Hugo Hernández bailando con Amanda Bustamante, la única foto gratis porque otras personas también la tienen, está claro que la señorita Bustamante lleva su propia prensa… ¿Harán un periódico sólo para ella?

—No pasa nada si elegimos alguna foto de mi madre y mi esposa.

—Y tenemos una última foto, seguramente la que usted espera publicar… —Guardó silencio y sacó un nuevo cigarrillo, lo sopesó y lo volvió a guardar. Buscó con la mirada el cenicero donde vaciar el suyo plegable y no lo encontró. Mariano, inflexible, no le ofreció ninguno. Si alguna vez volvía a esa oficina, Feliciano ya sabría que debía hacerlo sin fumar. Miró debajo de la mesa y vio la papelera. Sin apartar los ojos de la mirada anonadada de Mariano, vació su cenicero en esa papelera.

—¿Cuál es esa buena foto, Feliciano? —preguntó Mariano.

—El general y el gran demócrata Rómulo Betancourt charlando juntos, ambos con sendos vasos de ese whisky con agua de coco.


Feliciano se sentó delante de su Olivetti negra recién adquirida en un viaje solitario a Italia en pos de conocer a los maestros del neorrealismo cinematográfico, su idolatrado Rossellini, el cada vez más admirado Visconti, a quienes jamás consiguió ver siquiera caminando por las calles del Trastevere o en las escalinatas del Vaticano. Sí, Feliciano era un apasionado del cine, su placer más secreto, incluso más que el de contratar horas de intimidad a aspirantes halterófilos del gimnasio cochambroso y repelente a linimento que quedaba al lado de su casa para que le visitaran en ella. Era el cine su verdadera pasión, y las taquilleras y acomodadores de la sala Libertador, también a dos cuadras de su casa, así lo podían reconocer. Feliciano terminaba su jornada inexorablemente a las cuatro y media de lunes a viernes y caminaba hasta el Libertador para ver la función de las cinco. Cenaba siempre solo a las siete y media en el cafetín del cine, vigilado por los papagayos obesos repletos de colores en sus plumas que el local poseía como atractivo llamamiento. Llegaba a las ocho a la primera de las fiestas de su agenda como cronista, llenaba y rellenaba su cenicero portátil hasta las diez en punto, la hora en que el listado de su crónica quedaba completo, casi siempre con la llegada tardía de Amanda Bustamante. A las diez y treinta estaba de vuelta en su casa, una sola habitación, un salón comedor repleto de libros, regalos de Navidades pasadas, montañas de periódicos atadas por un cordel, un sofá diminuto que recogía la silueta de su cuerpo delgado, una butaca de cuero agujereada por quemaduras de cigarrillos y una cocina, o el espacio supuesto para una, llena de cajas de madera a través de cuyas tablas se podían ver los muebles y la cocina de gas nunca instalada regalo de Graciela Suárez.

Se sentó, pues, Feliciano delante de su Olivetti negra, la cinta con tinta verde recién estrenada en el carrete y su minúsculo espacio al fondo del tercer piso del edificio donde tenía su sede *Las Mañanas de Caracas,* esperando el sonido de sus teclas prestas a disparar su peculiar visión de la historia nacional.

Apenas han transcurrido dos noches desde que la luna brilló con toda su fuerza sobre el impresionante jardín de «Monte Alto», la exuberante residencia de los Hernández, hoy feliz matrimonio, Hugo y Elisa, que desde esa noche iluminada han pasado a ser la pareja más deseada, comentada, admirada de todo el valle...

Filiberto, el mayordomo, revisó la columna dos veces. La primera no le había dejado un buen sabor de boca, por un momento sintió como si las copas de champán compradas en Suiza por la madre del señor Hugo se quebraran solas dentro del armario que las protegía. Como si un seísmo indeterminado estuviera atravesando la casa en línea recta, igual que una puñalada directa al corazón. Fue, por supuesto, hasta el armario, y vio dentro las copas en perfecto estado. Regresó a su mesa del comedor de empleados, se sirvió otra taza de café y volvió a leer la columna de Feliciano.

Irene acostumbraba a despertar antes que Mariano. No era un ritual, pero cada día lo parecía un poco más. Le gustaba caminar por el jardín de los Uzcátegui antes de que el rocío se evaporara. Era un momento únicamente para ella, antes de que Ana Elisa se despertara y de inmediato pidiera por ella. Siempre se le agolpaban recuerdos en ese jardín, la primera vez que su hermana le mostró el brotar de sus milagrosas orquídeas. La primera piedra que colocaron para construir el pabellón y la piscina techada. Entonces, venía la sombra oscura, el fin del rocío: el recuerdo de la casa de sus padres, siempre dispar, poblado de nubes y sombras. Y de inmediato, una bofetada, el de sus quince años y el disparo en plena madrugada sobresaltándolos.

No fue igual, claro, cuando en la cocina, sola, abrió el periódico dirigido por su marido y se vio, sonriendo, radiante, su pelo repleto de luz propia en el blanco y negro de las fotografías de la crónica de Feliciano. No, no era un disparo en la mitad de la noche, pero sí un golpe de aire levantando polvo en sitios que creía limpios de todo recuerdo.


El teléfono instalado en el baño de Pedro Suárez empezó a sonar, dos, tres veces, hasta que la mano fuerte, desnuda, del propio Suárez lo descolgó. Graciela, sumida en su extraño sopor que tanto esfuerzo le había costado encontrar apenas unas dos horas antes, sintió sobre sí un cuerpo que se negaba a abalanzarse, prefería quedarse allí, flotando encima, quitándole aire, perturbando la posibilidad de alcanzar el sueño mientras por entre el pesado cortinaje conseguían colarse los rayos de luz mañanera. Ese teléfono, pensó, maldita la hora en que consintió en instalarlo en el baño de Pedro.

Allí había repicado, negro como un zapato, como los ojos siempre brillantes de Suárez. Era más que una línea privada, un lujo, por cierto, para los habitantes de Caracas, que debían esperar meses y hasta años para tener una línea telefónica. Era la conexión directa con el general. Y era su voz lo que Pedro más temía a primera hora de la mañana, la que invocaba su nombre al otro lado de la línea. Algo grave, algo muy grave debía de estar pasando para que esa llamada sucediera.

Hay maneras de asombrar a una ciudad y maneras de ofrecer algo más que una buena fiesta. Eso fue lo que consiguió el inefable matrimonio Hernández en su baile del viernes pasado. En una ciudad entregada a la adoración de sus mitos de carne y hueso, Hugo y Elisa han conseguido lo que nadie había logrado antes. Deleitar y construir su propio mito delante de las figuras más sagradas de nuestra sociedad. Para ejemplo, una instantánea: el eterno candidato a resolver los problemas de nuestra democracia, el admirado Rómulo Betancourt, en amena conversación con ese general al que todos quieren conocer y recibir en sus salones, Marcos Pérez Jiménez, en la compañía amable y siempre discreta de su esposa Flor. Y si eso no es suficiente para desatar los comentarios en toda la ciudad, los pavos reales cuidados por los Hernández intentaron desplegar su plumaje delante de la bellísima Irene Uzcátegui, que se reencontraba tras muchos años inciertos y tristes con su hermana, la anfitriona. Como todo el mundo sabe, Hugo Hernández, el príncipe taciturno de inmensa riqueza petrolera familiar, conoció a su esposa en la isla de Trinidad, entre el ruido intoxicante de las *steel bands* y el olor a ruibarbos. Y al volver a Caracas dejaron de una pieza a sus habitantes mezclando a ricos de siempre con nuevos aspirantes a coronas de diamantes y, cómo no, oro negro. Entre ellos, siempre moviéndose como una A junto a una B, la pareja deslumbrante, sinuosa, amparados en todo momento por el propio misterio de Graciela, viuda de Gustavo Uzcátegui, su impecable moño tensado hasta el sacrificio, y el policía más reconocido de ciudad alguna, el viril y elegante Pedro Suárez...

Betancourt, sentado delante de su desayuno de arepas con queso amarillo fundiéndose en el calor del bollo, dos tazas de peltre con el café bordeando sus límites, cerró la página de la crónica al ver su nombre en negritas. Pero de inmediato volvió a abrirla, recolocándose sus pesadas gafas de pasta negra, para ver lo que creía imposible. Allí estaba él, su único traje negro nada bien planchado, su mano entrelazada a la de ese ridículo hombre en un uniforme de general que parecía quedarle grande. ¿Cómo demonios había ocurrido esa foto? ¿Cómo podía Hugo Hernández permitirse fotografiarle de esa manera y junto a esa persona?

Muchas veces hemos oído críticas sobre nuestra ciudad, que si es desordenada o que está repleta de personas perezosas. Todo eso se erradicó en la exquisita cena de los Hernández en ese palacio de ensueño tropical en lo alto del monte de la Vega. Sí, esa noche, de la que toda Caracas habla, «Monte Alto» fue más que Montecarlo, más que el Ritz en París, más que cualquier salón de Park Avenue. Elisa Hernández supervisó cada uno de los manjares de una cena apoteósica. El volován de camarones recién pescados en Caraballeda, adonde gustan de ir todos los fines de semana, y la inaudita, sorprendente crema de caraotas, negra y tupida como los ojos del siempre vigilante *chevalier servant,* efectivo policía, Pedro Suárez. Entre sorbo y sorbo, entre bocado y bocado de tantas exquisiteces y autóctonas maravillas, se oyó decir: «Esta sopa se pondrá tan de moda como el whisky con agua de coco de los que defienden que nuestro país merece algo más que escritores metidos a políticos.» En otro momento de la cena, la esposa del general consiguió expresar su deseo de que la amistad entre su marido y Pedro Suárez «sirviera para cambiarle a mi marido sus hábitos de vestuario. Me encantaría que aprendiera a vestirse igual que Suárez». En otra mesa, sin embargo, se ponía en duda si un policía podía ir vestido como si fuera el mismísimo primo, un tanto *playboy*, del príncipe de Gales. En cualquier caso, Graciela Suárez debería estar complacida. Su mano es evidente en cualquiera de los trajes, pañuelos y corbatas lucidos por su amado y fornido cónyuge.

Pero no fue ése el único comentario de la cena, los Serrano y los Guevara manifestaban que ese tipo de fiestas, con exquisitos manteles de encaje suizo, sillas venecianas de nogal, viseras de cristal tallado para las velas en cada mesa, veinte en total, diez en el comedor, presidido por Hugo Hernández, y otras diez en la biblioteca, presidida por la señora Hernández y el controversial cuadro de Fernand Léger adquirido recientemente en París, no eran frecuentes ni siquiera en la capital de las fiestas, la adorada París. En un cálculo rápido, se hablaba de casi más de quinientos mil bolívares. Jocosamente, alguien que prefiere su anonimato señaló: «Con eso podríamos armar un ejército.» Y otro, siempre en el mismo tono jocoso, agregó: «Ni hablar de las escuelas que podrían levantarse en el interior, que se desangra y emigra en masa a la ciudad.» Comentarios todos ellos efectuados bajo el manto musical de la orquesta bailable Melodías del Caribe y la exquisita voz de Maricruz Díaz dirigida por Don Fernández. En el baile se pudo ver, como siempre, una radiante y afectuosa Amanda Bustamante, que bailó dos chachachás y un bolero con el anfitrión, el general y el policía, respectivamente. En una esquina, siempre bien maquillada, siempre seria, guardando sus más oscuros pensamientos, Graciela Suárez, en el fondo seguramente feliz de observar que las dos niñas que decidió criar una vez que sus mejores amigos, Alfredo y Carlota Guerra, pasaron a mejor vida, triunfaban cada una al lado de los príncipes favoritos del valle, Mariano Uzcátegui y Hugo Hernández.

Feliciano terminó de leer la columna impresa a las siete y treinta de la mañana. Las fotos ocupaban toda una página y enmarcaban sus palabras. Luis, el linotipista, había entendido sus indicaciones: mientras más vistosas las imágenes, menos importante el texto. Le habría gustado escribir algo más sobre Graciela y Pedro Suárez, pero por lo demás su trabajo estaba hecho. Oyó un ruido en la puerta y, siempre con el cigarrillo en la boca, se levantó para abrir.


Elisa, su marido delante y Filiberto cabizbajo en la biblioteca, sintió agua en sus ojos, como si alguien acabara de colocarle esas lágrimas. Rápidamente comprendió que eran de rabia. Su fiesta había dejado de ser suya, pertenecía ahora al dominio público, a cuantos quisiera que fueran los lectores de esa columna. No quiso verse en las fotos, sobre todo en la más grande, la de ella e Irene besándose al pie de la escalera de «Monte Alto», con personas que aplaudían a su alrededor.

Empezaron a picarle los brazos, a dolerle la pierna coja, como si acabara de levantarse del suelo de la fiesta de quince años de Irene y el cuerpo de Gustavo estuviera aún encima de ella. Mala suerte, le pareció decir, mala suerte la suya con las fiestas. Ninguna era un auténtico triunfo. Todas la marcaban de alguna manera. Ninguna le traía felicidad.

—Hijo de puta —exclamó al fin Hugo, todavía vestido con su bata de los domingos, e incapaz de sostener la taza de café, la estampó contra el suelo de la biblioteca—. Y no me refiero a ese cabrón de columnista, pobre hombre, le pagan para que escriba esa absurda mierda. Esa… mezcla de cursilería y mala leche. Sí, cursilería con mala leche, pregonando a todas voces que somos para él poco menos que unos recién llegados que nos gastamos el dinero sin mirar nuestra realidad.

—Es culpa nuestra… no imaginamos que alguien haría las fotos… no imaginamos que alguien podría hacernos quedar como ricos sin alma, sólo con ganas de divertirnos mientras otros mueren de hambre —dijo Elisa.

—En nuestra casa, Elisa, podemos hacer lo que queramos. Y nadie invitó a ese señor. Nadie lo vio entre nuestros invitados. Créeme que ese mal nacido se hace notar, siempre fumando, con su ridículo cenicero que parece hecho de prepucios robados. —El mayordomo aguantó la risa que le provocó el comentario, demasiado atinado, de su patrón—. Filiberto, traiga más café. Un momento, antes dígame, ¿usted llegó a ver a alguien con una cámara, disparando los flashes…? Son grandes, esas cámaras, no pueden guardarse en un bolsillo.

—Sólo cuando la señora Bustamante bailó con usted el chachachá, señor —informó el mayordomo, marchándose con los trozos de la taza rota.

Elisa fue a buscar el abrazo de su marido. Deseaba y no podía explicarle su culpa. La fiesta era un regalo en su honor, todo lo que se había escrito en esa columna respondía a ideas suyas, a platos que había creado, a impulsos suyos o inspiraciones que había tenido y llevado a cabo solamente ella. Incluso luchó día y noche con Hugo para convencerle de que había que aceptar la presencia del general y su esposa. Y encima de todo, esa sombra permanente, todopoderosa, de Graciela y Pedro Suárez, también por culpa suya.

—No eres tú la culpable. No se trata de culpables, sino de responsables. Y Mariano, director de esa mierda de pasquín vendido al mejor postor, es el máximo responsable. Y me la ha jugado a mí, porque él no pudo hacer nada para entender la mujer que eres.

Colocó un pie en la alfombra iraní que Irene había comprado a un turco del centro de Caracas y oyó cómo la puerta de su habitación se abría de golpe y Pedro Suárez, completamente desnudo, exclamaba su nombre.

—Me debes una explicación, Mariano.

Pero lo primero que hizo Mariano fue cubrir el rostro de su esposa. Desnudo, Pedro no parecía humano. Era como si un lobo se irguiera sobre sus patas traseras y mostrara su bajo vientre velludo, oscuro y propietario a su vez de otro monstruo, cilíndrico, grueso como un tornillo que necesitara taladrar una viga de kilómetros de longitud. La punta de ese impresionante ser que le acompañaba era roja, como una linterna que mirase al suelo en busca de animales de los que alimentarse.

—Estás en mi dormitorio… —empezó Mariano.

—Y tu dormitorio está en mi casa, pequeño director de un absurdo periódico que quiere estar bien con Dios y con el diablo. Se acabó tu jueguito, porque a mí no me ridiculiza nadie, ninguno de tus empleados. Ni tú mismo.

Irene se incorporó, pese al esfuerzo de Mariano por que no viera a Suárez desnudo, poseído de una fuerza inusitada en las venas de sus antebrazos, las piernas peludas y fuertes y el inmenso aparato que le colgaba, flácido y aun así amenazante. Irene no logró reprimir un grito.

—Sal fuera, Irene —ordenó Pedro apartándose de la puerta. Mariano no pudo terciar palabra e Irene fue hacia el baño, el ruido de la puerta al cerrarse quebró el silencio entre los varones—. A mí no puedes atacarme, no a través de tu maricón de Sociedad. Eso no es lo valiente. Así no vas a conseguir nada.

—¿Nada de qué, Pedro?

—Sabes de qué estoy hablando. Este país va a cambiar. Y

338

lo voy a cambiar yo. Pase lo que pase, hagas lo que hagas y seas quien seas, yo soy la ley, soy el orden y soy la mano que puede apretar el gatillo para hacerte desaparecer. —Mariano se sintió menos, no tanto por las palabras, sino porque la presencia expuesta de Pedro Suárez le perturbaba. No le gustaba, no le hacía ninguna gracia saberle allí, dueño de ese atributo indescriptible. Nunca le habían gustado los hombres ni por asomo, pero era esa potencia, superior a cualquier otra, de la furia, la amenaza y la virilidad más gruesa, inclasificable, que destilaba ese cuerpo, lo que mermaba sus fuerzas—. El general me ha llamado y me ha dicho que va a ponerse en marcha, Mariano. No sé si eres consciente de lo que eso significa…

—Un… golpe de… —alcanzó a murmurar, y sintió que sus palabras se las tragaba el sudor que recorría el cuerpo de Suárez y que era atrapado, gota a gota, por ese animal entre sus piernas dispuesto a comer lo que fuera.

—Lo que va a pasar, que te quede claro, Mariano, pasará, y te lamentarás mucho… mucho… de haber publicado esa ridícula, torpe columna social.


Durante esa semana de abril, los teléfonos no dejaron de sonar en toda la ciudad. De casa en casa se comentaba la crema de caraotas, la belleza de Irene comparada con la más adusta expresión, de seriedad precoz, en el rostro de Elisa Hernández, menos guapa que su hermana pero sin embargo infinitamente más rica gracias a su matrimonio. Se habló también de la virilidad de Pedro Suárez y de lo ridículo que quedaba el general a su lado, una suerte de nuevos Abbott y Costello, el alto y el bajo, el viril y el feo y patizambo, el bien vestido y el torpe. Se habló también de lo mal que resultaba para el posible paladín de la democracia, Betancourt, departir con la persona más señalada a desestabilizarla. Se habló agriamente sobre el gasto efectuado en una sola, efímera fiesta para celebrar un matrimonio feliz mientras los pueblos del interior del país se morían de hambre y sus habitantes emigraban hacia la ciudad a sobrepoblarla. Algunos rumores regresaron, sospechando del oscuro origen de la fortuna de Hugo Hernández, otros insinuaron que Elisa había escapado a Trinidad tras una tragedia familiar que no todos podían explicar...

Deleitándose ante la aceituna de su primer martini, exactamente una semana después de la publicación de la crónica, Graciela Suárez pensó en enviarle una nota escrita a mano a Feliciano Rivas. Podría poner: «Querido Feli, una vez más me has salvado del resto. Eres un amigo fiel.» O algo así. Lo haría en su recién llegado papel de cartas de Bond Street. Podría ir ella misma hasta su casa, el chófer esperándola abajo, subir esos interminables cinco pisos de una casa sin ascensor, por Dios, en esa Caracas que empezaba a llenarse de nuevos vehículos, grúas que construían y construían sin cesar y personas que llegaban a la terminal de Nuevo Circo y bajaban de autobuses verdes llenos de gente ansiosa por encontrar un sueldo en la ciudad que la albergaba, la protegía y permitía que fiestas como las de Elisa se volvieran la comidilla.

Tenía que controlar la rapidez de sus pensamientos de verdad, se iniciaban en un simple gesto e iban corriendo, corriendo, hacia un lugar sin fin, ninguna verja, muralla o malla que los contuviera. Mejor terminar ese martini y dejar para más tarde la redacción de la nota. Además, no quería ponerle lo de «amigo fiel», le daba risa repentina, quién podía soportar ese calificativo, amigo... y fiel, por favor, en una ciudad convulsionada, expuesta segundo a segundo a todo tipo de cambios.

Si lo hubiera hecho, si Graciela hubiera escrito esa nota y se hubiera dirigido a la casa sin ascensor de Feliciano Rivas, habría encontrado la puerta cerrada, pero sin la llave echada. Un solo gesto abriría esa puerta y vería, al fondo, entre las cajas de la cocina, la mano sin piel, devorada por cucarachas multiplicadas, aún aferrada al cenicero portátil, el rostro sin ojos, la sangre devenida en costra que definía lo que fueron brazos, piernas, el pecho de Feliciano Rivas. Llevaba así, descomponiéndose progresivamente, una semana y media, desde que, tras leer su crónica ya impresa, abrió la puerta al oír un sonido extraño.

Y el miércoles de esa misma semana los protagonistas de esa crónica, los invitados de esa fiesta, los habitantes de esa ciudad, amanecerían sorprendidos por un ruido seco, de vasto alcance, y el inmediato ulular de sirenas desplazándose hacia el epicentro de ese ruido. Aún más contundente que los efectos de aquella crónica social, ese ruido sería la primera efeméride de sus vidas, el primer día siempre acompañado de la pregunta: «¿Recuerda usted lo que estaba haciendo el día que...?»

Una bomba había hecho volar el auto del teniente coronel, el presidente encargado de un país, al menos políticamente, sin rumbo. Su cadáver, calcinado, sin una mano y una pierna, apareció colgado de un árbol de mangos en una casa vecina. El gobierno de esa ciudad del futuro acababa de estallar por los aires.

## 18

«¡Elecciones para el 52, elecciones ahora!», gritaba el chico que vendía los ejemplares de *Las Mañanas de Caracas* aplastando su frente, intentando introducir su nariz en los huecos negros de las rejas igualmente negras de «Monte Alto». Elisa, *Malaya, Camboya* y Filiberto oían el estruendo de esa voz en lo alto del camino, hasta allí llegaba, igual los ciervos, siempre comiendo, siempre olisqueando.

Elisa prefería encerrarse en la biblioteca, las rayas del Léger acompañándola, como si toda su geometría fuera un idioma nuevo que necesitaba descifrar. En ese lugar, en esas horas a solas, completamente suyas, miraba las paredes de la casa y sentía la urgencia del cambio. Estaba enamorada, se sabía querida, única, propia de Hugo, pero necesitaba un espacio, un continente que lo demostrara.

—Lo que pasa es que han vuelto a suceder cosas demasiado pronto en esta ciudad, entre nosotros, cerca de nosotros. Si hiciéramos un viaje, a lo mejor lo verías todo diferente —propuso Hugo una vez doblado el periódico que había publicado la crónica de Feliciano y también la de la muerte en atentado del teniente coronel.

—Irnos ahora sería como escapar —matizó Elisa.

—Depende de cómo lo veas. A lo mejor nos da una perspectiva diferente, a lo mejor resulta una sorpresa para ti, amada mía. ¿Es que no lo entiendes?, si no te sientes viva, si no eres la Elisa que supo domar el aire del mar en Trinidad, entonces yo no sabré qué hacer con mi vida.


Elisa tampoco; le atormentaba que las cosas sucedieran sin que ella tuviera tiempo de analizarlas. A fin de cuentas, ésa había sido su distinción: observar más allá de lo que los demás veían ante sus ojos. Los objetos reaccionaban a su mirada, y luego las personas. Ahora no, ahora era diferente, las cosas ocurrían a toda velocidad, con una prisa similar a la de la propia ciudad por hacerse con una identidad, una fórmula, un nombre en el panorama internacional.

—Es lo que no entiendo de todo lo que aquí sucede: Caracas parece destinada a ganar un concurso, el de la ciudad más moderna, en tiempo récord. Me recuerda a las dietas milagrosas, esas que te prometen volver a tu peso de niña cuando ya no lo eres.

Sofía rió, tenía ante sí los planos de la Ciudad Universitaria, los jardines y facultades diseñados por Villanueva a la espera de ser adornados con obras de creadores de todas partes del mundo reclutados de entre sus numerosos contactos con escultores y artistas plásticos de todas partes del mundo que a su vez ilustraran la idea del arquitecto sobre esa renacida, moderna Venezuela.

«Un sitio donde todos podamos ser genios y contribuir a un mundo mejor», rezaba la idea de Villanueva. Elisa se levantó, miró hacia la calle sembrada de personas, siempre con aspecto de recién llegados en las aceras de esa nueva ciudad, ese nuevo país.

—¿Tú crees que todos ellos quieren ser genios, Sofía? Vienen aquí buscando un poco más de sueldo, integrarse en esa fuerza bruta que tanto el general como los otros proclaman en sus eslóganes para las elecciones.

—A veces algunas dictaduras han creado auténticos

movimientos creativos. Mira la Unión Soviética —respondió Sofía, y Elisa se quedó pensativa.

Genio, la palabra había despertado, como siempre que la oía, la duda que perennemente la acompañaba: ¿qué significaba tener talento? O, más certeramente, ¿qué significaba atravesar la vida sin tenerlo? ¿Dónde podía ubicarse ella, una vez más? De pronto le pareció como si su vida consistiera en una sucesión de casualidades, como tan sabiamente le había dicho a Graciela, y ninguna de éstas dejara en ella un rastro, un hecho palpable. Todas las personas que conocía tenían una misión, un deber en la vida. Y lo cumplían. Hugo era un príncipe, su deber era rescatar a una persona envuelta en un remolino, atrapada en un sinfín de lluvias. Así la salvó a ella de su meandro, de una Trinidad que era sólo corriente y en donde permanecía dispuesta a dejarse arrastrar hacia otra corriente y otro remolino, y otro. Mariano, a su vez, dirigía un periódico, y en esa tarea se veía obligado a traicionar en más de una ocasión, pero ésa era también su naturaleza, traicionar lo que se esperaba de él, nunca cumplir completamente sus platónicas proezas heroicas, que dejaban de serlo pero que, al menos, también ofrecían un rastro, una huella, porque al menos Mariano intentaba llevarlas a cabo. Su hermana, Irene estaba presa de la obligación de ser bella toda su vida, no sólo durante ese espejismo rápido y sin esfuerzo de la juventud. Sostener ese rostro, la luminosidad de esos ojos por todos comentados, era también un talento, una proeza. Pedro Suárez, el policía, estaba al servicio del mal, un mal que no respondía a un nombre definitivo, que por ahora no era nada más que ambición e intriga, y ése era su talento, medrar entre ellos, tenerlos a todos sujetos por una cuerda fina, invisible, a la que él daba tirones para sofocarlos, asfixiarlos, ahogarlos poco a poco.

Y el recuerdo de Mariano detrás de la cortina, en la misma biblioteca. Escuchando igual que ella a Suárez y al general hablar de un complot. Una vez acontecida la muerte por explosión de una bomba en los bajos de la limusina del teniente coronel, ella necesitó sujetarse el pecho y detener el palpitar de su corazón porque había comprendido que esas frases que oyó la noche de su fiesta trazaban los cimientos de aquel atentado. ¿Y qué podía hacer? Decírselo a Hugo, pero ¿qué podría hacer su marido? Decírselo a su vez a Betancourt, ¿y qué podría hacer éste?, ¿devolverle la vida al teniente coronel y con él al gobierno que agonizaba en espera de unas elecciones que, según decían, estaban más amañadas que nunca? Su silencio la volvía cómplice.

—Elisa, sigo aquí, no me estás atendiendo —clamaba Sofía.

—Sí, sí, hablabas del arte soviético.

—Vaya, no has oído nada en la última media hora. Siempre me pasa, mis alumnos, mis amigos, todos me dejan hablando sola. Mañana volveremos a ver los planos. Debo estar a las seis en casa porque serán las doce del mediodía en Francia y podré hablar con los galeristas de Jean Arp. Quiere hacer una escultura especial para la Ciudad Universitaria llamada *Mujer en las nubes*. Como tú ahora mismo —rió Sofía, besó a Elisa y salió hacia la calle.

Dio media vuelta, rodeada por los frondosos árboles de «Monte Alto», los pavos reales y el calor de los últimos días de noviembre.

—Cuando estás aquí, claro, olvidas que allí afuera hay gente esperando de verdad el cambio en estas elecciones. O el golpe de Estado, o ambas cosas a la vez.

—¿Tú sabes lo que sucederá? —preguntó Elisa.

—Quienquiera que gane tiene que sostener este sueño en el que estamos todos. La idea de un país decidido a ser futuro. Sin ninguna atadura, sin pasado ni presente. No sé si será una buena idea, tampoco sé si algún día nos despertaremos de este sueño de futuro y descubriremos que sólo construimos una pesadilla.

Filiberto trajo el coche de Sofía, que subió rauda a él. Se veían más planos, catálogos, libros en el asiento del copiloto y en los de los pasajeros de atrás.

—Sea lo que sea, Elisa, tienes que dejar esta casa. Has hecho, hemos hecho —matizó con una sonrisa—, lo que podíamos para hacerla habitable. Ahora necesitas tu casa, tu auténtica casa, la que se parezca a ti. Y a Hugo.

Sofía se alejó.


En la biblioteca, Elisa contempló las caricias del sol sobre el Léger; todos le advertían de que podría hacerle daño a la pieza, pero en ese instante de la tarde, justo después del almuerzo, ligeramente tamizado por los árboles, el sol parecía ofrecer tranquilidad, ningún daño. Noviembre siempre fue así, en su vida al menos, un mes para esperar el final del año, para sentirse andar más lento, más sopesado, para pensar un segundo más y dejar que la agitación se alejara de uno. En realidad, así era toda su vida en esa Caracas cada vez más asfixiada en un permanente sonar de cláxones. A veces, todos esos ruidos le recordaban el Mardi Gras, el carnaval de Trinidad, aquel imperio de metales y sonidos agudos, chirriantes, excitantes y danzarines que provenían de cortes de hojalata, un cuchillo contra otro, cajas de latón golpeadas por las manos curtidas de los hijos de los esclavos. Afuera, Caracas, las elecciones, el fantasma del golpe de Estado, el general y Betancourt diciéndose verdades y medias mentiras en las páginas del periódico de Mariano, eran todo ruidos. Allí, en la biblioteca, el Léger se dejaba acariciar por el sol y Elisa pensaba y se preguntaba, repitiéndose, martirizándose casi, cuál era el sentido de lo que tenía, adónde la llevaría tanto privilegio, qué podía hacer para dejar una huella en el mundo más fuerte, más honda que su ahora célebre crema de caraotas.

Tomó el lápiz, cuando hallaba un tiempo muerto, como ahora, le gustaba dibujar posibles cambios para ese salón, el hall, la cocina. Cerca estaba el ejemplar de *Domus*, la revista que ni siquiera el vértigo del cambio en su vida le hizo abandonar. Abrió una página y encontró allí los planos del proyecto de Villanueva para la Facultad de Arquitectura de su Ciudad Universitaria. Y tuvo una idea. Una carta, un simple principio.

*Estimado señor Gio Ponti...*

No pudo seguir, le pareció ridículo el comienzo visto así, en su caligrafía de escuela de monjas, que jamás redactó cartas, ni a su madre ausente, ni a su hermana cuando fue la propia Elisa la ausente, ni siquiera a Mariano. Y a Joan, por ejemplo, ¿le podría decir, explicarle que vivía en un palacio en el oeste de Caracas, que sí, era millonaria, podía vestir de Dior y de Lanvin, y de hecho lo hacía? Podría escribir esa carta, le divertía la idea, pero ¿adónde iba a enviarla? Sólo se le ocurría dirigirla al Browns, a la atención de Guerard, seguramente mucho mejor informado que ella del paradero de su amiga, quien, sin ningún género de dudas, a esas alturas habría abandonado ya su diminuto apartamento sobre el cine.

Borró con la goma del otro extremo del lápiz lo que había escrito. Se arrepintió de inmediato y de nuevo volvió a empezar.

*Estimado, en realidad, admirado señor Gio Ponti:*
*Soy una señora joven de Caracas, una ciudad de la que probablemente haya oído hablar, orientada exclusivamente a atajar*

*el futuro antes de que éste suceda. Soy una fiel lectora de su publicación Domus desde hace años, cuando fui presentada a ella a través de un hombre lleno de esperanza en Trinidad. Viví allí, entre tartas de jengibre, el ruido perenne del carnaval y los nuevos valses del jazz más moderno, hasta que la lluvia trajo un día a mi marido.*

*Seré breve, no me gusta atosigar con detalles sobre mi persona. Entiendo la belleza, créame, y hablo con los objetos y confío en su veredicto. No soy bella, mi hermana sí lo es, pero tengo una idea, también puede llamarla sueño. Me gustaría vivir en una casa construida por usted. Aquí, en Caracas, al este de la ciudad, en una cima donde poder disfrutar y ser en el futuro un faro de ese porvenir que siempre adivinamos.*

Las cartas, sean de amor, de negocios o del Tarot, siempre generan tensión, van asociadas a ese arte tan difícil de comprender qué es la espera. Elisa no era una mujer impaciente. Su vida, como la hemos recorrido hasta ahora, no había sido más que una sucesión de eventos, la suerte jugando una mano importante en su reparto. Incluso en ese país en que vivía las cosas ocurrían como diseñadas por otra mano, caprichosa, apresurada y luego perezosa, que iba disponiendo esperas y urgencias.

Desde el estallido de la bomba que asesinó al teniente coronel y la verdadera constitución de las elecciones habían pasado más de nueve meses, sí, un embarazo normal para una mujer pero no tanto para lo que por las calles de la ciudad se llamaba «nueva democracia para el nuevo país». Y lo nuevo, ese calificativo en un principio mágico y, al cabo de tantos días y meses, decididamente arbitrario, iba arrastrando cosas, conceptos y personas en su cauce agigantado y veloz. Nuevo era el diseño de la Ciudad Universitaria de Villanueva. Nuevos eran los automóviles norteamericanos que inundaban las calles, luego las avenidas y paseos que crecían durante la noche en la ciudad, la gran mayoría de ellos vendidos a través de los concesionarios que Hugo había heredado de sus padres. Nuevo sería igualmente el epíteto con que muchos designarían a Hugo Hernández: *Mister General Motors*, y también el de Elisa, entre las pocas lenguas que intentaban «marcar» de alguna manera su impecable estatus social llamándola *Señora Mercedes-Benz*, la otra licencia de importación de su marido. Nueva era asimismo la silueta de estricta cintura y grandes hombreras que Dior había propuesto en la Europa traumatizada por la contienda en 1947 y que en Caracas, que sólo vio la guerra como un conflicto raro a miles de kilómetros, era ciertamente un aspecto nuevo aunque llegado con un cierto retraso, como todo lo demás que parecía engalanar, rodear, proteger ese pedazo de tierra robado al paraíso y puesto a crecer allí en ese valle de esperanzas al norte del sur de América.

Y, tal como había avizorado Hugo, la ciudad crecía a causa de las ingentes cantidades de personas que abandonaban sus campos descalabrados por sequías inoportunas o lluvias desorientadas y llegaban a ese centro de luz, el cielo inmensamente azul y el olor del dinero desplazándose por el aire. Hugo había visto aquella colina al este donde el valle se ensanchaba.

—No veo nada malo en vivir donde lo hicieron los primeros habitantes y colonos de la ciudad —confesó Elisa a su marido.

—Pero eso no es nuevo, Elisa —matizó Hugo con una sonrisa, a él también empezaba a sonarle viejo el uso del vocablo *nuevo*—. Voy a hacerte una pregunta que no va a gustarte...

—No la hagas, ya la sé.

—¿No has recibido contestación de ese arquitecto, Ponti?

Elisa miró por la ventana, *Malaya* y *Camboya* estaban en esa hora de la tarde en que se ponían a jugar abriendo y cerrando sus colas emplumadas y las últimas guacharacas regresaban a la montaña después de pasarse el día volando sobre la nueva y vieja ciudad. Su ruido, el grazneo fuerte, parlanchín, incitaba a los pavos reales a responderles en su áspero, como un gato en celo, graznido. Los papagayos de la casa se alzaban en vuelo, extendiendo sus alas multicolores al paso de las guacharacas, como si quisieran unirse camino a una fiesta.

Elisa pensó que, de cambiar de residencia, esa maravilla, ese convivir con la naturaleza en plena ciudad, se perdería. Recordó a Graciela, que encontraba siempre un objeto al que aferrarse o corregir para evadir lo que le molestaba.

Hugo hizo un sonido interrogativo y Elisa lo enfrentó.

—No, no ha respondido ninguna de mis dos cartas.

—Entonces es un maleducado —prosiguió Hugo—. En todo este tiempo has visto que no he querido tomar parte, bien es cierto que también he estado volcado en los negocios…

—Vendes el ochenta por ciento de los coches que se conducen en una ciudad petrolífera —corrigió ella.

Hugo percibió una velada queja en las palabras de su esposa.

—¿Eso significa un reproche? ¿Querrías que vendiera el ciento por ciento o solamente el diez?

—A veces me asalta la duda de si es correcto que acapares tantas ventas —confesó Elisa, sorprendida de su propia honestidad.

—Bueno, no, no es correcto. Pero fui el primero en hacerlo, tuve una idea… nueva… para un país nuevo.

—Y te ayudaron esos que ahora ven en peligro seguir en el gobierno —dijo Elisa.

—Pensé que estábamos hablando de ese impresentable

arquitecto italiano incapaz de responder a las cartas de una dama elegante e influyente de una ciudad nueva y dinámica, llena de futuro.

—Y ya te he reconocido, no sin cierta vergüenza, o pena más bien, que no me responde. No le interesa mi propuesta. Y desde esa misma honestidad te pregunto: esta fortuna, que no dejas de agrandar, ¿lo haces por medios legales o al menos para no despertarte en medio de la noche por sentir ante ti la presencia de un fantasma terrible?

—No existe ninguna fortuna sin fantasmas en medio de la noche, Elisa. Ninguna. Pero entiendo tu preocupación.

—Es tan sólo que no quiero desencantarme del hombre que conocí en Trinidad, que venía de una aventura, a través de la lluvia, a decirme que me escogía a mí de entre tantas mujeres porque yo tenía algo distinto. Mi algo distinto es la verdad, creo en la verdad, lucho por la verdad. Voy adquiriendo verdades a lo largo de mi vida…

—Y ahora pareces estar rodeada de mentiras… —prosiguió Hugo aproximándose a ella, su voz suave, el tacto de sus manos comprensivo.

Elisa se refugió en ese tacto y de pronto volvió a apartarse.

—No me gusta lo que hacemos. Recibir tantas veces a Betancourt y saber que lo haces porque él te mantiene en comunicación con este gobierno moribundo mientras que, por el otro lado, respondes a las llamadas del general, como si supieras que él va a ganar estas elecciones y dirigir nuestro país…

—Este *nuevo* país —recordó, con un deje irónico en su voz, Hugo.

—¡No te burles de mí! —gritó Elisa.

Y *Malaya* y *Camboya* pusieron fin a su graznar y agitación de colas. Las guacharacas también callaron, internadas ya en la profundidad de la montaña, y sobre el césped descendió la larga mancha negra de la noche.

—Nunca me burlaré de ti, sólo aprovecho este momento de verdad —volvió a utilizar ese tono suave, cadencioso, el mismo que había empleado el día que cruzó la cortina de lluvia—, para construir este…

—No digas «nuevo», por lo que más quieras… —interrumpió Elisa.

—Bien, para construir esto que estamos haciendo, necesitamos formar parte de todas sus fuerzas. Es como tu relación con Pedro Suárez y los Uzcátegui: no siempre han sido lo mejor para ti y, sin embargo, te han acercado a lo mejor. No siempre deberías agradecerles lo que han hecho por ti, porque lo han hecho por motivos oscuros, nunca limpios, jamás claros. Pero forman parte de tu familia y no puedes agredirles por eso, de modo que, entonces, lo mejor que puedes hacer es emplearlos de alguna manera.

—No quiero deberles nada. Mucho menos, casada contigo —dijo, orgullosa, Elisa.

—Si todo lo que va a suceder ocurre como se espera, será mucho mejor tener a Pedro Suárez de tu parte que como enemigo, Elisa.

Elisa volvió a mirar hacia el jardín. Había luna llena y todo el césped se veía bañado por un manto blanco, tan brillante que parecía niebla y sólo era luz. ¿Acaso no era ésa mejor metáfora de ese país que contemplaban: nieblas que se traducen en luces, luces que disimulan la neblina?

Hugo la envolvió en sus brazos.

—No es fácil ser quienes somos. Eso comprendí al menos después de lo sucedido con la crónica del periódico de Mariano.

—Costó una vida, eso es lo único en que pienso. Feliciano Rivas no murió de un ataque al corazón en la soledad de su casa. Alguien le provocó ese ataque, alguien que sabía que vivía solo y que no lo descubrirían hasta semanas más tarde, rodeado de insectos devoradores y pájaros ca-

rroñeros que rompieron las ventanas con sus picos desesperados...

—Tienes razón, Elisa. Éste es un país cruel —continuó
Hugo, abrazándola más fuerte—. Es una selva y, pase lo
que pase... siempre será violento.

Elisa vio las palabras suspendidas entre los dos. Hugo
seguía protegiéndola con su amor, fuerza protectora, otra
vez así, en la cubierta del barco, la montaña delante.

—Harás esa casa, Elisa. En ese lugar antes de que el este
termine.

—Y será una colina —respondió ella—, y... sé que podría hablar con cualquiera de nuestros arquitectos, pero
aunque sea sólo por homenajear a mi manera a Guerard y
a Trinidad, que nos unieron, déjame insistir, déjame seguir
escribiendo hasta que un día Ponti responda y la casa empiece a convertirse en realidad.

Hugo la besó, como si su lengua fuera una prolonga-
ción de esa alfombra, cojines y delicias de amor, una pro-
longación que entraba en ella como un trozo de las bombas de limón, los pasteles de ruibarbo, el agridulce y
resucitador efecto del jengibre. Era también nueva, nueva
y liberadora, la protección y seguridad que el amor volvía a
confiarle.

Hugo la tendió en el sofá debajo del Léger, la conversación les había hecho olvidar encender las luces de la biblioteca. La puerta estaba cerrada, o quizá Filiberto, siempre
invisible cuando la ocasión lo requería, lo había hecho por
ellos. La ausencia de luz artificial permitió que la mancha
blanca, el césped refractario de la luz nebulosa, penetrara
también en la habitación y los volviera a ellos, ahora desnudos, ahora abrazándose y tocándose en un juego de caricias y pequeñas lágrimas, en hermosas réplicas, estatuas vi-
vientes.

Entró en ella henchido de amor, enamorado una vez

más, una luna llena entera de esa mujer distinta, deseosa de dejar huella, aventurera, aventurada, amada.

—Haremos esa casa, Elisa, con la persona que quieras. Pero tendrá que saber que, por encima de todo, esa casa será mi regalo de amor para ti.

## 19

Estimado pero no tan estimado señor Ponti:

*Nunca fui buena con los números, así que no sabría decirle cuál es el de esta carta, y aunque me gustaría poder afirmar que no me importa, sí importa, porque siempre pensé que las matemáticas eran esenciales para un arquitecto por aquello de los cálculos y las dimensiones, aunque he leído muchas veces en su revista* Domus, *de la que le recuerdo soy fiel lectora desde hace casi cinco años, que para usted la arquitectura es un instinto y, también, una liberación de los cánones clásicos. Pero sobre todo es un impulso.*

*Siendo así, ¿cómo es posible que no haya siquiera respondido para decir que ha recibido estas cartas? ¿Están acaso tan mal escritas que no han despertado el más mínimo interés en usted? ¿O es que rechaza mi empeño en escribirlas en inglés, que aprendí en Trinidad y no me avergüenzo, créame, de reconocerlo? Seguramente en Milán escribir en inglés está mal visto, sobre todo en un inglés que viene, además, de Latinoamérica, ¿creerán acaso que lo hablamos por nuestra proximidad ambigua, a veces peligrosa, con Estados Unidos? ¿Quiere que le escriba en italiano? ¿Me respondería alguna vez si así lo hiciera?*

Podía contarle mucho más, pero realmente no lo merecía. ¿O es que acaso sus cartas no le llegaban? ¿Cuántas personas como ella, tan sólo lectoras de una revista que se dis-

355

tribuía mundialmente, debían de estar escribiendo también, en ese mismo instante, al señor Ponti? Aunque Hugo no se lo dijera abiertamente, esas misivas eran para Elisa una panacea que, contradictoriamente, no ofrecía cura, sino que agravaba una enfermedad; sí, la de sus nervios, la de sus deseos no revelados, precisamente en ella, que siempre fue tan franca y tan analítica.

—«Sincérate —se decía sentada en su escritorio en la biblioteca, los pájaros del jardín en cautivo silencio al mediodía—, ¿qué significan esas cartas?», se preguntaba. «Un escape», le parecía que respondía una voz pequeña desde su interior, una voz que no pertenecía a nadie, que no era la suya en casa de los Uzcátegui ni, tampoco, la de aquella Ana Elisa que miraba a su madre ausente en la habitación del manicomio. Ella no fue esa niña preguntona, curiosa, que aparecía ahora dentro de su cuerpo. La vida que vivió entonces no aceptaba preguntas, fue todo hechos, fue todo sombras y gigantescos ramalazos de luz, arañazos de un inmenso gato ante un telón y ella detrás, intentando ver desde un agujero el público que llenaba la sala antes de empezar la función.

Un escape, recordó. Sí, eso eran las cartas a Ponti, un escape de la realidad que poco a poco se generaba a su alrededor. En unas más que agitadas elecciones, el candidato independiente había ganado una primera vuelta y de repente, al día siguiente de hacerse públicos los resultados, decidió abandonar la contienda democrática, con lo que sus votos pasaron intantáneamente al general, sí, al general Pérez Jiménez, que desde el 2 de diciembre de 1952 sería el presidente «electo». Una larga noche que desembocaba en un día eclipsado, pero, sin embargo, nada de eso afectaba a las ventas del petróleo y al aparente y brillante porvenir que parecía que se podía respirar por doquier en la ciudad. Todas las obras destinadas a cambiar el aspecto de

Caracas proseguían y, aún más cerca, aún más palpable, los pedidos de coches continuaban disparándose y evidenciándose en miles de aspectos de su vida doméstica. Hugo acababa de regalarle un Matisse y también un Morandi, pequeño, delicioso, una suerte de bodegón en blancos superpuestos que, como no podía ser de otro modo, habían adquirido bajo el tutelaje de Sofía y también porque en *Domus,* cómo no, le habían dedicado seis páginas al artista italiano. El Matisse era un capricho de los dos, esos colores, aquellos naranjas y violetas, les recordaban las buganvillas de Trinidad. Y allí estaban, uno en el dormitorio, el Matisse, y el otro a su izquierda en la pared de su escritorio. Si salía de casa, todo el mundo hablaba de la fiebre por los retratos de Salvador Dalí, encargados vía Nueva York, que había desatado el que éste le hizo a Amanda Bustamante. De hecho, Jean Arp, el mismo Léger y un nuevo nombre apadrinado por Sofía, Victor Vasarely, además de todo el universo cada vez más creciente de pintores cinéticos, que buscaban captar en un lienzo todas las posibilidades de la velocidad, se convertían en un movimiento pujante y único en el país. Los cinéticos reverenciaban al pintor uruguayo Torres García, que había encendido una revolución: el arte constructivo, una especie de cubismo con más movimiento, pensaba Elisa. Formas que, como los recuerdos o las ciudades, nunca terminan. Elisa soñaba con que toda esa actividad alcanzara las páginas de *Domus. Voilà,* una razón para volver a escribirle a Ponti.

La casa diseñada por el maestro italiano debía capturar aquella atmósfera, aquel preciso momento histórico. Ésa era su verdadera motivación, la que podía llevarla al paroxismo, a la tan femenina histeria, a seguir escribiendo y escribiendo misivas que jamás obtendrían respuesta.

Sin embargo, tuvo que reconocerse que en su desaforado sinfín de cartas había sido incapaz de describir el curioso estado que la embargaba. Le era imposible sentirse parte de un cambio, de un futuro que lamentablemente venía acompañado de un gobierno —o una forma de gobernar— cada vez más oscuro, maloliente a metralla descargada en esquinas sin luz, coacciones aterradoras, voluntades compradas con dinero o a través de puñaladas. Era un gobierno de apariencia democrática, pero liderado por un general enano que pocas veces hablaba, siempre ataviado con sus uniformes militares de gala, con Pedro Suárez a su lado cada vez más alto, repeinado, enjoyado, trajes que parecían envolverle como si fuera un objeto mágico encargado de transmitir y hacer realidad los deseos de su amo.

Coincidiendo, obviamente, con la llegada de algo tan importante para nuestro país como la televisión, Graciela y Pedro Suárez desean invitarle a una recepción excepcional en su casa el día 23 de marzo del presente año.

Elisa sostuvo la tarjeta comprobando la calidad del papel. Era el mismo que empleaban ella y Hugo para sus invitaciones. ¿Cuántas cosas, en todos esos años, le había copiado Graciela? Decorar con orquídeas desde su niñez; el chantillí en todas sus fiestas; el pastel de limón y la mermelada de jengibre en los desayunos que organizaba y a los que jamás asistía porque nunca era capaz de despertarse antes de las once; la crema de caraotas, aunque eso le daba igual, puesto que medio país la hacía ahora gracias a la infausta crónica del fallecido Feliciano, y una más: su papel para invitaciones y pequeñas misivas de agradecimiento.

Pero lo que más le molestaba era el uso consecutivo de esas dos palabras: «Coincidiendo, obviamente»... ¿En qué cabeza cabía unirlas? ¿Qué tipo de redacción era ésa? La mayoría de las cosas que coinciden no lo hacen obviamente; al contrario, muchas veces ni siquiera te das cuenta hasta que te encuentras ya inmerso, casi atrapado en la coincidencia. Elisa esbozó una sonrisa porque, en el fondo, le agradecía a Graciela que una vez más le permitiera recuperar el mejor de sus dones: la capacidad de analizar.

* * *

Ese 23 de marzo de 1953, Elisa y Hugo entraron en la casa de los Uzcátegui, engalanada para la ocasión como si Irene y Mariano fueran a casarse de nuevo. Detenida en el recibidor, Elisa vio la profusión de orquídeas blancas y los ramos de calas atadas con cordeles de seda en altísimos jarrones de porcelana. En esa rápida mirada, se sintió primero como *Malaya* o *Camboya* cuando observaban a un extraño entrar en «Monte Alto». Allí estaba, tras todos esos años, el Reverón en la pared del salón, sus blancos espacios devolviendo la misma luz y el mismo misterio a la contemplación de Elisa, ahora mujer. Pensó que ese cuadro estaba tan acostumbrado a ser presentado como una joya, o casi una mascota de esa familia, que más parecía formar parte de esa pared que ser una obra de arte. No lo era. Fue, es, una premonición. No enseñaba playas ni palmeras cubiertas por una tormenta de arena blanca. Era el muro, la habitación donde moriría su madre.

—¿Estás bien? —preguntó, telepático, enamorado, presente, Hugo.

—No, pero no quiero irme. No voy a darles ese gusto —respondió con firmeza su esposa.

En el fondo, no había dejado de ser firme un solo momento en esa casa, aunque ésta hubiera cambiado. Como el comedor, que ahora era una fantasía en blanco y negro difícil de ubicar, la mesa de una madera azabache lacada y las sillas tapizadas en blanco como trajes de novia excesivamente almidonados, pero con las patas y el espaldar negros como los ojos de Pedro Suárez. Los marcos de las dos naturalezas muertas, de alguna oscura escuela a lo Murillo, eran también negros, y todo el papel pintado de la habitación semejaba un jardín de árboles misteriosos, como los que encierran y cercan el palacio de la Bella Durmiente mientras ésta duerme su sueño, con el fondo blanco y la silueta de los troncos en negro. Las paredes de ambos lados estaban cubiertas de techo a suelo por espejos, y el efecto final era realmente cinematográfico, elegante y también exagerado. Y estratégico, porque desde una de las esquinas de la habitación, Graciela, vestida en su habitual gris perla, exactamente como si fuera una estatua en medio de esa maraña blanca y negra, podía controlar la entrada y salida, cualquier movimiento de todos sus invitados.

—Los encantadores Hernández —dijo extendiendo su mano a Hugo y acercando, sí, su mejilla a la de Elisa, que pudo así sentir el efluvio de su abigarrado perfume de nardos y esencias nocturnas—. Imagino que para ti, querida, debe de ser un shock ver este comedor tan diferente…

—No lo es tanto, Graciela. Cuando era niña me acostumbré a vuestros periódicos cambios de decoración —atajó Elisa.

—Siempre fueron tan distintas, Hugo, Elisa e Irene, quiero decir. Mientras una callaba la otra preparaba una respuesta que te dejaría sin habla —agregó, sonriendo sin reír, siempre una hiena distinta, más empeñada en demostrar su destreza que su instinto asesino—. El general… quiero decir, el presidente, todavía no nos acostumbramos a llamarle así, claro, está al llegar. Me encanta que hayáis sido tan puntuales, están prácticamente todos los ministros, que son militares de civil con esposas casi tan aburridas como la… primera dama —dijo, sin dejar de manifestar esa sonrisa de embajadora o, mejor dicho, de hiena

embajadora—. ¿Quién iba a decirnos hace años que seríamos los anfitriones de un hecho histórico como la llegada
de la televisión a nuestro país? Id hacia la biblioteca, Pedro
ha dicho que la emisión será rigurosamente puntual...
—dijo, alejándose de ellos para recibir a nuevos ministros
con esposas aburridas.

Hugo apretó el brazo de su esposa y añadió:

—Esta villa siempre tuvo espíritu de casa de los horro-
res. Por más que intenten innovarla, siempre parecerá vieja. Como si para amueblarla hubieran robado todo lo que
contiene.

Elisa rió y lo miró arrobada. Seguía siendo ese hombre
varonil, receptor de todas las miradas femeninas y masculi-
nas, el cuerpo esbelto y duro pero nunca tan rígido ni amenazante como el de Pedro Suárez. Y ese olor, en su piel y en
su mirada, de haber cruzado un océano para estar en el sitio donde quería estar, que era allí, junto a ella, espantan-
do con sus palabras los fantasmas del pasado.


Pero esos fantasmas del pasado no se dejarían vencer
por mucho tiempo esa noche. Pronto, a medida que se
prolongase la velada, irían surgiendo en torno a ella, rodeándola como ahora lo hacían los ministros y sus cónyu-
ges gallináceas que agitaban plumas, vasos cargados de ese
whisky con agua de coco que impregnaba las habitaciones
de un aroma dulzón, empalagoso. Elisa pensó, no sin razón, que el coco era estúpido. De todos los olores y frutos
que se podían escoger del trópico, el coco era el más inútil.
No significaba nada más que calor, aceite para tomar el sol,
un toque de sabor que embadurnaba, fastidiaba los demás
sabores de otros ingredientes más nobles. Se rió, sola, para
sí misma, cuando con un ramalazo de lucidez concluyó
que ese nuevo gobierno, esa nueva ciudad que exaltaba ese

tipo de fiestas y ese tipo de esposas gallináceas alocándose cuando entraba la consorte del general estaban más que marcados por esas deficiencias del ingrediente que habían elegido como santo y seña de sus cócteles y refrigerios. Eran todos igual que el coco, típicos, demasiado dulzones, inútiles esperando caer contra la arena como un fardo pesado y vencido cualquier día de sol.

Fue apartándose del grupo y se encontró a sí misma dirigiéndose a la cocina a través del pequeño pasillo abierto detrás de las paredes del comedor que en su día había deleitado a Gustavo, pues suya fue la idea de que el servicio no se viera nunca entrando por la misma puerta que los señores e invitados. Creyó oír aún a Soraya protestando, rumiando la falta de efusividad de los Uzcátegui ante uno de sus platos, pero en realidad se trataba de su hermana Irene, bellamente enfundada en un traje negro de escote palabra de honor, sus hombros dibujados a la perfección, marcándose aún más al ritmo de sus sollozos o cada vez que intentaba, cuando creía haber conseguido frenar sus lágrimas, recuperar la respiración. Cuando vio a su hermana, las dos reunidas de nuevo en esa casa, escondidas en un lugar que jamás emplearon cuando niñas, Irene sintió que un universo se le venía encima, que las paredes del pasadizo parecían cerrarse sobre ella. Elisa no supo por un segundo qué hacer frente a su hermosa, destrozada hermana. Y sólo pudo reaccionar sujetando sus brazos temblorosos con una mano y deteniendo el fluir del llanto con los dedos de la otra en un intento solidario, aunque inesperado, porque el maquillaje de su agraciada hermana no desapareciera.

—¡No puedo imaginar que seas tú la que me veas así! No soy yo, Ana Elisa, ¡hace tantos días, demasiados días que no soy yo! —No era Irene, en efecto, era su padre delante de la palmera, la noche de tormenta.

—No hables así, Irene. ¿Por qué no me has llamado? ¿Desde cuándo… estás así?

—Desde el principio. Me he dejado atrapar. —Sus brazos dejaron de temblar y sus manos se aferraron a las de Elisa—. Mírame, vengo aquí demasiadas veces al día y empiezo a llorar y a esperar que en algún momento estas paredes de verdad se cierren sobre mí y me dejen aquí tapiada para siempre.

—¿Es por Mariano? —preguntó Elisa.

—Es por todo esto. Esa gente, ellos, Graciela y Pedro. Y, sí, también Mariano. Aunque él quiera ser distinto de ellos, aunque quiera separarse de esa ansia de poder que tienen… no puede hacer nada. No puede escribir en el periódico que todos ellos van a acabar llevándonos a un lugar horrible, a nosotros, a vosotros también, al país… Que su sed de poder va a convertir esta casa, esta misma casa, en un lugar… —volvía a llorar, Elisa sentía que en cualquier momento el orden de su discurso iba a desvanecerse.

—Necesitas salir de aquí, Irene, deberías venir conmigo.

Irene la miró aterrorizada.

—No puedo, no se te ocurra pedírmelo. Nadie puede verme débil, eso significaría el final, tanto para Mariano como para mí y la pequeña Ana Elisa. ¿No lo entiendes?

—No, no lo entiendo.

—Pedro Suárez es el director, el jefe de una nueva policía creada especialmente para esto que llaman gobierno pero que no lo es, Elisa. —De pronto calló, bajó su mirada y empezó a llorar de nuevo, sincopadamente, como si quisiera derramar todas las lágrimas y al mismo tiempo encontrar un ritmo que le permitiera controlarlas.

—Irene, no puedes volverte como mamá —sólo pudo decir Elisa creyendo que, al hacerlo, rompería la amenaza de locura que veía inminente en su hermana, allí, en ese pasillo débilmente iluminado por el que empezaban a transitar los aromas de los entremeses desde la cocina.

—Ellos tienen ahora demasiado poder. Mariano no puede hacer nada y sólo yo me he dado cuenta de la cárcel en donde nos han encerrado. Me equivoqué, ¿comprendes?, no pude, no supe decir no, y me dejé llevar asumiendo que en la vida todo en realidad está elegido ya por alguien. Y entonces has vuelto tú y me has abierto los ojos. Pero ya es muy tarde. Ya no puedo ser como tú, casarme con un hombre de verdad valiente, de verdad hombre.

—Irene, no hables así. No te derrumbes, por favor, no te conviertas en nuestra madre.

—Me han convertido, ¿no lo ves?, ni siquiera eso lo he podido elegir. Han sido ellos, Graciela, Pedro, el mismo Mariano... Ellos me han convertido en esto que ves aquí...

Elisa intentó sujetarla otra vez, pero así como se había aferrado a ella, Irene consiguió deshacerse del abrazo de su hermana y huyó por el pasillo hacia la cocina y a través de la escalera de servicio a su dormitorio. Quiso ir con ella, pero un brazo más fuerte que el suyo la tomó por los hombros.

—Volvamos a la fiesta, Elisa —dijo Pedro Suárez, la voz tensa, un ligero acento de menta en su aliento—. La transmisión televisiva está a punto de empezar.


De regreso a la biblioteca, esa biblioteca que Graciela destrozó tras la última visita de Elisa a esa casa, no pudo evitar contemplar a todos los presentes como si fueran gallinas o algún tipo de ave pequeña, sus patas cortadas haciéndolos andar por encima de la alfombra con sus genitales pegados al suelo. Los miraba a todos y no podía dejar de verlos así, a la esposa del general más que a nadie, casi arrastrándose contra la mullida alfombra como si el contacto con esa textura la satisficiera de una manera peculiar.

A las otras esposas de los ministros, que eran casi todos militares graduados un año arriba o abajo de la promoción del propio general, también las vio gallináceas, aunque conservando sus rostros humanos, cuajadas de joyas pesadas, oro y perlas, esmeraldas y diamantes que las hacían a veces perder el control de sus cuellos, escondiendo en sus risas cacareantes el dolor de verse desfiguradas, casi descuelladas, por sus propias joyas. Al fondo permanecían Graciela y Pedro como dos grandes avestruces, las únicas aves a las que se les permitía erguirse sobre sus patas, profundamente serios, protegidos por una ley no escrita que los unía, como guardianes de un nuevo tipo de infierno, de un impronunciable lugar donde llegaban quebradas, hartas, ahítas de comida, pienso y caviar, todas las demás patéticas figuras de ese salón.

En otra esquina, recuperándose del desahogo anterior, alisándose su vestido largo con manos aún temblorosas, su hermana Irene, conservando toda su apariencia humana, la miraba aterrada en medio de todas esas gallinas que pegaban sus culos a las extensas alfombras de la biblioteca. Y Mariano, también con forma humana, le hacía señas estirando su cuello por encima de la corbata que parecía apretarle como si fuera un puño. Como si Elisa hubiera tenido una goma de borrar que pudiera utilizar sobre aquellos dibujos imaginarios que hacía, tantos años atrás, de la cara de Mariano, porque ese rostro que miles de veces imaginó en su niñez se desdibujaba ahora ante sus ojos y pasaba a ser una mancha, una mezcla de los azules y verdes de aquellos lápices de colores de su niñez enamorada y evaporada.

—¿Estás bien? —preguntó Hugo, todo este tiempo al lado de su esposa.

—No. Pero no quiero irme.

—Ya lo sé, ya lo has dicho… no quieres darles ese gusto —murmuró su esposo, sujetándola.

Y Elisa, como si estuviera a punto de caer entre dos rocas altísimas, nacidas del mar y convertidas en bocas de una garganta que pretendía aspirarla hacia abajo, se aferró a esa mano y sintió el deseo de rezar algo, cualquier salmo pequeño o largo que pudiera recordar allí, en ese momento, en ese instante en que la fiesta de los Suárez y los Uzcátegui se le antojaba una alucinación, un mal sueño, un desfile de monstruos.

Venezolanos, venezolanas todos y todas, ésta es la hora de la modernidad. A través de estas pantallas en todos sus hogares, el magno gobierno democrático y liberador de la Gran Venezuela va a garantizarles a ustedes una ventana al mundo y a nosotros mismos. Se llama televisión y la han inventado en dos grandes países, amigos de nuestra Inmensa Venezuela, desde el principio de los tiempos: Gran Bretaña y nuestros amigos los Estados Unidos de América, que han ratificado en muchas ocasiones sus lazos de confianza e intercambio económico con el nuevo, valiente y visionario gobierno que preside este humilde servidor. Así pues, este magnífico, valiente y también visionario aparato llamado así, televisión, va a servir para que primero nosotros mismos y luego el mundo entero podamos ver quiénes somos, de dónde venimos y hacia adónde nos dirigimos. Sí, en estas pantallas los venezolanos podremos observarnos, estudiarnos, admirar la grandiosidad de nuestra naturaleza, el poderío de nuestras riquezas, todo el entramado de ingeniería en nuestras minas y explotaciones petroleras, la reciente pujanza de la arquitectura en la amada y bendecida ciudad de Santiago de León de Caracas y también las olas altas, bravías y llenas de espuma del mar Caribe en nuestro alrededor.

El general pareció perderse con los papeles de su discurso y se creó una pausa, seguramente de no más de tres segundos pero que la cámara consiguió convertir en interminables minutos. Pedro Suárez empezó a aplaudir, esas manos fuertes, cubiertas de vellos delicadamente recortados encima de los dedos, y todo el elenco de mujeres gallináceas consiguió agitar sus pezuñas, sus garras, sus uñas, y el ruido de sus sortijas golpeándose unas a otras le recordó a Elisa el sonido de cuchillos afilándose. Sintió la mirada de Pedro Suárez sobre su nuca, Hugo y ella habían conseguido colocarse cerca de una ventana y aspiraban un poco de aire fresco para no caer narcotizados en el espeso clima de la biblioteca. No se atrevió a moverse, si encontrara sus ojos Pedro Suárez lograría leer su mente y descubriría cómo veía a todos sus invitados. Se encogió levemente de hombros y miró hacia el jardín, el pequeño trozo que podía ver desde esa ventana, mientras el general aún se mantenía silente y movía con sus dedos regordetes el manojo de folios, el hilo de su discurso perdido delante de miles de espectadores. En el jardín vio el pabellón iluminado, con algunos camareros moviéndose alrededor de la mesa donde se serviría poco después la cena. Hacía exactamente cinco años que no había vuelto, mucho menos visto, a ese espacio. No estaba vestida de azul, no quería parecerse a su hermana, no esperaba encontrarse con el abrazo de Mariano. No quería seguir mirando hacia allí, pero lo hizo. Entre los camareros se movían unos hombres, cinco o seis, vestidos con trajes grises. Parecían amenazadores, como si fueran una banda de delincuentes preparando un golpe. Los camareros se quitaron de su paso y al final los hombres de gris dejaron atrás la casa de la piscina y se dirigieron hacia la antigua cochera.

La historia, sí, esa gran amiga, sus ojos siempre abiertos, es la única que puede decirnos si hemos conseguido nuestras metas y objetivos. Para este gobierno el futuro lo es todo, nuestro único, máximo objetivo. El mundo entero mira ahora hacia nuestra Inmensa Venezuela, se asombra de su riqueza, de su inteligencia, de su cultura y sus objetivos: crecer, crecer y triunfar sin mirar hacia atrás. Por Venezuela, en mi nombre, yo, el general Marcos Pérez Jiménez, declaro inaugurada una nueva era: ¡la televisión ya es venezolana!

El aplauso se volvió ensordecedor. Un gesto de Pedro Suárez hizo que nueve camareros dispuestos entre el salón y la biblioteca descorcharan al unísono el mismo número de idénticas botellas de champán. Elisa sintió el ruido de la espuma entrar en su oreja como si fuera un mar. Miró a Graciela, como envuelta en una nube negra, sus dedos como garfios, su nariz un sable y sus ojos unas garras que hurgaban en los cuencos de los que observaban. Estaba ahora abrazada a la esposa del general, que no sabía sostener su copa de champán e intentaba dibujar una sonrisa en su rostro siempre cansado. Ya no tenía patas de pollo, pero le flaqueaban las piernas debajo del inmenso —sí, como la Inmensa Venezuela— traje largo que vestía.

—Elisa, te están hablando —dijo Hugo, y ésta dejó de sentir la espuma resbalar por sus oídos. Era Mariano, también junto a ella.

—Te miraba, no lo pude evitar, mientras hablaba el general y sé que te pareció ridículo y exagerado todo lo que ha dicho —comentó Mariano, su voz suave, su rostro de nuevo hermoso, aunque en sus ojos un vacío también inmenso, como el de esa Venezuela que acababa de bautizar el general.

—No me he sentido bien durante todo el discurso —respondió Elisa.

—Ha sido culpa mía —pronunció Irene, apareciendo detrás de Mariano. También había recuperado lozanía, es más, parecía como si el momento anterior, detrás del comedor, jamás hubiera sucedido.

—Mariano —empezó Hugo—. ¿Puedo hacerte una pregunta? Tal vez tú sepas respondérmela.

—Sin duda.

—¿Cuántas veces ha dicho el general en su discurso «Inmensa Venezuela»?

—No he tenido paciencia para enumerarlas, ¿dos, tres veces?

—Y cuando alude a la «Gran Venezuela», ¿hay alguna diferencia? —insistió Hugo.

—En cualquiera de los casos, lo único inmenso, o grande, en el general, es su ambición. O el volumen de su cintura —respondió Mariano. Nadie rió el chiste.

—Tal vez usen «inmenso» cuando se harten de repetir «gran» —aventuró Elisa.

—¿Quieres que volvamos a casa? Ya está inaugurada la televisión, ya hemos cumplido —le sugirió Hugo.

Elisa no pudo responder. Primero se oyó un grito de una de las gallinas y todas aquellas que apenas habían podido moverse por sus cuellos vencidos por el peso de sus joyas cobraron una inusitada fuerza, producto del espanto que despertó el grito de la primera. Se arremolinaron, se sacudieron las plumas y casi empezaron a darse picotazos entre sí. Pedro Suárez gritó: «¡No se mueva nadie! ¡Aléjense del televisor!», y por fin pudieron ver la razón de ese alboroto: en la pantalla, después del discurso inaugural y los aplausos y abrazos alrededor del general, había empezado un ballet. Elisa recordó el nombre, *Las bodas de Aurora*, interpretado por la única compañía de ballet de la historia de Venezuela, la dirigida por Nena Coronil, cultivada dama a quien también esperaban a cenar en casa de los Uzcátegui. Estaban allí las bailarinas, sus tutús blancos realmente brillantes desde la pantalla del televisor, agitando sus gráciles manos en el aire, entrelazando sus zapatillas de punta sobre el suelo, mientras un bailarín más bien robusto se elevaba con un prodigioso salto y movía los brazos de derecha a izquierda. Y de pronto, delante de todos ellos, una fila de hombres enmascarados desplegando una pancarta que rezaba: «NO A LA DICTADURA. NO AL GENERAL», al tiempo que unos policías subían al escenario y se confundían con las bailarinas que, pese a todo, pese a la confusión, intentaban mantener el hilo de su coreografía. Los encapuchados se dividían entre los que oponían resistencia y los que lograban escapar del escenario. Uno de ellos se acercó a la que debía de ser la única cámara y en un gesto sorprendente se quitó el pasamontañas. Era un hombre muy joven, sus ojos de una intensidad inusitada, transparentes, y su gesto decidido y endiablado también. Demasiada valentía, demasiada juventud. Pedro Suárez apartó otras gallinas del televisor y se plantó ante él para estudiar detenidamente ese rostro, pero no pudo hacerlo mucho tiempo. Repentinamente se oyó desde el televisor un disparo y los gritos de las bailarinas que dejaban atrás la coreografía, pese a que la música grabada continuaba sonando, abandonaban el escenario con el toc-toc de sus pesadas puntas golpeando la madera.

Elisa consiguió observar sobre el escenario el cuerpo abatido del joven sin capucha.

Pedro Suárez apagó la televisión. Nadie se movió en la habitación. Avanzó hacia el teléfono y marcó con rapidez un número, conservando magistralmente su dominio sobre sí mismo y la situación, mantuvo una breve conversación, sus labios apenas moviéndose, nada de lo que decía mínimamente audible para los invitados de su fiesta detenida, colgó y fue hasta la esposa del general.

—La fiesta continúa —le comunicó—. La transmisión se retomará en breve. Los desgraciados enemigos de la patria están sometidos y el general viene hacia aquí. Nada, ni nadie, conseguirá detener el proyecto del general en pos de la Inmensa Venezuela.

\* \* \*

*Estimado pero no tan estimado señor Ponti:*

*Tengo miedo, en un principio, de abrirme demasiado en estas cartas que nunca responde. Continúo leyendo su revista, me ha impresionado sobremanera su deseo de reivindicar el trabajo de esta gran estilista más que arquitecta, Eileen Gray. Como mujer puedo decirle que estoy de acuerdo con todo lo que su dossier explica sobre ella: solamente una mente femenina puede entender la forma como si fuera un cónyuge, un amor, un compañero de aventuras. Por eso sus muebles no son sólo muebles, son como estas cartas mías: una abertura, un desahogo, una demostración de complicidad, análisis y lucha.*

*Las mujeres estamos acostumbradas a sobrevivir, y podemos hacerlo a veces desde el silencio, que es mi caso, sentada en reuniones sociales que abomino, que jamás disfrutaré pero de las que invariablemente extraigo información. Se suceden sin que nada pueda detenerlas en esta capital. Ni siquiera un evidente sabotaje a la inauguración de la primera televisión de Sudamérica consiguió evitar que el general, nuestro presidente, asistiera a una fiesta en su honor en la que, desgraciadamente, estaba presente... Pero no quiero volverme cronista social de una ciudad que no le interesa. Sólo deseo... desahogarme. De lo que veo en cada una de esas fiestas y, sobre todo, de lo que sueño. Veo un país atrapado, vamos camino a una dictadura que nos volverá todavía más república bananera de lo que ya empezamos a ser. No sé exactamente cómo explicárselo, usted allí, en Milán, recuperándose de las heridas de una guerra seria, mundial, nada más y nada menos. Y yo aquí, en una ciudad donde nunca hace frío, llena de dinero, que crece por todas partes, decidida a convertirse, por medio de todo ese dine-*

*ro, en la capital emblemática de esta parte del mundo. Pero todo este bienestar, del que también se beneficia mi marido y toda la gente que conozco y me veo obligada a soportar, fructifica dentro de una dictadura, tan hábil o quizá tan ignorante que no se atreve a definirse a sí misma bajo ese nombre. Lo llaman «democracia del futuro», «república para la inmensidad», «experiencia histórica», pero no deja de estar regida por un general mofletudo y bastante iletrado sobre el que ejerce cada vez más influencia un inspector de policía que acaba de ser nombrado director general de las Fuerzas de Seguridad de la «Inmensa Venezuela».*

Elisa dejó de escribir. De repente podría estar agobiando a Ponti con todas aquellas menudencias, esos cargos y títulos repletos de exageración y pomposa grandeza. No iba al grano como deseaba porque la situación también se lo impedía. Esa Inmensa Venezuela del general no era nada fácil de explicar a un extranjero. Por un lado, si traía bienestar, ¿cómo podía criticarse? Mucho menos si continuaba dándole detalles de una vida social en la que ella también participaba. Por más que se excusara esgrimiendo que acudía sólo a observar, dentro de ella sabía que formaba parte de ese grupo de beneficiados a los que no les importaba qué dirección tomase el general para conseguir la Inmensa Venezuela mientras el dinero continuase apareciendo, en vez de leche recién pasteurizada, en las puertas de sus casas.

*Tengo miedo porque veo y oigo cosas que otros no ven ni oyen. Por ejemplo, la noche del evento en la televisión, mientras cenábamos al lado del general y su esposa —que jamás habla, sólo mira el plato de comida frente a sí y procura dejarlo completamente vacío—, empezaron a llegar coches de la policía, sí, a la casa de Pedro Suárez. Es una casa que conozco bien por razones que algún día le explicaré. El hecho es que vi cómo desembarcaban varios po-*

*licías que rodeaban a un evidente sospechoso y lo conducían hacia la cochera, detrás de la casa. Por las mismas razones que no puedo escribirle, también conozco muy bien esa cochera. Una vez dejé allí un dibujo. Es otra historia, o quizá la misma, pero esa noche, estimado pero no tan estimado señor Ponti, vi cómo introdujeron a ese hombre allí mientras la fiesta continuaba celebrando al general, ríos de champán corrían y mi cabeza diciéndome que en esa cochera le hacían algo a ese detenido. Pero no podía levantarme y averiguarlo por mi cuenta. Delante tenía la mirada fija, taladrante, de Pedro Suárez, que jamás perdió la compostura. Es más, era como si todo lo que sucedía, indiscutiblemente bajo su control, le devolviera más compostura, más elegancia y distancia a toda su actitud.*

Elisa sintió que debería quemar, romper las cuartillas escritas. ¿Cómo podía involucrar a una persona tan lejana, que no conocía, que no respondía a sus cartas, como Gio Ponti? ¿Cómo podía describirle una ciudad tan peligrosa, el aroma del dinero y la sangre revoloteando sobre sus tejados, avanzando por sus pasillos, nadando en sus piscinas, a una persona a la que en un principio deseaba convencer para que construyera una casa precisamente en esa Caracas?

*Quería decirle que desde esa noche sueño con lo que pudo pasar en la cochera. Veo a ese detenido en medio de cables de electricidad y bidones de gasolina, tan sólo una bombilla sobre su cabeza. Veo cómo le golpean, totalmente desnudo, con los cables adheridos a su cuerpo al tiempo que van arrojándole agua por las piernas y los brazos y le preguntan quiénes eran esos que interrumpieron la transmisión. Veo toda esa violencia y no puedo hacer nada, está en mi sueño, ni siquiera me levanto ni tomo mi coche y conduzco hasta allí porque es sólo un sueño. Pero se repite, y la tortura, sí, ésa es la palabra, la tortura prosigue. Vuelven a mojarle, está cada vez más demacrado, se pueden ver trozos de su piel colgando*

*a jirones, está sucio y bañado en su propia sangre, y entonces de-*
*jan de electrocutarlo y arrojan gasolina sobre sus heridas y le acer-*
*can una cerilla que jamás llegan a poner en contacto directo con*
*su cuerpo.*

*Es horrible. Y no sé por qué se lo escribo, seguramente porque*
*nunca me responde...*

*Y entonces viene lo peor, se va la luz en esa inmunda cochera y*
*el hombre abre un poco sus ojos hinchados por los golpes y se oyen*
*unos pasos. Y con la luz de una nueva cerilla prendida alcanzo a*
*ver, y el torturado también, que se trata de Pedro Suárez, que llega*
*encendiéndose un habano, con un sombrero elegante, el nudo de la*
*corbata perfectamente atado, la seda de su traje oyéndose al mover-*
*se su cuerpo alrededor del detenido y su suave voz, sin inmutarse,*
*sin quebrarse, diciéndole que han hablado con su familia, la del*
*detenido, que su hija de cuatro años le extraña, que le ha escrito*
*una carta a su papi, quien no regresa, para saber dónde está. Y me*
*despierto, Dios mío, oyendo el grito de ese hombre, implorando, des-*
*garrado, que lo maten de una vez.*

Elisa se miró detenidamente en el espejo de su baño. Sus ojos estaban de verdad separados. No eran almendrados como los de su hermana, solamente separados. Los años seguramente los habrían distanciado para hacer crecer su capacidad de observación y análisis. La nariz era larga, pero con un puente quebrado, como casi todas las cosas en su vida, que empezaban, tropezaban y, de alguna manera, continuaban. Había oído hablar, sobre todo a Graciela, de un doctor en Brasil que podía hacer milagros con las caras, las tetas y las costillas que sobraban para crear cinturas nunca vistas ni imaginadas. Pero ella, cumplidos ya los veinte, no iba a cambiarse esa nariz. La de su hermana, como sus ojos, sus hombros, labios, frente y pelo, era armoniosa, perfecta, dibujada al parecer día tras día por un enamorado. Sus rasgos, en cambio, labios pequeños, frente estrecha, pómulos demasiado altos, esa nariz cruzándola como si fuera un signo de interrogación, la hacían parecer más seria, más decidida que nadie a quien conociera. Lo que veía era a un prócer, sí, de esos que tanto fascinaban al general y que cada día convertía en monedas, sellos, o pósters que inundaban las calles de la ciudad. Era un prócer, pero con un decidido acento femenino. Su pelo, castaño claro, se le había ido quedando así seguramente por los baños de camomila en Trinidad, y le daba aspecto de generala. Se rió, había empezado a verse con el miedo de encontrarse no mayor, sino acabada, cansada, como si el reflejo de ese espejo le devolviera las respuestas que no recibía de Ponti: «Deberías marcharte de ese país que te atormenta cuando duermes», «Olvídate de construir la casa de tus sueños en esa tierra de pesadillas», «A nadie le interesan tus análisis ni tus visiones de señora burguesa aburrida, sin hijos».

Pero el espejo no le devolvía ninguna de esas voces. Solamente ese rostro serio, alto, demasiado distinguido para una ciudad dominada por gallinas de patas cortadas.

Hugo entró en la habitación. Elisa salió del baño y lo vio a él también como una figura completamente distinta de las de esa ciudad. Vestido sólo con una camisa blanca, planchada a la perfección, un pantalón azul claro, el pelo muy negro, siempre recién lavado, nada de vello en el rostro, su nariz prominente pero recta, sus ojos verdes mirándola como si acabara de descubrirla saliendo de una ostra gigante.

—Estás cojeando otra vez, y mucho. Es inaudito que no quieras hacer nada al respecto, Elisa.

—Cuento hasta veintisiete y deja de notarse —respondió.

—Sabes que no es verdad. He oído hablar de un doctor en Milán que garantiza una recuperación total en menos de un mes.

—No es sólo la pierna. También resultó afectada la cadera, tú mismo buscaste al traumatólogo más famoso de Caracas cuando volvimos a la ciudad, estabas presente cuando él nos reveló esta circunstancia y oíste tan claramente como yo que para la cadera no hay remedio. Esto no puede arreglarse. No al menos en este continente, por más veces que me lo digas.

—Pues creo que ésta será la última, porque pienso viajar contigo la próxima semana. Gracias a esas nuevas leyes de inmigración para construir la Inmensa Venezuela, el general ha dispuesto tres vuelos semanales a Milán para traer mano de obra de ese país. Son los nuevos venezolanos, las mezclas para la república perfecta a la que aspira. Los mejores españoles, portugueses e italianos nos enseñarán a construir nuestra ciudad y a mejorar nuestra raza... Lo dice aquí, en el periódico de Mariano.

Elisa tomó el periódico y vio la foto de Pérez Jiménez entrevistándose en el palazzo Giustiniani, el palacio presidencial de Roma, con Luigi Einaudi, presidente de la República Italiana. El general se veía minúsculo, apretujado en su uniforme, su gorro de militar aplastándole la cabeza contra los hombros repletos de galones del traje. Detrás, gloriosas, las insignias de la República Italiana y el mismo presidente, un hombre alto, más delgado, vestido con un traje de impecable corte, sosteniendo aquella mano regordeta con un mal disimulado asco.

—Importamos europeos mientras nuestros campesinos se mueren de hambre en el interior del país —dijo Elisa.

—El general no quiere que los nuevos venezolanos parezcan campesinos. Lo dice en su discurso, léelo: «Imagino, sueño para mis inmensos venezolanos la estatura de los vikingos, el aprecio por la belleza y la civilización de los antiguos romanos, la valentía combativa de los padres de nuestra patria, esos aguerridos conquistadores españoles».

—Hugo dejó el periódico a un lado y abrazó a su esposa—. Se olvidó de hablar de los lusitanos, pero algo encontrarán para hacer en esta tierra de oportunidades.

—Hugo, no podemos reírnos de lo que está sucediendo.

—No lo hago, Elisa, pero tampoco puedo dejar de construir mi sueño y mi propio deber. ¿No has notado la pequeña columna a la izquierda donde el gobierno dice que todos los enemigos de la patria involucrados en el desagradable incidente de la transmisión televisiva han sido detenidos por orden del director general de Seguridad de la Inmensa Venezuela, Pedro Suárez?

—Un día de éstos empezarán a asesinar personas en nombre de esa Inmensa Venezuela. Si es que no lo están haciendo ya…

—Elisa —advirtió Hugo, más serio que nunca—, pase lo que pase en este país, no podemos dejar de hacer nuestra vida. Ésa es nuestra única defensa, vivimos como decidimos vivir e hicimos lo que quisimos hacer aunque la historia quisiera exigirnos algo distinto. Yo quiero hacerte feliz, quiero verte caminar bien, quiero construirte una casa que signifique exactamente lo que mis palabras no alcanzan a decir. Una casa que desafíe al tiempo, a los generales, a los presidentes. Al propio país.

\* \* \*

La nueva autopista Caracas-La Guaira, camino al aeropuerto. Las ruedas del Lincoln Continental conducido por Filiberto en uniforme discurrían sobre el asfalto como si fueran seda sobre piel desnuda. Las obras del complejo de viviendas públicas que se llamaría «Dos de Diciembre», en honor al día de la ascensión al poder del general, se levantaban como colosos defensores de la ciudad, y la bajada por la cordillera hacia el mar se presentaba como una aventura llena de verde provocada por las curvas de la propia montaña, con sus pequeñas cascadas acariciando el rostro de los viajeros. Las grandes calas blancas crecían de entre los muros de arcilla de la montaña y varias decenas de mujeres jóvenes, rostros de color marrón, ojos achinados, larguísimo pelo negro, las vendían a apenas un centavo de bolívar en atados de diez. Elisa deseó tener una cámara de fotos, como su amiga Sofía, para inmortalizar a aquellas mujeres de piel del mismo color de la montaña en contraste con el blanco humedecido de las flores.

Filiberto conducía por las curvas hasta desembocar en el larguísimo y totalmente recto viaducto, suspendido sobre un valle de la montaña a lo largo de cincuenta kilómetros y por encima de catorce metros de altura, sí, un prodigio de la ingeniería que el régimen no dejaba de recordar que se estudiaba en las más prestigiosas universidades del mundo. Hugo no pudo evitar una mueca de angustia o miedo mal disimulado mientras el coche avanzaba a través del puente. Elisa, en cambio, tuvo ganas de gritar, de celebrar ese magistral triunfo del hombre sobre la naturaleza. Admiraba todo aquel esfuerzo destinado a unir dos esquinas separadas, la luna y el sol, el macho y la hembra, a través de un territorio suspendido.

Cuando llegaron al aeropuerto de Maiquetía la brisa del mar agitó aún más el calor y Elisa sintió el olor de la gasolina de los buques de todos los países y tipos agrupándose en un cierto desorden en el vecino puerto de La Guaira, aquel del que una vez había partido hacia Trinidad para regresar convertida en princesa junto a su marido y a bordo de su propio barco. Ahora viajarían en uno de los nuevos aviones de la PanAmerican hasta París y de allí a Milán.

El aeropuerto era como un hospital, todo paredes de cristal desde las que se podían ver los aviones aterrizados como si fueran perros en una exposición canina. Afuera, todos los maleteros y empleados eran negros, indios o campesinos vestidos con el mismo uniforme de la PanAmerican, su logo de rayas creando un globo terráqueo. Y dentro, en los mostradores de la aerolínea, azafatas vestidas de azul, dientes perfectos y maquillajes más o menos espesos dependiendo del tono de sus pieles. Aunque no fuera una ley escrita, las empleadas de cara al cliente debían distanciarse todo lo posible de los rasgos nativos, más propios de quienes trabajaban a las puertas del aeropuerto sin dar la cara al público. Sin embargo, aunque algunas de las mujeres que ejercían en los mostradores eran de naturaleza rubia, americanas del norte o esclavas de los nuevos tintes, otras tenían ese tono oliva de Graciela muy matizado, enmascarado en realidad por los polvos de Elizabeth Arden.

Elisa llevaba un traje sastre marrón, con bolso en el mismo tono y zapatos de piel de cocodrilo, que le daban miedo pero que al mismo tiempo no podía evitar vestir para ocasiones de día con carácter especial, como un viaje transoceánico. Sus manos estaban cubiertas por guantes blancos. Las de las azafatas también.

—Señora Hernández, es un placer atenderla. Soy una gran admiradora del arte y sé por *Las Mañanas de Caracas* de la importancia de su colección.

—Es nuestra, de mi marido sobre todo, y alguna pequeña aportación mía —corrigió amablemente Elisa.

—¿Viajan a Europa para adquirir nuevas obras para esa colección?

Elisa manifestó sorpresa ante la pregunta. Hugo no dejó de rellenar los formularios requeridos por la aerolínea antes de abandonar Venezuela.

—Vamos a visitar familiares que están allí —dijo al fin Elisa.

La azafata sonrió, sin explicar su directa, obvia, curiosidad.

Recogió los papeles firmados por Hugo y los estudió.

—Como ya deben de saber, el gobierno revisará antes de partir todo su equipaje, para investigar su contenido y controlar que no se saquen del país obras de relevancia para el patrimonio de la Inmensa Venezuela. También controlaremos, a su regreso, que puedan importarse piezas contaminantes...

—¿Piezas contaminantes? —preguntó Elisa, azorada pero a punto de rebelarse.

—Libros, cuadros, fotografías, películas, discos que no están registrados en la Comisión Patrimonial —indicó la azafata mostrando un volumen, inmenso en verdad, con el rostro del general dibujado en relieve.

—Pero... —empezó a decir Elisa.

—No llevamos nada que incite al comunismo ni que se burle de los magnos logros de nuestro inmenso gobierno —atajó Hugo, sujetando a su esposa y esbozando su magnífica sonrisa.

La azafata asintió y selló los pasaportes.

—Correcto. Todo correcto. Antes de embarcar nos encantaría ofrecerles un aperitivo en nuestra nueva sala de los Almirantes.


Elisa entró allí hecha una furia. Ese libro, con aquel relieve, ¿cómo era posible que nadie le hubiera advertido de su existencia? Requisar el equipaje, registrar entre sus ropas, sus prendas interiores, su maquillaje, mientras les ofrecían whisky con coco, vodka helado o martinis perfectamente agitados... No podía ser. ¿Qué tipo de país era ése? ¿Uno que se creía con derecho a revisar las maletas de cualquier ciudadano?

Y no podía soportarlo más, el silencio cómplice de Hugo, siempre con una respuesta correcta, sí, por el bien de sus intereses, por el bien de sus negocios, pero ella, ¿qué podía decir ella que continuaba viendo, observando lo que sucedía a su alrededor y no podía gustarle?

—Elisa, estamos atrapados. Piensa por un instante en tu propia hermana, lo que te dijo en ese pasillo, lo que la hacía llorar.

—No puedo aceptarlo, porque entonces significaría que tú también serías como Mariano y que las dos hermanas nos casamos con hombres iguales, incapaces de asumir una verdad y enfrentarla.

—Mi verdad eres tú, Elisa. Tú me has devuelto a mi ciudad, a mi casa. Tú me das la fuerza para seguir adelante. Esta situación, esta dictadura, como tú la llamas, no va a durar siempre. Llegará a un punto en el que no pueda esconderse más, tendrá que mostrar su cara, fea y violenta, oscura y sucia, y la gente dejará de apoyarla. Pero no podemos adelantarnos a los acontecimientos. No somos nadie, tan sólo una pareja de enamorados, de aventureros.

—Sí podemos hacer algo. Podemos convocar personas en nuestra casa, hablarles... Mira como tu amigo Betancourt ha tenido que marcharse...

—No se ha marchado, está cumpliendo con unos compromisos profesionales fuera del país.

—Si le revisan la maleta al volver, seguro que encuentran una razón para encarcelarlo.

—Elisa, Betancourt hará su parte en esta historia. Y tú y yo haremos la nuestra. No quiero volver a repetírtelo, pero es así. Somos dueños de nuestro destino hasta un punto, luego es el destino quien se adueña de nosotros. Y en ambos casos, en ambos lados, tenemos que confiar ciegamente.

## 20

Cuando por fin entró en el avión, Elisa notó un abrazo, cálido, sincero, de nadie en particular. No percibió en el enorme aparato brazos ni asientos, sólo el espacio, esa estancia totalmente azul de la nave, sus veinticuatro amplias butacas también azules y la esfera formada por las rayas blancas símbolo de la aerolínea. Hugo se instaló allí como si estuviera en el interior de su mansión. Elisa, tras la discusión anterior, sintió alegría de verle así, siempre tranquilo, siempre cómodo, siempre haciendo de cualquier espacio una casa. Y se alegró también de emplear la palabra: casa, casa, casa.

Iniciaban ese viaje para cambiarle una cadera rota a causa de uno de los peores eventos de su vida. Pese a su aspecto calmado, su mente ocupada en desentrañar las verdades y mentiras de lo que sucedía en su país, también luchaba contra el miedo que le provocaba imaginar que la operación fuera mal. No dejaba de ser una intervención novedosa, y era consciente de que dejarse operar por ese cirujano milanés, *il dottore* Fabrizio, la convertía en conejillo de indias. Pero, de repente, reconoció el calor de la mano de Hugo tomando la suya, el avión que arrancaba, las montañas del valle de Caracas quedándose atrás mientras el océano se abría para ellos y, entonces, apareció el verdadero fantasma de sus atribulados pensamientos. Ponti, su rostro desdibujado como el de Mariano en su infancia, cuando esperaba la llegada de sus cartas y dibujos para terminar de completar sus facciones. Pero Ponti tal vez estaba allí, en ese avión, podía ser cualquiera de los señores de rostro escudado detrás de sus periódicos, libros o revistas americanas. En la cada vez más mortecina luz del avión, que perdía su energía a medida que consumían millas en el aire, Elisa se molestó, un tanto agitada, al comprobar que ninguno de esos señores sería jamás Ponti. Eran americanos acostumbrados a viajar en silencio y comerse sin inmutarse aquella cena servida en bandejas del resplandeciente azul de la compañía. Hugo apretaba su mano, le besaba el cuello, le preguntaba si quería leer algo, comer un poco más, tomar agua. Y ella respondía que no, que se sentía como invadida de un oxígeno que la anestesiaba, y Hugo la invitaba entonces a dormir. Elisa jugueteó con un ejemplar de la revista *Life*, en la portada, una pareja maravillosa, el senador John Fitzgerald Kennedy y su delicada, sonriente, elegantísima esposa Jacqueline. Pensó que era un nombre cursi, pero leyó la crónica sobre la pareja y llegó a la conclusión de que Hugo era para ella algo parecido a aquel sonriente senador para su esposa de nombre afrancesado, un héroe, pero también una empresa, una lucha, un deseo.

Entonces se apagaron las luces de la cabina y los veinticuatro pasajeros entraron en un sueño conjunto. Hugo desprendió su mano al quedarse completamente dormido y Elisa volvió a verlo como un animal fuerte, un toro bravo que de pronto sucumbe al cansancio y se queda allí, indefenso y bello en su brutalidad, despojado de su valentía y su energía. Ponti, volvió a oír en su cabeza, se acercaba a Ponti, y le sobrevino de súbito un golpe de susto, como si algo se partiera en dos delante de ella, un aliento de otro hombre respirara cerca y sus palabras le dijeran: «Vente, déjalo, vente conmigo…»

Milán llovía lágrimas de algo roto, de alguna virgen que no consiguió el beso de su enamorado, de una viuda que lamentara el final de un amor maravilloso y duradero, o de otra mujer, diferente, campesina, adentrándose a través de los duros, cuadrados edificios de la ciudad con su carro cargado de panes y hortalizas para vender, sus pies apenas cubiertos por unos trozos de cuero unidos por un cordel, el agua de la lluvia resbalando por su piel agrietada, sus ojos contemplando a ese par de jóvenes de rostros de color extraño, emergidos del interior de un taxi negro a la espera de que el botones del hotel les abriera la puerta. Todo eran fotografías para Elisa, imágenes detenidas en el tiempo, un continente en reconstrucción, ciudades laceradas, grises, más bien una neblina de hollín que sobrevolaba calles y esquinas como un fantasma inagotable, día y noche cubriendo de miedo y dolor cualquier superficie.

Los atendieron en el hotel cordialmente pero con subrayada sequedad. Hugo se quejó manifiestamente de esa frialdad. «Después de unos toquecitos de *grappa*, ya verás como empiezan a cantar canciones napolitanas, que es de donde vienen todos estos estirados.» Elisa creía ver más allá. En los ojos de los dos jóvenes que se afanaban en apilar su equipaje y el de su esposo antes de trasladarlo a su suite observó una rígida educación y la misma voluntad de trabajo que llevó a todo su país, imaginó, a creer en líderes equivocados y, después, aferrarse al espíritu de reconstrucción que les permitía estar allí, trabajando con dignidad en el hotel, en el mercado, en la plaza.

Entraron en la suite y vieron desde sus ventanas el Duomo y a la gente caminando debajo con una velocidad impropia de esa sequedad con la que se expresaban, parecían tener prisa por reconvertir la ciudad en ese magma de economía, arte y negocios que había sido cuando su catedral se erigió para transmutarse en un emblema. Elisa revisó las estancias de la suite, el vestíbulo con las paredes tapizadas en seda de un débil marrón, el salón anterior al dormitorio, también tapizado en la misma seda y con dos sofás del mismo color. Y luego el propio dormitorio, un armario de caoba oscura abierto de par en par para que la camarera, una jovencita de apenas dieciséis años llamada Amelia, fuera colocando primero las prendas de la *signora* y luego las de Hugo.

Elisa entró en el cuarto de baño, al otro lado de la habitación, y se maravilló de los mármoles empleados: marrón con visos blancos para el lavabo y en un tono de verde más suave, casi malaquita con los mismos visos blancos en la ducha y la bañera, separada de ella.

—El mármol es nuestra idea de riqueza, *signora* —explicó Amalia al verla casi boquiabierta. Al mismo tiempo iba abriendo las ventanas del baño y un instante de sol, como si el fantasma del hollín se volviera sobre sí mismo y dejara escapar un hilillo de luz, acarició las figuras dormidas entre las vetas de la piedra.

Elisa sintió un nuevo confort, como si estuviera en el sitio justo delante del milagro exacto. Todo iba a ir bien, la operación, la ciudad, la experiencia, el amor de Hugo y ella refortalecido por ese gesto de recuperar enteramente su salud. Avanzó hacia la ventana para sentir en su cara ese poco de sol, y de nuevo debajo de ella, en las aceras, la gente moviéndose, los hombres caminando dentro de sus trajes grises y las mujeres cubriéndose con paraguas negros, faldas estrechas y chaquetas de hombros anchos, alguna que otra con un pecho rozagante o unas nalgas que se bamboleaban como sus famosos flanes de naranja y despertaban, en medio de la seriedad general, silbidos que generaban carcajadas, incluso algún aplauso. Se detuvo en un edificio en obras, toda su estructura rodeada de las maderas de los andamios de su construcción, alto, rotundo. Elisa quería describirlo en una sola palabra. «Nuevo» fue la que le vino a la mente. Por fin, por fin veía algo que sintetizaba el término que no cesaban de repetir en su país.

—Es el rascacielos de Milano, *signora*—informó Amalia.

—Es maravilloso —dejó escapar Elisa.

—Será la torre Pirelli, de la empresa de neumáticos del mismo nombre. Lo llaman *Il Pirellone*. Se trata de un proyecto del arquitecto Gio Ponti.

\* \* \*

Elisa y Hugo probaron todas las especialidades del Bice, el restaurante junto al hotel, por las mañanas repleto de hombres de negocios y por las noches de parejas de todo tipo que degustaban un aperitivo y luego una pasta, *risotto* o polenta, y por último la carne o el pescado. Elisa admiró de inmediato el arroz y la perfecta mezcla de éste con los vegetales, la carne o el pescado. Se aficionó a tomar el *antipasto,* un poco de *bresaola,* berenjenas y tomates secos con un poco de *burro* y luego un *risotto* más cargado para el día y sólo con espárragos o alcachofas para la noche, a veces tan sólo un plato de tortellini de *zucca*. En cualquiera de las comidas, el último trago era siempre de un buen licor de especias, amargo, que eliminaba del organismo todo lo que no fuera nutritivo de esos manjares. También adoró los nombres de las comidas en italiano: *il pranzo, la colazzione,* que desde entonces se volvieron parte de su vocabulario. El último domingo, antes de ingresar en la clínica del doctor Fabrizio, decidió compartir con Hugo una botella entera de *prosecco*. «No deberías llegar borracha a la operación, cariño», advirtió él. «Como ya estoy coja, no notarán que he bebido de más», rió ella.

Su entrada en la clínica del doctor Fabrizio, igual que cuando lo hicieron en el hotel, fue serena, discreta y seca. Rellenaron los documentos y después fueron conducidos a través de un pasillo de color pistacho flanqueado por puertas que se abrían y cerraban y entre las que Elisa pudo observar sofás de cuero blanco delante de camas de acero, algunas con flores a sus pies, otras pobladas por convalecientes que dejaban escapar débiles murmullos, y otras asediadas, o incluso custodiadas, por enfermeras cargadas de gasas, algodones y vendas.

Llegaron a su habitación, en la puerta ponía «Señora Hernández» (sí, en castellano). Vio el sofá blanco y por fin ante ella la en verdad aparatosa cama de acero, con dos enfermeras esperándola para desnudarla, ponerle la bata verde de la operación y acostarla, que ajustaban la altura con una dura manivela. Le anunciaron, en ese italiano seco y conciso, que el doctor vendría a verla en seguida, y Hugo y ella se quedaron contemplando el jardín interior a través, cómo no, de un ventanal. Árboles altos, bancos de mármol. Un espacio sereno, higienizado, al que daban todos los habitáculos.

—Vas a salir perfecta del quirófano, mi amor.

—No tengo miedo —reconoció Elisa—. No lo tuve cuando pasó, quiero decir…, cuando mi pierna se rompió sin que yo lo quisiera… Y no lo tengo ahora.

—Elisa, te quiero —dijo Hugo.

—Sí, porque soy una mujer distinta de las otras.

—Porque eres tú, Elisa.

—Podrás presumir de tener la única esposa en Caracas con la prótesis de cadera más moderna del momento.

Ambos rieron y Hugo fue a acariciarle la mejilla, se sujetaron de las manos y miraron hacia los árboles. Así los encontró el doctor Fabrizio, todo cordialidad y eficiencia. En un inesperado castellano, les explicó la operación y cómo había llegado a descubrir y perfeccionar su novedosa técnica. Durante la guerra tuvo que reconstruir huesos enteros de centenares, casi se atrevería a decir que miles de soldados que perdían extremidades o sufrían destrozos a causa de las minas y bombas, y por ello, una vez finalizada la contienda, dedicó mucho tiempo y dinero a buscar una solución que evitara la amputación cuando la reconstrucción parecía imposible. Finalmente, dio con un sistema novedoso que requería enorme destreza en su aplicación: fabricar prótesis de metal que sustituyeran los huesos dañados. Se trataba de una técnica que sólo podían emplear cirujanos extremadamente hábiles, y la recuperación era lenta y dolorosa, pero los resultados, sin lugar a dudas, valían la pena y concedían a lisiados hasta entonces sin solución a sus defectos una nueva oportunidad. Elisa lo escuchaba maravillada, hablaba como si fuera una máquina, un disco para aprender un idioma, miraba directo a los ojos de ella, su paciente, y le dedicaba su tiempo siempre recordándole que al día siguiente estaría haciendo esa misma explicación con la misma entrega a otra paciente, otro herido, otro pasado que llegaba hasta sus manos para convertirse en futuro.

Entraron juntos los tres, el doctor, Hugo y ella, acomodada en una camilla con ruedas, al quirófano. El doctor señaló a éste otro sofá blanco en la sala de espera anexa y empujó él mismo la camilla de Elisa. Los labios de Hugo besaron suavemente la frente de su esposa y, después, ella miró el techo del quirófano, cubierto por una hilera de lámparas muy planas, muy blancas, una luz precisa. Una enfermera la cogió de la mano y la hizo contar hacia atrás, seis, cinco, cuatro, tres, y Elisa empezó a ver un jardín interior parecido a ese al que se abrían las habitaciones de la clínica, y en él un árbol muy alto, que se elevaba en un movimiento circular, y debajo, apoyado en el tronco que no dejaba de crecer, un hombre, fuerte, ancho, con traje gris, mirándola aunque ella no pudiera ver sus ojos porque el rostro no existía, estaba vacío, invisible, o quizá ella debería ir rellenándolo…

En un momento dado, Elisa se vio caminando hacia su padre. No se veía muerta, sólo estaba allí, caminando hacia él en una colina delante de Caracas, rodeados los dos de edificios en construcción y oyendo aviones sobre sus cabezas y una música rara, mezcla de valses y olores con frases inacabadas. Su padre se esfumaba de pronto y ella se quedaba en esa colina, la ciudad mutando, creciendo en edificios, en gente, en nuevos ruidos de esa música extraña de canciones sin fin. Aparecieron unas paredes a su alrededor y una mano que dibujaba formas sobre ellas, abriéndolas y creando huecos, lucernarios, agujeros, como el del telón del Browns, para que ella pudiera observar esa ciudad trepidante como si fuera una película. Vio el rostro de Joan acercándose para hablarle. Y detrás estaba Graciela, sujetando un tenedor con un trozo de carne ensartado. Avanzaban hacia ella, Joan abriendo los brazos para abrazarla y Graciela empuñando ese tenedor. Entonces y sorpresivamente se abrazaban las dos dejándola fuera, y Elisa continuaba mirando hacia Graciela y descubría que la carne atravesada por el tenedor era un dedo humano.


No gritó, sólo abrió los ojos y allí estaba Hugo, tomándole una vez más la mano. Las enfermeras se movían lentamente en torno a su cama y el doctor parecía hablarle.

—¿Cómo te llamas?

—Elisa. Elisa Hernández —respondió, y tocó con más firmeza los dedos de Hugo.

—¿En qué ciudad estás? —continuó el doctor.

—Milán. En su clínica, doctor Fabrizio.

—¿De qué te han operado? —insistió éste.

—Una prótesis en mi cadera, rota hace años por una... una... —miró a Hugo, era él quien tenía los ojos humedecidos.

—Un accidente —intervino una voz extraña que intentaba hablar en el castellano de los presentes. Hugo se volvió para verlo, el doctor dibujó una amplia sonrisa en su cara y el caballero que había hablado, corpulento y tocado con un pelo salvaje, desordenado, como una aureola de santo o loco, avanzó hacia la paciente.

Elisa consiguió enfocar y sintió a su alrededor ese aliento, ese aire diferente que había adivinado en el avión. Vio el árbol en el jardín, solo, y delante, a su lado, apareció cada vez más cerca el hombre, su cara cobrando una forma definitiva. La miraba, profundamente asombrado, como si él también estuviera dibujándola a ella. Como si los dos hubieran escapado del mismo ensueño después de esperar años a que sus respectivos dibujos decidieran completarse.

Y el hombre habló de nuevo:

—El accidente es nuestra mejor fortuna. Las mejores cosas en la vida empiezan siempre con un accidente. Mi *cara, carisima* señora Hernández, es un *miracolo,* nuestro auténtico *miracolo* en Milán. Soy Gio Ponti.

# CUARTA PARTE

## 21

«Accidente», la palabra estaba escrita en la vida de Elisa como la fecha de unos enamorados en el tronco de un árbol, a lo mejor tan alto y frondoso como el del jardín que conectaba las habitaciones en la clínica del doctor Fabrizio. Un árbol como la palmera que creció durante su infancia y acabó desgarrándose sobre su padre una noche de tormenta, otro accidente repitiéndose como las palabras y los pensamientos en su cabeza. Repitiéndose el árbol, repitiéndose el accidente, repitiéndose en su cabeza esa obsesiva realidad: su vida atravesaba situaciones y no había meta que cruzar al final. Una vez alcanzado un objetivo, surgía otro. Y el cebo también cambiaba, antes una zanahoria, como a los caballos de carreras, después el fin de una casa invadida por unos exaltados a la caída de una dictadura. Por accidente, entonces llamado azar, ella y su hermana entraron en la casa de los Uzcátegui. Por accidente, Graciela consiguió la esposa perfecta para un hijo idealizado que, asimismo por accidente, veía su vida convertirse en una aburrida rutina, un sinfín de objetivos no alcanzados. Por accidente, ella se vistió con el traje de su hermana y Gustavo Uzcátegui...

La cadera empezó a tirarle, el doctor Fabrizio le había advertido de que sería un dolor recurrente después de la operación. La piel y el hueso estaban adaptándose a la nueva prótesis y la cicatriz parecía no querer cerrarse nunca. El primer tirón la importunaba en mitad de la noche, la hacía despertarse y veía a Hugo durmiendo en el sofá blanco, apretado en su interior como si fuera un papel mal arrugado. El segundo trallazo de dolor la encontraba esperando el amanecer, incorporada, Hugo aún durmiendo y ella admirando el árbol del jardín central, que entraba en la mañana como si fuera un tótem, cada marca en su tronco iluminada por la luz de un nuevo día que le hablaba de personas, de accidentes y de amores, sus ramas moviéndose como las colas de *Malaya* y *Camboya*, reconociéndola y ofreciéndole esa misma frase ya oída en distintas, nuevas voces: «Acompáñame, déjalo todo y acompáñame...»

En la sala de rehabilitación de la clínica del doctor Fabrizio se repetían el blanco y los ventanales. Atrás, el jardín. Delante, un trajín de coches y personas y la piazza Duca d'Aosta, cercana a la Estación Ferroviaria Central. Creciendo, envuelto en maderas, alimentado por el cemento, el rascacielos de Ponti, la torre Pirelli. Estaba claro que el hospital era una obra anterior suya, un laboratorio de ideas. Las líneas, los conceptos, la geometría parecían haber sido creadas para vivir dentro de una página de *Domus*. Y, por supuesto, también el ventanal. Sin razón aparente, empezó a enumerar las ventanas de su vida: aquella primera en la casa de sus padres y los saqueadores haciéndola estallar...

La aparición de su terapeuta interrumpió sus recuerdos. Los ejercicios eran extenuantes, pero no podía quejarse aunque el tirón pareciera arrastrarla hacia el fondo de un hueco negro. Debía llevar la pierna a su pecho y después estirarla hacia delante, ¡cómo dolía!, más tarde llegaba el turno de hacer movimientos giratorios con la cadera y andar sobre una cinta negra que medía tan sólo dos metros pero que unas ruedas hacían girar permanentemente convirtiéndolo en un camino infinito por el que tenía que marchar, a veces casi arrastrarse. Luego, al bajarse, le parecía volar sobre una alfombra mágica hasta que llegaba al otro lado de la habitación, la torre Pirelli vigilándola, y empezaba la gimnasia de tronco y brazos, que realizaba con unas pequeñas mancuernas forradas en un cuero suave y al mismo tiempo gastado. Se sentía como un boxeador, ese que estaba tan de moda, Marciano, el Rocky Marciano del que no paraba de hablarle su compañero de rehabilitación, que entrenaba, con muchas más quejas que ella, un hombre accidentalmente dislocado: Gio Ponti.

—¡Ah, la poética del boxeador! Como todas las poéticas, me parece idiota. Los hombres nos empeñamos en buscar explicaciones rapsódicas a las cosas más brutales. Un beso, por ejemplo, tiene que ser un compromiso, un inicio, un amanecer, cuando en realidad es un intercambio de saliva, ¿no? —Elisa permanecía callada. No podía contestarle. ¿Por qué no le había respondido ni a una sola de sus cartas?—. El boxeo no puede verse como arte. Ninguna de las cosas en esta vida, *cara* Elisa, pueden verse como arte porque la naturaleza, que hace todo dentro de su propio raciocinio, es la única capaz de crear belleza. Y es a esa belleza a lo que no nos queda más remedio que llamar arte. O aceptar como arte, Elisa, siempre callada, siempre rencorosa…

—No soy rencorosa —dijo de pronto, y Ponti le devolvió esa sonrisa iluminada, pícara, llena de inteligencia. Como los leones muestran su dentadura al gruñir, así se veía el arquitecto, todo el pelo alborotado, desmelenado alrededor de ese rostro grande, desproporcionado, ciertamente leonino.

—¡Ha hablado la esfinge! —exclamó, elevando las manos, dejando caer sus mancuernas y sintiendo de inmediato el tirón de su hombro dislocado. Elisa parpadeó, toda esa exuberancia jamás la había visto en un hombre. Ni siquiera en Joan, en sus ensayos en Trinidad.

—No soy rencorosa —repitió Elisa.

—Y tiene una voz preciosa, mi *cara* Elisa —reconoció Ponti con ese tono vibrante, enérgico—. Sé que le debo una explicación, sin embargo… la vida se vuelve ridícula cuando se dan explicaciones, Elisa. Es como cuando se dibuja una casa: todo el trazo tiene que fluir, las ventanas deben hacerse antes que las paredes, aunque en la facultad aconsejen lo contrario, y el techo no es un fin, sino una continuidad.

Ponti aprovechó la mudez de su compañera de rehabilitación. Le satisfacía el resultado de su diseño para esa clínica. El jardín interior era surreal y al tiempo clásico por su quietud, el mármol blanco ponía el toque inesperado junto al vidrio. Ah, qué gran aliado para cualquier espacio: nos pasamos la vida deseando una pausa para detenernos detrás, delante, frente a un ventanal, y poder vernos así confundidos entre los otros, separados, protegidos de la realidad por el cristal.

—Pero yo sí quiero una explicación —interrumpió Elisa.

El maestro Ponti se arrodilló frente a ella, sus ojos, amarillos como los de un tigre, escondiendo una risa o el asombro de un niño delante de otro animal extraño, un dinosaurio que recuperara la vida, un globo de helio que de pronto rompiera a hablar. Por eso, por no complacerle, Elisa calló. ¿Por qué él estaba ahora allí, hablando sin parar, y sin embargo fue incapaz de responder a sus cartas? ¿Ojos amarillos?, se preguntó también, incrédula. La anestesia debía de estar jugando aún con su cuerpo.

—No, Elisa, mi querida Elisa. Ahora veo lo que le molesta. Sus cartas… sus bellas, reflexivas, informativas cartas.

No eran de amor, claro que no. —Elisa sintió un deseo de abofetearle o de darle una patada allí donde estaba, a sus pies, pero el dolor que provocaría en su cadera le hizo reconsiderarlo. Y también que Ponti cambiara el tono de su voz volviéndolo más grave, pausado—. No las respondía porque creía que, si lo hacía, dejaría de recibirlas.

Elisa se maravilló de la confesión y de inmediato trató de controlar cada gesto de su cara y cuerpo para que no la traicionaran. No era una respuesta, cierto, pero en la manera sosegada, circular y pensativa en que había dicho y escogido las palabras había más que una explicación. Era casi como una declaración de amor.

Ponti se levantó y fue hacia el ventanal, se puso a dibujar nubes con su dedo sobre él.

—La gran apuesta en la vida, Elisa —empezó a decir, trazando efímeras formas en el cristal—, es dejarse llevar. Es el riesgo mayor, entregarlo todo a algo más grande que uno y que el universo. Al destino. Por eso quería recibir sus cartas, porque llegaron de repente, como un accidente. Vi en mi despacho de la revista un sobre que me pareció elegante aunque algo cursi. —Sonrió y se volvió hacia ella, su pelo parecía iluminado por el sol que avanzaba a través de Milán, su torre Pirelli desplazada hacia la izquierda y las cúpulas del Duomo a la derecha—. Elisa, toda elegancia es cursi, porque es tan estricta, se cree tan importante... Cogí esa carta, la abrí y... simpaticé con la letra de su escritura.

—Siempre tuve buena caligrafía —aceptó, quería agregar algo más sobre lo cursi, pero prefirió callarse.

—Y también lo que me decía por debajo de lo escrito. Soy así, Elisa. Creo en los accidentes, considero la elegancia un lastre, no me parece que el hombre se erija más artista que la naturaleza y leo por debajo de las palabras y sus oraciones. Y en su carta leí... un mundo nuevo, una aventura casi tan grande como la de Colón. Hallé la consecución del máximo deseo de cualquier hombre ambicioso: construir un sueño, verlo hecho realidad piedra a piedra, pared a pared, suelo a suelo. Y una vez visto, darse cuenta de que su ambición... se ha evaporado al realizarse.

—¿Entonces no respondía porque no quería construir nuestra casa?

—No quiero construir un sueño. No quiero perderlo.

—Pero sin embargo me ha conocido. Algo nos ha reunido aquí y se ha aprovechado de ese «accidente».

—Quería verte, saber si tu cara era como me la imaginaba. En cada carta iba creando un rasgo diferente. En la primera, las manos, luego los ojos, después la nariz y las cejas. Y, al final, los labios. ¿Nunca has hecho algo igual?

Se quedaron así, suspendidos en las palabras de Ponti, la ciudad detrás del arquitecto y el árbol detrás de Elisa. Ella prefirió no responder. De hacerlo, le daría la razón a las palabras que él acababa de pronunciar: todo sueño se destroza al realizarse.

De ese modo, ligeramente elevados del suelo, mirándose como si en sus ojos estuviera el hilo que conseguía sostenerlos en el aire, los encontró Hugo al entrar en la sala y crear con su propia figura el triángulo en que acababan de convertirse.

\* \* \*

Sofía Núñez entró en el despacho de Mariano Uzcátegui en *Las Mañanas de Caracas*. Los dos se asustaron de verse. Sofía no lucía buena cara, había adelgazado visiblemente, tenía ojeras y toda su ropa demostraba que su aspecto no era de especial importancia para ella. Mariano le pareció a Sofía algo peor que cansado, harto de estar allí, ejerciendo de director de un diario que cada vez más se limitaba a publicar sólo noticias blandas, un seguimiento casi milimétrico de las inauguraciones del general, las mejoras en toda la red vial del país, los nuevos programas importados de la televisión norteamericana o el avance diario de lo que podría suceder tanto en la radionovela de las once de la mañana como en la telenovela estelar de las ocho de la tarde. En los ojos que la miraban, y que de seguro criticaban o se apenaban de su estado, Sofía descubrió a un hombre que se encontraba perdido, atrapado en la cotidianidad del fracaso. De aquel joven recién llegado de Europa deseoso de civilizar su país de sol y petróleo no quedaba nada.

—Los hombres de Pedro Suárez han venido dos veces a mi galería. Han requisado varios cuadros de mis pintores cinéticos, se han llevado los manuscritos de varios de los libros de Wilfredo y me han amenazado con cerrar mi negocio porque incita a la descompresión de los valores patrios de la Inmensa Venezuela.

Mariano la invitó a sentarse con un gesto, pero Sofía permaneció de pie. Wilfredo Cruz era uno de los escritores más reacios al general, Mariano había tenido que despedirlo de la plantilla del periódico porque sus dos últimos artículos emplearon las palabras *troglodita* y *fascistoide* en relación con dos de los nuevos decretos educacionales del gobierno en los que se elevaba la figura del general a «salvador de las buenas costumbres y la mejoría educativa de la Inmensa Venezuela». Wilfredo era también el compañero de Sofía, juntos habían decidido abrir la Galería Central como eje de reunión de los que cada vez más se consideraban adversarios del régimen, si bien generaban más controversia por su falta de estado civil que por las opiniones vertidas en la revista *Mil Hojas* o en su galería. Graciela no podía entender «cómo una niña educada en el colegio Claret se muestra tan irrespetuosa hacia el matrimonio». En cuanto a los hombres de Pedro Suárez, si podían entrar sin más en la galería era porque éste había conseguido que el general firmara una reducción de los derechos fundamentales de los ciudadanos que justificaba la intromisión en la vida de cualquiera en aras de la localización y detención de posibles factores de la dispersión y corrupción de las ideas buenas, justas y necesarias para la Inmensa Venezuela.

—Sofía —empezó a hablar Mariano, y reparó en el retrato de su bella esposa Irene y su hija Ana Elisa, cubiertas de polvo, congeladas en esa pose educada, fina, de gente bien que no tenía ningún poder frente a ese cada vez más avasallador país sin libertades en el que vivían.

—Sé que estás maniatado, impedido para hacer nada —le interrumpió—. Hace muchos días que no puedo leer tu periódico. Para saber lo que verdaderamente está pasando en mi país tengo que escribirme con mis hermanas en Estados Unidos o con las galeristas de París.

—Entonces, ¿por qué has venido?

—Porque quiero que me vean entrar aquí. Que sepan que he venido a pedirte la ayuda que no me puedes dar.

—No se atreverían a tocarte, Sofía. Tú eres la máxima responsable del arte que se instalará en la Ciudad Universitaria, y ése es el proyecto emblema de la Inmensa Venezuela.

—Las obras ya están encargadas y llegarán aquí en menos de seis meses. Una vez que las coloquen e inauguren, eliminarán a Wilfredo y después a mí.

—No puedo, no quiero creer nada de lo que me estás diciendo, Sofía.

—¿Por qué, porque temes que nos estén escuchando? ¿Porque temes que esta noche, cuando regreses a casa de tu madre, Pedro Suárez pueda decirte algo? «No está bien que recibas a Sofía Núñez, está loca, se imagina cosas, debería quedarse en París con sus coleccionistas y seguir soltera...»

—Sofía, no hablas con todo tu sentido… No es verdad lo que estás diciendo.

—Sí es verdad. Y no soy sólo yo la que se da cuenta, Mariano. Betancourt se ha quedado en Suiza, Caldera está en México, el ex presidente escritor Gallegos también, y hombres menos importantes como Ibarra, Izaguirre e Izquierdo hace más de dos semanas que no han vuelto a sus casas después de que los sicarios de Pedro Suárez allanaron la Comisión de Estudios Petroleros.

—Sofía, no podemos seguir con esta conversación.

—Tu temor no sólo me dice lo cobarde que te has vuelto, Mariano, sino que me da la razón. No sólo tú tienes miedo. Lo que te digo no es mentira. Todos vivimos atrapados en este pavor. La Inmensa Venezuela no es más que una inmensa dictadura sustentada en el petróleo barato que regalamos a los americanos.

—Por favor, Sofía, sal de aquí.

Sofía lo hizo. Notó cómo las secretarias de Mariano la miraban como apestada, también la contemplaron así los periodistas que se cruzó en la escalera y las recepcionistas en la puerta. Salió a la calle y vio los edificios de El Silencio, uno de color rojo y el otro amarillo resplandeciendo al sol, modernos, gloriosos, vigilados por militares a pie, en coches verdes, en caballos y hasta en un tanque. El general se encontraba visitándolos como una prueba más de los logros conseguidos en su gestión hacia la Inmensa Venezuela. Sofía se dirigió hacia la muchedumbre que cantaba el *Alma llanera,* la canción favorita del general, y lo divisó, regordete, enano, sumergido en los galones dorados de su uniforme, levantando los brazos cortos y haciendo un amago de saludo. Sofía estuvo bastante cerca, casi a un palmo de poder escupirle. Acababa de decidir que acumularía la suficiente cantidad de saliva en su boca para hacerlo cuando dos enardecidos seguidores la empujaron y el espumarajo cayó al suelo. De pronto personas y más personas entusiasmadas, frenéticas, fueron rodeándola, cantando aquella insoportable canción: «Yo nací en esta ribera del Arauca vibrador, soy hermano de la espuma, de las garzas y del sol… y del sol… y del sol…»

* * *

Pedro Suárez estaba sentado junto a su esposa en el primer banco de la iglesia de Santa Teresa, ambos vestidos del gris perla habitual, un color que se había vuelto una segunda piel. Se hallaban en la misa de Corpus Christi oficiada por monseñor Rosario. Ojeó con su mirada rapaz a los presentes: todos los ministros con sus esposas, ellas con sombreros que no alcanzaban la sobriedad y distinción del vestido por Graciela, ellos intentando emular el corte impecable de sus trajes hechos a medida por el señor Emilio, su sastre asturiano, que sabía perfectamente lo que podía sucederle si aceptaba a otro cliente del gobierno que no fuera él. Mientras oteaba se sentía vigilado, por sus hombres y también por todos los presentes. Le miraban con terror, aunque si cruzaban su mirada con la suya le sonreían. Estaban también los banqueros de la ciudad con sus esposas, todas pertenecientes a esas familias de alcurnia caraqueña que se negaban a abandonar el oeste porque eso las distinguía de las nuevas fortunas que se construían mansiones en el este. Ellas le miraban con curiosidad, le desdeñaban por ser policía, pero también anhelaban un instante a solas con él y sentir el legendario poder de su mirada, la sensación de que les leía la mente. De hecho, podía oír todos sus pensamientos por encima del mal latín leído de monseñor Rosario. Estaban pensando en su virilidad, en las cosas que habían oído que hacía con Graciela y cómo ella se quejaba a la hora del té en el club de

402

sus golpes y los embates de su inmenso sexo, inmenso, sí, seguía oyendo en esas cavilaciones suyas no tan invisibles, como la Inmensa Venezuela.

Podía reír, pero no lo haría, eso delataría que le agradaba su poder, el de leer en los cerebros de los demás. Antes de ser el plenipotenciario jefe de las Fuerzas de Seguridad de la Inmensa Venezuela lo disfrutaba más. Ahora, hoy, hacía unos minutos, le había debilitado ver al último torturado del día, uno de los tres hombres secuestrados de la Comisión de Estudios Petroleros. Desnudo, aplastado contra su propia mierda después de cagarse en la última sesión de pisotones y electros, había reunido la suficiente fuerza para levantar la cara, cortada por hojas de afeitar untadas en gasolina que sus hombres acercaban al rostro. Aunque un ojo ya le colgaba, el otro estaba aún en su cuenca, y con ése le miró, directo a sus pupilas, y pudo descifrar su pensamiento: «Van a descubrirte, asesino.» Entonces sintió ganas de propinarle él mismo la última patada, pero el hijo de puta se deshizo entre la cagada y dejó allí sepultada su cara destrozada. Pedro hizo el gesto que significaba el fin de la jornada, dos palmadas secas, cortando el aire, y los hombres arrastraron el cuerpo hacia el fondo del sótano bajo la cochera, donde lo tirarían al camión que lo llevaría hasta el nacimiento del río.

Sí, había decidido su fin, pero recordó el pensamiento. «Van a descubrirte, asesino.» Luego, cuando salía para asistir a la misa, se encontró con alguien que le sobresaltó, y resultó que era él reflejado en el espejo que tenían en la pared falsa, la misma contra la que se estrellaban los condenados cuando intentaban huir. El espejo ocupaba una pared entera, había sido una idea suya ponerlo allí para que los miserables se vieran destruidos, cortados, desnudos, bañados en su propia desgracia.

Él, por supuesto, no se veía así. El traje gris estaba impecable, sólo tenía que ajustarse un poco mejor el nudo de la corbata que esa vez, vaya, no había quedado en aquella punta de diamante que tanto le admiraba conseguir día tras día. Decidió corregirlo entonces y sintió que sus dedos estaban manchados de algo. Los miró, creyó ver en ellos la mierda del asesinado y se echó atrás espantado, no tenía tiempo para cambiarse, no llegaría a tiempo a la misa. Parpadeó y encendió todas las luces del recinto, allí estaban los potros donde ataban a los condenados para introducirles todo tipo de objetos por el culo, con las bocas atadas y las manos sujetas sobre clavos. No buscaba repasar lo que era su auténtico universo, su eficiente centro de torturas debajo de la cochera de la casa de su esposa, lo que quería era constatar que no había mierda en su mano ni en su corbata. Vaya poder mental el del hijo de puta recién muerto, meditó, le había convencido de que era un asesino, de que se veía como un asesino cuando toda su vida, antes y después, había sido la imagen de la pulcra elegancia.

La misa estaba terminando, era el momento de darse el abrazo con su esposa y el ministro de Industria y Progreso que siempre llevaba ese olor barato de barbería. No existía peor pecado en un hombre que equivocarse de colonia, pensó. Y miró hacia sus zapatos, tan grises como su traje pero con una curiosa mancha de sangre en un borde de la punta.

\* \* \*

Gio Ponti se levantó de su silla al fondo de su taller rodeado de árboles en las afueras de Milán, las mesas de dibujar de su equipo, otros cuatro caballeros que revisaban y ajustaban los croquis y órdenes del arquitecto, alineadas perfectamente y con todos los papeles recogidos al final de la jornada. Una maqueta de la torre Pirelli descansaba en su larga mesa, delante del jardín donde ahora estaban reunidos Hugo, Elisa, los demás asistentes y el propio anfitrión, que sostenía una copa vacía con una cuchara dentro. Elisa lo miraba ligeramente sonrojada, sus manos cruzadas en su regazo, la de Hugo encima de una de ellas. Estaban riéndose, habían logrado entender muy bien el italiano de los comensales y Ponti, a su vez, había comido sin parar de hablar de su respeto por la libertad, la verdadera razón por la que aceptó construir la torre, para hacer olvidar «de una vez por todas los fantasmas de nuestras equivocaciones. Somos un país que ha levantado imperios y sobrevivido a sus errores y a sus finales. Mi torre es un homenaje a la industria como eje liberador del hombre, verdadero músculo de su dignidad. Siempre que hay industria hay futuro. Yo estoy casado con Giulia, pero antes con el futuro», había dicho a lo largo del copioso almuerzo. Hugo apretaba las manos de su esposa durante todo el discurso y Elisa sentía crecer en ella la admiración por un hombre que repetía las palabras que durante tantos años había leído en su revista. Le gustó estar allí, sentada cerca de él, y compartir mesa y mantel con las personas responsables de un mundo en el que había creído. Echaba en falta a la esposa recién mencionada. Los dos eran uno al frente de *Domus*. Uno de los asistentes le informó de que la *signora* se abstenía de formar parte de las reuniones de trabajo de su marido. ¿Ese almuerzo, copioso, era trabajo?, se preguntó entonces. Ponti dejó su sitio y fue hacia ella, Hugo amablemente retiró su mano de las de su esposa y ésta se dejó conducir por él.

—Siempre tenemos que creer en la existencia del milagro. No son cosas sólo de vírgenes y de iluminados. Un milagro puede ser un encuentro o una idea. Pero, sobre todo, un milagro es este arroz con leche y ese perfecto toque de vainilla que ha preparado Elisa, la gran, querida, rebelde Elisa…

Todos los hombres aplaudieron. Ella reconoció que su alianza con la vainilla siempre le había traído suerte y que en ese sentido sí, era un milagro. Se había quedado en la cocina de la casa detrás del estudio y allí vio a Lucia, la cocinera, preparar la polenta con el *ossobuco* y una fuente de brócoli para el arquitecto. Lucia no quería ayuda pero la dejó estar allí, y Elisa, haciéndose entender con una señora que hablaba un milanés cerrado, le pidió permiso para quedarse con un poco de arroz y preparar un postre que se le vino a la cabeza. El arroz formaba parte de toda esa cultura que iba aprendiendo en Italia y ella sabía que no podía quedar mal agregarle una yema de huevo, algo de leche y esos clavitos de vainilla que Lucia ponía en tarritos en la cocina para darle aroma al espacio.

Ahora estaban allí, celebrándolo, y Ponti volvía a servirse una generosa porción mientras Hugo la besaba una vez más en los labios y todos los varones, ya más desenvueltos gracias a los vinos, aplaudían y silbaban.

—El amor venezolano —les jaleó con la boca llena de su postre—. El amor del futuro...

Hugo se acercó a él y lo tomó por los hombros.

—Si lo ve así, atrévase entonces a hacernos la casa para bendecir este amor venezolano, del futuro, o como quiera llamarlo. Sólo piense en eso, que no se trata de hacer realidad un sueño, sino de construir un templo, moderno, sin religión... Al menos, sin otra que no sea el amor.

Todos callaron y Ponti asió a Hugo y lo llevó hasta su mesa. Se sentó y cogió un lápiz negro, extendió un folio y dibujó con pasmosa precisión dos alas, como de una mariposa que se planta en lo alto de una colina. Por encima de esas alas colocó un techo que las sobrevolaba, como un palio que la protegiera durante la lluvia, y a continuación empezó a dibujar una ventana a la izquierda, cuadrada, exacta, y un poco más allá, al centro, un gran vitral que unía en sus cristales las alas extendidas, como si fuera el cuerpo del animal. Se separó del dibujo.

—¿Te gustan las ventanas, Elisa? —La preguntada asintió—. Casas y cárceles siempre tienen ventanas —precisó Ponti.

Elisa ya recordaba la lista, la enumeración, la repetición de ventanales en su vida, el de la casa de sus padres, con palmera al fondo; el ventanal en el pabellón de los Uzcátegui. En la habitación de su madre. En la biblioteca, y Graciela quebrándolo.

—Quiero una palmera —dijo Elisa.

—¡Un nombre, un nombre para esa palmera! —agitó Ponti, iniciando un juego.

—Diamante —respondió Hugo, animado

Ponti le entregó entonces el dibujo a Elisa.

—Villa Diamante. Se llamará así, Villa Diamante.

Y en el dibujo estaba ella, una figura femenina, delante de ese cuerpo de cristal.

## 22

Detrás de la cortina blanca se elevaban, como si fueran columnas de madera o cisnes salvajes que estiraran sus pescuezos, las ramas de un árbol desconocido. El viento las agitaba y se oía a lo lejos el zumbido del mar, sus olas estallando contra arenas que se movían como larvas inmensas, miles de ellas, alejándose del agua. El viento llevaba todas estas figuras contra la ventana, la única cubierta de cristal de la casa por construir. Una y otra vez golpeaban contra su superficie, cada vez más confundidas, las ramas como columnas con los cisnes que estiraban, estiraban sus cuellos arremolinándose todos juntos en medio de su sueño, y ella, Elisa, detenida al otro lado de la ventana, asistía impávida a todo aquel desfile de figuras que concatenaban su imaginación.

Ponti estudiaba el terreno de los Hernández, en lo alto de una colina sobre la vacía inmensidad del este de Caracas. Se sentía el calor tropical de la ciudad trepar por las rocas de la montaña y volverse aire exhausto al intentar alcanzar la cima donde él se encontraba. Le interesó la lucha de los elementos en aquella zona, ese calor que no podía seguir siendo tal, las rocas que creaban un frío especial, el viento que antes de llegar a ser escarpado, golpeador, agresivo, se convertía en un remolino envolvente, más bien anestesiante. Elisa estaba a su lado, la brisa jugando con su cabello, el blanco de su piel siempre asombrándole, su elegante traje camisero de un azul lavado, casi imperceptible, sus piernas atléticas, los hombros anchos y finos y una sonrisa franca en sus labios, sin pretensiones, sin mayores expectativas que las de estar ahí, supervisando el fenómeno de esa brisa, la posibilidad de escapar siempre de los vapores que la ciudad, rendida ante ellos, pudiera generar.

—Me gustaría colocar la palmera aquí, justo aquí, donde estamos ahora —propuso.

—¿Por qué una palmera? ¿Por qué ese empeño del mundo entero en poner palmeras en lugares a los que no pertenecen? —expuso el arquitecto—. Ah, el dieciocho, ¡vaya plasta de siglo, qué mala influencia ha tenido en la gente! —continuó sentenciando—. Toda mi vida ha sido una lucha constante contra las desgracias impuestas por el dieciocho. Su barroquismo, su falta de atracción por la simpleza de las líneas, su incapacidad definitiva por dejar a la figura ser sólo un trazo… a todo había que ponerle adornitos, y floripondios y pasamanerías y cornucopias y piñas y uvas cayendo en masa. Y palmeras, por supuesto, en filas de diez a cada lado y sobre todo delante de ventanas principales, como si el mundo entero fuera Egipto y todas las señoras Cleopatra.

Elisa se mantuvo en silencio ante la diatriba. Le asombraba de Ponti su capacidad para enloquecer ante cualquier tema y lanzarse en monólogos brillantes, cargados de un humor muy personal pero que siempre dejaban claros sus principios. Sus ojos amarillos, como el trigo en pleno verano, se volvían algo más verdes. Ponti era fiereza en todo, en esas diatribas. Elisa pensaba que no parecía milanés, no tenía nada de ese control sobre las emociones de los europeos del norte. Pensó también que parecía adaptarse a los lugares, como un camaleón que cambia de color. En Caracas era como su naturaleza, extrovertido. Elisa rió. Era inmenso, se admiró, como la Inmensa Venezuela.

—¿Te ríes de mí? —preguntó él.

—No, quiero una palmera aquí porque mi padre murió cuando una, partida por un rayo, le cayó encima.

—Ah —contestó el arquitecto intentando disimular su asombro ante las revelaciones de Elisa—. Cualquiera en su sano juicio diría que es razón suficiente para no plantar ninguna.

Elisa sonrió, le gustaba el deje italiano que imprimía en cada palabra, sonaba a una época distinta de la que vivían. Era un acento milanés muy urbano, como habría dicho él mismo, siempre dividiendo los gestos y las razones por etapas históricas, pero que a ella le parecía más bien como la voz de un cónsul del Imperio romano en alguna tierra conquistada y no completamente de su agrado. Un Poncio Pilatos, por ejemplo, en una Jerusalén en momentos desagradables. O un delegado del césar en ese Egipto repleto de palmeras dispuestas a ser exportadas a Europa a lo largo de los siglos.

—También se llamaba Diamante —dijo Elisa.

—¿Quién, tu padre? —quiso saber Ponti, dejando escapar una de sus sonoras risas.

—No, la palmera. Los dos le pusimos ese nombre. Fue la única cosa que pudimos hacer juntos. Cuando murió Gómez, el primer dictador que conocí, unos hombres invadieron nuestra casa, supuestamente porque mi padre se habría enriquecido bajo su égida. A mi hermana la escondieron y protegieron celosamente y a mí me dejaron en medio de esa marabunta, olvidada, o quizá fue el destino mismo quien prefirió que estuviera allí para verlo. A partir de esa noche mi padre no volvió a ser el mismo. Perdió… la confianza. En la vida, en la gente. Como si la humillación le hubiera arrebatado el impulso para levantarse y enfrentarse al día, a todos los días en su sucesión interminable, unos tras otros. Una noche de tormenta vino a despedirse de mi hermana y de mí y después salió al jardín y fue hacia esa palmera, como si el destino, siempre el destino, le indicara ese camino. Se acercó a ella y... un rayo hizo el resto.

—¿El resto? —repitió Ponti, incapaz de comprender una sintaxis tan repentina.

—Partió en dos el árbol y una de sus partes lo sepultó.

Elisa se volvió para mirarlo y los ojos de Ponti le hablaron de un lugar en el universo que desconocía, un edén donde las olas del mar estallaban suaves y los juncos de bambúes sedientos inclinaban sus cuerpos de madera para mojarse junto a delfines que nadaban en perfecta horizontalidad, y garzas, y también cisnes de cuellos flexibles que seguían su estela volando en círculos sobre el agua.

—¿Por qué deseas repetir la historia? —preguntó Ponti—. ¿Para que en otra noche de tormenta seas tú quien salga al jardín y tus hijos te vean sepultada entre rayos y palmeras?

Ella volvió a sonreír y la brisa la acarició recordándole que la colina estaba desierta y que debajo de ellos latía una ciudad en construcción, que el regreso a «Monte Alto» sería arduo y Hugo los aguardaba para cenar junto a todo el ejército de abogados, ingenieros y contratistas a la espera de sus decisiones.

—No puedo procrear. A menos que exista otro doctor en Milán que me devuelva esa posibilidad. La misma causa que me dejó coja también me hizo perder mi fertilidad. Tuve un hijo que murió al nacer, hoy tendría ocho años. No pude bautizarlo, pero aun así lo llamé Mariano, y con ese nombre lo enterré. —Ponti bajó los ojos, vio cómo las manos de Elisa permanecían quietas, pegadas a sus muslos, ni siquiera arrugando el algodón del vestido camisero. La piel era joven, las uñas apenas adornadas por un brillo leve; la alianza matrimonial, un débil destello de luz en medio de la brisa que los envolvía sobre la colina—. Éste es todo mi pasado —continuó—. Me tranquiliza poder contártelo. Empezar una relación sin secretos significa...

—Que la relación será libre de crear los suyos propios —finalizó Ponti.


Había iniciado ese viaje sin tener una idea clara de lo que debería ser la casa. Tan sólo un dibujo, un impulso que cada vez tenía más letras dispuestas a formar el mismo nombre: Elisa, sí. Aunque no, no estaba enamorado de su patrona. No necesitaba el amor para tomar una decisión, pero serviría de excusa para asimilarla en el futuro. Y excusas era lo que más tenía en ese viaje: Milán le agotaba, con su sistema, su necesidad de organizar, argumentar y archivar cada emoción. La construcción de su torre Pirelli había significado la recuperación económica después del desastre de la guerra. Para muchos, para escritores, economistas, políticos, su edificio era un símbolo de prosperidad, de futuro. Para él representaba la lucha entre su necesidad de construir una obra que sintetizara sus ideales y al mismo tiempo sirviera como fuente de trabajo y de utilidad a la industria de su país. Pero se retrasaba, renacía, se alargaban los años... La década podía terminar, y *Il Pirellone* no.

Sin embargo, para él también era vital que reflejara sus criterios estéticos, dos palabras que aborrecía pero que empleaba porque no existían otras que expresaran mejor sus deseos. Y esos criterios estéticos suyos creían en lo nuevo, lo nunca construido: una forma cilíndrica, por ejemplo, que recordara las curvas de los neumáticos que caracterizaban a la firma que daba nombre a su edificio y el mismo cilindro también como una reflexión del tiempo que vivía, que daba vueltas sobre su eje y se alimentaba de sí mismo, devorándose para crecer aún más, como un Ouroboros, una serpiente eterna, y volverse un ser mitológico nuevo porque, al final, el rascacielos era, sobre todo, interminable.

Con el diseño de la torre había creado un antes y un después en su biografía, y la revista *Domus* le permitía a su vez exportar a cualquier parte del mundo donde tuviera un lector sus apuestas por el paisaje urbano del futuro. Muchas veces se había hartado de defender a compañeros de profesión y generación que le resultaban detestables como personas. Gropius, un maestro, sí, pero un pelma, siempre hablando en tono filosofal, jamás acercándose a los placeres terrenos de un buen plato de pasta o algún licor nuevo que embriagara a mayor velocidad que los conocidos. El celebrado Mies Van der Rohe, tan satisfecho de cómo le crecían los ahorros en sus cuentas suizas al tiempo que mantenía esa capacidad para crear edificios emblemáticos en el mundo entero. La atormentada Eileen Gray, que *Domus* defendía como la única estrella femenina en ese firmamento de hombres incapaces de mostrar mayor interés por la carnalidad y que en todo momento estaba afectada por algo, quejumbrosa, aterrada de una soledad que ella misma facilitaba… Todos ellos, de repente, quedaban atrás a medida que él contemplaba el verde cambiante de esa montaña a la que le habían traído los Hernández.

Sí, justo ahí se hallaba el motivo, por eso había aceptado: necesitaba estar en lo verdaderamente nuevo para sentirse fuerte, creativo, Ponti una vez más. Caracas le parecía un lienzo en blanco ante un pintor joven, una metáfora que le horrorizaría que le descubrieran en el futuro pero que le servía bien ahora, aunque la ciudad no era un lienzo plano, sino más bien cuajado de colinas y peligros que muchas veces escapaban a lo topográfico. Se percibía que cada uno de sus habitantes guardaba un secreto terrible. O peor aún, como en el caso de Elisa, un misterio que tras ser revelado dejaba la sospecha de que no se había confesado enteramente. Por eso era un lienzo peligroso, porque en su superficie podía ocultar agujeros capaces de tragarte y jamás devolverte.

Sólo que él no era un pintor inexperto. Estaba delante de ese lienzo, asustado, como la Gray ante su soledad, de verse aplicando trucos conocidos para adelantarse a los zarpazos del ejercicio creativo. Sabía que con dos o tres artimañas podía producir el «efecto Ponti», ese aspecto de máxima modernidad con absoluta racionalidad al servicio del uso; luego sólo tendría que firmar el proyecto y volver a Italia con dinero fresco. Pero el lienzo le hipnotizaba, veía esas ramas agitándose contra la ventana, los cuellos de los cisnes salvajes escapados del Atlántico y depositados, por obra suya, en esa vereda tropical, y a Elisa, sus manos quietas, su historia cubierta de fantasmas y dolor, mirando sin poder besarle, sin poder decirle, ni ella a él ni él a ella, llévame contigo, sácame de aquí.

\* \* \*

—Mariano Uzcátegui —dijo la voz en principio firme y luego, antes de dar todo el nombre, más débil, como si le costara terminar la presentación. Ponti estrechó su mano, la de una persona que jamás ha tenido que realizar un esfuerzo en la vida—. Mi esposa, Irene, es hermana de Elisa, ya sabe… —continuó Mariano, siempre ese vaivén en sus palabras: un principio sonoro, un final triste.

—Elisa me ha hablado de que no le gustan demasiado las palmeras —intervino Irene, bella, estrictamente bella, pensó Ponti, como cuando una silla sale perfecta. Él, que cada vez era más reconocido por sus muebles, sabía de lo que hablaba. La belleza por la belleza misma siempre provoca curiosidad, por saber lo que oculta, o qué la genera o cómo degenerará. Porque eso, la destrucción final, es la única ley de vida contra la que no se puede luchar.

—Irene, la hermana Irene. Elisa también me ha hablado de usted —agregó Ponti, utilizando las palabras como una distracción para, mientras, permitirse estudiar más de cerca su belleza.

¡No tenía nada que ver con su hermana! Eran completamente distintas. Irene parecía inquebrantable, exactamente un busto, y aunque fuera una copia de otra belleza clásica, seguía siendo hermosa. Los ojos tan azules como un trozo del mar en Capri; las pestañas completamente negras que, aunque estuvieran maquilladas, eran como una sombra, la cola de un gato diminuto que aportaba más atlántico al azul de los ojos; los labios muy rojos, afrutados, como si hubieran sido untados por dos frambuesas pequeñas; la piel nacarada; la nariz erguida era lo único que asemejaba a las hermanas. Pese a que la de Elisa fuera un poco más ganchuda, las dos tenían esa parte muy pronunciada, como hijas de algún patricio romano que se hubiera adelantado a Colón.

—Y ésta es nuestra hija Ana Elisa —completó Irene, intentando sacar de detrás de ella un cuerpo que se negaba a abandonar la seguridad de su escondite. Ponti esperó sonriente, siempre había entendido que los niños detesten conocer a las personas mayores—. Se llama así porque Ana Elisa y yo llevamos el «Ana» delante de nuestros nombres. Fue una costumbre de nuestros padres. Una tontería... Pero no hace ningún daño recuperarla.

—¿Y querrá que Ana Elisa haga lo mismo con sus hijos? —preguntó Ponti, que ya se había acostumbrado a esas conversaciones menores, insustanciales, al límite del aburrimiento.

Empezaban con una pequeña frase e iban agregando

lugar común tras lugar común hasta que al final llegaba la comida, o la cena, y luego las copas y los puros, y al final la cama. En la Caracas que los Hernández iban mostrándole, estas frases eran útiles para ir haciendo tiempo, y si allí la naturaleza era siempre nueva, espontánea, verde o multicolor, en cambio estas cortesías, estos hábitos y estas cenas se repetían día tras día como los movimientos de los bambúes delante de la ventana que imaginaba para la casa de Hugo y Elisa.

—No —respondió Irene. Ponti ya no sabía, sin embargo, cuál había sido su propia pregunta anterior—, no quiero que mi hija haga nada parecido a mí —y se quedó callada mirándole a él, que parecía haber perdido el sentido de la conversación.

—Ha llegado el arquitecto Villanueva, señor Ponti. Esta cena es en homenaje a ambos, imagino que querrá ir a recibirle. En este momento, ustedes dos son las personas más notorias de la ciudad…

—No lo crea así… Mariano —recordó Ponti el nombre que se le había grabado en la mente tras la conversación con Elisa. Ese señor, esposo de Irene, llevaba el nombre que el hijo que Elisa nunca pudo criar. Vaya, pensó, ¿qué podían haber visto las dos hermanas en ese hombre que no podía acompañar todas sus frases de la misma emoción desde su principio a su fin?—. No lo crea así —repitió—. El arquitecto Villanueva, como usted le llama, está construyendo una ciudad universitaria, uno de los más importantes y complejos modelos del mundo en este momento. Yo sólo estoy aquí para hacer una casa, algo que es más ensueño, siempre un capricho de determinadas, pocas personas.

—¿Y de verdad lo ve sólo como un capricho? —preguntó Ana Elisa, la niña, con los mismos ojos de su madre y la misma inflexión de su padre. No era tan niña como creyó al principio, parecía como si hubiera crecido en unos segundos, aferrada al traje de su madre mientras él hablaba con Mariano y ahora tuviera once, doce años. Seguramente tras recibir su respuesta volvería a esconderse tras el vestido de Irene y regresaría a sus seis años de edad.

—No veo ningún problema en hacer realidad un capricho —comenzó a responder Ponti—. Muchas cosas en la vida son caprichos. Grandes edificios también, Versalles, por ejemplo, que tiene poco que ver conmigo salvo por el esmero de la figura geométrica en sus jardines. Llevar a la naturaleza a ser un instrumento para alcanzar la perfección matemática es para mí un camino interesante.

—¿Y es eso lo que va a construirle a mi hermana?

—No, querida Irene. Por supuesto que no. Versalles ya está hecho, es insuperable. El Taj Mahal también, y la Alhambra, y hasta mis propias villas en Italia, diseñadas por mí y mejoradas en mi cabeza. Aquí deseo ir hacia adelante. No sé muy bien adónde, pero deseo avanzar hacia un territorio libre.

—¿Libre? —repitió con un gesto de asco la niña Ana Elisa.

—Sí. Para eso he venido hasta aquí, para sentir esta… libertad. —Los miró a los tres, sobre todo a Mariano, que retrocedía un paso mientras le escuchaba, como si sus palabras despertaran en él recelo, angustia, auténtico miedo—. Este lugar me parece libre. Respira libertad quizá porque es nuevo, porque está siempre haciéndose, porque no ha sufrido nada de lo que he sufrido yo. Aunque no sea totalmente libre, políticamente al menos —y entonces notó cómo los ojos de Marino se abrían en un gesto de evidente ansiedad—, todo lo que su atmósfera me ofrece sí que me lo parece.

Los cuatro se quedaron sin saber qué decir. Ponti sintió que había hablado demasiado. Tanto mencionar la libertad, pensó, cuando ninguno de los presentes podía jactarse de poseerla. En el fondo, decía *libertad* cuando en realidad quería decir *amor*, porque esa sensación de apertura no venía tan sólo por la consecución de lo nuevo en la joven y desconocida ciudad. La sensación de ninguna atadura se la daba Elisa simplemente con estar allí, silenciosa mientras él rumiaba ideas para la casa. Mirándole mientras le contaba fragmentos entresacados con cuidado de su pasado. Respirando, aguardando a que diera el paso decisivo. Pero él no era un galán, ésa era su falta de libertad. No era Errol Flynn, que podía saltar de escalera en escalera hasta llegar a lo más alto de la torre en el castillo. Era un arquitecto, contratado, abrumado por ese trópico de ramas, sol y lunas que se movían más rápidamente. Por eso, por todo eso, hablaba de la libertad como si fuera un hechizo que podía invocar para eliminar cualquier obstáculo.

—La libertad es una palabra muy importante para muchos venezolanos en este momento, señor Ponti —interrumpió sus pensamientos un hombre más moreno que Mariano, envuelto en un olor de naranjas, canela y un césped arremolinado. Demasiado sofisticado, el olor, y también el aspecto total del varón que le hablaba.

—Gio Ponti, éste es el señor Suárez. El todopoderoso Pedro Suárez —presentó Mariano, con el aliento suficiente para deslizar ironía en sus palabras.

Ponti retrocedió, con rechazo por el perfume del caballero y algo más, igual de nauseabundo pero sin forma.

—Graciela me advirtió de que este nuevo perfume venía muy cargado. Siento ofenderle, señor Ponti.

Suárez hablaba como un jugador de polo, pensó el arquitecto. Sólo que su voz no era empalagosa ni refinada. El cuerpo, el atuendo, sí, pero cuando se expresaba era como si alguien malo, un delincuente común de una barriada a las afueras de Milán, le estuviera impidiendo el paso para robarle.

—Nunca me ha llamado la atención el polo, señor Ponti —dijo entonces Pedro, ejerciendo su deporte favorito: leer el pensamiento e intimidar al interlocutor con su demostración.

Ponti percibió que Mariano, el caballero que no podía terminar las frases, empezaba a menguar, sí, se iba haciendo más pequeño, y su esposa e hija se volvían rígidas en la cercanía de ese oscuro personaje.

—Es una pena —respondió Ponti—. Es un deporte que le daría ese plus de refinamiento suficiente para nunca jamás volver a disculparse por su perfume.

Fue como si Errol Flynn, al colgarse de la inmensa lámpara de cristal sobre la escalera del castillo, la derrumbara y ésta estallara contra el suelo. El eterno ruido que eran esas fiestas caraqueñas, como de un tráfico intenso o de varias estaciones de tren funcionando al máximo de sus posibilidades, se volvió más que silencio. Era como estar delante de una gran ola de catorce metros y suspenderla en alto, paralizarla un segundo antes de que rompiera en espuma. Elisa abandonó rápidamente el brazo de Hugo para acudir en auxilio de Ponti.

Pero éste no necesitaba ninguna ayuda.

—No quiero decir con esto que me moleste su perfume —aclaró a Suárez—, sólo que los deportes tienen ese don mágico: lo escogen a uno. Nunca al revés. Si no, en vez de ser arquitecto, yo habría sido espadachín. Y usted, en vez de ser todopoderoso, sería… un gran mago.

—¿Mago? —Suárez sintió que se equivocaba al continuar la conversación—. ¿Por qué mago?

—Porque tiene usted un gran poder natural, lee la mente. Ya me he dado cuenta. Pero como todos los grandes poderes naturales, al final se vuelven esclavos de otro poder, de otra ambición por lo general más humana. Y, por ello, menos… mágica.

Mariano observó a Ponti con absoluta admiración. Irene tomó a su hija de la mano y abandonó el grupo pasando junto a Elisa, que de inmediato depositó un beso en la mejilla de su sobrina. Ponti tenía mil ojos para observarlas, y eso que los de Suárez no se apartaban de él. La niña, en cambio, fue gélida en su respuesta, pero no como otros niños que se aburren del protocolo de los adultos. Fría, distante, como si quisiera marcar una distancia con su tía. Quizá por eso las hermanas hablaron algo que él no podía descifrar y que, de permitirse seguir siendo sarcástico con Suárez, le llevaría a retarle para constatar si su poder de lectura de mentes podía extenderse hasta las de las hermanas.

—Quieren hablar más tarde a solas —le dijo Suárez con una sonrisa aterradora—. Aunque, volviendo a nosotros dos, de todo lo que no ha dicho, Ponti, lo que más me interesa es su reflexión sobre la falta de libertad de las personas. No he logrado comprenderla bien.

—Porque usted cree que es capaz de decidir sobre ella, señor Suárez. Es ministro de este gobierno, ¿no?

—Es el director general de las Fuerzas de Seguridad de la Inmensa Venezuela —informó Mariano. Suárez se negaba a abandonar la sonrisa—. Mi madre es su esposa —culminó, de nuevo sin que sus palabras se quedaran sin aire.

—Ah. Vaya, todo queda en familia. Luego hablan de nosotros, los italianos —bromeó Ponti en una imitación voluntaria de la sonrisa de Suárez.

—Alguien en Estados Unidos inventó esto de hacer las presentaciones en sociedad informando de todos los cargos, antecedentes, estado civil y profesión incluidos. Como si fuera una ficha policial —mantuvo Suárez la sonrisa. El arquitecto aprovechó para reírse, en alguna película había visto que cuando las cosas empezaban a torcerse lo mejor era reír, ¿o era Eileen Gray la que hacía eso cada vez que la amenazaba el fantasma de la depresión?—. Volvamos a lo de las libertades; me interesa supremamente.

—Todos trabajamos para alguien —se explayó entonces Ponti—. Usted para el general que, como presidente, es su jefe; el general lo hace para la Gran, o tal vez Inmensa, Venezuela; servidor, para los Hernández… Y nada más, eso es lo que estaba pensando.

—¿Solamente eso? —insistió Suárez, siempre más experto en interrogatorios que cualquier adversario—. ¿No pensaba en romper ataduras, civiles precisamente, como los matrimonios, liberarse de un amor viejo para comenzar uno nuevo? —el italiano guardó silencio. Suárez consiguió estirar esa sonrisa suya hasta volverla un recuerdo que sabía imborrable—. ¿Está seguro de que conseguirá que su arquitectura domine a su corazón, señor Ponti?


Elisa cerró la puerta y apenas tuvo que avanzar hacia su hermana cuando ésta se refugió, más bien derrumbó, en sus brazos.

—Quiero irme, a cualquier parte. A Trinidad, como hiciste tú. A un convento, si consiguieran aceptarme con mi hija. Quiero irme…

—Irene, si lo deseas puedo convencer a Hugo de que os deje una parte de «Monte Alto», nosotros no la necesitaremos en cuanto nos traslademos al terreno donde se construirá nuestra nueva casa. No soporto verte así, no eres tú.

—Al final no me sirvió de nada ser distinta de ti. ¿No te das cuenta? Todo el tiempo, cada día, me equivoqué. No he conseguido otra cosa que estar atrapada. Voy repitiéndomelo todos los días. Atrapada, atrapada… —Irene se separó del regazo de su hermana, intentó secarse las lágrimas, en ningún momento su belleza quedó mancillada—. Pasan cosas en casa de los Uzcátegui. Pasan y pasan, y mi hija, Mariano y yo no hacemos nada. Porque siempre ha sido así, es verdad. Yo acepté todo lo que Graciela escogió, nunca rechisté, nunca pregunté. Acepté. Pero tengo miedo, porque empiezo a abrir los ojos. Y todo lo que veo es feo, Ana Elisa.

Elisa se asombró de que la llamara así.

—Irene, acepta mi invitación.

—No. Tu sobrina no me lo permitiría. Cree que tú no nos quieres.

—Pero Irene, no puedes permitir que ella tenga esa impresión de mí. No es verdad.

—Nada de lo que vivo ni hago es verdad tampoco. Sólo me queda divorciarme, cambiar de país. Irme antes de que todo esto se desmorone.

—¿Qué es «todo esto»?

—La Inmensa Venezuela. Tú y yo, lo endebles que son nuestros recuerdos. La pena de que nunca hayamos sido una misma persona y que a mí me condenaran con esta belleza que no sirve de nada.

Elisa la vio abrir la puerta y salir hacia el salón principal. Tendría que haber saltado para sujetarla, pero la contuvo la impresión de contemplar de golpe cómo su vida entera estaba dibujada en ese salón: Pedro Suárez hablaba con Ponti, el policía vestido de *playboy* movía sus manos dentro de los bolsillos y el arquitecto mesaba su cabellera muy lentamente. Hugo abandonaba la conversación con Graciela Uzcátegui para ir hacia ella. Mariano intentaba controlar a su esposa, que cogía a su hija y marchaba fuera de la fiesta. ¿Cuántas veces vería a esos personajes moviéndose como si fueran animales de madera en un tiovivo? ¿Cuántas veces las conversaciones de cada uno de esos animales quedarían interrumpidas? ¿Cuántas

422

veces estaría ella en el medio de todo y, sin embargo, ¿aparte?

Graciela Uzcátegui, que estrenaba el look de la temporada: sastre muy ceñido con gran lazada sobre el hombro derecho de la chaqueta, avanzó por el salón directa a su encuentro. Entre ella y Suárez habían alcanzado tal nivel de misterio y relación con lo que se esconde entre lo humano y lo oscuro que ahora le parecía como si no caminara, sino más bien anduviera cortando el aire, un muerto que viene a dar un ultimátum.

—No me gusta nada el tono de tu arquitecto con mi esposo —advirtió, sus uñas siempre del mismo color rubí, los zapatos, el cinturón estrechando su talle. Si fuera de verdad elegante, atrevida, habría combinado el esmalte de las uñas con el del lazo en su hombro, pensó Elisa.

—Es extranjero, no le tiene miedo a lo local —le contestó.

Graciela la miró con todo el odio que podía reunir, pero se había vuelto a pasar con los martinis. Esa urgencia por encerrarse en el baño un rato, el tiempo de abrir su vial, poner la cantidad justa sobre el principio de la uña y llevarlo a la nariz empezaba a crecer dentro de ella y nublar otros pensamientos.

—Te sientes superior a los demás…

—Eso es lo que me dices siempre, Graciela —cortó tajante, cansada, Elisa.

—Deberías saber que los Falabella, tan rimbombantes con ese apellido portugués que suena a italiano, también van a contratar a un arquitecto extranjero para hacer una casa de sus sueños.

—Me alegro por ellos. Ojalá todas nuestras casas reflejen mejor el espíritu de la Inmensa Venezuela que otras obras públicas.

La dama de gris mantuvo el silencio porque, en realidad, estaba empezando a ver en su imaginación cómo la dosis ansiada crecía en su dedo índice.

—Para muchos de nosotros esa casa tuya no será más que un antojo en una época de antojos. Un deseo vuestro de sentiros distintos —habló al fin.

—Nada me hará más feliz, Graciela, que ser recordada por ser distinta de ti.

—He visto el saludo de Ana Elisa —se interpuso entre la puerta y Elisa, que pretendía salir—. Fue terrible, no quiere saber nada de ti. Me ha dicho que tu felicidad es la tristeza de su madre. Incluso quiere cambiarse el nombre.

—Mientras esté cerca de ti, Graciela, nada será feliz en la vida de esa niña.

Graciela sintió el brazo de Suárez cuando estaba a punto de responder.

—¡No voy a dejarla con la última palabra, no me obligues a hacerlo! —increpó a su marido.

—Es suficiente por hoy, Graciela. —Él dirigió su mirada a Elisa—. He hablado bastante con tu arquitecto. Piensa demasiado.

—Es un artista —dijo Elisa.

—Y un enamorado —sentenció Suárez, siempre sosteniendo a su esposa como si fuera una prisionera—. Nos marchamos, Graciela. No quiero que te separes de mí ni que me desobedezcas. No quiero que hagas nada que te ponga peor.

Graciela se deshizo de su mano, pero no se separó de él.

Temerosa de no pensar mientras Suárez estuviera cerca, Elisa dejó pasar por su mente, como si fuera una liebre en un campo abierto, no un pensamiento, sino una certeza: ésa sería la última vez que hablaría con Suárez en toda su vida.

Evidentemente, la liebre no fue lo suficientemente veloz, porque Suárez se aproximó a besarla y también a ofrecerle su epitafio.

—No me juzgues ahora. Deja que la historia se encargue de eso.

Elisa estuvo un rato sola en el salón. Todas esas fiestas terminaban igual, con ella sola en algún rincón, intentando darle un sentido a lo que sucedía. Pero nunca lo encontraba y siempre seguían sucediéndose, las fiestas, los diálogos, las despedidas que no eran tales porque al día siguiente estarían otra vez todos, los personajes de su vida y los de otras vidas, reuniéndose en el tiovivo alocado y repetitivo, criticándose unos a otros por parecer animales de madera, al final resignados a dar vueltas y vueltas.

\* \* \*

Le aburrían, todos los personajes que le rodeaban en esas fiestas, eventos, conferencias, presencias a las que se veía sometido por ser Gio Ponti en la ciudad de las construcciones, la «primera ciudad latinoamericana del futuro», como la llamaba el régimen o el gobierno del general. Cada vez que oía las palabras *cena* o *comida* sabía que tendría que estrechar las manos del grupo formado siempre por quienes se llamaban cariñosa e irónicamente «los mismos», y que estaba compuesto por los Hernández, el entristecido Mariano Uzcátegui, su bellísima esposa y su extraña hija; los críticos de cine y de artes plásticas, Rodríguez y Carvajal; el arquitecto Villanueva y Sofía Núñez, la amiga de Elisa.

—Me han contado que le dijo lo que nadie se atreve a decirle a Suárez —inquirió Sofía, que sostenía varios libros de Torres García, el uruguayo que había descubierto el «arte constructivo», el cimiento del, según ella, «nuevo y particular aporte latinoamericano al arte. La geometría en estado puro, y al mismo tiempo cambiante, para el espectador». Ponti admiraba de Sofía en primer lugar que fuera la única amiga de Elisa; en segundo, que siempre estuviera por delante de todos en tendencias e información y, tercero, que perennemente parecía que toda su febril mirada semejaba esconder algo.

—Sólo le dije que su perfume era malo.

—Es un asesino. Mi pareja casi termina en sus manos, suerte que conseguimos encontrarlo y, gracias a los Hernández, enviarlo a México —informó Sofía en un solo suspiro.

Ponti se hizo cargo de los libros y empezó a hojearlos. Todo lo que hacía, veía, pensaba, estaba involucrado con la casa de los Hernández. La colección pictórica tenía que reflejar ese arte en construcción o en dispersión que se fusionaba y desenredaba para crear nuevos espacios. Lo nuevo, lo nuevo… Empezaba a usar tanto la palabra que temía envejecerla.

—Sofía, ¿por qué todos viven asustados? ¿Por qué nadie dice lo que piensa?

—Porque Suárez lee nuestros pensamientos. Y porque, en el fondo, pese a que no estén de acuerdo con lo que haga el general, todos ganan dinero con él. Incluido Hugo Hernández. Antes le vendía los coches a todo este grupo, esta isla de personas que tanto le aburren. Ahora les vende aire acondicionado, refrigeradores, tocadiscos, todo lo que tenga que ver con la electricidad pasa por sus manos. La historia, en nuestros países, se repite siempre. El padre de Elisa, sin quererlo, terminó trabajando para el dictador Gómez. Cuando éste murió, la casa de Elisa fue saqueada por opositores a su régimen. Se lo habrá contado. Hugo ha sabido, en cambio, tomar precauciones para que, cuando esto cambie, su nombre quede libre de vinculaciones. Pero en el fondo da igual, como en un ciclo condenado a perpetuarse pasamos de régimen en régimen apostando una y otra vez por los mismos peligros.

—Y Elisa, ¿aprueba todo esto?

—Elisa es diferente. Eso fue lo que la hizo atractiva a Hugo. Y también a usted.


Como Elisa, Ponti siempre terminaba en un rincón. Diálogos nunca resueltos en esquinas mal concebidas. Era una ciudad salvaje, y también lo era su arquitectura. Mucho estilo clásico hecho anteanoche. Sentía miedo. Cuando su casa estuviera lista no podrían entenderla. Sería demasiado rara, demasiado arte, muy poca ostentación, nada de Versalles.

Ponti vivía Caracas entre el aburrimiento y la exaltación. La última parada de ese calendario social lo reunía profesionalmente con Villanueva en una conferencia sobre los alcances de la Inmensa Venezuela.

Éste cada vez le resultaba más endiosado: aparecía en la reuniones con dos coches, uno era de la policía y el otro, el suyo propio, un Cadillac negro similar al que llevaba el general cuando atravesaba la ciudad sólo por atravesarla. Villanueva siempre le saludaba dándole dos palmaditas en el hombro izquierdo, algo que a Ponti le molestaba infinitamente. Nadie saluda así a otro cuando le toma en serio, las palmaditas son algo que los padres o los curas hacen con los niños. Villanueva era más pequeño que él e insistía en vestirse con jerséis de cuello vuelto y las enormes gafas de concha negra con las que en realidad se cubría la cara y que le daban todavía más aspecto de tortuga sabia y desconfiada, siempre observando al resto del mundo como potencial enemigo. Su obra, la Ciudad Universitaria, era un prodigio, un poco más en la onda brutalista, siempre devota, de las cualidades por descubrir del hormigón armado, pero aun siendo un universo que a Ponti no le era afín, *Domus* le había dedicado doce páginas de un especial titulado «Caracas: Futuro», que había orquestado sólo dos semanas después de aterrizar. No podía escapar al influjo de esas manidas palabras: futuro, nuevo, Caracas.

Villanueva, sin embargo, le seguía observando desde sus desmesuradas gafas de tortuga como si el italiano fuera un tiburón a punto de devorarle una pata o voltearle la concha. Y cada noche, en cada cena a la que acudía con los Hernández, tenía que soportar esa mirada, esa vigilancia.

—Podría quedarse entre nosotros, Ponti, y en vez de construir sólo una casa, inventarse una parte de Caracas —le sugirió con malicia—. Hay mucha montaña por conquistar, y una vez poblada ésta, quedará la playa. En dos o tres años, la ciudad y la playa serán la misma cosa, siempre y cuando, claro, consigamos convencer al general de abrir un túnel a la altura de Altamira, aquí mismo, en el este, y así conectar el puerto con el centro de la capital.

—Cierto, no tendría inconveniente en quedarme, pero no quiero quitarle ninguna gloria a usted, Villanueva. Éste es su terreno, su entorno, su escenario. Yo sólo he venido aquí a construir un capricho.

—Pero necesitaremos gente, nombres, estilos, por más que piense que sólo quiero un diseño, el mío, para Caracas. El tiempo y el uso, esos grandes enemigos del arquitecto, exigirán que seamos varios los que colaboremos para construirla.

Ponti mantenía la mirada fija en su interlocutor y le observaba con atención. Visto así, sin sus gafas, Villanueva no tenía ojos, eran como dos rayitas muy delgadas que hacían de él un chino, un esquimal nacido en el trópico. Resultaba intrigante y las colosales gafas de carey oscuro, que ya volvía a ponerse tras limpiarlas, lo volvían anciano dinosaurio, y le daban un cierto aire a Jean-Paul Sartre. Se rió de la asociación que acababa de hacer y su interlocutor abrió todo lo que pudo sus ojos, sorprendido de su reacción. Ponti se recompuso, agitó algo sus cabellos y recuperó la seriedad en su cara al tiempo que lamentaba no tener a nadie de confianza cerca para explicar la razón de su risa.

—¿He dicho algo gracioso? —preguntó Villanueva.

—No, no, era sólo… he venido aquí siguiendo un impulso. A lo mejor el último de mi vida, sinceramente. Después de muchos años dedicado a cultivar la arquitectura, pensé que había perdido el ánimo de hacer algo que me… divirtiera.

—Nunca imaginé que fuera usted uno de esos arquitectos que buscan divertirse —expuso, muy grave, Villanueva.

—Yo tampoco —y de pronto sí que no pudo evitar una carcajada—. Pero estando tan lejos de mi casa, de mi centro de operaciones, ¿qué voy a hacer sino divertirme? Lo único que tengo claro es que aquí puedo empezar a ser de nuevo yo mismo, otra vez…

—¿Y cuándo ha dejado de serlo?

—En algún momento hace diez años, durante la guerra seguramente, cuando creíamos que todo lo que quedaría sería la destrucción. Afortunadamente, los arquitectos que patrociné a través de *Domus* y yo mismo encontramos un quiebro de esperanza, y créame que ese punto de fe lo sostuvimos a fuerza de reírnos, aunque ni siquiera tuviéramos razones para hacerlo. —Villanueva entrecerró todavía más sus ojos. Ponti pensó por un instante que los separaba el idioma, hablaban en francés, todo el mundo lo hacía en las altas esferas de aquella ciudad, y probablemente el juego de acentos en la lengua gala, el de Villanueva carrasposo, troceado, inseguro, y el de él mismo verborreico y arrastrando eses, consonantes y vocales, contribuyera a crear entre ambos un diálogo ebrio sin una gota de alcohol—. Ah —exclamó con un deje de exasperación—, ¡no hay nada peor que dos arquitectos hablando de la vida! No sabemos explicar nada con palabras. Somos como niños y lo hacemos todo con dibujos.

Villanueva sonrió y se acercó todavía más. A Ponti le pareció ahora como si un reptil inclasificado se le aproximara.

—Usted es comunista, ¿verdad? —Ponti sintió un golpe en el espinazo, pero se mantuvo en silencio—. Todos los artistas europeos lo son en este momento. No me tome como un delator, no me interesa serlo. Soy sólo un hombre que aprovecha su tiempo. Éste es mi momento, nunca volverá a suceder que alguien que ocupe el poder se fije en mí y me deje construir... un sueño, una metrópoli en su totalidad. Claro que vendrán otros, y seguramente mejores arquitectos que nosotros, pero históricamente seré el primero en esta parte del mundo.

—Lástima que ese hombre con poder sea un general con poco cuello y ninguna altura —expulsó Ponti. Cuando terminó de decirlo, comprobó que Villanueva también se adaptaba a la misma descripción. Si hubiera bebido una copa más habría pensado, víctima de una paranoia creciente, que el arquitecto y el general eran la misma persona.

En cambio, y para su sorpresa, siempre saltándose el guión, Villanueva rió el comentario largamente, al punto de que el resto de los invitados se volvieron hacia los dos arquitectos y Ponti decidió seguirle la risa.

—Ah, el humor de los italianos. Siempre tan estéticos —comentó Villanueva—. No tenga miedo de lo que vea o lo que haga aquí entre nosotros. Vivimos un caos bendito, hay protección hasta en las esquinas más oscuras. Peores cosas les han pasado a otros arquitectos que construyeron los sueños de personas infames. Recuerde a ese hombre, Albert Speer. Sí, ya sé que es innombrable y puede traer la peor de las suertes. Casi nadie ha sobrevivido a Hitler excepto él. Pues allí lo tiene, en la prisión de Spandau, pero ya verá cómo, en cuanto lo dejen en libertad en unos años, terminará dando clases en Harvard, y seguirá siendo una referencia en cuanto a que las líneas rectas y grandiosas son lo más duradero.

—Bien, en cierta manera… —comenzó a decir Ponti; si continuaba hablando tendría que reconocer que jamás en la vida podría publicar un dossier de Speer en *Domus* por haber sido el arquitecto favorito del Tercer Reich. Y que jamás nadie se permitiría dedicarle un adjetivo agradable a esa arquitectura, que jamás se llegaría a valorar su calidad y servicio por flotar sobre ella el peor de los fantasmas ideológicos.

—Nuestro general no tiene la talla histórica del terrible alemán —concluyó Villanueva—. Quizá yo jamás sea tan recordado como Speer pero, entre una cosa y otra, estamos aquí, hablando con toda la seriedad que podemos, condenados a ser recordados en Caracas como héroes de un tiempo en que aquí sólo se habló, se proyectó, se pensó en el futuro.


Nunca más una charla así, se prometió, nunca más otra fiesta con los Hernández. Debía volver a Italia cuanto antes o si no esa urbe caótica, esa montaña invencible que protegía a sus habitantes de las inclemencias del Caribe, terminaría por consumirlo. De repente, de un día para otro, empezó a observar a todos los caraqueños que conocía como descendientes de Drácula. La misma montaña como una réplica cubierta de verde de los Cárpatos y todas esas figuras que la poblaban como vampiros sedientos de sangre nueva, chupópteros que habían inventado esa excusa del futuro para atraer a víctimas del mundo entero, sangres variadas con que alimentarse desde cualquier punto del globo terráqueo. Sólo que ellos ofrecían mucho más que la sencilla copa de vino del conde rumano: tenían petróleo, una ciudad fascinante, un clima anestesiante, mujeres de una belleza insuperable, sus senos siempre turgentes, el pelo lustroso, los dientes ardiendo a través de su blanco impoluto, esos labios esperando posarse sobre otros, ofreciendo su calor embriagante para, en seguida, clavar sus bellos, marfilados colmillos y extraer toda la vida, toda la creatividad del ingenuo europeo que cruzó el océano para formar parte de una pesadilla disfrazada de sueño.

El general, dentro de esta visión, no le parecía más que un murciélago. Sin embargo, el hombre que siempre le acompañaba en las fotos y en todos los actos, el jefe de las Fuerzas de Seguridad, Pedro Suárez, sí le resultaba el más temible de los vampiros. Elegante, impecable, su piel no mostraba señales de afeitado aunque no había vellos en toda su extensión, las manos limpias, desprovistas de todo pelo (al contrario que cualquier vampiro europeo, que las tendría totalmente cubiertas, como si fueran hijos de lobos), y las uñas recortadas a la perfección, cada una como una medialuna capaz de crecer para cegar a sus víctimas con su reflejo afilado. Y también estaba su esposa, Graciela, todo el cabello levantado dejándole la frente despejada y alisada como una pista de aterrizaje. Ambos formaban una pareja feroz, entrenada para cercar a sus víctimas y enredarlas entre sus patas para destrozarlos, devorarlos y quedarse con sus pieles para diluirlas en mejunjes terribles con los que conservar su lozanía.

Se agitó, se asustó de sus propios pensamientos, de las imágenes que creaba. ¿Para esa gente iba a diseñar una casa?, ¿en esa selva de clima dulce y sangres revueltas? ¿Por qué había aceptado? Por cartas que jamás respondió, y razón tenía de no hacerlo. Este nuevo mundo nunca sería lo suficientemente viejo para dejar de ser salvaje. Crearía una casa hermosa, una oda al amor de sus propietarios, pero la humedad de la montaña resquebrajaría sus cimientos, las intensas lluvias de octubre y marzo desnudarían sus mármoles de todo brillo, el intenso sol del resto del año consumiría sus colores, la violencia de sus habitantes quebraría las patas de sus sillas, rascaría las superficies de sus mesas, emplearía las hermosas maderas de sus puertas y armarios para alzar barricadas en guerras sin fin.

—Gio —oyó en el marco de la puerta.

Era Elisa, vestida de blanco, estaban a viernes y partirían a una visita a Los Llanos esa misma tarde. Llegaba sola, sin Hugo, que acababa de marcharse, rodeada de un perfume que jamás conseguía definir. Una mezcla de nardos, vainilla, un poco de canela, quizá de naranja, del verde de la montaña. Y esa nariz, siempre imponente, siempre patricia, aristocrática, los ojos ligeramente humedecidos y la voz tan suave, tan distinta de todas las personas que conocía en ese país.

—No puedo ir a Los Llanos, Elisa, discúlpame. Pasan los días y aún… aún no tengo una idea sólida, clara, de cómo debe ser la casa.

—Te hemos atosigado con nuestros compromisos sociales. Es culpa de esta ciudad. Nunca pasa nada y, cuando de repente llega alguien como tú, todos queremos agasajarte sin darnos cuenta de que siempre somos los mismos en las mismas fiestas.

Ponti la miraba moverse por su estudio, el sol se quedaba ralentizado entre sus cabellos, el cuerpo era delgado y firme, alguna vez le había dicho que practicaba natación en mar abierto. Las manos eran finas y pasaban por encima de sus dibujos incompletos como si fueran parte del perfume. El mismo sol se apresuró a iluminar su alianza y Ponti oyó una vez más en su cabeza la voz de Hugo Hernández, recién peinado, la tela de su impecable traje azul marino conteniendo los músculos de su torso mientras él mismo a su lado era, según recordaba, sólo un pelo alborotado, cierto aliento viciado de vino mal bebido la noche anterior, los ojos cargados del tabaco, la conversación, las risas y el crucigrama no resuelto a las tres de la mañana que contemplaba cómo Hugo insistía una vez más en proclamar su amor por su esposa, un amor que deseaba convertir en inmortal: «Mi casa será un templo, un recuerdo para todos los que nos sigan de que Elisa fue el único amor de mi vida.»

—No puedo seguir, Elisa. Es todo, no puedo seguir. Ni en esta ciudad ni con esta casa.

Elisa apartó los dibujos de la mesa con tranquilidad. Debajo de ellos encontró un disco de Azucena Nieves. Miró suavemente a Ponti y volvió a recuperar una sonrisa en el rostro de él. Fue hacia el tocadiscos de la habitación y colocó el álbum, las cortinas estaban echadas desde hacía días, así que las descorrió y un sinfín de guacharacas se pusieron a volar, primero en círculos y luego golpeándose unas a otras al saberse descubiertas, enfilando después y por fin el rumbo hacia el verdor de la montaña. Elisa pensó que debía explicarle a Ponti qué eran esas aves, pero ahora las miraba como si fueran centinelas de su marido o tal vez esclavas del poder de Pedro Suárez. De hecho, a sus policías infiltrados entre la población los llamaban popularmente «las guacharacas».

—Me dan miedo esos zopilotes —aventuró Ponti—. Parecen estar despiertos todo el día, esperando mi muerte.

Elisa colocó la aguja sobre el disco y recordó a su padre, de pronto estremeciéndose de satisfacción ante el ruido de la aguja al recorrer el acetato. Azucena, la Azucena que había conocido en su niñez cantando en las fiestas de sus padres, empezaba a desgranar los versos de un danzón muy antiguo: «Recorrerás el mundo llevándome como equipaje, allá donde no necesitarás muda...»

Ponti la tomó de la mano.

—¿Cómo se baila? —preguntó.

—No lo sé. De niña lo escuchaba en mi casa y me llevaban a mi habitación cuando los mayores empezaban a bailarlo.

—¿Por qué no vamos a la playa, Elisa? Nunca vi el mar Caribe y sé que está allí, detrás de la montaña. Si te llevara hasta allí... olvidaría la casa, olvidaría quiénes somos. Y entonces te llevaría...

—A ninguna parte, Gio. No quiero ser como la canción, un equipaje que no necesites.

—Pero sí te necesito. Estoy aquí por ti sin saber qué hacer. Tengo tantos, tantos años, y ya lo he conseguido todo. Me apresuré siempre en todo, quise ser el mejor antes de los veintidós, y lo fui. Quise sobrevivir a la guerra para demostrarles que al menos un italiano deseaba construir en Europa, no destruirla, y lo hice. Quise que mi arte, la arquitectura, fuera una palabra conocida, entendida, apreciada en el mundo entero, y formé una revista para conseguirlo, y también lo logré. Y me casé, y tuve cuatro hijos, y me di cuenta de que un solo amor no es suficiente. No, Elisa, te encierra, te devora, te aparta de la capacidad de soñar, de imaginarte nuevos universos y nuevas soluciones. Y entonces aparecieron tus cartas y no quise responderlas porque tenía miedo de volver a encarcelarme. Pero entonces ocurrió el milagro y apareciste ante ese doctor, allí, tan cerca, tú, una cadera nueva, yo, un hombro dislocado, y pensé que la vida está hecha a base de piezas desencajadas que buscan volver a unirse. Y por eso acepté hacer esta casa, para encajar todas las piezas. Y unirme a ti.

Elisa miró la habitación. Deseaba que las guacharacas regresaran con sus alas negras y sus carcajadas rugientes. Deseaba que la montaña delante de ellos se abriera y pudiera avanzar descalza hacia el mar embravecido y adentrarse en él en busca de un escape como lo hacía en Trinidad. Quiso que una tormenta volviera e intentase quebrar la palmera que había pedido que Ponti plantara en esa colina. Reparó en que Hugo podría regresar y encontrarlos allí, pero alejó ese pensamiento, no quería volverlo anhelo. Deseaba, sí, estar arrullada por esas dos fuentes de palabras, la voz de Azucena repitiendo los cursis versos de su infancia y Ponti hablándole de un tiempo nuevo. Deseaba todo eso, pero tenía que decir algo.

—Bésame ahora, antes de que sea demasiado tarde para los dos.

## 23

—No —contestó muy rotundo el coronel Rodríguez, como lo llamaba familiarmente el inspector Suárez—. No hubo nada más. Sólo la frase —empezó a leer de su libreta—: «Antes de que sea demasiado tarde.» No sé muy bien a qué venía, eran apenas las doce del mediodía. Tiene buen despertar, el señor Ponti ese; con lo que había bebido la noche anterior cualquiera se levanta antes de las tres de la tarde.

Suárez miró hacia el frente. Desde su oficina en la última planta del antiguo Colegio de Ingenieros, en el centro de Caracas, podía verse el este extendiéndose como una mano avariciosa que ve crecer sus deseos en dirección a todo lo que ambiciona abarcar. Si miraba a su izquierda, sin embargo, el oeste, abandonado a su suerte, mostraba cada vez más edificios decrépitos que de un día para otro se hundían un poco más en sus cimientos. Y entre un lado y otro de la ciudad, él mismo en su despacho, otra vez vestido de gris claro, el color emblema de Graciela, tan llena de emblemas toda ella. Su pelo, su piel, sus uñas, su vestuario en tonos pastel muy difuminados para el día, gris claro para la media tarde, oscuro para la noche. Un oficial de policía, como originalmente fue él, ¿podía pensar en cosas así? Graciela lo había convertido en el extraño caballero que ahora era, pendiente de pequeñas cuestiones de estilo y similares fruslerías, como que era un hecho que la capital crecía hacia el este y pronto ella y él se mudarían a una casa en esa ladera de la ciudad, como correspondía al éxito que habían conseguido. En la mejor zona de toda esa parte, había que subrayarlo, el flamante Country Club, un barrio que inicialmente el general no había querido refrendar con su firma aunque al final Pedro logró convencerle de la conveniencia de adquirir unos terrenos allí. Y, con los del general ya apalabrados, no le fue difícil negociar por un módico precio los suyos. Ah, qué agotador era mantenerse a flote entre toda la vacilación que rodeaba al general, siempre sus miedos, el consabido «no voy a equivocarme ante todo» que ya estaba harto de oír y su propia, predecible, respuesta: «No, general, es imposible que se equivoque usted.» Y cómo iba a hacerlo, pensó con ironía Suárez en su despacho, con todas las ganancias de la economía más rica de Sudamérica a su disposición. De pronto recordó que debía refrenar la sonrisa que empezaba a aflorar a sus labios. Allí estaba Rodríguez, ante él, atento al más mínimo de sus gestos. Buena pieza era ése, un buen sicario, de los de toda la vida, ahora convertido en detective privado.

—¿Algo más que añadir? —le preguntó con frialdad.

—Que conste que ha sido el señor Hernández el que ha insistido en vigilar a su arquitecto —aclaró Rodríguez. Suárez asintió. Una vez más, el destino se empeñaba en visitarle y favorecerle en el momento justo, logrando que la supervisión de la estancia de Gio Ponti en Caracas quedara como una cosa privada, familiar.

Sonó el teléfono, sería de la Secretaría de Cultura del gobierno preguntando qué se sabía de nuevo acerca de las actividades del italiano en Caracas. Descolgó, era Teresa, en efecto, la encargada de la secretaría.

—No, Teresa, aún no hemos traducido todo el artículo

del señor Ponti en la revista *Domus* sobre la Ciudad Universitaria de Caracas...

* * *

Ponti no tenía descanso. Los Hernández debían acudir a una de sus cenas y esta vez él prefirió quedarse en el estudio trabajando, dejándose absorber por el ruido de los sapitos y grillos que agitaban sus vidas a medida que la humedad avanzaba por la ciudad como un fantasma. Estuvo un rato desnudo sobre la cama, fumando un cigarrillo, pensando en Milán a esa hora del día, todo el mundo trabajando, hablando rápidamente, el ruido de los autobuses y del tren, algunas personas arreglándose para ir esa noche a la Scala, ¡qué aburrimiento, qué pelmazo, qué mierda de burguesía! Como si la guerra no hubiera pasado para ellos, empeñados en mantener tradiciones que después de tantas muertes, tantas humillaciones, tanto perder, carecían de sentido. Ir a la ópera a ver dramas después de todos los dramas que se vivían de puertas adentro en tantas casas del país. Ridículo, era ridículo. Giulia, su esposa, había llamado temprano en la mañana, ya era mediodía para ella, y él había preguntado cómo se encontraba, qué hacía, qué tal estaban sus hijos. Cuando le tocó responder a sus preguntas de rigor, lo hizo con monosílabos, ni un sí completo ni un no rotundo. Incluirían en el nuevo número opiniones suyas sobre Caracas y Brasil, los dos nuevos centros de toda actividad arquitectónica. Sí, sí, lo enviaría por cable más tarde, a lo largo de la semana. «¿Y la casa?», se interesaba Giulia, la voz muy débil en la conexión, como si el tiempo la consumiera. «Bien, la casa será un hito.» «¿Para quién? —nuevamente le inquiría, en un hilo la voz—, ¿para quién será un hito, para ti o para ellos?»

Después de la llamada, decidió salir. Solo, tomando un taxi en la puerta de la casa.

—Mire que queda lejos esta colina, no joda —le dijo al subirse el conductor—, todo el mundo habla del este esto y del este lo otro y lo aquello, pero venir hasta una vaina llamada «El Cerrito», no lo había oído nunca.

—Vayamos al centro. Plaza Venezuela, número ciento veintidós.

El conductor lo miró por el espejo retrovisor.

—¿Y allí qué coño se le perdió a usted? —Ponti no supo qué responder—. Dios lo ampare y lo favorezca. Los que van allí no regresan iguales —advirtió.


El edificio le recordó a una aduana en alguna postal de las que enviaban emigrantes italianos desde Argentina. Al lado se levantaban dos inmensas grúas que construirían una de esas nuevas torres que entusiasmaban al general, todas muy Mies Van der Rohe, de vidrio y acero, todas simbolizando, representando esa idea de futuro, la palabra tan repetida que iba perdiendo su sentido. El futuro era el presente, nada podía planificarse a largo plazo porque el futuro, exactamente, ya estaba aquí, se palpaba, se veía crecer. Antes de recoger el cambio del taxista y volver a sentir su mirada culpabilizadora, Ponti pensó una vez más en qué coño hacía en Caracas, qué iba a significar su casa en medio de todo ese delirio de construcción. Un capricho. Vaya, sí, otra vez volvía a decirlo. Y seguramente por capricho una mancha en su impecable currículum de arquitecto teórico y práctico, el del hombre que cambió el panorama de Milán y de la maltrecha Italia de posguerra. Todo eso se iría a la mierda por hacer la casa de unos ricos en Caracas. Mierda, pelmas, caprichos, putas..., ironizó de pronto, vaya colección de palabras esconden las mentes de los arquitectos.

Pero no, casi lo dijo en voz alta mientras accedía a la puerta negra con abridores dorados, siempre gigantescos, el negro negrísimo, los tiradores del tamaño del pie de un Yeti, el dorado brillando como si el sol estuviera a dos centímetros de su cara; no, no y no, la casa era para él la prueba de que se podía construir un mundo diferente con los materiales que conocía. Aunque todo ello se tradujese en millones de bolívares, de liras y de dólares, él emplearía sus mármoles, sus vidrios. Sólo el cemento sería venezolano porque Hugo le había convencido de la magnífica calidad del fabricado en ese país. Las maderas también le habían impresionado, tan brillantes como las africanas y algunas, como las rojizas caobas de la frontera con Brasil, al abrirse en dos parecían vivas, casi niños llorando por mamar.

El interior del 122 estaba cada vez más cerca, podía oír el ruido de las copas, el olor de ese whisky que se empeñaban en beber, vaso tras vaso, hasta quedar hinchados. Le miraban raro, siempre le miraban raro, pero más cuando pedía ron y jugo de limón. Nunca imaginó que existiera otra bebida en el Caribe, ésa era la que habían querido los piratas. El futuro cambiaba muchas cosas, pero el whisky, aun así, seguía siendo una ñoñería. Encima lo regaban con agua, o con soda, algunos le agregaban incluso esa agua de coco infame.

La casa volvió a atormentarle antes de penetrar en el 122. Realmente no tenía nada, sólo un nombre y el dibujo que hizo que todo este viaje fuera una realidad. Podía rellenar su interior con las sillas que también le habían hecho famoso, e incluir asimismo las lámparas de cristal con colores que deseaba crear y probar para luego venderlas a una importante multinacional. Sí, el verdadero negocio del arquitecto no estaba en las grandes obras, sino en lo pequeño, lo que podría producirse masivamente para más y más mercados, más y más personas.

—¡Señor Ponti, siempre es un placer recibirle por aquí! —la voz cantarina del maître, así les gustaba ser llamados, el maître Edmundo, el maître Luciano, el maître Gilberto, todos eran maîtres, aunque ni siquiera resultaran buenos como camareros. La palabra «maître» les daba esa importancia que necesitaban para abrir la puerta y empezar el gran show del disimulo. Sí, sin duda el sustantivo francés atraía categoría y ocultaba la verdadera idiosincrasia del lugar: un hueco grande de almas vacías itinerantes—. Hoy es noche grande —prosiguió el maître—, nombres famosos en el show. Y en la audiencia.

* * *

Mariano tuvo miedo de detenerse frente al Reverón del salón de sus padres. No por el cuadro en sí, sino porque en todos esos años no lo había hecho. Llegaba a casa, ignoraba la pintura y avanzaba hacia la biblioteca al reencuentro diario, monótono, repetitivo, con su bellísima esposa y su hija, que le recibían como si él fuera a traer una gran noticia y, al no hacerlo, se refugiaban en su silencio.

El óleo, su impecable extensión de luz blanca deslumbrando y cegando al espectador y también a los objetos que contenía, un mar nacarado, una palmera escarchada, una mujer tumbada y desnuda envuelta en una cal bíblica, seguían allí, sin modificarse, sin envejecer mientras él iba perdiendo cabello, sus ojos se volvían cada vez más cansados y, sobre todo, su vida le parecía absurdamente mecánica, cubierta de falsedad.

—Hace mucho tiempo que no hablamos, hijo mío. —Graciela estaba vestida de negro, rubíes en sus orejas y un espectacular collar irradiando luz hacia su cara—. No necesito a los hombres de Pedro para saber que le resultaste taciturno y triste al señor Ponti, a quien todos quieren conocer.

—Nunca hemos sido personas de hablar, mamá.

—Tenemos que hacerlo. Un día de éstos, ahora mismo. De nuevo han vuelto a avisarme de que tu periódico pretende sacar una noticia sobre la persecución que sufren esos locos ebrios del grupo literario. Por favor, Mariano, una nación no se hace a partir de esos beodos. Estamos construyendo un país serio, no una beca para unos cuantos que se van a París a emborracharse y regresan chapurreando un idioma. Puedo hablar yo más francés, y del que importa, que ellos. Pasado mañana Christian Dior, sí, *lui même,* viene a abrir su *boutique* aquí, en Caracas. Y también lo hará Balenciaga. Son las primeras tiendas en toda Sudamérica, que se dice fácil: toda Sudamérica. Eso es lo que somos, no los falsos miedos de unos escritores que nadie lee.

—El marido de una de ellas está desaparecido desde hace meses, lo secuestraron una noche en su casa y nunca más lo han visto. Algunas personas aseguran que lo vieron entrar aquí esa última noche.

—Ésta es tu casa, Mariano. Tú sabes tan bien como yo quién entra y quién sale. Y lo que pueda suceder en este lugar es tan responsabilidad tuya como mía o la de cualquier otro que viva con nosotros, como tu esposa, como tu hija…

—Y como Pedro Suárez.

Graciela avanzó hacia la biblioteca buscando rápidamente un objeto al que aferrarse durante el tiempo que durara ese diálogo que ella misma había iniciado.

—Ese artículo… ¿De eso trata, no? ¿De mi marido?

—Cada vez más personas señalan que su influencia sobre el general es demasiado importante. Es lógico que se hable de él. Y debería serlo también que un periódico de opinión, como el que dirijo, le dedique un artículo.

—Sería más lógico si tú no fueras mi hijo y cualquiera que lea toda esa sarta de mentiras y exageraciones no pensara que las publicas porque no soportas a tu padrastro.

—Es tu marido, no mi padrastro. Tuve suficiente con ser hijo de mi padre como para asumir otro...

—¡Basta! No vamos a ninguna parte con esta conversación. Me esperan en otro sitio. —Se volvió para no verlo, ansiaba que no le pidiera explicaciones sobre adónde se dirigía—. Las cosas no salen bien para quienes escriben sobre mi marido. Recuerda aquel chismoso que tenías en Sociedad.

—Murió de un infarto, solo, en su casa. Siempre dijiste que su muerte no tenía nada que ver con lo que había escrito, ¿o lo has olvidado?

—¡Basta! —repitió. Esa habitación, de verdad, la cambiaban tanto que olvidaba, y eso sí podía reconocerlo, muchos de los objetos que atesoraban allí. ¿No había un jarrón alemán encima de la chimenea? ¿No había una ninfa danesa contemplando una laguna de porcelana al lado? ¿Quién las movía, qué hacían con ellas, adónde las llevaban?—. No puedo soportar que me digan que luces triste en esas fiestas de los Hernández —continuó, jugando con el rubí de su collar—. En primer lugar, no entiendo por qué acudes a ellas.

—Porque Gio Ponti es uno de los arquitectos más importantes del siglo XX y quería oír su opinión sobre lo que ve en esta ciudad.

—¿Y ve algo? Me dicen que sólo bebe ron con limón y espera a que Hugo se marche de viaje para seguramente demostrarle a Elisa que todavía puede conocer a un hombre de verdad. —El golpe la sorprendió, pero más aun que el collar se deshiciera ante el impacto y los rubíes cayeran sobre el suelo a riesgo de quedar rotos, rayados, lágrimas sangrientas e inútiles. Sintió el dolor del bofetón cuando se agachó para intentar recogerlos, pero saltaban debajo de la alfombra, lejos de ella, y fue cuando se dio cuenta de lo humillante de su postura, encogida y arrastrándose por el suelo de esa biblioteca donde siempre le salían mal las cosas, cuando de verdad se enfureció. Vio los zapatos de Irene moviéndose hacia ella y también los de Ana Elisa. Se irguió para detenerlas en su avance—. Nunca has dejado de pensar en ella, Mariano. Acaba de admitirlo de una vez: no eres feliz porque nunca pudiste convencerme de que Elisa era el amor de tu vida.

Irene abrazó a su hija y Ana Elisa la rechazó. Inmediatamente Mariano decidió abandonar esa habitación. No quería oír la voz de Graciela hablando como si fuera un perro herido en la garganta, dejando caer la sangre sobre su cuello, sus palabras manchadas de entrañas.

—Yo no soy la culpable de tu fracaso, Mariano. Eres tú, te lo recuerdo. Tú podrías haberme convencido, lo único que deseé en esta vida fue lo mejor para ti, y creí que Irene era la mejor. Pero tú no. Y por cobarde, por iluso, por frustrado, porque naciste frustrado, sí, no quisiste luchar por tu verdadero amor —le gritó Graciela.

De camino a la puerta, Mariano miró a Irene. No se dijeron nada, él mismo no sabía siquiera adónde dirigirse. No tenía refugio en esa casa, ni en la calle, ni en su despacho.

Graciela consiguió ponerse en pie. Esa maldita habitación le resultaba un purgatorio. La haría desaparecer, la incendiaría, crearía allí otro salón de baile, aunque esos actos la aburrieran infinitamente y tuviera que soportar a la gorda de la esposa del general moviéndose como una elefanta mientras los militares del gobierno le aplaudían.

—Aquí está el rubí más grande —le dijo Irene. Al llegar después de la bofetada, sus zapatos consiguieron detener la piedra.

—Mariano siempre ha sido…

—No me des explicaciones, Graciela. Llevo demasiados años oyéndolas. Demasiados años aguantando que siempre tengas razón. No sólo Mariano se ha equivocado; yo también. —De pronto cayó en la cuenta de la presencia de su hija—. Ana Elisa, déjanos solas. —Como en las películas, la niña obedeció.

—No es verdad. Tú eres perfecta, no envejeces, no dejas de ser la más bella de todas nosotras. Todo el mundo lo comenta, todo el mundo lo recuerda.

—Igual que tú. Pese a todo lo que haces, no dejas de ser la mujer más elegante de la ciudad. La más temida.

Graciela recordó a las dos hermanas Guerra en ese salón, hacía ya miles de años, el recuerdo le vino de la mano de ese blanco violento del cuadro de Reverón, y ellas dos, frente a él, tan diferentes: Irene rubia y llena de bucles, y Elisa una bruja, con aquella nariz y esos ojos que no dejaban de analizarla y devolverle lo peor de sí misma. Envuelta en el recuerdo, miró desprevenida a Irene y tuvo certeramente presente que la observaba igual que su hermana: con desafío, con rabia, con enorme desagrado.

—Nunca me habéis querido, ninguna de las dos.

—Tampoco hemos querido al hombre que nos otorgaste, Graciela.

Por fin encontró el objeto al que aferrarse, el espejo francés recamado en figuras de porcelana y terminaciones doradas que el anticuario de París le había asegurado perteneció a alguien allegado a María Antonieta. Era aparatoso, pero incluso así podía verse en él, despeinada levemente por el golpe de su hijo, el cuello marcado por el estúpido collar quebrado, Irene detrás de ella, estirando la mano.

—Te has vuelto muy descuidada —le dijo con voz neutra—. Encontré esto en tu baño, había ido allí a buscar un poco de esmalte. Venía a devolvértelo cuando Mariano te golpeó.

Graciela miró a través del espejo el vial de cocaína consumida. Estaba vacío. Debería negar que fuera suyo, pero lo cierto era que creía tenerlo en su bolso para rellenarlo esa misma noche.

Irene fue hacia la repisa de la chimenea importada de Portugal y dejó allí el frasquito. Antes de que pudiera marcharse de la habitación, Graciela interrumpió su salida.

—Si Mariano publica esa basura sobre mi marido, no voy a hacer nada para detenerlo. Ni a Pedro. Ni a su furia. Ni a sus hombres.

\* \* \*

Elisa vio su nombre garabateado sobre unos dibujos incompletos de sillas, algo que se asemejaba a mesas de distintos tamaños y un cofre, como el sarcófago de una momia egipcia sin tapa, en donde parecían crecer unos papiros. En los márgenes de los folios, manchones de colores, quizá las pruebas de tonos para los suelos, las paredes o esos muebles a medio hacer. Le fascinaron rápidamente, eran tonalidades que no podía clasificar, un terracota próximo al café, un dorado tan diáfano que sólo acertó a compararlo con un merengue que se hubiera cocinado un segundo más y sobre cuya superficie el calor había dejado una estela. Verdes translúcidos, como el del mar muy limpio, mientras la ola se recoge y regresa a las profundidades. Era un poeta, pensó, no sólo un arquitecto. Y esos matices apenas registrados allí, buscando su verdad, su forma, le resultaron mucho más explícitos que las cartas que nunca le respondió. Y su nombre en el papel, escrito en varias caligrafías, unas más musicales que otras, más geométricas que otras, más secretas que otras, casi le hizo llorar mientras dejaba que sus dedos repasaran las letras y encontraran, al final de ellas, las manos de Hugo.

—Nunca termina nada —aventuró él, siempre ese tono de voz suave y grave al mismo tiempo, siempre caballero y claro, preciso, nunca ocultando, dejándose alguna palabra para sí mismo y poder emplearla luego, cuando pudiera doler.

—Es este país y la ciudad, todas las fiestas. Debe de sentirse exhibido, como un animal nuevo.

—Pero de algo le sirve. Nunca nadie ha escrito más sobre Caracas que nuestro arquitecto. Siempre imaginé que la construcción de una casa se alargaba durante años. Y hecha por un genio mucho más. Pero es que aún no hay más que una idea, un diamante y una mariposa. Y estos dibujos, con tu nombre en todos.

—No sabía que fuera así...

—¿Y sabes lo que sientes por él?

—No.

—¿Es igual que lo que sientes por mí? —Elisa no quiso responder—. Nunca nos preguntamos qué sentimos el uno por el otro —continuó Hugo, colocando los dibujos en un montón, el nombre de su esposa reposando sobre sí mismo una, dos, cinco, seis, siete páginas—, nunca nos ha hecho falta, al menos hasta ahora, cuando lo hemos conseguido todo. Dinero para construir un sueño, prestigio para que nada de lo que sucede a nuestro alrededor nos salpique y, si Ponti realmente consigue una obra maestra, seremos recordados a lo largo de los años por ser los dueños de un símbolo, el espejo de un tiempo, la máxima obra arquitectónica de una década.

—¿Es bastante, no? —habló al fin Elisa en un hilo de voz.

—No, Elisa. No es sólo eso, quiero que esta casa sea mi demostración de amor. La declaración que nunca te he podido decir porque no tuve palabras. No las consideré necesarias y pensé que esta obra, esta empresa, lo daría todo por mí. Pero lo que jamás imaginé es que tendría que compartir el amor de mi esposa durante su construcción.

—Yo no estoy enamorada.

448

—Lo estás. Y él también. A veces, en estas historias, sólo el que está fuera ve mejor que los que juegan dentro.

—No hemos hecho nada.

Ya lo sabía, y oírselo decir casi le obligaría a reconocerle que había contratado a los hombres de Pedro Suárez para que los siguieran, a ella y a Ponti. Pero no podía hacerlo, mañana mismo hablaría con el representante del terror, como le gustaba llamar a Suárez, y retiraría la vigilancia sobre ambos. Apartó las manos de la cara y encontró a Elisa mirándole sin lágrimas, sólo escrutándole, alerta, inteligente, diferente, exactamente como cuando la conoció en Trinidad. Distinta de todas las mujeres.

—Cuando estás enamorado a veces no es necesario hacer nada para saber que sí lo estás —le dijo.

* * *

Ponti entró en el baño de caballeros y se encontró con una mujer cubierta de plumas y lentejuelas que orinaba de pie. Sus ojos, cómo no, se juntaron en el minúsculo espejo de la caja de toallas.

—Gio Ponti —dijo la persona envuelta en plumas, sus ojos muy maquillados, una sonrisa espectacular—. Le he seguido toda mi vida, a través de *Domus*, y ahora en las crónicas de esta ciudad. —Tomó una de las toallas y ocultó cuidadosamente el miembro con el que había orinado, después mojó con una delicadeza extrema sus dedos con agua y los secó firmemente con el paño. Extendió su mano como si fuera un empresario cerrando un negocio—. Joan... Joan Deveraux, para servirle.

## 24

Joan le habló de Elisa, sí, de las dos alimentando ilusiones en aquella Trinidad verde, amarilla, con el ruido del carnaval de Mardi Gras siempre presente y la atmósfera del Browns, donde ella fue la auténtica revelación de Guerard, que había muerto, el pobre, de un infarto fulminante por la mala vida, sus excesos con el ron y otras cosas que fueron acompañándole en las noches de la isla. Esa Elisa amiga que no temía a los comentarios de ningún tipo, que se había cruzado con ella por primera vez en el cine del puerto mientras ambas veían una película de la verdadera Joan, la Crawford, y había oído el comentario despectivo de otras dos espectadoras cuando Joan, esa Joan que hablaba y hablaba, se levantó y dejó la sala acompañada por esas tres palabras que fingía ignorar: «Es un hombre.»

—Elisa las oyó pero no se asustó. Allí supe que volveríamos a vernos y que las dos seríamos importantes, cada una en la vida de la otra.

Rellenó de ron, una vez más, el vaso de Ponti. Estaba sirviendo al arquitecto del que tanto habían hablado juntas y que ahora se sentaba allí, con ella, en su sofá rescatado de un callejón detrás del edificio y cubierto con las telas indias que compró en Barbados antes de llegar a Caracas. Horror, había un agujero por el que escapaba el relleno del sofá, una especie de bola de lanas viejas de un color blanco sucio. ¿Cómo podía recibir de esa manera al más célebre de los arquitectos, cuyo nombre invocó tantas veces en tantos ligues con borrachos que deseaban verla desnuda para comprobar si era mujer de verdad o sólo la mitad?

—Entonces —sentenció Ponti, mezclando idiomas, bastante bebido—, vayamos a verla mañana mismo. Le encantará saber que estás aquí y que nos hemos hecho amigos…

Joan terminó de aplicarse el ungüento con el que fijaba las pestañas postizas que le robó a una corista de Texas en un tugurio de las islas Vírgenes y miró el reloj en la pared; dentro de diez minutos aparecería el enano al que todos llamaban el Marqués, no sabría nunca por qué, y debería subir al escenario para cantarles sus boleros de Olga Guillot. No, pensó, no podía acercarse a Elisa así.

—La última vez que nos vimos, yo marchaba a París para operarme y ser por fin mujer. Iba a convertirme en la estrella de grandes cabarets y enamorar a algún excéntrico o al mismo Porfirio Rubirosa —se rió—. Y los dos competiríamos por ver quién la tenía más grande. —Ponti abrió los ojos desmesurado; Joan lamentó que no se riera, era uno de sus mejores chistes y compararse con el *playboy* de moda, legendario por tener uno de los miembros viriles más grandes del mundo, siempre resultaba sobre el escenario—. Ahora debería darle muchas explicaciones, y nunca nos han gustado las explicaciones. Ni a ella ni a mí. Dile que me conociste cuando actuaba de paso en algún lugar maravilloso de Europa, no en este antro. O mejor no le digas nada. Sólo que me alegro, sí, sinceramente, de verdad, porque ella, al menos, ha conseguido realizar su sueño.

—¿Yo… yo soy su sueño? —preguntó Ponti, sus fuerzas mermadas por el alcohol.

—Dejar algo para la posteridad, algo menos… efímero,

ésas eran sus palabras, que sus postres y sus orquídeas. Una casa, la que tú construirás para Hugo y ella.

—Para ella —volvió Ponti a arrastrar toda la frase en un mismo mareo—. Sólo para ella...

Joan intentó alejar la copa de sus manos, pero el arquitecto se aferró a ella. Joan, contradiciéndose, le sirvió más licor.

—Hagas lo que hagas esta noche, querido Gio, no vayas hacia la zona de los carritos chocones.

—¿Carritos chocones? —repitió insólitamente bien Ponti—. ¿Qué demonios es eso?

—Sea lo que sea, no intentes descubrirlo hoy —advirtió Joan.

Oyó cómo se acercaban a su puerta los pasitos del Marqués e instó a Ponti a salir del camerino, pero éste apenas podía moverse.

—Seis minutos, diosa. Recuerda que hoy están los altos mandos. No exageres con las vulgaridades —advirtió el enano desde fuera.

\* \* \*

—Quiero dejarte esta carta, para que la leas después de que me haya marchado.

—Estoy despierta, Mariano, te oigo perfectamente, no tienes que hablarme en susurros.

—Es una carta, nada más. Sólo te pido que la leas cuando no esté aquí.

—¿Adónde vas a ir? Ven, tranquilízate, lo que pasó con tu madre ya lo discutiremos mañana —Irene hablaba con miedo a resultar reiterativa. ¿Cuántas veces en ese mismo mes no le había dicho a su marido que tenía que tranquilizarse, que debían dejar lo que no podían decirse ahora para el día siguiente?

—No, hoy… nos hemos dicho todo. Sólo me atormenta haber resultado un fracaso para ti. Y haberte mentido.

—Mariano, por favor, dejémoslo para mañana. Igual Graciela ha salido, no nos interesa que…

—El artículo lo van a publicar, Irene. Esta vez sí va a ver la luz. Esta vez no voy a asustarme ni a pensar que ella es de mi sangre. Esta vez me interesa que nuestra hija, algún día, pueda sentirse orgullosa de lo que hice en ese periódico y de lo valiente que fui mostrándole al mundo quiénes eran mi familia, mi asquerosa y corrupta familia.

Irene se acercó a cogerlo del brazo y meterlo en la cama, para ayudarle a desnudarse. Cuando lo tocó, retiró de inmediato su mano. Su marido ardía; no era fiebre, era un calor insoportable.

Mariano aprovechó ese segundo de repulsión para ir hacia la puerta, Irene lo vio así, en el marco, iluminado por detrás gracias a las dos lámparas del mueble tocador que Graciela había colocado entre las habitaciones del segundo piso. Le pareció un hombre incendiado, un espantapájaros arrojado al olvido después de ser picoteado.

—Mariano, por favor… —intentó decir mientras se incorporaba.

La puerta se cerró, ella encendió la luz y vio la carta sobre la cama. Era la letra de Mariano, aquella letra de las cuartillas con confesiones, pensamientos y dibujos que enviaba desde París. En el sobre ponía «Ana Elisa».

\* \* \*

Joan irrumpió en el escenario con sus andares de gran mujer de mundo. La acababan de presentar como la única, la extraordinaria artista del desenvolvimiento escénico, madame Joan Deveraux. «Desenvolvimiento», dijo ella con un castellano marcado por un francés tropical, exagerado quién sabe hace cuánto tiempo. Sí, cuando nació, nadie se acuerda dónde ni cuándo, fue española. O español, se atrevió a decir, y despertó algunas risitas más bien asustadas de la audiencia que el foco todavía le impedía ver. Sí, primero fue español, un varoncito de Murcia, luego fue cabaretera en la tierra del Mardi Gras, la vecina Trinidad, quiso hacerse mujer en algún lugar de Escandinavia, pero los barcos jamás consiguieron sacarla de las Antillas. Tomó mucho ron, conoció a muchos marineros que le prometieron llevarla allí, siempre al día siguiente. Aunque al día siguiente, ya se sabe, los hombres se habían olvidado, habían bebido mucho la noche anterior, no se acordaban de nada. Desenvolvimiento, sí, mucho desenvolvimiento llevaba ella.

Por fin el foco se apartó de su rostro y se movió entre la audiencia. Tenía que seguir su monólogo inicial y aclarar qué era el auténtico desenvolvimiento, explicar que era capaz de pasar de hombre a mujer en menos de lo que pudieran ellos parpadear. Pero no podía hablar, no esa noche. Delante de ella, o de él, no había una audiencia de personas sentadas, sino una colección de orangutanes con gorros y medallas y trajes de militares, sus ojos aumentados por el fondo de los vasos que jamás abandonaban sus bocas, las piernas abiertas, las braguetas abiertas también, y frente a ellas las mujeres del bar, algunas intentando separarse de esos abismos y las manos de ellos obligándolas a chupar lo que no deseaban. En una esquina, a una de las chicas la empujaban dos de los gorilas mientras ésta trataba infructuosamente de separarse con sus brazos y un tercero los sujetaba con fuerza. Joan, en el escenario, incapaz de continuar su monólogo, retrocedió, abandonando el lugar. No era eso lo que le habían contado; se suponía que eso sucedería en la zona de los carritos chocones.

—¡Habla, maricón, te pagamos para que hables, maricón! —gritó uno de los orangutanes.

454

Joan llevó las manos hacia atrás, entrelazadas. Cuando se ponía nerviosa, cuando tenía miedo, como ahora, sus manos empezaban a moverse solas, se convertían en una hélice desordenada, incapaz de absorber aire y levantar el vuelo. El foco empezó a moverse sin control, del escenario al público, a las esquinas, donde ya empezaban a golpear a la chica, que gemía, y otros orangutanes se abalanzaban sobre los dos que la sometían. La luz pasaba otra vez por su rostro endurecido y cautivo y recorría, como un animal desorientado, al público, y vio al general, que la miraba con asco, y a una rubia igual de aterrorizada que ella sentada a su lado que le decía con los ojos que saliera de allí, del escenario, del local, fuera, a la calle, si quería contarlo mañana.

—¡Habla, maricón, te está pagando la nación para que nos hagas reír, maricón! —volvió a oír.

\* \* \*

—Están todos aquí, señora. No es un buen día para que se deje ver —advirtió el Marqués al subirse al coche.

Graciela Suárez percibió su aliento de whisky y agua de coco.

—¿Todos? ¿El general también? —preguntó, y como el enano hizo un gesto afirmativo, quiso saber más—. ¿Nadie te ha visto salir?

Él negó con la cabeza. Graciela estiró su mano y pronto vio dentro de ella tres viales completamente blancos y rellenos.

«Re-lle-nos», se repitió para sus adentros, deleitándose en la palabra. Si fuera de verdad valiente, entraría ella también. Se colocaría frente al general y aspiraría ante él una inmensa dosis de ese polvo blanco, el antónimo perfecto del oro negro que los volvía impunes. Pero el Marqués seguía allí, esperando, y pronto desistió de la idea, dispuesta a probar la calidad de su compra, aunque sabía que era un error administrarse esa pizca de su vicio más secreto delante de extraños.

—Para usted sólo hay calidad, señora —afirmó el Marqués al ver el gesto satisfecho de Graciela, que, con la otra mano, le tendió las dos pulseras de morocotas con las que acostumbraba a pagar sus vicios.

Tenía muchas, el general había puesto de moda aquellos brazaletes hechos para conmemorar sus seis años de gobierno con monedas acuñadas con los rostros de los caciques venezolanos que defendieron sus pueblos de los conquistadores españoles.

—¿Qué día es hoy? —se aseguró mientras ponía en marcha su coche para abandonar aquel lugar.

—Veintidós de febrero de mil novecientos cincuenta y seis, señora. No es ninguna fecha gloriosa del gobierno, ¿verdad? —Esta vez fue ella quien negó con la cabeza—. Pero eso no es lo más curioso. Dentro también están el arquitecto italiano…

—¿Ponti? —matizó, incrédula.

—Exacto, señora. Y Rodríguez Gutiérrez, el político que regresó de México, el que criticó la Ley de Defensa de los Valores de la Inmensa Venezuela.

—Basta de chismes, Marqués. Gracias por todo. Espero no tener que volver a verte jamás —aceleró, en palabras y con el pie, Graciela.

El enano mordió las monedas de los brazaletes para comprobar que, efectivamente, eran de oro puro. Graciela era famosa por pagar de más por sus vicios.


Nada era bueno esa noche. Menos la droga. Pensaba de prisa Graciela, la calle vacía, y hablaba sola. Ponti allí, el general también, y el crápula del exiliado. ¡Nunca se fue a ninguna parte! Tenía que decírselo a su marido. Era su deber. Su deber para con la Inmensa Venezuela.

* * *

Mariano había ido hasta la cochera, como hacía cada vez que se sentía avergonzado, asqueado, harto, generalmente las tres cosas a la vez. Después de discutir con su madre, o mejor dicho, de verla arrodillada buscando desesperadamente las piezas de la joya rota, caminó hacia aquel lugar donde en su adolescencia se guardaban, o más bien exhibían en perfecto estado, los coches de la familia. El Ford gris de su madre, que había sido sustituido por un Mercedes también gris. Los Chrysler de su padre, que seguían allí, ocultos bajo unas lonetas que empezaban a romperse. Ninguno de los habitantes de la casa iba a la cochera. Todos oían demasiado trasiego de los hombres de Suárez como para acercarse a molestarlos. Su presencia era necesaria, en un principio, para proteger a Pedro y a Graciela y, después, a todos los que habitaban la casa ante las amenazas que recibían continuamente los miembros del gobierno. Cuántas veces dijo Pedro que los enemigos de la Inmensa Venezuela podrían conseguir saltar las vallas de la finca e intentar agredir a cualquiera de ellos. Por eso sus hombres los detendrían momentáneamente en la casa hasta que los agentes de la policía los transportaran hacia los centros de reorientación, como el general había decidido bautizar a las cárceles. «En la Gran Venezuela no hay espacio para presos, todos estamos unidos en el mismo sueño de futuro y grandeza. Sólo hay mentes díscolas…» No necesitaba recordar más esa verborrea.

Había vuelto a la cochera porque un trozo de él se quedó allí para siempre. La carta que había escrito para Elisa y que guardó dentro del cojín de un sofá que nunca cambió de sitio, en ese lugar, víctima de tantos trastornos. Lo habían arrinconado ante un muro, como si tapara una grieta. Ya lo había notado al principio de la noche, cuando bajó para recuperar la carta que acababa de dejarle a Irene sobre la cama. Podría decir que ahora estaba de nuevo allí para recordarse dentro del Lincoln que él conducía. Fue joven en ese coche, tuvo ideas para ese país, quiso escribir una novela sobre las miserias que presenció en Europa. No encontró nunca el tiempo para empezarla.

Se hundió en el sofá. Arrancaría todos los coches a la vez, cerraría todas las puertas. El mueble se movió y reveló lo que ocultaba. En el muro no había ninguna grieta, sino un botón rojo apenas perceptible. Miró el reloj, tercera vez que lo hacía en la noche. Diez y cuarto. Su madre volvería, con o sin Suárez, hacia las doce y media. La guardia estaba en el jardín, merodeando al acecho de posibles enemigos de la Gran, Inmensa Venezuela. Pulsó el botón y un tramo del suelo se levantó frente al sofá con un movimiento parecido al de la boca de un pez en sus estertores. Mariano terminó de desplazar la losa, había escalones del tamaño de su pie y una cadenita que encendía una luz. Esperó, podía haber otro hombre de Suárez al final de la escalera. No oyó nada. Comenzó a descender y a sentir ese olor a gasolina y algo más, como cabellos o piel quemada, y de pronto todo su cuerpo se estampó contra un muro. Coño, quiso decir, pero el miedo, el completo asombro, lo callaban. Si decidió avanzar hacia ese foso fue porque, en su decisión, la vida ya no era algo a lo que sujetarse.

No era un muro real, parecía un vidrio. Falso espejo, pensó. Sería como en las películas: desde fuera podría verse el interior de la sala que cercaba y, desde dentro, reflejaría como el azogue. Siguió rozando esa pared hasta encontrarle una esquina y, flotando sobre su cabeza, otra cadenita. Tiró de ella. Iluminado, aquél no era un espacio muy grande, se sentía el perfume de Suárez, ese olor a nardos gigantes, maderas robustas y frutas que se deleitaban en su putrefacción. Había muy pocos muebles. Sólo una silla, una de las viejas poltronas de la casa (creía que las habían enviado todas a un orfanato en el interior del país), una mesa y los periódicos de ayer, abiertos en la página de Sociedad. Allí estaban, Suárez, su madre, él y su esposa en una conferencia ilustrativa del trabajo del gran arquitecto italiano...

Contuvo el aliento. Los centinelas de Suárez podrían llegar, ver la luz al final de la escalera y descubrirle. Rehizo el trayecto apagando las bombillas y, una decisión que encontró valiente, subiendo hasta la cochera y cerrando él mismo el segmento de suelo falso. Clac, se cerraba la urna.

Regresó al cubículo y se fijó en que una de las esquinas de la pared presentaba una brecha algo más amplia. Era la puerta. Al abrirla le estremeció el olor, sintió que no pisaba asfalto ni barro, sino pieles, brazos, piernas, cuero cabelludo. Oyó el silencio tras él y le sobrevinieron náuseas por el asqueroso hedor. Y volvió a sentir ese golpe en su sien más débil, igual de frío, inhumano. Era otra cadenita, también para encender la luz, empeñada en revolotear sobre su cuello. Su cuello, se oyó decir. Lo tocó, empezaba a estar flácido, más gordo, como si de repente tuviera cuarenta y tantos años y nunca más pudiera recuperar las esperanzas de su juventud. Se recordó en el entierro de su padre, aquel discurso lleno de mentiras. Podría haber sido político, lo tenía en la piel, la verborrea fácil. De nuevo la cadenita le golpeó, entendió que la accionaba su propia respiración. La cogió entre sus manos. Y encendió la luz de la muerte.

En efecto, ese lado de la pared era un espejo. Bailaban esqueletos en torno a él. Sobre un potro, algo que pudo ser un cuerpo. La fetidez, una polea, un vals, el de la noche que su padre entró en el pabellón y Elisa llevaba el vestido de su hermana. Se vio en ese espejo. Al fondo, sobre el potro, la cuerda…

*  *  *

Ponti llegó, agarrándose a las esquinas y a los marcos de las puertas, hasta la zona de donde provenían los gritos. Parecían cantos, himnos en castellano y de vez en cuando gritos de mujeres fáciles fingiéndolo todo, desde el placer hasta el miedo. Levantó la cabeza, las letras se movían solas, él también, claro, nunca le sentaron bien las mezclas. Tendría que haber bebido sólo ron, el que le ofrecía, simpática y educada, Joan, en vez de haber aceptado el whisky de los militares amigos del general. Las letras se empeñaban en moverse solas y crear palabras con vocación profética: «Termina la casa.» «No te vayas sin cumplir el sueño.» «Palmera.» «Diamante.» «Elisa.»

Por fin se quedaban quietas. Carritos chocones. ¿Qué era lo que tenía que recordar de esos coches de choque? Que eran una de las diversiones favoritas del general. ¿Quién se lo había dicho? Mariano, el triste Mariano. Hugo, el celoso Hugo. Suárez, el elegante y siniestro Suárez. Daba igual, al parecer, el general estaba tan encantado con ese invento para los niños, pequeños coches de electricidad que se conducían en una pista en la que se entrechocaban constantemente unos contra otros, que había cursado una invitación al propio Villanueva para que le construyera un anexo al Palacio de Gobierno para instalarlos allí. Éste se había negado, pero Ponti contaba los días en que Suárez fuera hasta él pidiéndoselo.

Los gritos y los cantos cesaban de vez en cuando para dejar oír los autos rodando por el linóleo. Un ruido como de cortinas arremolinándose ante el paso de un viento fresco y el «pam» del golpe. Y de nuevo los gritos y los himnos. En una ocasión oyó el himno nacional, eso significaba que el general había chocado uno de los carros.

Ponti corrió la cortina. No daba crédito a lo que veía: una rubia despampanante, sí, la hembra más curvilínea y apenas vestida que había visto en su vida, sus pechos flotando como si fueran dos cencerros de una vaca lechera, el culo elevado tras ella como dos quesos contenidos en sus pieles, o dos tetas, sí, otras dos tetas traseras que crecían en exacta proporción a los senos, el pelo largo y rubio como una crin, toda ella una yegua desbocada corriendo delante del carrito del general y éste, desnudo, una mínima, ridícula erección, un puntito rojo expuesto en el delirio máximo, pisando con una fuerza sádica el acelerador del carrito para hacer correr más rápido a la mujer centauro. Ponti oía los gritos de la mujer: *«Detenti, stop, generale, stop, mi generale!»* ¿Podía ser la Pampanini, la mujer objeto de deseo de los italianos más vulgares? ¿Qué demonios hacía allí? «Lo mismo que tú, Ponti» —se oyó decir—. Cumplir un sueño.

La rubia seguía gritando, de vez en vez miraba hacia su general, ofreciéndole la mueca de una sonrisa entre el jadeo y el terror, mientras los otros militares, que intentaban desnudarse igual que su general, a veces con mejores penes, otras con menor destreza para el desnudo, acercaban sus carritos hacia la yegua para soslayarse haciéndole emitir esos gritos. Ninguno la sacaría de la pista, ninguno chocaría contra el general. Había que reconocerles una conducción ejemplar. Si llevaban así sus tanques, nadie podría derrocar a ese gobierno.

Dos coches estaban detenidos. Al menos, eso le parecía a él, que había recuperado parte de su sobriedad ante el espectáculo y podía fijarse mejor en los detalles. Sí, sí, se trataba de la Pampanini, era ella realmente, casi desnuda, perseguida por el general de la Inmensa Venezuela y sus lugartenientes. ¿La habrían emborrachado?, ¿le habrían pagado? Su madre, la madre de Ponti, ya no iría a ver sus películas si le contaba eso.

Algo se agitó en uno de los carritos inmóviles. Era Joan, le había reconocido y agitaba sus brazos; para alcanzarla, Ponti tendría que cruzar la pista a merced de los militares valientes y la italiana semidesnuda. A su lado se sentaba un coronel empeñado en besarla y, cuando ella lo detenía, él le abría la boca y la obligaba a tragar de una botella llena de whisky. De pronto comprendió que Joan no le saludaba invitándole a unirse a la fiesta: estaba pidiéndole auxilio.

Si lo pidió, no lo oyó. No hubo tiempo. Un caballero, con sombrero y traje, salió de uno de los cochecitos. Empuñaba una arma. «Con su muerte, y la mía, empezará nuestra democracia. ¡Dios, por Venezuela!» No hubo asomo de Dios. A la llamada del país se agitaron todos los militares desnudos y saltaron fuera de los cochecitos, disparando una y otra vez contra el hombre del sombrero. Ponti buscaba con la mirada a Joan. Sólo vio al general, aún desnudo, aún erecto, acelerando cada vez más, persiguiendo a la actriz aterrorizada. Únicamente se oían sus gritos y el golpe repentino de los carritos chocándose entre sí, descontrolados. El Marqués se caía apoyado torpemente contra una pared, dejando en ella un rastro rojo. Y entonces apareció el olor, naranjas aplastadas, limones resecos, era Suárez, guardándose la pistola, perfectamente vestido en medio de esos militares con los uniformes de cualquier manera, tomando en sus brazos al general desnudo, beodo e incomprensible con la ayuda de sus hombres, llevándoselo fuera de su fiesta sin final feliz. Con dos bofetadas callaron a la actriz antes de sacarla de allí. Ponti se echó hacia atrás, buscando ocultarse en la oscuridad, y vio a Joan, herida, olvidada; estaban solos.

—Me han matado, Ponti. Me han matado por equivocación, como siempre supe que iba a morir —Joan se arrastraba hacia él, tras de sí otra hilera de sangre producto de la bala perdida que fue a parar a su torso. El arquitecto la acogió en su pecho, su camisa manchada de pronto—. Escribe, donde sea, en un papel, un nombre... Debes dárselo a Elisa, sin mencionarle que estuvimos aquí... —Ponti siempre llevaba papel consigo, necesitaba anotar todo lo que viera, tanto en ese viaje al trópico como esa misma escena llena de delirio, zigzags, mínimas erecciones, mujeres explotadas y asesinatos. Joan apenas podía sostener su mano, respirar de alguna manera, la sangre continuaba manando y empeñándose en aumentar esa hilera de líquido rojo bajo su cuerpo—. No me extrañarán, no querrán saber nada de mí. Toma mi mano, empieza a escribir, por favor: Ha... Harriet... Harriet Craig.

Ponti dejó caer el cuerpo sin vida y sostuvo en sus manos el papel escrito con sangre.

\* \* \*

*Maiquetía, 26 de febrero de 1956*

*Elisa:*

*Sé que es extraño que me escuches de esta manera, nunca fui buena con las palabras. Mucho menos ahora, que no sé nada ni de mí ni de lo que me rodea. En primer lugar quiero, de alguna manera, disculpar la conducta de Graciela en el funeral. Cuando la vi gritando, insultándote, jurándote una venganza que no tiene ningún sentido, sentí que un mundo todavía más negro que el que estaba viviendo se abría entre nosotras. Entre ella y yo, quiero decir. Jamás entre tú y yo. Y, sin embargo, ése es el motivo de esta carta. Me alejo, me marcho y no creo que tenga fuerzas ni ganas de volver nunca a esta ciudad, muchísimo menos a la casa que fue más bien mi cárcel y al final un infierno para él, para Mariano. Y*

463

*también para Graciela y Pedro. No sé si escribo todo muy de prisa, atorada, como dice tu sobrina Ana Elisa cuando no le salen las cosas como quiere. Es exactamente como me siento ahora, atorada, atrapada, engañada, y con todo lo que ha sucedido como jamás hubiera deseado. Esa mañana, cuando hacía aquel frío tan terrible, como si en cualquier momento fuera a cortarte la cara, un dedo, hasta un brazo, me asombró el ruido de gente en el salón, todos moviéndose de un lado a otro, y que ninguna de esas personas en un principio se diera cuenta de que estaba ahí, sonámbula, cada vez imaginándome algo peor. No me miraban, sencillamente no existía para ellos. Y en esa invisibilidad fui hacia la biblioteca y allí la vi, tirada sobre el suelo, golpeando con sus puños ya manchados de sangre. Graciela. Aullaba como un lobo mordido por otro, y cuando me divisó percibí, en el fondo de sus ojos, odio. Un odio terrible, tan presente que no parecía para mí, o no sólo para mí, sino que era algo completamente suyo. Pero para qué perder palabras en describirte algo que también recibiste tú, en presencia de todos, en pleno funeral. Fue Pedro, parsimonioso, oloroso incluso en ese momento a ese perfume suyo de flores apretadas y apestosas, quien me dijo que Mariano, como él explicó, «no nos pertenece más». He leído en alguna parte, quizá una de esas novelas románticas que siempre me desaconsejaste, que la esposa es la última en enterarse de todo: de una infidelidad, de una ausencia y también de una muerte. Quiero decir, no hice ninguna pregunta. Me quedé allí, pensando en lo último que le oí decir a mi esposo, que no saliera de la habitación y que leyera una carta cuando supiera que él se había marchado lejos. Y después sólo tuve reacción para Graciela y, pese a ese odio que había contemplado en sus ojos, fui hacia ella. Y la abracé, y me acordé de cuando la atendíamos las dos de niñas, tú cocinando para ella y yo untándola de crema para las uñas, para el cabello, para las manos. Y reconozco que sentí un poco de asco, por haber sido tan serviles, aunque fuéramos pequeñas y no supiéramos lo que iba a ser nuestra vida.*

*No hice las preguntas que debía acerca de Mariano. Sólo ten-*

go... *los rumores, sobre todo del servicio. Rosaura, mi criada, la
única que ha durado más de seis años en esa casa, me dijo entre sollozos y sin que pudiera entenderla bien que los hombres de Pedro
habían llegado como siempre a las seis de la mañana y se habían
instalado, como siempre, en la antigua cochera. Apenas eran las
seis y cinco cuando salieron disparados, agitados, pidiendo despertar al jefe, como llaman ellos a Pedro. Rosaura vio a Pedro, en
bata y descalzo, atravesar el jardín hasta la cochera y al rato salir,
completamente pálido y diciendo barbaridades. «Se ha suicidado,
el imbécil, no ha sido bueno ni para esto. En el peor sitio posible...»*

*En el peor sitio posible, sí, eso fue lo que me afectó más, mien-
tras Rosaura se deshacía en lágrimas, asustada también por lo que
me contaba. ¿Recuerdas la última vez que estuvimos juntos los
tres, en esa fiesta para tu arquitecto? Mariano no podía terminar
las frases, llevaba así mucho tiempo. También leí en algún lugar
que la gente que se apaga da señales de su... avance hacia la oscuridad. Mariano las dio, sólo que, por lo menos a mí, me daba
miedo reconocerlas.*

*No puedo, hermana, escribir una carta muy larga. Estoy aquí,
en el aeropuerto. Junto a Graciela y a mi hija, que se aferra a una
foto de su padre que rescató de su oficina en el periódico. Tengo
tanto que decirte..., pero no puedo. Lo primero es que me voy. Graciela será ingresada en una clínica, para los nervios, en Suiza. Yo
la acompañaré después de dejar a Ana Elisa en un internado. No
sé si será lo mejor, es lo que Pedro aconsejó y, diligentemente, organizó. Siento... que soy menos libre que tú, es todo. Tú tienes un
sueño por realizar, y de verdad te pido que olvides lo que gritó Graciela, que tu casa será horrible, que será tu cárcel, que será tu infierno. Ya sabes cómo se atiborra de medicamentos, y el dolor por la
muerte de un hijo hizo el resto. Debería confesarte que no siento ese
mismo dolor. Siento vergüenza. Y, sobre todo, esta sensación de fracaso. Todo en mi vida estaba tan perfectamente dispuesto y... de repente, es como si un gato se volviera loco y empezara a arañar las
cortinas y nuestras caras.*

*Me acuerdo de ti en la biblioteca marchándote a Trinidad. Nunca vi un gesto más heroico en toda mi vida. Nunca tuve tiempo de decírtelo.*

IRENE

*P.D. Mariano me entregó, antes de irse para no volver, este sobre a tu nombre. Debía leerlo, pero no quise. Tú sabrás ahora qué hacer con él.*

Elisa vio el sobre con su nombre escrito en letra aniñada. Esa cochera, que fue siempre sitio de misterios y secretos, había terminado por volverse un comentario en boca de todos, un rumor que sobrecogía la ciudad, un lugar donde Suárez construyó un centro donde torturaba personalmente a los enemigos de la Inmensa Venezuela. La propia muerte de Mariano había expuesto, a través de los inquietantes comentarios, lo que de verdad sucedía en ese sitio. Al menos así él consiguió revelar lo que no pudo a través del periódico.

El sobre continuaba cerca de Elisa. «¿Siempre eres así de callada?», recordó que le preguntó Mariano aquella primera vez, en la cocina. Decidió romperlo, despedazarlo. ¿Qué sentido tenía recuperar el tiempo perdido?

## 25

Elisa avanzó hacia la casa, donde por ahora sólo estaba levantado el cuarto de trabajo de Ponti. Después de tres días desaparecido y luego recluido en esa choza improvisada que él llamaba «estudio en el trópico», había emergido para recibirlos. Hugo prefirió adelantarse, «Tengo varios ultimátums que exponerle», advirtió, y Elisa pensó que era mucho mejor que hablaran sin ella. Debían de llevar ya una buena hora, la discusión sería fuerte y el hecho de que apareciera no le hacía creer que fuera a apaciguarlos, a lo mejor lo contrario. Por eso empleó esa hora en acicalarse, cosa que generalmente le costaba poco, no se maquillaba casi nada y siempre se ponía sus vestidos camiseros. Hoy precisamente había escogido uno de rayas multicolores, dado que a Ponti le encantaban los colores en la gente y también las rayas. En lo que empleó más tiempo fue en pensar o, mejor dicho, en intentar colocar en una sola línea de pensamiento todos los acontecimientos de los últimos días. La muerte de Mariano, ahorcado, desnudo y envuelto en el horror que supuestamente le rodeaba y que empezaba a convertirse en una leyenda negra que atravesaba toda la ciudad. Los insultos que Graciela le dirigió en el funeral, el ataúd cerrado, un cura nervioso ofreciendo un solo rezo y toda la sociedad caraqueña vestida de negro, tafetanes y moarés, murmurando en un tono cada vez más creciente. Sólo callaron cuando Graciela abandonó su congoja y fue hacia ella: «Mataste a los dos hombres de mi vida. ¿No tenías suficiente con uno?, ¿querías también a mi hijo? Siempre supe, siempre supe, siempre supe…», y la voz la traicionaba mientras sus manos trepaban por su moño para cerciorarse de que seguía allí. Elisa, en silencio, no tenía nada que decir, estaba completamente bloqueada, hasta que Pedro Suárez sujetó firmemente a su esposa por el brazo. «¡No me lleves, no soy un preso, no soy un enemigo de la Inmensa Venezuela de mierda! ¡Soy su madre, su madre! Me lo han quitado, ¡todos ustedes me han quitado a mi hijo!» Silencio, el cura aprovechando el jaleo para abandonar ese lugar tan poco santo, e Irene sentada sola en el panteón, sin una lágrima, tan bella que parecía ella el ángel que hubieran querido colocar amparando el mausoleo.

Fin de una historia, fin de una parte de su vida. Los eventos seguían esperando su turno para ser colocados en línea: el anuncio en *Las Mañanas de Caracas* informando de que «El general ha decidido destituir a Pedro Suárez como director general de las Fuerzas de Seguridad para ofrecerle el puesto de embajador de la Inmensa Venezuela en Viena, donde buscará colocar el nombre de nuestro gran país al mismo nivel que otras potencias internacionales»; el mismo periódico, que publicó en una escueta frase la «triste defunción de nuestro director por causas accidentales», mantenía la política editorial trazada de antemano, y aquel artículo que Graciela tanto temió jamás fue divulgado, pero su censura pasó a engrosar esa otra corriente de información paralela, montaña ya cada vez más alta de rumores y murmullos.

Las tres noches perdidas de Ponti, siguiente evento que enfilar en su línea, en su collar de hechos recientes. Le habían visto llegar a ese sitio en la plaza Venezuela donde se decía que se había formado una fiesta orgiástica con una actriz italiana invitada por el general. Extrañamente, a escasos metros del lugar apareció, tiroteado, el cadáver de Rodríguez Gutiérrez, uno de los enemigos de la nación. La noticia sí fue recogida por el periódico de Mariano:

### Clausura de lupanar en Caracas

Tras infinitas quejas de vecinos y ciudadanos de moral incorrupta, los agentes de las Fuerzas de Seguridad cerraron ayer un bar de más que dudosa reputación. Sus propietarios, delincuentes liderados por un enano conocido como el Marqués, ofrecieron resistencia, y en el cruce de disparos fallecieron un homosexual, un empleado del asqueroso negocio y un enemigo del gobierno de la Inmensa Venezuela, ex integrante de las Juventudes Democráticas, ahora vinculado a la drogadicción, la degeneración y la práctica de actos inmorales.

Elisa no quiso leer más. Hablaban de Rodríguez Gutiérrez al referirse al tercer fallecido, pero no podía ser, era un tímido, un mojigato. Hugo se indignó al leer la noticia. «Les reventará en las manos. Quieren dejarlo como un delincuente y no es cierto, Elisa. Podrían haberlo liquidado en otra parte y usar ese escenario para enlodarlo más.» Si de verdad Ponti había estado allí, Elisa tendría que preguntarle qué vio, qué recordaba. Éste tenía una habilidad única para memorizar nombres y fisionomías, seguro que podría saber quién era Rodríguez Gutiérrez y confirmar si estaba allí vivo o no.

Rumores, la ciudad era sólo rumores. Sobre ella, sobre Graciela, sobre el gobierno. No podrían mantenerlo, defenderlo, mucho más tiempo. Asesinaban a todo el que se les enfrentara. La esposa de Rodríguez Gutiérrez no aceptaba que arrojaran tantas mentiras sobre el cadáver de su marido. Reunía a gente en su casa, empezaba a hacer ruido. Su esposo no era un desviado, no era drogadicto. Si había estado en ese bar no era para divertirse, sabía que alguien muy importante, muy poderoso, estaría presente. Haciendo ruido, la viuda iba propagando por la ciudad que el propio Pérez Jiménez y los hombres de Suárez estaban allí en una orgía que terminó manchada de sangre. Giraban, crecían, jamás se apagaban esos rumores...

La línea empezaba a moverse, a perder su horizontalidad. Faltaba ella por ubicarse. Durante esos días en que no supo nada de Ponti, no paró de pensar en él. No dejó de imaginar situaciones terribles, hilarantes también, donde podría encontrarse. Lo vio en brazos de Azucena Nieves, la cantante, dado que le gustaban tanto sus boleros. Lo vio construyéndole una casa de muñecas a la despampanante vedette italiana que decían que había corrido desnuda por los pasillos del palacio presidencial. Lo vio en la playa, con la botella de ron a medio terminar, descalzo, cantando canciones napolitanas, riéndose, pensando en ella. Sí, pensando en ella como ella pensaba en él para así olvidar la muerte de Mariano, los insultos de Graciela, el brazo firme de Suárez llevándosela aparte, la hermosa tristeza de Irene y todos aquellos acontecimientos y personajes de su vida desaparecían del trazo de la línea y la dejaban a ella, al final, en el otro extremo, sola, sin maquillaje, con su vestido de rayas, oyendo nada más entrar la voz de Ponti en el fondo de su choza discutiendo con Hugo.

—No habrá animales —afirmaba el italiano, taxativo—. Pero ¿cómo va a ser posible? Es una casa del amor, tú eres el sol; Elisa, la luna. Uno frente al otro, los auténticos enamorados de nuestro universo. El planeta y el satélite, como son todas las parejas. No es broma, tampoco insulto. Es una visión, Hugo. Las casas, los edificios, las iglesias, los museos, toda arquitectura tiene que poseer una visión. No puede ser un hecho abstracto, eso es mala arquitectura, es mierda. Yo no estoy aquí para construir una mierda.

—Es inútil hablar contigo, siempre tenemos que repasar todos tus principios antes de que lleguemos a una conclusión —le recriminaba Hugo—. Quiero mis animales, punto. No pido nada más.

—Y yo te hablo del amor. Me encargaste una casa para...

—Vivir mi amor todos los años de mi vida. Mi amor junto a la mujer que cambió todo en mí. La mujer que sólo puso como condición que fueras tú el arquitecto.

—Hay más de una condición, Hugo. ¿Dónde dejamos los motivos por los que acepté?

—Ponti, por favor, es como una montaña rusa. Nunca sabemos cuál será la curva más peligrosa. Soy hombre de negocios, no sé si podré llamarle arte al hecho de ser yo quien venda todos los automóviles que se mueven en la Inmensa Venezuela, la Venezuela de ayer y seguramente la de mañana. Sólo quiero que mis animales, que han vivido conmigo todos mis viajes, todos mis escenarios, tengan un hueco en mi estudio. Quiero exhibirlos.

—No puedes decir que hayan vivido contigo estando muertos. Y disecados —Ponti clavó su mirada en Hugo. Había dicho algo con absoluta lógica, pero Hugo podía estallar y en un simple segundo toda la aventura venezolana terminaría.

—Tú, el artista. Yo, el cliente. Tú, Tarzán. Yo no soy Jane... Ni tampoco lo es mi esposa. Aquí todo el mundo acepta que esta casa no será una casa más, es una creación. Pero sigue siendo un hogar, y en mis hogares siempre he puesto mis animales... disecados.

Ponti repasó sus anotaciones, sus cálculos, sus dibujos inacabados de mesas, escritorios, paredes, incluso los zócalos, que serían iguales en toda la casa y para los que había calculado quince centímetros porque quince habían sido las cartas que Elisa le escribió y él nunca respondió. Era un secreto, sólo él lo sabía. Como también era secreto todo lo que sentía por Elisa. Y lo que empezaba a sentir por Hugo.

—Basta. Me harta. Me cansa. Tengo una solución: en tu estudio, la biblioteca tendrá dos cuerpos, uno a la derecha, otro a la izquierda. Un bloque de estanterías en el medio. Y a los lados, exacto, dos paredes en blanco.

—Dos paredes en blanco.

—Sí —empezaba a hablar muy rápido cuando pensaba igual. Le fastidiaban enormemente las explicaciones, pero tenía que reconocer que para la torre Pirelli invirtió horas y horas a diario dedicadas exclusivamente a convencer a los empresarios—. Las paredes son… huecas, claro, huecas.

—¿Paredes huecas?

—Sí, como en el teatro. O en la magia. En el circo, la chica se mete en la caja del mago y desaparece porque es hueca, en su fondo se abre un dispositivo…, eso, un dispositivo. Y… magia.

—Ponti, por favor, no entiendo nada.

—Se giran, las paredes giran a través de un mecanismo eléctrico. Y detrás, como si estuviéramos en medio de un ballet, de una ópera bufa, las paredes se van moviendo, incluso se oye el sonido del mecanismo. Y, pum, aparecen los leones, el gorila, el tigre, los antílopes —y extendiendo sus manos como si fuera una rapaz—, ¡el águila!

Hugo se quedó sin habla. Elisa decidió aplaudir, haciéndose notar pero al mismo tiempo rindiendo reconocimiento a la actuación de su mago.

—Aceptado —concedió Hugo—. Cuando no necesite verlos, desaparecen.

—Vuelven a la oscuridad, que siempre conserva los secretos —dijo, guiñándole un ojo, pero Elisa sabía que era para ella.

Filiberto apareció en la puerta de la choza.

—Señor, dicen que es una llamada urgente de la oficina. La gente está en la calle, al parecer repudian la versión oficial de la muerte de Rodríguez Gutiérrez. Están quemando algunos coches y quieren asaltar el concesionario principal.

Se hizo el silencio. Hugo tomó las manos de Ponti.

—Me gusta más discutir en tu montaña rusa que entender este absurdo país donde nací. Elisa —fue hacia la puerta. Sin dirigirse a nadie en particular, añadió—: desde que soy niño, Venezuela es siempre una revolución.

La frase se sostuvo entre ellos mientras Hugo se alejaba.

—Filiberto —dispuso Elisa—, he ordenado que le preparen al señor Ponti un perico como le gusta a él: los huevos muy rotos y el tomate con la piel, todo muy revuelto. Y las arepas de ajonjolí y un poco, una capa muy leve, de queso.

El mayordomo asintió.

—¿Quieren volver a la casa madre para almorzar?

—No, Filiberto, ya lo sabe mi marido. Comeremos aquí. Nada puede entorpecer el trabajo del señor Ponti.

Pensaba, se agolpaban las cosas en su cabeza, quería preguntarle al italiano si de verdad había estado en el lupanar donde se decía que asesinaron a Rodríguez Gutiérrez, pero no quería interrumpir el silencio que los envolvía. Después de tantos meses, casi quince, de su llegada, nueve de aquel momento en que le pidió un beso y no lo obtuvo, era la primera vez que volvían a estar juntos. Sólo acompañados por el silencio.

Ponti no la miraba, pero pensaba en ella. Necesitaría a ese siniestro policía, Suárez, para que tradujera sus pensamientos. Todos hablaban de ella, había sustituido su nombre por el de la luna, y la contemplación de lo que le gustaba de Elisa por crear la casa en su cabeza, dibujarla. Mañana construirla.

—Viajando juntos, rotando juntos en dirección contraria, como se mueve el amor. Es una casa de luz, de poesía —decía Elisa.

—Es una… ventana —y de pronto se le encendieron los ojos y su mata de pelo reaccionó a ese instante de luz. La melena gris y castaña parecía crecer desde dentro, abombarse y luego agitarse como una ola que sube y luego se derrumba para hacerse espuma—. ¡Ésa es la idea! Una ventana… un gran ventanal… —empezó a moverse, agitando las manos, haciendo con ellas un inmenso cuadrado y avanzando fuera de la choza hacia la colina donde siempre decía que empezaría a edificar la casa. En su andar atropellado, llevado por la idea que germinaba, no contempló más a Elisa—. Aquí… Sí, aquí, con el techo volado hacia adelante, hacia la montaña. Dos espacios, el sol, a la izquierda; la luna, a la derecha, y entre ellos, el ventanal.

—Siempre fue un cuerpo de vidrio —constató ella.

—No, un cuerpo, no. Una sola pieza, un solo golpe de cristal, tampoco una pared. Un ventanal que permita a la luz entrar, acariciar e iluminar todo lo que haya en el interior. Pero que también permita ver y, al hacerlo, sea una referencia de que existe una verdad afuera, cambiante, como esos tonos del sol sobre la montaña, como la gente que va a vivir aquí, que va a cambiar, que nunca será igual, aburrida, sino activa, y que asistirá desde este lugar a los cambios del exterior. A veces formando parte, a veces sin poder hacer nada para evitarlos. Y el ventanal siempre ahí para protegerte, Elisa, a ti, para que siempre estés aquí, vigilándonos.

Estuvieron otro siglo detenidos apenas a centímetros de volverse un solo cuerpo. No podían hablar, sólo mirarse y no permitir que sus ojos se cansaran. Alrededor crecían los ruidos del día, que serían los mismos de la tarde, de otro día y otra semana. Las guacharacas arremolinándose, desapareciendo y regresando para conciliar el sueño. La palmera, ya sembrada, empezando a crecer, cada centímetro recordándole algo a ambos. A Elisa una vida y, a Ponti, el amor que llevaba el nombre de ella. En sus pensamientos, Elisa sólo quería decirle que lamentaba estar rodeada de secretos. Él, por su parte, deseaba reconocerle que esos secretos habían hecho más fuerte su amor. Elisa quería explicarle que siempre se sintió detenida frente a un ventanal que la protegía y al mismo tiempo la apartaba de los demás. Sólo hoy, mirándole, sin poder besarle, agradecía ser distinta, porque tendría algo que contar, sobre todo algo por lo que seguir viviendo. No para ser guardiana, vigilante, como había dicho él, sino para eso que ahora sentían los dos. Que eran planetas incapaces de estallar uno dentro del otro.

Vieron la luz desaparecer, la comida enfriarse, la casa suspendida entre los dos. Ponti tomó el dibujo del ventanal y lo rompió.

—Está en mi cabeza, Elisa. No quiero tener nada que me recuerde lo que fue vivir contigo. No quiero llevarme nada que me haga preguntarme algún día por qué no te besé.

Elisa esperaba una pausa, un segundo para poder decir algo, Ponti seguía hablando, ese acento que tanto la maravillaba, esa rapidez de palabra, lanzando imágenes, promesas, todo en un mismo golpe de voz.

El arquitecto sacó un papel de sus bolsillos, Elisa vio que parecía estar garabateado con sangre.

—Estuve en un lugar terrible en un momento terrible. Me dieron esta nota para ti.

—Siempre alguien me deja algo escrito... —dijo Elisa.

—Pero no tiene sentido que esto también perdure si ya

hemos roto tantas cartas y dibujos. Es un nombre, es una película, y debe de ser una mala película. Cuando son buenas no necesitas anotar el título. No puedo decirte quién me lo dio, por eso mejor es también… eliminarlo.

Elisa quiso sostenerlo, pero Ponti tomó el mechero y quemó el papel, su débil esqueleto de cenizas voló entre los dos y se perdió en la noche frente a la montaña.

—Está todo listo, Elisa. La casa está terminada.

—No la has construido.

—Si en mi cabeza está completa, para mí significa el final, la despedida. Cuando un proyecto se acaba en mi cerebro quiere decir que él mismo me avisa de que está concluido.

—No me dejas hablar, no me dejas tocarte, no me dejas decirte que estoy harta de pensar en ti como si fueras un secreto. Vivimos en el terror en esta ciudad, pero tú y yo más, porque nos mentimos. No nos atrevemos a decirnos qué somos.

—Soy un secreto. No me vuelvas otra cosa. Sobre todo, no me recuerdes nunca como otra cosa.

—Puedo amar, Ponti. Aunque sea la esposa de Hugo, aunque tenga que enfrentarme a diario a todo lo que me lo recuerda y tenga que salvar los obstáculos de esta ciudad. Si no llego a besarte y volver a pedirte que me lleves contigo…

—No lo pidas, Elisa, es una equivocación. Ya te fuiste una vez y encontraste a Hugo.

—No quiero protección, sólo quiero tu amor.

—No es protección como de una madre a un hijo. Es más que eso. Es protección contra la desgracia de la mediocridad. De gobiernos que pasan mientras la casa siempre quedará. De malos amores, enemigos, rencores y chismes que también pasarán. Y la casa, tu ventanal y tú delante de él, perdurará. Ésa es mi misión, ése es mi amor. Eso somos tú y yo, Elisa. —Ella sintió que la falta de palabras iba a convertirse en un torrente de lágrimas, las que no había permitido que escaparan nunca de sus ojos. Entonces Ponti besó sus manos y las colocó con las suyas alrededor de su cara—. No pidas más, Elisa, porque no existirá en tu vida otro deseo mejor que éste. Te ruego que me recuerdes aquí, a punto de anochecer, sujetando tu rostro, con tu casa en mi cabeza, su geografía planetaria invisible para los demás pero completamente sólida para nosotros. Ése es mi amor, el único que podemos darnos.

—Si tanto fuimos presas de los secretos, dime algo al menos que sea también secreto de esta casa para recordarte siempre.

—El ventanal, Elisa. El día que haga mucho viento, cuando la montaña cambie más de prisa de colores, sentirás un golpe contra su vidrio, como si fuera el puño de un genio sin forma, invisible como todo lo que nos rodea ahora. Y ese golpe no quebrará el ventanal, tampoco lo acariciará. Dejará un impacto que se multiplicará, como un gong que esparce su sonido igual que el beso que no pudimos darnos. Y que se adentra en ti y sale hacia toda la casa, a cualquier esquina, recordándote mi nombre. Ponti.

* * *

Treinta años después, Elisa oyó esas mismas palabras y vio a Ponti soltarle las manos y decirle «Mañana empezaré a construirla». Y alejarse de ella para no volver a verse jamás. Treinta años después, Ponti había muerto hacía diez, su esposa había convertido la revista en una biblioteca al servicio de la arquitectura internacional y su casa había visto cómo el general escapaba de un país enardecido que exigía su cabeza sin cuello en un avión cargado de obras de arte y millones de dólares en metálico. Y cómo desde aquella cena en donde todos los personajes de su vida se convirtieron en un tiovivo de madera, las vueltas del aparato habían apagado a unos, incendiado a otros, escogido a los más fuertes para sobrevivir.

Treinta años después no importaba hacer ese recuento, no necesitaba imaginarse la línea blanca donde iban agrupándose los eventos de su vida. Había vuelto a recordar ese último momento con Ponti y se había despertado, sola. Hugo la hizo viuda cinco años atrás. Su almohada, como la carta que dejó Mariano, pronto fue tirada, disuelta. Le aborrecía conservar los objetos de los que no estaban vivos.

Pero entonces, ¿y su casa? ¿No era un museo de objetos de personas que ya no respiraban? No, era un emblema, como diría Hugo. Era su casa, todo seguía vivo allí. Empezando por ella, sus orquídeas, sus pasteles de calabaza y maíz no preparados personalmente pero bajo su completa supervisión. No, la casa no era nostálgica, no era decadente. Estaba viva, y ella delante del ventanal viendo otra vez, una vez más, a la ciudad quebrarse en mitades desiguales.


Se miró las manos, seguían allí. Por alguna razón, en el sueño del que acababa de emerger desaparecían. O de pronto se volvían jóvenes, sin arruga ninguna, sin los dedos anular y meñique empezando a trepar uno sobre el otro. Ahora estaban bien, con las arrugas pero rectos, mirando hacia el frente, moviéndose suavemente sobre el aire de la habitación. Ella miró también hacia el frente, hacia su vestidor, y volvió a asombrarse de las formas extravagantes de los tiradores de su armario. Geométricas, se oyó decir aunque no lo dijera, sólo lo pensara, pero oyó esa voz y siguió mirando el mueble que recorría un pasillo entero y formaba una «L» que ocultaba la entrada a su baño. Geométricas, sí, las formas de los abridores de cada uno de los elementos que conformaban su armario, que en vez de ser un solo cuerpo eran varios, suspendidos sobre la pared como si fueran trozos de un satélite que al chocar contra otro más fuerte se hubieran convertido en lajas, ladrillos, piedras planas y bellas esparcidas por un territorio desconocido.

Ponti, otra vez allí, tan cerca, tan presente. Podía sentir su aliento fuerte, sus manos gruesas mesándose los infinitos cabellos, buscando una solución para una esquina, para un rincón, para una verdad. No quería ponerle comillas a sus palabras, estaba moviéndose delante de ella, un día más, una vez más. «La geometría es la gran matemática, es la forma más expresiva y brillante del ser humano. Todas las formas deben ser geométricas, todas las emociones, todo el amor que sentimos, si ha de ser prohibido, si tiene que esconderse, debe hacerlo dentro de estas formas geométricas. Nunca te cansarás de verlas, nunca dejarás de saber que son figuras que te hablan desde sus confines, hablan de ti y de mí, de nosotros, de lo que no nos atrevimos a ser.»


Elisa salió al pasillo, no lo hacía nunca sin estar completamente vestida y arreglada, pero esa mañana parecía como si la casa deseara separarse de la tierra en la que estaba asentada y volar como la mariposa que fue sobre la ciudad, convertida en un Hindenburg gigante, un dirigible, una nave espacial de hormigón y jardines, todas las orquídeas erguidas mirando a través del gran ventanal de la entrada como si estuvieran delante de un meteorito avasallador.

En vez de eso lo que vio desde el pasillo fue una ráfaga ancha, profunda, silenciosa de luz avanzando por todo el salón a sus pies. Era como una lengua, una ballena, la trompa de un elefante, la huella de un dinosaurio vivo. Pasaba suavemente sobre cada superficie, cada mueble, cada silla, el orquidiario, los cuadros de Otero y Morandini, los móviles de Calder, y seguía hasta el fondo, hacia el comedor, y golpeaba contra las ventanas que enmarcaban los árboles del jardín y entonces regresaba por donde ya había transitado y dejaba sombras de luz sobre los distintos mármoles del suelo, abrillantando el rojo, el verde, el negro y el atigrado. Sí, Elisa volvió a oír la voz de Ponti: «No lo llames nunca amarillo porque es pueril; amarillas son las flores, las telas. El mármol es una ciencia, una geometría dentro de la geometría y se apodera de los animales, las personas, las memorias. Es tigre, atigrado, como alguna vez deseamos serlo nosotros también.»

Seguía el rastro de esa luz paseándose impune debajo de ella en el salón de la casa. Iba hacia la biblioteca y repasaba cada uno de los muebles, el sofá favorito de Hugo, el escritorio donde ella redactaba sus cartas y había seleccionado cada uno de los objetos que se inscribieron en el Museo de Ciencias Naturales como la donación Hernández. La luz iba paseando, levantando, más que polvo, luz sobre tantos recuerdos. Y personas que de repente parecían incorporarse de entre las sombras y avanzar al ritmo de esa luz. No quiso verlos, cerró los ojos ese instante sabiendo que, al volver a abrirlos, la luz estaría disfrutando de sus orquídeas y ellas de su abrazo, y los fantasmas habrían vuelto a sus rincones.

Sobre las orquídeas revoloteó bastante tiempo, para despertarlas, para decirles algo que sólo ellos entendían, y tuvo frente a sí el olor de las orquídeas azules con las que adornó la fiesta de su hermana. Y también el sabor de sus islas flotantes, su crema de caraotas, las polentas de pollo y pasas que tanto gustaban a Ponti. Y contó esa tercera vez que lo nombraba y vio la ráfaga avanzar por encima del ventanal, casi arañándolo como si se hubiera convertido en un gato, deseando romperlo y al final vencerse ante su dureza y dejarse resbalar. La línea de la luz cambió de rumbo, se fue y empezó a volver, esta vez con forma. Era un brazo, un puño. El puño de viento que golpearía el ventanal y despertaría el nombre escondido, desplegando su sonido por toda la casa.

Y ella sabría que él estaría pensando en ella y que un día más, una vez más, esperaba que, en vez de hacerle caso, abandonara todo y partiera con él.


No hubo puño, el viento no se atrevió a golpear el ventanal, no hubo ruido alguno, ni siquiera el de los pájaros despertándose ni el de las mucamas subiendo desde sus habitaciones hacia la cocina para preparar su desayuno y poner la casa a punto. El ventanal apenas recibió una caricia de esa luz movediza y toda ella abandonó la casa por las ranuras de luminosidad que Hugo y Ponti tanto lucharon por incorporar, para que la lluvia se volviera cascada dentro de la casa y el sol, cada día, cada vez, fuera también columna, presencia.

Se duchó, se vistió, incluso se perfumó, y bajó por la escalera de servicio para aparecer en la cocina, sorprendiendo a Josefina y Antonieta, las más longevas de la casa.

—Qué buena cara tiene hoy, señora Elisa —la saludó Antonieta.

—Como ha bajado el calor, ahora se duerme mucho mejor, ¿verdad? —comentó Josefina, siempre una Josefina a su servicio, como aquella otra que la protegió y rogó por ella cuando asaltaron la casa de sus padres.

Le acercaron sus arepas, el café con leche y el perico recién hecho. De nuevo Elisa oyó la carcajada de Ponti. «Nunca conseguiré en Italia que me hagan estos huevos muy rotos con tomate de la misma manera, ¿cómo puede ser? ¿Por qué el tomate no es napolitano?»

—Está acordándose de cosas lindas, ¿verdad, señora? —preguntó Antonieta.

—Qué tonta eres, Antonieta. Sólo con despertarse en esta casa una se acuerda sólo de cosas lindas —afirmó Josefina.

Elisa observó el periódico. 27 de febrero de 1989. Caos en las gasolineras por el alza del precio del combustible durante el fin de semana. El presidente Carlos Andrés Pérez, inflexible en sus planes: «No podemos burlar al Fondo Monetario Internacional. Haremos lo que nos pide para enderezar la economía del país.»

Elisa recordaba otros detalles acerca de esa fecha. Recordaba pero no recordaba, ese limbo alarmante, si no hacía memoria antes de terminar el café le tendría que preguntar a Antonieta o Josefina.

—Las cosas eran feas cuando llegué a la casa, pero anoche justo no dormí aquí, señora, y me fui hasta donde mi hermana, al este, en Guarenas. Y cuando me desperté para regresar ya había disturbios... —dijo Josefina.

—¿Disturbios? —repitió Elisa.

—No atormentes a la señora con esas cosas —le recriminó Antonieta.

—Dicen que han quemado ya varios autobuses en protesta contra el alza de la gasolina. Es que parece mentira, siendo el país del petróleo, que la gasolina suba de precio...

—Josefina, de verdad, ya está bueno.

Elisa se levantó y fue hasta la sala de estar del servicio anexa a la cocina; allí veían sus telenovelas Josefina y Antonieta, en un nuevo modelo de televisor, colocado en una de las baldas de la librería para no ofender el espíritu de Ponti. Las imágenes eran caóticas, se movía la cámara y se oía a la gente gritar consignas contra el presidente, contra los precios, contra el petróleo. «Queremos democracia, no

queremos hambre. No queremos Fondo ni tocar fondo.»
Elisa apagó el televisor. Antonieta y Josefina permanecieron en sus sitios, expectantes.

—Es igual —dijo Elisa, de pronto—. Es igual otra vez, una revuelta, unas consignas, unas esperanzas, un sueño que se levanta y se vuelve a romper.

—Señora, si me permite, esta vez es grave. La gente, por lo menos allí donde mi hermana, está hablando de cachucha otra vez, de que no quieren más esta democracia.

—No —lanzó, casi un bufido, Elisa—. No puedes decir eso en esta casa. Aquí no. Cuando la inauguramos, hace treinta y dos años, se vino abajo una tiranía marcada precisamente por esa frase: la cachucha de un general mediocre, pequeño. Ni siquiera podías decirle vampiro, apenas murciélago.

Las dejó allí, a Josefina y Antonieta, con su cara de asombro ante sus palabras. No eran suyas, lo sabía, lo recordaba. De nuevo, una vez más, eran de Ponti. Fue hacia la terraza, a su espalda la inmensa mariposa de hormigón, su cuerpo construido en el cristal que formaba la columna de luz que bañaba todo el salón. Se colocó delante, justo enfrente de la columna, y supo que era la guardiana, otra vez, una vez más y delante toda la ciudad, tan protegida como ella misma por las alas de su casa. La palmera no se movía, no hacía viento y por eso parecía más vigilante, como si fuera un perro cazador oteando la presa más importante. Entonces oyó el ruido que venía desde las montañas del este, más atrás de su casa, y avanzó hacia esa esquina y empezó a ver los pequeños fuegos, incluso las antorchas y los jóvenes sin camisa arrojando piedras, granadas, explosivos a los autobuses mientras sus pasajeros se abalanzaban hacia la salida y huían despavoridos por las calles. ¿Qué había pasado? ¿En qué lugar se había despertado? Treinta y dos años atrás, el día que inauguraron esa casa, ocurría otra revuelta y sólo había murmullos en su salón, gente que buscaba escapar de la justicia y allí, en ese mismo lugar, la ciudad se volcaba en una celebración y no estallaban bombas sino fuegos artificiales, un fin de año adelantado, precipitado, enamorado, como ella y Ponti, estrechando sus manos, sabiendo que nacía la casa y moría lo que no se atrevieron a ser.

—Señora, era su sobrina Ana Elisa —le comunicó Josefina—, acaba de llamar por teléfono para decir que la ciudad está tomada y que está viéndolo todo en la televisión austríaca.

Elisa se imaginó a su sobrina, ahora treintañera, pegada al televisor, deseando que esa nueva revolución acabara con la ciudad, y probablemente con ella también. La visualizó llamando a Graciela, hablándole en ese alemán recalcitrante que les gustaba subrayar y sonrió, porque comprendió que la hija de Mariano e Irene había conseguido finalmente lo que su abuelo Gustavo no pudo: estar cerca del germen nacional socialista y llevarlo como si nada. Casi podía ver también a Graciela al teléfono, balbuceando alguna maldición contra Venezuela y luego, sola, algo ida, contándole la situación al busto de Pedro Suárez que como homenaje fundieron en Alemania las esposas de los militares próximos al general e igualmente exiliados, o mejor dicho huidos, como ellos.

—Los pobres, señora, están asaltando a la gente en la calle, quemando los carros y saqueando las tiendas y los supermercados —explicó Antonieta.

—Y dicen que van a sacar a la Guardia Nacional para aplacarlos, señora —continuó Josefina.

—Se quedarán en la casa, conmigo. Duerman aquí. Comeremos y cenaremos juntas, haremos todo como un día normal. No se alterará nada —organizó Elisa. La palmera se agitó en su copa, un brote de aire caliente, mezclado con los gases de los incendios, parecía molestarla y sacudía sus ramas para quitárselo de encima.

Elisa fue hasta su despacho, al fondo de la casa, atravesando el comedor con sus mesas de distintas formas y colores dispuestas como si fueran también trozos de satélites que se buscaban bajo el sol. Ponti siempre estaba desordenándolas, ella intentaba organizarlas y él regresaba y las dispersaba. «Un comedor siempre es la parte muerta de las casas, sólo regresa a la vida cuando decidimos comer en él. Tu comedor será diferente, porque la comida y tú habéis sido aliadas, juntas habéis conseguido mecanismos para sobrevivir. No será una sola mesa, serán varias, y cada una tendrá un color que recuerde tus martirios. Azul, como los ojos de tu hermana; verde y vainilla, como Trinidad; rojo y negro, como los salones de "Monte Alto"; blanco, como la clínica del doctor en Milán. De nuevo atigrado, como mis ojos...»

Encendió la televisión de su despacho, la había mandado barnizar en una laca negra para que no se apartara demasiado de los tonos y superficies de Ponti. Todo eran informativos, la misma gente quemando autobuses, corriendo calle arriba con una res entera en sus espaldas y electrodomésticos en las manos. Cambió de canal, buscó y de repente encontró una película de Joan Crawford. Se llevó las manos a la boca. Siempre estuvo rodeada de fantasmas, siempre aparecieron en momentos difíciles para protegerla. A lo mejor, en el amanecer golpeaban suavemente el ventanal y ella no podía oírlos. Y su Joan, ¿había muerto? Joan mostrándole a Guerard por primera vez su acto de transformismo en el pequeño escenario del Browns. Joan, se oyó decir, y de pronto recordó a Ponti quemando aquel papelito que parecía escrito en sangre. ¿Qué tenían que ver? Volvió a mirar el televisor, de reojo también el reloj, las once y treinta de la mañana, la hora de las películas raras, esas donde o bien los personajes o bien los intérpretes te hablan de ti, no de ellos. Por eso estaba allí Joan Crawford, porque no se trataba de la actriz. Era ella, su amiga del puerto, la que avanzaba precedida de la frase «No es una mujer, es un hombre».

Joan mirándola con los ojos enormes, expresivos, que a pesar del blanco y negro del filme imaginó color oliva porque verde era sólo para Hugo. Las pestañas perfectamente alineadas, los hombros anchos y el pelo convertido en un escudo, otro emblema. Avanzaba sola por un pasillo interminable, los objetos en su desfile bellamente escogidos. Como ella antes de bajar a la cocina, atravesando su vestidor, cruzando el pasillo de los planetas. Joan Crawford andaba y la pantalla se llenaba con el título de la película: *Harriet Craig*. Era una mujer, Harriet Craig, sin hijos, con poca suerte en el amor y que tras muchos sufrimientos consigue amasar una fortuna que invierte en construir la casa de sus sueños. Ésta, la casa, pasa de ser un refugio a volverse un santuario al que Harriet se entrega. Un hombre vuelve a despertar en ella la llama del amor, pero la convivencia con la obsesiva atención a la casa lo lleva a abandonar a la protagonista. Al final, la desolada mujer, impecablemente vestida, conteniendo las lágrimas de su derrota, observa el espectacular salón de su hogar y se reafirma en su decisión: su mansión es su mejor obra, la única lealtad que prefiere aceptar.

Elisa sólo quería contemplar escenas de la casa. El salón, más que espacioso, le parecía en efecto un sitio al cual profesarle no ya amor, sino la obligación, el respeto del auténtico cariño. Cada mueble pertenecía a su rincón como una mano que al final encuentra la otra mano donde quiere reposar. Las alfombras cubrían el espacio justo, los apliques eléctricos bañaban el techo, y desde allí la luz se paseaba sobre las superficies como una música suave, una caricia que no quiere terminar su recorrido. El tono de las paredes parecía satinado y los muebles, esos sofás, las mesas del centro, tenían formas geométricas que, siendo clásicas, ofrecían un aspecto distinto, moderno, rico pero práctico. Salvo en su propia casa, nunca había visto nada igual. Y Harriet Craig repetía una frase, como un mantra, un rezo, a lo largo de todo el filme: «A partir de esta casa todo será distinto. Todo será como quiero que sea.»

Era ella, Harriet Craig era ella. Ponti debía de haber visto la película esos días que estuvo desaparecido, cuando asesinaron a aquel líder de la rebelión contra el general. Elisa no dejaba de atar posibles cabos, de crearse una ficción delante de la ficción que le parecía tan auténtica, calcada a su propia vida. Joan y Ponti se conocieron, sí, en alguna de esas noches en las que frecuentaba bares y cabarets terribles en el oeste de la ciudad. ¿Le habría dicho Joan que ella coleccionaba *Domus* en Trinidad? ¿Que soñaba con conocerle, con que él construyera su casa? ¿Que antes de que Hugo la sacara de allí, él, siempre él, había sido el nombre que decía esperando que una ola lo convirtiese en amor?

La película continuaba, mucho más eficazmente construida que sus pensamientos. Y Harriet Craig volvía a ser ella.

«Todo será distinto. Todo será como quiero que sea.»

¿Y lo fue?, se preguntó, riendo ante el absurdo de lo que acontecía. Riendo por Joan, que había tenido el detalle de venir desde tan lejos a ofrecerle ese mensaje.

Ponti había descubierto hasta el secreto más secreto de su vida para crearle su único, irrepetible planeta. Sólo que Ponti se había empeñado en rodearla de objetos que la harían reflexionar, pensar, no quedarse detenida tras haber conseguido su sueño, sino empeñada en prolongar ese impulso que la obligaba a conseguir nuevos.

Por eso seguía viva, despertándose con su nombre en el pecho y admirando las formas por toda la casa, como si acabara de descubrirlas. Por eso seguía asomándose al ventanal. Frente a la palmera, delante de esa ciudad en la que iban sucediéndose eventos. Hoy esas revueltas, ayer también, «desde que nací, aquí siempre hay revoluciones», como dijo Hugo la tarde en que los trabajadores casi derrocan al general. Lo conseguirían un año después, la casa terminada y ella también en el ventanal, contemplando los fuegos en el centro y la gente alegrándose por la marcha del que por fin podían llamar «dictador».

El ventanal la había convertido en una esfinge, no muy gigante, menuda y siempre vestida con sus camiseros de rayas. Pero tan silenciosa y poseedora de secretos como la última vez que Ponti y ella estuvieron realmente juntos.


Oyó a Josefina y a Antonieta abrir la puerta. Se incorporó y fue hasta el vestíbulo, y descubrió a un joven con todo el aspecto de ser un escritor, tembloroso, asombrado de haber cruzado la revuelta y verse de pronto allí, entre los Calder, los Otero y las sillas decoradas con trozos de periódicos que Ponti reinterpretó después de que ella le narró su fracaso en Trinidad. Elisa extendió su mano y le ofreció una limonada, un refresco, un té. El joven apenas pudo explicarle que estaba allí porque tenía pautada esa visita desde hacía más de un mes para un artículo que deseaba escribir sobre la Caracas que una vez había sido del futuro.

—Ah, pero ahora estamos en el futuro, hijo mío —le dijo Elisa. Así, llevó al visitante dentro de la biblioteca mientras ella permanecía en el marco, cerca del interruptor—. Mi marido y Ponti tuvieron una larga discusión sobre los animales. Hugo era un gran cazador y también un consumado taxidermista, y quería que sus animales, que llamaba trofeos, estuvieran expuestos en esta casa como lo habían estado en la de su familia, «Monte Alto». Ponti, lógicamente, consideraba que mostrarlos era salvaje, retorcido, casi como hacer loable un instinto criminal. Puede que tuviera razón. Discutieron y discutieron un día entero —afirmaba Elisa, acostumbrada también a que una historia, al narrarse, adquiera vida propia y crezca a medida que se repite—. Ponti llamó a mi marido cabezota, cerrado, de todo, pero tuvo de pronto esa inspiración típica de él, y le dijo: «Teatro. Circo. Cajas huecas. Magia.» Y, *voilà...*

Y al decirlo, Elisa activó el interruptor donde reposaba su mano. Y entonces de nuevo el milagro, como cada vez que lo enseñaba a esos jóvenes ávidos de ver la joya de un tiempo soñado en la ciudad. Las paredes, que eran blancas y rodeadas por un fino marco de caoba, empezaron a girar, como si fueran muñecos en una tienda de fantasía. Siempre acompañadas de ese ruido mecánico, industrial, que las convertía en auténticos aparatos, desde luego útiles para complacer al marido cazador y al ingenio geométrico, plástico, del creador. Elisa seguía los ojos del visitante, emocionado, conteniendo sus manos y palabras, olvidando por completo la muchedumbre enardecida que revolucionaba la ciudad. El ruido iba adentrándose en la casa y las paredes dejaban de ser tales. Como objetos de la caja de un mago, casi vivos, aparecían un antílope rey y la cabeza de un león africano.

El joven, anonadado, empezó a aplaudir y Elisa sonrió:

el día seguiría igual, las revueltas culminarían, la democracia salvaría el aliento un día más y de nuevo, una vez más, Ponti se acercaría a su oído y repetiría sus palabras…

«Mañana comenzaré a construirla.»

# NOVELAS GALARDONADAS
## CON EL PREMIO PLANETA

1952. *En la noche no hay caminos*. Juan José Mira

1953. *Una casa con goteras*. Santiago Lorén

1954. *Pequeño teatro*. Ana María Matute

1955. *Tres pisadas de hombre*. Antonio Prieto

1956. *El desconocido*. Carmen Kurtz

1957. *La paz empieza nunca*. Emilio Romero

1958. *Pasos sin huellas*. F. Bermúdez de Castro

1959. *La noche*. Andrés Bosch

1960. *El atentado*. Tomás Salvador

1961. *La mujer de otro*. Torcuato Luca de Tena

1962. *Se enciende y se apaga una luz*. Ángel Vázquez

1963. *El cacique*. Luis Romero

1964. *Las hogueras*. Concha Alós

1965. *Equipaje de amor para la tierra*. Rodrigo Rubio

1966. *A tientas y a ciegas*. Marta Portal Nicolás

1967. *Las últimas banderas*. Ángel María de Lera

1968. *Con la noche a cuestas*. Manuel Ferrand

1969. *En la vida de Ignacio Morel*. Ramón J. Sender

1970. *La cruz invertida*. Marcos Aguinis

1971. *Condenados a vivir*. José María Gironella

1972. *La cárcel*. Jesús Zárate

1973. *Azaña*. Carlos Rojas

1974. *Icaria, Icaria...* Xavier Benguerel

1975. *La gangrena*. Mercedes Salisachs

1976. *En el día de hoy*. Jesús Torbado

1977. *Autobiografía de Federico Sánchez*. Jorge Semprún

1978. *La muchacha de las bragas de oro.* Juan Marsé

1979. *Los mares del Sur.* Manuel Vázquez Montalbán

1980. *Volavérunt.* Antonio Larreta

1981. *Y Dios en la última playa.* Cristóbal Zaragoza

1982. *Jaque a la dama.* Jesús Fernández Santos

1983. *La guerra del general Escobar.* José Luis Olaizola

1984. *Crónica sentimental en rojo.* Francisco González Ledesma

1985. *Yo, el Rey.* Juan Antonio Vallejo-Nágera

1986. *No digas que fue un sueño (Marco Antonio y Cleopatra).* Terenci Moix

1987. *En busca del unicornio.* Juan Eslava Galán

1988. *Filomeno, a mi pesar.* Gonzalo Torrente Ballester

1989. *Queda la noche.* Soledad Puértolas

1990. *El manuscrito carmesí.* Antonio Gala

1991. *El jinete polaco.* Antonio Muñoz Molina

1992. *La prueba del laberinto.* Fernando Sánchez Dragó

1993. *Lituma en los Andes.* Mario Vargas Llosa

1994. *La cruz de San Andrés.* Camilo José Cela

1995. *La mirada del otro.* Fernando G. Delgado

1996. *El desencuentro.* Fernando Schwartz

1997. *La tempestad.* Juan Manuel de Prada

1998. *Pequeñas infamias.* Carmen Posadas

1999. *Melocotones helados.* Espido Freire

2000. *Mientras vivimos.* Maruja Torres

2001. *La canción de Dorotea.* Rosa Regàs

2002. *El huerto de mi amada.* Alfredo Bryce Echenique

2003. *El baile de la Victoria.* Antonio Skármeta

2004. *Un milagro en equilibrio.* Lucía Etxebarria

2005. *Pasiones romanas.* Maria de la Pau Janer

2006. *La fortuna de Matilda Turpin.* Álvaro Pombo

2007. *El mundo.* Juan José Millás